JENNIFER CODY EPSTEIN

Après avoir étudié la littérature et les affaires internationales, Jennifer Cody Epstein a écrit pour des journaux et des magazines tels que le *Wall Street Journal* et *Vogue*. *Les Lueurs du lendemain*, paru en 2021 aux éditions Les Escales, est son premier roman traduit en français. Elle vit à Brooklyn avec son mari et ses deux filles.

LES LUEURS
DU LENDEMAIN

JENNIFER CODY EPSTEIN

LES LUEURS DU LENDEMAIN

Traduit de l'anglais (États-Unis)
par Alice Delarbre

LES ESCALES

Titre original :
WUNDERLAND

MIXTE
Papier issu de sources responsables
FSC® C003309

L'éditeur de cet ouvrage s'engage dans une démarche de certification FSC® qui contribue à la préservation des forêts pour les générations futures.

Pour en savoir plus :
www.editis.com/engagement-rse/

Édition française publiée par :

ISBN : 978-2-266-32063-4
Dépôt légal : février 2022

Pour Joan et Tom,
qui m'ont toujours pourvue, avec tendresse,
en stylos, papiers et compliments sur mon écriture

« Mais je ne veux pas fréquenter des fous, fit observer Alice.

— Vous ne pouvez pas vous en défendre, tout le monde est fou ici. Je suis fou, vous êtes folle.

— Comment savez-vous que je suis folle ? dit Alice.

— Vous devez l'être, dit le Chat, sans cela vous ne seriez pas venue ici. »

Aventures d'Alice au pays des merveilles,
Lewis Carroll[1]

1. Traduction d'Henri Bué.

1

Ava

1989

Elle est échouée au milieu d'un enchevêtrement de draps et de couvertures, parmi l'écume des billes de polystyrène et des lettres cornées par le temps, qu'elle a arrachées à leurs enveloppes avec une fébrilité croissante. Le lit est solide : la tête de lit en chêne massif, le matelas taché et affaissé sur lequel elle a dormi, allaité, lu et dessiné depuis plus de dix ans. C'est son seul refuge, l'endroit où elle se sent réellement au calme. Et pourtant, à cet instant précis, elle a l'étrange impression simultanée de flotter au-dessus de celui-ci, libérée de toute attache, et de le traverser telle une pierre qui coule.

Perchant ses lunettes de lecture sur le sommet de son crâne, Ava Fischer ramène ses genoux contre sa poitrine. La peau de son visage la brûle et la tiraille à force d'avoir versé des larmes, de les avoir séchées puis d'en avoir versé de nouvelles. Elle lâche la dernière lettre sur le lit. Observant la pièce privée de soleil qui fait office d'atelier de dessin et de chambre à coucher, elle est surprise, malgré elle, de voir qu'elle est en tout point identique à ce qu'elle était il y a un peu plus d'une heure, alors que, durant ce laps de temps, l'univers d'Ava a été détruit, se retrouvant brusquement sens dessus dessous. Toutefois, l'illustration à laquelle elle travaille est toujours sur sa table à dessin. Une assiette avec une tartine de confiture intacte sert de presse-papier dans un coin, une tasse de café froid sur laquelle on peut lire *Bois-moi* en maintient un autre. Ava a, au début, déballé le colis avec une telle frénésie qu'elle a éparpillé quelques billes de polystyrène sur le tapis à poils longs, étoiles boursouflées formant des constellations saugrenues et spongieuses sur un ciel décoloré, d'un brun gris.

C'est néanmoins le lit qui accueille la preuve flagrante du naufrage émotionnel d'Ava. Le lit, avec ses draps froissés et ses oreillers dépareillés, son cache-sommier poussiéreux et son couvre-lit mité, ses relents de vieux tabac qui persistent alors qu'il y a quatre années pleines qu'elle a arrêté de fumer. Le lit, avec le carton à présent vide de la Luftpost, que sa fille a réceptionné plus tôt dans la journée et remis à Ava avec une pointe de curiosité – « Ça vient de Brême, c'est là-bas que tu as grandi, non ? »

Le lit sur lequel Ava a ensuite attendu ce qui lui a paru des heures, le colis sur les genoux, que Sophie parte retrouver ses amis. Lorsqu'elle a enfin entendu les ballerines à semelle en caoutchouc de sa fille dévaler les quatre volées de marches jusqu'à la porte et sortir sur Second Avenue, elle a abandonné le paquet le temps de se précipiter à la fenêtre pour regarder l'adolescente de treize ans s'éloigner en flânant, les mains dans les poches de son gilet d'homme à carreaux, les écouteurs de son Walkman jetant des éclats argentés au soleil.

Le lit sur lequel elle a lu le courrier officiel, abrupt, de l'avocat, moins avec étonnement qu'avec un sentiment désagréable de résignation.

Sehr geehrte Frau von Fischer

En qualité d'avocat et d'exécuteur testamentaire de votre mère – Ilse Maria von Fischer –, j'ai le regret de vous informer qu'elle nous a quittés le douze avril dernier, après une longue bataille contre un cancer de l'utérus.

Conformément à ses désirs, je vous adresse ses restes en vous laissant le soin d'en disposer. Je vous prie de bien vouloir me confirmer leur bonne réception par fax ou téléphone – vous trouverez les numéros en en-tête de cette lettre. Une fois que vous l'aurez fait, nous serons en mesure de vous transférer votre héritage, qui s'élève à environ soixante et onze mille marks. Si vous n'accusez pas réception en personne de notre envoi, j'ai pour instruction de léguer cette somme à la Blaue Karte, *une association caritative qui avait les faveurs de feu votre mère.*

Je joins également à ce courrier des lettres que votre mère m'a chargé de vous transmettre et vous demande également de me confirmer leur bonne réception.

Veuillez accepter nos très sincères condoléances et croire en nos salutations distinguées,

Bernard Frankel

S'adossant, droite comme un I, contre la tête de lit, Ava se force une fois de plus à établir des liens en apparence impossibles : entre les *restes* de sa mère et le contenant évoquant un Tupperware qu'elle a extirpé de l'océan de flocons blancs une heure plus tôt ; entre *Mama* – pensée qui réveille des souvenirs inévitablement pénibles – et la poudre graveleuse qu'Ava a découverte en soulevant le couvercle récalcitrant. Celle-ci n'a pas conservé l'odeur d'Ilse, ce mélange étrangement familier de savon pour le visage, d'eau de Cologne 4711 et de légère transpiration. Et celle-ci n'a évidemment plus aucun trait commun avec Ilse ; dans l'esprit d'Ava, sa mère serait toujours la femme musclée au teint laiteux, aux cheveux d'or et aux yeux d'argent. Elle se souvient surtout de sa *densité* écrasante.

Et pourtant, en plongeant son regard au cœur des cendres, Ava a fini par accepter la vérité que lui a assénée l'avocat : c'est à présent tout ce qu'il reste, littéralement, d'Ilse von Fischer, cette mère glaciale et insaisissable, qui a abandonné Ava pendant la guerre, physiquement et par conséquent émotionnellement, qui l'a laissée dans cet appartement il y a douze ans, tandis que Sophie vagissait dans son berceau. Et même si Ava a été attristée d'apprendre que cette femme ne respirait plus, ne foulerait plus cette terre, d'un autre côté, ça ne l'a pas vraiment surprise. Pour Ava, en réalité, Ilse a cessé d'exister à l'instant où elle a franchi le seuil de cet appartement, cet été caniculaire de 1977. D'accord, pendant quelques années, il y a eu, de loin en loin, des appels longue distance qu'Ava s'empressait d'écourter dès qu'elle entendait le *Hallo* sec d'Ilse. Ainsi que l'arrivée, au compte-gouttes, de cartes, de lettres et, parfois, d'un petit colis, qu'Ava retournait systématiquement à Brême sans les avoir ouverts. Lorsque Sophie est devenue assez grande pour répondre au téléphone et lire l'adresse de l'expéditeur sur les enveloppes, Ava a changé de numéro et envoyé un ultimatum sous forme de télégramme, via la Western Union.

KONTAKTIERE UNS NICHT (HALT) DU BIST JETZT TOT (HALT)

NE NOUS CONTACTE PLUS (STOP) TU ES DÉJÀ MORTE POUR NOUS (STOP)

Non, ce ne sont pas vraiment les restes physiques d'Ilse qui l'ont plongée dans cet état de choc vertigineux. Ce sont les mots qu'elle a légués à sa fille : des récits détaillés et minutieux scellés dans plus d'une douzaine d'enveloppes. *Je joins également à ce courrier des lettres que votre mère m'a chargé de vous transmettre*, a écrit l'avocat, presque comme un aparté en passant. Se doutait-il de tout ce que celles-ci renfermaient : vérités dévastatrices et confessions désespérées ? Bien sûr, certains de ces aveux n'ont fait que confirmer les soupçons qu'Ava entretenait de longue date. *Pour tout te dire, j'ai commencé à t'écrire*, révèle-t-elle dans l'une de ses lettres, *d'une ancienne prison de Heidelberg, où les Américains espéraient me dénazifier.*

Entnazifizieren ! Ava a cligné des yeux en butant sur ce verbe inconnu et quelque peu absurde (à croire que l'on peut pratiquer l'ablation d'un avilissement moral aussi bien que d'un appendice éclaté !). Et le frisson qui l'a alors parcourue a été moins provoqué par l'étonnement que par les tentatives maternelles d'apologie. *Tout le monde avait rejoint leurs rangs*, se justifiait souvent Ilse en haussant les épaules, même si Ava avait toujours suspecté qu'une histoire plus sordide se cachait derrière ce refus de lui expliquer cette période.

Mettant de côté le courrier de l'avocat, Ava se plonge à nouveau dans son héritage épistolaire. Jaunies par le temps, d'épaisseurs diverses, les lettres sont éparpillées sur le couvre-lit. Selon toute vraisemblance, aucune n'a été postée. Et toutes sont adressées à la même femme.

Renate Bauer
163 Eldridge Street
New York, NY 10002
USA

C'est la première fois qu'Ava rencontre ce nom : Renate Bauer. Mais il ne fait aucun doute qu'Ilse a écrit à cette femme de manière obsessionnelle ; Ava reconnaît son écriture démodée, légèrement gothique. Et l'adresse de l'expéditeur est bien celle du petit pavillon de Schwachhausen qui surgit encore dans les rêves d'Ava avec une précision saisissante : le jaune citron dont sa mère avait peint les murs de sa chambre d'enfant. La tasse verte ébréchée dans laquelle elles rangeaient leurs brosses à dents. La trace circulaire et sombre sur le bureau en bois dans la chambre d'Ilse, souvenir d'une éclaboussure de café, de vin ou d'eau.

Ava reprend la lettre la plus proche – datée d'août 1976 – et lisse les deux fines feuilles de papier sur son pantalon de pyjama en lin froissé, identifie de vagues effluves de moût et de naphtaline, une pointe discrète de vanille. Comme les autres courriers, celui-ci est à la deuxième personne du singulier, avec le *Du* familier, et fait l'impasse sur les capitales de politesse, signe que Renate était une amie proche.

Ma si chère Reni !

La nuit dernière, j'ai fait un rêve. Il débutait le jour de notre rencontre au collège, quand – en retard à ton habitude – tu m'as bousculée pour entrer dans notre salle de classe et as laissé tomber les livres que tu portais. C'est si étrange... Alors que ces dernières années se confondent dans ma mémoire, je garde un souvenir très précis de notre première rencontre, riche en détails : le brun doré de tes yeux, le nœud rouge dans tes cheveux, le roman écorné que je t'ai rendu en te précisant que j'avais, pour je ne sais quelle raison, seulement lu la suite que l'auteur lui avait consacrée et que j'avais adorée.

Puis, d'un coup, le temps avait passé – beaucoup, beaucoup passé –, et je descendais Unter den Linden, je passais devant les kiosques à journaux et la station du U-Bahn, bref je suivais le chemin que nous prenions toujours pour aller chez toi après les cours. J'avais ton livre et je savais qu'il était de la plus haute importance que je vous le rende (pas à toi mais à Franz, pour une raison mystérieuse). La rue était propre, grise et si noire de monde que j'avais du mal à respirer. Elle était aussi parfaitement silencieuse. Je me sentais très seule, et j'étais très inquiète à l'idée de ne pas réussir à m'acquitter de ma mission.

Soudain, je vous ai aperçus à quelques mètres seulement devant moi, vous vous hâtiez dans la direction opposée. Tu portais ton manteau vert et ton petit chapeau noir. Franz, lui, avait une de ces casquettes souples en tweed qu'il adorait. J'ai éprouvé tant de joie et de soulagement ! J'ai essayé de vous rattraper, malheureusement la foule me repoussait sans cesse, m'empêchait d'avancer. J'ai essayé de vous appeler, pourtant, alors que vous étiez juste à côté, vous ne m'avez pas entendue. Vous avez continué votre chemin. Et vous avez fini par disparaître, tous les deux.

Je me suis réveillée en larmes, et avec un étrange sentiment de résignation. Je ne connais pas grand-chose à l'interprétation des rêves – en tout cas pas autant que ta mère (je me rappelle encore nos échanges, pendant des heures, sur la signification des nôtres). Cependant, j'ai eu l'impression que celui-ci était peut-être le signe que le moment était enfin venu d'accepter la vérité : si je continue à rêver du jour où je serai capable de vous contacter, Franz et toi, peut-être même de venir à New York pour te remettre mes lettres en main propre, je n'ai même pas le courage, à l'heure actuelle du moins, de les porter à la poste. Je devrais sans doute arrêter tout simplement de les écrire. Il est certain que si je n'étais pas quelqu'un d'aussi têtu, j'aurais cessé il y a longtemps.

Mais nous savons l'une comme l'autre combien je m'accroche aux choses.

Reni. Si je ne pouvais te transmettre qu'un seul message parmi tout ce que j'ai écrit, ce serait celui-ci : si j'avais le pouvoir de remonter le temps et de tout changer, je le ferais. Tout. Je serais même prête à effacer ma propre existence, ma naissance, si cela pouvait infléchir le cours des événements qui vous ont touchés, toi et ta famille. Que j'en sois incapable est une source de souffrance quotidienne.

Tout compte fait, c'est peut-être cela ma véritable prison.

Ilse

Ava ferme les yeux. L'espace d'un instant, la vieille angoisse est de retour : la certitude suffocante que le plafond et les murs sont sur le point de s'effondrer, qu'ils vont la priver d'air et de lumière. Pour contrecarrer cette attaque de panique, elle convoque l'image réconfortante que lui a suggérée son dernier psy : la côte joyeuse et dorée de Montauk, en plein été.

Mais c'est un tout autre souvenir de plage qui remonte à la surface.

Ava a peut-être six ans, elle est à Großer Wannsee, à l'occasion d'une de ces rares sorties mère-fille, peu après leurs retrouvailles d'après-guerre. Le sable est mouillé et granuleux, le ciel éblouissant et glacial, comme souvent les tout premiers jours du printemps. Tout à coup, Ava voit Ilse s'éloigner d'elle à grands pas vifs, sa couronne de tresses, au sommet de son crâne, est un point lumineux qui rétrécit au loin, dans la lumière froide de ce matin. Cette vision creuse un trou noir d'affolement au plus profond d'Ava : *Reviens*, gémit-elle, *ne m'abandonne pas*. Bondissant sur ses pieds nus, elle s'élance derrière la silhouette qui rapetisse… et sent une puissante paire de bras la soulever par-derrière. Un instant, elle se tortille et donne des coups de pied avant de reconnaître le profil auquel elle ne s'est pas encore habituée, le puissant buste et les seins ronds qui se pressent contre son petit dos.

Dummes Mädchen, murmure Ilse, qui se trouvait derrière elle tout ce temps. *Qu'est-ce qui t'a encore pris, enfin ?*

Le souvenir est aussi douloureux que si elle avait reçu un coup. Elle en est arrachée par un tambourinement à la porte, suffisamment violent pour faire trembler le vieux climatiseur sur son socle.

— Maman ! crie Sophie, avec cette indignation spontanée et implacable des adolescentes. J'ai complètement oublié que j'avais promis à Erica de lui rapporter son sweat-shirt Lou Reed. Tu l'as lavé ? Tu avais dit que tu le ferais.

Sophie ? Mais pourquoi est-elle de retour ? Et comment est-elle entrée sans qu'Ava l'entende ?

Après quelques secondes d'absence, de paralysie, elle se redresse brusquement sur ses genoux et commence à réunir les lettres.

— Une minute ! lance-t-elle en pensant : *Scheisse, Scheisse, Sophie !*

Sa fille est convaincue qu'Ilse est morte depuis plus de dix ans maintenant. *Qu'est-ce que je vais lui dire ?*

— Maman ! Tu l'as ou pas ?

Elle essaie d'ouvrir la porte.

— Oh, là là… pourquoi tu t'es enfermée à clé ?

— Attends ! Une minute !

Ava jette un regard désespéré sur la chambre en désordre : pas de signe du sweat-shirt. Fourrant l'urne dans le colis en carton, elle la recouvre d'une pluie de billes en polystyrène et glisse la liasse irrégulière de lettres à côté. Puis elle se dirige vers la porte, sur des jambes aussi chancelantes qu'un coureur du marathon de New York ; son cœur bat si fort qu'elle a l'impression d'avoir une créature vivante dans la bouche.

— Maman ! Tu fais quoi ? (*Boum boum boum !*) Erica m'attend ! Mais qu'est-ce qui se passe ici ?

— Rien, lui répond Ava d'une voix tremblante.

Après avoir pris une profonde inspiration, elle tend la main vers la poignée.

2

Renate

1933

La vague de désespoir qui balaie Renate est si puissante que c'en est presque libérateur. Il lui suffira d'avouer, décide-t-elle. Sa vie sera terminée. Terminée alors qu'elle n'a pas encore vraiment vécu : elle n'a pas visité Paris ni vu Elisabeth Schumann chanter à l'opéra de Vienne. Elle ne s'est jamais enivrée, elle n'a jamais fumé d'un air morose une cigarette dont la fumée dessinerait des images fantomatiques et alanguies dans l'air. Elle n'a pas encore connu son premier baiser – sur les lèvres ou ailleurs.

Il est quatorze heures passées de quelques minutes, et la bibliothèque du collège, avec son plafond bas, est envahie d'une lumière laiteuse. Renate garde les yeux rivés sur le parquet, sur la carte postale en noir et blanc qui vient de s'échapper de son carnet ouvert. Elle ne s'explique pas comment celle-ci a réussi à se glisser entre ses pages, puisqu'elle se rappelle parfaitement l'avoir rangée dans un compartiment différent de son cartable. À présent, la carte se trouve sur le trajet qu'emprunte le bibliothécaire, Herr Steinberg, pour faire sa ronde. Herr Steinberg qui, lorsqu'il ne sermonne pas son assistante trop docile (la jeune Frau Bernhardt, laquelle semble toujours au bord des larmes) aime arpenter l'allée entre les longues tables en bois, tel le Kaiser inspectant ses troupes. Herr Steinberg, qui a déjà adressé deux messages aux parents de Renate pour « comportement inconvenant » : la première fois parce qu'elle avait discuté à voix basse avec Ilse, la seconde parce qu'elle avait piqué des friandises.

Herr Steinberg, qui – sous le regard de Renate, aussi immobile que Galatée avant de recevoir le baiser de Pygmalion qui lui donnera vie – s'apprête à poser le pied sur le visage placide de la Lectrice. Même si, vu la taille de la carte postale, il n'écrasera sans doute pas seulement son visage, mais aussi sa poitrine, son ventre et son… en bref, la totalité de sa physionomie entièrement dénudée.

Sieh nicht nach unten ! Renate prie en silence un dieu tout-puissant et anonyme (officiellement luthérienne, elle se considère pourtant agnostique). *Sieh nicht nach unten ! Sieh nicht nach unten ! Pitié, pitié, ne baissez pas les yeux…*

L'espace d'un instant, il lui semble que sa prière muette a été exaucée. Car après avoir placé sa chaussure rutilante pile sur l'image accusatrice, le surveillant svelte fait deux pas de plus. Renate considère la possibilité de respirer à nouveau quand, brusquement, il s'arrête.

Très lentement, il pivote sur lui-même. Les poumons pris dans un étau en acier, Renate le regarde revenir sur ses pas en deux longues enjambées rapides. Posant son genou cagneux à terre, il ramasse le rectangle de carton et tourne son visage vers elle tel un hibou.

— *Was ist das ?* demande-t-il.

Le cerveau de Renate est en ébullition. Cette mésaventure lui vaudra un message bien, bien pire que les derniers mots cinglants adressés à son père. Elle pourrait déboucher sur un appel téléphonique et un renvoi, voire (sa bouche se dessèche aussitôt) une expulsion définitive. La *Schuldirektor* Heintz a sans doute exclu des élèves pour moins. Renate essaie d'imaginer la réaction de sa famille – son *Doktor* de mère et son *Professor* de père, qui ont toujours eu les meilleures notes possible au cours de leurs innombrables années d'études combinées. Son frère, Franz, qui a traversé la *Mittelschule* et le *Gymnasium* tel un météore filant vers la réussite, et qui n'a valu que des éloges émus à ses parents.

— J'attends, dit le bibliothécaire en tapant du pied. J'attends que quelqu'un assume la responsabilité de ceci. Autrement…

Il se racle la gorge.

— Autrement, la punition sera deux fois plus sévère.

La punition, songe Renate. Le mot se loge dans son cerveau comme un comprimé rugueux que l'on a du mal à avaler et qui reste coincé à mi-chemin. Existe-t-il une punition pire que le renvoi – en plus, bien sûr, de l'humiliation de passer aux yeux de tous ses camarades pour une déviante sexuelle ?

Sa meilleure amie, Ilse, assise à côté d'elle, choisit ce moment pour donner un coup de coude dans les côtes de Renate.

— *Autsch !* souffle Renate. Arrête !

Il suffit de cette petite protestation contenue, d'un mouvement à peine esquissé pour que le bibliothécaire fonde sur elle comme la Mort sur deux jeunes filles.

— Fräulein Bauer ! s'écrie-t-il. Je vois que vous avez envie de parler. Serait-ce pour m'expliquer de quoi il retourne ?

Il agite la photo sous le nez de Renate ; la Lectrice et son amant agenouillé se trouvent à quelques centimètres de ses yeux. Elle détourne le regard.

— C'est… On dirait une carte postale.

Sa voix lui paraît bizarre : nasale et lointaine. Quelqu'un assis près des fenêtres, au fond, ricane.

— Oui, mais quel genre de carte postale ?

— Vierge ?

Un nouveau gloussement.

— Eh bien, oui, concède-t-il. Enfin, ce que je voudrais plutôt savoir, c'est à qui elle appartient. Et comment elle est arrivée ici. Peut-être pourriez-vous répondre à ces questions.

Renate déglutit, au supplice. Parce que, évidemment, évidemment, elle connaît la réponse.

Et elle pourrait la lui donner. Mais alors, sa vie serait terminée.

*

Tout avait commencé le vendredi précédent : Renate avait passé son après-midi, comme tous les jours ou presque, avec Ilse. Renate et Ilse : inséparables en cours, où elles formaient un binôme, dans les couloirs, où elles échangeaient constamment des messes basses, et dans le U-Bahn, où les autres usagers pouvaient les entendre glousser. À quinze heures, elles s'étaient à leur habitude mises en route vers la maison de Renate, sur Bismarckstraße, bras dessus bras dessous, calant leur pas l'une sur l'autre pour flâner sous les tilleuls et marronniers bourgeonnant d'Unter den Linden, sans oublier leurs arrêts rituels le long du trajet : la parfumerie, où elles reluquaient les flacons en verre couleur de pierres précieuses et les pulvérisateurs scintillants mais n'entraient pas (le Français qui la tenait ne cachait pas son aversion pour les adolescents) ; puis la chapellerie des Gerstel, avec ses bérets, ses feutres élégants et le turban violet que Herr Gerstel (qui aimait les adolescents, lui) les laissait essayer. Elles s'attardèrent devant la vitrine de l'agence de voyages, se disputant pour savoir quel serait le premier pays qu'elles visiteraient ensemble. Ilse rêvait d'une destination ensoleillée et exotique : le Sahara, le Nil. Ou pourquoi pas l'Indochine. Renate, elle, voulait aller à New York ou à Hollywood, même si, à la suite de ses dernières lectures, elle était de plus en plus intriguée par l'Orient. Voilà pourquoi, ce vendredi-là, elles s'arrêtèrent aussi sur le seuil du salon de thé chinois : la porte était ouverte et elles purent respirer les effluves terreux et fumés. Si Ilse ne les apprécia guère, Renate, elle, fut transportée. Les yeux clos, elle inspira à plein nez s'imaginant dans une rue de Pékin ou de Shanghai, plutôt que dans le Tiergarten, quartier animé de Berlin sans un soupçon d'exotisme. Elle se concentra sur la scène de son invention : les

Chinois qui couraient dans tous les sens, leurs épouses dociles qui trébuchaient dans leur sillage avec leurs minuscules pieds… jusqu'à ce qu'Ilse, qui n'avait pas de temps à perdre avec les rêveries, s'écrie : « *Mach schon !* » et l'entraîne.

Arrivées à la Schloss-Konditorei, elles réunirent leur monnaie pour s'acheter une part de gâteau aux graines de pavot et au bon goût de beurre, que Herr Schloss – un homme aux joues rouges qui, une fois par an, incarnait un saint Nicolas des plus convaincants – leur servait avec son habituel sourire distrait. Les deux *pfennige* qu'il leur rendit atterrirent dans la sébile d'un jeune boutonneux en chemise kaki et chaussettes blanches au genou, qui récoltait de l'argent pour la première campagne nazie du « Secours d'hiver ». Il n'était pas vilain, mais son *danke schön* ressemblait à un bêlement dissonant qui lui donnait l'air d'un bouc en pleine puberté. Les deux filles eurent du mal à attendre le pâté de maisons suivant avant de s'effondrer l'une sur l'autre, pliées en deux, ce qui leur valut des regards surpris et désapprobateurs des passants adultes.

— C'est ta faute, finit par lâcher Ilse, quand elle eut recouvré son calme. Il a été si envoûté par ta beauté, le pauvre, que sa voix s'est ratatinée dans sa gorge !

— Moi ? répliqua Renate en s'essuyant les yeux avec son mouchoir. C'est toi qu'il regardait ! Et Dieu merci ! J'ai horreur d'être dévisagée par les garçons.

— Tu ne dirais pas ça si tu-sais-qui te dévisageait…

— Non, convint Renate. Je ne dirais pas ça. Sauf qu'il ne le fera pas.

— Tu n'en sais rien.

— Peut-être. Sauf qu'il ne le fera pas.

Ayant retrouvé leur sérieux, les deux amies se remirent en route et croisèrent, sur Potsdamer Platz, une autre sébile dans laquelle s'entrechoquaient des pièces. Celle-ci appartenait à Fritz, l'ancien combattant avec son insigne jaune sur lequel figuraient trois points noirs signalant sa cécité. Il arrivait que Renate lui achète quelque chose : pas parce qu'elle avait réellement besoin de stylos, mais parce qu'elle aimait le sourire ridé qui apparaissait sur son visage lorsqu'elle faisait tinter ses pièces dans sa sébile. Elle se sentait bienveillante. Et solidaire, puisque son père avait fait la guerre lui aussi, en tant que *Frontkämpfer*. Si, contrairement à Fritz, il n'avait pas perdu la vue, il avait frôlé la mort de près, au point que, pour reprendre ses propres mots (lui qui parlait toujours beaucoup et d'une voix grave) : « *ich spürte seinen Atem an meinem Nacken* » – « j'ai senti son souffle brûlant sur ma nuque ».

Ce vendredi-là, cependant, elles n'avaient pas une seule pièce en poche, et elles dépassèrent donc le vieux soldat sans s'arrêter ; Ilse léchait méticuleusement les miettes de gâteau sur ses doigts poisseux, quant à Renate, elle était perdue dans ses pensées au sujet d'on-savait-qui. L'espace d'un instant, elle eut l'impression de voir son visage flotter devant elle, de pouvoir toucher une pommette haute et parfaite. Le mirage se dissipa juste à temps pour qu'elle aperçoive une tête blonde qui dodelinait à plusieurs mètres devant elles.

— *Guck mal da !* murmura-t-elle en agrippant le coude de son amie. Regarde !

— Quoi ?

— Devant, sur la droite.

Ilse plaça une main en visière au-dessus de ses yeux.

— Qui est-ce que je cherche ?
— À ton avis ?
Ilse plissa les paupières, se dressant brièvement sur la pointe des pieds avant de secouer la tête.
— Je ne le vois pas.
— Mais là, insista Renate. Il longe le U-Bahn.
Sa voix était plus hésitante à présent, son index pointé avec moins d'assurance alors qu'elle scrutait la foule, de gauche à droite, de droite à gauche.
— Il était juste là. Je te jure.
Ilse sourit.
— Tu commences à avoir des visions. Tu devrais demander à ta mère de t'ausculter.
— *Ach !* Arrête !
Le cœur tambourinant, Renate lança un dernier coup d'œil à la large avenue verte avec ses courants contraires de piétons. Le seul visage qu'elle identifia fut celui, devant la porte de Brandebourg, de Frédéric le Grand, aux traits ciselés, qui considérait de son regard d'acier ses descendants bien en chair tout en chevauchant son étalon de pierre qui n'allait nulle part.

Plus tard, étendues sur le tapis usé dans la chambre de Renate, leurs corps disposés quasi à angle droit, en chaussettes, elles tapaient du pied en rythme sur Ethel Waters, qui pleurait ses diamants et son argent perdus.
— Tu peux garder un secret ? chuchota Renate.
— Tu me poses la question ? répliqua Ilse.
En trois années d'amitié, elles avaient partagé des centaines de secrets. Des secrets sur les garçons et les filles, les parents et les professeurs. Des secrets sur leurs difficultés scolaires et leurs sécrétions corporelles, sur

leurs poitrines naissantes et leurs mauvaises notes… et sur le meilleur moyen de cacher l'un ou l'autre à leurs parents afin d'échapper à d'éventuels commentaires. Des secrets sur la signification exacte de l'expression « la fameuse période du mois », et quand celle-ci survenait ou non. Et aussi des secrets sur d'autres secrets qu'elles avaient surpris dans la bouche d'adultes, qui semblaient toujours partir du principe qu'elles n'écoutaient pas.

— J'ai trouvé quelque chose, murmura Renate. Sous le lit de Franz.

Ilse redressa la tête, sa curiosité avait été piquée.

— Une lettre d'amour ? Son journal intime ?

— Pire. Des cartes postales.

Ilse renifla.

— En quoi c'est pire ?

Renate prit une profonde inspiration.

— Je ne parle pas de cartes postales classiques, enfin, réfléchis un peu. Tu te souviens de celles, obscènes, qu'on a vues à Nolli ?

— Ooooh !

Ilse écarquilla ses yeux gris pâle.

— Il en a acheté ? Mais quand ? Comment ?

Renate haussa les épaules.

— Je n'en ai pas la moindre idée. En tout cas, il en a. Une douzaine au moins. Dans une boîte à cigares.

Un rire strident échappa à Ilse. Un petit *tacatchac-tacatchac* provenait du Victrola – elles avaient toutes deux d'abord cru qu'il s'agissait du bruit de chevaux au trot avant que Franz ne leur parle d'un type de danse qu'elles ne connaissaient pas, les claquettes.

— J'imagine que c'est ce qu'il fait avec ses amis lors de leurs réunions secrètes, hasarda Ilse. Ils reluquent des femmes nues. Ils appellent ça un « groupe de discussion socialiste » pour avoir une couverture.

— Ils parlent de « groupe de discussion Schiller » maintenant. Pour éviter d'attirer l'attention.

Entre les lois récentes sur les partis de gauche et les rumeurs de visites nocturnes de la Sicherheitsdienst, Renate n'était pas censée parler des activités politiques de son frère, ni même de politique tout court, avec quiconque en dehors de sa famille. Bien sûr, à ses yeux, Ilse faisait partie de sa famille.

— Tu verrais cette carte… cette femme, Ilsi, dit-elle en secouant la tête.

— Quoi, cette femme ? Qu'est-ce qu'elle fait ?

— Elle… lit.

Ilse fut déconcertée.

— Elle lit ? Qu'est-ce qu'elle lit ? *L'Amant de lady Chatterley* ? Du Sade ?

— Ce n'est pas ça, l'important, répondit Renate en glissant une boucle brune derrière son oreille. L'important, c'est ce qui se passe pendant qu'elle lit.

— Je t'écoute…

Renate ouvrit la bouche, puis la referma brusquement et la couvrit des deux mains.

— Je ne peux pas.

— Reni !

Ilse se mit à quatre pattes, s'approcha de son amie et écarta ses mains de son visage.

— Vas-y ! Dis-moi !

Renate secoua la tête, recula et éclata d'un rire haletant. Elle finit par bredouiller :

— Il y a un homme.

Les yeux brillants, elle désigna son nombril.

— Un homme sur son ventre ?

Nouveau geste de dénégation.

— Plus bas.

— Il lit aussi ?

— Non. Il… il… enfin tu vois.

Renate ramena ses fins mollets contre elle et cacha son visage dans ses genoux. Elle marmonna quelque chose d'incompréhensible.

— Quoi ? insista Ilse.

Elle ouvrit les genoux noueux de son amie et approcha son visage pâle à quelques centimètres du sien, écarlate.

— Il l'embrasse, souffla Renate. En bas.

— Sur sa… sur sa *Scheide* ?

La peau laiteuse d'Ilse prit une teinte rosée.

— Tu mens.

— Non, je te jure. Je le jure sur la tombe de mon défunt *Großvater*.

À vrai dire, Renate n'avait jamais vu la tombe de son défunt grand-père, pas plus qu'elle ne l'avait rencontré – les deux parents de son père avaient disparu avant sa naissance. Mais c'était le seul serment qui lui venait à l'esprit dans l'immédiat. Et il réussit apparemment à convaincre Ilse : un instant plus tard, son amie blonde bondissait sur ses pieds et s'élançait vers la porte.

— Attends ! lui cria Renate, se relevant au moment où Ilse posait la main sur la poignée. Qu'est-ce que tu fais ?

— À ton avis ? *Bist du bekloppt ?* Dans sa chambre !

— Il est en train de réviser !

— On le distraira.

— Je n'ai pas le droit de frapper à sa porte la veille des examens !

— Ce n'est pas toi qui le feras, souligna Ilse. Il n'a jamais rien dit à mon sujet, si ?

Sans attendre de réponse, elle ouvrit la porte en grand et faillit trébucher sur le schnauzer à poils raides qui attendait de l'autre côté. Fou de joie, car Ilse était sa personne préférée en dehors des Bauer, il se frotta contre ses mollets en exprimant, d'un petit gémissement, son adoration.

— Pas maintenant, Sigmund, lui intima la jeune fille en le repoussant pour s'éloigner dans le couloir. Alors, il a dit quelque chose ? lança-t-elle par-dessus son épaule.

— Non, reconnut Renate, essoufflée par l'émotion. Ce qui ne change rien au fait que tu ne peux pas le déranger comme ça. Il te faut un plan, au moins.

— J'en ai un, riposta sèchement Ilse. Tu vas voir.

Arrivée devant la porte de Franz, elle frappa trois coups secs, juste au-dessus du petit panneau où était griffonné *Nicht stören* (aimablement décoré d'une tête de mort). Ne recevant aucune réponse, elle frappa une seconde fois, plus fort. Elle s'apprêtait à recommencer lorsque la porte s'ouvrit brusquement.

— Bon sang !

Le frère de sa meilleure amie apparut devant elle, cheveux bruns en bataille, l'air contrarié.

— Tu ne sais pas lire ? s'exclama-t-il.

— Oh, pardon…

Ilse recula d'un pas, sa bravade faiblissant un instant.

— On a juste besoin de ton aide rapidement, se ressaisit-elle.

— Mon aide ? Pour quoi faire ? Sigi, *raus* ! ajouta-t-il en décochant un regard exaspéré au chien. Je te signale que les heures de visite sont terminées, lui fit-il remarquer.

— Un insecte, improvisa aussitôt Ilse. Il y a un énorme insecte sur un mur de la chambre de Reni. On a besoin de quelqu'un pour le tuer.

— Un insecte…

S'appuyant au chambranle de la porte, il la considéra avec perplexité.

— Fräulein von Fischer, célèbre pour avoir frappé un voleur à la tire dans un wagon de U-Bahn, demanderait à un invalide de tuer un insecte pour elle ?

— Tu sais très bien que je ne l'ai pas frappé, protesta Ilse.

Elle avait à nouveau les joues en feu – ce qui pouvait être dû à l'emploi du terme *invalide* ou à l'évocation de cette mésaventure dont le souvenir lui faisait horreur.

— J'ai perdu l'équilibre et je l'ai bousculé, se justifia-t-cllc. Il… il a pris la fuitc. Et…

Elle hasarda un coup d'œil dans la chambre, avisa le bureau envahi de livres, contre lequel la canne à poignée argentée de Franz était appuyée – c'était sa place habituelle.

— Et on a justement besoin de toi parce que tu as une canne. Cette bestiole est tellement haut qu'aucune de nous ne peut l'atteindre.

Franz l'observa un moment, puis se tourna vers sa sœur, qui se tenait, muette, derrière l'épaule gauche d'Ilse. Sigi, qui s'était par défi allongé sur le lit (en théorie juste au-dessus des photos coquines qui avaient provoqué cette intervention, donc), se mit à mordiller bruyamment sa patte arrière gauche.

— *Sehr gut*, finit par soupirer Franz.

Pivotant sur son talon valide, il rejoignit en boitant son bureau et récupéra sa canne. Ilse en profita pour décocher un sourire victorieux à Renate. Franz, pourtant, ne quitta pas sa chambre. S'arrêtant sur le seuil de la pièce, il tendit le bâton bien ciré à Ilse.

— Je vous prête mon arme.

Il montra la poignée en forme de corbeau, un hommage à sa passion pour Poe.

— Servez-vous de cette extrémité-là. Et nettoyez-la après. Vous pourrez la reposer dans le couloir, ici, quand vous aurez terminé. Sigi, *raus* !

Il attendit que le chien saute lourdement du lit et rejoigne le couloir en trottinant pour refermer sa porte.

— Je t'avais prévenue, lui asséna Renate, une fois qu'elles furent à l'abri dans sa chambre.

Elle était déçue malgré tout.

— Reviens demain, ajouta-t-elle, voyant qu'Ilse faisait la tête. Il ne rentrera que pour dîner.

— Je ne peux pas. On va chez Oma.

Les parents du père d'Ilse avaient une maison à Wiesbaden, ceux de sa mère à Spandau. Que la jeune fille ait encore ses quatre grands-parents était l'une des choses que Renate lui enviait. La seule aïeule qui lui restait, la mère de sa propre mère – si blême qu'on aurait dit qu'elle se poudrait avec du talc – vivait dans un appartement juste à côté du parc Hirschgarten. Après chacune de ses visites, Renate gardait sur elle l'odeur de cet endroit pendant plusieurs jours – une odeur d'huile de lavande devenue rance.

— Reviens lundi, alors.

— J'ai piano.

— Mardi ?

— J'ai rendez-vous avec le docteur Stein pour un bilan.

Renate gémit : le mercredi lui semblait à des années et des années de là. Soudain, le visage d'Ilse s'éclaira.

— Apporte-la au lycée.

Renate la dévisagea.

— Tu es folle ?

— Pourquoi pas ? Si tu te fais prendre, tu pourras dire que tu l'as trouvée quelque part.

Un sourire sournois apparut sur les lèvres d'Ilse.

— Ou tu pourras dire la vérité. Il est temps que Franz ait des ennuis.

Renate n'était toujours pas convaincue.

— Tu ne me laisseras pas tomber si je me fais prendre ?

— Bien sûr que non.

— Tu partageras la responsabilité avec moi ?

— *Natürlich*, répondit Ilse en reniflant et en levant la main droite.

À son majeur brillait la bague que Renate lui avait donnée dix-huit mois plus tôt, en échange de celle qu'Ilse lui avait offerte : de simples anneaux en argent dans les deux cas, avec une petite main tendue en guise de pierre. Une lettre était gravée à l'intérieur de chacun d'eux : un I sur celui de Renate, un R sur celui d'Ilse. Quand on les réunissait, les petites mains s'ajustaient pour former un nœud scintillant.

Et les voilà, trois jours plus tard, à un peu plus de quatorze heures, dans la bibliothèque au plafond bas du *Gymnasium* Bismarck, où la brève existence de Renate, qui n'a encore jamais échangé de baiser, est sur le point de s'achever.

— J'attends ! tonne Herr Steinberg.

Il se rapproche. Si près que Renate peut sentir son odeur de tabac froid et de vieux café. Elle presse les paupières de toutes ses forces, dans un ultime effort pour réussir à perdre connaissance et s'attirer, enfin, un peu de sympathie. Comme son corps refuse de lui obéir (c'est toujours le cas, surtout dans des moments pareils, où cela lui serait d'une grande utilité), elle déglutit.

— Je…

— Herr Steinberg ?

Le bibliothécaire pivote sur ses talons.

— Oui, Gerhardt ?

Gerhardt ? Renate rouvre aussitôt les yeux.

— La carte m'appartient.

Il faut quelques secondes à Renate pour s'assurer qu'elle ne rêve pas. Et c'est là, ensuite, qu'elle manque de s'évanouir. Car c'est bien lui, Rudolph Gerhardt. Le garçon au grain de beauté parfait, à la fossette au menton parfaite, aux yeux parfaits d'un vert translucide et changeant. Elle ne s'explique pas comment il a pu entrer sans qu'elle s'en rende compte : elle a une conscience si aiguë de sa présence en temps normal qu'elle est presque capable de reconnaître son pas à un étage de distance. Et pourtant il est là, assis à la table juste derrière, et tous les regards sont braqués sur lui. On dirait Gary Cooper dans *L'Adieu aux armes*.

Quand il est au centre de l'attention, Rudi rayonne. Elle est, pour lui, un accessoire aussi seyant qu'un feutre distingué ou qu'un bracelet-montre élégant. Le jeune homme blond et sec en uniforme kaki soigneusement repassé semble de retour d'une marche vivifiante. Il appartient à cette catégorie d'élèves qui ne semblent pas avoir conscience de l'impact des assauts incessants de la puberté sur les différentes parties de leur corps, et que les enseignants les plus grincheux adorent. Même Herr Steinberg, dont le visage pourrait très bien avoir été taillé dans un bloc de granit, aurait, à en croire certains, déjà esquissé un sourire en sa présence.

— Ceci vous appartient ? lui demande le bibliothécaire en ajustant ses lunettes rondes.

— Oui, monsieur, répond Rudi en baissant la tête dans un geste d'apparente humilité. Et je suis vraiment désolé. Je l'ai trouvée sur Königsstraße, juste devant Israel, ce matin. Elle était abandonnée là, au milieu de la rue, visible de tous.

Renate adresse un bref regard à Ilse, qui en retour fronce les sourcils. Elles connaissent toutes deux l'adresse de Rudi. Et savent par conséquent qu'Israel – l'un des grands magasins les plus importants de la ville – n'est pas sur son trajet jusqu'au lycée.

— Et vous l'avez ramassée, en conclut le bibliothécaire.

Il s'éloigne de Renate, qui peut à nouveau respirer ; elle a retenu son souffle si longtemps que ses poumons sont douloureux.

— Vous l'avez ramassée, poursuit-il, et vous avez visiblement considéré qu'il convenait de l'introduire entre les murs de cet établissement.

— Oui, monsieur.

Rudi lève un regard brillant vers lui. Herr Steinberg remonte ses lunettes sur son nez.

— Et pour quelle raison ?

Le jeune homme se penche en avant, appuie son menton parfait sur la paume de sa main.

— Eh bien, pour commencer, je ne voulais évidemment pas que quelqu'un d'autre tombe sur cette image dégénérée. Mais je voulais aussi la montrer à mes camarades.

Des cris de surprise étouffés résonnent à travers la salle, on dirait que du gaz s'échappe en sifflant de plusieurs tuyaux fissurés. Même le bibliothécaire semble décontenancé.

— Vous ne souhaitiez pas que des inconnus puissent la trouver dans la rue, en revanche vous avez eu envie de l'exhiber dans ce lycée ?

— Tout à fait.

— Puis-je vous demander pourquoi ?

Rudi sourit.

— Comme une mise en garde. Sur la profondeur des abîmes dans lesquels certains types s'enfoncent.

— Et à quels « types », à quels « abîmes » pensez-vous ?

Renate se tord les mains sous le plateau ciré de la table en chêne, elle sent la bague d'Ilse s'enfoncer dans sa paume.

— Les abîmes des races inférieures. Les Juifs par exemple. Je suis convaincu que ce n'était pas un hasard si cette carte se trouvait devant un magasin juif.

En apparence, rien ne change dans l'expression de Herr Steinberg. Pourtant Renate a l'impression que son visage rétrécit, qu'il se contracte, alors qu'aucun de ses traits ne bouge ni même ne frémit.

— Oui, dit-il. Oui, naturellement.

Sa pomme d'Adam monte et descend.

— Et que suggérez-vous que j'en fasse à présent ?

— Que vous me la rendiez, bien sûr, rétorque Rudi. Afin que je puisse mettre en garde mes camarades dans d'autres cours.

Sa réponse fait voler en éclats la tension dans la pièce, des reniflements et rires difficilement contenus se propagent dans l'atmosphère étouffante. Renate retient de nouveau son souffle, s'attendant à ce que le bibliothécaire explose, ainsi qu'il a la réputation de le faire parfois – par exemple le jour où il a intercepté la caricature de Frau Bernhardt avec une barbe et d'énormes *Titten*, réalisée par Martin Beidryzcki. À son grand étonnement, Herr Steinberg se contente de lâcher la carte postale sur le cahier de Rudi.

— Personnellement, je vous suggère de vous en débarrasser une bonne fois pour toutes plutôt que de prendre le risque de l'agiter sous le nez d'enseignants qui pourraient se montrer moins compréhensifs que moi. Quoi qu'il en soit, mon jeune ami, je ne veux plus revoir cette carte, ni aucune autre du même acabit, dans ma bibliothèque. Me suis-je bien fait comprendre ?

Les mots en eux-mêmes sont impérieux, mais le ton est étrangement peu convaincant, on dirait la récitation mécanique d'une réplique de théâtre. Ça ne semble pas échapper à Rudi, qui fourre la carte dans sa sacoche avec un sourire narquois. Surprenant le regard de Renate sur lui, il lui adresse un clin d'œil appuyé. Elle sent son ventre se nouer comme si elle venait de recevoir un coup de poing.

À côté d'elle, Ilse tousse pour attirer son attention.

— Qu'est-ce que c'est que cette histoire ? murmure-t-elle derrière sa main.

— Je ne sais pas très bien, lui répond Renate.

Son cœur continue à battre la chamade, toutefois la surprise causée par le clin d'œil s'est transformée en chaleur onctueuse dans son ventre. Car en réalité, elle sait très bien. Ou plutôt, elle sait une chose : Rudolph Gerhardt vient de lui sauver la vie.

— Il a le béguin pour toi, lui dit Ilse plus tard, alors qu'elles dépassent le jeune Tyrolien en glissant quelques pfennige dans sa sébile, ce qui leur vaut de repartir avec de nouveaux insignes à l'effigie du Secours d'hiver. Forcément, pourquoi se serait-il dénoncé sinon ?

— Qui sait ?

S'efforçant de garder un ton égal, Renate examine son insigne avant de l'épingler sur le col de son manteau, à côté des trois qui s'y trouvent déjà. En secret, pourtant, l'excitation continue à vibrer en elle. *Faites que ce soit vrai,* songe-t-elle, *pitié, faites que ce soit vrai.*

— Et tu as vu l'expression de Steinberger ? poursuit Ilse, qui a fourré son insigne dans sa poche, elle. C'était hilarant. Martin m'en a fait une caricature après.

— J'avais trop peur de le regarder. J'ai bien cru qu'il allait m'étrangler. Devant tout le monde. Et d'ailleurs, tu ne t'es toujours pas excusée.

— De quoi ?

— De m'avoir frappée ! À cause de toi, j'ai attiré son attention. Qu'est-ce qui t'a pris ?

— Je ne t'ai pas frappée. Je t'ai donné un petit coup de coude. Minuscule. J'ai à peine bougé.

— Si tu as à peine bougé, alors pourquoi est-ce que j'ai failli tomber de ma chaise ?

— Parce que tu es étourdie et maladroite, réplique Ilse. Tout le monde le sait.

— Tu es insupportable, gémit Renate.

— C'est toujours mieux que d'être trop sage, riposte Ilse.

Elles éclatent de rire. À l'approche de la parfumerie, elles s'arrêtent devant par habitude ; Renate remarque un nouveau flacon – Nuit de Chine – dans la vitrine. Elle se demande fugitivement quelle peut bien être l'odeur d'une nuit chinoise.

— Tu sais qu'il est juif ? lui demande Ilse.

— Qui, Martin ?

Renate hausse les épaules puis dit d'une voix de fausset :

— Tout le monde le sait !

Elles se remettent en route et Renate fouille ses poches afin de vérifier qu'elle a assez de monnaie pour leur goûter quotidien.

— J'avais peur que ça lui fasse de la peine d'ailleurs. Ce que Rudi a dit. Mais Martin l'a pris comme une plaisanterie sans conséquence.

— Non, Steinberg. Steinberg est juif, lui aussi.

— Ah bon ?

Renate se renfrogne ; elle l'ignorait. Ilse hoche la tête.

— Ça se voit, quand on l'observe attentivement. Quelque chose dans le nez…

Elle pince son petit nez retroussé pour illustrer son propos avant de poursuivre :

— Ma mère l'a vu sortir de cette immense synagogue sur Oranienburgerstraße samedi dernier. Il portait cette espèce de chapeau et tout le tralala.

— Le truc en fourrure qu'ont les hommes dans le quartier de Sheunenviertel ?

Elles dépassent alors, justement, la chapellerie de Herr Gerstel, et sont surprises de la trouver fermée. Le turban violet a disparu de la vitrine. Renate se demande s'il a été vendu et qui a bien pu l'acheter dans ce cas. Une star de cinéma ? Un sultan richissime ? L'assistante d'un magicien exotique ? Peut-être que Herr Gerstel l'a vendu si cher qu'il a pu prendre sa retraite. Renate espère (égoïstement) que ce n'est pas le cas. Elle adore cette boutique.

— Non, lui dit Ilse. Le petit. Celui qui ressemble à un couvre-théière.

L'image d'un couvre-théière couronnant la calvitie que Herr Steinberg tente de cacher au moyen d'une mèche les plonge dans un bref accès d'hilarité. Qui retombe cependant dès qu'elles approchent de la Schloss-Konditorei.

Comme toujours, la porte de la boulangerie est ouverte, laissant s'échapper une délicieuse odeur de pâte levée. Ce qui est inhabituel, en revanche, c'est le panneau qui a été fixé sur la vitrine et qui masque les sablés, beignets, tartes, tourtes aux fruits, *Stollen* et autres gâteaux aux pommes brillants, disposés avec soin en rangées ou monticules. *Deutsche !* clame le message dans une typographie gothique difficilement déchiffrable. *Wehrt Euch ! Kauft nicht bei Juden !*

Histoire d'enfoncer le clou, deux hommes trapus flanquent la porte. Chacun d'eux brandit un panneau portant le même avertissement. Leurs chemises brunes et leurs brassards rouge vif signalent leur appartenance à la Sturmabteilung, police auxiliaire qui défile au pas de l'oie dans les rues de Berlin en braillant des chants qui parlent de sang, de terre et de patrie. Voyant les deux jeunes filles hésiter, l'un d'eux les foudroie du regard en silence tandis que l'autre leur décoche un sourire condescendant.

— Désolé, les filles. Pas de gâteaux pour vous aujourd'hui.

— Et pourquoi ça ?

— Cette boutique appartient à un youpin.

— Vraiment ? rétorque Renate, surprise une fois de plus.

La Konditorei est célèbre pour ses vitrines de fête. Pas seulement au moment de Noël, lorsque la devanture se remplit de paquets cadeaux aux couleurs vives, de sapins scintillants et d'un petit train électrique rouge. Mais aussi à Pâques, époque de l'année où des gâteaux en forme d'agneau et des œufs peints les remplacent. Sans oublier, bien sûr, le déguisement qu'endosse Herr Schloss chaque année : l'immense costume rouge et le chapeau d'évêque. Le sac rempli de fruits à coque et de bonbons pour les enfants qui viennent le voir. Depuis quand les Juifs incarnent-ils saint Nicolas ?

— Vous êtes sûrs qu'il est juif ? insiste Ilse.

— Aussi juif que Jésus, lui répond le SA. Et méfiez-vous. Ils aiment les jolies jeunes filles.

Il se passe la langue sur les lèvres avec ostentation, d'un geste lubrique, avant d'ajouter tout bas :

— Mais ne vous en faites pas, je vous protégerai.

— Nous n'avons pas besoin d'être protégées, merci bien, rétorque sèchement Ilse.

Elle déteste qu'on la rabaisse. Renate, elle, ne dit rien et jette un coup d'œil au-delà de l'épaule du paramilitaire. Il n'y a pas un seul client dans la boulangerie, et Herr Schloss semble absent. Frau Schloss – son épouse aux joues roses, presque aussi dodue que lui – est au garde-à-vous derrière le comptoir. En temps normal, son sourire est si large que ses petits yeux bleus disparaissent derrière la marée montante de chair rose. Aujourd'hui, en revanche, elle affiche une mine grave et ses yeux sont parfaitement visibles. Lorsqu'ils croisent ceux de Renate, elle hausse légèrement les épaules comme pour dire : *Qu'est-ce qu'on y peut ?* Serait-elle juive, elle aussi ? s'interroge Renate. Les Juifs peuvent-ils être aussi blonds, avoir le teint aussi rose ?

— J'en avais entendu parler, observe Ilse d'un air songeur. Je n'avais pas compris que ça prendrait effet aujourd'hui.

— De quoi avais-tu entendu parler ?

— Du boycott des commerces juifs.

La cuisinière d'Ilse, Britta, a un fils dans la SA. Elle divertit souvent Ilse avec le récit de ses exploits et distinctions.

— Alors il n'y a pas que Schloss ?

— Je ne crois pas. Regarde là-bas.

Renate met sa main en visière pour scruter Unter den Linden. Sans surprise, elle découvre d'autres affiches blanches – notamment celle sur la chapellerie close, qu'elle n'a pas remarquée en passant. Les boutiques encore ouvertes sont placées sous la surveillance de *Sturmtruppen*. Quelques clients désorientés hésitent devant.

— Quelle poisse ! s'écrie Renate, agacée. C'est censé durer combien de temps ?

Elle a faim, parce qu'elle a encore oublié d'apporter à manger ce midi.

— Juste aujourd'hui, lui répond Ilse. Ils n'ont pas passé de loi, ni rien. Ils ne peuvent pas réellement nous empêcher d'entrer.

— Nous ne devrions pas avoir à vous convaincre, leur dit le SA à la mine sinistre. Vous deviez être fières de soutenir votre pays de vous-mêmes.

— Je suis libre de le soutenir comme ça me chante, lui réplique brutalement Ilse.

Renate pose une main sur le bras de son amie. En temps normal, elle adore l'*Unverschämtheit* d'Ilse, que presque rien ne semble terrifier. L'ennui, c'est que celle-ci n'a pas toujours conscience de franchir une limite.

Mal à l'aise, Renate examine les deux hommes en bottes. Le poignard remis à tous les officiers de la SA et qu'ils portent à leur ceinture est, elle le sait, pensé pour impressionner, pas pour être utilisé. Ce qui n'est pas le cas de la matraque à poignée noire dont ils sont aussi pourvus. Quelques semaines auparavant, elle prenait un café et un gâteau avec sa grand-mère sur Potsdamerstraße quand un groupe de SA a soudain surgi devant la vitrine, braillant une chanson sur le Führer, la nation et la fierté.

« Ça ne leur ferait pas de mal de prendre des leçons de chant », a souligné son Oma (cantatrice amatrice, dont c'était la plaisanterie préférée).

C'est la suite des événements qui a surtout choqué Renate : la troupe s'était arrêtée à un carrefour et l'un de ses membres s'est subitement jeté sur un piéton pour l'attraper par le col. Il a approché son visage du sien afin de lui hurler quelque chose avant de le secouer plusieurs fois, si fort que la tête de l'homme a remué sur son cou comme celle de la poupée de chiffon de Renate, Alice. Puis, d'un geste si prompt que Renate a d'abord cru qu'elle était victime d'une hallucination, le milicien a abattu sa matraque sur le crâne du piéton. Le coup a été d'une violence telle que ce dernier, lorsque le SA l'a enfin lâché, s'est écroulé sur le trottoir. Il saignait abondamment.

S'étant acquitté de sa mission, le SA a retrouvé sa place dans les rangs de sa petite troupe, alors que la compagne de la victime appelait frénétiquement à l'aide…

Renate tire sur la manche du cardigan d'Ilse.

— Je crois qu'on a du gâteau à la maison. De toute façon… il est déjà tard.

Ilse refuse de bouger, pourtant. Se mordille la lèvre.

— Ilse…

— Écoute ton amie, lui dit le premier des deux miliciens. Vous ne m'avez pas l'air de filles qui cherchent les ennuis. Rentrez manger du gâteau avec votre Mutti.

Oh, non, pense Renate en voyant Ilse serrer les dents.

— J'entre, déclare-t-elle. Herr Schloss est un bon boulanger. Et ça m'est égal qu'il soit juif.

Elle se tourne vers Renate.

— Tu peux m'attendre ici, si tu préfères, mais est-ce que tu peux me donner l'argent ?

Renate hésite un instant, déchirée : en remettant sa monnaie à Ilse, elle défie le boycott. En ne le faisant pas, elle défie sa meilleure amie.

Pendant quelques secondes, elle se transforme en statue, la main dans la poche, les yeux sur la paume tendue d'Ilse, sur la bague d'amitié qui scintille. Elle va sortir sa petite poignée de pièces quand elle se ravise.

— Non, dit-elle. Je viens aussi.

*

— Un de ces jours, Ilsi, tu vas vraiment t'attirer des ennuis, dit Renate avant de rouler sur le ventre. Ou pire, m'attirer des ennuis à moi !

— Un de ces jours, tu apprendras à ne pas te laisser marcher sur les pieds, lui réplique son amie en délogeant une graine de pavot entre ses dents.

Renate soupire.

— Ce que je n'arrive pas à comprendre, c'est que je croyais que tes parents et toi vous appréciiez le NSDAP. Que vous trouviez qu'ils faisaient de bonnes choses.

Les parents de Renate, eux, détestent Hitler et ses complices du parti national-socialiste, des brutes sectaires et frustes. Les parents d'Ilse, qui ont beaucoup souffert de l'inflation après la Défaite, sont persuadés que Hitler tiendra promesse et rendra sa grandeur à l'Allemagne. Ils lui attribuent d'ailleurs personnellement l'amélioration de leur situation.

— J'approuve la ligne du parti, confirme Ilse. Ce qui n'implique pas pour autant que je cautionne les chemises brunes. La moitié de ces types sont des voyous. Et toutes ces histoires sur les Juifs… pfff.

Elle balaie l'air d'un revers de main.

— Il y a des extrémistes dans chaque mouvement politique. Mon grand-père dit que ça leur passera.

— Mmmh, répond Renate en se demandant si ses parents partageraient cette analyse.

Quelque part elle en doute. Elle a surpris une conversation animée entre eux, dans leur chambre, ponctuée de termes tels que « lois », « isolement » et « *Juden* » – nombre de leurs amis et collègues sont juifs, en effet.

— Je crois d'ailleurs que je vais rejoindre la BDM, reprend Ilse.

— C'est vrai ? s'étonne Renate en se retournant pour la regarder.

Elles se sont souvent moquées par le passé de cette ligue réservée aux jeunes filles allemandes : les défilés décérébrés, les chants ridicules.

— Une idée de ta mère ?

— Non, une idée à moi, répond Ilse. Maman voudrait que je m'inscrive à la Ligue de Louise. Elle trouve ça plus chic. Ou je ne sais quoi.

— Quelle horreur ! lâche Renate avec une grimace.

À ses yeux, les adhérentes à la Ligue de Louise sont encore pires que celles à la Bund Deutscher Mädel. Elles s'habillent en bleu myosotis – apparemment la couleur préférée de la reine Louise – et se réunissent chaque semaine, en théorie pour célébrer son règne. À ce qu'Ilse et Renate en ont compris après avoir espionné le groupe pendant plusieurs jours, ses membres se contentent principalement de parler de mode française et de swing américain.

— Des petites filles de banquiers et d'avocats, pourries gâtées, ajoute-t-elle d'un air méprisant.

Ilse secoue la tête.

— Tu imagines passer six heures avec elles chaque semaine ?

— Une seconde, ce serait déjà trop.

— Mais la BDM, ça doit aller. J'ai entendu dire qu'on s'amusait bien, on fait du camping, des activités sportives et des travaux manuels. Il y a souvent des sorties communes avec les Hitlerjugend.

Elle croise les mains derrière la tête.

— Et puis je suis curieuse.

— Comment ça ?

— J'aimerais savoir ce que ça fait d'appartenir à quelque chose… de plus important.

— De plus important que quoi ?

Ilse désigne d'un mouvement du bras les chaussures et les livres éparpillés tout autour d'elles.

— Que tout ça… Ce cycle éternel de cours, de devoirs, de nuits. Qui n'est interrompu, de temps en temps, que par des fêtes d'anniversaire stupides. Tout ça me paraît… je ne sais pas. Sans valeur. J'ai l'impression que mon existence ne change rien au monde.

Renate fronce les sourcils.

— Et qu'est-ce que tu voudrais changer ?

— Je ne sais pas. Quelque chose. Oh, et tu ne devineras jamais !

Elle baisse la voix.

— Erika m'a raconté que l'an dernier ils sont partis camper avec les membres des Jeunesses hitlériennes. Elle est sortie en douce de sa tente pour aller nager avec Rudi et trois autres.

Encore plus bas, elle ajoute :

— Ils étaient en *sous-vêtements*.

Renate ressent aussitôt une aigreur dans l'estomac. Elle se convainc que ce n'est pas seulement parce que Erika s'est baignée – presque nue ! – avec Rudi, mais parce qu'elle a été autorisée à partir camper. Les parents de Renate ne l'emmèneraient pour rien au monde passer ne serait-ce qu'une seule nuit dans une forêt. Pour commencer, sa mère déteste se promener dans la nature (elle juge cela « ennuyeux et inutile »). Elle est absolument incapable de cuisiner, déjà avec une gazinière, alors sur un feu de camp… Il y a aussi le boitillement de Franz, souvenir d'une attaque de polio dans son enfance. Il ne se déplace jamais sans canne, même sur les surfaces planes. Quant au père de Renate, il prétend qu'il a passé, sur le front russe, suffisamment de temps sous la tente pour plusieurs vies.

— Alors ?

— Alors quoi ? lui rétorque Renate.

— Tu t'inscrirais avec moi ?

— Tu connais mes parents, Ilsi.

— Tu ne serais pas obligée de leur dire !

— Je n'ai pas besoin de leur accord ?

— Tu sais à quoi ressemble la signature de ton père, non ?

Renate en reste bouche bée.

— Tu n'es pas sérieuse ! Et mon dossier ? Je n'arriverai jamais à me le procurer toute seule.

— Je crois qu'ils peuvent le réclamer de leur côté, au service d'état civil. Il faut juste leur laisser un peu de temps.

Renate s'étire, fait craquer son cou, d'abord d'un côté, puis de l'autre. Elle essaie d'imaginer ce qui arriverait si elle suivait le conseil d'Ilse. Mentir. Imiter la signature de Vati. Inventer de fausses excuses deux fois par semaine et le samedi, pour justifier ses absences. Cette seule pensée lui donne la nausée. Son plus grand acte de rébellion, jusqu'à présent, a consisté à tirer la langue à sa mère, de dos, il y a cinq ans, juste pour voir ce qui se passait. « Renate, a aboyé Lisbet Bauer, la place de ta langue est à l'intérieur de ta bouche. » Elle n'a même pas pris la peine de se retourner.

Renate décide de changer de sujet.

— La vraie question, c'est : comment est-ce que je fais pour récupérer cette carte postale de malheur ? Franz me tuera s'il découvre que je l'ai prise.

— Comment saurait-il que c'est toi ?

— Qui ça pourrait bien être d'autre ? Ma mère ?

— Pourquoi pas Raina ? suggère Ilse en donnant un petit coup dans l'épaule de Renate. Ce serait bien son genre.

— Raina ne se contenterait pas de piquer la carte. Elle la reproduirait.

Puis Renate ajoute, en coulant un regard en coin à Ilse :

— Mais avec un lamantin à la place de l'homme.

— Quelle horreur !

Ilse fait semblant d'avoir un haut-le-cœur. « Raina Bachmeier » est le nom du double diabolique que Renate s'est inventé après qu'elles ont vu ensemble, au Concordia, *Docteur Jekyll et Mister Hyde*. Celui d'Ilse est « Ida Fuchs ». Depuis, elles sont entrées en compétition pour savoir laquelle de ces jumelles maléfiques est la plus dépravée en théorie : au cours des dernières semaines, Raina Bachmeier a réduit en cendres l'établissement Bismarck, dévalisé une bijouterie et porté l'enfant de Herr Steinberg, un enfant de l'amour, tandis qu'Ida Fuchs a dérobé toutes les plaques de rue, détourné le tram 8 pour aller à Paris et s'est régalée d'un bébé teckel lors d'un déjeuner.

— Je vais devoir la réclamer à Rudi dès que je le reverrai, soupire Renate. Ça va être terriblement gênant. Il doit penser que je suis la pire fille de la terre.

— Si c'était le cas, il n'aurait pas volé à ton secours, lui rétorque un peu durement Ilse. Il n'aurait pas volé au secours de la belle demoiselle en détresse.

— Belle ? répète Renate en ricanant.

Elle a bien remarqué que les gens – les garçons en particulier – la regardent différemment ces derniers mois, cependant, elle n'y prête pas beaucoup plus d'attention qu'aux transformations qui affectent son corps. L'allongement de ses jambes fines et pâles, l'élargissement discret de ses hanches et le rétrécissement de sa taille. Sans oublier sa tignasse brune, qui lui donnait un air de garçon manqué et qui s'est comme par magie métamorphosée en cascade de boucles dévalant dans son dos. Si les sifflements admiratifs et les commentaires – *Hallo, meine Schöne ! Du bist schlau !* – ne lui échappent pas, elle a du mal à penser qu'ils la concernent. Et encore plus à y répondre.

— Il aurait fait la même chose pour toi, dit-elle à Ilse.

Elle est pourtant mal à l'aise, car elle sait que ce n'est pas vrai. Non qu'elle ne trouve pas Ilse belle à sa façon, cette Amazone blonde. Mais elle se rend compte qu'il y a en elle une forme d'ardeur et d'inflexibilité, une absence de féminité presque, qui maintient les garçons à distance. C'est d'ailleurs ce tempérament bien trempé qui a poussé Ilse à se jeter sur ce voleur à la tire, dans le U-Bahn, ce jour-là – son geste n'avait rien d'accidentel, même si Renate n'a pas osé la démentir devant Franz. Ilse a en effet réagi à la tentative de vol avec une rage aussi explosive que spontanée ; à croire qu'elle avait, toute sa vie, attendu cette occasion précise pour provoquer un scandale et humilier un adversaire. Au seul souvenir de la scène – et de l'expression surprise du malfrat juste avant de prendre la fuite – Renate en a encore le souffle coupé.

— Non, il ne l'aurait pas fait, lui réplique Ilse. Aucun garçon ne l'aurait fait.

Contrariée, elle lève les yeux vers les étoiles qu'elles se sont donné beaucoup de mal à découper et fixer au plafond de leurs deux chambres, pour dessiner des constellations (« pour dormir sous le même ciel », a dit Renate). Puis elle soupire.

— L'ironie dans tout ça, reprend Renate en changeant de sujet, c'est que tu n'as même pas pu la voir correctement. Tout ça pour rien !

Avec un petit sourire en coin, Ilse lui dit :

— Oh, j'ai eu une vue plongeante dessus lorsque Herr Steinberg l'a agitée comme une tapette à mouches. J'ai eu l'impression qu'il mettait la langue, ajoute-t-elle en tirant la sienne.

— Oh, Ilsi… Tu es immonde !

Renate se cache la tête sous un oreiller. Ilse ne se laisse pas démonter et se met à quatre pattes pour aller retirer l'oreiller du visage de son amie.

— Peut-être que Franz l'a déjà fait à une fille, chuchote-t-elle. Peut-être même que c'est lui sur la carte… Tu as bien dit qu'on ne voit pas le visage de l'homme, si ? De quelle couleur étaient ses cheveux ?

Son rire est triomphal.

— Et voilà ! s'écrie-t-elle. Plus besoin de se demander comment il se les est procurées. Directement à la source.

Renate remarque un éclat inhabituel sur les joues de son amie, un trémolo d'excitation dans sa voix, mais elle n'en dit rien.

— Tu es affreuse ! se contente-t-elle de rétorquer.

Puis, lui arrachant l'oreiller des mains, elle tente de lui donner un coup sur la tête. Sauf qu'étant comme elle est (faible et maladroite), elle rate son objectif. Pliée en deux, Ilse le récupère. Elles roulent ensemble au sol, essoufflées à force de rire, s'imbriquant toujours aussi parfaitement, telles deux pièces d'un puzzle.

3

Ava

1977

Le 747 ressemblait à une énorme baleine qui filait vers la terre et qui scintillait dans la chaleur estivale. Tandis qu'il roulait vers son point de stationnement, une vieille blague de l'humoriste anglais Bob Hope se mit à tourner dans la tête d'Ava : *J'ai volé jusqu'ici depuis la côte ouest, et, mes amis, j'ai les bras sacrément fatigués !* Quand elle avait entendu la blague pour la première fois, elle venait d'arriver aux États-Unis et elle n'avait pas compris le trait d'humour : pourquoi quelqu'un aurait-il mal aux bras après avoir passé plusieurs heures assis dans un avion ?

Ce jour-là, en revanche, ses bras étaient endoloris. Elle tenait Sophie devant la vitre pour que la fillette puisse regarder les avions atterrir et les chariots chargés de bagages ; elle avait l'impression que ça durait depuis des heures, même si elle n'avait eu l'intention de le faire que quelques instants au départ. Comme trop souvent ces derniers temps, le geste le plus anodin virait au bras de fer avec sa fille : la petite refusait de regagner le sol.

— Mon bébé, insista-t-elle en posant Sophie sur sa hanche.

En dépit de l'air conditionné glacial, de la transpiration coulait le long de la colonne d'Ava et imbibait la ceinture de son jean Wrangler.

— Regarde, lui dit-elle, tu vois encore très bien. Et on peut même danser !

Elle rebondit légèrement sur ses talons en chantant à voix basse en allemand (elle ne connaissait aucune berceuse en anglais) :

— *Alle Vögel sind schön da, alle Vögel, alle…*

— Nooooon ! vagit sa fille. P'u haut ! P'u haut !

Une menotte potelée se plaqua sur la joue d'Ava, poussant si fort que celle-ci en ressentit une douleur dans le cou. Elle résista à la tentation de lâcher sa fille.

— Maman n'est pas assez forte, préféra-t-elle dire en transférant le poids de Sophie sur son autre hanche.

Elle fut assaillie par une odeur d'ammoniac, signe qu'elle aurait dû la changer il y a un moment déjà.

— Il faut que je repose un peu mes bras pour qu'on puisse faire un énorme câlin à Oma quand elle sortira de l'avion… elle arrivera par cette porte-là, tu la vois ? Elle nous attend derrière.

Elle montrait à sa fille la passerelle par laquelle les passagers allaient débarquer. Une hôtesse de l'air se mettait enfin en position. Sophie considéra la femme avec méfiance, et celle-ci – *Dieu la bénisse !* – les gratifia d'un petit signe de son gant blanc. Sophie se tenait toujours sur ses gardes en présence d'étrangers. Pourtant cette hôtesse avait, peut-être à cause de sa petite coiffe rouge sémillante, éveillé la curiosité de la fillette. Elle leva un poing dodu, dans un geste qui évoquait davantage une démonstration de force à la Black Power qu'un simple salut, mais son visage jusque-là renfrogné s'adoucit, s'éclairant presque d'un sourire, alors que sa mère n'avait pas réussi à lui en arracher un depuis des heures.

Dans un soupir, Ava reporta son attention sur les passagers qui commençaient à débarquer. La plupart d'entre eux lui semblaient beaucoup trop couverts pour la vague de chaleur qui frappait la ville – avec des températures dignes du Sahara. Scrutant leurs traits blafards, elle se rendit soudain compte qu'elle n'avait pas la moindre idée de ce qu'elle espérait y trouver. Après tout, elle n'avait pas vu sa mère depuis près de dix ans. Et si Ilse avait changé ? Si elle avait pris ou perdu vingt kilos ? Si elle avait teint ses cheveux en noir ou en bleu ? Et si elle n'avait même pas embarqué au départ d'Allemagne ?

Cette dernière éventualité provoqua un frisson de nervosité, qui n'était pas entièrement désagréable. Ava s'était souvent plainte à ses amis, ses amants et ses psys que depuis son installation aux États-Unis en 1968, Ilse n'avait pas fait une seule fois le voyage. Ni pour la remise de son diplôme des Beaux-Arts, ni pour sa première exposition à Bowery, ni pour la mort de son meilleur ami et ancien amant, qui l'avait pourtant plongée dans une dépression d'un mois – sa colocataire de l'époque, Livi, s'était tellement inquiétée qu'elle avait décroché le téléphone pour en parler à Ilse (« Je ne serai d'aucune aide malheureusement », aurait-elle répondu). Ilse n'était même pas venue à la naissance de Sophie, bien qu'elle eût prétendu avoir réservé son billet et posé des congés au magazine. Sans surprise, elle avait été retenue par un imprévu. Dans ce cas précis, une attaque subite de grippe.

« Je ne voudrais pas que vous tombiez malades, toi ou le bébé, lui avait-elle dit au téléphone. C'est déjà assez de travail de s'occuper d'un nourrisson en bonne santé ».

Comme si tu en savais quelque chose, avait été tentée de lui rétorquer Ava. Elle ne l'avait pas fait, bien sûr.

Ainsi, lorsque Ilse l'avait rappelée, peu après le premier anniversaire de Sophie, pour lui annoncer qu'elle avait non seulement réservé un billet auprès de la Lufthansa mais aussi une chambre d'hôtel dans le quartier de Greenwich, la réaction d'Ava avait été mitigée. Naturellement, il y avait du scepticisme. Celui-ci s'accompagnait toutefois d'une émotion liée à une excitation tenace : l'espoir renouvelé qu'Ilse était peut-être enfin prête à devenir la mère aimante, encourageante et (plus important) accessible dont Ava avait toujours rêvé.

Libérée du sort que l'hôtesse lui avait jeté, Sophie se remit à scander :

— P'u haut-haut-haut-haut-haut !

Elle commença à se tortiller et à donner des coups.

— Attends, attends, lui souffla Ava. Encore une petite minute. On cherche Oma. Si elle n'arrive pas, je te…

Elle n'eut pas le temps de terminer sa phrase : Ilse venait d'apparaître, dans une robe écossaise avec le cardigan assorti. On aurait dit qu'elle sortait du tramway brêmois.

— Maman ! s'écria Ava.

Alors qu'Ilse tournait sa tête couronnée d'une tresse vers elles, Ava attrapa le poignet charnu de sa fille pour lui faire signe. La petite, qui avait une force stupéfiante, résista et transforma le geste en gifle poisseuse sur la joue gauche d'Ava, à l'instant précis où ses yeux croisaient ceux d'Ilse. Elle fut frappée de constater que sa mère semblait à la fois perplexe et très légèrement peinée. Cette expression réveilla un souvenir d'une étonnante clarté, celui du jour, trente années auparavant, où Ilse s'était présentée à l'improviste à l'orphelinat de Brême où Ava avait passé la fin de la guerre. Et l'espace d'un instant, cette dernière retrouva l'émotion troublante qu'elle avait ressentie en croisant le regard de sa mère pour ce qui lui avait semblé la toute première fois : une joie incandescente face au retour tant attendu d'Ilse. Accompagnée aussi de la peur, pareille à un coup de poignard en plein cœur, qu'elle tourne aussitôt les talons.

Au lieu de quoi, Ilse souleva sa valise cabine et se dirigea vers Ava et Sophie, de son habituelle démarche militaire, épaules et dos raides.

— *Da bist du !* s'exclama-t-elle sur le même ton que si c'était elle qu'on avait fait attendre. Mon Dieu, j'ai cru qu'ils n'allaient jamais nous laisser descendre.

Tout en parlant, elle fixait Sophie et non Ava. La fillette, quant à elle, l'observait avec des yeux ronds brillant d'un désarroi qu'Ava comprenait parfaitement : en les voyant réunies pour la première fois, elle n'avait pas seulement confirmation que la fillette était le portrait de sa grand-mère, elle était frappée par leur ressemblance. Elles avaient exactement les mêmes yeux – de forme et couleur identiques –, mais aussi les mêmes nez et menton. Même leur expression, alliance de fascination inflexible et de légère méfiance, donnait l'impression qu'elles avaient été produites sur la même chaîne de montage, bien qu'à cinquante ans d'écart.

— Quelle enfant adorable ! s'attendrit Ilse, avec une effusion si sincère qu'Ava en fut prise au dépourvu. Tu crois qu'elle acceptera que je la prenne ?

Elle reposa sa valise et ouvrit les bras.

— Elle est un peu timide en présence des…

Ava s'interrompit. Pas uniquement parce qu'elle s'apprêtait à prononcer le mot « inconnus », mais parce que Sophie tendait ses bras grassouillets vers sa grand-mère et pesait de tout son poids dans sa direction. Comme si elle avait attendu cet instant depuis le début de sa brève existence.

— Elle ne marche pas encore ? s'étonna Ilse alors que leur taxi faisait une embardée pour s'engager sur la voie rapide.

Ava s'essuya le front avec le bas de son tee-shirt.

— D'après le pédiatre, les filles s'y mettent souvent plus tard. Surtout quand elles ne se sont jamais mises au quatre pattes.

— Elle ne se déplace pas à quatre pattes ?

Ilse semblait aussi atterrée que si Ava venait de lui révéler que sa petite-fille ne respirait pas.

— Moi non plus je ne le faisais pas, tu te souviens ?

— C'était il y a longtemps, répondit sa mère d'un air vague.

Ava l'observa à la dérobée. Elle ne l'avait pas vraiment remarqué à l'aéroport, mais Ilse avait beaucoup changé au cours des dix dernières années. Elle était plus massive, se tenait légèrement plus voûtée. Elle conservait son teint laiteux de fille de ferme bavaroise, pourtant, de près, les rides au-dessus de ses sourcils et autour de ses lèvres s'étaient creusées. Dans l'ensemble, ces éléments donnaient moins une impression de vieillissement que de radoucissement.

Et l'attitude de sa mère trahissait d'ailleurs également une forme d'apaisement : elle gazouillait et riait avec sa petite-fille, témoignant d'une fantaisie spontanée dont Ava n'avait, de mémoire, jamais fait l'expérience. D'un autre côté, songea-t-elle, ses propres grands-parents lui avaient toujours paru très différents du couple terne et sévère qu'Ilse lui avait froidement décrit aux rares occasions où elle avait accepté d'aborder le sujet. Pour Ava, les années passées avec son Oma et son Opa avaient été les plus heureuses, les plus rassérénantes de son enfance. Rien que de penser à eux, et à leur disparition, une boule se forma dans sa gorge.

Elle enfouit son visage dans le duvet soyeux et humide de transpiration de Sophie.

— On est heureuses qu'Oma soit ici, hein ? murmura-t-elle.

— NON ! répondit Sophie en plantant ses petits talons dans les cuisses de sa mère.

— Ne fais pas mal à maman, la réprimanda Ava en immobilisant les chevilles déchaînées de l'enfant.

— Tu ne lui parles pas allemand ? demanda Ilse en pressant un mouchoir sur son front.

— J'ai peur que ça l'embrouille, mentit Ava.

En vérité, elle souhaitait restreindre au minimum ses liens avec sa terre natale. Il était rare qu'elle mentionne ses origines allemandes.

— Tu n'as pas lu que c'est dans les premières années de la vie que l'on est le plus apte à apprendre des langues ? lui lança Ilse.

— Je n'ai pas beaucoup de temps pour lire quoi que ce soit, répondit Ava avec lassitude. Elle me prend beaucoup d'énergie.

— Parce que tu crois que tu ne m'en prenais pas ? souligna Ilse. Et pourtant moi, j'ai réussi à travailler et à lire.

Tu avais de l'aide, voulut répliquer Ava. Adoptant une approche plus prudente, elle dit avec diplomatie :

— Tu pourras profiter de cette visite pour me donner quelques conseils. J'en ai bien besoin !

Autrefois, Ava s'en souvenait, Ilse aurait saisi cette occasion pour dénigrer un peu plus sa fille. « C'est ce que je vois », aurait-elle rétorqué. Ou : « Bien plus que quelques-uns, oui ! » Aujourd'hui, néanmoins, elle se contenta de sourire et de toucher une des boucles blond platine de la fillette.

— J'ai l'impression que tu t'en sors très bien.

En *Ilse-Sprache*, c'était le plus beau des compliments.

— Comment tu appelles ton quartier, déjà ? lui demanda Ilse une demi-heure plus tard, les yeux rivés sur un mur couvert d'affiches de groupes de musique, d'annonces d'*escort girls* et de graffitis : un symbole de la paix recouvrant une croix gammée ; une exhortation à « tuer un yuppie » ; une autre à « voter pour Cuomo, pas pour l'homo ».

— East Village.

— Tu ne vivais pas dans un autre *Village* avant ?

— Si, à Greenwich. Avec Livi. Puis avec Mark on a trouvé un appartement à loyer encadré ici, et l'occasion semblait trop belle pour la laisser filer. On ne paie que cent cinquante dollars par mois.

— Mark étant le père.

Der Vater. Les sonorités de ce mot étaient si cliniques et tranchées, en décalage complet avec l'homme œuvrant de bon cœur à sa propre destruction qui avait brièvement partagé la vie d'Ava. Leur histoire avait été une comète dans l'univers chaotique de sa vie amoureuse : aveuglante et dotée d'un noyau solide, d'une brièveté déchirante. Elle n'avait jamais connu pareille intensité, ni auparavant ni depuis. Il avait pris la fuite quand elle était tombée enceinte, soit trois mois après l'avoir persuadée d'emménager avec lui. Il ne restait de lui qu'une guitare Martin fatiguée, un chèque représentant six mois de loyer et un message griffonné à la hâte : *Désolée, chérie.*

— C'est le père de Sophie, oui, dit-elle à Ilse en baissant les yeux vers sa fille, transformée en poupée de chiffon sur ses genoux, s'étant endormie à une vitesse dont seuls les jeunes enfants sont capables.

— Il est américain ?

— Oui.

Ava soupira : elle était convaincue d'avoir précisé ces détails dans ses lettres.

— Et il vit toujours à New York ?

La dernière fois qu'Ava avait eu des nouvelles de Mark, il se trouvait à Los Angeles, où il partageait un appartement (et peut-être un lit) avec le batteur travesti d'un groupe de glam rock appelé les Bobbie Cocks.

— On a perdu contact, dit-elle d'une voix tendue.

Sa mère la dévisagea d'un regard impénétrable.

— Ça n'a pas l'air de te déranger beaucoup.

— Quoi ?

— Que Sophie ne connaisse pas son père.

Ava en resta littéralement bouche bée. Aussi loin que remontaient ses souvenirs, le sujet de son propre père avait toujours été, implicitement et explicitement, proscrit. Petite, elle savait seulement que son père était un soldat allemand mort sur le front de l'Est. Adolescente, elle avait essayé d'en apprendre davantage – elle avait imité la signature de sa mère pour commander une copie de son certificat de naissance. Munie du nom qui figurait dessus, elle s'était ensuite rendue aux archives de la Wehrmacht, à Berlin, pour faire des recherches. Celles-ci n'avaient servi qu'à confirmer les pires craintes d'Ava au sujet de cet homme, tout en poussant Ilse un peu plus loin dans ses sombres retranchements.

— Qui sait, dit-elle avec prudence, peut-être qu'il réapparaîtra un jour.

Ilse s'épongea à nouveau le front puis baissa sa vitre, se couvrant la bouche et le nez alors que les odeurs nauséabondes de la ville – ordures en décomposition, goudron ramolli et déjections canines en train de cuire lentement – pénétraient dans l'habitacle.

— C'est vraiment le seul endroit que tu as trouvé pour vivre ? demanda-t-elle d'une voix légèrement nasillarde derrière sa main. Je comprends mieux maintenant pourquoi l'agent de voyage m'a déconseillé de prendre un hôtel dans ce coin.

— Ce n'est pas aussi horrible que ça, répondit Ava, sur la défensive. Si j'avais les moyens, j'achèterais ici.

— Dans ce cas tu devrais peut-être commencer par chercher un travail, non ?

— J'en ai un, maman. Plusieurs, même. Je travaille sur un projet de livre avec un auteur jeunesse renommé. D'après mon agent, Scribner est intéressé. Je tiens la garderie le lundi et le mercredi, ça me rapporte un peu d'argent. Et je continue à donner des cours d'allemand à des lycéens les samedi et dimanche après-midi. Livi ou Jakob gardent Sophie.

— *Unglaublich*, marmonna sa mère.

Incroyable. Ava se raidit avant de comprendre que ce commentaire ne lui était pas destiné. Le taxi s'était arrêté à un carrefour, et Ilse avait le regard rivé sur un immeuble en ruines qui ne devait plus être habité depuis plusieurs décennies. Aux gravats se mêlait un méli-mélo de carcasses de voiture réduites à leur plus simple expression, formant des angles étranges, tels les vestiges d'une course automobile très ancienne.

— Mais comment peuvent-ils laisser ça dans un état pareil ? s'offusqua Ilse tandis que le chauffeur de taxi reprenait sa conduite saccadée. On se croirait à Berlin après la guerre.

Ava lui jeta de nouveau un bref regard. Ilse avait aussi toujours refusé de discuter de l'endroit où elle s'était rendue à la fin du conflit et durant l'année qui avait suivi. Ava fut presque tentée d'insister : *C'est là-bas que tu te trouvais alors ? À Berlin ?* Cependant elle savait d'expérience que pousser Ilse à parler de sujets qu'elle ne souhaitait pas évoquer ne servait qu'à la voir se refermer un peu plus. Elle se contenta donc de hausser les épaules.

— L'Allemagne s'en est plutôt bien remise.

— J'ai l'impression que les Américains se sont plus investis en Allemagne qu'ici, répliqua-t-elle, cassante.

Pendant un instant, elles s'immergèrent dans un silence étouffant et poisseux. Puis Ilse sembla se dérider.

— Je suis tombée sur le Doktor Bergen la semaine dernière.

Ava sentit son ventre vide se contracter.

— Ah ?

— *Ja*, confirma sa mère en hochant la tête. La femme d'Ulrich est venue à Brême le mois dernier avec leurs enfants.

« C'est chouette ». Ou « Tu l'as trouvée en forme ? » Ou « Quel âge ont ses enfants maintenant ? » Voilà le genre de choses que disaient les gens normaux dans ces circonstances. Mais la blessure que la nouvelle de la mort d'Ulrich avait infligée à Ava était toujours à vif, aussi douloureuse que le jour où elle avait reçu le télégramme la lui apprenant, plus d'un an auparavant. *Ulrich tué par sniper sur plateau du Golan. Enterrement Tel Aviv 28 juin.*

Ava tourna son regard vers la vitre, cherchant désespérément un autre sujet de conversation. Elle sentit une main sur son épaule.

— Ça s'arrange avec le temps, lui murmura Ilse.

Avant qu'Ava puisse lui demander de quoi elle parlait, elles arrivèrent devant son immeuble.

*

Deux jours plus tard, Ava se surprit à fredonner *Eine kleine Nachtmusik* en remuant de la semoule sur le feu.

La chaleur n'était pas retombée, et Sophie était encore plus grognon à cause d'un érythème fessier et de deux nouvelles dents en train de percer. Après avoir tenté, pour la troisième fois, de coucher sa fille à l'heure de la sieste, Ava avait fini par recourir au porte-bébé, alors qu'elle se l'interdisait en général à la maison. Cela semblait pourtant le seul moyen d'éviter que sa fille ne hurle tout en lui permettant de s'affairer dans la cuisine.

Elle s'était lancée dans la confection d'un vrai repas germanique pour la toute première fois, avec des recettes tirées du recueil *Les Joies de la cuisine allemande* qu'elle n'avait encore jamais ouvert. Pour acheter les ingrédients, elle avait mis la guitare de Mark au clou. C'était un projet d'autant plus ambitieux que, ces derniers temps, ses aspirations culinaires se limitaient à du pop-corn ou des plats surgelés avalés devant la télé. Il lui avait néanmoins semblé que c'était le meilleur moyen d'exprimer ses sentiments pour Ilse. Sa (pouvait-elle réellement éprouver une chose pareille ?) gratitude.

Car la réalité était bien celle-ci : Ava était heureuse que sa mère soit là. Très heureuse. Invraisemblablement, ridiculement heureuse. Et elle savait que Sophie ressentait la même chose : après avoir écouté attentivement Ilse jacasser en allemand, son nouveau mot préféré était devenu Oma. « Oma Oma Oma », avait-elle chantonné dans un demi-sommeil, pendant qu'Ilse la berçait dans sa chambre, et qu'Ava s'offrait le luxe d'un bain tiède. Et sa mère, qu'elle avait rarement entendue chanter, avait accompagné la petite, avant d'entonner une chansonnette lugubre qui évoquait vaguement quelque chose à Ava.

Holla-hidi hollala,
Holla-hidi ho.

Ce n'était pas rien d'endormir Sophie, et c'était l'un des nombreux miracles qu'Ilse avait accomplis. À peine une heure après son arrivée dans le petit appartement mal aéré d'Ava, elle s'était mis en tête d'y déployer la légendaire énergie de la *Hausfrau* allemande, récurant la cuisine et le petit évier qui s'y trouvait pour en ôter les traces de nourriture pour bébé et de crasse. Elle avait rendu à la salle de bains d'Ava, transformée en jardin fongique, une propreté proche de celle d'origine et elle s'était hissée sur les deux escaliers de secours pour nettoyer toutes les vitres. Quand elle eut terminé, l'appartement était sensiblement plus lumineux que si elle avait chassé un nuage d'orage têtu, accroché au-dessus de l'immeuble.

Mais c'était la veille qu'elle avait porté le véritable coup de grâce. À son retour, en fin de matinée, elle était flanquée d'un jeune employé dégingandé de chez Macy's avec un tablier du grand magasin. Il soufflait comme un bœuf derrière elle, ayant hissé deux énormes cartons jusqu'au quatrième. Chacun contenait un climatiseur Friedrich étincelant.

« Un pour la cuisine, un autre pour la chambre, avait annoncé Ilse alors qu'Ava considérait les appareils sans pouvoir dire un seul mot. *Was ist los ?* lui avait alors demandé Ilse. J'ai choisi le mauvais modèle ? »

Ava n'était parvenue qu'à secouer la tête, submergée par la générosité de ce cadeau et par la prise de conscience douloureuse qu'en dépit de son indépendance autoproclamée, et des messages de protestation qu'elle adressait à ses amis – oui, elle s'en sortait « très bien » toute seule –, ce n'était pas le cas. Loin de là.

Ilse avait montré au livreur où il devait installer les climatiseurs, supervisant son travail avec le pragmatisme abrupt dont elle faisait déjà preuve à l'époque, pour les devoirs d'Ava ou lors de leurs séjours en camping. Elle avait refusé le remboursement que lui proposait sa fille (purement par principe, car elle n'avait pas d'argent).

« Passer du temps avec ma petite-fille, lui avait-elle rétorqué en faisant rebondir Sophie sur ses genoux, est la seule chose que j'attends en retour. »

Et puis, comme pour enfoncer le clou de sa métamorphose de mère défaillante à fée marraine, elle avait sorti la fillette, permettant ainsi à Ava de profiter d'une sieste dans la merveilleuse fraîcheur ronronnante.

Ava, qui portait Sophie sur le ventre, prit bien soin de s'incliner à partir de la taille et ouvrit la porte du four après avoir posé la cuillère en bois avec son enduit brillant de pâte à gâteau. Le *Schweinebraten*, dans sa croûte craquelée de moutarde, paprika et graines de carvi, dorait joliment, et l'odeur était tout bonnement divine. Sur une plaque de cuisson juste au-dessus, un camembert entier glougloutait joyeusement. Une sauce à la groseille l'attendait près du gâteau de semoule. Plus satisfaite par ses créations culinaires que par tout ce qu'elle avait produit depuis plus d'un an, Ava referma le four, puis prit appui sur le plan de travail le temps d'essuyer la vapeur qui s'était formée sur ses lunettes. Sophie fit dans son sommeil un mouvement qui les envoya valser sur le sol.

— *Scheisse !* Sophie !

Se retenant au plan de travail pour ne pas perdre l'équilibre, Ava exécuta un grand plié maladroit alors que sa fille lui donnait des coups de talon dans l'aine, puis elle remit ses lunettes. Ava lui tendit la cuillère en bois à lécher. Elle ouvrit ensuite le réfrigérateur et en sortit le zinfandel blanc dont elle s'appliquait à faire descendre le niveau avec constance ; elle se rendit compte, après s'être servi son troisième (ou cinquième ?) verre, que plus de la moitié de la bouteille s'était évaporée.

— *Ba-ba-ba-ba*, chantonnait Sophie.

— Ce n'est pas grave, la rassura Ava. On en a une autre pour Oma.

— Oma Oma, gazouilla la petite.

— Oui, Oma. Tu crois qu'elle sera heureuse de voir toute cette nourriture *köstlich* ?

Sophie se mit à agiter la cuillère comme un tambourin, ratant de peu le nez d'Ava, en disant :

— *Nein*.

Son expression et son ton si graves lui rappelaient tellement Ilse qu'Ava éclata de rire.

À vingt heures quarante-cinq, elle avait dressé la table dans la cuisine : les deux seules assiettes non ébréchées qu'il lui restait, les couverts en argent et des marguerites rose saumon achetées à l'épicerie. Sophie était enfin couchée dans son berceau aux draps propres, sur le ventre, la cuillère en bois serrée dans son poing potelé et déterminé. Pour tenter d'oublier son agacement, Ava dessinait son rôti de porc en train de refroidir sur une facture téléphonique en retard. Car Ilse – pourtant si terre-à-terre, si inflexible et d'une ponctualité si teutonne – avait plus d'une heure de retard.

Ava avait à deux reprises appelé son hôtel, le Jane, sans succès : « Madame » ne décrochait pas son téléphone. Elle était postée sur l'escalier de secours depuis qu'elle avait couché Sophie, une demi-heure plus tôt, finissant la bouteille de vin et fumant deux Parliament tirées de son paquet d'urgence. Elle avait été jusqu'à téléphoner au bar d'en face, même si, à en juger par les commentaires désobligeants d'Ilse sur leur café (« leurs clients doivent avoir les papilles anesthésiées »), il semblait peu vraisemblable qu'elle s'y trouve. Et la patronne lui avait ainsi confirmé qu'elle n'avait pas vu la « gentille vieille dame » qu'Ava lui avait présentée la veille, à l'heure du petit déjeuner.

Laissant la fenêtre ouverte de retour à l'intérieur, Ava fouilla sa mémoire à la recherche d'informations qui auraient pu lui échapper lorsqu'Ilse avait évoqué le lieu où elle se rendait. Avec le recul pourtant, Ava constatait combien elle avait été délibérément floue sur ses projets du jour, se contentant d'annoncer qu'elle « partait explorer la ville ». Lorsque sa fille avait proposé de l'accompagner, elle lui avait répliqué vivement :

« Je n'ai pas besoin de toi. »

Ava avait reconnu l'habituel ton cassant qui signifiait : *Ce n'est pas ouvert à la discussion.* Et elle n'avait pas insisté, évidemment.

À présent elle scrutait le trottoir gagné par l'obscurité, sur lequel passaient de temps à autre des amoureux, entre les tas précaires d'ordures et les éclaboussures de boissons renversées, de nourriture et de déjections canines, qui formaient un tableau à la Jackson Pollock. Et si Ilse avait pris l'initiative de partir « explorer » le Bronx ou Harlem toute seule ? Si elle avait toujours paru omnipotente, elle restait une Allemande d'âge mûr, habituée à l'ordre et la courtoisie germaniques, à l'efficacité et la maniaquerie. Elle était à peu près aussi prête à braver New York de nuit qu'elle le serait à affronter, en solo, un safari au Serengeti en Tanzanie.

Ses pensées furent soudain interrompues par un long râle en provenance de la chambre, qui tenait à la fois de la toux et du grincement d'une porte mal huilée. Ava retint la fumée de sa cigarette dans ses poumons, priant pour que Sophie ait simplement un sommeil agité. Le râle évolua pourtant progressivement vers un vagissement qui, bien que faible, indiquait que la petite était bel et bien réveillée.

Expirant avec agacement, Ava écrasa sa cigarette dans la terre de sa plante araignée flétrie et posa son verre sur le plan de travail. Elle s'était donc officiellement refermée, cette brève parenthèse durant laquelle sa mère et elle auraient pu profiter du dîner auquel Ava avait consacré toute sa journée.

Elle exagère, merde !

Le temps qu'elle se rende dans la chambre, Sophie s'était hissée sur ses jambes et secouait les barreaux de son berceau comme une minuscule internée dans un asile. Ce qui, en soi, n'avait rien d'inhabituel. En approchant, toutefois, Ava comprit aussitôt que quelque chose clochait. Les cris de la petite, faibles et rauques, tenaient plus de l'appel à l'aide que de la protestation. Son visage était pâle, ses yeux rouges et gonflés. Ava prit sa fille dans ses bras et pressa ses lèvres contre son front avant d'effleurer son oreille délicate du bout des doigts. Les deux étaient brûlants.

— Qu'est-ce qui s'est passé, *Liebchen* ?

La berçant contre sa poitrine, Ava se précipita dans la salle de bains, priant pour que le thermomètre se trouve à l'endroit où elle l'avait rangé. Elle n'avait pas souvent eu l'occasion de l'utiliser, Sophie étant particulièrement robuste pour son âge (encore un point commun avec sa grand-mère). Ava dut fureter quelques secondes – dans l'armoire à pharmacie, puis dans le pot contenant les brosses à dents, et elle le débusqua enfin sous l'évier perdu au milieu d'une boîte de bigoudis incomplète. Elle secoua le thermomètre pour faire descendre le mercure et nettoya l'embout avant de se battre avec Sophie pour la mettre à plat ventre sur son lit.

Ses cris s'étaient affaiblis pour devenir des geignements : une plainte continue plus difficile à supporter, étonnamment, que des hurlements à pleins poumons. Ava dut résister à une envie violente de gémir avec sa fille en attendant le résultat du thermomètre.

39,6 degrés.

Un instant de panique paralysante : Sophie n'avait jamais dépassé les 38,8 degrés, et ça remontait à près d'un an. Par chance, Livi était présente ce jour-là et elle avait pu appeler une autre étudiante en psychologie qui était, par ailleurs, infirmière. Ava tenta de se souvenir des conseils qu'elle lui avait donnés à l'époque : une histoire de linges humides froids ? De bains glacés ? Ou bien s'agissait-il de petits pois surgelés ? Tant d'événements s'étaient produits depuis, et le manque de sommeil s'était accumulé. Elle avait l'impression de chercher à se remémorer une autre existence.

Prenant Sophie sur les genoux, Ava décrocha le téléphone sur sa table de nuit pour composer le numéro qu'elle connaissait si bien que son geste tenait presque du réflexe.

— Allô ?

— Elle a de la fièvre.

La meilleure amie d'Ava n'eut pas besoin de lui demander de qui elle parlait.

— Combien ?

— 39,6.

— Merde.

Livi expira bruyamment et Ava se demanda si elle fumait.

— Tu es sûre ? lui demanda-t-elle.

— Oui.

— Où est ta mère ?

— Je ne sais pas.

Une boule dans la gorge, Ava reprit :

— Elle était censée revenir à dix-neuf heures trente.

— Putain ! Bon, pas de panique.

Livi changea aussitôt de registre, employant un ton plus grave et plus intraitable, celui qui disait : *Occupons-nous de ce merdier*.

— Je ne sais même pas si Fran est à New York en ce moment, mais je vais essayer de la contacter, d'accord ? Si elle n'est pas là, Daniel pourrait me conseiller quelqu'un.

Il s'agissait de son petit ami du moment, un type baraqué, qui pratiquait la boxe en amateur et était surtout secouriste.

— Ne bouge pas, reprit-elle. Si tu n'as pas de mes nouvelles d'ici dix minutes, rappelle-moi, OK ?

Ava hocha la tête, bien trop anxieuse pour verbaliser sa réponse. Après avoir raccroché, elle appuya la tête de Sophie contre son épaule et la berça doucement, sentant le cœur de la petite battre la chamade contre sa peau, tandis qu'elle s'efforçait de réfléchir malgré l'épaisse brume de chaleur et d'alcool qui semblait avoir envahi son crâne. Que s'était-il passé ? Quand elle avait couché sa fille, celle-ci lui avait paru léthargique, oui. Peut-être même un peu moite. Mais Ava l'avait attribué à la fatigue de Sophie qui n'avait pas fait de sieste, à la touffeur ambiante. Et si sa peau lui avait paru brûlante, elle s'était dit que c'était parce qu'elle était restée plaquée contre la poitrine de sa mère dans une cuisine avec un four en état de marche.

Elle sentit soudain un liquide chaud sur sa cuisse nue : elle avait oublié de changer Sophie.

— Zut !

Elle s'essuya avec un lange et déplia une couche neuve. Une sirène mugissait au loin. Ava fixait le téléphone, qui ne sonnait pas. Toujours pas. Elle se mit à faire les cent pas : du berceau à la fenêtre, aller et retour. Au troisième passage, son pied nu atterrit sur un objet dur et poisseux ; baissant les yeux, elle découvrit la cuillère en bois qu'elle avait laissé Sophie mâchouiller.

Le pied suspendu à quelques centimètres du sol, Ava observa l'ustensile de cuisine collant en plissant les yeux. Puis, sans prendre la peine de le ramasser, elle se jeta sur le téléphone et composa à nouveau le même numéro.

— Des œufs, dit-elle à la seconde où Livi eut décroché.

— Quoi ?

— Il y avait des foutus œufs dans le dessert que je préparais. Des œufs crus. J'ai donné la cuillère à Sophie.

Un silence de réflexion.

— Tu penses à la salmonellose ?

— Je ne sais pas. Je ne sais pas ce qui pourrait provoquer une fièvre aussi forte sinon. Purée, je suis tellement conne…

— Arrête ça, Ava, l'interrompit Livi d'un ton sévère. Ça ne sert à rien et tu le sais. Bon, écoute-moi. Daniel dit qu'il faut que tu l'emmènes aux urgences.

— J'appelle une ambulance ?

— Non, tu y vas directement. Avec la chaleur, il y a des gros problèmes sur les lignes téléphoniques. Tu iras plus vite en taxi. Ou même à pied.

— Mais je vais où ?

— À l'hôpital le plus proche.

— Je ne sais pas où il est.

— Tu te moques de moi ? soupira Livi, exaspérée. Ava, tu vis dans ce quartier depuis deux ans !

— Je suis complètement nulle, j'ai bien compris, riposta-t-elle. Je suis une grosse *Dummkopf*. De toute façon, c'est à cause de moi qu'on doit aller à l'hôpital.

Sophie s'agita, troublée par l'accès de colère de sa mère. Ava se passa, par réflexe, une main dans les cheveux, et elle remarqua qu'ils étaient humides avant de comprendre qu'elle pleurait. Elle hoqueta, prit une longue inspiration frémissante.

— Désolée. Je crois que je…

Elle eut du mal à retrouver l'expression en anglais.

— Perds les pédales, voilà. Je perds les pédales… Oh, et si je la perdais, elle, Livi ? gémit-elle dans un trémolo.

— Écoute-moi maintenant, lui répondit son amie, toujours intransigeante. Est-ce que tu peux m'écouter un instant ?

— Oui, lâcha Ava, la gorge nouée. Je t'écoute.

— Descends dans la rue. Hèle un taxi. Demande au chauffeur de te conduire à Cabrini. Si tu ne trouves pas de voiture, vas-y à pied. Et d'un bon pas. Il suffit de prendre Second Avenue en direction du nord. Cabrini est sur 19th Street entre Second Avenue et Third Avenue. Est-ce que tu as pensé à acheter ce spray au poivre dont je t'ai parlé ?

— Non.

Nouveau silence – irrité, même si Livi cherchait à le contenir.

— Bon, il n'est pas encore très tard, ça devrait aller. Mais la nuit est tombée. Alors marche vite. Et garde un œil ouvert. Je te retrouve aux urgences d'ici, disons, vingt minutes. Compris ?

— Oui.

— Répète-moi les instructions.

— Hôpital Cabrini. Sur 19th Street. Entre Second Avenue et Third Avenue.

— Bien. J'y serai.

La chaleur semblait avoir aussi un impact sur les taxis ; Ava comprit rapidement qu'il lui serait impossible d'en arrêter un. Après avoir vu le quatrième lui passer sous le nez, grosse tache jaune floue, Ava se mit en route à pied. Elle croisa des prostituées le nombril à l'air, en shorts plus courts que court, ainsi qu'une bande hétéroclite de garçons qui visaient un climatiseur cassé avec des ballons de basket. Quelques-uns jetèrent un regard dans sa direction, et une tapineuse en cuissardes lui demanda un briquet qu'elle n'avait pas. Un vague sentiment de vulnérabilité lui picotait la peau tandis qu'elle poussait la poussette devant elle. Quand Livi lui avait suggéré d'acheter un spray au poivre, Ava avait jugé ça excessif et typiquement américain dans son excès, pourtant ce soir elle regrettait de ne pas s'en être procuré au moins une petite bombe. Alors qu'elle pressait le pas, le rythme pulsatile qu'elle avait entendu plus tôt – puissant et syncopé – devenait de plus en plus bruyant. Entre la fatigue et le bourdonnement prolongé du rosé, elle eut l'impression irréelle que tout dans la ville étouffante, même son propre pas, se calait sur ce rythme.

Elle venait de traverser East Houston lorsque les lumières se mirent à vaciller : pas seulement le lampadaire sous lequel elle se trouvait, tous ceux alentour aussi. L'espace de quelques secondes, l'effet fut presque festif : comme des guirlandes éclairant par intermittence la poussière citadine.

Puis tout fut plongé dans le noir.

L'obscurité n'arriva pas d'un coup, mais progressivement, dans un mouvement presque gracieux : une bande de ténèbres qui apparut quelque part au-dessus de sa tête et se diffusa ensuite, remontant Second Avenue. *Pouf ! pouf ! pouf !* On aurait dit que les lampadaires étaient éteints tour à tour par des esprits synchronisés.

Ava s'arrêta net. Comme, lui sembla-t-il, tout ce qui se trouvait dans cette ville crasseuse et tapageuse. Un silence sinistre se propagea, les sons eux-mêmes paraissaient avoir été avalés par l'obscurité subite : deux millions d'émissions de télévision se réduisant à de minuscules points lumineux avant de disparaître entièrement. Cinq millions de radios frappées de mutisme grésillant. Un million de climatiseurs se figeant au beau milieu d'un bourdonnement. Étrangement, les bruits qui n'avaient pas d'origine électrique se suspendirent aussi : les sirènes hurlantes et les klaxons des voitures, les cris et échanges des passants. Les aboiements las mais rythmés. Même les pigeons cessèrent de roucouler, à croire que le changement soudain d'atmosphère les avait pris de court. Clouée sur place, Ava leva le nez vers un ciel empli d'innombrables étoiles.

Un instant, elle resta là, captivée par ce spectacle : la révélation d'une beauté aussi inhabituelle et inattendue. Puis quelqu'un près d'elle – un homme, à la voix grave – lança d'une voix chantonnante :

— Oh-oh ! Panne d'électricité !

Comme s'ils attendaient ce signal, les bruits de la rue résonnèrent soudain à nouveau, même s'ils paraissaient posséder une qualité différente : sirènes plus stridentes et insistantes ; cris plus aigus et sincères. Une sorte d'appel au combat. Ava entendit à nouveau l'expression – *panne d'électricité* – et chercha confusément dans sa mémoire l'équivalent allemand, avant de s'arrêter sur *Stromausfall.* En anglais comme en allemand, c'était le même terme que celui qu'on utilisait lors des bombardements aériens : relique verbale de la guerre à laquelle personne ne recourait de bon cœur. Plissant les yeux, elle se rendit compte qu'à l'exception des phares des voitures elle était presque aveuglée par l'obscurité d'un noir d'encre.

Elle se remit en route à une bonne cadence, la peur des ténèbres cédant devant son instinct de New-Yorkaise : elle ne devait pas rester plantée au beau milieu d'une de ces rues où hésitation rimait avec vulnérabilité. Elle gardait le regard rivé devant elle, et ce ne fut donc qu'au bout d'une vingtaine de minutes au moins, en jetant un bref coup d'œil à une plaque, qu'elle s'en rendit compte : elle était partie dans la mauvaise direction. Elle ne se dirigeait pas vers le nord mais vers l'ouest. Laissant échapper un grognement de frustration, elle fit demi-tour avec sa poussette pour rebrousser chemin.

Au bout de ce qui lui parut des heures, elle tourna à nouveau sur Second Avenue, où elle commença à distinguer les contours de formes mouvantes dans la pénombre : ici, l'éclat d'une peau illuminé par un phare, là, un réservoir d'un blanc crayeux. L'extrémité incandescente de cigarettes, constellations planant librement autour d'elle. À un moment donné, elle remarqua, quelques blocs plus haut, des silhouettes qui se rapprochaient les unes des autres : elle pensa à de la limaille attirée par un aimant. Il y avait des cris, des sifflets et des hululements exaltés, ainsi que le râle d'un portail métalliquc que l'on fermait. Un slogan monta ; ralentissant légèrement, Ava se concentra pour comprendre ce qui était scandé malgré le vrombissement régulier dans ses oreilles. « Les vitrines ! Les vitrines ! Les vitrines ! »

Puis, d'un endroit plus proche encore, lui parvint la riposte abrupte et sans ambiguïté : un coup de feu. Et un second.

Ava se pétrifia, aussi surprise que si elle avait été touchée. Sophie fondit en larmes. Renonçant aussitôt aux urgences, Ava fit à nouveau demi-tour et repartit vers le sud en courant : quel que soit le mal dont Sophie souffrait, Ava ne pouvait pas risquer leurs vies.

Foulant le bitume brûlant, Ava regardait droit devant elle et restait sur ses gardes, comme un boxeur sur un ring, ébahie par la vitesse à laquelle le désordre s'était diffusé autour d'elle. Depuis combien de temps étaient-elles parties ? La rue lui semblait à présent aussi bondée qu'en pleine journée : elle se surprit à zigzaguer entre les piétons, avec la même concentration qu'à l'époque où elle jouait aux jeux d'arcade, les dents bien serrées. Faisant une embardée pour éviter deux types qui transportaient un énorme canapé, elle faillit en percuter un troisième qui tenait un matelas en équilibre précaire sur sa tête. Une femme avec une Barbie Disco encore dans son emballage et une pile de poupées en lâcha une sur les genoux de Sophie. Quelques secondes plus tard, le policier solitaire (mais où étaient les autres, enfin ? se demanda Ava) sans doute aux trousses de la voleuse, s'empara du jouet d'un geste aussi indigné que s'il jugeait Sophie complice du larcin.

— Bé-bé ! hurla Sophie.

— Je sais, haleta Ava, qui s'arrêta pour céder le passage à une femme quasiment transformée en momie tant elle disparaissait sous les vêtements bon marché (les cintres en plastique s'entrechoquaient et les étiquettes battaient au vent tels de minuscules drapeaux). On te trouvera un autre bébé, je te promets, ajouta-t-elle, même si une part d'elle s'interrogeait : resterait-il encore quelque chose à acheter dans les magasins de New York après une nuit pareille ?

La panne d'électricité ne devait pas remonter à plus d'une heure, et pourtant les dégâts semblaient déjà terribles. Portes dégradées, vitres brisées, murs éclaboussés de nourriture, de peinture ou (serait-ce possible ?) de sang. Le trottoir était jonché d'éclats de verre. Au moment d'en franchir un tas particulièrement important, Ava sentit l'un d'eux transpercer la semelle de sa sandale et s'enfoncer dans la chair tendre de l'arche de son pied. Elle continua à avancer en boitillant, croisa un homme qui attaquait d'un air déterminé un cadenas avec une scie, et deux autres qui s'en prenaient à des rideaux métalliques avec des pieds-de-biche. De l'autre côté de la rue, un attroupement avait réussi à remonter le rideau d'une quincaillerie avec un cric hydraulique puis à le bloquer avec une benne à ordures de la ville. Les pilleurs entreprenaient maintenant de vider tous les rayons du magasin, certains hommes chargeant directement la marchandise volée dans un camion de déménagement garé devant. À un jet de pierre de là, quelqu'un était monté sur le trottoir avec une dépanneuse et fixait le crochet du véhicule à la grille d'une boutique d'électroménager. En passant, Ava entendit le moteur du véhicule vrombir et gémir brièvement avant de réussir à désolidariser dans un raffut terrible la grille de son cadre en acier. Une salve d'obscénités accueillit l'exploit. Un homme bouscula Ava, il brandissait un blender KitchenAid comme un trophée.

En l'absence de feux tricolores, le carrefour qu'elle venait d'atteindre ressemblait au site d'un énorme projet artistique urbain expérimental. Des voitures klaxonnaient et esquivaient les obstacles, les voleurs chargés de leur butin se faufilaient entre elles telles des souris joyeuses dans un labyrinthe. À première vue, on aurait pu croire que ce ballet était chorégraphié par un homme pieds nus, avec des dreadlocks et un bonnet rasta à rayures, même si ni les conducteurs, ni les piétons ne lui prêtaient attention. Au bout de plusieurs tentatives avortées, Ava réussit à traverser. Elle garda le cœur au bord des lèvres le temps de remonter les derniers blocs qui la séparaient de chez elle.

Elle se réveilla dans la lumière grise du petit matin, sur le sol de la salle de bains où elle s'était effondrée avec sa fille, après avoir livré une bataille épique pour lui donner de l'aspirine infantile. Sophie dormait sur le tapis de bain, ses bras et jambes écartés, ses boucles blondes humides et ébouriffées, ses lèvres entrouvertes sur ses premières dents minuscules d'un blanc perlé, parfaites. Elle était si immobile qu'Ava connut une seconde de terreur paralysante : et si elle ne respirait plus ? Mais la petite leva un bras en l'air avec un soupir, comme pour tenter d'attraper un nuage qu'elle savait pourtant hors d'atteinte.

Apposant délicatement le dos de son poignet sur le front rose et moite, Ava eut la surprise de découvrir qu'il était frais. Elle se demanda alors si les événements surréalistes des douze heures précédentes étaient purement le fruit de son esprit enfiévré : le songe cauchemardesque d'une nuit d'été, provoqué par un pic de chaleur et une consommation excessive de vin sucré. Cependant la veilleuse de la salle de bains ne s'était pas rallumée, et l'horloge à bascule, dans sa bibliothèque, était restée bloquée sur vingt et une heures vingt-deux.

Ava eut un instant l'impression qu'elle était coincée elle aussi : submergée à nouveau par la panique ténébreuse des rues, par la rapidité à laquelle un endroit familier pouvait à la fois devenir étranger et dangereux. Si elle avait eu conscience de cette réalité dans son enfance, en tant que survivante des bombardements de Berlin, elle l'avait en un sens oubliée depuis son installation à New York. Elle se surprit à se demander si Ulrich l'avait lui aussi oubliée pendant la courte période entre son arrivée en Israël et sa mort.

Au souvenir d'Ulrich, elle fut saisie d'un accès de nostalgie, si soudain et puissant qu'elle eut l'impression que le désir lui lacérait littéralement les entrailles. Pressant les bras sur son ventre, elle pensa : *pourquoi ? pourquoi l'ai-je laissé partir ?* Pourquoi, après cette dernière nuit à Berlin, n'avait-elle pas exigé que l'un d'eux change de cap ? Qu'il vienne à New York, qu'elle le suive à Tel Aviv ou qu'ils choisissent ensemble une troisième destination rien qu'à eux deux ?

Mais elle savait très bien pourquoi, évidemment. C'était déjà pour cette raison que, dix ans avant leurs adieux, elle avait mis un terme à leur histoire d'amour adolescente à peine entamée. À l'époque, elle avait rejeté la faute sur le secret qu'ils avaient déterré ensemble : « Tu as vu qui était mon père ? » Ce ne fut que plus tard, après une série d'aventures catastrophiques avec des hommes pressés et infidèles, qu'elle avait compris la vérité : en réalité Ulrich – le garçon drôle et brillants qui lui avait apporté un soutien inconditionnel dès l'instant de leur rencontre – était littéralement trop bien pour elle. Trop attentionné, trop gentil. Trop rassurant en un sens, à une époque où Ava rêvait de s'enivrer de danger et de souffrance jusqu'à en perdre la tête.

À présent, cependant, les yeux rivés sur les cloques de peinture au plafond, près de sa fille endormie, sans fièvre, elle mesura à quel point elle avait radicalement changé. Envolées les aspirations masochistes de son adolescence et du début de la vingtaine, le désir vorace de s'abîmer dans les caprices cruels d'un homme.

Au lieu de quoi, et pour la première fois de sa vie, elle avait très exactement besoin de ce qu'Ulrich avait autrefois tenté de lui offrir.

Cette révélation était si dévastatrice, le regret si ravageur, que lorsque le téléphone sonna sur sa table de nuit, elle pensa d'abord que c'était Ulrich qui l'appelait, surgissant (comme il l'avait toujours fait) au moment où sa présence était nécessaire. Ce ne fut qu'en entendant Sophie gémir dans son sommeil qu'Ava se força à sortir de sa torpeur.

Se levant en faisant le moins de bruit possible, elle s'approcha du lit, le dos endolori d'avoir dormi sur le carrelage.

— *Ja, hallo ?* murmura-t-elle.

À l'autre bout du fil lui parvint une version condensée, et brouillée par la friture sur la ligne, du chaos qu'elle avait fui quelques heures plus tôt dans les rues : éclats de disputes ; ribambelle de téléphones qui sonnaient simultanément pour former un chœur atonal ; bruit de mitraillette qui lui évoqua d'abord un pays en guerre avant qu'elle ne comprenne qu'il s'agissait simplement de machines à écrire se livrant bataille.

— Ava Fischer ?

L'homme à la voix grave et bourrue semblait aussi las qu'elle.

— Oui.

Sans quitter des yeux sa fille endormie, Ava s'affala sur le lit encore parfaitement bordé.

— Ici l'agent de police Michaels du commissariat de la 7e circonscription.

Elle se redressa tout à coup.

— La police ?

— Oui, madame, dit-il avec une patience qui lui coûtait des efforts. Je vous contacte parce qu'il semblerait que nous ayons votre mère.

— Ma mère ?

Sophie remua sur le tapis de bain.

— Vous êtes bien la fille d'Elsie Fischer ? Une dame allemande ? Assez âgée ?

— Ilse, rectifia Ava, hébétée. Ilse von Fischer, oui.

— Nous l'avons ramassée dans le quartier du Bowery vers cinq heures du matin.

Ava retint son souffle.

— Vous l'avez arrêtée ?

— Pas arrêtée, non. Elle se disputait avec deux pilleurs quand notre patrouille a débarqué. Elle ne semblait pas savoir où aller, alors nous l'avons emmenée au commissariat avec la bande que nous venions d'arrêter.

— Vous dites qu'elle se battait ?

Ava ferma les yeux lc temps de digérer les nombreuses informations. Elle avait l'impression d'avoir la tête remplie de vase.

— Ma mère se battait dans la rue ?

— Elle va bien, lui répondit le policier comme si elle avait posé la question que l'on aurait attendue d'elle. Un peu remuée. Mais elle n'a aucune blessure, à première vue, du moins. Afin de ne prendre aucun risque, nous avons préféré ne pas la laisser seule. Il faut que vous veniez la chercher.

Ava jeta un nouveau regard en direction de Sophie. La petite, qui s'était réveillée, avait roulé sur le ventre et s'était mise à quatre pattes pour tenter d'attraper le flacon d'aspirine, ouvert, qu'Ava avait oublié sur le rebord de la baignoire.

— Merde !

Le policier se racla la gorge.

— Je vous demande pardon ?

— Sophie, chérie, non !

Empoignant le téléphone, elle courut vers la salle de bains, stoppant net lorsqu'elle le cordon fut étiré au maximum.

— Un instant s'il vous plaît, souffla-t-elle, avant de lâcher le combiné. Juste un instant.

Elle rejoignit sa fille au moment où celle-ci s'emparait du flacon si convoité, et les souleva tous deux dans ses bras. Ne retrouvant pas le bouchon, elle jeta le flacon et son contenu dans la poubelle puis se précipita sur le téléphone abandonné dans le couloir.

— Pardon, dit-elle d'une voix haletante, en coinçant le combiné entre son épaule et son oreille pour se munir d'un crayon. Vous pouvez me dire où vous vous trouvez exactement ?

Dehors, le ciel était plombé, chargé d'humidité. En face du commissariat se trouvait une boutique bon marché qui avait été pillée : sa vitrine avait entièrement disparu, ses mannequins avaient été dévêtus et décapités. Ava avait zigzagué entre les débris qui jonchaient les trottoirs, évitant soigneusement les éclats de verre, les sacs-poubelle éventrés et deux junkies assoupis. Mott Street était encombrée de Lincoln, Datsun et autres Buick, qui pilaient dans des crissements de pneu comme des auto-tamponneuses déchaînées, et les coups de klaxon incessants évoquaient les meuglements d'un troupeau de vaches. Une bouche d'incendie crachait un jet d'écume blanche sous lequel un sans-abri, en slip, prenait gaiement une douche. Ava, qui portait encore sa robe d'été de la veille, imbibée de sueur, fut presque tentée de le rejoindre – avec le porte-bébé, Sophie et tout.

Dans le commissariat, le chaos semblait à peine plus maîtrisé qu'à l'extérieur. Des détenus hirsutes étaient affalés sur des bancs en bois et sur le carrelage : surtout des hommes, souvent torse nu, pour certains blessés. Une femme émaciée portait une combinaison au décolleté plongeant et des talons aiguille rouges ; elle était avachie devant un policier visiblement épuisé qui tapait à la machine avec deux doigts, et ne parvenait pas à suivre le rythme effréné de son espagnol au débit de mitraillette. Parcourant la pièce du regard, Ava frissonna aux souvenirs que celle-ci éveillait. La dernière fois qu'elle s'était trouvée dans un endroit pareil, dix ans auparavant, elle avait été arrêtée, contrairement à Ilse. Elle revit le sourire en coin d'Ulrich quand il était venu signer le registre pour la faire sortir et sentit sa gorge se serrer douloureusement.

Se forçant à déglutir, Ava fit rebondir Sophie sur son ventre tout en lui tendant de petits morceaux de bagel pendant qu'elle cherchait Ilse autour d'elle. Elle finit par la repérer, sur un banc tout au fond, entre un énorme noir en débardeur rose orné d'arcs-en-ciel et un adolescent qui dormait la bouche ouverte.

— Mutti, l'appela Ava en jouant des coudes dans la foule.

— Oma ! s'exclama Sophie en se tortillant dans le porte-bébé et en crachant un morceau de bagel mâchouillé sur le parquet.

Ilse se tenait le dos voûté. Elle avait mis ses lunettes à monture métallique et lisait. Lorsqu'elle redressa la tête, Ava dut retenir un cri. Sa mère était dans un sale état : hirsute et exténuée. Voyant sa fille approcher, elle replia le papier posé sur ses genoux de ses mains tremblantes et s'empressa de le fourrer dans son vieux sac en croco.

— *Da bist du ja*, lâcha-t-elle, laconique.

— Mon Dieu, souffla Ava. Qu'est-ce qui t'est arrivé ?

Ilse referma son sac à main d'un geste brusque.

— Deux voyous ont essayé de me prendre mon sac.

— Mais que faisais-tu dans le quartier de Bowery à cinq heures du matin ?

Ilse haussa les épaules.

— Je me promenais.

— Tu te promenais ?

— Oma !

Repoussant la poitrine de sa mère, Sophie se tordait le cou pour voir sa grand-mère, qui accueillit l'enthousiasme de la petite avec un sourire réservé.

— Et pourquoi as-tu essayé de t'opposer à ces voleurs ? insista Ava, toujours aussi sidérée. Dans ce quartier malfamé en plus ?

— Je te l'ai dit. Ils voulaient mon sac.

Ilse se renfrogna, ressemblant fugitivement à Sophie lorsque Ava la réprimandait ou lui refusait quelque chose.

— Mais il ne contient rien de valeur ! Tu as laissé ton billet d'avion et ton passeport chez moi !

— Ce n'est pas toi qui vas me dire ce que contient mon sac, riposta Ilse en mettant la bandoulière sur son épaule. Je suis enfin libre ? Ces hommes affreux refusaient de me laisser partir…

Sans attendre de réponse, elle pivota sur ses talons et se dirigea vers la porte.

Soixante-cinq minutes – et deux formulaires – plus tard, elles étaient de retour chez Ava. Celle-ci réussit non sans peine à coucher une Sophie hurlant d'épuisement pour une sieste anticipée. Elle ferma le plus discrètement possible la porte de la chambre, puis retourna dans la cuisine préparer du moka dans la cafetière italienne. Assise à table, Ilse fixait d'un regard vide le festin préparé en son honneur et ruiné – spectacle qui raviva la colère d'Ava. Le *Schweinebraten*, si doré et appétissant quelques heures plus tôt, s'était teinté d'un rose grisâtre écœurant, qui ne décourageait pourtant pas la poignée de grosses mouches qui s'égaillaient sur sa surface lardée. La seconde chandelle ne s'était éteinte qu'après avoir formé une longue coulure opaque de cire blanche qui s'arrêtait juste avant la flaque jaunâtre qui s'était échappée du camembert rôti. Ava était presque tentée de rabattre les pans de la nappe dessus et de tout mettre à la poubelle.

Au lieu de quoi, pendant que le café passait en glougloutant sur la cuisinière, elle débarrassa avec des gestes abrupts les restes de ce beau gâchis, jetant la nourriture sans cérémonie à la poubelle, empilant les couverts, les assiettes et les verres de vin dans l'évier. Pendant toute la durée de l'opération, Ilse resta aussi immobile qu'une statue sur sa chaise, son sac sur les genoux. Dès leur arrivée à l'appartement, elle avait sorti son billet d'avion et son passeport du tiroir du meuble sous la télévision. Elle les avait placés sur la table devant elle et les regardait avec placidité. Quand Ava posa une tasse de café devant elle, elle releva les yeux et lui adressa un signe de tête distrait, comme elle l'aurait fait pour saluer une vague connaissance.

Après s'être également servie, Ava se laissa tomber sur la chaise de l'autre côté de la table, en face de sa mère, et tenta d'apaiser le tourbillon de ses pensées. *Surtout, ne provoque pas de dispute*, lui avait conseillé Livi.

— Tu dois vraiment apprendre à lâcher prise parfois, hasarda Ava, marchant sur des œufs. Physiquement, je veux dire. Un de ces jours, tu finiras blessée.

— Blessée, répéta Ilse.

Ses traits accusaient un épuisement aussi profond que si elle avait parcouru plus de mille kilomètres dans le désert, à pied. D'un autre côté, songea Ava, traverser le quartier de Bowery en pleine panne de courant n'avait pas dû être beaucoup plus aisé.

— Tu es blessée ? lui demanda-t-elle d'un ton radouci.

Ilse parut agacée par la question.

— Quelques égratignures. À cause de ma chute. Rien de grave.

— La police n'en était pas aussi certaine.

— Les policiers américains sont des abrutis. Tu as vu ce qui se passait dans la rue ? Ça ne serait jamais arrivé à Berlin.

— Ça pourrait arriver n'importe où, si les conditions étaient réunies.

— Pas en Allemagne.

Ava n'avait pas la force de la contredire.

— La vraie question n'est pas là de toute façon. Où étais-tu fourrée cette nuit ?

— Dehors, répondit Ilse d'un ton implacable. Je te l'ai dit, je ne trouvais pas le sommeil.

— Avant, maman. Je t'attendais à dix-neuf heures trente. Pour le dîner. J'ai cuisiné toute la journée.

— J'avais à faire.

Ilse serra son sac contre sa poitrine, comme si elle continuait à craindre qu'on puisse le lui arracher.

— Et je n'ai pas vu l'heure tourner, ajouta-t-elle d'un air vague.

— Toute la soirée ? Comment ça ?

— Peu importe.

Ilse se renfrogna en voyant Ava allumer une cigarette.

— Tu n'avais pas arrêté ? lui demanda-t-elle.

— Ça m'arrive de replonger quand je suis nerveuse.

À sa surprise, sa mère tendit la main vers le paquet, sortit une cigarette et l'alluma. Ava fut frappée par ses gestes, étrangement mécaniques. On aurait dit qu'Ilse pilotait son corps à distance, comme ces voitures télécommandées qu'on croisait dans Central Park.

— Sophie a été malade hier soir, lâcha Ava, plus abruptement qu'elle n'en avait eu l'intention. Très malade.

— *Krank ?*

Ilse parut un instant sortir de sa torpeur.

— Pourquoi ? Que s'est-il passé ?

— Elle avait plus de 39 de température. Tu n'étais pas là pour m'aider, et j'ai voulu l'emmener aux urgences, sauf qu'avec la panne de courant tout le monde est devenu fou et…

— Elle va bien maintenant.

Les yeux gris-bleu d'Ilse étaient froids dans la lumière matinale.

— Oui, confirma Ava.

Elle fut surprise par le ton cassant de sa mère. Ilse qui, jusque-là, avait été en adoration devant sa petite-fille, semblait moins touchée qu'agacée par cette nouvelle.

— *Gut.*

Ilse posa sa cigarette dans le cendrier le temps d'ouvrir son sac à main pour y glisser son passeport, son billet et ses chèques de voyage. Ava aperçu un poudrier argenté et le morceau de papier qu'elle avait déjà remarqué au commissariat. Elle retenta sa chance.

— Pourrais-tu au moins me dire dans quel quartier de la ville tu te trouvais ? Et comment tu es arrivée là-bas ?

Sa mère soupira.

— Pourquoi veux-tu le savoir ?

— Parce que tu es ma mère. Et parce que je me suis inquiétée pour toi.

Ilse examina la cigarette dans sa main.

— Je crois que je n'aurais pas dû venir, murmura-t-elle.

Ébranlée une fois de plus, Ava cligna des yeux.

— Pourquoi dis-tu ça ?

— Je ferais mieux de rentrer en Allemagne. Ma place est là-bas.

Les mots firent monter une bouffée d'angoisse familière. *Elle va partir.*

— N'importe quoi, rétorqua Ava. Ta place est avec nous. Avec ta famille.

— Tu n'en sais rien.

Ava prit une profonde inspiration.

— Tu as raison. Je ne sais rien de toi tout court.

Elle exhala un long panache de fumée, peinant à se remettre de ses émotions. *Ne la laisse pas s'engager sur ce terrain*, lui avait conseillé Livi. *Si tu sens le conflit arriver, change de sujet.*

Mais il était déjà trop tard : Ava n'aurait pas pu modifier le cours de cette conversation même si elle l'avait voulu.

— Tout ce que je comprends, poursuivit-elle en s'échauffant, c'est qu'il n'y a toujours que toi qui comptes. Tu fais ce qui t'arrange. Tu as tes propres règles. Tes projets… et tes secrets que tu n'envisages jamais de partager avec moi.

Ilse lui lança un regard sévère.

— De quoi parles-tu enfin ?

— Je parle du fait que même ici, à New York, même après toutes ces années, tu es toujours incapable d'être honnête avec moi !

Les mots parurent enfin perforer la bulle de lassitude dans laquelle Ilse s'était enfermée.

— Tu dis n'importe quoi ! s'indigna-t-elle. Depuis mon arrivée, j'ai pratiquement passé toutes mes journées ici, du matin au soir ! J'ai promené ta fille et je l'ai couchée. J'ai les mains irritées à force d'avoir récuré ce trou à rats crasseux qui te sert d'appartement.

Ava fut soufflée de voir sa mère retourner aussi rapidement la situation et passer à l'attaque.

— Ce n'est pas ce dont il est question ! Je te parle d'honnêteté, moi ! Tu n'étais pas en train de te promener hier soir… Pas plus, contrairement à ce que tu as toujours prétendu, qu'à la fin de la guerre, pendant une année entière !

Oh, l'infini soulagement électrisant de laisser simplement les mots sortir, de les envoyer directement au visage d'Ilse, si rigide. Combien de fois Ava avait-elle imaginé cet affrontement ? Elle se sentait si grisée que, l'espace d'un instant, elle en éprouva presque de la reconnaissance.

— Tu crois vraiment pouvoir tout racheter avec deux climatiseurs et un coup d'éponge dans ma baignoire ? ajouta-t-elle.

Son ton montait et, pour une fois, elle ne chercha pas à se contrôler. Ça lui était égal.

— Qu'est-ce que tu entends par « tout » ?

— Tous les secrets ! Tous les mensonges !

L'imagination d'Ava lui jouait-elle des tours ou Ilse avait-elle frémi au mot *Lügen* ? Si c'était le cas, elle se ressaisit rapidement.

— Au moins, j'avais un vrai travail, moi, riposta-t-elle. Au moins, je t'ai élevée dans une maison digne de ce nom. Pas dans un immeuble, au milieu d'un quartier qui rcssemble à une zone de guerre.

Ava sentait son pouls battre dans sa gorge et sa voix se mit à trembler, comme si elle était perturbée par ces pulsations.

— Tu veux que je te dise ce que j'ai réussi ici, moi ? J'ai fondé une vraie famille. On n'est peut-être que toutes les deux, avec Sophie, mais au moins il n'y a pas de mur entre nous. Pas de ceux que tu as constamment érigés entre toi et moi.

Elle retint son souffle, attendant les dénégations d'Ilse. Pourtant sa mère se contenta de serrer les lèvres.

Quand il devint évident qu'elle n'avait rien à ajouter, Ava s'autorisa à libérer sa respiration lentement. Elle était de retour : cette certitude glaciale qu'en insistant, même un peu, sa mère ne réagirait pas en s'ouvrant mais au contraire en se refermant comme une huître – et très probablement pour toujours.

— Mutti, reprit-elle d'un ton radouci. *Bitte*. J'ai juste besoin de connaître la vérité. Tu m'as toujours dit qu'un jour tu répondrais à mes questions. Bon sang, j'ai presque trente-sept ans. Tu ne crois pas que le moment est enfin venu ?

Le regard d'Ilse était rivé sur elle, un regard d'acier aussi implacable que l'Atlantique en fin d'après-midi. Ava l'observa écarter la cigarette de ses lèvres et l'écraser sans un mot dans le cendrier.

— Je comptais te parler. Je comptais tout te dire. C'est même pour cette raison que je suis venue.

Il s'agissait des mots précis qu'Ava rêvait d'entendre depuis si longtemps qu'un instant elle crut que son cœur s'était arrêté de battre. *Ne te laisse pas avoir*, se dit-elle.

— *Und ?* demanda-t-elle tout bas.

— Je ne peux plus, avoua Ilse en secouant la tête. Il… il est trop tard.

Ava s'était préparée à être déçue, et pourtant cet aveu lui fit l'effet d'un coup de poing dans le plexus solaire. Elle ne put pas immédiatement croiser les yeux de sa mère. Quand elle s'y résolut, elle se rendit compte, avec effroi, que les siens menaçaient de se remplir de larmes.

— C'est… je ne sais pas, moi, un jeu pervers pour toi ? Une histoire stupide que tu inventes au fur et à mesure ?

Ilse secoua la tête.

— Ce n'est pas un jeu. Et ce n'est pas une histoire.

— Comment peux-tu me répondre ça, alors que toute ma vie tu as refusé de me parler des choses importantes ?

— Qu'entends-tu par « importantes » ?

— Mes origines, par exemple ! Ou l'endroit où tu te trouvais pendant la guerre, puis après, tous ces mois, avant de venir enfin me chercher !

Ava ne retenait plus ses larmes. Elle s'en fichait à présent.

— Tout ce que j'ai fait, je l'ai fait pour t'offrir une bonne vie.

Ilse parlait à toute allure, à voix basse et égale.

— Une éducation. Des vêtements. De la nourriture, ajouta-t-elle.

— Mais pas ta confiance ! Tu ne comprends donc pas que je ne l'ai jamais eue ?

Ava tamponna ses yeux humides avec son poignet.

— Et sans ça, poursuivit-elle, c'est pareil que si je n'avais pas eu de mère. J'ai besoin que ça change, Mutti. J'ai besoin de savoir.

— Savoir quoi ?

Ava serra les dents pour contenir sa frustration.

— Tout, enfin ! Je veux que là, maintenant, tu répondes à toutes les questions que je pourrai te poser avec la plus grande honnêteté.

Pendant un long moment, Ilse ne dit rien. Elle se contenta de fixer la table, livide, paupières closes. Quand elle finit par rouvrir les yeux, ils étaient dépourvus de tout éclat, comme si la lumière intérieure qui les éclairait s'était éteinte.

— *Das kann ich nicht*, murmura-t-elle.

Je ne peux pas.

Un souvenir remonta soudain à la surface, une vieille image obsédante : une journée d'une blancheur aveuglante ; sa mère qui tournait les talons. Ava déglutit, consciente du poids des mots qu'elle s'apprêtait à prononcer. Regrettant, de tout son cœur, de ne pas pouvoir les retenir. Mais elle les portait en elle depuis trop longtemps, et ils l'entravaient telle une ancre rouillée, l'empêchant d'avancer dans le courant tumultueux de son existence.

— Alors, conclut-elle doucement, je n'ai plus de place pour toi dans ma vie.

Ilse resta immobile – si immobile qu'une seconde Ava se demanda si elle l'avait entendue. Puis elle finit par hocher la tête, de façon tellement subtile qu'il aurait pu s'agir d'une illusion provoquée par le passage d'une ombre.

— Si c'est ce que tu souhaites.

Ava ferma les yeux. Brusquement, elle revivait tout : le bruit et le chaos du monde s'effondrant sur elle. La disparition de toute lumière, de tout air. De toute vie. Elle crut même entendre le bourdonnement sifflant des bombardiers, s'attaquant aux pierres angulaires de son existence.

Et elle entendit autre chose : une rengaine ensommeillée et presque impalpable, qui leur parvenait de la chambre.

— Oma, chantonnait Sophie. Oma-oma-oma-oma.

Quand Ava rouvrit les yeux, Ilse la fixait avec calme et mélancolie. Elle haussa ses sourcils pâles d'un air interrogateur.

— Très bien, lui répondit sa fille, hébétée. Pars.

Ce ne fut que lorsque Ilse se fut hissée péniblement sur ses pieds qu'Ava comprit pourquoi elle avait eu autant de mal à prononcer ces mots : ils ressemblaient étrangement à un adieu.

4

Ilse

1935

Il est dix-sept heures trente-cinq, et Ilse n'arrive pas à trouver le nouveau cordon qui devait apporter la touche finale à sa tenue.

— Tu es sûre de ne pas l'avoir mis avec le linge sale ? lui demande sa mère en passant délicatement deux doigts dans ses ondulations dorées.

Elle porte une robe en soie noire qu'Ilse voit pour la première fois et qui attire le regard : le décolleté en cœur et le mouvement ample du tissu sur les épaules donnent à la peau de sa mère un éclat de pierre de lune près d'un lac obscur. Les petits pendants d'oreilles en diamant sont neufs eux aussi, un cadeau d'anniversaire de son mari, le père d'Ilse, le mois dernier.

— Tu as demandé à Katinka ?

Katinka est la nouvelle domestique.

— Non, mais je suis sûre de moi. Il était posé sur ma commode, dans ma chambre. Je le mets toujours là, pour ne pas le perdre, gémit Ilse.

— Quand je vois l'état de ta chambre, je ne suis pas surprise que tu n'y retrouves rien…

Le reflet de sa mère arque un sourcil dans le miroir : le désordre chronique d'Ilse est un sujet de discorde quotidien.

— Et puis de toute façon tu n'en as pas qu'un, si ?

— L'autre n'est plus de la bonne couleur, maintenant que je suis chef de groupe.

— Eh bien, je ne sais vraiment pas quoi te dire.

Zella von Fischer pulvérise du Vol de Nuit dans son décolleté.

— Pour moi, soit tu portes l'ancien, soit tu y vas sans.

— Je ne peux pas y aller sans, enfin ! s'écrie Ilse. Surtout pas ce soir ! Tout le monde portera son uniforme au complet !

— Pas Renate.

— Renate ne vient pas. C'est une sortie des Hitlerjugend, et ses parents refusent toujours de la laisser participer.

En réalité, Renate a enfin capitulé sur le front de la BDM et a bien l'intention de rejoindre les Jeunesses hitlériennes en dépit de l'opposition de ses parents – même si, au bout du compte, c'est moins sur l'insistance d'Ilse que sur celle de Rudi Gerhardt qu'elle a changé d'avis. Ilse ne peut s'empêcher de se sentir froissée qu'après des années de pression méthodique la balance penche enfin du bon côté grâce à un garçon qui, à ce qu'elle en sait, connaît à peine Renate. Elle se console toutefois en songeant qu'elle va pouvoir passer plus de temps avec son amie. Dernièrement, le temps libre de Renate s'organise autour des disponibilités de Rudi : balades, cinéma, séances de travail dans les cafés ou dans la bibliothèque de Herr Steinberg. Et si Ilse est prétendument conviée à ces activités, les rares fois où elle s'est jointe à eux le malaise a été palpable – autant essayer de faire tenir trois personnes sur une causeuse à deux places. Pour ne rien arranger, Renate semble considérer que tout ce qui sort de la bouche de Rudi est fascinant. Même s'il s'agit, la plupart du temps, d'une énième citation stupide de *Mein Kampf*.

Et chaque fois que Rudi prend la main douce et pâle de Renate dans la sienne, Ilse a l'impression qu'il lui plante un clou dans la rate.

— Toutes ces histoires quand même, insiste sa mère. Ce n'est qu'un film ! Ce n'est pas comme si le Führer allait vous voir depuis l'écran.

— Ce n'est pas qu'un film, proteste Ilse. Et tous les autres spectateurs me verront, eux !

— Permets-moi de penser qu'ils ne seront pas aussi intéressés par ta tenue que tu sembles l'imaginer, lui rétorque-t-elle.

L'humiliation est si caractéristique, délivrée avec une cruauté si naturelle qu'Ilse doit retenir un cri.

— Tu ne comprends pas, lui répond-elle d'un ton aussi froid que possible. Tu ne comprends rien du tout.

Fulminant, elle se dirige vers la porte. Pourtant, avant de sortir elle se retourne, au moment où sa mère commence à se poudrer le nez.

— Tu ne crois pas que tu mets trop de maquillage ? Tu sais que le Führer désapprouve qu'on se peinturlure le visage.

Baissant alors les yeux pour les river sur les pieds de sa mère, glissés dans des salomés noires, elle ajoute :

— Et les talons hauts.

Sans attendre de réponse, elle regagne sa chambre d'un pas lourd et morose.

Elle dispose d'à peine une demi-heure pour se rendre au Ufa-Palast am Zoo, le cinéma près du parc zoologique. Elle explore d'abord le contenu de son tiroir à chaussettes, puis celui de ses sous-vêtements. Elle bout en silence. Non seulement sa mère ne connaît rien à la vie d'Ilse, mais en plus elle s'en désintéresse ostensiblement. Elle a à peine réagi au fait que sa fille ait déjà réussi à devenir une Mädelgruppenführerin après une année à la BDM, alors même que, dans son rapport, la responsable de l'unité de formation au commandement a dit d'Ilse qu'elle était « l'une des filles les plus travailleuses et débrouillardes que j'ai eu le plaisir de rencontrer ». Or à l'annonce de cette nouvelle, sa mère s'est contentée de dire :

— C'est formidable, ma chérie. Enfin, vous n'êtes pas encore payées à cet échelon, si ?

Elle n'avait pas manifesté davantage d'enthousiasme lorsque Ilse avait rapporté la revue mensuelle de la BDM, *Das Deutsche Mädel* – « La Jeune Fille allemande » –, à laquelle elle avait contribué. Elle avait composé un bref poème, *Pourquoi nous travaillons*, qui évoquait le rôle de la jeunesse allemande dans la reconquête de grandeur de leur pays. Le jour de la parution du numéro de février avait été l'un des plus heureux de la vie d'Ilse. Et par chance sa meilleure amie l'avait parfaitement compris, elle.

— Tu as réussi ! s'est écriée Renate. Ma meilleure amie est publiée !

Fredonnant un extrait de « You're the Cream in My Coffee », elle a essayé de soulever Ilse dans ses bras et de la faire tourbillonner comme John Boles avec Shirley Temple dans *La Fille du rebelle*. Bien sûr, elle n'y est pas parvenue, car Ilse est, de loin, la plus lourde des deux, Renate est une gringalette. Pourtant, Ilse en a éprouvé une fierté débordante et elle a reçu un flot constant de compliments admiratifs de la part de tous ceux qui avaient eu un exemplaire de la revue. Ce qui lui a permis de prendre conscience qu'elle avait trouvé ce à quoi elle voulait consacrer sa vie, car c'était tout simplement ce pour quoi elle était faite.

Parce que oui, elle veut écrire. Pas seulement pour elle, pour Renate ou ses professeurs au lycée. Pour la nation. Pour le mouvement. Pour la cause. Elle veut écrire en sachant que ses mots seront lus partout, que sa voix, que ses idées façonneront d'autres voix et d'autres idées à travers sa patrie, et peut-être même un jour dans le monde entier. Quand elle a vu son nom imprimé sur une page pour la première fois, elle a ressenti quelque chose de très fort – aussi fort que s'il était écrit dans le ciel avec des éclairs. Une sensation électrisante, sidérante. Qui s'est décuplée lorsqu'elle a pris la mesure de ce que cela signifiait : puisque le nombre de membres de la BDM approchait des deux millions, ces mots composés avec soin pourraient bien se retrouver sous autant de paires d'yeux, ou davantage. Deux millions de lecteurs. Qui méditeraient ses mots.

La porte qui mène à l'avenir se trouve dans nos cœurs juvéniles
Le fruit qui nourrit la nation mûrit dans nos âmes immaculées
Notre mission est sacrée, notre volonté pure et authentique
Notre destinée : la victoire éternelle, la gloire infinie !

Au regard de tout cela, la réaction perplexe de sa mère – « C'est très court, non ? » – a été d'autant plus blessante.

Refermant bruyamment le tiroir contenant ses sous-vêtements, Ilse furète dans sa boîte à bijoux une seconde fois : le vieux cordon jaune s'y trouve, mais pas le nouveau, rouge et blanc. Elle songe soudain que sa mère pourrait l'avoir pris par dépit tout simplement. Après tout, les parents d'Ilse viennent tout juste de rejoindre les rangs du parti, alors qu'il y a plus d'un an que leur fille les presse de le faire. Évidemment, leurs existences se sont presque aussitôt améliorées. Le père d'Ilse a ainsi reçu, dans sa banque, la promotion qu'on lui refusait depuis deux ans. « Tu avais raison, mon lapin, a-t-il exulté devant elle ce soir-là, en lui servant son tout premier demi-verre de véritable *Sekt*. J'aurais dû y penser plus tôt ! » Ilse sait combien sa mère en a conçu de la rancœur : pas seulement que Vati l'ait laissée boire du vin comme une adulte, mais qu'il ait été prêt à baiser les pieds d'Ilse (qui privilégiait le confort en matière de chaussures, elle) et à lui attribuer la réussite familiale.

Retirant la bague d'amitié de Renate (la BDM désapprouve les ornements futiles), elle la laisse tomber dans la boîte avant de refermer le couvercle. Puis elle jette un nouveau coup d'œil à son réveil. Cordon ou pas, elle devra partir d'ici une dizaine de minutes, sinon elle sera en retard pour retrouver sa troupe au cinéma. La perspective de se présenter avec un cordon jaune la met dans une colère démesurée. Y aller sans lui semble pire en un sens. Pas uniquement parce que c'est le premier événement de la BDM où elle est responsable de treize filles plus jeunes, mais parce qu'elles vont voir *Le Triomphe de la volonté*, documentaire qui, à ce qu'en sait Ilse, donne quasiment l'impression de participer au congrès légendaire de l'année précédente. Ne pas y assister en tenue complète n'est pas un simple manquement ; cela confine pour elle à l'immoralité.

« C'est incroyable, s'est extasiée son amie Marta, la semaine précédente, après avoir vu le film avec ses parents. J'ai du mal à l'expliquer… Ils ont réussi à saisir parfaitement ce que nous faisons. La raison d'être du mouvement. » Sans le moindre embarras, elle a précisé qu'elle avait passé la dernière demi-heure du film en larmes. « J'ai du mal à imaginer que tu pleureras, toi, la fille d'acier », a-t-elle ajouté. *Stahlmädchen* est le surnom dont l'ont affublée les autres *Mädchen* l'été précédent, lors d'une randonnée dans les Alpes bavaroises : après s'être tordu la cheville, Ilse a continué à marcher pendant huit kilomètres sans même renoncer au rôle de porte-drapeau qu'on lui avait assigné. Elle rit toujours bravement quand elle entend le surnom et pourtant, comme pour cette histoire stupide de pickpocket dans le U-Bahn qu'elle aurait, selon Renate, affronté, elle n'est jamais vraiment certaine qu'il s'agit d'un compliment.

À présent elle observe d'un air maussade son reflet dans le miroir : son béret noir qui lui tombe sur une oreille, la blouse blanche qu'elle a chargé Katinka de repasser, trop simple, trop quelconque sans le cordon qui devrait aller du col à la poche poitrine. Avec un soupir, elle enfile sa veste et la boutonne jusqu'en haut. Il faudra qu'elle la garde pendant les deux heures que dure le documentaire. Avec un peu de chance, il ne fera pas trop chaud dans la salle.

Elle s'apprête à sortir de sa chambre lorsque la porte s'ouvre brusquement : sa mère brandit le fameux cordon entre deux ongles rouges.

— C'est bien Katinka qui l'avait, annonce-t-elle d'un ton triomphal. Tu l'avais oublié dans ta poche hier.

Ilse le lui arrache quasiment des mains. L'agacement suscité par sa mère – qui avait raison – l'emporte brièvement sur le soulagement d'avoir enfin retrouvé son insigne de chef.

— Est-ce que tu pourrais frapper avant d'entrer au moins ? lâche-t-elle sans réelle conviction.

— De rien, *Liebling*, lui répond sa mère.

Puis elle tourne les talons avec un sourire crispé.

Une heure plus tard, Ilse est installée avec onze de ses protégées – les deux autres ayant été retenues à la maison par la dernière épidémie de grippe. Après une séance de mise au pas en règle, où cajoleries et menaces se sont mêlées – sans oublier les quatre expéditions de dernière minute aux toilettes –, Ilse a enfin réussi à faire asseoir tout le monde dans son fauteuil en velours. Tâche d'autant plus ardue que l'excitation nerveuse qui envahit la salle est palpable. Le film n'a pas encore débuté et pourtant tous ont déjà l'impression de vivre un moment historique. Le cinéma a été décoré de bannières et de drapeaux avec la *Hakenkreuz*. Les haut-parleurs, qui d'habitude diffusent une *Volksmusik* insipide et guillerette, transmettent ce soir des airs du parti généreusement ponctués de cuivres, tels que « Kampflied der Nationalsozialisten » ou « Sieg Heil Viktoria ». Ilse jette un bref regard alentour et se sent secrètement soulagée de ne pas apercevoir Rudi.

Les lumières s'éteignent, les rideaux s'ouvrent et un silence respectueux déferle sur les rangées, douce onde. Alors que les accords familiers du chant composé par Horst Wessel retentissent, le premier carton apparaît à l'écran. *Le 5 septembre 1934, 20 ans après le déclenchement de la Grande Guerre, 16 ans après le début des souffrances du peuple allemand, 19 mois après la renaissance de l'Allemagne, Adolf Hitler est retourné à Nuremberg pour passer en revue ses troupes de militants les plus fidèles.*

Soudain, c'est incroyable, il y a des nuages qui se déploient tels des anges au-dessus d'un champ d'un blanc étincelant. Lorsque les spectateurs comprennent qu'ils sont au côté du Führer dans son avion, l'émerveillement est à la fois immédiat et tangible – la plupart d'entre eux ne sont jamais montés à bord d'un tel appareil. Et alors que les nuages s'écartent pour dévoiler le paysage parfait du vieux Nuremberg, digne d'un conte de fées, avec ses toits qu'on dirait en pain d'épices ornés de drapeaux de l'Empire impérial et du parti nazi, on n'entend plus un son à l'exception de ceux qui proviennent du film.

À l'avion succède une mer d'hommes en chemise brune qui défilent dans une unité parfaite. Ilse sait que ces événements ont eu lieu des mois auparavant, et cependant son cœur bat la chamade lorsque la porte de l'avion s'ouvre et que les passagers commencent à en sortir : d'abord Hitler, dans son uniforme impeccable et ses bottes cavalières, avec son sourire discret qui respire l'autodérision, presque timide. Il est suivi par Goebbels en trench-coat et d'autres membres de son gouvernement, presque tous en costume.

Sur le tarmac, et dans le cinéma, le public n'a évidemment d'yeux que pour son Führer. La caméra balaie les bras levés et les visages souriants des jeunes comme des vieux, leur amour déborde de l'écran, pareil à la lumière filtrant à travers le verre, et leur adoration se diffuse parmi les spectateurs qui retiennent leur souffle. Ilse peut presque sentir dans l'atmosphère ce souffle d'exaltation et d'adoration, amplifié par cette étonnante impression de proximité. Car si elle a déjà vu les traits du chef nazi un millier de fois, elle a rarement pu l'observer d'aussi près. Il paraît si naturel, si vivant qu'elle ne serait pas surprise qu'il tourne la tête pour s'adresser personnellement à elle.

Le jour cède la place à la nuit, puis revient. Ils sont maintenant dans un endroit si familier qu'un murmure parcourt les rangées de jeunes en uniforme dans le cinéma : un camp des Hitlerjugend rempli de tentes circulaires dont sortent un millier de garçons à moitié endormis. Ils se préparent à la cérémonie du jour en se lavant, mangeant et faisant de la gymnastique : un millier de Rudi Gerhardt s'offrant joyeusement au Führer et aux spectateurs de l'Ufa-Palast. *C'est tellement énorme*, se surprend à penser Ilse, émue malgré elle par cette prise de conscience. Combien de fois a-t-elle confié à Renate son désir de « compter », d'appartenir à quelque chose de plus important ? Et pourtant, même lors de ses plus grands accès d'optimisme, elle n'a jamais imaginé pouvoir participer à un phénomène aussi capital, aussi colossal. Comme si, toute sa vie, elle n'avait connu qu'une seule constellation et découvrait soudain un univers empli d'étoiles.

À l'écran, Hitler s'adresse maintenant à des légions de jeunes hommes munis de pelles. Et une fois de plus, on dirait qu'il s'adresse en réalité à la salle de cinéma.

« C'est vous qui allez éduquer la nation, leur dit-il. Et à cet instant précis, il n'y a pas que nous, à Nuremberg. L'Allemagne tout entière vous voit pour la première fois. »

L'Allemagne tout entière, pense Ilse, avec le même frisson que celui qui l'a parcourue quand elle s'est rendu compte que des millions de lecteurs découvriraient peut-être bientôt son poème. À l'excitation qu'elle ressent s'ajoute, elle en prend soudain conscience, une profonde gratitude. Cet homme – merveilleux, miraculeux ! – est non seulement en train de sauver l'Allemagne de ses ennemis, à la fois intérieurs et extérieurs, mais il lui permet à elle, Ilse, de jouer un rôle dans cette bataille capitale. Et tandis que les membres des Jeunesses hitlériennes se mettent en rangs devant lui, par blocs de deux cents, tandis que les spectateurs qui les entourent – des milliers d'hommes, de femmes et d'enfants, qui ne voient aucun inconvénient à être serrés comme des sardines – se dressent sur la pointe des pieds pour acclamer ceux qui défilent, leur slogan (« Un peuple ! Un Führer ! Un empire ! L'Allemagne ! ») semble trouver un écho dans les battements de son propre pouls.

Quelqu'un étouffe bruyamment un cri derrière elle. Se tortillant sur son siège, Ilse découvre que la chef de la circonscription, Meindel, sanglote sans honte.

La Mädelschaftsführerin Meindel est l'une des meneuses préférées d'Ilse, à la BDM. Cette jolie brune mince, âgée de vingt-cinq ans environ, vient du milieu ouvrier : son père, vendeur de fruits et légumes, a littéralement tout perdu après la guerre. D'après les histoires qu'elle a racontées à Ilse, celle-ci a conscience d'avoir connu une enfance affreusement luxueuse. Meindel s'est retrouvée dans la rue parce que les banques avaient saisi l'appartement de ses parents. Elle a dû déménager de maison en maison pendant plus d'une année. Elle a quitté l'école primaire alors qu'elle adorait la lecture et l'art, pour travailler dans une usine, car sa famille avait besoin d'argent.

Depuis que Hitler est au pouvoir, cependant, la Mädelschaftsführerin Meindel a pu reprendre ses études. Elle touche un revenu régulier en faisant ce qu'elle préfère au monde : travailler avec des filles comme Ilse. Encore mieux, son père a pu solder ses dettes et ouvrir sa propre petite épicerie. L'automne dernier, il a même acheté une voiture. « Tu ne peux pas comprendre ce que le Führer représente pour nous, a-t-elle dit à Ilse un jour autour d'un café. Pour ça, il faut avoir vécu sans espoir. S'être réveillé la faim au ventre. Avoir fui sans relâche les créanciers. » Elle a secoué la tête avant de conclure : « Être débarrassé de tout ça, c'est un peu revenir d'entre les morts ! »

Ilse reporte son attention sur l'écran. Le soleil se couche sur Nuremberg ; des torches illuminent un millier de drapeaux rouge et noir brandis lors du rassemblement nocturne. Un énorme aigle étincelant aux ailes déployées plane au-dessus de l'assemblée. Et au centre, sur le podium, se dresse le grand homme, seul. Sur ses traits, Ilse ne lit rien d'inédit : la même tristesse, mêlée à une autre émotion qu'elle n'arrive pas tout à fait à définir au départ… Puis elle finit par comprendre qu'il s'agit d'amour. Le visage de Hitler, comprend-elle soudain, est celui d'un prophète. Et à l'instant précis où cette pensée traverse son esprit, elle se surprend à se pencher en avant, comme pour se rapprocher physiquement de lui.

« Il y a un an, débute-t-il, nous nous sommes rassemblés pour la première fois ici même avec les leaders politiques du parti national-socialiste. Ils n'ont été conduits ici que par leur cœur. Ils n'ont été conduits ici que par leur loyauté. Ce sont les besoins de notre peuple qui nous ont animés… et qui nous ont réunis. Nous nous sommes battus ensemble. »

Ilse remarque que les spectateurs les plus âgés hochent la tête autour d'elle, elle entend de vagues grognements d'acquiescement. *Un peuple*, songe Ilse. *Un Führer. Un empire.* Ça ressemble à une incantation ; une formule magique qui les rend tous aussi invincibles que n'importe quel prince de conte de fées – comme ceux qu'elle a inventés pour Renate dans ses histoires. (Elle ressent un léger pincement au cœur tant elle regrette que Renate ne soit pas là pour voir ça. *Bientôt*, songe-t-elle. *Je le reverrai bientôt avec elle.*)

Certains spectateurs commencent à se lever dans la salle ; des vagues successives d'admirateurs délaissant leur fauteuil confortable pour se joindre aux milliers de militants debout, sur l'écran.

« Voici le vœu que nous formulons ce soir, entonne Hitler d'une voix qui résonne dans le moindre recoin de l'immense espace. Chaque heure, chaque jour, ne penser qu'à l'Allemagne. Le peuple, l'empire, la nation et les Allemands ! »

Puis : « *Sieg Heil !* »

Tout autour de lui, et tout autour d'elle, la réponse gronde dans un cri, chaque incantation plus bruyante, plus puissante que la précédente :

« *Sieg Heil !* »

« *Sieg Heil !* »

« *SIEG HEIL !* »

Ilse a bondi sur ses pieds, elle aussi, mue par son instinct, sans même se rendre compte qu'elle le faisait. Au moment de tendre la main vers l'écran, sa voix se joint à la mélopée infinie qui semble, quelque part, se réverbérer sur toute la planète. Les mots perdent leur sens à force d'être répétés – *SIEG-HEIL-SIEG-HEIL-SIEG-HEIL* – et pourtant ils acquièrent quelque chose de bien plus profond qu'une simple signification. Alors que le chœur atteint le point culminant de son crescendo, elle se sent presque soulevée physiquement par sa puissance : comme si c'était cela, et pas sa propre musculature, qui lui permettait de tenir debout. C'est étourdissant. Euphorisant. Elle a l'impression d'échapper à la gravité terrestre, de se lancer vers le ciel telle une comète, de voler.

5

Renate

1935

— Tu pourrais accélérer ? lui lance Ilse. Tu te traînes autant que ma grand-mère.

Elles viennent de sortir de la station de U-Bahn sur Wittenbergerplatz et d'atteindre la rue, au sommet des marches. Au lieu de presser le pas, Renate s'arrête franchement.

— Je suis désolée, dit-elle en s'appuyant sur une rambarde. Je n'ai pas bien dormi cette nuit. Je m'inquiète pour la lettre.

— Je n'arrête pas de te le répéter, ils ne vont sans doute même pas te la demander.

— Mais s'ils le font ? Et s'ils se rendent compte de quelque chose ?

Ilse pousse un soupir d'exaspération.

— Très bien, montre-la-moi dans ce cas.

Renate sort une enveloppe de son cartable, dont elle tire une feuille de papier pliée en trois. Elle la tend à

Ilse et ravale son angoisse pendant que son amie suit de son index rongé jusqu'au sang les lignes soigneusement dactylographiées.

Chère Fräulein von Schmidt,

Je vous prie de bien vouloir autoriser ma fille Renate à rejoindre les rangs des Hitlerjugend en tant que Jungmädel, et de la soumettre aux examens médicaux nécessaires : elle a notre autorisation expresse dans ces deux domaines. Je vous demande de nous excuser, mon épouse et moi-même, de ne pas avoir pu l'accompagner aujourd'hui : un décès dans la famille nous contraint à quitter immédiatement Berlin. En vous remerciant de l'intérêt que vous porterez à ma requête,

Heil Hitler !

Otto Bauer

— Impeccable, conclut Ilse. La signature fait parfaitement illusion.

Elle replie la feuille et adresse un clin d'œil à son amie.

— Bientôt tu braqueras des banques. Avec Raina.

— Arrête ! proteste Renate en la tapant sur l'épaule. J'ai déjà l'impression d'être une criminelle…

Ilse éclate de rire pendant que son amie glisse, avec beaucoup de soin, la lettre dans la poche de sa jupe.

— Je te le redis, tu n'en auras sans doute pas besoin, Renate. Ursula Koch m'a raconté qu'ils ne lui avaient pas demandé la sienne. C'est juste une mesure de précaution.

Elle est de bonne humeur. En vérité, Renate ne l'a pas vue d'aussi bonne humeur depuis des semaines.

Sans doute parce qu'on vient de lui proposer un poste de reporter junior pour la revue mensuelle de la BDM. Même si elle devra surtout écrire des comptes-rendus sur les épreuves sportives et les activités de bienfaisance de la BDM, elle espère se voir assigner des sujets plus ambitieux – un reportage sur le quotidien de ressortissants allemands installés dans la région des Sudètes ou en Silésie par exemple, ou sur les Jeux olympiques qui se tiendront à Berlin l'an prochain. Voire, pourquoi pas, un entretien avec la réalisatrice du *Triomphe de la volonté*, Leni Riefenstahl, ou (qui sait ?) avec le ministre de la Propagande en personne, Joseph Goebbels. Renate imagine très bien Ilse telle Bette Davis dans *Sixième édition*, avec son uniforme, se battant pour démontrer que les filles peuvent aussi faire du journalisme.

Elle a le visage brillant et les cheveux coiffés pour une fois : deux tresses enroulées autour de son crâne, comme une couronne en or. Le soleil de la fin d'après-midi recouvre sa peau rose d'un voile doré et transforme les petites boucles blond platine qui s'échappent en volutes argentées. *Elle est si intelligente*, songe Renate. *Et si jolie. J'ai tellement de chance d'être son amie. J'ai tellement de chance qu'elle m'ait choisie.*

— Qu'est-ce qu'il y a ? lui demande Ilse, qui l'observe avec méfiance.

— Rien, répond Renate en baissant la tête. Je suis bête aujourd'hui.

— Tu as l'air nerveuse.

— Je le suis, dit-elle avant de bâiller. C'est toujours le cas quand je suis fatiguée.

— Essaie de te calmer. Ils ne vont pas te recruter s'ils te voient dans un état pareil.

— Tu m'attendras bien pendant l'examen, hein ?

— Je te l'ai déjà promis trois fois, oui !

Ilse se remet en route en fredonnant tout bas « Deutschland erwache » et en traînant Renate – on dirait une mère flanquée d'un enfant capricieux. Cette dernière en trébuche presque. L'espace d'un instant, elle se voit tomber, et, pourquoi pas, rester à l'endroit de sa chute pour piquer un somme.

Car, comme toujours, Ilse a raison : Renate est assez mal en point. Elle a les paumes moites, la bouche sèche, des crampes d'estomac dues à la faim et à l'amertume. Elle a su qu'elle serait dans cet état presque à l'instant où elle a éteint la lumière la veille. Elle a su qu'elle passerait les huit heures suivantes à gigoter dans tous les sens et à rejeter ses couvertures. Elle a eu mal à la mâchoire à force d'avoir, malgré elle, serré les dents, et ses jambes étaient aussi tendues que si elles se tenaient prêtes à courir un marathon.

Mais ce sont surtout ses pensées qui l'ont rendue nerveuse, même si elle s'est efforcée d'en convoquer des joyeuses – *Salon Dora Green* (« La Maison de Dora Green »), qu'elle a prévu de voir au cinéma dimanche, avec Rudi ; le repas de fête que Maria lui a promis pour son anniversaire, la semaine prochaine ; les yeux de Rudi, couleur de verre dépoli, quand il l'aperçoit avec sa jupe bleu marine et son chemisier blanc impeccable. Car tout bien considéré, c'est pour lui, évidemment, qu'elle fait cela. Pour ce beau garçon, d'une perfection de statue.

Il était venu la trouver le lendemain de la mésaventure dans la bibliothèque. Renate attendait Ilse dans la cour du *Gymnasium*, si absorbée par son roman qu'elle n'avait même pas remarqué qu'il approchait. Ce ne fut que lorsque la page qu'elle lisait disparut soudain sous la pose lascive de la Lectrice, désormais familière, qu'elle remarqua sa présence, juste derrière son épaule, un sourire moqueur aux lèvres.

« On dirait bien que tu aimes les livres, toi aussi, observa-t-il en arquant un fin sourcil blond tandis qu'elle refermait d'un geste brusque les pages sur la carte compromettante.

— En effet, réussit-elle à articuler, se sentant comme une biche envoûtée par le faisceau éblouissant de la lampe d'un chasseur.

— J'espère qu'il est plus décent que ce que je viens de glisser à l'intérieur.

— Oh, non ! s'écria-t-elle en sursautant avant de se tourner vers lui, le souffle court. Enfin, je veux dire que si, bien sûr. »

Elle lui montra la couverture sans conviction.

« C'est l'histoire d'une famille chinoise qui passe de l'extrême pauvreté à la grande richesse. Elle a grandi en Chine, tu sais. L'auteur.

— Tu devrais te méfier un peu des auteurs américains. Beaucoup sont juifs. Mais j'applaudis l'intérêt que tu portes à ce qui se passe dans le monde. Entre autres choses », ajouta-t-il avec son sourire narquois.

Renate sentit ses joues s'échauffer autant que de petits soleils.

« La carte n'est pas à moi, s'empressa-t-elle de se justifier.

— Ah ? Je me suis trompé, alors, dit-il en levant une main.

— Enfin, rectifia-t-elle aussitôt, elle vient de chez moi évidemment. Non, pas évidemment. Disons que… c'est moi qui l'ai apportée au lycée. Je n'aurais pas dû… On m'avait lancé un défi. Elle appartient à mon frère en réalité. »

Rudi allait la prendre pour une folle furieuse. Renate se força à inspirer profondément.

« Bref, poursuivit-elle plus prudemment, tu m'as sauvé la vie. Je ne sais pas comment te remercier.

— J'ai ma petite idée sur le sujet. »

Il lui décocha un sourire aussi mystérieux que celui du chat du Cheshire et, l'espace d'un instant, elle imagina avec effroi qu'il allait suggérer quelque chose d'aussi décadent que la carte postale. Pourtant, il se contenta de dire :

« Autorise-moi à te raccompagner chez toi. Tu pourras me donner des détails sur cette Sino-Américaine qui a écrit le roman que tu lis, et moi, je te parlerai de mon auteur allemand préféré. »

Il lui fit un clin d'œil avant de conclure :

« Pour commencer, en tout cas. »

Et il la raccompagna, cet après-midi-là, puis presque tous les suivants lorsqu'il n'était pas attendu aux Jeunesses hitlériennes. Il lui portait son cartable, lui tenait la porte et, même s'il ne s'intéressait pas beaucoup aux livres que Renate adorait, il l'écoutait avec indulgence se répandre en longs discours. Et elle lui rendait la pareille dès qu'il citait *Mein Kampf* et d'autres écrits du chancelier, pour lesquels il éprouvait une passion comparable. Au bout d'un mois, il lui tenait la main quand ils marchaient côte à côte, et le mois suivant il passa un bras sur ses épaules au Babylon

– ils gardèrent néanmoins tous deux les yeux rivés sur *Tarzan et sa compagne*. Il continua à lui faire la cour en secret pendant plusieurs mois (car Renate savait qu'il était hors de question de le présenter à ses parents, qui lui interdiraient sur-le-champ de vivre cette idylle), et au terme de cette période ils cessèrent tout bonnement de regarder le film. Ils préféraient passer la séance entortillés au-dessus de l'accoudoir en bois qui séparait leurs deux sièges, agençant leurs lèvres, leurs langues, leurs bras, leurs jambes et leurs doigts selon toutes sortes de combinaisons enfiévrées. Leurs souffles tièdes se précipitaient dans la salle où l'obscurité n'était troublée que brièvement par la lueur de l'écran. Le regard qu'il posait sur elle dans ces moments-là – avec un mélange de vulnérabilité et de douleur, de vénération presque – la conduisait à penser : *Et voilà, c'est à ça que ressemble le véritable amour.*

Malheureusement la veille, lorsqu'elle a tenté de chasser sa nervosité en convoquant ces sentiments délicieusement troublants, son cerveau ne s'est pas montré conciliant. Ce petit frondeur est resté obnubilé par le rendez-vous du lendemain, lui déroulant une succession de scénarios catastrophes, les uns après les autres : il n'y aurait pas que l'Obergauführerin qui verrait clair dans le jeu de Renate… sa lettre s'échapperait de sa sacoche comme la carte dans la bibliothèque ce fameux jour et elle atterrirait aux pieds de sa mère ou de son père. Ou alors celle-ci se retrouverait, par un fâcheux concours de circonstances, glissée dans son devoir de trigonométrie et lui vaudrait d'être renvoyée. Voire emprisonnée. Et si des rumeurs de l'incident avec la carte postale – même si celui-ci remontait à près de deux ans maintenant – étaient parvenues jusqu'à l'Obergauführerin ? Rudi s'est moqué d'elle, qualifiant son imagination de « débordante » (et d'« adorable »). Imagination débordante ou pas, Renate s'est représenté la scène avec une précision désarmante : le regard de mépris et de dégoût de la femme qui tenait son avenir entre ses mains. *Ah... Alors c'est vous.*

Il y a aussi la terreur de l'examen médical. Rudi et Ilse lui ont pourtant tous deux assuré qu'il n'est en rien insurmontable, que les médecins du parti veulent juste vérifier qu'elle est bien d'une solide lignée allemande. Mais Renate continue à s'inquiéter : elle craint qu'ils ne voient que sa chétivité, sa fragilité. D'ailleurs, au lycée, c'est toujours elle qu'on choisit en dernier pour constituer les équipes de football ou de balle au prisonnier.

Ilse, elle, est toujours parmi les premières. Solide et bien charpentée, elle est capable de grimper à la corde, d'exécuter une roue, puis de faire plusieurs tours sur une barre en métal. Quand elle plie le bras, ses biceps se gonflent comme deux collines laiteuses sous sa peau. Chez Renate, rien ne se passe. Son bras mince reste flasque, aussi mou qu'un spaetzle trop cuit.

Si sa musculature laisse à désirer, sa détermination est en acier : elle réussira. Peu importe ce qu'il lui en coûtera. Tout le monde, à l'exception de ses parents, lui répète que c'est la chose à faire. Le chancelier lui-même approuverait sa démarche. Après tout, le serment des Hitlerjugend, que Rudi l'a forcée à réciter jusqu'à ce qu'elle le connaisse par cœur, édicte cette loi : *Mon chef et mon pays avant ma famille. Je jure de consacrer toute mon énergie et toute ma force au sauveur de notre patrie, Adolf Hitler. Je suis prête à donner ma vie pour lui, avec l'aide de Dieu.*

Avec l'aide de Dieu, répète Renate en son for intérieur. Elle manque de bousculer Ilse qui vient brusquement de s'arrêter.

— On est arrivées ?

Ilse confirme d'un signe de tête. Devant elles se dresse une *Volksschule* austère et grise, aux fenêtres enfoncées dans des murs épais, qui a peut-être hébergé des militaires prussiens à une époque. Aujourd'hui, sa raison d'être est clairement affichée : le drapeau rouge désormais familier flotte au-dessus du premier étage, avec une Hakenkreuz mince et noire en son centre. Au moment de passer dessous, Renate se surprend à lever brièvement les yeux vers la voûte du porche, s'attendant presque à ce que des pointes en fer s'abaissent derrière elles. La seule chose qui bouge, pourtant, est le tissu rouge, blanc et noir, agité par une brise qu'elle ne sent pas.

Le hall d'entrée est aussi sombre et vieux que l'extérieur. Les yeux de Renate s'accoutument peu à peu à la pénombre, et elle devine deux bannières supplémentaires sur les murs, qui encadrent un énorme portrait d'Adolf Hitler. Le chancelier tient une cravache et la toise avec méchanceté – il devait s'attendre à voir entrer quelqu'un de beaucoup plus important qu'elle.

Sous le portrait se trouve un escalier central tournant, flanqué de deux lourds bureaux en chêne. L'homme assis du côté gauche redresse la tête et leur sourit brièvement avant de se replonger dans son travail administratif. La femme à droite, elle, se lève aussitôt et exécute le salut du Führer. Les filles lui répondent à l'unisson.

Heil Hitler ! Et comme toujours, Renate pense à l'analyse que Franz en fait : les hommes qui ont inventé ce geste ne l'ont voulu aussi raide et ascensionnel que pour compenser la défaillance d'une autre partie de leur anatomie.

— Soyez les bienvenues, les filles.

La bouche de la femme est exactement du même rouge sang que les drapeaux derrière elle. Après l'avoir admirée, Renate s'interroge : tout le monde sait que la BDM n'apprécie pas les cosmétiques. Les lèvres de couleur patriotique font peut-être exception à la règle, toutefois.

Car du menton aux pieds, la Mädelschaftsführerin est en parfaite conformité avec le règlement de la Bundestracht. Son corsage blanc à manches courtes est orné de l'insigne, noir et blanc, de la circonscription, son foulard noir est soigneusement maintenu en place par un cordon en cuir. Sa jupe bleu marine, à longueur de genou, est sobre, et elle porte des chaussures confortables à lacets. Tout est méticuleusement repassé, les plis bien marqués, le cuir bien ciré. On pourrait croire qu'elle a acheté son uniforme le matin même.

— Vous êtes ici pour vous inscrire ?

— Oui, répond Renate.

— Elle, oui, précise Ilse. Moi, je suis venue chercher ma carte de presse pour *Das Deutsche Mädel*.

— Il faut vous rendre dans la salle 210, à l'étage.

La femme lui indique l'escalier d'un mouvement du menton, avant de se retourner vers Renate.

— Comment vous appelez-vous ?

— Renate Bauer. J'ai quinze ans, ajoute-t-elle, même si personne ne lui a encore demandé son âge.

La femme note ses réponses dans un registre en fronçant les sourcils.

— Vous avez vos papiers d'identité ?

— Bien sûr.

Les doigts légèrement tremblants, Renate furète dans son sac. Elle sait qu'ils sont là. Elle ne sort jamais sans, parce que la loi impose aux citoyens de les avoir sur eux en permanence. Ces derniers temps, pour une raison mystérieuse, elle a toujours peur de commettre une infraction malgré elle. Elle a même rêvé qu'elle se retrouvait dans une cellule aux murs blancs, et samedi dernier, quand sa mère l'a emmenée acheter de nouveaux gants chez Wertheim, elle a passé l'heure entière convaincue que les vendeuses la prenaient pour une voleuse.

« Je ne m'en ferais pas trop à ta place, l'a rassurée sa mère lorsque Renate lui a confié ses inquiétudes. C'est une réaction classique, l'adolescence n'est pas une période facile. On te dépouille de ton enfance. Ton innocence est menacée. Il est naturel que ton esprit soit gagné par des pensées de larcin et par la culpabilité. »

À son grand soulagement, Renate aperçoit le coin vert de son *Ausweiskarte*, qui dépasse derrière son manuel d'histoire.

— Merci, lui dit la femme dès que Renate la lui tend. Vous avez bien pris rendez-vous ? Parfait. Nous allons commencer par l'examen médical alors.

La Führerin tend à nouveau le menton en direction de l'escalier.

— À l'étage, tout de suite à droite. Vous trouverez le bureau du docteur Braun. Il est avec une autre candidate, attendez votre tour sur le banc dans le couloir.

— Merci, répond Renate en se forçant à sourire avec ce qui passera, elle l'espère, pour de l'assurance (« ils ne vont pas te recruter s'ils te voient dans un état pareil ») avant de suivre Ilse à l'étage.

Elle marque un arrêt sur le palier, se touche les cheveux et se pince les joues pour se donner bonne mine.

— Tu ne sors pas danser avec Rudi, observe Ilse en levant les yeux au ciel.

— Je veux juste avoir l'air en forme.

Renate jette un coup d'œil à son reflet dans le verre qui protège un autre portrait de leur fringant dirigeant, inspectant une unité de la Bund Deutscher Mädel, et elle réprime un soupir. Elle ne respire pas la santé. Elle a l'air fatiguée, pas dans son assiette. Elle ne ressemble en rien aux filles souriantes et saines sur la photographie – ni à Ilse, qu'on croirait tout droit sortie de ce cliché. Blondes, les dents blanches, joyeuses, les filles de la BDM saluent leur chancelier à une distance de plusieurs mètres, les bras tendus comme les pétales pâles d'une anémone. Le Führer leur rend leur sourire tout en gardant ses mains croisées dans le dos. Ce qui lui donne un air à la fois proche et distant.

Ilse s'est assise sur le banc et sort ses devoirs. Renate la rejoint, mais elle est trop anxieuse pour travailler. Elle consulte les lectures proposées sur la table à côté d'elle : une édition récente de *Mein Kampf* sur un pupitre, derrière une sélection de revues soigneusement disposées en éventail : *Wille und Macht*, *Das Deutsche Mädel* et *Die Mädelschaft*, le bulletin d'informations de la BDM. Il y a aussi deux éditions de l'annuaire des Hitlerjugend, *Jungen eure Welt.*

Laissant de côté l'ouvrage de propagande du chancelier – Rudi lui en a déjà parlé en détail de toute façon –, Renate feuillette l'annuaire de l'an dernier. Il contient essentiellement des cartes de l'Allemagne et de ses frontières, d'odes au martyr des Sturmtruppen, Horst Wessel, et d'images de jeunes bras levé, si sincères. Dans les dernières pages, elle découvre un graphique comparant le taux de natalité actuel en Allemagne à celui (bien plus élevé) en Pologne et en Russie. Il est accompagné par l'image d'une blonde souriante, qui tient un bébé angélique dans les bras. *Mädel*, peut-on lire en légende, *il est de votre devoir sacré de vous propager et de devenir les futures mères de notre Patrie !*

Propager, songe Renate en clignant des yeux. Elle pense à sa dernière sortie avec Rudi, la semaine précédente dans le Volkspark Friedrichshain. Après leur pique-nique, ils s'étaient allongés côte à côte sur une couverture dans l'une des allées les moins fréquentées du jardin, à moitié cachés par des parterres de fleurs et des buissons bien taillés. Elle s'était retrouvée, soudain, sous Rudi. Les baisers dont il couvrait son cou déclenchaient des frissons délicieusement insupportables dans tout son corps ; il pressait son bassin contre le sien ; et entre eux deux se dressait cette chose dont elle n'arrive pas à prononcer le nom, dure, chaude et insistante. Et si elle était effrayée depuis longtemps par cette idée (car que ferait-elle s'il voulait lui montrer cette chose ou, pire, s'il lui demandait de la toucher ?), la réalité lui avait paru tout à fait différente, beaucoup plus proche du rêve. Comme si sa peau, parcourue de picotements sous les caresses légères de Rudi, guettait au fond cette étrange pression contre elle, voire l'espérait, désirait l'accueillir et l'absorber, la sentir en elle. Voilà pourquoi, alors même qu'elle repoussait son torse des deux mains, ses hanches s'étaient, d'elles-mêmes, soulevées pour rejoindre celles de Rudi. Ne se sentant pas capable de se contrôler, elle avait fini par rouler sur le côté en riant nerveusement, écarlate. Elle avait menti, prétextant que sa mère l'attendait de bonne heure.

Elle avait connu une mutinerie similaire de son corps la semaine précédente, au Babylon. Elle avait senti son torse s'agiter, se tortiller alors que Rudi lui léchait et mordillait le lobe. Puis il avait glissé une main sous sa jupe pour poser les doigts sur sa culotte, à l'endroit très précis où elle ressentait ce besoin étrange et inédit d'être touchée. Tout lui avait semblé se dérouler à une vitesse étourdissante. Et pourtant, avec le recul, ce n'était pas le fait qu'ils soient allés aussi loin, aussi vite qui l'avait effrayée. Non, c'était le fait qu'elle avait eu autant de mal à se retenir de franchir une étape supplémentaire. En réalité, si les actualités diffusées au milieu du film n'avaient pas montré le Führer en train de célébrer son quarante-sixième anniversaire, Renate ignorait ce qui aurait pu arriver… Mais il était apparu à l'écran, et, bien sûr, Rudi avait retiré sa main aussi brusquement que s'il venait de se brûler et s'était quasiment mis au garde-à-vous sur son siège.

À présent, Renate a moins de mal à comprendre comment ces neuf cents filles de la BDM sont rentrées enceintes du rassemblement de Nuremberg, l'an passé. C'est Ilse qui lui en a parlé. Neuf cents filles qui ont simplement laissé leur corps faire ce que le propre corps de Renate semble réclamer.

Et il s'agit seulement de celles qui se sont retrouvées enceintes. Celles qui se sont *propagées*.

— Quoi ? lui lance Ilse en sortant le nez de son manuel d'histoire.

— Rien, répond Renate en rougissant légèrement.

A-t-elle prononcé ce mot tout haut ?

— C'est juste… ce schéma, ajoute-t-elle. On nous dit que nous devons avoir des bébés. Je me demande si on doit se marier d'abord.

— Quelle importance ?

— Pardon ?

— Un bébé reste un bébé, rétorque Ilse en haussant les épaules. Si l'objectif est d'accroître la population allemande, on se fiche de savoir ce que font ou ne font pas les parents, si ? Du moment que ces trucs idiots voient le jour.

— J'ai l'impression de parler à Ida Fuchs, s'exclame Renate, avant de s'interrompre brusquement, effleurée par une idée subite qui la laisse étourdie. Attends, Ilse. Tu n'as pas encore…

Son amie lui retourne son regard. D'abord perplexe, elle éclate soudain de rire.

— Doux Jésus ! Bien sûr que non !

Renate respire plus librement, soulagée. Depuis leur mésaventure avec la carte postale, elles se sont juré de partager leurs vies amoureuses dans le moindre détail. Et, jusqu'à ce jour, Renate s'est acquittée de sa promesse avec application, à grand renfort de messes basses, gloussements et rougissements. Ilse, elle, n'a rien à raconter (et semble d'ailleurs plus lassée qu'impressionnée par les récits haletants de Renate).

Reposant l'annuaire sur la table, elle feuillette rapidement un petit recueil de poésie sur la pureté du sang (« Gardez votre sang pur/Il n'appartient pas qu'à vous ») puis le délaisse pour le numéro d'avril de *Das Deutsche Mädel*, la revue dans laquelle le premier poème d'Ilse a été publié et pour laquelle celle-ci écrira désormais régulièrement. Renate s'arrête sur un article intitulé : « Être en bonne santé, voilà votre devoir ! » Il recense toutes les mesures qu'une *Deutsches Mädel* doit prendre pour s'assurer que son corps, et par conséquent son esprit, est prêt à s'acquitter de son devoir patriotique de maternité. *Dormez dix heures par nuit. Faites de l'exercice quotidiennement. Développez vos compétences domestiques. Évitez les cinémas bondés et les bars enfumés.*

Le front plissé, Renate parcourt la liste une seconde fois. Elle s'attendait à devoir faire des efforts dans le domaine de la course à pied et de la gymnastique. Mais dormir ? *Dix heures entières ?* Elle est, pour le meilleur et pour le pire, un oiseau de nuit. Il lui arrive fréquemment de lire jusqu'à trois heures du matin, et elle estime que chaque seconde d'épuisement se justifie tant que le livre est réussi. Elle n'est pas beaucoup plus douée dans le champ domestique. Elle fait un peu de pâtisserie – enfin uniquement sous la supervision attentive de leur bonne (la seule fois où elles se sont essayées, Lise et elle, à confectionner une *Linzer Torte*, elles ont, sans qu'elles comprennent comment, mis le feu à la grille du four).

« Vous êtes remarquables, leur a dit Franz avec une admiration qui paraissait authentique. Je ne savais même pas qu'une chose pareille était possible ! »

Malheureusement, ce talent précis semble discutable, si Renate se réfère au dernier « avertissement » de la liste : *Méfiez-vous de ce que vous ingérez, la consommation excessive de friandises vous rendra grasse et paresseuse !*

Elle pense à Ilse, qui enfourne gaiement les gâteaux aux graines de pavot de Herr Schloss. Elle pense à leurs paisibles après-midi d'autrefois, après les cours, devenus rares depuis qu'Ilse est membre de la BDM et que Renate fréquente Rudi (quand il n'est pas aux Hitlerjugend). Une fois qu'elle sera acceptée dans les rangs de la BDM, elle pourra passer plus de temps avec Ilse. À ce que lui en a dit son amie, toutefois, ce temps sera consacré à des activités telles que le transport de drapeaux et la randonnée… Avec un soupir, elle sort de son cartable son cahier de composition, le bleu, pour recopier avec application les conseils de la revue. Autant se mettre dans le bain dès maintenant.

Après ce qui lui semble une heure d'attente, la porte de la salle d'examen s'ouvre et une brune en sort, trapue et boutonneuse. Elle lisse sa jupe.

— Comment ça s'est passé ? lui lance Renate, qui ne parvient pas à contenir sa curiosité.

La fille hausse les épaules.

— Très bien.

Elle ne ressemble pas du tout à l'idéal de la BDM : l'Aryenne gracieuse, puissante et élancée. Mais ça n'a pas l'air de poser problème : il est évident, à sa mine réjouie, qu'elle a réussi l'examen.

— Est-ce qu'il a vérifié ta force ? insiste Renate. Est-ce qu'il t'a demandé à quelle vitesse tu courais ?

— Bien sûr, intervient Ilse. Et elle a aussi dû monter tout en haut d'une immense corde suspendue au plafond… Tu vois ? Le genre sur laquelle tu n'arrivais pas à grimper en cours d'athlétisme…

La brune ne comprend pas la blague.

— Pas du tout, enfin. Pourquoi y aurait-il une corde dans le bureau d'un docteur ?

Ilse éclate de rire.

— Ta tête ! s'exclame-t-elle en donnant un grand coup de coude dans le buste étroit de Renate. Tu m'as crue !

— Non, pas du tout, se défend-elle, mal à l'aise.

— Ce n'est pas du tout ce qui s'est passé, proteste la brune, qui ne comprend toujours pas l'humour d'Ilse. Il m'a mesurée et pesée, puis il a écouté mon cœur. Il m'a fait tousser.

— Et c'est tout ?

La fille hoche la tête.

— Tu vois ? Qu'est-ce que je t'avais dit ? lance Ilse. Un vrai jeu d'enfants.

Renate sent sa respiration se calmer sous l'effet du soulagement.

— À votre avis, j'entre directement ?

— Je frapperais avant, lui répond la brune en s'asseyant à côté d'Ilse sur le banc et en posant son cartable sur ses genoux. Il t'attend en tout cas.

— Tu ne bouges pas, hein ? demande-t-elle à Ilse.

Celle-ci hausse un sourcil.

— Pour la millième fois, non !

Je t'aime, pense Renate sans oser le lui dire. Elle déglutit pour chasser la boule dans sa gorge, ajuste son chemisier et lisse ses tresses. *Ça va être un jeu d'enfants*, se rassure-t-elle. *Rien de plus qu'une visite de contrôle.*

Elle cogne à la vitre sur la porte, puis pose la main sur la poignée en cuivre.

— Entrez, lui répond la voix masculine du médecin, amicale.

Au moment où Renate ouvre la porte, une autre voix, féminine cette fois, s'élève à l'autre bout du couloir, ponctuée par le claquement sec de ses talons sur le parquet.

— Fräulein… un instant.

Ilse et Renate se retournent au même moment pour découvrir la Führerin aux lèvres carmin. Elle se dirige vers elles d'un pas vif, un dossier en papier kraft à la main.

— Je m'adressais à Fräulein Bauer.

S'arrêtant brusquement, la Führerin se redresse de toute sa hauteur et toise Renate par-dessus son nez pincé. La jeune fille lève les yeux vers elle avec un petit sourire – elle conservera son calme, pas question de se mettre dans un drôle d'état ! Les lèvres écarlates ne lui retournent pas son sourire.

Renate entend la porte s'ouvrir en grand dans son dos ; jetant un coup d'œil par-dessus son épaule, elle aperçoit un homme d'un certain âge en blouse blanche.

— Y a-t-il un problème ?

— Rien de grave, lui répond Lèvres-Écarlates. Simplement, vous n'aurez pas besoin de recevoir cette demoiselle aujourd'hui, Doktor Braun.

— Ah non ?

— Non. Il se trouve que sa candidature à la BDM n'est pas recevable.

Renate redoutait tant cette sanction qu'elle proteste presque instinctivement.

— Mais il ne m'a même pas encore examinée !

— Un examen médical n'y changera rien, je le crains, rétorque la Führerin avec vivacité.

Elle adresse un signe de tête au médecin, et il referme la porte de son cabinet sans bruit. La Führerin lèche son index puis feuillette un dossier.

— Je ne comprends pas, bafouille Renate.

— Je le vois bien. De mon côté, je ne suis pas certaine que vous ayez parfaitement saisi nos exigences au moment de remplir ce formulaire.

Elle tapote une page avec son ongle sans vernis.

— Si, enfin !

— Je parle de nos exigences raciales.

Renate lance un regard à Ilse. Les traits de son amie expriment la même confusion. La femme fait maintenant glisser son doigt sur la page.

— Vous avez oublié d'inclure l'histoire complète de votre famille.

— Oui.

Renate pousse un soupir de soulagement ; si c'est cela le problème, il est facile à résoudre.

— Mes parents ont égaré les documents nécessaires. Mais comme je l'ai précisé dans la marge, il me semble que vous avez accès au service de l'état civil de la mairie de Berlin.

La Führerin hoche la tête.

— En effet. Nous avons d'ailleurs demandé les pièces vous concernant en vue de votre visite d'aujourd'hui. Et je n'avais pas eu le temps d'en prendre connaissance jusqu'à maintenant.

Feuilletant à nouveau le dossier, elle en extrait une page, plus vieille, légèrement jaunie sur les bords, avec le tampon officiel de la ville au sommet.

— Vous devez bien savoir que vous n'êtes pas allemande.

Renate cligne des yeux.

— Je vous demande pardon ?

— *Sie sind keine Deutsche*, répète la femme, plus lentement.

L'espace d'un instant, le couloir tout entier semble vaciller légèrement, telle une flamme agitée par une faible brise. Renate secoue la tête.

— Bien sûr que je suis allemande. Ma famille maternelle vit à Berlin depuis cinq générations.

— Certes, mais nous exigeons que les deux parents de nos membres soient de souche allemande.

— Je… je ne suis pas sûre de comprendre.

La femme se racle la gorge.

— J'ai bien l'impression, lâche-t-elle d'un ton sec, que c'est moi qui vais vous l'apprendre, et j'en suis désolée. Nos dossiers indiquent que votre père est un Juif.

Ein Jude. Les mots sont comme des coups de poing dans le ventre de Renate. Derrière elle, Ilse et la brune retiennent leur souffle.

— C'est… c'est impossible, bredouille Renate.

— Je crains malheureusement que si. Votre père s'appelle bien Otto Andreas Bauer, n'est-ce pas ?

Renate hoche la tête.

— Il est né de deux parents entièrement juifs. Ce qui fait de vous, dans le meilleur des cas, une *Mischling*.

Par conséquent, vous n'avez pas votre place dans notre organisation.

Elle tend un document à Renate, qui reconnaît la couverture de son Ausweiskarte, d'un vert terne. Sonnée, elle la récupère.

— C'est impossible, répète-t-elle. Personne dans ma famille n'est juif.

— Elle a raison, Fräulein, intervient Ilse, qui s'est approchée. Je peux me porter garante.

Renate la regarde avec reconnaissance, et un souvenir surgit dans sa mémoire : celui du jour, en décembre dernier, où elles ont préparé un *Stollen* avec Maria. Ilse et Renate se sont amusées à manger des bouts de pâte crue et sucrée dès que la bonne avait le dos tourné. Plus tard, allongées à plat ventre sur le lit de Renate, elles ont gémi, se battant pour le titre du pire mal de ventre. Renate se revoit, quelques jours après, au *Christkindlmarkt*, bras dessus bras dessous avec Ilse, à la recherche de cadeaux de Noël pour leurs familles respectives. Elles se sont séparées le temps de se choisir un présent. Ilse a offert à Renate un exemplaire relié du roman de Hoffman, *Die Elixiere des Teufels*. Le libraire lui a certifié qu'il s'agissait d'une seconde édition originale. Renate, elle, a acheté un stylo-plume avec des ornements en jade, une chaînette et un support très raffiné.

— Il y a forcément une erreur dans les archives, dit-elle de la voix la plus assurée possible.

La Führerin lui répond avec un sourire crispé :

— En toute honnêteté, je crois que l'erreur provient de vos parents. Ils auraient dû vous informer de votre héritage.

— Mon héritage ? répète Renate, sonnée.

L'atmosphère s'est comme densifiée, on dirait que l'oxygène s'est gélifié, et le sens des mots de la Führerin met plus de temps à lui parvenir.

— Je suis au regret de vous dire que ce n'est pas la première fois que cela arrive, poursuit-elle. Je ne sais vraiment pas ce que ces Juden ont dans la tête en envoyant leurs filles ici. C'est un manque de considération, pour tout le monde.

Ce mot, encore. *Juden.* Renate résiste à la tentation de s'écrouler.

— Je... je vais leur parler. Ce soir. Une fois que la question sera réglée, je reviendrai. Demain.

La femme la considère longuement, froidement. Son visage rond exprime un mélange de désapprobation, de dégoût et une pointe de... pourrait-il s'agir de pitié ?

— Quoi qu'il en soit, dit-elle en se tournant vers la brune, vos papiers à vous sont en ordre. Suivez-moi, nous allons terminer votre inscription et nous occuper de votre uniforme. Quant à vous, Fräulein von Fischer, je peux vous conduire à la salle 210.

La paniquc noue la gorge de Renate.

— Attendez ! Est-ce que je ne pourrais pas... m'inscrire, moi aussi ? Puisque je suis ici ?

— Ça vous ferait gagner du temps, souligne Ilse, même si son ton est plus interrogatif qu'affirmatif.

La Führerin pivote lentement vers Renate.

— Fräulein Bauer, dit-elle en articulant bien chaque syllabe. Je crains de ne pas avoir été assez claire encore. Notre règlement n'autorise que les vraies Allemandes à porter l'uniforme de la Bund Deutscher Mädel. En réalité, votre candidature va à l'encontre de presque toutes nos valeurs. Si vous pouvez, ainsi que vous l'affirmez, apporter la preuve que vous répondez aux critères de sélection, alors nous pourrons discuter de votre éventuelle intégration. En attendant, il est temps de mettre un terme à cette conversation. Il est tard, et nous avons d'autres choses à faire. *Komm,* Fräulein.

Elle s'éloigne si rapidement dans le couloir que la brune doit presque courir derrière elle. Sonnée, Renate les suit du regard. C'est le vide complet dans son esprit.

— Ilsi ?

Elle a murmuré si bas que, lorsque son amie ne répond rien, elle imagine que celle-ci ne l'a pas entendue. En se retournant, elle constate qu'Ilse observe aussi la Führerin qui rapetisse dans le couloir. L'expression de son visage, sur lequel Renate peut habituellement lire à livre ouvert, est totalement indéchiffrable.

— Je dois aller chercher ma carte de presse, finit par lâcher Ilse. Tu devrais rentrer, j'en ai sans doute pour un moment. Mais je reviendrai avec toi demain.

— Tu es sûre ?

Ilse hoche la tête.

— Ça va s'arranger.

Malgré l'assurance qui transparaît dans sa voix, Renate ne peut s'empêcher de remarquer que son amie refuse de croiser son regard. À l'idée qu'Ilse va la laisser, elle se sent, pour une raison inexplicable, aussi dévastée que si elle était abandonnée au milieu d'un océan gris. *Ne me quitte pas !* voudrait-elle crier. *Reste, je t'en prie !* Pourtant les mots refusent de franchir ses lèvres, et Ilse s'est déjà éloignée de plusieurs pas.

— Appelle chez les Albrecht ce soir, lui lance-t-elle soudain par-dessus son épaule.

Sa famille ne possède pas encore le téléphone et ils utilisent celui des voisins.

Puis elle presse le pas pour rattraper la Führerin et la brune qui a davantage l'air d'une Juive que Renate – et qui est néanmoins une parfaite Allemande, elle. Ilse s'arrête devant une porte, vérifie le numéro et frappe. La porte s'ouvre, elle disparaît.

La mort dans l'âme, Renate retourne à l'escalier. Ses poumons sont comme comprimés dans sa poitrine. Elle a mal à la main. Baissant les yeux, elle constate qu'elle serre sa carte d'identité si fort que les coins pointus se sont enfoncés dans sa peau. Ordonnant à ses doigts de relâcher leur pression, elle range la carte dans son sac.

Au moment de descendre les marches, elle imagine que le portrait du chancelier la surveille. Elle sent les deux petits yeux noirs qui la scrutent dans son dos, jaugent sa stature, sa tenue. C'est absurde, et elle le sait. Ce qui ne l'empêche pas de carrer les épaules et de se tenir plus droite.

Arrivée au rez-de-chaussée, elle hésite sur le palier, ne sachant que faire. Rentrer serait le plus logique. Sauf qu'elle ne peut pas interroger de but en blanc son père sur son état civil – ça tombe sous le sens. Elle pourrait poser la question à sa grand-mère, qui semble une mine inépuisable d'information sur les ancêtres de la famille, du côté paternel comme du côté maternel. Mais connaissant Oma, celle-ci préviendra aussitôt les parents de Renate.

Ce qui ne laisse qu'une seule option : le frère de Renate, Franz. Il a dû s'inscrire à l'université à l'automne dernier, il a forcément eu besoin de documents lui aussi. Et s'il méprise la BDM – il dit souvent que c'est l'acronyme de *Bubi, drück mich* (« Trais-moi, mon gars ») ou *Bund Deutscher Milchkühe* (« La ligue des vaches laitières allemandes ») –, au moins ne reprochera-t-il pas à Renate d'avoir agi dans le dos de leurs parents. Pas alors qu'il fait le mur pour rejoindre ses amis au *Brauhaus*. Pas alors qu'il cache la Lectrice et d'autres cartes postales du même genre sous son lit.

Dehors, une église égrène l'heure de ses notes argentines : *un, deux, trois*… À *cinq*, Renate a pris sa décision. Elle va rentrer et elle ira trouver Franz avant de faire quoi que ce soit d'autre. Elle lui racontera ce qui s'est passé et lui demandera conseil. Et d'ici la fin de la soirée, elle sera en mesure d'appeler Ilse chez les Albrecht. Elles riront ensemble de cette méprise.

— Fräulein ?

Elle se retourne vers l'homme assis derrière le bureau de gauche, au pied de l'escalier. Il a redressé la tête.

— Vous avez besoin d'autre chose ?

Son ton est froid et cinglant. Elle pique un fard à l'idée qu'il n'a pas dû perdre une miette de la conversation.

— Non. J'ai juste… juste besoin de retrouver des documents concernant ma famille. Les bons.

— Les bons ?

Elle hoche la tête.

— Ceux que la mairie vous a envoyés comportent des erreurs.

— Mmmh, dit-il.

Son expression clame : *ridicule.* Elle se retient de lui dire que l'Oberrottenführer des Hitlerjugend de leur quartier est son cher et tendre – en secret. Et qu'il est d'avis, lui, qu'elle est exactement le genre d'Allemande dont la BDM a besoin. À la place, elle fait la première chose qui lui passe par la tête et le salue.

— *Heil Hitler !*

— Nous fermons dans trente-cinq minutes, lui répond-il, sans même se donner la peine de se lever.

*

Le trajet jusque chez elle lui paraît irréel. Les lumières de la station de U-Bahn sont d'un jaune trop éblouissant par contraste avec l'obscurité humide des tunnels. Au moment où la rame arrive, un groupe de garçons saute sur le quai en poussant des cris d'Indiens, ils profitent de l'élan que leur donne la vitesse du train pour dépasser le petit guichet vitré du chef de station. Lorsqu'ils atterrissent – *un, deux, trois !* – au sommet de l'escalier, l'un d'eux siffle Renate.

— C'était pour toi, beauté !

Si Ilse avait été là, elles auraient poussé des hurlements et gloussé ensemble. Mais dans ces circonstances, Renate a l'impression que la voix du garçon lui parvient de très loin. Comme un cri de mouette distant porté par le vent.

Elle se fraie un chemin jusqu'à une place assise, son cartable lui paraît rempli de plomb et non de manuels scolaires, ses bras en spaetzle lui font mal. Le métro aussi lui semble changé. L'éclairage moins lumineux. L'intérieur des wagons inquiétant d'une certaine façon. Les angles des sièges plus pointus. Une place la sépare d'une femme d'un certain âge en pleine discussion avec une plus jeune, d'une vingtaine d'années. Elles s'interrompent pour lever les yeux vers Renate avant de reprendre leur échange. Et même si elles lui adressent toutes les deux un sourire poli, elles lui évoquent deux prédateurs féroces, et son ventre se serre aussitôt.

— Je continue à penser que tu ne devrais pas faire tes achats là-bas, dit la plus jeune.

— Mais c'est tellement moins cher !

— Ça ne l'est que parce que la marchandise est de moins bonne qualité.

— Non, je t'assure, insiste son aînée. La qualité est la même que dans les magasins allemands. Les produits ont une durée de vie équivalente. Ils sont juste beaucoup moins chers. Ça vaut le coup !

La plus jeune grimace.

— Je suis certaine qu'ils trouveront un autre moyen de te faire payer, dit-elle. C'est dans leur nature, tu sais. Ces Juden…

Renate leur jette un regard confus. Sont-elles au courant ? Une remarque récente d'Ilse remonte soudain à la surface de ses souvenirs. « Imagine, si le monde entier était un théâtre, que tout le monde jouait la comédie à part toi et que tu ne le savais pas ? »

Sur le moment, Renate a ri. À présent elle frissonne légèrement et presse son cartable contre son ventre. Elle se concentre sur le *tchac-tchac-tchac* des rails sous les roues, s'abîmant dans le rythme saccadé et prévisible.

Elle descend à l'arrêt Friedrichstraße et réfléchit distraitement à l'heure qui va suivre. À en croire l'horloge de la station il est dix-huit heures quinze : Franz devrait être à la maison, s'il respecte son emploi du temps habituel du mardi. Tandis qu'elle dirige ses pas vers Unter den Linden, sans accorder un regard au vieux Fritz aveugle et à ses crayons, Renate essaie de ne pas penser à ce qu'elle fera si Franz n'est pas là. Si, pour une raison quelconque, il rentre tard, si tard qu'elle sera déjà couchée. Dans le pire des cas, elle restera chez elle demain, prétendra qu'elle est malade. Ça lui évitera d'affronter le lycée au moins, et de raconter à Rudi le malentendu. Sauf que… *Oh, non ! Et si Ilse lui en parle ?* Ce serait bien pire que si Renate lui expliquait la situation en personne.

Elle va devoir appeler Ilse ce soir, quoi qu'il advienne.

Elle pousse la porte de chez elle le plus discrètement possible. Ses parents sont dans le salon, absorbés par une de leurs « discussions » à voix basse. Renate suspend son manteau dans le couloir, puis délace ses chaussures et monte l'escalier en collants, priant pour que Sigmund soit enfermé dans la chambre de Franz – ainsi, il ne pourra pas accourir en jappant et la trahir. Au sommet des marches, elle marque un arrêt, incline la tête. Aucun signe du schnauzer.

En bas, ses parents continuent leurs échanges murmurés et tendus. Renate ne distingue que quelques mots isolés – *examens*, *comités*… ainsi qu'un autre qui ressemble à *présence*. Pourquoi, se demande-t-elle avec une pointe d'irritation, s'embêtent-ils à chuchoter ? Faut-il vraiment que tout devienne aussi grave, aussi mystérieux tout à coup ? Pourquoi les adultes s'imaginent-ils aussi importants ?

Sans un bruit, elle dépose son cartable dans sa propre chambre avant de se diriger, sur la pointe des pieds, vers celle de son frère. Elle se surprend à espérer qu'il aura une blague sous le coude… Elle en a bien besoin. Vu les circonstances, même une plaisanterie grivoise la ferait sans doute rire… Elle est tirée de ses pensées par un gémissement étouffé et le léger grattement de griffes sur le bois.

Non, pense-t-elle. *Couché.*

— D'accord, mon grand, entend-elle souffler son frère. Va dire bonjour.

Les mots ont à peine le temps d'atteindre le cerveau de Renate que, déjà, Sigmund se précipite vers elle, véritable boule de poils, en aboyant aussi joyeusement que s'il ne l'avait pas vue depuis des années. Souriant malgré elle, Renate tombe à genoux et étreint le chien gesticulant. Elle détourne le visage lorsqu'il s'attaque à sa joue avec sa langue pendante.

En bas, ses parents interrompent leur conversation.

— Reni ? lance sa mère. Tu es rentrée ?

— Oui, répond-elle à contrecœur en repoussant d'une main le schnauzer déchaîné.

— Descends manger quelque chose !

— Je n'ai pas faim. Et j'ai beaucoup de devoirs.

— Il faut que tu manges.

— Je peux dîner dans ma chambre ce soir ? Je voudrais me coucher de bonne heure…

Un silence. Elle entend son père murmurer quelque chose, puis sa mère soupirer.

— Très bien. On va charger Maria de te monter une assiette. Mais s'il te plaît, descends nous dire bonne nuit avant de te coucher.

— D'accord, lâche Renate, qui n'a aucune intention de tenir parole.

Ilse le lui dit souvent : Renate est la plus mauvaise menteuse de la planète. Ses parents comprendront au premier regard que quelque chose ne va pas.

Elle se relève et repose Sigmund sur ses quatre pattes, essuie la bave qu'il a laissée sur son front avec ses baisers.

— Bonne journée ?

Elle découvre Franz adossé au mur, les bras croisés, une lueur d'ironie dans ses yeux mi-clos.

— Correcte.

— On ne dirait pas. On dirait que tu viens de manger une caisse de citrons.

La plus mauvaise menteuse de la planète. Comme souvent aujourd'hui, Renate se force à faire un bref sourire qui manque de conviction.

— Mon après-midi a été très étrange.

— Étrange dans le bon sens ?

Elle secoue la tête, chasse les poils noirs du chien sur sa jupe.

— Franz, est-ce qu'on pourrait parler un peu ?

— Ce n'est pas déjà ce qu'on est en train de faire ?

Il le dit avec un de ces sourires attendris qui trahissent le fond de sa pensée : *Tu es une vraie gamine.* En temps normal, ça la mettrait hors d'elle, mais cette fois elle se contente de répondre :

— Ça ne sera pas long.

Elle prie en effet pour que son supplice s'arrête, adressant sa requête à un dieu anonyme.

Après que Franz a refermé la porte de sa chambre, Renate hésite un peu avant de s'asseoir sur le lit, au pied duquel Sigi retrouve sa place habituelle. Renate se surprend alors à se détendre légèrement pour la première fois depuis des heures. La chambre de Franz a toujours eu cet effet sur elle. Ça tient en partie à son odeur : un soupçon de tabac, comme dans celle de sa mère, ainsi que des senteurs qui ne sont dues ni à du parfum ni à de l'eau de Cologne. Celles-ci, vaguement musquées, ont quelque chose de masculin. Renate perçoit aussi une pointe d'acidité, mais presque sucrée, plaisante – elle pense à du lait concentré qui serait resté trop longtemps hors du réfrigérateur. Aussi loin que remontent les souvenirs de Renate, cette odeur l'a toujours apaisée. Elle observe en silence son frère qui se dirige vers le secrétaire en chêne sur lequel il travaille. Il appuie sa canne contre celui-ci avant de se laisser tomber sur le fauteuil en cuir craquelé qu'il a hérité de la clinique de leur mère. Après avoir hissé sa jambe récalcitrante sur le bureau, il plonge ses yeux dans ceux de Renate. Un souvenir vieux de douze ans lui revient soudain.

C'était une froide matinée d'hiver, il avait six ans et elle, trois. S'étant réveillée de bonne heure, elle était allée sauter sur le lit de son frère, comme souvent puisque leurs parents leur avaient interdit de les réveiller avant huit heures. Franz avait d'abord protesté en gémissant. Puis il avait fini par lui faire de la place, il l'avait enlacée par les épaules et l'avait attirée contre lui. Il lui avait lu des passages d'un recueil de légendes héroïques par Schwab, et d'un autre de Hauff, sur les rois et les monstres. Il y avait aussi un vieil exemplaire des *Aventures d'Alice au pays des Merveilles* qui avait appartenu à leur mère. Déjà à l'époque il dégageait cette odeur agréable, même si celle-ci ne contenait pas encore ses notes adultes, plus grasses, de transpiration, de brillantine et de tabac.

— Alors…, lâche-t-il.

— Alors, répète-t-elle.

Renate ne voit pas de façon habile de mettre le sujet sur la table, elle décide donc de se jeter tête la première :

— Est-ce qu'on est juifs ?

— Ah…

Il s'incline légèrement en arrière, joint les mains par le bout des doigts devant son nez. Derrière lui, Karl Marx semble le toiser depuis l'affiche fixée au-dessus du bureau, avec ses cheveux hirsutes et son expression insondable.

— Ah ?

Elle s'était attendue à ce qu'il soit choqué par cette question… ou au moins amusé. Le ventre de Renate se noue quand elle constate que ce n'est pas le cas.

— Ah ? insiste-t-elle. Qu'est-ce que je suis censée comprendre ?

Il lève un doigt pour dire : *attends*.

Il ouvre le premier tiroir de son bureau pour en sortir sa boîte à cigarettes. Renate a soudain l'impression que sa poitrine menace d'exploser, comme si son sternum se mettait soudain à pousser. *Je devrais partir*, pense-t-elle. *Je devrais partir tout de suite. Je devrais…*

Mais elle a tellement de mal à respirer, déjà, qu'elle se sent incapable de bouger. Pétrifiée, elle regarde Franz glisser une Mona entre ses lèvres, puis la laisser pendre le temps de l'allumer, imitant Humphrey Bogart dans *Big City Blues*. À la lueur de la flamme de l'allumette, les longs cils de son frère paraissent interminables sur ses joues. Ilse a un jour dit – et elle ne plaisantait qu'à moitié – qu'elle n'avait jamais vu une femme avec d'aussi beaux yeux.

— Pourquoi tu te poses cette question aujourd'hui ? finit-il par lui demander.

Elle prend une inspiration frémissante.

— J'ai postulé à la BDM cet après-midi.

Le voyant lever les yeux au ciel, elle ajoute :

— Cette décision ne regarde que moi.

— Malheureusement non. Les Jeunesses hitlériennes ont des critères très stricts au sujet du sang qui coule dans les veines de leurs recrues.

Le cœur de Renate s'emballe dans sa poitrine.

— Tu ne peux pas insinuer que ce qu'ils m'ont dit est vrai.

— Ça dépend. Que t'ont-ils dit exactement ?

— Que… que Vati est juif.

Malgré le trémolo dans sa voix, Renate poursuit :

— Que ses deux parents étaient des Juden. Et que ça fait de moi une…

Elle s'interrompt, cherche à se souvenir du terme exact.

— Une *Mischling*, lui souffle-t-il tout bas. Au mieux. Parce qu'à leurs yeux nous ne valons sans doute pas mieux que des Juden. C'est un poison, vois-tu. Il suffit d'une goutte pour souiller un verre d'eau.

Il fait tomber la cendre de sa cigarette dans son propre verre, à moitié plein encore. Renate le dévisage, puis elle regarde les flocons noirs qui tourbillonnent vers le fond dans le liquide. À cet instant, elle a l'impression que le reste du monde s'est figé : les murs, les livres de Franz, la suspension au plafond. Même Franz semble se recouvrir d'une légère couche brillante et impénétrable, comme s'il risquait, lui aussi, de se briser à la moindre chute. Elle l'imagine, elle imagine la totalité de la pièce réduite en éclats scintillants qui tintent au sol. Soudain, elle a peur de vomir.

— Non, réussit-elle à articuler. Non, ce n'est pas possible. Même Ilse a dit que c'était une erreur.

— J'ai bien peur que non.

Non, non, non !

— Mais… mais comment est-ce possible ? Nous avons des photographies de mon baptême !

Il hausse les épaules.

— Il y en a aussi du baptême de Vati. Elles ne signifient rien.

— Elles signifient qu'il est chrétien !

À ses pieds, Sigi sursaute, puis lève vers elle ses yeux d'un brun chaleureux, empreints d'inquiétude. Renate se rend compte qu'elle a presque hurlé. Franz lui fait un geste de la main : *moins fort.*

— Pas si ses parents étaient juifs, dit-il tout bas. Ce qui était le cas, à l'origine. Ils se sont convertis ensemble avant leur mariage. Beaucoup de Juifs sont devenus chrétiens à cette époque. C'était apparemment à la mode.

Il souffle un long filet de fumée.

— Néanmoins, ils ont tous deux été élevés par des Juifs pratiquants.

Pratiquants, se répète Renate, hébétée. *Qu'est-ce que pratiquent les Juifs ?* Le piano ? Le violon ? Elle se représente aussitôt les gens vêtus en noir, à la mine sinistre, qui vivent près de Hackesher Markt et de Mulackstraße : les femmes avec leurs perruques qu'on repère de loin et leurs habits épais, peu seyants. Les hommes avec leurs mèches en tire-bouchon et leurs toques en fourrure. Elle a l'impression de chercher un lien entre son père, chrétien cultivé, et des extraterrestres.

— Depuis combien… de temps tu es au courant ?

— Vati me l'a dit l'hiver dernier.

Renate retient un cri.

— L'hiver dernier ?!

Il lève à nouveau les mains pour lui faire signe de se calmer.

— Il n'avait pas le choix. J'avais besoin de l'information pour m'inscrire à Friedrich Wilhelm, et tout le monde sait qu'il est Juif là-bas.

Il tire une dernière fois sur sa cigarette, puis s'en sert pour en allumer une seconde avant de lâcher le mégot dans le verre, avec les cendres.

— Il a été épargné par les premières vagues de licenciement à cause de ses décorations militaires. Mais la rumeur prétend qu'avec la nouvelle loi sur les fonctionnaires, il sera au chômage d'ici décembre.

Avec une grimace, il modifie la position de sa jambe invalide en s'aidant des deux mains. Quand il la laisse trop longtemps immobile – et c'est souvent le cas, car il a tendance à l'oublier –, il a des fourmillements.

Renate comprime ses tempes avec les talons de ses mains. Elle imagine qu'elle pourrait fendre son crâne aussi facilement qu'une coquille de noix, ne serait-ce que pour faire disparaître cette écœurante sensation de tournis. Mais son esprit ne cesse de s'agiter, de tourbillonner, s'arrêtant ponctuellement sur des choses qu'elle a pu voir sans vraiment y prêter attention : les troupes de chemises brunes qui pavanent dans les rues, la une du *Stürmer*, avec ses caricatures obscènes et ses titres enflammés : *Les Juifs causent notre malheur ! Femmes, jeunes filles, les Juifs sont votre malédiction ! Si vous débusquez un Juif, vous débusquez le diable !*

— C'est absurde, chuchote-t-elle.

Du moins elle a l'impression de chuchoter, parce que le sang qui rugit dans ses oreilles est assourdissant.

— Ils attendaient… le bon moment pour t'en parler. Je crois qu'ils savaient qu'ils ne pouvaient plus repousser très longtemps l'inéluctable.

Voyant son expression, il se penche vers sa sœur.

— Écoute, pour le moment en tout cas, ça ne change pas grand-chose pour toi.

— Tu as perdu la tête ?

Elle le fixe avec incrédulité.

— Ça change tout au contraire ! Mon Dieu… Tout !

La nausée se fraie un passage jusqu'à sa gorge ; elle presse son mouchoir contre ses lèvres. D'autres images se bousculent dans son esprit à présent, réalités auxquelles elle a à peine prêté attention sur le moment parce qu'elle était convaincue que celles-ci ne la concernaient pas. Le quota d'élèves juifs dans les écoles allemandes, fixé par le nouveau gouvernement. L'étrange interdiction – idiote à son sens – d'utiliser les prénoms *David* et *Samuel* lorsque l'on épelle des mots au téléphone (ils doivent être remplacés par *Dora* et *Siegfried*). La description détaillée de Rudi, après sa lecture d'une étude scientifique, de, pour reprendre ses mots, l'« odeur caractéristique des Juifs ». « Ils sentent un peu le soufre, lui avait-il dit. L'œuf pourri. Même si, ces derniers temps, ils font tout pour le cacher. C'est pour cette raison que les Juives aiment autant le parfum français. » La mention par Franz, lors d'un dîner la semaine précédente, de l'apparition d'une affiche dans les locaux de l'association étudiante de son université, annonçant que les étudiants et employés juifs n'étaient plus autorisés à écrire ou publier en allemand.

« Et en quelle langue sont-ils censés écrire alors ? a demandé Renate.

— En hébreu », a-t-il répondu avant d'éclater de rire, comme si c'était la blague la plus drôle au monde.

Son frère reprend la parole, la tirant de ses souvenirs.

— J'ai envisagé de t'en parler le mois dernier, je savais que tu finirais par être au courant, et je pensais que le plus tôt serait le mieux. Surtout s'ils décident réellement de limiter le nombre d'élèves juifs dans les écoles.

Renate se renfrogne.

— Mais si nous ne sommes qu'à moitié juifs…

— Pour être honnête, Reni, je ne sais pas si ça fera encore une vraie différence, dit-il avec un sourire crispé. Leur logique est parfois difficile à suivre.

La chambre semble soudain trop petite, trop oppressante : l'odeur si familière de Franz n'est plus réconfortante, elle devient étouffante au contraire ; Renate a l'impression d'être enfermée dans un placard avec des bonbons en décomposition. Elle croit même, un instant, déceler un soupçon de soufre. À cette seule pensée, elle a un haut-le-cœur.

— Je dois y aller, annonce-t-elle.

Elle s'est levée sans s'en rendre compte, son mouchoir tombe lentement sur le sol. Il hausse un sourcil.

— Où ça ?

— Dehors. Prendre l'air.

Ne se sentant pas capable d'en dire plus, elle se dirige vers la porte.

— Attends, Renate. Reste un peu. Je sais que c'est dur de…

Elle secoue la tête, sort dans le couloir, chancelante, cherche à oublier qu'elle vient d'apercevoir Franz en train de se débattre avec sa jambe pour se relever, fait la sourde oreille au bruit retentissant que produit Sigmund en sautant du lit. Il doit la suivre en remuant sa queue touffue… Elle lui claque la porte au nez, dévale les escaliers, dépasse le salon des messes basses, atteint la porte blanche qu'elle a franchie discrètement quelques minutes auparavant – se peut-il que si peu de temps se soit écoulé ? Glissant ses pieds dans ses chaussures, elle se précipite au pied du perron, ses lacets défaits claquant sur les marches, son cœur jouant un rythme sur lequel son esprit déroule des paroles cruelles : *Juifs Juifs Juifs*. Elle trébuche et se baisse pour faire ses lacets lorsque la porte s'ouvre à la volée dans son dos.

— Reni ? l'appelle son père, qui a l'air à la fois endormi et surpris. Où vas-tu à cette heure enfin ?

— Laisse-moi ! hurle-t-elle, ignorant les regards désapprobateurs d'un couple âgé et les ricanements de deux écolières avec des nattes et des uniformes impeccables de la BDM. Laisse-moi tranquille !

Puis, lui tournant le dos, elle s'élance. Elle court à perdre haleine, et pour la première fois de sa vie elle se sent aussi rapide qu'une *Deutsches Mädel* cent pour cent allemande, même si chaque foulée s'accompagne toujours du même mot martelé, ce mot d'une laideur inconcevable :

Juive
Juive
Juive.

6

Ava

1968

Ho ! Ho ! Ho Chi Minh ! Ho ! Ho ! Ho Chi Minh !

Le nom tonnait dans le ciel berlinois, incantation frénétique au-dessus de l'océan ondulant des affiches et pancartes. Ici, un Che Guevara en béret, aussi élégant qu'une star de cinéma. Là, un président Johnson orné d'une moustache hitlérienne, sous lequel on avait écrit *USA* en remplaçant le *S* par une croix gammée. Éparpillées au milieu des manifestants, Ava aperçut aussi plusieurs images du président du Nord-Viêt Nam, l'air sage, et en un sens dérouté par les événements. Jusqu'à présent, néanmoins, elle n'avait pas repéré de bannière comparable à celle qu'elle brandissait avec Fiete, son amant du moment.

Elle leva les yeux vers sa banderole. Une version expressionniste de la photo qui avait frappé les esprits du monde entier en février dernier. Ava fut balayée par une vague de fierté lasse, comparable à ce qu'elle ressentait à chacune des expositions dans son école d'art. Elle avait passé la nuit à retoucher son œuvre, pendant que Fiete – néo-dada en herbe et sorte de Paul Newman enrobé – vidait une bouteille de vodka glacée en lui assénant ses commentaires inutiles. « Est-ce qu'ils ne sont pas plus petits, ceux-là ? » « Tu es sûre que ses yeux doivent être aussi grands ? » « Hé, tu as vérifié que c'était le bon modèle de pistolet ? »

Ava n'avait pas pris la peine de lui répondre. Elle n'avait qu'une certitude : dès l'instant où elle l'avait découverte dans *Der Spiegel*, cette image avait suscité en elle la même fascination écœurante que celle qu'elle éprouvait devant les clichés de mauvaise qualité des prisonniers d'Auschwitz et des massacres des Einsatzgruppen, bien qu'elle eût conscience que la genèse de la photographie en question fût bien plus complexe. Bay Lop, le prisonnier viêt-cong dont l'exécution sommaire avait choqué tant de monde, avait lui-même abattu de sang-froid des femmes et des enfants quelques heures plus tôt. Et pourtant, la violence saisissante de l'image continuait à l'hypnotiser : la position étrangement décontractée du tireur. La grimace du prisonnier qui se savait condamné, mélange terrible de résignation et de haine, alors même que son cerveau giclait de son crâne. Ava avait l'intention, au départ, d'intégrer une gerbe de sang écarlate, à la Pollock, dans sa reproduction. Mais en mettant de la couleur sur le drap, elle avait compris pourquoi Käthe Kollwitz, son inspiratrice, se restreignait à une palette monochrome : les éclaboussures vives détonnaient avec la gravité de l'image, pareilles à des onomatopées sonores dans une bande dessinée américaine – *pouf ! vlan ! crac !*

Voilà pourquoi, à trois heures du matin, elle avait tout recommencé, chassant Fiete du matelas sur lequel il s'était endormi pour récupérer le dernier drap. Par on ne sait quel miracle, entre les deux paquets de Larks qu'elle avait fumés et l'océan noir de café dont elle s'était imbibée, elle avait terminé sa bannière, même si celle-ci était encore légèrement humide à l'heure où ils devaient partir pour l'institut universitaire de technologie de Berlin.

Tirant un peu plus fermement sur son extrémité du drap, Ava perçut les prémices d'un torticolis dans sa nuque, alors qu'ils défilaient depuis moins de vingt minutes. Elle tressaillit en sentant une petite bulle humide percuter son œil et éclater, baiser fugace et brûlant.

Elle se tordit le cou pour se gratter avec son épaule. Elle identifia ensuite l'origine de cette attaque, sur sa gauche : deux filles, juchées sur les épaules de leurs amis, agitaient des baguettes à bulles de savon. La plus proche, d'un blond pâle, avec un pull écossais, articula une excuse silencieuse lorsque Ava croisa son regard. Juste après, elle manqua de perdre l'équilibre, basculant en avant, puis se remettant in extremis d'aplomb sur sa monture humaine, agitée par un rire nerveux.

Ava se surprit à rire, elle aussi, même si son œil la brûlait ; moins à cause des gesticulations de cette fille que d'un soudain accès général de joie. L'humeur était toujours festive au lancement d'une manifestation, elle le savait. Ce n'était pas sans lui rappeler ce moment où l'on montait à bord d'une attraction de fête foraine et où l'on bouclait sa ceinture juste avant le départ : un cocktail vertigineux d'euphorie et de terreur, amplifié par le fait qu'Ilse condamnait sévèrement les manèges.

« J'ai traversé trop d'épreuves, lui avait-elle dit un jour, pour gâcher de l'argent à risquer ma vie, ou au moins un de mes membres. »

Bien sûr, quand Ava insistait pour savoir de quelles épreuves sa mère parlait, celle-ci refusait de répondre.

Sans surprise, les manifestations étaient, aux yeux d'Ilse, une perte de temps encore plus dangereuse.

« Du vandalisme à l'état pur », disait-elle.

Et si Ava était sincèrement outrée par la situation présente – les anciens nazis au sein du gouvernement allemand, la machine de guerre américaine qui détruisait l'Asie du Sud-Est, les brutes soviétiques qui réprimaient le printemps de Prague dans un bain de sang –, elle se demandait parfois quel rôle la désapprobation maternelle avait joué dans son attrait pour la montée contestataire actuelle. Même si, en réalité, ce ne fut pas grâce à Ilse qu'Ava fit sa première expérience de la dissidence étudiante. Elle avait assisté à un happening d'art conceptuel avec Ulrich à Berlin. Un artiste trapu sciait en deux un mannequin de femme, la vidait de ses viscères cotonneuses pour les remplacer par des petits soldats tout en hurlant : « RACONTEZ-MOI UN CONTE DE FÉES ! » En dépit des apartés pince-sans-rire d'Ulrich (« Je te parie qu'il est très drôle au lit »), les cris de l'artiste avaient, quelque part, résonné dans l'abîme de désespoir, sans cesse plus abyssal, qu'Ava ressentait dès qu'elle songeait à sa vie : cette existence où son travail artistique et sa vie amoureuse erratique s'articulaient péniblement autour de son boulot de serveuse éreintant qui ne lui permettait même pas de quitter le toit d'Ilse car elle économisait afin de partir faire ses études de troisième cycle à New York.

Voilà pourquoi lorsque l'artiste de *Fräulein Saigon* avait invité son public à participer à la manifestation du lendemain, devant l'Opéra, elle avait aussitôt sauté sur l'occasion. Ulrich, lui, avait décliné la proposition, la qualifiant de « nouvelle tentative d'exhibitionnisme complaisant ». Et dès la première bousculade, au tout début, Ava avait trouvé l'expérience exaltante. Ce n'était pas seulement la camaraderie qu'elle ressentait au sein de la foule, animée d'une fureur collective, mais l'excitation de crier, non, de hurler, jusqu'à en avoir les joues douloureuses et la gorge en feu, face au mur de silence et de connivence érigé par la génération de sa mère, alors que le monde se consumait dans les flammes du napalm et de la corruption.

— Attention, bébé ! Tu marches trop vite !

Ramenée brutalement à l'instant présent, Ava remarqua que Fiete pantelait, écarlate, quelques pas derrière elle. Son extrémité de la bannière penchait dangereusement. Ralentissant légèrement pour lui permettre de la rattraper, Ava imagina exactement la scène inverse : elle lui arrachait le bâton des mains pour mettre un maximum de distance entre eux deux, profitant de la densité de la marée humaine.

Elle l'avait rencontré deux semaines auparavant, devant une agence de la Deutsche Bank, à côté de chez Ulrich. Il jouait les hommes-sandwiches en costume rayé. Sa pancarte disait : *Demandez-moi ce que je pense.* Les passants qui s'y hasardaient avaient droit à un petit conte érotique improvisé, censé illustrer l'axiome suivant : « Le capitalisme nous baise tous. »

« C'est un fou et un escroc », l'avait mise en garde Ulrich.

Ava avait néanmoins été suffisamment intriguée par l'histoire érotico-bancaire que Fiete avait inventée en son honneur (il y était question de glaçons, d'une mouche espagnole et de menottes) pour lui laisser son numéro de téléphone. Elle avait ainsi découvert que, s'il fanfaronnait dans l'espace public, il souffrait d'une timidité pathologique dans la chambre à coucher. Ce paradoxe avait réjoui Ulrich au plus haut point.

« Je t'avais bien dit qu'il était bidon ! s'était-il exclamé. Il n'y a vraiment que toi pour emballer un performeur avec un problème de performance.

— Je te rappelle que tu n'as pas toujours été très à l'aise au pieu, avait-elle rétorqué, faisant allusion à leur brève histoire à la fin de l'adolescence, qu'ils n'évoquaient pourtant jamais.

— J'avais dix-sept ans, s'était-il défendu. Et je n'avais aucun problème d'érection, moi. »

Alors que Fiete arrivait à sa hauteur, Ava jeta un bref regard au visage crispé de Bay Lop sur la banderole. Il semblait frissonner sous l'assaut d'une brise invisible, et elle se surprit à l'imiter, saisie soudain par l'appréhension. Pour chasser cette sensation, elle rejeta la tête en arrière et ajouta sa voix de fumeuse à celles des autres manifestants :

— Ho ! Ho ! Ho Chi Minh !

Ça lui procurait une sensation à la fois légère et exaltante ; comme une comptine enfantine hurlée à s'en couper le souffle, en rythme sur des milliers de pas. Lorsqu'ils arrivèrent sur la place, l'humeur changea du tout au tout. La foule se mit à courir et, alors que le slogan se métamorphosait en rugissement – *Ho ! Ho ! Ho Chi Minh ! Ho ! Ho ! Ho Chi Minh ! HO ! HO ! HO CHI MINH !* –, celui-ci fut rapidement ponctué par les hurlements de sirènes qui se rapprochaient et le bourdonnement cadencé d'un hélicoptère qui venait d'apparaître au-dessus des bâtiments du campus universitaire.

Puis soudain tout – le chant, la marche, l'indignation énergisante – s'arrêta, si brusquement qu'Ava faillit bousculer les personnes devant elle. Gagnée par la confusion, Ava recula et regarda autour d'elle.

— Les flics, lui cria Fiete.

Suivant son regard, elle discerna la masse noire de la *Polizei* devant les premières lignes de la manifestation. Ils portaient leurs tenues antiémeute.

— Mais pourquoi nous arrêtent-ils ?

Ajustant à nouveau sa prise sur le bâton de la bannière, elle se hissa sur la pointe de ses bottines en cuir verni blanc. L'hélicoptère tournait en vrombissant comme un frelon agaçant. Ava observa les deux camps qui se faisaient face : la police d'un côté, les étudiants de l'autre.

— On n'a pas de permis ?

Pour toute réponse à sa question, les forces de l'ordre donnèrent l'assaut, même si, avec le recul, Ava serait incapable de définir avec précision le moment exact où il avait été lancé. Elle se souviendrait seulement qu'en un instant la *Polizei* disposée en rangs bien serrés, avec des agents aussi rigides et impassibles que des petits soldats de plomb, s'était jetée sur les manifestants en déployant une rage étonnamment méthodique qui avait laissé Ava à la fois sonnée et écœurée.

— Que se passe-t-il ? cria-t-elle à la cantonade.

Personne ne semblait pouvoir la renseigner. Et les lignes régulières de manifestants déterminés se délitaient déjà pour former une masse confuse d'étudiants cherchant à se mettre à l'abri. Hésitant entre avancer et reculer, Ava se tourna vers Fiete. Elle se rendit compte trop tard qu'elle n'avait pas de décision à prendre : la *Polizei* les avait déjà rejoints. Au même moment, elle vit l'une des souffleuses de bulles dégringoler des épaules de son ami et tomber malencontreusement sur un policier, qui lui abattit sa matraque sur le crâne. Ava étouffa un cri en voyant que la fille chancelait lorsqu'elle tenta de se redresser. Des filets de sang vermillon coulaient sur tout un côté de son visage. Un autre agent la bouscula et elle tendit le bras, articulant un mot qui aurait pu être : *au secours*, *stop* ou *médecin*. Ava voulut lui proposer son aide, mais la fille disparut aussitôt, avalée par la mêlée grouillante de dissidents et de forces de l'ordre.

Un instant plus tard, le bâton se mit à remuer dans ses mains, comme si elle avait ferré un gros poisson. Se tournant vers l'autre extrémité de la bannière, elle vit que son compagnon l'avait lâchée pour courir en direction du Tiergarten.

— Où vas-tu ? lui cria-t-elle.

Elle lut la panique dans son regard bleu.

— Je dégage ! Tu sais bien que je ne peux pas me permettre d'être arrêté.

Sans attendre la réaction d'Ava, il s'élança. Elle le suivit des yeux avec un mélange d'incrédulité et de dégoût. *Salaud*, songea-t-elle. Pourquoi Ulrich avait-il toujours raison dans ce domaine ?

Un jet d'eau froide la sortit brusquement de ses pensées. Faisant volte-face, elle vit que la police avait sorti des *Wasserkanone* : des chars noirs et cubiques, coiffés de lances évoquant des mitraillettes, avançaient sur la foule, forçant les corps à reculer avec des gerbes d'eau. Quelques mètres derrière elle, un fourgon blanc s'était garé : la *Polizei* y faisait monter des manifestants.

Se laissant tomber à genoux, Ava chercha le bâton que Fiete avait lâché, soulevant maladroitement le drap peint : elle avait travaillé trop dur sur cette œuvre pour l'abandonner dans la rue. Un bâton sur chaque épaule, elle se mit en route vers la verdure accueillante du Tiergarten : si elle réussissait à atteindre le parc, elle pourrait le longer au sud pour rallier la station de métro du Berlin Zoologischer Garten.

Elle avait à peine fait trois pas qu'une main la retint.

— Tu penses aller où, comme ça ?

Vacillant, Ava découvrit un flic avec tout son attirail noir.

— Au parc.

Il ricana.

— Pourquoi ? Tu as envie de pique-niquer ?

Ava lui donnait la quarantaine. L'âge d'Ilse ou peut-être un peu plus. Sa mâchoire était si carrée qu'Ava pensa à la binette de sa mère.

— Je veux juste rentrer chez moi, dit-elle en toute sincérité.

Elle suivit le regard du policier, posé sur son œuvre ruinée et avachie au sol, entre leurs pieds. Pendant qu'il observait la banderole, Ava se surprit à étudier ses traits, mue par ce besoin instinctif de l'artiste de chercher un signe, même discret, que son travail avait touché quelqu'un. Il lui tendit ses mains gantées.

— Donne.

— Quoi ?

Clignant des yeux, Ava recula d'un pas.

— C'est moi qui l'ai peinte, elle m'appartient.

— Elle appartient à la ville maintenant. Donne.

Il tenta de s'emparer de l'un des bâtons, et Ava voulut esquiver. Son pied glissa sur une flaque par terre. Lorsqu'elle tenta de retrouver l'équilibre, les bâtons s'agitèrent en tous sens et l'un d'eux frappa le policier sur son casque.

— Oh ! s'écria-t-elle, horrifiée. Je…

Elle n'eut pas le temps de lui présenter ses excuses, il se jetait déjà sur elle, sortant sa matraque de son étui en cuir. Sans comprendre comment, Ava se retrouva à terre, se protégeant la tête des deux mains pendant que des coups pleuvaient sur ses côtes et ses cuisses nues. La douleur était saisissante, à couper le souffle. Une douleur aussi anesthésiante qu'une décharge électrique. Elle ressentit brusquement une explosion dans son genou et, l'espace d'un instant, son champ de vision se voila de rouge, elle eut l'impression d'avoir senti sa rotule se briser en deux. Puis des mains se glissèrent sous ses aisselles pour la traîner sans ménagement, loin de la bannière en tas sur la chaussée, à présent tachée de son propre sang.

— Sale conne, hurlait le policier, je t'avais prévenue !

Ils avaient atteint le fourgon maintenant. Lui plaquant le visage contre la carrosserie, il la fouilla avant de la retourner vers lui. Ses traits brutaux étaient écarlates.

— On fait moins la maligne maintenant, sale communiste…

Ava se rendit compte qu'elle tremblait, secouée par de violents spasmes. Ce ne fut que lorsqu'elle voulut parler qu'elle comprit : elle ne pleurait pas mais elle riait. De grands éclats frémissants qui ravivaient la douleur dans ses côtes contusionnées. Et qui provoquèrent une réaction de perplexité si comique chez le flic qu'Ava rit encore plus fort malgré ses souffrances.

— Vous auriez pas un conte de fées à me raconter ? pantela-t-elle.

*

Quatre heures plus tard, elle était roulée en boule sur le canapé d'Ulrich, une poche de glace sur le genou et une tasse de whisky dans la main.

— Alors, ça va comment ? lui demanda-t-il.

— C'est vide, répondit-elle en lui tendant sa tasse.

— Je parlais de ton genou, espèce de pocharde.

Elle posa la tasse en grimaçant et retira la glace pour observer avec détachement la chair égratignée et enflée de sa jambe. Elle haussa les épaules.

— Toujours aussi répugnant. Mais ça dégonfle, ajouta-t-elle avec un sourire grave. Je devrais pouvoir remettre mes minijupes d'ici une semaine ou deux.

— Je suis sûr que ton type de la banque sera ravi de l'apprendre. Enfin… attends, il est sans doute déjà arrivé en France à cette heure.

— Salaud, gémit Ava. Pas la peine de remuer le couteau dans la plaie.

Savourant sa bonne blague, Ulrich attrapa la bouteille de Jack Daniel's qu'il avait posée entre eux sur la table basse. Il leur resservit à chacun un doigt de whisky. Ava vida sa tasse en une seule gorgée.

— Du calme, matelot !

— Quoi ?

— Tu siffles ça à une de ces vitesses…

— Je te signale que j'ai été battue par des putains de nazis.

— Ce n'étaient pas des nazis, protesta-t-il tout bas.

Ava se sentit rougir.

— Pardon. C'est juste que… c'était l'enfer.

Elle n'exagérait pas. Il y avait trop de monde entassé sur les banquettes du fourgon, et celles-ci n'étaient pas rembourrées. Au moindre cahot, le corps endolori d'Ava avait été secoué. Au bout de dix minutes de trajet, la femme serrée contre elle s'était penchée en avant et avait vomi sur les bottines d'Ava. Et à ce stade, elle n'était pas encore au commissariat du Tiergarten, où ses demandes répétées – verre d'eau, paracétamol, coup de fil – avaient été ignorées pendant des heures. Pourtant, même si elle avait vécu un calvaire, elle était bien placée pour savoir qu'elle n'avait pas le droit de prendre ce terme à la légère. Surtout avec lui.

— *Verzeihung*, répèta-t-elle en plongeant ses yeux au fond de sa tasse vide.

Il avait raison : elle se remettait à boire trop. À commettre à nouveau les mêmes erreurs dans sa vie amoureuse. À courir des dangers inutiles, ce qui lui avait valu ses blessures. Et, surtout, à manquer d'égards pour l'homme auquel elle tenait le plus au monde.

Elle allait repartir de zéro à New York. Elle recommencerait tout là-bas.

À New York ! trinqua-t-elle intérieurement. Rejetant la tête en arrière, elle fit glisser quelques gouttes d'alcool dans sa gorge.

— C'est la dernière fois que je pourrai venir te chercher, tu sais, lui dit-il. Dorénavant, il faudra que tu appelles ton type de la banque.

— Va te faire voir, rétorqua-t-elle.

Elle souriait néanmoins. Lorsque la *Polizei* l'avait autorisée à passer le coup de fil de cinq minutes auquel elle avait droit, ses doigts tremblants avaient presque composé le numéro d'Ulrich tout seuls, sans solliciter ses neurones. Après avoir signé la paperasse, il lui avait lancé : « Demande-moi ce que j'en pense, Ava. »

Agitant sa tasse en direction du téléviseur préhistorique qu'il avait hérité de son père, il dit :

— Tu as de la chance d'avoir été arrêtée aussi tôt.

Sur la troisième chaîne, les émeutes continuaient à battre leur plein, et des policiers se réfugiaient derrière un char militaire alors que des manifestants déchaînés leur lançaient toutes sortes d'objets : pavés, ordures et ce qui ressemblait à des cocktails Molotov. Ava réprima un frisson. *Qui sont ces gens ?* Ils ne ressemblaient pas du tout à ceux qu'elle avait retrouvés devant l'université. Ils étaient indisciplinés, oui, mais pas belliqueux. Ces émeutiers-là semblaient vouloir causer un maximum de dégâts. Et la scène ressemblait moins à une manifestation qu'au champ de ruines d'un pays en guerre. Des panaches de fumée montaient de voitures retournées en feu ; des blessés se traînaient en boitant jusqu'à des abris. Elle chercha sur l'écran le policier qui l'avait frappée et arrêtée plus tôt, mais ils se ressemblaient tous : spectres sévères et granuleux.

— Tu as raison.

S'intéressant au dîner de fortune qu'Ulrich avait assemblé – un morceau d'emmental, une miche de pain et une saucisse fumée dure comme de la pierre –, Ava se coupa une tranche de fromage avant de se rendre compte qu'elle n'avait aucune envie de manger.

— Au moins ce genre d'absurdités n'arrive pas aux États-Unis, ajouta-t-elle en reposant le fromage dans l'assiette.

— Je n'en serais pas si sûr à ta place. Tu vas vivre à Brooklyn.

— Brooklyn n'est pas en guerre.

— Le monde est en guerre.

Elle haussa un sourcil.

— Certains endroits plus que d'autres.

— Qu'est-ce que tu veux dire ?

Il tapota la poche poitrine de sa chemise, à la recherche de ses cigarettes, puis lui lança son paquet de Crown sans qu'elle ait besoin de les lui réclamer. *Je t'aime.* Cette pensée glissa furtivement dans le flux mêlé de ses réflexions avant qu'elle eût pu l'isoler et la retenir. Secouant la tête, elle tapota le paquet de cigarettes sur la table basse.

— Rien.

Trois mois s'étaient écoulés depuis le jour où il lui avait abruptement annoncé son départ pour Tel Aviv, pourtant cette nouvelle lui semblait toujours aussi irréelle.

— C'est juste que je ne comprends pas pourquoi tu ne viens pas plutôt avec moi, poursuivit Ava. New York est une ville presque aussi juive que la Palestine.

— Israël, la reprit-il.

Il récupéra le morceau de fromage qu'elle avait coupé, le lança très haut en l'air et le rattrapa dans sa bouche, triomphal.

— Et je ne me sentirais pas chez moi à New York.

— Parce qu'en Palestine, oui ?

— En Israël, la corrigea-t-il une nouvelle fois, mastiquant longuement son fromage. Et oui. Enfin, c'est plutôt ce qui se rapproche le plus d'une patrie pour moi.

Il remonta ses lunettes sur son nez.

— Tu te souviens du jour où tu m'as dit… je crois qu'on revenait de notre expédition insensée aux archives militaires de Berlin… que tu avais eu une révélation, que New York serait le « bon » endroit pour toi ? Alors même que tu n'y avais encore jamais mis les pieds ?

De ce trajet qui s'était déroulé dans un silence pesant, elle n'avait retenu que la douleur carbonisée dans ses entrailles. La prise de conscience que rien ne serait plus pareil. Elle ne pouvait plus considérer Ilse comme quelqu'un de sévère mais de fondamentalement moral. Elle ne pouvait plus être la fille sans passé, et donc sans lien identifiable avec les horreurs des décennies précédentes. Et enfin, surtout, ils ne pouvaient plus avoir de sentiments l'un pour l'autre, Ulrich et elle. Ava n'avait pas eu à formuler son besoin de distance. Elle s'était simplement éloignée jusqu'à ce qu'il comprenne que c'était terminé. Puis prudemment, lentement, tel un navire abîmé en haute mer, ils avaient regagné le rivage plus sûr de leur ancienne amitié.

— Pas vraiment, dit-elle en s'extirpant de la brume de ses souvenirs. Enfin, du moment que je m'éloignais d'Ilse, ça me semblait bien.

— Je suis à peu près certain que c'est aussi ce que tu as dit sur le moment.

Il serra la saucisse dans son poing et mordit dedans, sans s'encombrer d'un couteau.

— Ce qui est bizarre, poursuivit-il, devenant une fois de plus pensif en mâchonnant, c'est que j'ai toujours apprécié ta mère. Elle ne m'a jamais manqué de respect.

Ava pinça les lèvres.

— C'est facile d'apprécier la politesse élémentaire quand tu n'es pas censé vouloir davantage.

Il fronça les sourcils.

— Comme quoi ?

— Comme la tendresse d'une mère. Comme son amour.

Elle avait voulu faire une réponse légère, mais la douleur, en remontant brusquement à la surface, avait légèrement étranglé sa voix au moment de prononcer le mot « amour ». Honteuse, elle baissa les yeux sur sa cigarette.

— Elle t'aime, Ava, protesta-t-il de cette voix douce et chaude qu'elle n'avait pas envie d'entendre dans l'immédiat.

Elle haussa les épaules d'un mouvement raide.

— Tu as autre chose à boire ?

— Juste de la bière, je crois.

Il se releva pour aller jusqu'au Westinghouse dans la kitchenette et en revint quelques instants plus tard avec deux pilsners décapsulées.

— Tiens, dit-il en en poussant une vers elle, sur la table. Tu sais que la bière américaine a un goût de pisse ?

Elle fit la grimace.

— Il y a de la bière en Palestine, au moins ?

— En Israël. Et franchement je m'en fous. Si elle n'est pas bonne, je me contenterai de whisky.

Il inclina sa bouteille en direction de la sienne et ajouta :

— Santé !

— *L'chaim*, répondit-elle, morose.

Elle venait de prendre conscience, à nouveau, que la moitié de la planète la séparerait bientôt de cet être brillant, cynique, imbuvable, qui avait presque réussi, à lui seul depuis vingt ans, à rendre l'existence d'Ava supportable, qui savait la faire rire d'un simple haussement de sourcils. Il leur arrivait, c'était vrai, de rester une semaine ou plus sans se parler dernièrement. Mais elle se raccrochait à l'idée de sa proximité, à la certitude que, quoi qu'il advienne, il lui suffisait de décrocher son téléphone pour entendre les intonations sèches et ironiques d'Ulrich. Elle avait conscience que ça changerait un jour, bien sûr ; elle l'avait compris à l'instant où il avait reçu ses documents du service d'émigration et à l'instant où l'institut Pratt de New York avait accepté sa candidature à elle. Jusqu'à ce moment précis, néanmoins, elle n'avait pas encore éprouvé, dans sa chair, les implications vertigineuses de cette réalité.

Comment a-t-on pu laisser une chose pareille arriver ? songea-t-elle tristement.

Elle se pencha en avant en le voyant sortir un briquet, dont il souleva le couvercle sans un mot. Pendant qu'il allumait la cigarette entre ses lèvres, elle observa sa main : ses longs doigts puissants, les poils noirs et frisés. Son cœur se serra à l'idée qu'elle n'avait jamais essayé de les dessiner.

— Tu sais, dit-elle en reculant pour recracher de la fumée, qu'elle ne m'a même pas félicitée ?

Il sortit une cigarette du paquet.

— Je suis sûr qu'elle est juste contrariée que tu t'en ailles.

— Ça m'étonnerait, rétorqua Ava en savourant l'âpreté du tabac au fond de sa gorge. Elle va plutôt faire la fête. Surtout maintenant que j'ai été arrêtée. Elle me considère déjà comme une criminelle, de toute façon.

— Rien ne t'oblige à lui parler de ce qui s'est passé aujourd'hui.

— Tu as peut-être raison… Mais elle finira par le découvrir, d'une façon ou d'une autre. Elle se débrouille toujours pour être au courant de mes fiascos.

— Ce n'était pas un fiasco, protesta-t-il en soufflant de la fumée. Aujourd'hui tu t'es battue pour la justice, dit-il avec un sourire. Enfin, jusqu'à ce que le nazi te démolisse.

Elle lui fit un doigt d'honneur.

— Peu importe, elle y verra une raison supplémentaire de me haïr.

Sur l'écran de la télévision, une poignée de manifestants se jetaient sur une camionnette Volkswagen garée le long d'un trottoir et commençaient à la secouer.

— Elle ne te hait pas. Elle souffre. Elle va perdre sa fille.

— Elle n'a jamais voulu d'une fille, riposta Ava avec amertume.

— Qu'est-ce que tu en sais ?

— Je le sais. Chaque fois qu'elle pose les yeux sur moi, je le sens. C'est comme si elle devait faire un énorme effort pour ne pas prendre ses jambes à son cou en hurlant. Je ne le lui reproche pas d'ailleurs, vu ce qu'on a découvert sur mon père.

Ava joua avec sa cigarette.

— Je t'ai déjà raconté qu'un de mes tout premiers souvenirs, vraiment clair et précis, c'est le souvenir d'être abandonnée par elle ? J'étais sur une plage, au bord du lac Wannsee je crois. Elle était derrière moi. Et puis tout à coup elle s'est éloignée. Elle est simplement… partie.

Il pencha la tête sur le côté.

— Tu avais quel âge ?

— Je ne me rappelle pas. C'était après l'orphelinat.

— Mais elle est allée te chercher à l'orphelinat, non ?

— Oui. Bizarrement, je n'ai presque aucun souvenir de ce jour-là. Je sais bien que c'est illogique.

Ava ferma les yeux, mais pourtant au lieu de voir la plage au bord du lac de Berlin, elle aperçut la grimace de Bay Lop, qui serrait les dents. Cette prise de conscience haineuse et désespérée alors que la vie désertait brusquement son corps sec. Où se trouvait-il maintenant ? s'interrogea Ava. Avait-il été enterré ? Son cadavre éclaboussé de sang avait-il été brûlé ? Elle avait l'impression que son propre corps s'était vidé de tout son sang, qu'il était aussi vide qu'un ciel nocturne sans étoiles.

— Tu resterais ? lui lança Ulrich.

Surprise, elle redressa la tête.

— *Was ?*

— Si elle te demandait de ne pas partir ? De rester avec elle ici, en Allemagne ?

Ava prit le temps d'y réfléchir un instant. Elle imagina, pour la première fois, Ilse lui disant : *Je t'aime, Ava. S'il te plaît, ne pars pas.* Ou encore moins vraisemblable : *Parlons.* À bien des égards, c'était au fond la seule chose qu'elle avait espérée de sa mère. Et pourtant, à cette seconde précise, cette perspective ne suscita pas en elle du bonheur mais une bouffée d'angoisse étouffante, de celles qui annonçaient parfois une crise de panique.

— Jamais, dit-elle. Et toi ? Est-ce que quelque chose pourrait te faire rester ?

Il lui sourit.

— Aucune queue-de-cheval blonde.

— Salaud.

Ava lui envoya une pichenette de mousse de bière, même si elle riait malgré elle. Après leur rupture, c'était devenu sa plaisanterie préférée : son attirance pour les filles plantureuses au teint de fermière, et celle d'Ava pour les artistes à la vie dissolue. Ces deux caricatures contenaient leur part de vérité. Et néanmoins Ava pensait parfois qu'ils s'en servaient surtout pour maintenir leur propre relation sur un terrain platonique, rassurant. Après tout, Ava, avec ses cheveux bruns, sa silhouette menue et ses yeux sombres et mélancoliques, n'aurait pas pu moins ressembler à une trayeuse allemande. Quant à Ulrich, si sérieux et raisonnable, il n'avait pas une once de créativité, ou de vice dans son corps.

— De toute façon, lui dit-elle, il y a forcément des blondes en Palestine.

— Décolorées, rétorqua-t-il avec dédain. Ça ne sera pas comme ici. Notre patrie est le seul vrai paradis aryen.

— J'espère pour toi que ce sera différent, justement.

— Moi aussi. Et pareil pour New York.

— C'est bien pour ça que j'y vais.

Sur la troisième chaîne, les manifestants finirent par renverser la camionnette sur son flanc. Échouée sur la chaussée telle une baleine blessée, elle leur servit de barricade. Abrités derrière elle, ils continuèrent à lancer des bouteilles et des pierres sur les policiers.

— Ils vont te forcer à te battre, dit Ava en regardant un agent traverser l'écran, une main gantée crispée sur son casque antiémeute.

— Les combats font partie de l'attrait pour moi, lâcha-t-il en jouant avec son briquet. Là-bas, au moins, on peut se battre. On n'est pas condamnés à être des victimes.

— Tu as l'impression d'être une victime, ici ?

— Bien sûr.

Il alluma son briquet et elle regarda la flamme apparaître, puis disparaître. *Pouf !*

— À la minute où les gens entendent le mot *Juif*, leur regard change. Ils se demandent qui tu as perdu, comment tu as survécu… si tu as menti, soudoyé ou trahi quelqu'un pour t'en sortir. Ils s'interrogent : par quel miracle es-tu encore là, dans un pays qui a gazé ta mère et t'aurait sans doute aussi gazé si l'Histoire en avait décidé autrement ?

Glissant le briquet dans la poche de sa veste, il remonta à nouveau ses lunettes sur son nez. Le geste était si familier et soudain si cher au cœur d'Ava qu'elle sentit ce dernier se serrer.

— C'est dommage que je ne parte pas avec toi, lança-t-elle sans réfléchir.

— Pour faire ton Aliyah, tu veux dire ? Est-ce que tu essaies de m'avouer quelque chose ?

Elle haussa les épaules.

— Je me rends juste compte que tu vas beaucoup me manquer.

C'était ridicule, elle le savait. Pourtant, à cet instant précis, l'idée d'un monde sans Ulrich la paniquait presque. Elle n'était même plus certaine d'être capable de survivre.

— Tu vas me manquer, répéta-t-elle tout bas.

En son for intérieur, elle pensait : *Je t'aime*. Il soutint son regard un long moment. Et même si à ce stade elle connaissait mieux ses yeux mouchetés d'or que les siens, elle y lut quelque chose d'inattendu : une affirmation. Une question. Elle reprit son souffle, appelant de ses vœux, par réflexe, le rire nerveux, la plaisanterie désinvolte, le mur invisible qu'elle érigeait toujours entre eux deux dans ces moments-là. Pour une fois, cependant, rien ne vint. Elle n'avait conscience que d'une chose : la proximité d'Ulrich, l'odeur de son savon anglais et de son après-rasage. Les discrets arômes épicés de la saucisse dans son haleine. Ça et son propre pouls qu'elle sentait battre dans sa gorge.

Il fut le premier à se détourner, pour éteindre sa cigarette et poser d'un geste délibérément appliqué ses lunettes sur la table.

— Qu'est-ce…

Il repoussait déjà la table pour dégager la voie et plaquait son corps contre le sien, serrant le visage d'Ava entre les mains chaudes et puissantes qu'elle n'avait jamais dessinées. À sa surprise, loin de résister, elle répondit à cet assaut par un autre. Écoutant enfin l'instinct qu'elle avait bâillonné pendant toutes ces années, non seulement en lui mais en elle-même, elle noua ses bras autour de son cou, enroula ses jambes couvertes d'écorchures encore à vif autour de ses hanches. Lorsqu'elle entreprit de déboutonner sa blouse, ce fut lui qui marqua une hésitation.

— Tu es sûre que ce n'est pas un problème ?

Pour ce qui lui parut être la première fois depuis qu'elle le connaissait, elle n'eut pas de trait d'esprit à lui répliquer. Elle n'avait que des questions, par centaines, par milliers peut-être, chacune étonnamment glaçante et légère à la fois, tourbillonnant dans son esprit étourdi comme des flocons de neige duveteux. *Pourquoi ? Pourquoi maintenant ? Qu'est-ce qui se passe ? Qu'est-ce qui a changé ?* Et surtout : *Qu'est-ce que ça signifie ?*

Sous le doux martèlement que ces questions produisaient en se posant se cachait la réponse : ce n'était pas le recommencement d'une histoire d'amour mais la fin d'une amitié. Ils se disaient adieu.

Un instant, les oreilles d'Ava se mirent à tinter faiblement : la vieille panique menaçait de la submerger à nouveau. Chassant ce sentiment, elle s'accrocha à Ulrich de toutes ses forces, fermant ses yeux soudain humectés de larmes, enfouissant son visage mouillé dans son cou poilu.

— Non, murmura-t-elle. C'est absolument tout sauf un problème.

7

Renate

1936

— Tiens, c'est pour toi.

Sophia Sitz lui tend une enveloppe. Ses yeux sont aussi durs et tranchants que des éclats de verre bleu.

— Qu'est-ce que c'est ? demande Renate, prudente.

— Je voulais te la donner la semaine dernière, j'ai oublié.

Ce n'est pas une réponse. Renate accepte néanmoins l'enveloppe, s'efforçant de cacher sa perplexité alors que son pouls se précipite. La semaine précédente, Sofi a distribué des invitations. La fête pour ses seize ans aura lieu dans la salle de bal du luxueux Hotel am Steinplatz, avec buffet, orchestre et piste de danse. Toute la classe ne parle que de ça. Renate s'est convaincue que ça lui était égal de ne pas être invitée, mais l'excitation qu'elle ressent brusquement suggère qu'elle s'est leurrée.

Glissant la carte dans la poche de sa jupe, elle jette un bref regard en direction du premier rang de la classe, où Ilse écrit avec fureur dans son cahier.

— *Na*, tu n'ouvres pas ?

Sofi attend toujours, les bras croisés. Renate hésite, elle n'est pas sûre d'être capable d'ouvrir l'enveloppe sans trahir, sur les traits de son visage, son soulagement et sa gratitude. Elle entend la voix grave et mélodieuse de leur professeur de géographie dans le couloir, qui salue des collègues ou des membres de l'administration. *Heil Hitler !* Elle saisit cette occasion pour répondre :

— Je le ferai plus tard. Le cours va débuter.

Au moment de s'asseoir sur sa chaise en bois, elle sent le regard noisette de Karolin Beidryzcki sur elle.

— Qu'est-ce que c'est ?

Est-ce l'imagination de Renate ou y a-t-il un soupçon de jalousie dans la voix de son amie ? Avec une nonchalance feinte, elle sort son cahier.

— Je ne sais pas.

— Tu as bien fait de ne pas l'ouvrir, alors.

Karolin sort son cahier et un crayon, avant de se renfrogner.

— *Ach*, soupire-t-elle.

— Quoi ?

— La mine est cassée… Tu en as un autre ?

Renate jette un coup d'œil au taille-crayon en métal fixé au mur près du tableau. Il y a un an, Karolin aurait peut-être pris le risque de s'y rendre. Ces derniers temps, pourtant, Renate et elle ont l'intelligence de ne pas quitter leur place à moins d'y avoir été invitées. Moins elles attirent l'attention, mieux elles se portent.

— Attends, répond Renate en furetant dans son cartable. Pourquoi dis-tu que j'ai « bien fait » ? Tu sais ce que contient l'enveloppe ?

— C'est possible. D'autres élèves ont reçu la même la semaine derrière.

Le visage de son amie, couvert de taches de rousseur, reste impassible. *La pauvre*, pense Renate. Elle n'a pas été invitée, évidemment. Aucun vrai Juif ne l'a été.

— Je suis sûre que ce sera barbant de toute façon, ment-elle pour la réconforter.

Karolin fronce les sourcils. Elle semble sur le point d'ajouter quelque chose. Avant qu'elle n'ait le temps d'ouvrir la bouche, cependant, la pièce se met à résonner de raclements de chaises : les filles reculent en effet brusquement pour bondir sur leurs pieds. Au moment où Herr Hartmann franchit le seuil de la pièce, sa baguette à la main, Renate se lève à contrecœur. Sur le chemin de son bureau, il déroule la carte qu'ils ont commencé à étudier la veille : *Karte des Deutschen Volks und Kulturbodens* indique la légende. L'Allemagne est complétée par une immense zone plus sombre qui inclut de grands pans de la Tchécoslovaquie, de la Pologne et de la Hongrie. Il prend un instant pour l'observer, en se balançant d'avant en arrière sur ses talons. Puis, pivotant brusquement vers ses élèves, il lève un bras.

— *Heil Hitler !*

— *Heil Hitler !* lui répondent en chœur trente-deux filles tandis qu'autant de bras se dressent.

Renate et Karolin ne participent pas au salut. Non par choix, mais parce que « le salut allemand est réservé aux Allemands », ainsi qu'elles se le sont entendu dire, avec les autres élèves non aryens de l'établissement, lors d'une brève réunion dans le bureau du proviseur, au trimestre précédent. À ce stade des événements, Renate a accueilli cette nouvelle avec soulagement ; la bataille intérieure que se livraient son désir d'intégration et son estime de soi – ou plus exactement les derniers vestiges réfractaires de celle-ci – l'épuisait presque autant que le fait de feindre que rien n'avait changé.

— Comment allez-vous aujourd'hui, mesdemoiselles ? lance le professeur, radieux. Fraîches et dispos ? Prêtes à travailler ?

Des gloussements épars. Tout juste âgé de la vingtaine, Herr Hartmann a intégré l'équipe enseignante cette année pour remplacer l'austère Frau Cohen, toujours vêtue en noir. La plupart des filles ont applaudi ce changement : avec ses épais cheveux plaqués en arrière et sa moustache bien taillée, il rappelle Clark Gable – avec un brassard rouge. Il y a un an, Renate aurait pu le trouver séduisant, elle aussi. À présent, pourtant, son beau visage n'éveille en elle qu'une pointe d'angoisse aigre.

Elle jette un nouveau coup d'œil à Ilse, qui occupe sa place habituelle, au premier rang. Comme toujours, elle couvre des pages d'écriture, sans doute pour terminer le devoir de la veille, sur la redéfinition des frontières allemandes après la guerre. Entre ses activités à la BDM et son poste de rédactrice à *Das Deutsche Mädel*, elle accumule sans doute plus que jamais du retard dans ses devoirs. Ça n'a pas l'air de déranger Herr Hartmann, pourtant. Membre du parti dévoué, il confie souvent à Ilse des articles pour la lettre d'information du lycée. La semaine dernière, elle a été chargée d'écrire sur la visite prochaine de scouts anglais à Berlin et sur les activités prévues pour l'occasion, en coordination avec les Hitlerjugend. Herr Hartmann l'a surnommée *Unsere kleine Journalistin*, « notre petite journaliste ».

— Au travail ! lance-t-il une fois qu'il s'est installé à son bureau. J'ai vos devoirs de la semaine derrière. Le sujet, je vous le rappelle, était le suivant : *Expansion du Volkland, notre besoin de nouvel espace.*

Sortant une liasse de copies de sa mallette, il dépose celle du dessus sur le bureau d'Ilse avec un large geste du bras.

— Fräulein von Fischer remporte le premier prix cette semaine. C'est un travail remarquable, qui sera affiché à la place qu'il mérite.

D'un mouvement du menton, il désigne le mur orné d'un portrait mélancolique du Führer. Dessous, en rangée bien régulière, sont punaisés les devoirs les plus brillants de la semaine.

— Les autres copies sont convenables. Avec les exceptions habituelles.

À côté de Renate, Karolin soupire. Elle qui était sans conteste la meilleure élève de leur classe les années précédentes, elle a désormais, comme Renate, beaucoup de mal à obtenir ne serait-ce que la moyenne. Toutes les élèves du dernier rang sont logées à la même enseigne : la timide Amelia Kronberg et Rosa Sartro, qui serait, à en croire la rumeur, à moitié gitane. Ce qui n'aide pas, c'est que, chaque fois que les devoirs portent sur *das Volk* ou sur la *Deutsche Politik*, elles se voient attribuer – au prétexte qu'elles n'appartiennent pas au *Deutsches Volk* – un sujet différent, qui porte presque toujours sur des thèmes qui n'ont pas été abordés en cours. Dans ce cas précis, il s'agissait d'étudier : *Le système de distribution de l'eau en Mésopotamie antique.*

— À quoi ça sert, franchement ? marmonne Karolin.

Elle a à peine chuchoté. Et pourtant Herr Hartmann s'arrête un rang devant. Ses oreilles se dressent, telles celles d'un limier qui viendrait d'entendre le cor de chasse.

— Fräulein Beetle, dit-il en se renfrognant.

Il utilise le nom qu'il lui a imposé, jugeant que le sien, Beidryzcki, est un « supplice à prononcer pour un Allemand ».

— Qu'est-ce que vous maugréez au fond ?

— Rien, monsieur, s'empresse de répondre Karolin. Je… je demandais un crayon à Renate.

Celle-ci tend son propre crayon en hochant la tête. Le professeur l'ignore.

— Vous êtes venue en cours sans apporter de quoi écrire ?

— Si, j'ai… j'ai un crayon, monsieur. Simplement, je viens de me rendre compte que la mine était cassée.

— Et vous n'en avez pas de secours.

Son sourire ne l'a pas quitté. Cependant celui-ci se crispe d'une façon que Renate ne connaît que trop bien. Elle sent qu'elle serre les doigts lorsque le couperet tombe.

— Blâme pour négligence. Vous aussi, Fräulein Bauer.

Renate cligne des yeux.

— Monsieur ?

— Pour avoir contribué à distraire la classe.

— Mais je…

— Fermez votre clapet de youpine !

Le souffle de Renate se coince dans sa gorge comme une arête de poisson.

Un silence abasourdi se répand dans la classe, perturbé par un ricanement nerveux en provenance du premier rang. Un ricanement qui ressemble furieusement à celui de Sofi Sitz. Renate rive son regard sur le taille-crayon au mur et se mord la lèvre inférieure pour l'empêcher de trembler. À un mètre d'elle, Ilse est figée sur sa chaise, les épaules raides.

Retourne-toi. Renate lui parle dans sa tête pendant que Herr Hartmann reprend la distribution des copies. La blonde ne bouge pas.

Lorsqu'il atteint le dernier rang, le professeur commente les copies, assez fort pour que le reste de la classe entende.

— Incohérent (*vlan !*)… Bâclé (*vlan !*)… Dépourvu de logique (*vlan !*).

Arrivé à la hauteur de Renate, il se contente de hausser un sourcil et de poser brutalement sa copie, retournée, sur son cahier. Ce n'est que quand il a atteint son bureau qu'elle s'autorise à prendre connaissance du commentaire en première page.

En dépit de l'extravagance du sujet, elle a consacré plus de temps que d'habitude à ce devoir. Elle a interrogé son père en détail, et elle a suivi son conseil en allant consulter les entrées *Mésopotamie* et *Égouts* dans l'immense *Enzyklopädie* sur les civilisations de l'Antiquité de la bibliothèque publique à Charlottenburg. Elle a inclus plusieurs diagrammes soigneusement dessinés et elle a même tapé son devoir sur l'Adler de Vati, dans l'espoir de pouvoir franchir ce mur de « médiocre » et « décevant » que ses professeurs bâtissent devant elle. Elle ne s'attendait évidemment pas au type de compliments qu'elle considérait comme naturels à une époque : les « tournure élégante », les « beau travail », les « très impressionnant, Fräulein Bauer ! ». Elle visait, tout au mieux, un « correct ». En vain. Au-dessus des lignes typographiées bien nettes, Herr Hartmann a griffonné son verdict dans la couleur du Reich, le rouge. *Lamentable. Ne vous tracassez pas trop*, a-t-il ajouté. *Après tout, on ne peut attendre d'une étrangère qu'elle écrive cette langue avec l'aisance d'une Allemande de souche.*

Renate serre les poings sur ses cuisses : si elle pouvait, elle roulerait ce truc en boule et le lui jetterait au visage. Bien sûr, elle n'est pas aussi bête. L'unique fois où Katerin a osé contester ses corrections, il a déchiré son devoir en deux devant la classe tout entière et a baissé sa note de passable à médiocre.

Renate se contente donc de replier la copie un maximum de fois, puis de fourrer ce tout petit rectangle de papier dans les tréfonds de son cartable.

Paupières closes, elle inspire et expire lentement. *Va au bout de cette journée*, s'encourage-t-elle. Elle le répète comme un mantra en boucle : *au bout de cette journée, au bout de cette journée*... jusqu'à ce que, enfin, son cœur cesse de protester dans sa poitrine.

*

Ce mantra l'accompagne depuis que sa nature de *Mischling* a été dévoilée. Elle est restée enfermée dans sa chambre une semaine entière suite à ce terrible jour, n'ouvrant sa porte que pour déposer dans le couloir des plateaux de nourriture auxquels elle avait à peine touché, ou pour se précipiter aux toilettes et en revenir aussi vite. Elle a fait la sourde oreille aux coups discrets de Franz, aux grattements frénétiques de Sigmund et aux appels peinés de ses parents à « descendre au rez-de-chaussée », à les laisser « l'aider », à « en discuter ». Elle n'a accepté aucun des quatre appels d'Ilse et refusé de la recevoir lors de ses deux visites, ne répondant même pas à sa mère quand celle-ci a frappé pour l'informer que son amie l'attendait dans le vestibule. Elle a même boudé ses livres adorés, car dès qu'elle essayait d'en ouvrir un elle avait l'impression que les lettres et les mots se disposaient différemment sur la page, pour devenir incompréhensibles. Elle se sentait seulement capable de rester assise et de fixer la poupée de chiffon à l'image d'Alice au pays des Merveilles, avec son corps désossé, son sourire fait de petits points, aussi mystérieux que celui de la Joconde, le regard paisible de ses yeux bleus.

N'ouvre pas la porte, lui conseillait en silence la poupée. *Si tu as assez de patience, tu finiras par te réveiller, comme moi, et tu verras que tout ça n'était qu'un rêve.*

Pourtant, après cinq nuits presque sans sommeil et autant de jours, elle comprit qu'elle n'allait pas se réveiller de ce cauchemar – elle était simplement de plus en plus sale. Voilà pourquoi le sixième jour, un dimanche, Renate retira la chaise qu'elle avait calée sous la poignée de sa porte et traversa le couloir à pas de loup pour se rendre dans la chambre de Franz – de très bonne heure, ainsi qu'elle l'avait souvent fait, petite. Elle se jucha sur son couvre-lit, ramenant ses genoux contre elle, jusqu'à ce qu'il perçoive sa présence dans ses rêves et en sorte – progressivement, à contrecœur – à grand renfort de gémissements et de battements de cils. Il découvrit qu'elle le regardait piteusement.

— Qu'est-ce que je dois faire ? murmura-t-elle. Je ne peux pas y retourner. Je ne survivrai pas jusqu'à la fin de l'année.

— Ne pense pas à l'année entière, lui dit-il d'une voix encore rauque de sommeil, ses boucles brunes formant un halo emmêlé autour de sa tête. Tu veux voir trop loin. Essaie de tenir un jour, et recommence le lendemain.

— Je n'en suis pas capable.

— Si.

— Non, Franz.

— Si. Les Juifs ont surmonté bien pire.

— Arrête de dire ça ! Je ne suis pas *juive* !

— Très bien, *Schwester*, je retire.

Il avait le même ton cajoleur que si elle avait à nouveau trois ans et menaçait de piquer sa crise. Et comme à l'époque, il écarta ses couvertures et se poussa pour lui faire de la place.

— *Komm !*

Le lit était plus petit maintenant, évidemment, et ils étaient tous deux beaucoup trop grands pour ça. Malgré tout, après quelques instants d'hésitation, elle se glissa à côté de lui, sur le dos, bras croisés derrière la tête, fixant le plafond blanc sur lequel le soleil découpait des bandes de lumière. Ils ne se prirent pas dans les bras, ils ne se touchèrent même pas – ils sentaient tous deux que cela aurait été *trop* étrange. Il tourna néanmoins sa tête pour la considérer avec compassion.

— Je peux te donner un autre conseil ?

Elle hocha la tête.

— Prends un bain. *Du stinkst.*

— Tais-toi, lui dit Renate en le foudroyant du regard.

Ce qui ne l'empêcha pas de pencher la tête pour respirer prudemment son aisselle. Elle fut mortifiée : il avait raison, elle empestait.

Ils éclatèrent de rire. Puis ils restèrent allongés là. Il avait fermé ses yeux bruns, elle avait gardé les siens ouverts. La respiration de plus en plus lente de Franz était une berceuse apaisante.

Le lendemain, elle se lava, s'habilla et se traîna jusqu'au *Gymnasium*... ou plutôt jusqu'à l'étrange endroit inconnu qu'il était devenu en son absence.

*

Croisant les chevilles sous son pupitre, Renate sent le coin pointu de l'enveloppe de Sofi à travers le tissu fin de la poche de sa jupe. Elle la sort pour la mettre dans son cartable. Elle se penche et s'interrompt brusquement pour l'observer.

Si elle avait deux sous de jugeote, bien sûr, elle attendrait la fin des cours pour l'ouvrir, se préservant d'une possible nouvelle colère de Herr Hartmann, et évitant de froisser les sentiments de Karolin. Sauf que, tout à coup, elle se fiche d'être raisonnable. Pas quand plus rien n'a de sens de toute façon.

Posant l'enveloppe sur ses genoux, elle fait courir ses doigts sur les lettres élégantes qui composent son nom : *Fräulein Renate Bauer*. Écrit ainsi, si soigneusement, si joliment, il se transforme en affirmation réconfortante :

J'existe. Non seulement ça, mais elle va se rendre à une fête, la première de l'année. Enfin, la première si on omet la petite réunion lugubre le mois dernier, chez les Beidryzcki. Renate ferme les yeux pour se figurer la scène : la salle de bal étincelante, les lustres projetant des petits arcs-en-ciel animés et scintillants. Du punch rose dans des coupes en cristal. La délicieuse appréhension d'être invitée à danser par un garçon. Le bonheur de danser. De danser à nouveau ! D'accord, l'orchestre se contentera sans doute de chansons allemandes tristes et ennuyeuses maintenant que le gouvernement a interdit le swing et le jazz, qui sont de la *Neger-Kike Musik.* Ce sera néanmoins paradisiaque de tournoyer sur une piste de danse avec ses plus belles chaussures rouges et sa plus belle robe blanche. De sentir les bras d'un garçon autour de sa taille.

Le seul inconvénient, c'est que Rudi sera sans doute là, et qu'il s'efforcera de prétendre que Renate est invisible – comme il le fait depuis que la nouvelle de ses origines raciales est tombée.

Renate avait trouvé le message dans son cahier le second jour de son retour. Laconique et implacable, il se composait de deux lignes : *En raison d'incompatibilités de sang, j'ai le regret de t'informer que toute association future entre nous deux est exclue. Merci de ne plus m'adresser la parole.*

Sonnée, Renate était montée à l'étage des garçons, s'aventurant seule dans un couloir où se multipliaient messes basses, sourires en coin et regards perplexes qui se dérobaient dès qu'elle cherchait à les croiser. Elle avait fini par le trouver dans la bibliothèque, non pas à leur table habituelle, mais dans un petit coin, à moitié caché derrière des piles de livres. Le message à la main, elle s'était avancée vers lui d'un pas hésitant. Les filles et garçons dans la salle avaient suivi son approche avec la même tension électrique qu'une foule lors d'une exécution publique. Lorsqu'il avait relevé la tête, son visage était si parfaitement familier, si familièrement parfait qu'elle avait eu du mal à croire qu'il n'allait pas s'orner de son habituel sourire éclatant. Et pourtant.

« Quoi ? avait-il lancé avec dureté. Qu'est-ce que tu veux ?

— Je… je viens de recevoir ta lettre.

— Qu'est-ce que tu fais alors ? Il me semblait que le message était clair. »

Il avait l'air en colère. Non, pire que ça. Furieux. Elle avait même constaté, avec émerveillement, qu'il en tremblait.

« J'ai juste pensé… »

Elle avait dégluti, consciente qu'ils étaient le point de mire de tous les élèves de la bibliothèque.

« J'ai pensé qu'on pourrait parler.

— Parler ? »

Sa voix était montée dans les aigus et s'étrangla, ce qui autrefois les aurait tous deux fait rire.

« Parler de quoi ? De la façon dont tu m'as piégé avec tes mensonges et tes tours de youpine ? »

Renate n'en revenait pas.

— Rudi… Tu sais bien que je n'étais pas au courant.

— Est-ce que ça a de l'importance que quelqu'un soit conscient d'être porteur du typhus s'il contamine tous ceux qu'il croise ? »

La cruauté de l'attaque lui avait coupé le souffle.

« Tu ne peux quand même pas penser…

— Il ne s'agit pas de ce que je "pense". Ce sont les mots du Führer. *La découverte du virus juif est l'une des révolutions les plus importantes au monde. Combien de maladies puisent leur origine dans ce virus !* »

Le fait qu'il soit capable de retenir et de citer des passages entiers de livres après une seule lecture était devenu un sujet de plaisanterie entre eux. À présent il transformait ces mots en armes. Le cœur tambourinant, Renate n'avait pas pu répondre, elle n'avait même pas pu bouger. Elle était restée plantée là, tremblante, cible vulnérable.

« J'ai une autre citation pour toi. »

Il clignait des yeux à toute vitesse, non pas sous l'effet de la colère, avait-elle soudain compris, mais pour chasser les larmes. Malgré tout ce qu'il lui avait déjà dit, le premier élan de Renate avait été de le consoler.

« *La Juive à la chevelure noire reste embusquée pendant des heures. Elle jette des regards sataniques sur le garçon naïf qu'elle espionne dans le but de le séduire...* »

Et même si Renate avait les cheveux bruns et pas noirs, elle avait senti ses yeux s'embuer à leur tour, son propre cœur tomber en lambeaux. Et alors qu'elle n'avait qu'une envie, se précipiter dans les bras de Rudi, elle s'était précipitée hors de la bibliothèque, son cartable battant contre sa cuisse. Des ricanements avaient résonné dans son sillage.

À ce souvenir, sa gorge se serre. *N'y pense plus*, s'ordonne-t-elle. *Pense à des choses joyeuses. Pense à la fête. Pense à la danse.*

Elle retourne l'enveloppe et jette un coup d'œil à Herr Hartmann.

— Vous le savez toutes, dit-il en pointant sa baguette sur la carte, nos frontières orientales devraient inclure cette partie occidentale de la Prusse, ainsi que la Silésie à partir de là.

Retenant son souffle, Renate décolle le rabat de l'enveloppe et en extirpe un rectangle de papier. Sa première pensée est qu'il est plus petit que ce à quoi elle s'attendait. Et plus sérieux : à la place des lettres cursives que l'on trouve en général sur les invitations, les mots sont imprimés en majuscules épaisses.

Renate soulève le carton, sourcils froncés, le dégage de l'ombre de son pupitre. Elle plisse les yeux.

Einfache Fahrkarte nach Jerusalem.
Bitte kehre nicht zurück !
Aller simple pour Jérusalem.
Merci de ne pas t'embêter à revenir !

Les mots entourent le croquis grossier d'un visage sombre et vaguement familier : nez proéminent, yeux porcins, double menton couvert de poils. Il faut quelques instants à Renate pour se souvenir où elle a déjà vu ce dessin. Il s'agit d'une caricature de *Juif*, qui a fleuri dans les rues de la ville et à la une des journaux ces derniers mois.

Elle retourne le carton avec colère, pour cacher les mots et le dessin haineux. Elle remarque alors que quelque chose a été griffonné au dos. Trois mots à l'encre bleue :

Bon voyage !
Rudi

Bouleversée, elle fourre le message dans la poche de sa jupe et se force à regarder son professeur. Du coin de l'œil, elle remarque que Karolin l'observe. Renate a pourtant l'impression confuse que si elle ne laisse personne croiser son regard, alors, peut-être, personne ne sera au courant de sa honte et de sa blessure. Y compris elle-même, pourquoi pas… Elle garde les yeux rivés sur le dos musclé de Herr Hartmann durant quelques secondes. Mais soudain, sans qu'elle se soit rendu compte du changement, elle fixe Sofia Sitz, qui s'est retournée sur sa chaise au premier rang, ses lèvres roses étirées par un sourire triomphal. Elle lève lentement la main et articule sans bruit : *Auf Wiedersehen.*

Renate rougit et se détourne d'un mouvement raide. Son regard se pose à nouveau sur le dos d'Ilse. *Retourne-toi*, pense-t-elle une fois de plus. *Regarde-moi.* Elle imprime à ce souhait toute la force viscérale dont elle dispose, c'est un hurlement silencieux lancé dans la salle qui bruisse de grattements de crayons. Ilse continue cependant à étudier la carte devant elle, les zones hachurées qui montrent comment la culture allemande se répand sur les pays frontaliers.

Et quelque part c'est ça, bien plus que la brûlure persistante de la notation de Herr Hartmann, que l'humiliation de s'être précipitée, tête la première, dans le piège que Sofi lui a tendu, c'est le dos de son ancienne meilleure amie, aussi droite qu'un I dans sa chemisette blanche, qui fait basculer Renate. Elle se lève sans même l'avoir décidé, et se dirige sans tarder vers la porte, n'entendant que vaguement la question de Herr Hartmann :

— Mais où diable allez-vous comme ça, Fräulein Bauer ?

Voyant qu'elle ne s'arrête pas, il reprend, une octave plus haut :

— Mademoiselle Mischling, crie-t-il, vous êtes sourde ? Où allez-vous ?

Renate se fige sur le seuil, le temps de se retourner. Les mots sont prêts sur sa langue, hérissés de rage et parfaitement articulés déjà : *Nach Jerusalem.* Elle ouvre la bouche pour les prononcer, les yeux plongés non pas dans ceux de Herr Hartmann mais dans ceux d'Ilse, aussi gris et calmes qu'un ciel sans nuage avant le lever du soleil. Pourtant quand elle veut parler son ventre se serre, ses cordes vocales n'émettant rien de plus qu'un râle sec et muet. Elle est une voiture sans carburant. Elle a tout juste assez d'énergie pour pivoter sur ses talons et reprendre sa route.

*

Sa rupture avec Ilse avait été moins brutale qu'avec Rudi, ce qui voulait aussi dire qu'elle avait été moins franche. Au début, Renate s'était convaincue que les silences de plus en plus longs entre elles n'auraient qu'un temps : cette phase passerait. Après tout, elles s'étaient toutes les deux fait de nouvelles amies : Ilse lors de ces sorties avec la BDM, pour randonner ou camper, Renate au sein d'un groupe de travail sans caractère officiel, *Judée*, créé par Franz, mi-ironique mi-sérieux. « Puisqu'on est condamnés à devenir des citoyens de cette prétendue nation juive, expliquait-il, autant nous renseigner un peu sur cet endroit. »

Judée incluait deux membres de son autre groupe de travail, toujours secret, *Schiller*, un Juif et un catholique, les jumeaux Beidryzcki, un garçon du mouvement sioniste Betar qui avait récemment suscité la curiosité de Franz et deux autres *Mischlinge* dont les parents connaissaient les Bauer. Renate avait d'abord accepté de participer par ennui : la BDM étant la seule association légale au lycée, elle ne pouvait en rejoindre aucune autre. Elle avait d'ailleurs pensé qu'elle serait révoltée par tout ce qui était *jüdisch* – puisque c'était la tendance générale. À son étonnement, néanmoins, elle avait constaté que sa mère avait encore raison. « L'impact du trauma est souvent moins fort quand on le regarde en face. » Ces séances l'aidaient non seulement à comprendre la dimension religieuse du judaïsme, mais allégeaient aussi la morsure empoisonnée qu'elle avait ressentie en se découvrant *Halbjude*.

Cela tenait en partie au fait que, lorsque l'on se plongeait dans des ouvrages historiques et des documents religieux (plutôt que dans les publications du gouvernement ou *Der Stürmer*), on découvrait que le judaïsme n'était en rien cette secte de parasites libidineux et malveillants que Renate avait appris à mépriser. Pour commencer, elle connaissait déjà la majorité des histoires qu'ils lisaient dans la si mystérieuse Torah, ayant toujours cru qu'il s'agissait de récits chrétiens. Elles ne se succédaient pas dans le même ordre, et leur lecture était différente : si pour les chrétiens ces fables étaient accompagnées d'une interprétation souvent unilatérale, les Juifs, eux, étaient encouragés à en débattre, ainsi que des générations et des générations de rabbins avant eux l'avaient fait, avec enthousiasme, en écrivant dans le midrash.

De plus, rien dans ces histoires, ni dans les débats qui en découlaient, ne venait accréditer ce que Renate avait entendu dire depuis longtemps sur le judaïsme et sa version de la sainte trinité : richesse matérielle, sacrifices rituels, domination mondiale. Les valeurs promues par cette religion étaient la paix, le respect mutuel, l'importance de l'amour, pour les siens et pour les étrangers, au sein de la communauté.

Mais sa plus grande surprise avait été du côté de la musique.

Renate l'avait découverte par une chaude nuit, en septembre dernier. Des notes s'échappaient de l'énorme synagogue imposante sur Fasanenstraße, qu'elle longeait pour rentrer. Celle-ci se trouvant à quelques pâtés de maisons de chez elle, elle l'avait dépassée des centaines de fois sans y accorder la moindre attention. Cette fois, cependant, les notes mélodieuses de l'orgue l'avaient appelée en se diffusant dans la rue qui s'assombrissait, tel le cri solitaire d'une sirène. Renate avait attendu la fin de ce premier air, puis du suivant. Elle s'était ensuite retrouvée assise sur un banc au fond, où elle avait passé la demi-heure suivante entre une jeune femme avec un bébé endormi et une vieille dame en voile de dentelle noire. On avait allumé des bougies, le rabbin avait lu la liste des morts récents, sa voix exprimant une tristesse d'une légèreté aussi aérienne que la neige. Et si Renate n'avait personne à pleurer en particulier, pour la première fois depuis des mois, elle avait ressenti qu'elle n'était pas seulement autorisée à pleurer, mais que c'était naturel. Et elle avait versé des larmes.

« C'était vraiment très beau, dit-elle à Ilse le lendemain, alors qu'elles étaient perchées sur la margelle de la fontaine asséchée dans la cour du lycée. Et pour être honnête, ça n'était pas très différent de l'église. »

À ce stade, Ilse et Renate ne se voyaient presque plus en dehors des heures de cours. Cependant au lycée, du moins, Ilse était toujours là quand il le fallait. Lorsque Rudi avait mis un terme à sa relation avec Renate, Ilse avait écrit un article parodique pour son bulletin d'information intitulé « La coqueluche des Hitlerjugend se sépare de sa douce pour demander le Führer en mariage ». Le jour où le proviseur avait décidé que tous les non-Aryens devaient être cantonnés aux derniers rangs des classes, c'était elle qui avait réagi au nom de son amie. « Elle est à moitié aryenne ! Ne pourrait-elle pas au moins s'asseoir au milieu ? » Ayant perdu cette bataille, elle mettait un point d'honneur à s'asseoir sur le pupitre de Renate jusqu'à ce que la cloche signale le début des cours. Elle continuait à rejoindre son amie dans la cour, même si les autres filles commençaient à l'éviter.

Les gestes d'Ilse n'avaient rien de révolutionnaires, en réalité. Elle ne prenait pas beaucoup de risques. Mais ils aidaient Renate à tenir une journée de plus, tout comme l'éclat argenté que celle-ci apercevait toujours au doigt de sa meilleure amie, lorsqu'elle agitait la main ou faisait le salut du Führer.

Il fallut attendre Noël pour que les choses changent complètement entre elles.

Ilse avait passé la majeure partie de ses vacances d'hiver au ski – le séjour étant sponsorisé par les Jeunesses hitlériennes et la BDM. À son retour, elle n'avait pas passé le coup de téléphone promis à Renate, et elle avait, à en croire la rumeur, un amoureux. Si personne ne connaissait avec certitude l'identité de ce mystérieux garçon, le nom qui circulait transperçait l'âme de Renate telle une pique en acier.

« Pose-lui la question, lui suggéra Karolin quand elle lui en parla. Elle te le dira sans doute, d'une façon ou d'une autre. »

Cependant, la semaine de la reprise des cours, Ilse se montra aussi désespérément fuyante que Rudi l'avait été après la disgrâce de Renate. Elle arrivait en cours après elle, juste avant les professeurs, puis elle disparaissait dès la fin de la classe. Elle avait ostensiblement déserté leurs anciens lieux de rendez-vous – la fontaine de la cour, la table près de la fenêtre à la bibliothèque, le vieux poteau devant l'entrée principale de l'établissement. Quand, à court d'idées, Renate finit par l'acculer un jour sur le chemin du retour, Ilse l'écouta à contrecœur, raide et terriblement mal à l'aise. Oui, elle se rappelait avoir promis d'appeler Renate à leur retour d'Ischgl. Et non, elle ne l'avait pas fait, parce qu'elle avait été « anormalement occupée ». Non, elle ne savait pas quand elle pourrait venir chez Renate. Il y avait de fortes chances pour qu'elle soit « anormalement occupée » pendant une durée indéterminée. Et non, Rudi Gerhardt n'était rien d'autre qu'un ami pour elle. Mais elle n'avait aucune envie d'en discuter, elle n'avait pas le temps, elle devait écrire un article sur une collecte pour le Secours d'hiver.

Comme pour enfoncer le clou, elle se tourna vers une Mädel qui passait par là et leva le bras pour exécuter le geste désormais omniprésent.

« *Heil Hitler !* »

Renate avait vu ce salut des milliers de fois ces derniers mois. Pour une raison inexplicable, il lui parut néanmoins différent : c'était moins un réflexe qu'un acte définitif. Avec ce simple mouvement du bras dressé vers le haut, Ilse avait brisé le lien entre elles, définitivement.

Ce ne fut que dans son lit, ce soir-là, alors qu'elle fixait les étoiles qu'elles avaient découpées ensemble, que Renate comprit ce qui les avait réellement séparées.

La main d'Ilse était nue. La bague d'amitié que Renate lui avait offerte avait disparu.

*

Chez elle, elle retire ses bottines dans l'entrée et manque d'être renversée par Sigmund, qui lui saute dessus en remuant sa petite queue atrophiée pour l'accueillir. Si d'habitude elle le repousse, agacée, aujourd'hui elle enfouit son visage dans ses poils raides, aussi reconnaissante de son affection inébranlable qu'elle est peinée par tout ce que celle-ci ne peut remplacer.

— Tu veux que je te dise un secret, Sig ? murmure-t-elle dans son oreille dressée. Il se pourrait bien que tu sois ma nouvelle meilleure amie.

— Reni ?

La voix de sa mère lui parvient de la cuisine.

— *Guter Hund*, murmure-t-elle en libérant le schnauzer.

— Bonsoir, lui dit sa mère qui a depuis longtemps renoncé à lui poser la question autrefois rituelle (« Comment ça s'est passé au lycée ? ») tant les réponses étaient devenues démoralisantes pour elles deux. Tu peux venir ici une minute ? J'ai besoin de ton avis ?

— Pour le dîner ?

— Oui.

Renate grimace. Ils ont dû se séparer de Maria, car elle n'avait pas l'âge légal pour être employée par une famille juive en tant que femme aryenne. La mère de Renate s'est efforcée de voir l'aspect positif de la situation : ce serait une « occasion » pour elle d'« apprendre la cuisine », sans parler de l'économie mensuelle des quinze reichsmarks, d'autant plus utiles au foyer depuis que le père de Renate a été chassé de son poste à l'université. Cependant le résultat des efforts maternels a été pour le moins mitigé. Que ce soit une tendance naturelle chez elle, ou qu'elle soit simplement trop occupée (à écrire son livre, à recevoir des clients en privé pour tenter de compenser la perte de salaire de Vati, à contacter des cliniques étrangères pour y chercher un poste – ou des universités étrangères pour trouver un poste à son mari), presque tous les repas confectionnés par Lisbet Bauer sont mal exécutés, et parfois au point d'en être immangeables. Samedi dernier, son soufflé était dur comme de la pierre, et même Sigmund n'en a pas voulu. Les pommes de terre du *Hasenpfeffer* étaient trop cuites et farineuses, la salade avait un goût de soupe. Quant au chou du *Kohlroulade*, il n'était pas assez cuit, et Franz a dit pour plaisanter qu'il avait perdu une dent en mordant dans une bouchée.

Le pire de tout avait été le *Sauerbraten* dominical. Se retrouvant à court de vinaigre et de vin de cuisine, Lisbet avait décidé d'improviser et d'utiliser de la vodka

– plus précisément de la vodka au raifort qui traînait dans le bar depuis la réunion d'anciens combattants de son mari, deux années auparavant. Ils avaient eu l'impression de manger du bœuf à l'ail et à l'essence. Franz a d'ailleurs décrété qu'il pourrait faire sauter le commissariat devant lequel il passait tous les jours sur Französischestraße rien qu'en allumant une allumette et en lâchant un pet. Ce qui ne lui a valu aucun reproche, mais un éclat de rire de ses deux parents.

Renate reste sur le seuil de la cuisine et respire prudemment. Elle découvre une odeur étonnamment appétissante.

— *Komm rein, Liebling*, lui dit sa mère, d'un ton où transparaît une légère préoccupation.

Une cigarette bien serrée entre les lèvres, elle remue le contenu de sa marmite avec une force presque agressive, comme si elle tentait de soumettre le repas à son autorité.

— Qu'en dis-tu ?

— Comment ça ?

— Le repas que je prépare. Qu'est-ce que tu en penses, à l'odeur ?

Renate renifle à nouveau.

— Eh bien… ça sent bon.

— J'ai suivi la recette cette fois. J'ai respecté les ingrédients, les quantités. Qui aurait pu penser que ça ferait une telle différence ?

— Qui aurait pu le penser…, répète Renate.

Elle ne peut s'empêcher de se demander si sa mère a une approche aussi personnelle de la psychothérapie.

— Comment s'est passée ta journée de travail ?

— Ça empire, répond Lisbet en pinçant les lèvres sur sa cigarette. Maintenant que le Doktor Goering a fini de mettre tous les non-Aryens à la porte, il s'attaque aux publications.

L'institut psychanalytique a été récemment absorbé par l'Institut allemand de psychothérapie et de recherche psychologique, établissement reconnu par le pouvoir et dirigé par un cousin du maréchal Goering.

— Tous les ouvrages ont disparu pendant le week-end, poursuit-elle. Sauf celui de Freud. Et encore, il est rangé dans un placard dont seul Goering a la clé.

— Pourquoi s'embêter à le garder dans ce cas ?

Sa mère hausse les épaules.

— C'est une première édition signée. Ils croient peut-être que ça a de la valeur. À moins que notre vénérable gouvernement ait conscience que *Die Traumdeutung* sert de fondement à notre discipline… même s'il refuse que quiconque lise cet ouvrage. *Na, ja.*

Posant sa cigarette sur une soucoupe, elle tend sa cuillère en bois vers Renate. De la vapeur s'en échappe. La jeune fille goûte du bout des lèvres. Des saveurs intenses, au bon goût de viande, se diffusent dans sa bouche.

— *Eintopf ?* demande-t-elle.

Ce ragoût est le plat préféré d'Ilse, et Renate a participé des dizaines de fois à sa confection dans la cuisine de son amie, avec les filles de cuisine. Mais pourquoi y pense-t-elle ?

— Gagné, lui répond sa mère.

Le léger sourire qui apparaît sur ses lèvres surprend presque Renate : il y a longtemps qu'elle n'en a pas vu sur le visage étroit de sa mère. Étonnamment, loin de lui donner envie d'y répondre par un sourire à son tour, il fait naître une vague de tristesse si puissante qu'elle vacille de la tête aux pieds. Elle cligne des yeux pour chasser les larmes qu'elle n'a pas senties monter.

— Reni, s'inquiète sa mère, que se passe-t-il ?

— C'est juste…

Renate lèche les derniers vestiges de sauce salée sur ses lèvres, le temps de réfléchir à la meilleure façon de formuler ce qu'elle ressent.

— Je sais que… je ne suis pas la plus à plaindre. Je n'ai pas été arrêtée. Je n'ai pas été mise à la porte d'une salle de cours. Personne ne m'a demandé de détruire ma famille.

Sa mère hoche la tête. Menacé d'être passés à tabac par leurs anciens camarades de classe, Franz et deux autres Juifs ont dû s'échapper de leur amphithéâtre par une fenêtre. Le Professor Bauer, de son côté, a été convoqué par la Gestapo pour être « interrogé » au sujet de (fausses) rumeurs concernant les liens qu'il aurait noués avec des socialistes. Et la mère de Renate a reçu à deux reprises la visite d'agents qui l'ont pressée d'« envisager sérieusement » un divorce avec Vati. « Dans l'intérêt de ma carrière future, a-t-elle répété, toujours incrédule, autour d'un plat de saucisses élastiques et de spaetzle collants. Ils me demanderont ensuite de faire la même chose que cette horrible femme dans les journaux : clamer que mes enfants ne sont pas des *Mischlinge* parce que leurs pères étaient des amants aryens dont j'avais jusque-là tu l'existence. »

Renate a honte au souvenir de l'émoi que cette histoire a provoqué en elle. Pas simplement à l'idée que sa mère aurait pu avoir un amant (était-ce vraisemblable d'ailleurs ? elle était bien assez jolie pour ça, bien sûr, toutefois où aurait-elle trouvé le temps ?), mais aussi à la perspective qu'en modifiant une toute petite partie de son histoire on aurait pu effacer toute trace de ce sang incriminant. Elle s'était même autorisée à imaginer la scène : elle, entrant dans les bureaux administratifs du lycée avec le certificat si convoité établissant la « pureté de sang ». Le visage d'Ilse, près de leur fontaine, s'éclairant en voyant Renate au lieu de se refermer comme cela arrivait systématiquement à présent. Et Rudi… Rudi. *Oh, Rudi !*

Il lui avait fallu plusieurs minutes pour se rendre compte que cela impliquait autre chose : ce rêve ne pouvait se réaliser que si elle rayait définitivement de sa vie son gentil, son tendre Vati.

— Mais…, l'encourage sa mère.

— Mais…

Renate a du mal à déglutir. Ce qu'elle voudrait, au fond, c'est demander à sa mère d'arranger les choses, de lui rendre sa vie d'avant. Qu'elle fasse disparaître par magie le devoir calamiteux, le *clapet de youpine* et l'aller simple pour Jérusalem. Elle avait ce pouvoir auparavant. Elle prenait Renate sur ses genoux en lui murmurant *là, là, là* et en lui caressant les cheveux, le front et les joues. Ce que Renate voudrait vraiment, c'est se rouler en boule et se laisser envelopper par sa mère, qui deviendrait un bouclier de chair la protégeant du monde.

— Oui ? insiste sa mère avec un soupçon d'impatience.

— Elle me manque, avoue Renate tout bas.

L'espace d'un instant, on n'entend que le glouglou de la marmite dans la cuisine. Puis Lisbet soupire, enlace sa fille de ses bras minces et puissants.

— *Klar.* Elle me manque aussi.

Renate abandonne sa tête sur l'épaule frêle de sa mère, remarque que la couture de son tricot a craqué à cet endroit. Elle remarque aussi que sa mère n'a plus que la peau sur les os. Lisbet Bauer a toujours eu une constitution délicate de petit moineau. Mais désormais ses traits sont tirés, sa peau si tendue sur ses joues que Renate aperçoit presque l'os des pommettes dessous.

— J'ai cru qu'aujourd'hui ça allait peut-être changer.

Lisbet glisse une mèche de cheveux derrière l'oreille de Renate.

— Pourquoi ça ?

— Je… j'ai quitté la classe. Je suis sortie. Elle est venue me chercher.

Sa mère se recule pour l'observer.

— Tu as quitté la classe ? Sans autorisation ?

Renate confirme d'un hochement de tête, piquant un petit fard.

— Ils étaient horribles, tous. Même le professeur.

Lisbet Bauer secoue la tête.

— Reni, on en a déjà parlé. Tu dois apprendre à…

— Je sais. *Tenir chaque jour.* Mais, Mama, c'est le problème. Aujourd'hui je m'en sentais incapable. J'étais convaincue qu'en restant dans la salle je risquais de faire quelque chose de terrible. Alors je suis partie. Puis Ilse m'a rattrapée, et…

Sa mère s'appuie contre la cuisinière, croise les bras.

— Et ?

Renate ferme les yeux de toutes ses forces, revit toute la scène : le faux billet de Sofi, qu'elle a ressorti de sa poche dans le couloir. Le message faussement guilleret (*Ne t'embête pas à revenir, surtout !*) la blessait d'autant plus cruellement que – elle avait mis du temps à le comprendre – elle n'avait nulle part où aller. Elle ne pouvait pas retourner dans la classe qu'elle venait de quitter avec fracas. Et elle pouvait encore moins partir du lycée comme ça, l'air de rien. Elle était prise au piège, tel un rat dans une cage.

Elle était en train d'envisager de se rendre discrètement à la bibliothèque quand elle avait entendu d'abord des pas qui approchaient rapidement dans son dos. Puis une voix familière :

« Reni. »

Renate avait hasardé un regard par-dessus son épaule, n'osant espérer que c'était la réalité. Mais si, elle était bien là. Ilse se trouvait près d'une fenêtre et ses cheveux blonds étaient éclairés par un rayon de soleil de l'après-midi.

Aussitôt, les sentiments de tristesse et de solitude accumulés depuis des mois avaient déserté Renate. Un méli-mélo de formules enthousiastes s'étaient bousculées dans son esprit. *J'en étais sûre… Tu m'as manqué… Pourquoi as-tu attendu aussi longtemps ?* et *J'ai tellement, tellement de choses à te raconter…* Pourtant, seuls trois mots franchirent ses lèvres :

« Tu es là. »

L'ancienne Ilse se serait moquée d'elle. *Bien sûr que je suis là ! Je n'allais pas te laisser partir comme ça, imbécile !* La nouvelle Ilse, en revanche, s'était contentée de hausser les épaules.

« Herr Hartmann m'a envoyée. Il dit que tu dois arrêter tes bêtises et revenir. »

Elle ne regardait pas Renate dans les yeux, elle fixait un point derrière elle d'un air vague, détaché. Et il avait suffi de cela pour que l'élan de joie qui avait précipité les battements du cœur de Renate se transforme en poids de plomb qui écrasait ses poumons. *Évidemment*, avait-elle songé. Ilse n'était pas ici parce qu'elle était la meilleure amie de Renate, mais parce qu'elle était l'élève préférée de Herr Hartmann, et à ce titre la plus digne de confiance. Sa *kleine Journalistin.*

« Tu viens ? avait insisté Ilse. Il dit que sinon il te fera renvoyer.

— Pour quelle raison ? »

Ilse avait levé les yeux au ciel.

« À ton avis ? Tu as quitté la salle sans autorisation.

— Je ne parle pas de ça. Pourquoi es-tu partie ? »

Renate s'était humecté les lèvres.

« Pourquoi m'as-tu abandonnée, moi ? »

La question avait paru prendre Ilse au dépourvu. Une expression qui mêlait anxiété et autre chose (culpabilité ? incertitude ?) était passée sur ses traits. Elle avait pincé les lèvres et retrouvé son masque impassible.

« Ce n'est pas le moment de discuter de ça.

— Si. C'est le meilleur moment. »

Renate voulait attraper les épaules d'Ilse, de toutes ses forces. Et la secouer jusqu'à ce que ses dents d'une régularité désirable s'entrechoquent.

« Si on ne parle pas, je ne t'accompagnerai pas. Et je… je hurlerai. Je dirai que tu m'as agressée. »

Renate ignorait ce qui avait pu lui inspirer cette menace, et elle ignorait si elle serait capable de la mettre à exécution. Heureusement pour elle, elle n'avait pas eu à le découvrir. Ilse s'était adossée au mur en soupirant.

« Je ne sais pas si mes explications te permettraient de comprendre. Surtout avec ton sang juif… »

Ilse avait les yeux fermés, elle n'avait donc pas remarqué le tressaillement de Renate. Son visage pâle exprimait une légère peine, ses lèvres étaient pincées par la concentration. Elle avait fini par soupirer à nouveau.

« Je t'ai déjà raconté, avait-elle repris en ouvrant les yeux, comment s'était passé mon anniversaire, pour mes neuf ans ? »

Renate avait fait non de la tête.

« C'était pendant l'inflation. Ma mère m'avait promis un gâteau, mais on n'avait pas de quoi acheter les ingrédients. Alors elle a pris une vieille boîte à cigares de mon père, l'a recouverte de papier, qu'elle a enduit de saindoux, pour faire un glaçage. Il a trôné sur la table pendant tout le dîner, je ne sais même plus ce qu'on a pu manger ce soir-là. À la fin du repas, elle a allumé ma *Geburtstagskranz*, et avec Vati ils m'ont chanté joyeux anniversaire. J'ai soufflé ma bougie, puis elle a récupéré le saindoux pour le remettre dans son bocal et elle a jeté la boîte.

— Elle l'a jetée ? s'était étonnée Renate. Comme ça ? »

Ilse avait hoché la tête.

« Elle m'a dit qu'elle avait servi à rendre la soirée plus “festive”. Quand je lui ai demandé s'il n'y avait pas quelque chose pour le dessert, au moins un biscuit ou un fruit, elle m'a donné une fessée et m'a envoyée dans ma chambre. Elle m'a traitée d'ingrate. Selon elle, je ne comprenais pas le mal qu'ils se donnaient pour mettre du pain sur la table. »

Après une hésitation, elle avait ajouté :

« Je crois que ça a été le pire jour de ma vie.

— Tu ne m'en avais jamais parlé, avait dit Renate dont la gorge se serrait de compassion. Je suis désolée, Ilsi.

— Je ne te raconte pas ça pour que tu aies pitié de moi, avait-elle rétorqué sèchement. J'essaie de te faire comprendre. Je ne veux plus vivre ça. Je ne veux pas que mes enfants puissent connaître la même chose.

— Mais pourquoi est-ce que je ne comprendrais pas ça à ton avis ? »

Ilse avait levé les yeux au ciel – c'était toujours ce qu'elle faisait lorsque Renate se montrait, pour reprendre ses mots, « bête à manger du ciment ».

« Je ne crois pas que tu puisses comprendre ce qui est nécessaire pour changer les choses. Les sacrifices qui s'imposent. Tout ce qui se dresse en travers de notre chemin doit disparaître. Être éliminé. Même si… même si c'est toi.

— En quoi est-ce que je me dresse en travers du chemin, enfin ? s'était enquise Renate, sincèrement déroutée. Je veux une Allemagne plus forte, moi aussi. Je sais que je ne peux pas rejoindre les rangs de la BDM, mais…

— Mais tout le problème est justement là, ne vois-tu pas ? »

Ilse avait les joues rouges et son ton s'était durci, comme il arrivait lorsqu'elle voulait cacher les larmes qui montaient.

« Tu ne peux pas intégrer la BDM parce que tu n'appartiens pas à la nouvelle Allemagne. Tu ne peux pas. Je sais que ce n'est pas ta faute, ça n'en reste pas moins la vérité. On ne peut pas prétendre l'inverse. »

Renate l'avait dévisagée, sonnée. *Je n'appartiens pas à la nouvelle Allemagne ?* Elle connaissait d'autres personnes qui en étaient convaincus. Néanmoins, elle n'aurait jamais cru entendre un jour ces mots dans la bouche d'Ilse. Ilse qui, jusqu'à l'année dernière, lui montrait en premier tous les poèmes qu'elle composait. Ilse avec laquelle Renate avait affronté Kant, Heine et Schiller, avec laquelle elle venait tout juste de s'attaquer à Goethe quand leur amitié avait commencé à s'effriter. Ilse qui avait un jour décrété que Renate serait la première femme ministre de la Culture en Allemagne.

Renate avait l'impression qu'on venait de lui fixer un garrot autour de l'œsophage. La panique était descendue dans son ventre, pas seulement parce qu'elle ne parvenait plus à respirer, mais parce qu'elle sentait, quelque part, que c'était sa dernière chance de le faire : dire quelque chose. Renverser le cours des choses. À supposer qu'elle trouve les bons mots, les mots magiques. Malgré tous ses efforts, cependant, Renate n'était pas parvenue à en articuler un seul.

« Ah, et au fait, avait repris Ilse, je leur ai demandé de ne pas t'en donner.

— Me donner quoi ?

— Un de ces billets. Je leur ai demandé de te laisser tranquille. »

Ayant transmis le message dont elle était chargée, Ilse s'était éloignée vers la salle de classe.

« Attends, l'avait retenue Renate. Une toute dernière chose. Puis je partirai. »

Ilse n'avait pas dissimulé son agacement lorsqu'elle s'était arrêtée.

« La… la signature.

— Laquelle ?

— Celle au verso de… Le message était signé Rudi. »

Renate s'était humecté nerveusement les lèvres.

« C'est vraiment lui qui m'a envoyé ce billet ? »

Ilse avait fixé un instant son regard sur son ancienne meilleure amie, et une fois de plus celle-ci s'était trouvée incapable de l'interpréter – alors qu'elle le faisait si aisément autrefois.

Elle avait néanmoins reconnu l'intonation de la réponse.

« Non. »

C'était en général celle qu'Ilse utilisait quand elle mentait.

— Et c'est tout ? lui demande sa mère, en arrangeant machinalement le col de Renate. Vous êtes retournées en classe ensemble ?

Renate hoche la tête.

— Herr Hartmann a dit qu'il allait rapporter l'incident au directeur. Mais Ilse a ajouté qu'elle avait dû se rendre aux toilettes pour des « histoires de fille », ce qui était la raison de notre absence prolongée. Finalement, il s'est contenté de me faire rester après les cours pour poncer puis nettoyer tous les pupitres.

Elle ne précise pas à sa mère que le savon agressif et l'eau froide lui ont fripé la peau, que le papier de verre lui a écorché la pulpe des doigts. Ni que Herr Hartmann l'a forcée à rester parfaitement immobile pendant qu'il se collait contre elle pour « inspecter » son travail.

— Je sais que je ne devrais pas me plaindre, préfère-t-elle ajouter. C'est juste que… c'est dur, Mama. Et je me sens seule.

— Je sais.

Lisbet se passe une main lasse dans les cheveux avec un soupir. L'émeraude de sa bague en argent scintille à la lumière. C'est l'un de nombreux bijoux que sa mère lui a légués : cette bague appartient à une parure se composant aussi d'une broche ouvragée, d'un ensemble de boucles d'oreilles et d'un collier éblouissant. Aussi loin que remontent les souvenirs de Renate, ces pièces ont toujours été rangées dans le tiroir à bas de sa mère, dans une boîte à bijoux laquée avec des incrustations de nacre diaphane. Un jour, Renate en héritera, même si elle doit pour le moment se contenter de les tenir lorsque sa mère les sort pour les nettoyer. Ou de les admirer en cachette quand sa mère est absente.

— Mais pour le moment, poursuit Lisbet, tu n'as pas d'autre endroit où aller. Jusqu'à ce que nous quittions l'Allemagne en tout cas.

— Parce que tu envisages sérieusement de t'installer dans un autre pays ?

Le simple fait de poser cette question lui paraît blasphématoire, comme s'ils songeaient à mettre le feu à leur propre maison.

— J'envisage sérieusement toutes les options, soupire-t-elle. C'est ton père qui résiste. Il répète sans arrêt que la situation va se calmer, que ça a toujours été le cas par le passé. Même si je pense que ce n'est qu'une partie de ce qui le retient ici. Il ne le dira jamais, mais il craint, je crois, de ne pas trouver de travail à l'étranger.

— Pourquoi ça ? Il est… était le professeur le plus populaire de son département !

— Oui, sauf que, malheureusement, il ne parle aucune autre langue. En tout cas pas assez bien pour enseigner.

Voyant Renate ouvrir la bouche pour protester, elle s'empresse d'ajouter :

— Et le latin ne compte pas.

— Mais il est brillant, il pourrait apprendre…

— Pas assez vite pour postuler dans une université américaine. Ou à Shanghai. Ni même à Trinidad. Et il a besoin d'un poste pour obtenir un visa.

Renate se mordille la lèvre le temps de digérer ces informations.

— Qu'est-ce que tu en penses, toi ? Tu crois que la situation va se calmer ?

Sa mère se pince les lèvres, glisse à nouveau une mèche de cheveux derrière l'oreille de Renate.

— J'en pense qu'il vaut mieux prévenir que guérir. Pour l'heure, en tout cas, l'objectif, c'est de t'aider à décrocher ton *Abitur* sans que tu perdes la raison.

Jetant un coup d'œil à sa marmite, elle ajoute :

— Va prévenir ton père que le dîner sera prêt dans une demi-heure.

8

Ava

1956

— Prête pour l'aventure ?

Ulrich fit rugir son moteur d'un air espiègle et, bien qu'elle eût les nerfs en pelote, Ava ne put s'empêcher de rire. Il était au volant de l'austère Opel Olympia 1938 de son père, d'un vert menthe des plus discrets.

— On dirait que tu t'apprêtes à braquer une maison de retraite…

— Je croyais que tu aimais les hommes qui conduisent des véhicules imposants.

— Seulement quand ils ont deux roues, imbécile !

Ava se glissa sur le siège passager et referma la lourde portière avant de se pencher vers Ulrich pour planter un baiser sur sa joue… lequel atterrit sur sa bouche puisqu'il tourna la tête. Elle ferma les yeux, enregistrant les notes de Earl Grey et de tabac sur ses lèvres, le discret picotis des poils qui lui poussaient sous le nez. Elle s'écarta avec douceur. Après avoir ôté ses ballerines, elle tira sa jupe sur ses genoux, puis sortit une liasse de billets de la poche de sa veste.

— Tiens.

— Qu'est-ce que c'est ? demanda-t-il en haussant un sourcil.

— Pour l'essence. Ou les pots-de-vin, si on doit en verser.

Il ne donna aucun signe de voir dans cette seconde suggestion une plaisanterie.

— Où as-tu trouvé ça ?

— Dans le porte-monnaie d'Ilse, bien sûr.

Elle attrapa le paquet de Benson and Hedges sur le tableau de bord pendant qu'Ulrich comptait les billets.

— Elle ne va pas le remarquer ? Il y a près de vingt marks quand même.

— J'en doute. Je les ai piqués au fur et à mesure.

— Impressionnant. On va pouvoir se faire appeler Bonnie et Clyde.

Il fourra l'argent dans la poche de sa veste avant d'ajuster son col d'un air absent. Il s'était habillé pour l'occasion et portait la cravate préférée d'Ava, la bleue rayée qui lui rappelait un sucre d'orge, glissée sous un pull de son père, à col en V.

— À ce propos, reprit-il, qu'a donné notre autre crime ?

Furetant dans son sac à main, Ava en sortit un document officiel à trois volets. Il s'agissait du permis de conduire qu'elle avait passé l'essentiel de la nuit dernière à modifier pour vieillir Ulrich – et lui donner officiellement l'âge de conduire.

— J'avais peur de ne pas avoir la bonne couleur d'encre, mais le résultat est plus convaincant maintenant que l'encre a séché.

Secouant le paquet souple pour en faire sortir une cigarette, elle appuya sur l'allume-cigare avec son pied nu.

— Qu'est-ce qu'elle a, la radio ?

— Je ne sais pas. Elle devrait remarcher pourtant. La voiture sort de révision.

Laissant le moteur tourner, Ulrich examina le verso du permis falsifié. Ava jouait avec les boutons chromés de la radio, faisant défiler de la musique folklorique avec un cor des Alpes puis un quatuor allemand qui fredonnait sur des ukulélés hawaïens.

— Bon sang, grommela-t-elle. Il n'y a vraiment personne qui joue un truc potable dans cette ville ?

Repliant le permis de conduire, Ulrich émit un long sifflement.

— Ma petite amie est un génie.

— Tu crois que les gardes-frontières tomberont dans le panneau ? lui demanda-t-elle en arrêtant son choix sur un morceau de swing daté.

— Si ça ne marche pas, c'est qu'ils sont aveugles ou stupides. Je parie sur le second.

— J'espère que tu as raison.

Alors qu'Ulrich s'insérait en toute fluidité dans la circulation matinale, elle baissa sa vitre puis retira l'allume-cigare, pressa l'embout incandescent contre l'extrémité de sa cigarette, et l'observa de sous ses cils. Il n'apprenait à conduire que depuis un mois, avec son père, mais il était aussi à l'aise derrière un volant que partout ailleurs. À l'exception d'Ilse, il était peut-être bien la personne la plus douée qu'Ava eût jamais rencontrée – et sans le moindre doute la plus fiable. Il était aussi devenu, au cours des dernières années, d'une beauté surprenante, si l'on aimait les types dégingandés à la James Stewart. *J'ai de la chance,* songea-t-elle, *il est tellement mieux pour moi que tous les autres.*

Il aurait été difficile de la contredire. Avant Ulrich, elle avait fait ses deux premières incursions dans la vie amoureuse au bras de beaux parleurs coiffés en banane, dont l'unique objectif semblait de lui faire retirer son corsaire. Le premier avait cessé d'appeler lorsqu'Ava s'était refusée à lui, le second lorsqu'elle avait cédé. Ces deux abandons – car c'est bien un sentiment d'abandon qu'elle avait éprouvé – l'avaient laissée désespérée et mortifiée pendant des semaines.

Tournant la tête, elle souffla un panache de fumée en direction d'une bande d'écolières pubères. Il était à peine sept heures du matin, mais les trottoirs de Brême bruissaient déjà d'activité : étudiants flâneurs, promeneurs de chien pressés et banlieusards stressés. Ava se surprit à chercher prudemment la coiffure blonde impeccable de sa mère dans la foule, alors que celle-ci travaillait à l'autre bout de la ville.

Car, songeait-elle, ce serait bien du Ilse tout craché, non ? D'avoir découvert le projet de sa fille et inventé un moyen de le gâcher, de la même façon qu'elle avait tout gâché dans l'existence d'Ava. Ainsi, quelques mois plus tôt, quand son professeur de dessin, au lycée, lui avait dit qu'elle avait des bases assez solides pour s'inscrire à un cours d'été à l'université des Arts et lui avait proposé de la présenter au professeur de dessin d'observation, Ilse avait mis son véto. Alors que cette formation n'aurait presque rien coûté et n'aurait pas interféré avec ses études.

« Je ne veux pas que tu passes des heures à observer des femmes nues dans une pièce remplie de garçons. Et tu perds déjà assez de temps comme ça avec le dessin le reste de l'année. »

De même, l'an passé, lorsqu'elle avait découvert (sans doute en espionnant leur conversation grâce au téléphone du rez-de-chaussée) qu'après six années de profonde amitié la relation d'Ava et d'Ulrich avait évolué, Ilse avait aussitôt cherché à intervenir. Elle s'était présentée à l'improviste chez Ulrich, qui partageait un appartement avec son père, veuf, pour informer un Doktor Bergen complètement sonné que leurs enfants avaient franchi une « ligne dangereuse », ce qui requérait une intervention sévère de leur part à tous les deux. Elle avait annoncé son intention de « surveiller de près Ava et Ulrich » dès qu'ils se trouveraient sous son toit.

« Et je vous enjoins à faire de même à chaque visite d'Ava. »

Par chance, le père d'Ulrich, chirurgien de nuit à l'hôpital Saint Joseph-Stift, avait peu de temps pour chaperonner son fils – il voulait profiter des rares heures de liberté dont il disposait dans la journée. Après avoir relaté cet incident à son fils, il s'était contenté de lui conseiller d'être prudent avec Ava – moins parce qu'il partageait l'avis de Frau von Fischer que parce qu'il n'avait aucune envie d'avoir à nouveau affaire à elle.

« Pour être franc, cette femme me terrifie. »

Sur Radio Brême, le swing interprété par le quatuor fut interrompu par un bulletin d'information portant sur le retrait français du canal de Suez.

— Rappelle-moi pourquoi on ne va pas plutôt à Paris ? lança Ava en tournant le bouton de la radio. Je pourrais m'inscrire aux Beaux-Arts. Et toi travailler pour *Paris Match*.

— Alors d'abord, Magellan, c'est dans la direction opposée.

Après avoir jeté un coup d'œil dans son rétroviseur, Ulrich ajouta :

— Et je passe des examens demain.

— Moi aussi.

— Eh bien, certains d'entre nous aimeraient avoir leur diplôme… Tu me pervertis déjà suffisamment en me faisant rater une journée de cours.

— Moi ?

D'écœurement, elle éteignit la radio.

— Je te signale que c'était ton idée, souligna-t-elle.

— Mon idée, c'était que *tu* ailles là-bas.

— Ce qui n'était possible que si tu m'y conduisais. Et en plus, ça te permet de décrocher ton permis avec un an d'avance.

— Un permis trafiqué par une dépravée. Je t'aime, Ava, mais tu as une influence très néfaste sur moi. Tiens.

Plongeant la main sous son siège, il sortit un atlas routier écorné et le lui posa sur les genoux.

— Regarde si tu trouves la route. Et n'oublie pas que le nord est en haut.

Ich liebe dich. Elle fut, comme ces dernières semaines, étrangement déboussolée en entendant cette déclaration ; elle avait l'impression qu'il l'avait involontairement appelée par le mauvais prénom.

Se débarrassant de ce sentiment, elle feuilleta l'atlas Michelin jusqu'à trouver la route menant à l'ancienne capitale. Un instant, elle se contenta de fixer le lieu symbolisé par une tache d'encre : Berlin. La ville assiégée où elle avait vu le jour et dont elle gardait un souvenir brumeux de ses premières années de vie, les plus heureuses. Et qui était, elle le savait enfin, le point de départ de l'histoire qu'elle cherchait à découvrir presque quotidiennement depuis qu'elle avait été arrachée, en larmes, des rues d'un Berlin en guerre par les services de protection de l'enfance. Non pas le conte minable de son abandon puis de ses retrouvailles désenchantées avec une mère que la maternité n'intéressait pas. Ni celui d'Ilse ; celle-ci gardait son récit enfermé à double tour en elle, exactement comme elle aurait aimé le faire avec Ava dans leur petit pavillon jaune. Il s'agissait d'une histoire différente, celle d'un autre parent : le troisième membre anonyme de la triade familiale d'Ava, dont il n'était jamais question.

Sauf qu'il était sorti de l'anonymat.

L'index toujours posé sur l'ancienne capitale, Ava récita mentalement les trois noms qui lui avaient évoqué une incantation magique la première fois qu'elle les avait lus : Nikolaus Gunther Hellewege.

Elle ajouta ensuite, pour tester la saveur de ces mots : *Mon père.*

L'expédition rocambolesque du jour avait germé trois mois plus tôt lors d'un après-midi qui s'annonçait, au début, on ne peut plus ordinaire. Assise sur le lit froissé d'Ulrich, sans chaperon, elle avait fait ce qu'elle faisait maintenant presque systématiquement en sa compagnie après les cours : échanger des baisers à la française, fumer des cigarettes anglaises et écouter de la musique américaine. Ce jour-là, Ulrich remplissait un formulaire pour s'inscrire dans une école de conduite, et Ava tenait son certificat de naissance, ainsi qu'une photographie qui s'était échappée du dossier en question. Approchant cette dernière de la lumière, elle inclina la tête et observa d'un ton admiratif :

« Elle ressemblait à un ange. »

La mère d'Ulrich était une liane rousse aux yeux vert foncé, même si sur le cliché en noir et blanc elle semblait brune aux yeux marrons. Quoi qu'il en soit, elle possédait cette beauté délicate qui n'appartient qu'aux danseuses.

« Seraphina Sara Bergen, lut Ava d'un ton rêveur. Même son nom a des accents angéliques.

— Il était surtout sensé avoir des accents juifs, lui répondit-il en retournant le formulaire. Son second prénom était Ingrid, en réalité.

— Pourquoi en a-t-elle changé ?

— À cause de la loi, expliqua-t-il sans quitter le document des yeux. Les Juifs devaient avoir un second prénom à consonance juive. »

Ava plissa le front, chercha à se souvenir si cet étrange détail avait été mentionné dans l'un de leurs cours d'histoire lacunaires. Les deux guerres mondiales – et plus particulièrement la seconde – étaient généralement enseignées de façon vague et énigmatique. Un chapitre succinct sur l'ascension de Hitler au pouvoir, où il semblait s'être hissé par sa seule volonté. Une liste au tableau noir intitulée « Les ennemis du Reich », qui incluait les communistes, les Juifs et les témoins de Jéhovah. Souvenir bien plus traumatisant, celui du jour où Ava était descendue avec le reste de sa classe dans l'auditorium du lycée, au rez-de-chaussée, où on leur avait diffusé sans aucune introduction ou explication préalable le documentaire d'une rigueur implacable d'Alain Resnais sur les camps de concentration, *Nuit et Brouillard.* Sonnés par les dernières images saisissantes – cadavres ambulants, couvertures tissées à partir de cheveux humains, traces d'ongles sur les murs des salles de douche que l'on avait cherché à escalader –, les élèves avaient été libérés de bonne heure et assommés par l'éclat de l'après-midi hivernal. Après avoir vomi dans la cour du lycée, Ava avait cherché Ulrich… avant de se rendre compte que l'établissement lui avait, comme à tous les autres élèves d'origine juive, discrètement donné son après-midi.

« Alors les Juifs devaient se choisir de nouveaux prénoms ?

— Ils n'avaient pas à choisir, répondit-il en renseignant la marque, l'année et la couleur de son véhicule. Les hommes devaient s'appeler Israël, les femmes, Sara.

— Israël ? répéta Ava avec une grimace. Les femmes s'en sont mieux tirées dans cette histoire, non ? »

Il se contenta de redresser brièvement la tête avant de baisser à nouveau les yeux.

« Pas vraiment. »

Ava comprit aussitôt son erreur. Elle connaissait l'histoire de la mère d'Ulrich : étant mariée à un catholique, elle avait pu éviter les wagons à bestiaux et les camps jusqu'aux tout derniers mois de la guerre, quand le si redouté « avis de déportation » leur avait été remis dans la *Judenhaus* où ils avaient été contraints de s'installer.

Le Doktor Berger l'avait implorée de se cacher chez l'un de ses patients, et elle avait semblé accepter… pour mieux s'échapper de son abri le matin du jour où elle avait été convoquée, munie de l'unique valise autorisée. *Je ne supporte pas l'idée*, avait-elle écrit, *que, si je cherchais à me sauver, toi ou – pire – notre enfant pourriez en subir les conséquences. Je préfère partir discrètement et seule plutôt que de risquer la vie de ceux que j'aime.* Elle avait été gazée presque dès son arrivée à Auschwitz.

« Oh, Uli ! s'exclama Ava en se couvrant la bouche des deux mains. Ce n'est pas ce que j'ai voulu dire… Je… je n'ai pas réfléchi…

— Ne t'inquiète pas », répondit-il doucement.

Lui reprenant le certificat des mains, il le glissa à l'intérieur du dossier de candidature, qu'il plaça ensuite sur le lit entre eux deux. Abandonnant sa tête contre le mur, il fixa son regard, impénétrable derrière les verres épais de ses lunettes, sur l'affiche du film *Die Gefahr von Superman* : avec ses muscles grassouillets boudinés dans son costume, George Reeves ressemblait à une saucisse ridicule. Mortifiée, Ava remonta les genoux sous son menton et appuya son front sur sa jupe en sergé qui grattait.

« Je suis un monstre, murmura-t-elle.

— Mais non, la rassura-t-il en posant une main sur son genou. Tu es la plus belle fille que je connaisse. »

Elle secoua la tête, se sentant aussi peu digne du compliment que de son réconfort.

« Au moins, toi, tu connais son nom, finit-elle par lâcher. Tu connais le nom de tes deux parents. »

Elle s'entendit parler : elle était sur la défensive, presque irascible. Pourtant Ulrich ne semblait pas lui en vouloir. Il avait cet air réfléchi et alerte qu'il adoptait toujours quand il peaufinait un argument politique particulièrement percutant ou qu'il donnait son avis sur l'un des projets artistiques d'Ava.

« Eh bien, tu pourrais aussi.

— Qu'est-ce que tu racontes ? Je pourrais quoi ?

— Connaître le nom de tes deux parents. »

Elle le regarda en clignant des yeux, perplexe. Il savait bien qu'elle n'avait aucune information sur son père. Que petite, elle s'était seulement entendu dire, d'abord par ses grands-parents, puis par les bonnes sœurs à l'orphelinat où elle avait été envoyée à leur mort, qu'il s'agissait d'un « courageux soldat allemand ». Elle n'était même pas certaine qu'il soit mort, même si quelques années auparavant Ilse, qui avait accepté, dans un bref moment de faiblesse, d'aborder le sujet, avait insinué que ce n'était peut-être pas le cas. En règle générale, néanmoins, elle se contentait de répondre à sa fille qu'elle lui donnerait plus de détails « le moment venu ». Lequel n'était, bien évidemment, jamais arrivé.

« Le nom de ton père doit se trouver sur ton certificat de naissance, expliqua Ulrich en lui montrant le sien. Si ta mère connaissait son identité, elle n'avait aucune raison de ne pas le faire figurer dessus. »

Ava se mordit l'intérieur de la joue. D'un côté, ça lui semblait impossible. Mais d'un autre, le raisonnement d'Ulrich était logique – enfin, logique dans un monde où des hommes trapus, à la mâchoire carrée étaient capables de voler sans ailes… dans ce monde-là, elle pourrait peut-être avoir un père. Alors que ses pensées s'emballaient, elle tira sur une mèche de ses cheveux qui lui paraissaient toujours bien trop courts (elle avait, sur un coup de tête, emprunté les ciseaux de couture d'Ilse dans l'idée de se faire un style de garçonne à la Audrey Hepburn qui, au bout du compte, tenait davantage de la coupe militaire ratée).

« À supposer qu'elle l'ait, dit-elle lentement, elle n'acceptera pas de me le donner. Surtout si son nom se trouve bien dessus.

— Mais elle pourrait en demander une copie pour toi.

— Elle ne ferait jamais une chose pareille !

— Qui te dit que c'est elle qui le ferait ? »

Reposant son dossier de candidature, il lui donna un bref baiser (*Et voilà ! Pardonnée !*) avant de se lever.

« Il te faut seulement sa signature. Et tu serais capable de l'imiter dans ton sommeil. »

Enthousiasmé par son idée, il ouvrit un tiroir de son bureau en grand, puis un second.

« Je crois bien avoir un formulaire supplémentaire quelque part… »

Ainsi, huit semaines plus tard, le courrier officiel qu'Ilse avait sollicité sans le savoir arriva à la boîte postale de Martinistraße, qu'elle avait ouverte, toujours sans le savoir. Décachetant l'enveloppe de ses mains tremblantes, Ava vit en tout premier l'aigle noir estompé du Reich, toisant avec une autorité fantomatique l'en-tête de l'hôpital de la Charité. Sous le tampon décoloré se trouvaient le nom d'Ava, son poids et son heure de naissance. Suivaient le nom d'Ilse et son lieu de résidence.

Et juste en dessous, le nom du père d'Ava.

Nikolaus Hellewege, se répéta-t-elle intérieurement tandis que l'Opel filait sur l'Autobahnzubringer Hemelingen. *Lieu de résidence : Berlin.* Elle s'était promis de ne pas perdre son temps à rêvasser d'un homme qui, selon toute vraisemblance, était non seulement mort, mais avait sacrifié sa vie à une cause dont elle savait aujourd'hui qu'elle était le mal absolu. Et pourtant, comme toujours, son imagination avait refusé de se tenir sagement dans un coin : à l'exemple de l'élève la plus bavarde d'une salle de classe, elle avait inventé des histoires et des scénarios dans lesquels son père retrouvé jouait un rôle tantôt héroïque tantôt criminel. Ils avaient peut-être été en classe ensemble, Ilse et Nikolaus ! Ou voisins ! Ils avaient peut-être fait connaissance dans un abri anti-aérien et fait l'amour avec passion alors que les murs tremblaient autour d'eux (ce qui expliquerait pourquoi Ava ne s'était jamais complètement remise du bombardement auquel elle avait survécu et qui continuait à hanter ses nuits) ! Ou alors c'était une canaille, un rebelle à la James Dean, dans le genre des garçons qu'Ava avait connus avant Ulrich et qui l'avaient quittée, il avait séduit Ilse en faisant rugir sa moto. Mais n'aurait-il pas pu aussi être un artiste (elle avait forcément hérité ce talent de quelqu'un, non ?) ou un solitaire studieux, comme Ulrich ?

De toutes les options qu'elle avait envisagées, la dernière semblait la moins plausible – ne serait-ce que parce qu'Ava ne parvenait pas à imaginer sa mère avec quelqu'un d'aussi bon et gentil qu'Ulrich. D'un autre côté, cela aurait pu expliquer pourquoi elle répugnait autant à voir Ava et Ulrich ensemble. Peut-être lui rappelait-il l'homme qui l'avait mise enceinte puis abandonnée.

Remontant la vitre, Ava pressa sa joue contre le verre pour regarder défiler les arbres pelés. *Nikolaus Hellewege*… Comment sa mère l'avait-elle appelé ? *Klaus* peut-être ? Ou tout simplement *Gunn*, s'il préférait son second prénom ? Avait-il joué un rôle dans le choix du prénom *Ava* ? Était-il au courant qu'elle allait venir au monde au moins ? *Ava Lara Hellewege.* Elle murmura ce nom tout bas, au goût de bonbon exotique. À quoi aurait ressemblé Ava si elle avait eu deux parents ? Elle aurait peut-être été tout simplement meilleure : aussi comprise et aimée par son père qu'elle était incomprise et négligée par sa mère. Elle aurait dessiné et peint sans honte ni reproche, elle aurait fréquenté les garçons de son choix, suivi seulement les cours qui l'intéressaient à l'université…

— Tu dors ?

— Quoi ?

Ava se tourna vers Ulrich.

— On aurait dit que tu étais ailleurs.

Après avoir jeté un coup d'œil dans le rétroviseur, Ulrich changea de file pour doubler une camionnette Volkswagen tomate.

— Et tu es à ça de provoquer un incendie.

Baissant les yeux, Ava constata que, dans la main qu'elle avait posée sur l'atlas routier, la cigarette s'était consumée jusqu'au filtre.

— Zut !

Ouvrant d'un geste sec le cendrier sous l'allume-cigare, elle écrasa soigneusement le filtre incandescent.

— Désolée. J'ai à peine fermé l'œil cette nuit.

— À cause du permis de conduire ?

— J'étais nerveuse, je crois.

— Je t'ai dit de ne pas t'en faire. D'abord, il est presque parfait. Ensuite, ces rustres de RDA savent à peine lire. Évite juste d'être insolente.

Un bref regard acerbe.

— Évidemment que je ne vais pas être insolente, s'indigna Ava.

— Et mets peut-être un chapeau.

Il tendit la main pour l'ébouriffer.

— S'il y a bien une chose qui risque d'attirer l'attention, c'est cette coupe de cheveux.

— Tu avais dit qu'elle n'était pas si ratée que ça.

Ava chercha à nouveau son reflet dans le rétroviseur, tirant vainement sur quelques mèches autour de ses oreilles, comme dans l'espoir de les forcer à pousser plus vite. (Encore une raison d'aimer Ulrich : il semblait continuer à la trouver *jolie*.)

— Pour être exact, j'ai dit, lui rétorqua-t-il d'un ton pince-sans-rire, que ça aurait pu être pire.

— Ce n'est pas la même chose ?

Furetant dans son sac à main, elle dénicha son rouge à lèvres qu'elle appliqua avec une grande méticulosité avant de retirer l'excédent en pinçant son mouchoir avec sa bouche.

— Pas du tout.

Il jeta un coup d'œil au compteur de vitesse, puis effleura la pédale de frein.

— Tu aurais pu te raser le crâne. Ou te planter les ciseaux dans un œil. Ou…

— J'ai compris !

Elle lui donna un petit coup dans l'épaule.

— Est-ce que ça aide, le rouge ?

Il l'observa rapidement.

— Sans le moindre doute. Il est nouveau ?

— Max Factor.

Elle fit une moue à la Marilyn Monroe.

— Je l'ai trouvé à la Galleria.

Elle ne précisa pas qu'elle ne l'avait pas payé et l'avait glissé discrètement dans son sac pendant que la vendeuse aidait une cliente à choisir une crème hydratante. Pour sa défense, Ava n'avait pas vraiment le choix : elle ne pouvait pas emprunter un rouge à lèvres à Ilse, puisque celle-ci ne portait pas de maquillage. Et elle refusait bien évidemment de lui donner de l'argent pour en acheter. « À ton âge, il n'y a que les traînées qui se peinturlurent le visage », lui avait-elle dit. Elle dénigrait de la même façon les talons hauts.

— J'avais un peu peur qu'il soit trop vif, ajouta Ava.

— Non, la couleur est parfaite, dit-il en l'observant à nouveau. Elle attire l'attention sur ta bouche plutôt que sur ta catastrophe capillaire.

— Tu es un vrai abruti.

Elle sentit pourtant qu'un sourire étirait ses lèvres malgré elle. Elle reboucha le tube pour le ranger dans son sac, puis se pencha vers la radio pour tenter de trouver une station potable. Cette fois, la chance fut avec elle : après une publicité pour le « dancing le plus populaire » de Hambourg, Fats Domino se mit à jouer à travers le grésillement, sa voix onctueuse pareille à un rayon de soleil mielleux traversant un nuage. Satisfaite, Ava s'abandonna contre l'appuie-tête, paupières closes, fredonnant les paroles qu'elle connaissait par cœur, même si elle ne les comprenait pas parfaitement.

You made me cry when you said good-bye

Elle sentit la main aux longs doigts puissants d'Ulrich sur son genou et entendit qu'il joignait sa voix à la sienne, avec son accent américain impeccable comme toujours, et sa tonalité parfaitement juste.

Ain't that a shame

Ils chantèrent ensemble jusqu'à ce qu'ils ne captent plus la station. Ava coupa la radio. Elle lui alluma une cigarette, puis une autre pour elle, et ils firent quelques kilomètres dans un silence agréable et enfumé. Lui, les mains sur le volant, elle, tenant sa cigarette et l'allume-cigare. Elle regarda l'œil rond de ce dernier passer de l'orange en fusion au rouge profond puis au gris cendre, et caressa brièvement le fantasme de le presser sur la chair tendre et pâle à l'intérieur de son bras. Pour une raison qu'elle ne s'expliquait pas, cette perspective – la douleur saisissante, la peau brûlée – ne la terrifiait pas et semblait au contraire une promesse d'avoir les idées plus claires. Voire de se sentir plus forte.

— Si je te pose une question, lui demanda-t-elle soudain, tu promets d'être honnête ?

— Parce que ça m'arrive de ne pas l'être ?

Elle hésita néanmoins.

— Si on découvre que c'était l'un des méchants… des vraiment méchants…

Il secoua la tête.

— Ça ne changerait rien entre nous, Ava.

— Même s'il avait… disons, enfermé personnellement ta mère dans une des chambres ? Tu ne me haïrais pas ?

Il ne cligna même pas des yeux.

— Bien sûr que non.

Elle ne s'était pas attendue à une autre réponse, et pourtant elle fut balayée par une vague de soulagement si puissamment réconfortante qu'elle chancela un peu sur son siège.

— Tu es sûr ?

— Tu as ma parole.

Il lui coula un regard de biais, la lumière brumeuse du matin se refléta sur les verres de ses lunettes.

— Cela dit, si ça t'inquiète autant, il n'est pas trop tard pour faire demi-tour. On pourrait sans doute arriver avant la fin des cours.

Je l'aime sincèrement, songea-t-elle, *sincèrement.* Car comment n'aurait-elle pas aimé un garçon qui non seulement avait volé une voiture pour elle et accepté d'utiliser de faux papiers afin de la conduire à l'autre bout du pays, mais qui à mi-chemin lui proposait de s'arrêter pour la ramener chez elle ? Ava referma les yeux et effleura le disque de l'allume-cigare du bout du petit doigt. Il dégageait à présent une chaleur plaisante.

— Oh et puis zut, dit-elle en soulevant ses paupières. On n'a pas fait autant de chemin pour rien !

Après trois heures de route supplémentaires, et un bref arrêt pour faire le plein et acheter des sandwiches, ils atteignirent Helmstedt-Marienborn et le poste frontière pour entrer en République démocratique d'Allemagne. Du côté ouest, le garde leur fit signe de passer sans jeter plus d'un bref coup d'œil à leurs papiers. Du côté est, en revanche, où se trouvait une sinistre enfilade de postes de contrôle en ciment gris, tenus par des hommes en uniforme couleur de moisissure, ce fut une autre paire de manches. Leur garde – qui semblait à peine avoir l'âge requis pour conduire lui-même – observa d'un regard suspicieux le permis d'Ulrich quelques instants avant de le lui rendre. Il étudia ensuite la carte d'étudiante d'Ava avec un froncement de sourcils si dubitatif qu'elle sentit ses paumes devenir moites.

— Vous n'avez pas cours aujourd'hui ?

Il avait le visage rond et bouffi, avec un nez rose bulbeux. Ses yeux, eux, étaient d'un bleu presque turquoise – c'était si étonnant, on aurait cru qu'il les avait pris à un homme beaucoup plus séduisant que lui.

— Urgence familiale, expliqua-t-elle.

Ce n'était pas vraiment un mensonge. Et pourtant son pouls continuait à palpiter à la base de son cou comme si elle était en train de protéger un meurtrier. Elle essuya ses paumes sur sa jupe.

— Vous avez dit que vous veniez de Brême ?

— *Ja.*

— Pour aller où ?

— Berlin. Reinickendorf. Comme mon ami.

— Vous êtes juste amis, hein ? demanda-t-il en lorgnant ostensiblement sa poitrine.

— Oui, lâcha Ava, sans comprendre pourquoi elle faisait cette réponse.

Croisant les bras sur sa poitrine, elle se renfrogna.

— Oui, répéta-t-elle. Il me conduit à Berlin pour que je puisse voir mon père.

— J'en déduis qu'il ne vit pas à Brême.

— Exactement.

Évitant le regard du garde, elle riva le sien sur la Trabant bringuebalante qui venait de se garer devant le poste de contrôle sur leur droite. Le conducteur avait un long visage morose qui lui donnait l'air d'un chameau – même si sa morosité était peut-être due au fait que sa passagère lui criait dessus. Cette dernière sortit du véhicule pour passer lentement de l'avant à l'arrière. Son trouble était perceptible, elle agitait sa main libre tout en se tamponnant le visage avec un mouchoir. Ava n'aurait su dire si elle essuyait des larmes ou de la transpiration.

— Divorcés ?

— Quoi ? répliqua Ava en détachant son regard du couple d'inconnus.

— Vos parents, lui précisa le garde. Ils sont divorcés ?

Sa peau était si pâle qu'elle paraissait presque grise sous l'avancée en ciment du poste de contrôle.

— Je ne vois vraiment pas…

Elle s'apprêtait à ajouter *en quoi ça vous regarde*, mais, juste avant de prononcer ces mots, elle perçut la désapprobation d'Ulrich – le message n'aurait pas été plus clair s'il lui avait donné un coup de coude dans les côtes.

— Je n'aime pas en parler, se reprit-elle maladroitement.

Le garde haussa les épaules.

— Ça m'a l'air d'être souvent le cas chez vous, les Wessis. Question de valeurs bourgeoises, je suppose.

Il lui rendit sa carte puis pointa un doigt sur son sac à main.

— Ça vous dérange si je jette un œil ?

— Vous plaisantez ?

Ava regarda sa montre. Ils avaient rendez-vous en ville dans moins de deux heures, et ils n'étaient déjà pas en avance. Mais Ulrich s'était penché vers elle pour lui attraper son sac.

— Bien sûr que non ça ne nous dérange pas, dit-il en le tendant à leur inquisiteur. Prenez votre temps, camarade.

— *Danke*.

Le garde saisit le sac entre ses mains gantées de cuir noir et se débattit un instant avec le fermoir. Vexée, Ava reporta son attention sur la Trabi en se mordillant la lèvre. La femme qui pleurait ou transpirait parlait avec animation au garde qui explorait le contenu du coffre, ouvert à présent. Ava le vit sortir une boîte et la brandir d'un air triomphal.

— Vous êtes artiste, comme ça ?

Se tournant vers le garde-frontière, Ava constata avec consternation qu'il avait sorti le petit carnet noir qui ne la quittait jamais. Il l'avait ouvert à la page d'un autoportrait qu'elle avait réalisé quelques jours auparavant, un soir. Elle avait esquissé au fusain son buste dénudé, du cou au nombril. Le trait était minimaliste. Le garde n'avait aucun moyen d'établir un lien entre le dessin et elle (elle s'était refusée à ajouter sa tête à cause de ses cheveux), mais elle ne put s'empêcher de rougir malgré tout.

— J'essaie.

Il inclina le carnet vers un rai de lumière, puis pencha la tête tandis que son regard allait et venait entre le visage d'Ava et la page. L'espace d'un instant, la terreur la saisit : aurait-elle, sans le vouloir, enfreint une autre loi – trafic de pornographie par exemple ? Il se contenta de hausser les épaules.

— Jolis loches, lâcha-t-il d'un ton sec avant de lui lancer son carnet par la vitre ouverte.

Piquant un fard, Ava feuilleta ses pages à toute vitesse pour vérifier que les formulaires dont ils auraient besoin plus tard – et qu'ils avaient si soigneusement remplis – étaient toujours là. Elle retint un soupir de soulagement en tombant dessus. Le garde n'en avait pas terminé pour autant. Après avoir fouillé un peu mieux, il sortit le petit vaporisateur de parfum qu'Ava emportait partout pour masquer l'odeur de tabac sur elle avant de rentrer le soir – Ilse désapprouvant (bien entendu) la cigarette. Ce jour-là, il contenait la fin de L'Heure Bleue, de Guerlain, qu'Ulrich lui avait rapporté d'un récent séjour en France.

— Qu'est-ce que c'est ? demanda le garde.

— Du parfum.

Il dévissa le bouchon en forme de bulbe et approcha le flacon de son nez.

— Allemand ?

— Français.

— *Ouh là là !* s'exclama-t-il en haussant les sourcils. Ça doit coûter cher.

— Je ne sais pas, lui répondit-elle d'un ton cassant. C'est un cadeau.

Il hocha la tête. Puis plongeant son regard turquoise dans le sien, il vida le contenu de la fiole par terre. Ava se redressa aussitôt sur son siège.

— Mais ! Qu'est-ce qui…

— Pas grave, marmonna Ulrich.

— Pourquoi avez-vous fait ça ? s'exclama-t-elle, l'ignorant.

— De toute évidence, vous ne connaissez pas notre règlement, lui asséna-t-il avec un sourire condescendant. Vous n'êtes pas autorisée à franchir la frontière avec des produits de luxe étrangers valant plus de vingt-cinq marks.

— Je vous ai dit qu'il s'agissait d'un cadeau ! Comment voudriez-vous que je connaisse son prix ?

— La prochaine fois, posez la question.

Ava jeta un regard furieux à Ulrich. Devant son expression, elle renonça cependant à poursuivre le débat et se contenta de se renfrogner. Le garde éclata de rire, visiblement enchanté par sa réaction.

— Estimez-vous heureux que je ne vous arrête pas pour contrebande.

Son sourire toujours vissé aux lèvres, il reboucha le flacon vide, qu'il lança, avec le sac à main, sur les genoux d'Ava. Puis il sortit de sa poche de quoi tamponner la carte d'Ava d'un geste théâtral.

— Bonne visite à *papa*, dit-il en la lui rendant à travers la vitre.

— Quel *Arschloch* !

Ava se rendit compte qu'elle tremblait.

— Ça aurait pu être pire, lui répondit Ulrich en s'engageant sur la route sinistre. Ce couple de RDA est encore là-bas.

Se retournant, Ava constata qu'il avait raison : la Trabi bleue était garée au bord de la route et ses occupants – la femme émotive et l'homme à tête de chameau – étaient blottis à côté.

— Quel est le problème à ton avis ?

— Soit ils ont cherché à faire de la contrebande, soit le garde avait besoin d'arrondir un peu ses fins de mois. Ou les deux.

— Et tout ça pour le plaisir d'être ici…

Jetant un coup d'œil au paysage, Ava prit une autre cigarette. Ils venaient à peine de quitter la RFA et pourtant ils semblaient déjà dans un tout autre univers. À commencer par la route : noire et lisse avant la frontière, elle semblait décolorée par le temps et empruntée presque exclusivement par des Trabant qui évoquaient des jouets. Les champs qui flanquaient la voie rapide défilaient dans un dégradé de bruns et beige desséchés, s'intercalant ici ou là avec des bâtisses sales. Même l'air semblait plus lourd et étouffant. Ava remonta ses genoux contre sa poitrine, tirant sa jupe en laine dessus.

— Et encore, lui répondit-il, ici ça va. Plus on s'éloigne de la frontière, plus on traverse des endroits où la guerre pourrait n'avoir jamais cessé.

Il l'observa à nouveau avec curiosité.

— Pourquoi lui as-tu dit qu'on était des amis ?

— Je ne sais pas… J'ai dû penser que si j'avais des ennuis tu risquerais moins d'en payer les conséquences.

Il hocha la tête. Son expression était indéchiffrable. Ils conservèrent le silence un moment.

— Je n'arrive pas à croire que c'est la première fois que tu passes à l'Est, finit-il par lâcher.

— Je sais.

Le changement de sujet était un soulagement.

— Ilse va parfois à Berlin pour le travail. Mais elle ne m'a jamais emmenée. Elle a toujours demandé à la vieille sorcière d'à côté de venir passer la nuit chez nous.

— Celle avec la verrue sur le nez ?

Ava confirma d'un signe de tête avec un léger sourire.

— Quand j'étais petite, je luttais contre le sommeil tellement j'avais peur qu'elle me mette dans son chaudron. Ou me transforme en bûche pour me brûler. Comme la Dame Trude du conte.

— *Interesting*, dit-il en anglais, imitant la voix de Sherlock Holmes. Tu penses que notre Ilse si collet monté cacherait un amant allemand ?

Ava grimaça.

— J'espère bien que non.

— Pourquoi ? C'est une belle femme.

Elle lui jeta un regard noir.

— Tu vas me faire vomir. Sérieusement.

Elle tira à nouveau sur sa cigarette puis toussa. Ses yeux la piquaient, à cause du manque de sommeil et de l'excès de fumée.

— J'imagine que n'importe quel homme aurait des engelures en essayant de la toucher, ajouta-t-elle d'un air sombre. C'est même sans doute ce qui est arrivé à mon père. Le pauvre Nikolaus. Mort de froid sans avoir pu connaître son premier enfant.

— Une chance qu'on n'ait pas ce problème, lui dit-il avec un sourire sournois. Toi, tu me donnerais plutôt chaud.

Il n'exagérait pas. Les premières fois où ils avaient consommé leur nouvelle relation, il avait montré tant d'ardeur que ça s'était même terminé avant d'avoir techniquement commencé. En secret, Ava ne s'en plaignait pas : bien que n'ayant rien de désagréable, leurs ébats la laissaient avec un étrange sentiment de distanciation, comme s'il était un athlète en difficulté et elle, une spectatrice qui observait ses exploits depuis les gradins. Elle avait cherché à en comprendre la raison. Après tout, elle ne s'était pas sentie aussi éloignée de ses anciens petits copains – tous deux infiniment moins fervents et prévenants. D'un autre côté, l'explication était peut-être là justement : et si c'était l'amour inconditionnel et irrévocable d'Ulrich qui la repoussait ? Cette idée lui semblait à la fois absurde et inexplicablement perturbante.

— Désolée, dit-elle en se tournant une fois de plus vers la vitre.

Pendant qu'elle la remontait, un bâtiment attira son attention : d'un blanc maladif et entouré de décombres, c'était à peine plus qu'une carcasse ayant survécu à un bombardement. Ava avait l'impression de longer une énorme tombe éventrée.

Il leur fallut plus de temps pour entrer dans Berlin-Ouest qu'il ne leur en avait fallu pour quitter la RFA, et ce uniquement à cause des bouchons ; lorsque leur tour arriva, les gardes exténués leur accordèrent à peine un regard avant de leur faire signe de passer. Au moment de quitter la partie est de la ville, le paysage changea aussi brusquement qu'à la frontière, comme s'ils passaient de l'autre côté d'un miroir. Les routes étaient à nouveau soigneusement bitumées, les voitures grosses et rutilantes, les bâtiments plus hauts et plus récents. Même les piétons semblaient plus propres et mieux nourris, leurs vêtements moins datés, leur foulée plus longue et énergique. Pendant qu'Ulrich se faufilait entre un bus rouge vif et une camionnette de livraison Gevalia ornée d'une poignée et d'un bec pour ressembler à une cafetière, Ava ne perdit pas une miette du spectacle, les yeux écarquillés et le cœur battant. Sur sa gauche, elle repéra un cinéma qui ressemblait à un palais avec d'énormes affiches de Charlton Heston dans *Les Dix Commandements*.

— Ça te rappelle des souvenirs ? lui demanda-t-il.

— On l'a vu ensemble la semaine dernière.

— Je parle de la ville.

Elle secoua la tête.

— Mais je ne suis pas revenue ici depuis mon départ, l'année de mes cinq ans.

— Tu as vraiment tout oublié ?

Sa mémoire de l'époque était moins constituée d'images précises que de flashes aux contours brouillés par les ans : son couvre-lit en mousseline bleue chez ses grands-parents, la table de cuisine verte sur laquelle elle avait réalisé son premier dessin, puis passé des heures au quotidien, à prolonger l'expérience. L'obscurité étouffante de la cave s'écroulant sous les bombes alliées, les décombres crayeux au milieu desquels elle s'était réveillée après avoir été secourue.

Les draps blancs recouvrant les corps meurtris d'Opa et Oma.

Le pied de sa grand-mère, chaussé d'une charentaise, qui dépassait.

Elle secoua la tête.

— Tout, dit-elle. Absolument tout.

Vingt minutes plus tard, ils étaient arrivés à destination : une structure imposante en brique rouge sur l'avenue Eichborndamm dans l'arrondissement de Reinickendorf. À côté de la porte, un panneau dans un cadre bleu indiquait de façon un peu pompeuse qu'il s'agissait des « Archives pour l'identification des proches des combattants morts au sein de l'ancienne Wehrmacht ». Ava lut deux fois ces mots, le cœur serré. Le service d'état civil lui avait conseillé de contacter cet organisme pour en apprendre plus sur son père.

« S'il était militaire, lui avait dit l'employée, ils devraient avoir des informations sur lui. Ils mettront peut-être quelques semaines à retrouver le dossier, mais tant que vous pouvez prouver que vous êtes de sa famille, ils vous le montreront. »

Famille, songeait-elle à présent. Ce terme lui avait toujours été étranger, inadapté au petit groupe fragile qu'elles formaient, Ilse et elle. Ce qui était d'autant plus étrange qu'il convenait parfaitement pour désigner Ulrich et son père, qui n'étaient eux aussi que tous les deux et – grâce aux horaires décalés du Doktor Bergen – se voyaient encore moins souvent.

Elle sentit la main d'Ulrich sur son épaule.

— Je ne voudrais pas paraître insistant, mais il est encore temps de faire demi-tour et de rentrer. Je ne dirai rien.

Elle observa son visage si avenant et ironique. Ses cheveux bruns coupés court qu'il refusait de laisser pousser et de porter plaqués en arrière comme la plupart des garçons de son âge, parce qu'il trouvait ça ridicule quand on n'était pas américain. *Je t'aime*, pensa-t-elle. Cette fois, pourtant, ça ressemblait moins à une déclaration qu'à un rappel.

— Non. Si je ne le fais pas, je m'en voudrai à mort.

Elle lissa son manteau.

— Et je me déteste assez comme ça.

À l'intérieur du bâtiment, l'employé de forte carrure qui tenait la réception les envoya au premier, dans la salle des archives, une pièce aveugle, éclairée par des néons jaunes bourdonnants, qui sentait la poussière et le vieux papier. Derrière un bureau encore plus imposant, une femme masculine aux cheveux plus courts qu'Ava (mais mieux coupés) s'acharnait sur une ancienne machine à écrire de la marque Adler. Ava sortit les deux formulaires de son carnet. Elle les déplia et les déposa sur le plateau en bois usé.

— *Tag*, dit-elle.

— Oui ? répondit la femme en levant les yeux vers elle.

Ava se racla la gorge.

— Je suis Ava von Fischer. Nous avons pris rendez-vous pour consulter un dossier.

La femme parcourut les formulaires puis regarda sa montre.

— Vous avez une demi-heure de retard.

— Nous avons été retenus plus longtemps que prévu à la frontière.

— C'est toujours plus long que prévu, les informa-t-elle. Il faut que je voie si le dossier est toujours disponible.

Ava contint une poussée de panique.

— Sinon, nous pouvons attendre.

— Malheureusement, ça ne servirait à rien. Si le dossier est reparti au dépôt, vous devrez remplir une nouvelle demande, nous l'envoyer avec le paiement et revenir.

La femme disparut, avec les formulaires, entre les étagères chargées de boîtes d'archives. Ulrich coula un regard en biais à Ava.

— On a six heures de route pour rentrer, murmura-t-il. On ne peut pas attendre trop longtemps.

— Je prendrai le bus, lui rétorqua-t-elle d'un ton cinglant, sachant pertinemment que ça n'arriverait jamais, qu'il resterait avec elle aussi longtemps que besoin.

Réprimant une vague bouffée de claustrophobie, Ava reporta son attention sur les rangées d'archives. Les boîtes ne contenaient pas seulement des formulaires et des dossiers. Certaines étaient remplies d'objets : vieilles montres à gousset ternies, boutons et insignes en cuivre. L'une d'elle renfermait ce qu'Ava prit d'abord pour un méli-mélo de bijoux avant de comprendre qu'il s'agissait de vieilles plaques militaires, rouillées. Elle essaya de deviner sur combien de corps elles avaient été arrachées pour remplir leur sinistre rôle d'identification. Ava imagina une foule d'hommes casqués au visage sale, traînant les pieds et lui jetant un regard noir depuis leur passé si sombre. Quelles avaient été leurs dernières pensées tandis qu'ils se vidaient de leur sang dans la neige ou la boue ? Étaient-ils morts fiers de leur sacrifice ? Ou avaient-ils compris à ce stade qu'ils avaient été méchamment dupés, que cette fable grotesque avait été inventée par un fou dont le seul héritage serait la haine et la révulsion du reste du monde ?

— Fräulein von Fischer ?

Sortant de sa rêverie, Ava vit la femme masculine revenir vers eux d'un pas vif, un mince dossier à la main.

— Vous avez de la chance, le dossier était encore là. Dix minutes plus tard, et vous auriez fait chou blanc.

Ava sentit sa respiration se bloquer dans sa gorge.

— Vous voulez dire… vous l'avez retrouvé ?

— Votre père ?

Posant le dossier sur le bureau, devant Ulrich et Ava, la fonctionnaire hocha la tête.

— Ce qui est en soi un miracle, étant donné que vous ne nous avez pas fourni de date de naissance.

— Je ne la connaissais pas, marmonna Ava.

— Et votre mère ?

— Elle non plus, mentit-elle.

La femme la scruta quelques instants, s'attardant sur sa coupe de cheveux ridicule censée être contrebalancée par son rouge à lèvres.

— Quoi qu'il en soit, reprit-elle froidement, l'archiviste a réussi contre toute attente à restreindre le champ de recherche à partir du nom et du lieu de naissance.

Ava tendit la main vers la chemise en carton et l'effleura du bout du doigt. Elle avait soudain l'impression d'avoir la bouche pleine de cendre.

— Il n'a pas l'air très épais.

Sa remarque ressemblait à une question.

— En règle générale, ici nous n'avons accès qu'aux informations les plus élémentaires : date de la conscription, numéro de plaque d'identité, unité de formation et unité de combat. Bien sûr, vous saurez aussi s'il a été blessé ou fait prisonnier. Pour plus de renseignements, il faudra vous rendre au Bundesarchiv à Potsdam. C'est là-bas que sont conservés les dossiers sur les officiers des SA, des SS et des Waffen-SS.

Ava redressa aussitôt la tête.

— Il en faisait partie ?

— Je n'en sais rien, répondit-elle, cassante, je n'ai pas lu le dossier.

Elle agita la main en direction de l'une des petites tables en bois près de la porte.

— Vous êtes libres de prendre des notes, si vous le souhaitez. Nous possédons également une machine à ronéotyper dans notre espace de consultation, au rez-de-chaussée.

Et sans un mot de plus, elle se rassit sur sa chaise et se remit à taper sur sa machine, les caractères frappant le ruban encreur avec la puissance et la précision de petites détonations successives.

La gorge nouée, Ava s'empara du dossier. Le carton était lisse et froid sous ses doigts. Sur l'étiquette, quelqu'un avait écrit en capitales violettes les trois mots qui composaient le mantra qu'elle se récitait en boucle ces dernières semaines : *Hellewege, Nikolaus Gunther*.

Le plaquant contre sa poitrine de ses deux mains, Ava se dirigea vers l'une des tables, suivie de près par

Ulrich. Lorsqu'ils furent assis côte à côte, elle sentit sa main sur son genou.

— Quoi qu'on apprenne, tout ira bien, lui souffla-t-il. Tu le sais, hein ?

— Je ne sais plus rien. Plus rien du tout.

Et pourtant, alors qu'elle prononçait ces mots, elle fut saisie d'un léger vertige à la perspective que ce chapitre flou de son existence touchait à sa fin. Ce qui s'accompagna d'une étrange tristesse, du sentiment d'avoir perdu une part d'elle-même – même si elle avait toujours eu conscience que celle-ci disparaîtrait une fois qu'elle aurait vu ce qui se cachait à l'intérieur de ce feuillet en carton lisse et rigide.

Elle fut presque tentée de tout arrêter : rendre le dossier à la fonctionnaire désagréable sans l'ouvrir. Pour sauver celle qu'elle était encore, si simple et si naïve, avant qu'il ne soit trop tard. Puis elle repensa à toutes les années de silence qui avaient conduit à cet instant : son silence à elle quand on la questionnait sur son père. Et le silence d'Ilse quand sa fille l'interrogeait. Elle repensa à cette maison qu'elles ne parvenaient pas à remplir, Ilse et elle, à cette sensation qu'il y avait un manque, un secret, alors même qu'Ilse donnait le change, semblant comblée et sereine. Quelque chose clochait. Ava entendit à nouveau l'écho de la voix calme et froide de sa mère : *Nous en parlerons quand tu seras prête. Quand tu seras plus grande.*

Nein, pensa Ava. *Non. Nous allons en parler ce soir.*

Elle souleva la couverture cartonnée.

*

Il était minuit passé, mais toutes les lumières de la maison étaient allumées : Ilse l'attendait.

Ava referma la portière de la voiture le plus silencieusement possible avant d'adresser un petit signe maussade à Ulrich. Puis elle passa l'anse de son sac à main sur son avant-bras et s'éloigna dans la rue noire.

Elle entendit la vitre de l'Opel s'ouvrir en grinçant dans son dos.

— Ava, l'appela discrètement Ulrich.

Jetant un coup d'œil par-dessus son épaule, elle le vit se pencher dehors, un coude appuyé sur la portière. Le réverbère se réfléchissait sur les verres de ses lunettes.

— J'étais très sérieux tout à l'heure dans la voiture, lui dit-il. C'est peut-être ton père, Ava, mais ce n'est pas ta faute pour autant.

C'était, en substance, la seule chose qu'il lui avait dite lors de leur interminable et épuisant voyage retour. Au moment de se rasseoir sur le siège passager, Ava s'était sentie à la fois engourdie et dévastée de l'intérieur, comme si la vérité qu'ils avaient découverte était une bombe qui continuait à la déchiqueter, à détruire tout ce qu'elle savait sur elle-même.

« Je ne veux pas en parler, avait-elle répondu d'un ton sans appel. Je ne veux pas parler tout court. »

Et il avait donc conduit, les mains crispées sur le volant, tandis qu'elle se roulait en boule, tournée vers la vitre, alternant en silence cigarettes et larmes.

Elle hocha la tête, dans la rue, non pour signifier qu'elle était d'accord mais pour qu'il sache qu'elle l'avait entendu.

— On se voit demain, ajouta-t-il.

Elle hocha à nouveau la tête, même si, pour la première fois de sa vie, elle se rendait compte qu'elle n'avait pas envie de le voir. Ou plus exactement, elle ne voulait pas que lui la voie telle qu'elle était désormais : mortifiée et brisée, entachée à jamais par le secret néfaste qu'ils s'étaient soudain retrouvés à partager.

Lorsqu'elle atteignit le perron de chez elle, elle ouvrit son sac pour l'habituelle vaporisation de parfum destinée à masquer l'odeur du tabac, avant de se souvenir que ses derniers millilitres de L'Heure Bleue s'étaient depuis longtemps évaporés à la frontière entre la RFA et la RDA. Délaissant le flacon vide, elle se mit en quête de ses clés. Ce qu'elle fit sans aucun bruit (autre habitude acquise grâce à ses fréquentes sorties nocturnes). Et pourtant elle n'eut pas le temps de les sortir que la porte s'ouvrait presque violemment devant elle.

Ava tressaillit et cligna des yeux.

Ilse se dressait devant elle, silhouette brièvement anonyme, ombre chinoise sur l'éclairage éblouissant. Quand les yeux d'Ava se furent accoutumés à la lumière, elle constata que sa mère n'avait pas retiré sa tenue de travail : la jupe en laine grise et la veste assortie qu'elle portait les jours où elle avait rendez-vous avec le rédacteur en chef du magazine, assortie à des petits talons confortables. Un seul indice permettait de deviner qu'elle ne venait pas de rentrer chez elle : ses gants en cuir étaient soigneusement pliés sur la commode de l'entrée et son feutre était accroché au portemanteau. En déposant ses propres gants et son sac sur la commode, Ava sentit le regard glacial d'Ilse lui labourer le dos. D'un geste lent et appliqué, Ava commença à déboutonner sa veste.

— Eh bien ?

Une fois qu'elle eut défait le dernier bouton, Ava retira les manches l'une après l'autre puis suspendit le vêtement avant de se tourner vers sa mère.

— Eh bien quoi ?

— Ton proviseur m'a appelée aujourd'hui. Au travail. Il voulait s'assurer que tout allait bien puisque c'était la troisième fois en deux mois que j'avais excusé ton absence pour un rendez-vous chez le médecin.

Ava s'autorisa un petit sourire.

— Ça fait plaisir de savoir qu'il s'intéresse à moi.

Le visage d'Ilse pâlit d'un degré supplémentaire.

— Comment oses-tu ? s'emporta-t-elle. D'abord tu imites ma signature, puis tu rentres à cette heure, la veille d'un jour de cours, en empestant la cigarette. Après avoir consacré ta journée à Dieu-sait-quoi ! N'as-tu donc aucune morale ? Aucune ?

Morale… Ava se refusait toujours à parler. Les lèvres pincées, elle reprit son sac à main et se dirigea vers la cuisine.

— Tu étais encore avec Ulrich ?

Ilse la talonnait ; le détachement feint de sa fille attisait son indignation.

— Tu étais avec lui, n'est-ce pas ? J'en étais sûre. J'avais dit à cet homme que ça se produirait. Jusqu'où es-tu allée avec lui, alors ? Doux Jésus… Par pitié dis-moi que tu n'es pas enceinte !

Elles étaient arrivées dans la cuisine. Son sac coincé sous le bras, Ava sortit une tasse du placard et s'autorisa un bref regard envieux en direction de la liqueur aux herbes et de la bouteille de xérès, plus grande – les seuls alcools qu'Ilse introduisait sous son toit. Puis elle alla la remplir d'eau avant de la déposer sur la table.

Posant son sac à côté, elle se laissa lourdement tomber sur l'une des chaises et croisa les bras. Alors, seulement, elle leva les yeux vers sa mère.

Ilse se tenait sur le seuil de la pièce. Ses yeux gris paraissaient vitreux sous l'éclairage cru de la cuisine. Elle avait croisé les bras elle aussi, et elle les serrait si fort qu'Ava apercevait les contours des muscles de ses bras sous le tissu de son corsage.

— Alors ? insista-t-elle. Tu l'es ?

— Quoi ?

— Enceinte. Tu es enceinte ?

Sous la colère évidente, Ava perçut une autre note : pas seulement de doute, mais de peur panique. Cette prise de conscience lui procura un léger frisson, non parce qu'elle avait peur elle aussi mais parce qu'elle découvrait le sentiment inédit et presque étourdissant du pouvoir. À l'exception d'un moment très fugace, le jour où Ilse était venue la chercher à l'orphelinat, Ava n'avait pas souvenir d'avoir jamais perçu de la crainte chez sa mère. Ce qui suffisait presque à lui donner envie de dire : *Oui, je suis enceinte.* Histoire de transformer cette minuscule graine d'appréhension en horreur totale.

Au lieu de quoi elle avala une gorgée d'eau.

— Non. On n'a fait que rouler.

Les sourcils pâles d'Ilse se soulevèrent légèrement.

— Rouler ? Pour aller où ? Avec quelle voiture ?

— Avec l'Opel du Doktor Berger. Pour aller à Berlin.

— Le Doktor Berger vous a conduits à Berlin ?

— Non, c'est Ulrich qui a conduit.

— *Ulrich* ?

Les traits d'Ilse se déformèrent encore davantage.

— Mais il n'a pas encore l'âge de prendre le volant. Il n'a pas son *Führerschein.*

— Maintenant si.

Ava lut sur le visage ciselé de sa mère qu'elle comprenait soudain ce que sa fille suggérait. L'incrédulité chassa aussitôt sa première expression.

— Et le Doktor Bergen, demanda-t-elle d'un ton mordant, il était au courant de cette expédition ?

Ava baissa les yeux vers sa tasse. L'eau qu'elle contenait, légèrement brunie par la rouille des tuyaux, frémit légèrement en réponse à une vibration invisible. Elle repensa à une scène de *Godzilla*, où l'on devine que le lézard géant approche, sans le voir.

— J'aimerais être sûre de bien comprendre, Ava.

Chacun des mots d'Ilse était hérissé de fureur à présent.

— Tu as imité ma signature pour sécher le *Gymnasium*, et tu l'as fait trois fois au cours des deux derniers mois. Tu as laissé un garçon que tu n'es pas autorisée à voir seule et qui n'en a pas légalement le droit te conduire dans un autre pays, avec des documents falsifiés, dans une voiture qu'il a volée à son père. Et vous vous êtes rendus à Berlin. Berlin ! Aller et retour. En une seule journée.

Elle émit un petit rire incrédule.

— Mon Dieu, Ava. Tu es devenue une criminelle ! Sous mon nez !

Ava redressa brusquement la tête.

— C'est moi, la criminelle ?

Elle ressentit à nouveau la même émotion, ce mauvais pressentiment nauséabond qui avait surgi lorsqu'elle avait découvert le nom de la division de son père sur le front de l'Est. La violence du choc quand elle avait cherché celle-ci dans la petite bibliothèque au rez-de-chaussée.

— Au fond, ajouta-t-elle avec amertume, tu ne peux t'en prendre qu'à toi-même, n'est-ce pas ? C'est toi qui m'as donné un criminel pour père.

— *Was ?* s'étrangla Ilse.

— Mon père, répéta Ava. Je sais ce qu'il a fait. Je l'ai appris aujourd'hui. C'est pour cette raison que je suis allée à Berlin.

Durant quelques secondes, sa mère se contenta de la dévisager.

— Ton père était un soldat, finit-elle par répondre. Et tu ne sais rien de lui.

— J'en sais suffisamment maintenant.

— Mais de quoi parles-tu enfin ?

Ava posa son sac à main sur ses genoux. Elle l'ouvrit pour en sortir le certificat de naissance et le brandit. Ilse le saisit avec lassitude, sans détacher ses yeux pâles du visage de sa fille avant de l'avoir entre les mains. Elle en prit connaissance, mâchoire serrée.

— Où as-tu trouvé ça ?

Ava s'autorisa un petit sourire.

— Tu l'as fait venir pour moi.

— Je…

Ilse inspira bruyamment en comprenant soudain ce qui s'était passé.

— Mon Dieu, Ava. Mais qu'est-ce qui t'est arrivé ?

— Qu'est-ce qui m'est arrivé ? répéta Ava.

Sa voix tremblait à présent, et ça lui était parfaitement égal.

— Ce qui m'est arrivé, c'est que tu as refusé de me parler de mon père. J'ai décidé d'enquêter toute seule.

Ilse secouait lentement la tête.

— Je t'avais dit que je t'en parlerais le moment venu. Le moment n'est pas encore venu. Tu n'es pas prête. Tu n'es pas…

Elle hésita, se mordit la lèvre.

— C'était compliqué.

— Le meurtre n'a rien de compliqué.

— Meurtre ?

Ilse écarquilla les yeux puis les plissa.

— Mais de quoi parles-tu enfin ? Ce n'était pas un meurtre.

— Comment tu appelles ça alors ?

Ilse hésita à nouveau. Ava recroisa les bras sur sa poitrine et attendit. Elle avait l'impression de voir les rouages du cerveau de sa mère tourner à toute allure à travers les fenêtres de ses yeux argentés, le calcul mental derrière chaque réponse de sa mère. *Que lui ai-je dit ? Que sait-elle exactement ? Puis-je encore m'en sortir sans trop en dire ?*

Enfin, avec un soupir, elle foula le linoléum à carreaux bleus et tira la chaise face à Ava.

— Tu dois bien comprendre, dit-elle en s'asseyant lentement, que les choses étaient… très différentes à cette époque. Pour nous, pour lui, il s'agissait simplement de journalisme. Et pas de propagande.

— Parce que tu crois que c'est ce qu'il faisait ? De la propagande ? s'exclama-t-elle.

Même à ses propres oreilles, son rire lui parut strident et légèrement inquiétant. Ilse parut offensée.

— C'est ce qu'il faisait ! J'en sais quelque chose, nous travaillions ensemble. C'est pour cette raison que…

Semblant se raviser, elle secoua la tête.

— Il était journaliste.

Ava se remit à rire avant de s'interrompre brusquement quand elle se rendit compte que sa mère était très sérieuse.

— Tu ne sais vraiment pas ce qu'il a fait sur le front de l'Est ? lui demanda-t-elle tout bas. En Russie ?

Ilse la regardait droit dans les yeux sans ciller.

— Je sais seulement qu'il travaillait pour un général… J'ai oublié son nom. Un haut gradé. Je crois que Kai lui prenait des rendez-vous, s'occupait de son courrier, ce genre de chose. Lorsque je lui ai posé des questions, il m'a répondu que c'était classé confidentiel.

— Ce n'est plus le cas.

Le cœur battant, Ava sortir son carnet à dessin de son sac à main.

— Qu'est-ce que…

— Des notes, l'interrompit Ava. Des archives de la conscription de l'armée. C'est là où nous sommes allés avec Ulrich aujourd'hui. Tu veux savoir ce que j'ai appris ?

Ilse était sonnée.

— Vous êtes allés…

Ava feuilletait déjà ses esquisses pour se rendre aux pages sur lesquelles elle avait noté, d'une main tremblante, des phrases et des dates. Sans attendre de réponse de sa mère, elle se mit à lire :

— « Avant d'être tué, en 1944, par ses ravisseurs soviétiques, le SS-Scharführer Hellewege fut le secrétaire personnel et l'aide de camp du SS-Obergruppenführer Max von Schenckendorff, commandant des opérations d'arrière-garde sur le front de l'Est. »

Ilse hocha faiblement la tête.

— C'était ce nom-là. Von Schenckendorff.

Ava l'ignora.

— « Le général von Schenckendorff est sans doute essentiellement connu pour sa célèbre conférence de trois jours, sur le thème des contre-offensives partisanes, dans la ville biélorusse de Moguilev, en 1942. Les participants furent emmenés en car au camp voisin de Knyazhichi pour une formation pratique anti-partisans. Cependant, quand il constata que la ville n'abritait aucun partisan, Hellewege passa au crible la population pour dresser une liste de ses cinquante et un citoyens juifs. »

Au mot « juif », Ava releva brièvement la tête. Sa mère était blême, elle avait croisé les mains sur la table et était aussi immobile qu'une statue.

— « Trente et un d'entre eux, poursuivit sa fille, hommes, femmes, enfants furent… »

Elle ferma les yeux, submergée une fois de plus par ce qui suivait. Elle n'avait encore jamais prononcé ces mots à voix haute.

— « Hommes, femmes, enfants, répéta-t-elle, furent exécutés sommairement sur la place du village. »

Les dernières lettres – qu'elle s'était empressée d'écrire sans aucun soin dans ce qui lui semblait maintenant une autre existence – dansaient sous ses yeux. La sensation était de retour : celle de flotter dans une eau trouble et sale, ballottée par un courant sur lequel elle n'avait aucun contrôle. *Voilà ce qu'il a fait, l'homme qui a semé la graine dont je suis née. L'homme dont le sang coule dans mes veines.* Elle revit la réaction d'Ulrich quand il avait lu la lettre, sa mâchoire crispée. L'hésitation dans ses yeux bruns l'espace du plus bref des instants, une hésitation pleine de répugnance, avant de croiser à nouveau le regard d'Ava.

Lorsqu'elle rouvrit ses paupières, sa mère n'avait pas bougé. Pas un seul muscle sur son visage aux traits fins ne tressaillait. Impossible de deviner si elle était choquée, terrifiée ou honteuse. Impossible de dire si elle avait entendu Ava.

Celle-ci referma son carnet avec un bruit qui résonna aussi fort qu'une détonation dans le silence feutré du linoléum.

— Voilà le travail « confidentiel » qu'il faisait. Il trouvait des personnes innocentes, hommes, femmes et enfants pour que les SS puissent les assassiner.

Avec un petit rire rauque, elle ajouta :

— Un vrai héros, mon père.

Ilse ne répondit pas immédiatement. Lorsqu'elle finit par prendre la parole, elle semblait s'adresser non pas à Ava mais à ses mains puissantes. Elle les serrait si fort que ses jointures étaient bleues.

— Il m'avait dit qu'il ne ferait que du secrétariat, qu'il écrirait sous la dictée de la propagande.

— Tu espères vraiment que je vais te croire ?

— C'est la vérité.

Ilse leva un regard imperturbable vers elle.

— Je le jure. Je l'ignorais.

Ava posa bruyamment son carnet.

— Comment est-ce possible ? Tu es allée le voir.

— Jamais… Il était posté à Lodz d'abord, en octobre de cette année-là. Je ne l'ai jamais revu.

Ava la fixa.

— En octobre, dit-elle. Il s'est engagé en octobre ?

— En octobre 1939, confirma Ilse avec un signe de tête. Deux semaines après la victoire sur la Pologne. Je m'en souviens comme si c'était hier.

— Mais je ne suis née qu'en août 1940, dit lentement Ava. Tu l'as forcément revu au moins une fois après son départ. Et il a bien dû te parler de sa mission.

Ilse était si blanche et immobile qu'on aurait dit un buste en marbre.

— Je refuse de poursuivre cette conversation.

Elle riva sur sa fille des yeux de la couleur d'une rivière en hiver. Ava soutint son regard. Et soudain, elle prit conscience d'une autre vérité répugnante : en dépit de tout ce qui était arrivé aujourd'hui – la route interminable, la découverte de l'horrible dossier, les terribles ombres noires qui se dressaient désormais entre Ava et son meilleur ami –, rien n'avait changé le moins du monde dans sa relation avec sa mère.

Ce constat déclencha en elle une onde de rage pure. Elle aurait voulu bondir et hurler : *Dis-moi ! Dis-moi que tu es allée là-bas, sur le front. Tu l'as rejoint pour l'aider à tuer des innocents !* Mais elle eut soudain l'impression que sa gorge, sa bouche et ses lèvres étaient tapissées des mêmes particules de plâtre que le jour où les secours l'avaient extraite des décombres de la maison de ses grands-parents. Et elle eut la même révélation qu'à cette époque : si tout avait changé dans le monde, le sien demeurait identique. Aucun carnet de dessin, aucune image de mauvaise qualité, aucun certificat, réel ou contrefait, n'aurait le pouvoir d'ouvrir le coffre à secrets d'Ilse. Placée face à la preuve de ses mensonges et de ses semi-vérités, Ilse continuait à se cramponner au même mur glacial de silence qu'elle avait érigé le premier jour de leurs retrouvailles désenchantées.

S'affalant sur la table, Ava cacha son visage dans sa main, peinant à reprendre son souffle. Elle se sentait terrifiée et affreusement seule. Pourtant, lorsqu'elle entendit Ilse se lever, une part d'elle, encore enfantine, ne put s'empêcher d'espérer : *Elle va me prendre la main et me présenter ses excuses. Elle va tout me dire, enfin.*

Mais, redressant la tête, elle vit qu'Ilse ne contournait pas la table pour s'approcher d'elle. Elle ne regardait même pas dans sa direction. Elle se dirigeait lentement vers le couloir.

— Où… où est-ce que tu vas ?

La main sur la poignée de la porte, Ilse se retourna vers elle.

— Il est tard. Je vais me coucher et je te suggère de faire pareil. Tu iras au lycée demain, même si je dois t'accompagner en personne. Et tu y resteras jusqu'à la fin des cours. Me suis-je bien fait comprendre ?

Ava s'humecta les lèvres. *Non,* pensa-t-elle. *Non, pas du tout.*

Toutefois, elle répondit d'une voix qui lui parut pâteuse, râpeuse et étrange :

— Oui.

— *Gut.* Éteins la lumière quand tu iras te coucher.

Et sur ce, elle disparut.

9

Renate

1937

Ilse marche vite, les yeux rivés sur le train sifflant, sa valise en tapisserie oscille au bout de sa main tel un pendule. Il pleut. Un pas derrière elle, Renate sautille et trottine, peinant comme toujours à suivre le rythme.

— À quelle heure part-il ? demande-t-elle, hors d'haleine.

— À quatorze heures pétantes, lui répond son amie, mais je veux être sûre qu'on sera assises à côté.

— Attends… tu veux dire que je t'accompagne ?

Le cœur de Renate fait un bond ; elle pensait n'être là que pour dire au revoir à Ilse sur le quai de la gare. Elle n'a rien emporté, elle n'a aucune des affaires dont elle aurait besoin pour un poste de huit mois à la frontière est. Pour tout dire, elle n'a même pas postulé. Seuls les membres de la BDM y étaient autorisés.

Ilse se contente de lever les yeux au ciel.

— Bien sûr que tu m'accompagnes, Dummkopf. Tu croyais vraiment que j'allais t'abandonner là ?

— Mais je n'ai pas de valise.

— Et ? répond Ilse avec un haussement d'épaules. On partagera.

— Je n'ai pas non plus de billet.

— Moi si, imbécile.

Avec un sourire, Ilse lui montre sa main droite. Le billet avec ses lettres gothiques en relief réfléchit autant la lumière que la bague d'amitié au doigt de sa meilleure amie. En posant les yeux dessus, Renate sent soudain une légèreté pétillante se diffuser en elle. *Elle ne le pensait pas*, jubile-t-elle intérieurement. *Elle ne pensait rien de ce qu'elle a dit.* Elle voudrait se jeter au cou de son amie, rire et pleurer de soulagement.

Ilse s'est déjà remise en route.

— Dépêche-toi, lui crie-t-elle par-dessus son épaule juste avant que le train ne pousse un long sifflement strident. Ils ne nous attendront pas. Regarde, ils commencent déjà à fermer les portes.

— J'arrive, j'arrive !

Renate veut courir pour la rattraper mais il y a un problème avec ses chaussures ; les semelles glissent sur le bitume mouillé comme si c'était de la glace. Elle a l'impression d'être Alice lancée derrière la Reine rouge du pays des Merveilles : elle a beau remuer ses jambes à toute allure, elle fait du surplace.

Ilse, elle, a déjà atteint le train.

— Tu dois te dépêcher, lui crie-t-elle par-dessus son épaule. Cours ! Tu m'entends, Reni ? *Cours !*

C'est ce que je fais, veut-elle crier. *J'essaie ! Attends...* Mais quand elle ouvre la bouche pour parler, elle n'émet qu'un coassement rauque. Désemparée, elle agite les bras alors qu'Ilse frappe à la porte close du wagon (*boum ! boum ! boum !*) en continuant à l'appeler :

— Reni ! RENI !

Boum.

— Reni ? Tu es réveillée ?

Renate ouvre les yeux, son cœur paniqué continue à battre la chamade au souvenir de ce rêve terrible. Sa lampe de chevet est restée allumée, et le livre sur lequel elle s'est endormie après avoir lu jusqu'à plus de deux heures du matin – *La Mousson*, une histoire d'amour sur fond d'inondations dans l'Inde coloniale – est à moitié ouvert à côté de son oreiller. Elle s'assied lentement dans son lit. La porte de sa chambre tremble sous les tambourinements de son frère, dont la voix agacée lance par-dessus le vacarme :

— Hé, la fainéante ! Tu dors ou quoi ?

— Non, marmonne-t-elle en tendant la main vers le verre d'eau sur sa table de chevet.

— Lisbet dit que tu n'as plus qu'une demi-heure si tu ne veux pas rater ta sortie scolaire.

L'eau a un goût de poussière. Ce qui n'empêche pas Renate de la boire tout en levant les yeux au ciel. Cette nouvelle manie de Franz d'appeler leurs parents par leur prénom est à la fois prétentieuse et profondément agaçante.

— Je suis debout, ment-elle, en poussant son livre par terre pour que le bruit donne l'illusion qu'elle a posé les pieds sur le parquet.

Après un ultime frémissement de mécontentement, la porte s'immobilise ; le pas lourd et irrégulier de son frère s'éloigne dans l'escalier.

— Elle dit qu'elle est levée, l'entend-elle dire à ses parents d'un ton ouvertement dubitatif.

Renate s'étire douloureusement, puis éteint la lampe et quitte son lit froissé sans se brusquer. S'approchant de la fenêtre, elle observe l'avenue endormie, dont le calme n'est troublé que par un bus à impériale à moitié vide et un *Milchwagen* tiré par un cheval, sur lequel s'entrechoquent des bidons de lait. Son pouls s'est apaisé, mais elle conserve une sensation glaciale de vide dans son ventre après ce rêve cruellement trompeur, qui lui a donné un aperçu de la réconciliation à laquelle elle aspire si désespérément. Rêve suivi de la prise de conscience toujours plus indéniable : ça n'arrivera jamais. Sa mère lui dirait qu'il s'agit d'un cas classique d'angoisse – et elle saurait de quoi elle parle, puisqu'elle a écrit deux ouvrages sur les rêves. Pourquoi maintenant, enfin ? Renate n'a pas rêvé d'Ilse – qui est absente pour un an, ayant été envoyée à la campagne dans le cadre du RAD, le service du travail national – depuis plus d'un mois. Et Ilse ne lui a évidemment pas écrit, pas même une carte postale, sans parler d'une longue missive riche en détails comme elle lui en adressait lorsqu'elle partait en vacances. D'un autre côté, cet été encore, son ancienne amie apparaissait dans ses rêves presque quotidiennement. À l'idée qu'Ilse pourrait à nouveau hanter toutes ses nuits, Renate en éprouve un petit frisson de lassitude.

Elle le chasse aussitôt en tournant ses pensées sur des sujets plus réjouissants : et pour une fois, elle a des raisons de se réjouir. Car à huit heures trente précises, sa classe se rendra à l'arrêt de métro Berlin-Charlottenburg pour aller à l'île aux Musées. Les élèves déambuleront entre les œuvres de la collection des antiquités nordiques du Neues Museum, réaliseront des esquisses et noteront leurs réflexions et remarques. Renate a toujours adoré les sorties au musée : l'émerveillement devant ce savoir-faire humain qui se transmet depuis des siècles ; la présence fantomatique du passé. Cette année, néanmoins, elle a littéralement coché les jours la séparant de cette sortie. Elle n'est pas certaine de pouvoir survivre un jour de plus au train-train quotidien.

La situation au *Gymnasium* Bismarck se dégrade depuis des mois, mais elle a considérablement empiré fin décembre, lorsque Karolin Beidryzcki – la dernière vraie Juive de l'établissement – a été renvoyée de façon sommaire. Comme toutes les expulsions de Juden, celle-ci s'est produite à une vitesse impitoyable : Karolin survolait le sujet de trigonométrie auquel elle comptait répondre, et une minute plus tard elle entassait ses affaires de classe dans un carton défoncé, les yeux humides derrière ses lunettes cassées.

Avec le recul, Renate se rend bien compte qu'elle n'aurait pas dû être surprise. Karolin était la dernière Juive « complète » de leur classe, les autres ayant quitté le lycée pour des écoles juives ou pour d'autres pays plus accueillants. La rumeur prétendait que Karolin n'avait pu rester aussi longtemps que parce que son père soudoyait le proviseur. En toute honnêteté, Renate ne s'expliquait pas pourquoi son amie s'obstinait à rester : sa vie était devenue une succession de tourments. Non seulement ses enseignants s'entêtaient à lui donner de mauvaises notes qui ne lui auraient jamais permis de passer dans la classe supérieure, mais dans les couloirs elle était constamment bousculée et moquée, quand elle ne recevait pas des crachats. Exclue des sorties scolaires, des clubs et des projections de film, elle n'était pas autorisée à utiliser le vestiaire des filles avant et après les cours de sport. Elle avait dit à Renate qu'elle ne le supportait que parce qu'elle savait qu'elle n'allait pas tarder à suivre les traces de son frère Martin en Amérique – elle attendait simplement la validation de son visa. Apparemment, le Schuldirektor Heintz avait décidé qu'elle devait attendre ailleurs. À moins que Herr Beidryzcki se soit retrouvé à court de fonds.

De son côté, Renate a réussi à survivre au lycée malgré son statut de *Mischling* en restant dans son coin. Elle répond si on la salue mais n'initie aucun contact. Tous les échanges sont brefs et purement fonctionnels.

Surtout, elle lit.

La lecture, elle s'en est rendu compte, lui fournit une excuse idéale pour éviter de croiser les regards, ce qui contribue grandement à la préserver du genre de rencontres déplaisantes qui l'ont parfois laissée en larmes l'an dernier. Comme l'aller simple pour la Palestine que lui avait adressé Sophie Sitz. La fois, quelques mois plus tard, à la bibliothèque, où Trude Baumgarten lui avait fait signe d'approcher pour lui demander s'il était vrai que son père tuait des bébés « blancs » et buvait leur sang. Le jour où un ami de Rudi avait traité la mère de Renate de « putain qui aimait les Juifs » – lequel Rudi n'avait non seulement rien dit, mais avait ri. Renate a ainsi appris que, dans ce genre de situation, lire lui offre aussi une excuse en or pour ne pas répondre : elle fait comme si elle n'avait rien entendu.

Cette dernière année, elle a donc mis un point d'honneur à être en cours suffisamment tôt pour pouvoir être en train de lire (ou de faire semblant), lorsque les autres élèves arrivent. Ses romans ne la quittent pas, ni dans la cour, ni dans les coins sombres de la bibliothèque ni encore aux toilettes. Certains jours, elle en ouvre même un sur le trajet entre le lycée et sa maison, en marchant lentement et prudemment.

Elle dévore tout ce qui lui tombe sous la main, exception faite des ouvrages qui ont été interdits. Dernièrement, elle a pris l'habitude d'entamer deux ou trois livres en même temps, comme si une seule intrigue ne permettait pas de la distraire du récit difficile de sa propre existence. Avant *La Mousson*, elle a relu tous les romans de Pearl Buck disponibles à la bibliothèque de Charlottenburg, puis elle a enchaîné avec *Daphne Adeane*, de Baring – en parallèle, elle s'est attaquée à *Henri VIII*, de Shakespeare. Elle a ensuite fait une troisième et une quatrième lecture du *Vent dans les saules,* intercalées avec celle d'œuvres de Rilke, de Heine et de Tennyson. *Winnie l'ourson* était aussi passé à deux reprises entre ses mains : la première fois elle l'avait lu seule, la seconde elle l'avait partagé à voix haute avec son père, qui avait bien besoin de rire. En plus de *De l'autre côté du miroir*, elle avait découvert la nouvelle traduction des *Aventures d'Alice au pays des Merveilles* et relevé le défi de Franz en apprenant par cœur, en anglais, *La Chasse au Snark*, le poème absurde de Lewis Carroll, inspiré par le Jabberwocky. Au début, elle ne l'a fait que pour prouver qu'elle en était capable. Puis elle est venue à trouver le poème étonnamment apaisant par son absurdité, et, dorénavant, elle en récite souvent des passages quand elle s'ennuie ou qu'elle est contrariée ce qui, en dépit de ses nombreuses lectures, arrive de plus en plus souvent.

Pendant une brève période, elle s'est autorisée à espérer qu'après le renvoi de Karolin elle pourrait baisser la garde, qu'avec la disparition de la dernière cible de cet élan anti-juif, le projecteur qui s'était braqué si cruellement sur son amie baisserait d'intensité, un peu ou pourquoi pas beaucoup. À moins qu'il ne s'éteigne une bonne fois pour toutes. Au lieu de quoi, le point de mire s'est simplement déplacé sur les Halbjuden restants, devenant les nouveaux boucs émissaires, objets de moquerie. Rien que ce mois-ci, les livres de Renate ont déjà été poussés par terre à quatre reprises, qu'ils fussent dans ses bras ou sur son bureau. Des petits mots avec les messages *Sale Juive* ou *Abomination métisse* ont été glissés dans sa besace ou la poche de son manteau. Le professeur d'hygiène raciale l'oblige, comme tous les autres *Mischlinge*, à essuyer sa chaise à la fin de son cours, « pour minimiser l'étendue de la contagion juive ». Lundi dernier, il a même appelé Renate au tableau pour pouvoir mesurer son visage avec son pied à coulisse, invitant gaiement l'ensemble de la classe à crier *Juden* ou *Deutsch* en fonction des traits jaugés.

« Le nez, a-t-il noté, est sans doute aryen dans son aspect global, même si l'angle aigu suggère une influence hébraïque. Par contre, regardez ici ! Ses lèvres sont typiquement juives. »

Tous ses camarades ont pris des notes en ricanant. Renate a dû convoquer toute sa volonté – et se réciter six strophes de *La Chasse au Snark* – pour conserver un semblant d'impassibilité. Mais lorsque le professeur a demandé aux élèves de voter à main levée pour estimer son trait racial « dominant » et que *Juden* l'a largement emporté, elle a à peine eu le temps de s'excuser et de courir aux toilettes avant de fondre, une fois de plus, en sanglots convulsifs.

Aujourd'hui, ce sera différent, songe-t-elle en cherchant une paire de chaussettes propres. Primo, les règles sont très strictes en matière de comportement lors des sorties scolaires : messes basses, gloussements et toute autre attitude « irrespectueuse » sont interdites, ce qui prive *ipso facto* ses camarades de leur arsenal. De plus, elle ne sera chargée d'aucun livre, à l'exception de son petit calepin à couverture bleue. Maintenant qu'elle se traîne deux romans en plus de ses manuels scolaires, cette perspective a quelque chose de terriblement libérateur.

Elle se surprend d'ailleurs à fredonner en se livrant à sa routine matinale : s'asperger le visage et les aisselles d'eau, tresser ses cheveux après les avoir brossés. Et elle a même de l'appétit au petit déjeuner, elle termine son œuf poché et sauce le restant de jaune avec son pain grillé. Après avoir embrassé son père sur la joue, elle étreint sa mère près de l'évier et lui souhaite une belle journée.

— C'est peu probable, rétorque sèchement Lisbet Bauer.

Celle-ci est toujours exclue de la clinique pour être restée mariée à un Juif. Elle s'est portée volontaire afin de travailler à l'hôpital juif de Spandau, submergé par les dépressions nerveuses et les tentatives de suicide. Mais même la réponse sombre de sa mère ne parvient pas à saper le moral de Renate. Au moment de sortir sur Unter den Linden, pour une fois allégée de ses livres, sous un soleil d'un jaune presque blanc, le paysage urbain la frappe par l'abondance presque irréelle de ses détails, par son caractère agréable. Et le premier papillon de la saison, qui apparaît juste devant ses yeux, avec ses ailes dorées, efface les derniers vestiges de la tristesse pesante insufflée par son rêve.

En arrivant en classe, cependant, Renate pressent presque immédiatement que quelque chose ne va pas.

Pour commencer, alors qu'elle est arrivée encore plus tôt que d'habitude (huit heures moins dix, si elle en croit le joli bracelet-montre que sa grand-mère lui a offert pour ses seize ans, l'an passé), le reste de la classe est déjà sur place. Ses camarades ont retiré leurs manteaux et posé leurs sacs ; leurs mains croisées, sur les pupitres, expriment de l'impatience. Cette vision est si surprenante que, l'espace d'un instant, Renate se demande si elle ne s'est pas trompée en notant l'heure de départ dans son carnet.

De plus, toutes les filles portent leur uniforme, alors qu'il ne s'agit pas d'un jour de réunion de la BDM. Pour atteindre sa place, Renate doit zigzaguer entre les rangées de jupes en sergé bleu et de chemisier d'un blanc impeccable, nager dans une mer de bérets noirs inclinés juste ce qu'il faut.

Au moment où elle pose ses affaires au fond, le professeur, Herr Bachmann, déplie sa silhouette aux membres interminables et se lève derrière son bureau.

— Ah, Fräulein Bauer, dit-il. J'aimerais vous dire un mot.

Il parle d'une voix normale, pourtant, dans le silence subit, elle a l'impression qu'il a hurlé. La transpiration chatouille les paumes de Renate lorsqu'elle retire son manteau puis se dirige vers l'estrade. Un picotement lui parcourt la colonne vertébrale tant elle a conscience des vingt-deux paires d'yeux qui suivent chacun de ses pas hésitants.

Quand elle atteint le tableau noir, Herr Bachmann se racle la gorge, mal à l'aise, passe une main longue et mince dans ses cheveux roux. Il a de petits yeux marron étroits et un visage qui lui a toujours évoqué celui d'une loutre.

— Bonne nouvelle, annonce-t-il, vous êtes libre aujourd'hui.

— Libre ?

(Dans son dos résonne un murmure sifflant : *Jude !* À moins que son imagination ne lui joue des tours ?)

— Oui. Toute la journée.

— Libre de quoi ?

(Ça recommence : *Juuuuuude !*)

Le petit rire nerveux de Herr Bachmann sonne faux.

— De tout. Pas de cours ni de devoirs.

Il s'éclaircit à nouveau la voix.

— Et bien entendu, pas de visite du Neues Museum.

À la mention du musée, Renate a l'impression qu'un énorme poids lui écrase le ventre.

— Mais… pourquoi ?

Derrière elle, quelqu'un étouffe à demi un ricanement qui ressemble presque à un éternuement. Cette réaction est comme une pierre jetée dans une mare, elle provoque une série d'ondes de gloussements. Renate sent la pointe de ses oreilles rougir.

— Je suis autorisée à y aller, proteste-t-elle en se redressant de toute sa hauteur. Par le musée, je veux dire. Seuls les Juifs complets n'ont pas le droit d'y entrer.

Elle essaie de s'exprimer d'un ton aussi ferme et calme que possible, comme sa mère lorsque l'officier de la Geheime Staatspolizei du quartier est passé, le mois dernier, pour « discuter », une fois de plus, de son mariage avec Vati (« Notre union remonte à 1916, lui a-t-elle répondu vivement, les lois raciales ne nous concernent pas »).

Herr Bachmann se contente de secouer la tête.

— Ça n'a rien à voir avec le musée.

Il frotte ses mains grêles l'une contre l'autre.

— Je suis au regret de vous l'apprendre, mais il y a eu une… une requête.

— Une requête, répète-t-elle machinalement.

— Oui, confirme-t-il avec un hochement de tête. Pour que cette sortie soit réservée aux vrais Allemands.

— Qui…

Il l'interrompt aussitôt.

— Cette demande n'émane pas d'une seule personne. En vérité…

Sa voix diminue légèrement, se fait presque implorante.

— La décision a été quasi unanime. Et étant donné que l'objet de notre visite est l'étude des racines germano-scandinaves de notre pays, et que vous n'êtes ni allemande ni scandinave, le proviseur a décidé de s'y soumettre.

L'espace d'un instant, Renate est de retour dans son rêve : elle court de toutes ses forces et pourtant elle fait du sur-place. Une strophe de *La Chasse au Snark* traverse son esprit, flottant telle une bulle de savon maléfique :

« Sois un homme ! » dit l'Homme à la Cloche
Furieux de voir tout d'un coup
Le Boucher éclater en sanglots
Si nous rencontrons un Jubjub
Cet oiseau capable de tout
Nous aurons besoin de héros[1] *!*

Quand elle avait appris le poème la première fois, le seul mot *Jubjub* avait réussi à la faire rire. À présent, il lui paraît distant et fragmenté. Elle ferme les yeux, s'interdit de pleurer. Lorsqu'elle les rouvre, Herr Bachmann la regarde avec ce qui ressemble à une inquiétude sincère.

— Cela vous laissera plus de temps pour écrire votre essai sur la façon dont le marxisme a conduit l'Allemagne à la défaite lors de la Grande Guerre et influencé le traité de Versailles.

Avec un clin d'œil, il ajoute :

— Pour voir le bon côté des choses.

À une époque plus heureuse, il avait été l'un de ses enseignants préférés. Il lui avait même prêté des livres d'histoires sur la Chine et l'Égypte antiques, quand elle lui avait parlé de son rêve d'écrire sur des pays étrangers, comme Pearl Buck. L'an dernier, cependant, il a refusé de signer son carnet à la fin de l'année. « Ça pourrait nous valoir des ennuis à tous les deux », lui a-t-il dit avec tristesse.

---

1. Traduction de Jacques Roubaud, éditions Gallimard, 2010.

— Vous vous sentez bien ?

Il continue à l'observer avec ce demi-sourire gêné.

— Vous êtes très pâle, ajoute-t-il.

Il lui tend une perche. Déboussolée, Renate se débat pour la saisir.

— Oui, chuchote-t-elle. Enfin, non. Je ne me sens pas très bien tout à coup. Je ferais mieux de rentrer.

Les joues brûlantes, elle entame la marche qui lui semble être la plus longue de toute sa vie : elle dépasse Sophia Sitz, Trude Baumgarten et toutes les autres filles en uniforme qui ne cachent pas leur sentiment de victoire.

*

Le trajet du lycée à chez elle est interminable. Sans livre, elle se sent vulnérable, frissonnant sous les regards des passants qui, elle en est sûre, doivent se demander ce qu'une lycéenne fait dans la rue à neuf heures trente. Trop nerveuse pour prendre le tram, elle préfère marcher d'un pas rapide sans quitter le trottoir des yeux, ignorant les arbres qui bourgeonnent sur Unter den Linden et Potsdamer Platz, ainsi que la vitrine alléchante de la Schloss-Konditorei, avec son étoile de David qui forme un assemblage étrange avec les *Osterkuchen* en forme d'agneau pour Pâques. Elle marque un arrêt, non pas pour admirer les pâtisseries mais le symbole familier à six branches. Elle se souvient de ce jour, il y a longtemps, où elles ont installé les étoiles au plafond de leurs chambres, Ilse et elle. Enfin, pour être plus précise, le jour où Ilse les a installées, car elles savaient toutes deux que Renate serait sans doute tombée de la chaise qu'elles avaient hissée en équilibre précaire sur son bureau, après avoir tiré celui-ci au centre de la pièce.

« Tu savais qu'une grande partie des étoiles que nous voyons dans le ciel nocturne sont déjà mortes en réalité ? » lui avait lancé Ilse, le rouleau d'adhésif dans une main, les étoiles en papier dans l'autre.

« Comment ça ? lui avait demandé Renate. Si elles sont mortes, comment se fait-il qu'on puisse encore les voir ?

— Parce que la lumière nous parvient avec un délai. Elles meurent mais la lumière qu'elles émettent a besoin de tellement de temps pour atteindre la Terre qu'elles sont déjà mortes quand celle-ci arrive. »

Plissant les yeux pour observer le plafond, Ilse avait collé une étoile en papier avant de regarder Renate (en charge de la carte des constellations) pour obtenir son aval. Cette dernière avait hoché la tête.

« Alors, si elles sont mortes, c'est comme si on voyait un fantôme ? avait-elle lancé. Le fantôme d'une étoile ?

— *Ja*. Le magnifique, l'éblouissant fantôme d'une étoile. »

Scrutant la marque d'infamie à six branches sur la vitrine de Herr Schloss, Renate est soudain frappée par le fait qu'il… non plutôt qu'*ils* sont tous comparables à des étoiles mortes. Ils continuent à mener le cours de leur existence, à lire, à cuisiner et à espérer, à donner l'impression d'être pleinement vivants, des humains bien présents. En vérité, pourtant, ils envoient simplement leur lumière fantomatique dans l'espace pour dissimuler leur disparition.

À cette pensée, Renate éprouve une détresse aussi glaciale que si la mort venait de la toucher. Se détournant de la vitrine, Renate dépasse à vive allure la synagogue de Fasanenstraße. Elle continue à ravaler ses larmes jusqu'à ce qu'elle arrive enfin chez elle. Elle gravit les marches du perron en courant, poussée par le soulagement.

Elle retire ses chaussures et abandonne son sac à côté, dans l'entrée, prend tout juste le temps de lancer tout bas :

— *Hallo ?*

Sans surprise, elle n'obtient aucune réponse : à dix heures du matin, Sigi est le seul Bauer présent et il l'accueille en remuant mollement la queue – il dormait sous la table de la salle à manger. Elle traverse le hall, s'arrête au pied de l'escalier pour tendre à nouveau l'oreille, histoire d'être certaine.

Jusqu'à la semaine dernière, son père aurait été là, s'occupant Dieu sait comment dans son bureau toute la journée. Depuis peu, cependant, il travaille à la Jüdische Gemeinde sur Kantstraße, où il aide ceux qui souhaitent émigrer à surmonter les nombreuses étapes complexes pour quitter le pays : remplir des demandes d'émigration et de visa. Comprendre les taxes de départ et les frais bancaires. Détailler et estimer ses possessions, jusqu'aux boutons de rechange, sur des centaines de pages. Il trouve ce travail « décourageant », mais Lisbet Bauer insiste pour qu'il persévère. Elle s'est confiée à sa fille : elle redoute que, sans un emploi du temps structuré et des interactions sociales quotidiennes, son mari ne plonge dans une dépression profonde.

Luttant toujours contre les larmes, Renate se rend en socquettes dans le salon baigné de soleil. Elle a l'impression de flotter plus que de marcher. Elle plonge la main dans une case du vieux secrétaire en chêne pour en sortir le paquet entamé de Monas qu'elle a piqué dans le sac à main de sa mère la semaine précédente.

Traînant la chaise du secrétaire jusqu'au mur, elle pose le cendrier sur le rebord de la fenêtre et entrouvre celle-ci. Puis elle attrape une cigarette en la pinçant avec les lèvres – elle s'est entraînée à reproduire ce geste depuis qu'elle a vu Marlene Dietrich le faire dans *Shanghai Express*, il y a deux ans, même si elle ne s'est vraiment mise à fumer que récemment, surtout par ennui. Elle avait d'abord trouvé ça abominable, mais elle a fini par apprécier l'effet apaisant de la nicotine sur ses nerfs. Sans parler de la touche bienvenue de charme et de sophistication que cela apporte à son existence. Ses parents, bien sûr, désapprouveraient sans doute – encore un exemple du deux poids deux mesures, puisqu'ils ont autorisé Franz à fumer dès ses seize ans. Enfin, étant donné qu'aucun d'eux ne sera de retour avant plusieurs heures au moins, Renate décide de ne pas s'encombrer de ce genre de préoccupation.

Pour voir le bon côté des choses, songe-t-elle en rejetant la tête en arrière pour souffler un long panache de fumée blanche accompagné d'un grognement.

Fixant le plafond lambrissé, elle cherche à mettre le désespoir de côté afin de pouvoir analyser pleinement ce qui vient de se passer et d'en saisir les implications. C'est sans doute mauvais signe si ses camarades de classe la haïssent désormais au point de ne pas vouloir d'elle lors d'une sortie scolaire. Mais pourquoi ?

Qu'est-ce qui a changé ? Elle n'est ni plus ni moins juive aujourd'hui qu'elle ne l'était lorsque la vérité sur son lignage a transparu. À moins que Franz n'ait raison : ce « sang » juif qui semble obséder tout le monde aurait-il tendance à se répandre comme de l'encre noire dans ses veines pour finir par la contaminer entièrement ?

Renate se livre à une expérience et presse un pouce sur l'endroit de son poignet où bat son pouls, espérant peut-être trouver la réponse dans les battements assourdis de son cœur. Évidemment, elle ne perçoit aucun changement, son cœur continue à battre joyeusement pour alimenter le cycle infini de renouvellement de ses cellules.

Peut-être vaudrait-il mieux suivre les traces de Karolin et entrer dans une école juive. Les avis sont très partagés : les classes y seraient terriblement surchargées, toutefois on y connaîtrait une plus grande tranquillité d'esprit. Les enseignants seraient exténués tant ils se tuent à la tâche, et essentiellement aryens – la loi permettant aux Juifs de n'enseigner qu'à cinq élèves maximum –, mais moins agressifs que dans les établissements allemands, où ils se donnent beaucoup de mal pour prouver leur loyauté envers le Reich. La composition des classes changerait quotidiennement au gré des départs – les élèves émigrés étant remplacés par de nouveaux, qu'ils aient quitté leur ancien établissement de gré ou de force. Il n'y aurait ni drapeaux avec la Hakenkreuz, ni serments quotidiens de s'engager à servir le Führer, ni portraits de Hitler toisant tout le monde avec sa mine pâle et écœurée. « C'est tellement plus facile d'écrire », lui a dit Karolin lorsque Renate est tombée sur elle dans la rue, quelques semaines auparavant. « Je n'arrive pas à l'expliquer. C'est comme si les stylos étaient plus légers en un sens. Ou magiques. » La jeune fille n'avait visiblement trouvé personne pour réparer ses lunettes (c'est en effet devenu impossible, puisque les ophtalmologistes juifs se sont vu retirer leur autorisation d'exercer et que les Juifs n'ont pas le droit de consulter un médecin aryen). Malgré ça, malgré tout, elle semblait presque heureuse. Et Renate en a ressenti une étincelle de jalousie inattendue.

À présent elle s'interroge : aurait-elle intérêt à l'imiter ? Ou ferait-elle mieux de s'accrocher à sa place au lycée Bismarck – peu importe ce qu'elle doit subir – dans l'espoir de réussir à finir son Abitur et d'avoir une chance d'entrer à l'université ? À supposer que les *Mischlinge* puissent encore suivre des études supérieures à ce stade… Avec un soupir, elle ferme les yeux. Elle a l'impression de devoir trouver son chemin dans une mer déchaînée qui met sa vie en danger, et ce, sans boussole ni carte.

Abattue, elle prend le journal que Franz a laissé sur le secrétaire, feuillette ses pages de mauvaise qualité, dans un dégradé de gris. *Der Mischling Berliner.* Il s'agit d'une publication bihebdomadaire dédiée aux Juifs métis, qu'il a dénichée Dieu sait où le mois dernier – depuis, il a pris l'habitude de le rapporter à la maison. En continuant à fumer, Renate parcourt un article sur les « demi-Juifs » enrôlés dans l'armée de Hitler, puis la rubrique de conseils pratiques sur l'interprétation des lois raciales de Nuremberg, avant de consulter les petites annonces en dernière page. Franz aime les lire tout haut d'une voix nasale de speaker. *Grand et gentil* Mischling *au second degré de 32 ans recherche jeune femme désireuse de se marier. De préférence blonde aux yeux bleus, mais pas indispensable. Femme aux formes généreuse,* Mischling *de 1er degré – 35 ans et très jeune d'esprit ! – cherche un homme* Mischling *de 1er degré, âgé de 30 à 50 ans, pour sa compagnie, voire plus si affinités...* Renate a bien du mal à garder ses yeux sur la page. Ses tempes palpitent, elle ne cesse de voir l'expression contrite de Herr Bachmann, d'entendre sa voix tendue par la gêne : *quasi unanime... ni allemande ni scandinave...* Et en fond, cette rumeur malfaisante qui déferlait sans fin sur elle : *Jude... Halbjude...* Mischling... *Jude.*

Elle jette le journal par terre et pose sa cigarette sur le rebord du cendrier. Il lui faut une lecture plus passionnante. La situation tragique de Lady Edwina Esketh, qui éprouve un amour interdit pour un docteur brahmane à Ranchipur, dans l'Inde coloniale, semble tout indiquée. Renate se lève pour aller récupérer *La Mousson* sous son lit – qu'elle n'a pas pris le temps de faire.

Sur le palier, cependant, elle se fige. Pour la seconde fois de la journée, elle a un mauvais pressentiment. Il lui faut un moment pour comprendre que c'est la porte de la chambre de ses parents. En général, sa mère la laisse ouverte la journée (« qui dit porte close, dit esprit fermé »). Et aujourd'hui, pourtant, celle-ci est close.

Intriguée, Renate s'approche. Elle se pétrifie soudain, la main sur la poignée, en entendant des voix de l'autre côté. L'une d'elles appartient à sa mère. L'autre, en revanche, lui est inconnue. Grave et stricte. Inconnue.

Et sans le moindre doute possible masculine.

S'autorisant à peine à respirer, elle colle son oreille au battant.

— Je n'ai rien d'autre, gémit sa mère d'une voix aiguë et crispée comme si elle était au bord des larmes.

— Eh bien dans ce cas, je suis désolé, mais le dossier devra être classé.

— Vous ne pouvez pas faire ça. Si vous le classez, mon mari…

— Votre mari ? répète l'homme avec un bref éclat de rire. Puis-je vous rappeler, Frau Bauer, que c'est à cause de votre mari que vous vous retrouvez dans cette situation ? Si vous acceptiez simplement d'accéder à notre requête, alors tous vos problèmes disparaîtraient.

Après un silence, il ajoute :

— Même moi, je disparaîtrais. Et j'ose penser que je vous manquerais.

Cette dernière phrase, prononcée d'un ton moqueur, est suivie d'un nouveau silence, plus long. Renate reconnaît ensuite la voix de sa mère, à peine audible :

— Je ne peux pas faire ça.

— Alors la discussion est terminée pour aujourd'hui.

Les ressorts du matelas protestent et l'estomac de Renate se recroqueville sur lui-même, devient aussi dur qu'une pierre. L'homme s'approche de la porte d'un pas lourd. Tremblante, Renate recule au moment où sa mère reprend la parole.

— Attendez ! Attendez… Peut-être…

— Oui ?

Et un instant plus tard :

— Pas aujourd'hui. Je ne suis pas d'humeur à me contenter des restes d'un Juif.

Pendant que Renate cherche à comprendre cette remarque, sa mère hurle d'un ton rageur :

— *Du Schwein !*

Puis un bruit de corps à corps, de peaux qui se frottent. Soudain, la poignée tourne. Renate fait un bond en arrière et manque de percuter Sigi, qui est venu se placer derrière elle sans un bruit. Ils poussent tous deux un cri au moment où la porte s'ouvre sur la silhouette aride et ébouriffée de sa mère.

— Reni ?

La poitrine d'Elisabeth Bauer se soulève sous son gilet couvert de bouloches. Son cou et sa gorge sont d'un rose vif.

— Que fais-tu à la maison ? Je croyais que tu visitais le Neues Museum avec ta classe, aujourd'hui.

Renate ouvre la bouche pour répondre, mais aucun son ne sort. Sa bouche est aussi sèche qu'une tasse remplie de sable.

— Qui est là ? finit-elle par articuler.

Sa mère secoue la tête.

— Descends le chien, lui ordonne-t-elle.

— Mais…

— Immédiatement, Renate.

Sa fille la dévisage. *Les restes d'un Juif*...

Un instant, elle craint de vomir.

— Qui est…

Elle n'a pas le temps d'aller au bout de sa question, sa mère lui claque la porte au nez. Plantée là, frémissante, elle entend l'homme rire et sa mère murmurer quelque chose à voix basse. Puis la porte se rouvre.

— Emmène-le en bas, lui dit sa mère.

Ayant l'étrange impression d'habiter soudain un corps qui n'est plus le sien, Renate force ses jambes à se mettre en branle, tire sur le collier du chien aux pattes raides pour l'entraîner vers l'escalier. Elle le prend dans ses bras quand il résiste. Ravale le goût de la bile sur sa langue. Pendant qu'elle descend lentement avec Sigi, les mots continuent à tourner en boucle dans son esprit, se mêlant de façon absurde aux vers de *La Chasse au Snark* : *Y en avait un célèbre/pour le nombre des objets/qu'il oublia en montant dans le bateau (les restes d'un Juif)/Son parapluie, sa montre, toutes ses bagues et joyaux (les restes d'un Juif)/Et les habits qu'il avait achetés pour voyager*[1]...

Après ce qui lui paraît une éternité, elle atteint l'entrée. Chancelant légèrement, elle traverse la salle à manger, pousse le chien dans la cuisine à travers la porte battante, puis prend appui contre la table.

À l'étage, la porte se rouvre encore une fois. Renate entend alors le pas d'un homme, lent et délibéré, dans l'escalier. Une main crispée sur son ventre, Renate s'approche de la porte sur la pointe des pieds et se place de sorte à apercevoir les marches.

Quand elle le voit apparaître, elle retient un cri.

Il est petit, noiraud et trapu, avec le teint cireux et la peau qui pend, des sourcils épais qui se joignent presque au-dessus du nez. Il boutonne son imperméable et glisse un feutre sous son bras. Ces deux détails précipitent les battements du cœur de Renate. Car elle a reconnu, bien sûr, l'uniforme de ville de la Gestapo, en un sens bien plus sinistre que la tête de mort des Waffen-SS.

---

1. Traduction de Jacques Roubaud, éditions Gallimard, 2010.

Au moment d'arriver sur la dernière marche, il tourne la tête dans sa direction, et Renate retient son souffle. En réalité, il regarde simplement l'heure à l'horloge de parquet placée contre le mur de la salle à manger.

— Combien nous reste-t-il ? lui demande sa mère, qui le suit en chaussons.

Elle a les yeux rouges et gonflés, une marque rose vif sur la joue gauche.

— Une semaine ou deux peut-être.

— C'est tout ?

Elle se fige, une main sur la gorge.

— Mais la bague… la bague doit bien nous permettre de tenir encore un mois, non ?

Très lentement, l'agent de la Gestapo se tourne vers elle.

— Frau Bauer, lui répond-il froidement. Je vous l'ai expliqué plus d'une fois. Je ne suis pas le seul à déterminer la valeur de votre don. Il sera estimé en temps et en heure. Une fois que j'aurai connaissance de l'arbitrage, je serai en mesure de calculer son impact sur votre dossier.

Le rire nerveux de la mère de Renate est si strident que la jeune fille en a des frissons dans le dos.

— Vous en parlez comme s'il s'agissait d'autre chose que d'une extorsion de fonds pure et simple, dit-elle d'un ton cassant.

— Bien sûr, rétorque-t-il d'une voix soudain plus basse et menaçante, je peux vous la rendre. Et conseiller au bureau de clore l'enquête aujourd'hui.

Un instant, ils se regardent en chiens de faïence. Et alors qu'aucun d'eux n'émet le moindre son – ne respire même (semble-t-il à Renate) –, la pièce vibre d'une tension si électrique qu'elle est prise d'une envie farouche de crier, pour la faire voler en éclats.

Sa mère finit par hocher la tête de façon presque imperceptible.

— Gardez-la.

— Vous êtes une femme intelligente.

Il lui décoche un sourire qui découvre des dents tachées de nicotine.

— Même si vous avez épousé un youpin.

Et sous les yeux ébahis de Renate, il tend la main pour la poser sur la joue de sa mère, à l'endroit exact de la trace enflammée sur sa joue. Ce n'est pas un geste d'affection. C'est un acte d'appropriation. Et plus choquant encore, Lisbet Bauer, l'indomptable Doktor Bauer connue pour son franc-parler, ne fait rien pour le décourager. Elle reste plantée là, pétrifiée, une lueur de rage dans le regard, tandis que l'horloge égrène lentement les secondes dans le silence.

— Ce fut un plaisir, comme toujours, finit par dire l'agent de la Gestapo.

Il se tourne vers la porte, place le feutre légèrement de travers sur sa tête, par coquetterie. Lisbet Bauer ne bouge toujours pas. Même quand il tire les verrous de la porte d'entrée avec une dextérité suggérant qu'il a déjà reproduit ce geste souvent, même quand il dit *Auf Wiedersehen* en effleurant le bord de son chapeau d'un geste moqueur. Et quand il descend les marches du perron au petit trot, elle reste toujours au même endroit, alors qu'il a, volontairement bien sûr, laissé la porte ouverte. Ce n'est qu'une fois que l'écho de ses pas et de son sifflotement joyeux sur l'air de « Ich hatt' einen

Kamaraden » s'est évanoui qu'elle semble enfin sortir de sa torpeur.

Parcourant les quelques pas qui la séparent de la porte, elle va, lentement, la fermer. Elle pousse le verrou d'un geste définitif. *Clic.* Avant de se tourner vers la salle à manger.

— Renate, dit-elle d'un ton las. Tu peux venir.

Celle-ci sort de sa cachette, alors qu'une petite voix intérieure lui demande : *Mais comment a-t-elle su ?* Ce n'est pas la vraie question, bien sûr. Elle entrouvre les lèvres puis les referme. Elle a toujours la bouche râpeuse.

— Qu'as-tu entendu exactement ?

Les restes d'un Juif.

Elle ne parvient qu'à secouer la tête.

— Qui était-ce ? réussit-elle à articuler.

Sa mère, qui s'apprêtait à parler, se renfrogne soudain.

— Quelqu'un a fumé ici ?

— Pour l'amour de Dieu ! Réponds-moi !

Elle a hurlé. Dehors, un omnibus à chevaux passe devant leurs fenêtres, concert de sabots et de cloches en cuivre. Dans la cuisine, Sigi gémit avant de se laisser tomber sur son tapis, dans le cellier – ses poils assourdissent le bruit. Se frottant les yeux, Lisbet s'adosse à la porte.

— Il s'agit de l'agent Schultz, dit-elle doucement. Il travaille pour l'antenne locale de la Staatspolizei.

— Mais pourquoi était-il… que faisait-il à l'étage ?

Renate ne peut se résoudre à prononcer le mot *chambre*, il lui paraît trop indécent. Rien que d'y penser, elle a un haut-le-cœur.

— Nous avions un rendez-vous professionnel.

— Tes cheveux sont décoiffés, tu es pieds nus.

— Il… il est arrivé en avance.

Comme si cela expliquait quoi que ce soit.

— Nous devions nous voir à onze heures, je n'étais pas prête.

— Prête pour quoi ?

— Reni, dit Lisbet d'une voix douce en faisant un pas vers elle, la main tendue.

— Non.

Renate recule d'autant.

— Non. Ne me touche pas.

L'expression de sa mère ne change pas. Mais quelque chose semble flancher en elle ; ses minces épaules paraissent affaiblies. Elle baisse le menton, de façon presque imperceptible. Un instant, Renate croit qu'elle va fondre en larmes. Au lieu de quoi, elle dépasse sa fille pour aller s'asseoir sur la troisième marche de l'escalier – son mouvement lui donne l'air d'une femme beaucoup plus âgée.

— Très bien, dit-elle comme s'adressant à elle-même, avant de prendre une profonde inspiration. Tu sais que la Gestapo cherche à me convaincre de divorcer de Vati, n'est-ce pas ? Ils exercent la même pression sur tous les couples mixtes.

Renate hoche la tête.

— Le mois dernier, l'agent Schultz est passé me voir, il avait une information qui pouvait avoir une incidence sur notre dossier.

— Quelle sorte d'incidence ?

— Il semblerait que quelqu'un ait fouillé dans les archives de ma famille en Silésie. La plupart de mes ancêtres ont été lavés de tout soupçon, naturellement, l'Église possède des documents qui remontent à près de deux siècles. Mais la Gestapo a visiblement trouvé un défaut dans l'ascendance de ma grand-mère.

— Un défaut ? Physique tu veux dire ?

Renate ne sait presque rien de ses grands-parents maternels, sinon que son grand-père était un professeur de sciences politiques détaché à l'université de Pologne, mort relativement jeune des suites d'une angine. Lisbet secoue la tête.

— Pas physique, non. Génétique.

Et comme Renate continue à la dévisager sans comprendre, elle précise :

— Il n'y aurait pas de preuves suffisantes qu'elle était pleinement aryenne.

Renate en reste bouche bée.

— Comment est-ce possible ?

Sa mère hausse les épaules.

— Ça arrive. Surtout dans le cas des Allemands qui ont vécu à l'étranger. Les gens déménagent, changent de ville ou de pays. Les documents officiels sont abîmés, perdus… Volés parfois.

— Mais…

Renate ferme les yeux, peinant à éclaircir ses pensées.

— Mais même si ta grand-mère était juive, ça voudrait dire que tu serais une quart-Juive, ce qui n'est quasiment rien.

— Ce n'est pas pour moi que ça pose un problème.

— Pour qui alors ?

— Pour toi. Et Franz.

Renate a soudain l'impression d'avoir des jambes en coton, elle glisse lentement le long du mur pour s'asseoir sur le tapis.

— Si tu fais l'addition, poursuit-elle, ça fait un huitième supplémentaire. Dans le calcul de votre part juive.

Renate secoue à nouveau la tête.

— Je ne comprends toujours…

Lisbet soupire.

— D'après Herr Schultz, cela signifie que vous êtes tous les deux Juifs à cinq huitièmes. En d'autres termes, selon leurs calculs, des Juifs complets.

Vollständig jüdisch. L'espace d'un instant, les paroles de sa mère ne sont que des sons, comme lorsqu'on répète des mots un trop grand nombre de fois. Puis, lentement, Renate commence à digérer leur sens. *Vollständig jüdisch.* Les horribles photos dans *Der Stürmer.* Les histoires de bébés assassinés dont on boit le sang.

Jüdisch.

— S'il a raison, poursuit Lisbet, et il n'y a aucun moyen de le contester, ça change quasiment tout pour ton frère et toi. Toutes les lois anti-juives auxquelles vous échappiez en tant que Mischlinge peuvent désormais vous être appliquées. Franz devrait quitter l'université. Et toi, le *Gymnasium.* Mais ce n'est même pas ce qui m'inquiète le plus.

— Comment ça ?

— Je m'inquiète de la suite, quand ça va empirer.

— Empirer ?

Renate doit se retenir d'éclater de rire.

— Comment ça pourrait empirer ?

Sa mère décroise ses jambes, révélant un bas filé sur son genou gauche.

— Vous pourriez être envoyés à l'usine. Soumis à un couvre-feu plus strict. Arrêtés pour des prétextes encore plus ridicules que ceux qu'ils utilisent aujourd'hui. Et puis il y a des rumeurs…

Elle se passe une main dans les cheveux.

— J'entends des rumeurs si terribles…

Renate frictionne ses tempes endolories, cherche à traduire les paroles de sa mère en termes plus compréhensibles. Elle sait que les Juifs sont arrêtés, dorénavant, pour des infractions aussi mineures qu'avoir traversé en dehors des clous. Qu'un homme a été emprisonné pour s'être retrouvé seul dans l'ascenseur d'un grand magasin avec une Aryenne. Il arrive que, pour ces raisons, on envoie des gens dans des camps de travail – le père de son ami Abi Feingold par exemple. Il a été condamné à deux mois d'internement dans le nouveau camp de Buchenwald après une altercation avec un SS Staffelführer suite à un incident de circulation. Enchaîné nuit et jour pendant sa détention, il ne peut plus dormir que debout dans sa propre chambre.

Sonnée, Renate s'humecte les lèvres.

— Pourquoi était-il dans ta chambre ?

— Il m'avait dit, murmure prudemment Lisbet, qu'il pourrait négocier pour nous. Mais que cela aurait un « coût ».

En voyant l'expression de Renate, elle s'empresse de préciser :

— De l'argent, Liebchen, il voulait de l'argent. Rien de plus.

Elle soupire, se frotte la joue à l'endroit où l'homme a laissé l'empreinte de ses doigts.

— L’ennui c’est que nous n’en avons pas. Nous avons presque épuisé toutes nos économies. Il a proposé de prendre l’argenterie, mais elle appartenait à la mère de ton père, et j’aurais dû tout raconter à Vati.

— Pourquoi ne lui en as-tu pas parlé ? Il a le droit de…

— *Nein !*

Lisbet est si inflexible que Renate sursaute.

— Tu dois me promettre, Reni, de ne rien lui raconter. Ni la scène dont tu as été témoin aujourd’hui, ni ce que je suis en train de t’expliquer. Rien du tout.

Renate se sent pâlir. C’est une chose de faire des cachotteries à ses deux parents, en tant que bloc. Partager ce secret avec l’un des deux, à l’insu de l’autre, lui laisse une drôle de sensation, une impression de transgression et de saleté.

Surtout après ce qu’elle vient d’apprendre.

— Pourquoi ? demande-t-elle d’une voix blanche.

— Parce qu’il me dira de céder, de divorcer. Il ne verra pas d’autre solution. Il entamera peut-être même les démarches de son côté. Et une fois qu’il l’aura fait…

Elle s’interrompt, déglutit, semble sur le point de perdre sa voix.

— Une fois qu’il l’aura fait, ils l’arrêteront sur-le-champ. J’en ai la certitude. On ne le reverra peut-être jamais.

Elle cache son visage dans ses mains.

— Je ne le supporterais pas. Je ne survivrais pas.

— Mais…

Inévitablement, les yeux de Renate se remplissent de larmes, et en les fermant elle ne réussit qu’à les faire couler sur ses joues. Gardant les paupières closes, elle croise les bras sur son ventre pour tenter de contenir la sensation de vide qui se répand toujours un peu plus : ce désespoir qui est une douleur physique.

— Reni.

Quand elle rouvre les yeux, sa mère la considère avec une intensité dont elle ressent presque l'impact, comme si elle escomptait lui arracher la réponse avec ses yeux rougis.

— Promets-moi, Reni.

Renate hoche la tête, impuissante.

— Alors avec quoi tu les as payés ? réussit-elle à demander.

Les restes d'un Juif.

— Tout ce que j'ai… avais.

Elle prend une profonde inspiration.

— Les bijoux d'Oma Hildegard.

— Les émeraudes ?

La parure, composée de quatre pièces, se transmettait de fille aînée en fille aînée depuis au moins cinq générations. Renate n'aurait jamais imaginé que cette tradition pourrait être interrompue. Elle les aurait reçues de sa mère, dans leur joli coffret oriental, et les aurait rangées à son tour avec ses bas, dans un tiroir, ne les sortant qu'aux grandes occasions, pour illuminer sa peau pâle.

Ilse confirme d'un signe de tête.

— Le collier nous a fait gagner quatre mois. Les boucles d'oreilles, deux. La broche, un seul.

Un trémolo l'empêche de poursuivre ; elle se tamponne les yeux avec sa manche.

— Il a pris la bague aujourd'hui. Mais il a dit que ça ne suffirait pas.

Renate garde les yeux rivés sur le tapis, sur une volute sombre, à peu près de la taille de l'empreinte d'une patte de Sigi… et de la broche qu'elle ne portera jamais.

— J'espérais que nous aurions mis au point un plan à ce stade. Qu'Onkel Felix, ce maudit bougre, aurait enfin accepté de vous parrainer, Franz et toi, depuis New York. Ou que nous aurions reçu nos visas pour Cuba ou Harbin. Tout ça prend trop de temps. Un employé du consulat japonais a dit qu'il nous faudrait peut-être encore patienter un an avant d'obtenir l'autorisation d'aller en Mandchourie.

— Alors… alors ils ont pris tous les bijoux, et ils…

Renate déglutit, butant toujours sur les mots.

— Et ils déclareront quand même que nous sommes des Juifs complets au bout du compte ?

— *Ja*, si l'agent parvient à ses fins. Sauf si je demande le divorce.

Lisbet opine lentement, comme si elle parvenait tout juste à la même conclusion que sa fille.

— Oui, en effet.

Submergée par ce qu'elle vient d'apprendre, Renate enfouit son visage dans ses mains.

— C'est absurde, c'est complètement absurde !

À ce stade, elle ne cherche même plus à retenir ses larmes, qui dévalent sur ses joues. Elle tente d'imaginer sa vie sans son père, sans le chapeau qu'il retire dès son retour à la maison, sans le chatouillement de sa barbe ou l'odeur sucrée de la pipe quand il la serre dans ses bras. Sans le *tac-tac-tac* cadencé et rassurant, en provenance de son bureau, lorsqu'il travaille sur des livres que plus personne ne veut publier à présent.

— C’est absurde, murmure-t-elle.

Et pourtant, malgré tout, elle rampe vers sa mère. Elle abandonne sa tête sur ses genoux comme si elle avait à nouveau trois ans.

— Oh, Liebchen !

Sa mère pousse un petit cri contenu, elle caresse les cheveux de Renate, ses joues mouillées.

— Pourquoi t’a-t-il touchée ? chuchote Renate.

Sa mère ne lui répond pas immédiatement. Et quand elle le fait, c’est d’une voix basse et atone.

— Il m’a touchée parce qu’il en avait le pouvoir.

— C’est tout ?

Renate a les yeux fermés, néanmoins elle perçoit l’hésitation de sa mère, qui se livre à un débat intérieur.

— Parfois…

Elle s’interrompt et secoue la tête. Un instant plus tard, elle reprend :

— Certains hommes… des hommes très faibles… se sentent plus puissants, plus grands, quand ils ont le pouvoir de faire ça.

— Faire quoi.

— Nous toucher. Surtout lorsqu’ils savent que nous ne le voulons pas. C’est… c’est un moyen pour eux de se raconter qu’ils sont influents. Importants.

Renate tourne légèrement la tête et ouvre les yeux pour observer le visage de sa mère. Elle la voit par en dessous, comme lorsqu’elle était petite. En un sens, elle aimerait pouvoir simplement retourner à cette époque : rétrécir, s’enrober et s’amollir, oublier ses cheveux et vêtements d’adulte, ce besoin dévorant de nicotine, d’amitiés et des lèvres parfaites de Rudi Gerhardt qu’elle n’a pas embrassées depuis si longtemps.

— Mais ils ne peuvent pas toucher ton esprit, poursuit sa mère, en hochant la tête pour se convaincre elle-même. Ils n'entreront dans ton crâne que si tu les laisses faire. Et ils peuvent bien changer leur façon de nous appeler, ils ne réussiront pas à nous séparer. Nous resterons une famille. Nous resterons ensemble. Quoi qu'il arrive.

Elle caresse à nouveau la joue de Renate.

— N'est-ce pas ?

Renate hésite avant d'acquiescer. Dans sa tête, pourtant, elle continue à entendre la voix de l'homme. *Les restes d'un Juif.* Elle continue à imaginer ses doigts sur le visage de sa mère. Il n'a pas seulement réussi à toucher son esprit, comprend-elle. Il l'a incisé, ainsi qu'il l'aurait fait en plantant un couteau dans une pomme.

10

Ilse

1937

10 avril
Dam-Grosser, Prusse-Orientale

Chère Renate,

Je ne t'enverrai jamais cette lettre. Selon toute vraisemblance, je ne la garderai même pas. Je vais l'achever puis la brûler et disperser les cendres dans le potager que nous avons planté derrière notre maison, avec les autres filles. Et pourtant, dans cette étrange ville à la fois allemande et non, où je passe mes journées, je ne peux résister au besoin de t'écrire.

Au début, je me suis adressée à toi dans ma tête, une suite de mots si naturels que je ne m'étais même pas rendu compte qu'il s'agissait d'une lettre. Quand je l'ai compris, j'ai voulu arrêter bien sûr. Mais ce petit stylo mental – je l'imagine comme celui si joli, en jade, que tu m'avais offert à Noël, une année – a continué à griffonner dans mon esprit, et plus je cherchais à l'ignorer, plus il insistait. Hier soir il m'a littéralement empêchée de dormir – alors que j'avais passé ma matinée à semer des pommes de terre dans un champ de dix hectares, avec pour seule aide un fermier allemand et un cheval de trait gâteux, Bobik. J'ai fini par sortir de mon lit avant l'aube, et je suis descendue dans la cuisine obscure pour coucher ces mots sur une page.

Voilà comment je me retrouve ici, à trois heures et demie du matin, à rédiger une lettre que je suis incapable de ne pas écrire, à destination d'une personne à laquelle je ne peux cependant plus écrire.

Ilse mâchonne l'extrémité de son stylo en relisant ce qu'elle a écrit à la lueur vacillante de l'unique bougie qu'elle a allumée. On pourrait penser qu'elle est folle, elle le sait bien, et elle entend d'ailleurs son ancienne meilleure amie se moquer d'elle dans sa tête. Et pourtant, en vérité, elle a connu, ces dernières semaines, des instants de lucidité incomparables, tant elle s'est sentie certaine de sa mission sur terre. Ce qu'elle accomplit avec les autres Arbeitsmaiden dans cette minuscule ville à la frontière polonaise est à la fois une source d'étonnement quotidien et la confirmation de tout ce qu'elle a toujours cru sur leur mouvement et sa vérité révolutionnaire.

Elles sont douze au camp de travail, six par dortoir – la chef de camp, Kass, possède sa propre petite chambre au bout du couloir. Il s'agit d'un ancien presbytère ; vétuste et délabré, il grogne et gémit la nuit comme une vieille femme éreintée. Quelques Arbeitsmaiden sont convaincues qu'il est hanté. D'ailleurs, quelques jours après leur arrivée – alors que leur séjour ressemblait encore à des vacances –, elles ont organisé, en secret, une séance de spiritisme à minuit ; se tenant par la main, elles ont chanté des incantations improvisées pour convoquer les esprits tourmentés avec lesquels elles partageaient peut-être ce toit. Aucun ne s'est manifesté cependant et le rituel n'a servi qu'à rendre d'autant plus difficile le lever du lendemain à cinq heures trente.

Cinq heures trente, songe justement Ilse, en jetant un coup d'œil à l'horloge près de la fenêtre. Elle indique quatre heures cinq – à peine plus d'une heure jusqu'au réveil de ses camarades. Elle ajuste sa position sur la chaise et reprend :

Notre première mission de la journée consiste à faire nos lits et nettoyer nos chambres avant l'inspection quotidienne de la Lagerführerin. Tu serais impressionnée de voir à quel point je suis devenue maniaque ; je suis capable de faire des coins parfaitement carrés et de tendre si bien le drap qu'un pfennig *pourrait rebondir dessus. Comme une part importante de notre mission ici consiste à transmettre l'hygiène et l'ordre allemands dans les foyers des paysans, la Lagerführerin Kass insiste pour que nous respections nous-mêmes ces valeurs à toute heure.*

Après l'inspection des chambrées, nous sortons pour hisser le drapeau, chanter et faire notre gymnastique (autant de choses que tu détesterais, je le sais, surtout à une heure aussi matinale). Puis vient l'heure du petit déjeuner, et à ce stade nous sommes toutes affamées, puisque levées depuis près de deux heures déjà. Nous nous mettons en rang dans la cuisine, où celles d'entre nous qui sont en charge des repas pour la journée servent les autres. Après avoir mangé, chacune s'occupe de la tâche qui lui a été assignée et travaille jusqu'à neuf heures. Ensuite, nous enfourchons nos bicyclettes pour rejoindre notre principale mission : servir le Volksdeutsche *de Dam-Großer.*

Pour moi, il s'agit essentiellement de planter des patates. Je t'entends rire d'ici, pourtant c'est très sérieux : la semaine dernière, j'ai passé douze à quatorze heures par jour dans le champ de pommes de terre d'une famille de Volksdeutsche du nom de Michalski (le fait que leur nom ait des consonances polonaises te laisse imaginer combien ce monde est déroutant). Je suis chargée de creuser des trous, d'y semer des plants de pommes de terre, puis de les recouvrir. Rangée après rangée. Ça a l'air facile, mais je peux te dire que je n'ai jamais rien fait d'aussi difficile. Le sol est encore froid, durci par la dernière chute de neige et les plants ont beau être petits, j'ai, dès midi, l'impression qu'ils sont en plomb. À l'heure du coucher de soleil, j'ai le dos aussi endolori qu'une grand-mère ; quant à mes bras et mes jambes, j'ai l'impression d'avoir concouru toute la journée dans une compétition d'athlétisme. Pour couronner le tout, mes mains sont si gercées et écorchées d'avoir travaillé à la laverie du camp cette semaine qu'il me suffit de saisir le moindre objet – une pomme de terre, une bêche, les vieilles rênes en cuir du cheval de trait – pour qu'elles saignent à nouveau.

J'ai eu un mal de chien à me tirer du lit le troisième jour. Ce n'était pas seulement l'épuisement physique. J'étais accablée par la monotonie de cette existence. Entre la dureté du travail aux champs, la boue, l'épuisement et la douleur incessante dans mes membres, je me sentais incapable d'affronter une journée de plus.

Je me suis néanmoins forcée à me lever. Je t'avoue que j'ai dû, à plusieurs reprises, ravaler des larmes lors de la première heure. Puis je me suis rappelé les millions de gens honnêtes qui, pendant des siècles, des générations, ont dédié leur existence entière à un tel travail. Pas seulement pour nourrir leurs familles, mais pour nourrir tout le peuple allemand ! À cette idée, je me suis sentie toute petite et très ingrate, moi la citadine privilégiée qui ne suis ici que pour quelques mois. J'ai donc décidé de changer aussitôt d'attitude en m'enjoignant à siffloter au lieu de pleurnicher. Au bout d'un petit moment, Herr Michalski s'est joint à moi, embellissant la mélodie avec des trilles et des harmonies.

Et ~~Reni~~ Renate, il s'est produit une chose étrange et incroyable après. Le travail n'est pas devenu moins éprouvant physiquement, toutefois j'ai commencé à éprouver le plus extraordinaire des contentements. Il émanait de la manifestation soudaine et irrésistible de mon lien non seulement avec Herr Michalski, mais aussi avec toutes ces générations d'Allemands qui avaient labouré cette terre avant nous et – à ce que j'en savais – y étaient peut-être retournés à présent. Pour la toute première fois, j'ai eu le sentiment de comprendre le fameux Blut und Boden. *C'est bien plus qu'un slogan, une vérité sacrée : en tant qu'Allemands, notre sang est la terre que nous labourons. Et la terre coule dans nos veines, mêlée à notre sang.*

Je te vois d'ici lever les yeux au ciel, ainsi que tu le faisais toujours quand je parlais comme une « nazi à cent cinquante pour cent » (c'était votre expression fétiche, à Franz et à toi). Et pour tout te dire, j'ai dû passer pour une vraie idiote aux yeux de Herr Michalski, parce qu'au moment précis où j'ai eu cette révélation, il a brusquement arrêté de siffler et m'a jeté un regard circonspect par-dessus son épaule.

— Qu'y a-t-il de si drôle ? m'a-t-il demandé.

*Consciente que je ne pouvais pas lui expliquer ce qui venait de m'arriver sans le pousser à exiger de changer d'*Arbeitsmaid, *pour en avoir une qui ne serait pas folle à lier, j'ai improvisé une réponse :*

— Oh, j'étais juste en train de me dire que j'avais une chance incroyable que notre Führer m'ait offert l'occasion de venir ici.

Et, crois-le ou non, son visage buriné s'est brusquement éclairé.

— Cet homme est un miracle descendu des cieux, a-t-il répondu. Pour nous tous.

Mal à l'aise, Ilse s'agite sur sa chaise, tente un instant de raviver l'élan de joie pure qu'elle a ressenti dans le champ. Mais si le souvenir de cette journée lui revient sans peine en mémoire – le sol caillouteux sous ses doigts, l'odeur sucrée du foin et les doux hennissements du cheval au dos creux, les rides profondes du paysan allemand –, le sentiment en lui-même semble se dérober constamment ; un radeau de sauvetage impossible à atteindre, ballotté par les flots d'une mer de dégoût et de confusion.

Pourtant, Ilse se rappelle l'avoir réellement ressenti. *Et c'est d'ailleurs pour cette raison que tu es ici*, se morigène-t-elle. *C'est ce qui fait que tout le reste, même ce qui s'est passé aujourd'hui, en vaut la peine.*

S'abandonnant contre le dossier de sa chaise, elle pose son stylo et frictionne sa nuque endolorie. Théoriquement, elle n'est pas autorisée à descendre avant cinq heures trente, même les jours où elle est chargée de préparer le petit déjeuner. Et cependant, cette nuit, après avoir passé des heures à se tourner et se retourner sous son drap rêche trop bien bordé, elle s'est rendue à l'évidence : elle devait se lever, parce que si elle passait une minute de plus dans ce dortoir, avec Josepha qui gémissait dans son sommeil, Susi qui ronflait dans le lit du dessous et Petra qui lâchait des pets parfumés à la saucisse de bœuf, elle finirait par pousser un hurlement de rage qui réveillerait tout l'étage.

Après avoir enfilé un cardigan et des chaussettes en laine, elle a récupéré son carnet dans son casier, avant de descendre de son lit. Elle a marqué une brève pause sur le parquet froid le temps de s'assurer que personne d'autre n'était réveillé, puis elle est sortie dans le couloir sur la pointe des pieds et a emprunté l'escalier de service.

Elle change, une fois encore, de position sur sa chaise, se demande si elle n'aurait pas mieux fait d'accepter la proposition de la famille de paysans et s'installer chez eux, au lieu de rester ici, au camp.

Les Michalski sont des gens bien, après tout. Mais, comme la plupart des villageois de la région, ils sont très simples – sans parler de leur ignorance crasse en ce qui concerne leur héritage nordique. Quand Ilse a découvert leur modeste ferme, elle a d'ailleurs d'abord cru que l'administration s'était trompée et l'avait envoyée chez une famille polonaise. Leur intérieur était de mauvais goût, les tables ployaient sous le poids des fausses fleurs. Il y avait d'horribles petites babioles partout – un duo de grenouilles en céramique aux yeux exorbités sur lequel veillait une bergère aux couleurs criardes, un « bébé de piano » en biscuit avec ses petites fesses potelées parfaitement visibles. Il y avait même, dans le salon, une de ces horloges Oswald dont Ilse et Renate se moquaient tellement ensemble : celle-ci était en forme de génie noir dont les yeux blancs tournaient pour indiquer les heures et les minutes. *De quoi donner des cauchemars !* avait écrit Ilse à Renate, dans sa tête.

Elle avait jugé la maison d'une propreté suffisante néanmoins, les Michalski gagnant assez bien leur vie pour s'offrir les services d'une bonne. Malheureusement, ladite bonne, Marzia, se trouvait être polonaise, ce qui signifiait que son idée de l'hygiène était loin de correspondre à la rigueur des critères allemands que les Arbeitsmaiden ont été chargées de transmettre dans les foyers qui leur ont été assignés. De plus, ainsi qu'Ilse l'a découvert depuis, la présence de Marzia nuit au maintien d'un environnement germanophone, étant donné que la bonne ne parle pour ainsi dire pas un mot d'allemand et que Frau Michalski et les enfants préfèrent le polonais.

Ilse a toutefois tiré le meilleur de ces circonstances : lorsqu'elle n'est pas aux champs avec Herr Michalski ou occupée à aider son épouse à réveiller son instinct de Hausfrau que celle-ci a fait taire depuis longtemps, elle chante aux enfants des chants allemands ou leur lit des histoires dans leur langue maternelle, en général des contes des frères Grimm ou des passages de *Der*

Struwwelpeter. Il est évident qu'ils ne comprennent pas tout. Mais ils semblent intéressés au moins, ils rient quand Ilse imite Conrad suçant sans arrêt son pouce et Philippe gigotant à table. Ils sautent toujours sur l'occasion de monter des spectacles de marionnettes, surtout lorsqu'il est question de taper sur la tête d'un des personnages comme dans Guignol. Ils sont particulièrement épris d'une de leurs propres créations, « Les Villageois chassent le Juif », inspirée du célèbre jeu de société « Juden Raus ! ».

Malheureusement, ici, toutes les attaques ne sont pas fictives. Le camp de travail de Dam-Großer est relativement récent, et certains villageois – particulièrement les Polonais – ne voient pas d'un bon œil leur présence. Rien que la semaine dernière, deux Arbeitsmaiden ont été bousculées et renversées de leurs bicyclettes alors qu'elles rentraient de leur journée de mission. Elles n'ont pas été grièvement blessées, mais l'incident les a beaucoup secouées – au point que l'un d'elles a été renvoyée chez elle, à Munich, le temps de s'en remettre.

D'après la Lagerführerin Kass, ces agressions découlent de la croyance, chez certains villageois, que le service du travail allemand, le RAD, est « anti-polonais », qu'elles sont ici pour « fourrer leur nez partout », même si la réalité ne pourrait pas être plus éloignée, bien sûr. *Notre dur labeur bénéficie à tous, Polonais et Allemands*, voilà ce qu'Ilse a écrit mentalement à Renate. Et pourtant, dans l'esprit d'Ilse, ces attaques n'étaient pas seulement des « farces puériles » ainsi que la Lagerführerin Kass est tentée de les qualifier. Pour Ilse, il s'agit au contraire d'atteintes délibérées et ciblées contre le Reich, et elle ne s'explique pas comment leur chef de camp qui semble constamment soucieuse ne soit pas davantage troublée par celles-ci.

« Si nous les laissons nous attaquer en toute impunité, nous, les émissaires du Reich, alors qu'est-ce qui les empêchera de recommencer ? lui a demandé Ilse. Et quel message envoyons-nous ? Pas seulement aux villageois mais à Varsovie ? »

Tout le monde sait que le gouvernement polonais – qui cherche depuis longtemps à entrer en guerre avec l'Allemagne – traque activement les failles dans le système de défense allemand, en particulier dans ses petites villes frontalières.

En dépit de sa logique irréfutable, la démonstration d'Ilse ne l'a menée à rien avec la Lagerführerin Kass, qui semble plus désireuse de protéger ses relations avec les villageois que de veiller sur les filles qui ont été confiées à ses bons soins.

« Marita et Lies s'en sont sorties indemnes, a-t-elle répondu à Ilse, et le Burgermeister m'a garanti qu'il avait discuté avec les familles des garçons.

— Le maire ? Vous pensez vraiment que quelqu'un qui porte un nom comme Szczepański va tomber à bras raccourcis sur les voyous polonais qui ont fait tomber nos sœurs ?

— Fräulein von Fischer, lui a-t-elle rétorqué, la mâchoire légèrement crispée. Je comprends votre inquiétude, mais je vous demande de me faire confiance pour traiter cette affaire de façon responsable. »

Puis, d'un ton quelque peu radouci, elle n'a pu s'empêcher d'ajouter :

« Il est grand temps que vous appreniez à lâcher prise. »

Et Ilse a essayé, de tout son cœur. En plus de ses tâches quotidiennes aux champs et à la ferme, elle s'est consacrée corps et âme à l'organisation du solstice de printemps, inspiré d'un ancien rite nordique. Si les autres filles se sont contentées de tresser des bougeoirs et des couronnes avec du lierre, Ilse, elle, a composé un petit poème pour l'occasion, et obtenu la permission de la Lagerführerin Kass, non seulement de le lire à voix haute mais d'en faire des copies pour le distribuer dans l'assistance.

Vive les offrandes du plus froid des hivers
Vive les fruits de la nuit
Avec leurs cheveux aussi blonds qu'un lever de soleil
et leurs joues roses
Ils dansent dans la lumière éternelle du printemps !

Et pourtant la veille, sur le chemin du retour, après avoir fait ronéotyper ses vers, elle s'est rendu compte qu'un groupe de garçons polonais la suivait de bien trop près. Elle les a ignorés le plus longtemps possible, mais lorsque l'un d'eux l'a apostrophée d'un moqueur et strident *Sieg Heil*, elle a été submergée par l'indignation.

Trouvant refuge dans la première boutique venue, celle d'un boucher, elle lui a montré la bande de grossiers personnages à travers la vitrine et lui a demandé d'écrire leurs noms. Il a feint de ne pas comprendre l'allemand, et elle est donc allée chercher le tailleur voisin, un petit homme à lunettes, qui a commencé par lui offrir son aide avec un sourire attendri – lequel s'est estompé dès qu'il a découvert ce qu'elle attendait de lui.

« Ils sont partis, lui a-t-il fait remarquer en montrant la rue déserte.

— Il les a vus ! a-t-elle insisté, désignant du menton le boucher qui n'en menait pas large. Il connaît leur identité. »

Après avoir échangé à voix basse avec son voisin, le tailleur s'est tourné vers Ilse.

« Il voudrait que vous lui promettiez qu'il ne leur sera fait aucun mal », lui a-t-il expliqué avec un sourire contrit à présent.

Et pourquoi ne leur serait-il fait aucun mal ? aurait-elle voulu riposter. *Pourquoi, alors que Marita a pleuré toute la nuit après avoir été attaquée et que Lies a dû être renvoyée chez elle comme si c'était elle la délinquante ?*

Elle s'est donc redressée de toute la hauteur de son mètre cinquante-huit.

« Que les choses soient bien claires, a-t-elle dit d'un ton sec, je suis ici en tant que représentante du Reich, et le Reich ne négocie pas en matière de justice. Si vous n'accédez pas à ma requête, je serai contrainte de vous signaler, tous les deux, au bureau du Hauptsturmführer. »

Le Hauptstumführer Wainer était le représentant du parti le plus gradé dans ce village. Ilse ne l'avait jamais rencontré, mais si elle se fiait au mélange de respect et d'appréhension que suscitait en général la mention de son nom, elle se sentait autorisée à déduire que c'était quelqu'un de redoutable – hypothèse qui lui fut aussitôt confirmée par la disparition, pure et simple, du sourire sur le visage du tailleur.

« Nous signaler pour quelle raison ? a-t-il demandé en clignant rapidement des yeux derrière les verres de ses lunettes.

— Pour… avoir soutenu et encouragé des activités anti-Reich, a-t-elle improvisé. C'est une accusation très grave. À Berlin, on envoie des gens dans des camps pour moins que ça. »

Elle ignorait si ce qu'elle avançait était vrai, toutefois elle obtint le résultat escompté : en clignant toujours nerveusement des yeux, le tailleur s'est livré à un nouvel échange animé, bien qu'à voix basse, avec le boucher, ponctué des mêmes haussements d'épaules et mouvements de tête que précédemment.

Il a fini par lancer à Ilse :

« Vous avez du papier ? »

Elle lui a tendu le petit carnet qu'elle avait toujours sur elle.

« Vous avez un téléphone ? »

Une demi-heure plus tard, le cœur au bord des lèvres, elle descendait à bicyclette la Hauptstraße de Dam-Großer, son carnet bien au chaud dans sa poche, avec les preuves qu'il contenait. À son grand étonnement, après avoir été mise en relation avec le bureau du Hauptsturmführer par l'opérateur téléphonique du village et avoir brièvement expliqué la raison de son appel, Ilse s'était vu offrir un rendez-vous avec le commandant l'après-midi même.

« Son rendez-vous de seize heures trente a été annulé, lui expliqua sa secrétaire. Si j'étais vous, je saisirais cette opportunité. Il n'a pas d'autre disponibilité avant une semaine. Vous avez notre adresse ? »

Les bureaux du Hauptsturmführer se trouvaient dans une grande demeure au centre de la ville – où vivait jusqu'à peu encore le Burgermeister Szczepański. Le salon du rez-de-chaussée avait été transformé en accueil-secrétariat. Une jeune femme brune tapait si laborieusement à la machine qu'Ilse en eut de la peine pour celle-ci. Elle ne put s'empêcher de remarquer que la secrétaire portait un corsage incroyablement décolleté, ce qui était d'autant plus surprenant dans une ville où beaucoup s'habillaient encore avec la décence caractéristique des années 1900. Elle semblait à la fois consciente que sa poitrine était exposée aux yeux de tous et ne pas s'en soucier le moins du monde. Tout en tapant sur son clavier, les yeux plissés, elle passait régulièrement une main dans son dos pour s'assurer que son corsage était bien en place. En la voyant faire, Ilse repensa à Trude Baumgarten, sa camarade de classe qui remontait sa jupe prétendument pour ajuster ses bas – alors que tout le monde savait qu'elle voulait simplement montrer ses jambes aux garçons. « Et elles ne sont même pas particulièrement jolies, ses jambes, avait observé Renate. Elles ne te font pas penser à deux poireaux maigrelets et poilus ? »

Ce souvenir provoqua un éclat de rire, aussitôt suivi par un sentiment presque douloureux de solitude et de regret contre lequel Ilse pensait pourtant avoir réussi à s'immuniser. *Vous n'avez plus rien en commun*, se remémora-t-elle avec sévérité. *C'est une Juive. Tes vraies amies sont tes camarades du mouvement.*

Argument qui, malgré sa pertinence, ne parvenait pas à apaiser cette tendance persistante de son esprit à collecter des pensées et des observations pour les relater plus tard à son ancienne confidente. Et cela ne changeait rien non plus au fait que parmi toutes ses camarades de la BDM et du programme Landjahr, il n'y en avait pas une seule avec laquelle Ilse s'imaginait discuter et rire pendant des heures, partager ses espoirs secrets et ses peurs les plus intimes, sans oublier l'essentielle bataille d'oreillers, de temps à autre.

Poussant un soupir, elle regarda l'horloge de l'accueil : il était déjà dix-sept heures quinze. Qu'est-ce qui prenait autant de temps ? Si elle n'était pas rapidement reçue, elle risquait de rater le dîner au camp – ce qui était considéré comme une infraction sérieuse, surtout quand on connaissait la double obsession de la Lagerführerin pour la nourriture et la ponctualité.

Se raclant ostensiblement la gorge, Ilse jeta un coup d'œil à la secrétaire, dont la poitrine généreusement dénudée effleurait le clavier – elle était en train de gommer quelque chose sur la feuille dactylographiée.

« Vous… vous avez l'air très occupés aujourd'hui, observa Ilse d'un ton guilleret.

— *Ach ja.* »

Sans lui accorder un regard, la jeune femme lécha la gomme avant de l'appliquer à nouveau sur la feuille.

« Depuis le début de l'année, le Reich a installé vingt autres familles à Dam-Großer, pour les rapprocher de la frontière. Vingt ! Je vous laisse imaginer la paperasse !

— Il y en a tant que ça ? »

La secrétaire leva les yeux au ciel.

« Permis d'hébergement. Permis de construction. Permis de cultiver la terre. Et je ne parle pas des enfants qu'il faut inscrire dans les écoles. Et doux Jésus, pour avoir des enfants, ils en ont ! Quatre femmes ont été décorées de la croix d'or, huit de la croix d'argent. Les autres n'ont encore reçu que celle en bronze, mais elles font tout pour devenir de meilleures mères. Pour tout vous dire, je ne sais même pas comment certaines d'entre elles arrivent encore à marcher… Oh, non ! »

Lâchant son crayon, elle sortit le formulaire d'un geste brusque pour l'approcher de la lampe.

« Encore déchiré, geignit-elle, en tirant une fois de plus sur le dos de son corsage. Je ne sais pas pourquoi ils s'échinent à utiliser un papier d'aussi mauvaise qualité. »

Jetant le formulaire endommagé, elle en sortit un nouveau du tiroir et l'inséra dans la machine en fronçant les sourcils et pinçant la bouche – le message était très clair : elle n'avait ni le temps ni la patience de faire la conversation à cette jeune visiteuse.

Poussant un second soupir, Ilse se rencogna dans le fauteuil et sentit son estomac grogner. Le dîner était servi à dix-huit heures et elle était à un bon quart d'heure de bicyclette du presbytère. À moins que le rendez-vous avec le Hauptsturmführer soit très rapide, elle devrait trouver une bonne excuse pour justifier son absence à table. Elle ferma les yeux pour se concentrer, mais vit surgir une image des fameuses croix d'honneur de la mère allemande : *quatre en or, huit en argent.* Ça lui rappelait les contrôles de Herr Kohler, son professeur de mathématiques, l'an dernier. *Si la croix d'or est remise aux femmes qui ont eu huit enfants ou plus, celle d'argent aux femmes qui en ont enfanté six ou sept, et enfin celle de bronze, quatre ou cinq, combien d'enfants au maximum pourraient-ils avoir vu le jour dans ces familles de colons ?*

Réprimant un frisson, Ilse chassa cette idée de son esprit. Les trois rejetons Michalski étaient déjà bien assez nombreux à son goût.

Au bout de vingt minutes – de deux autres formulaires déchirés et d'un bref échange par interphone –, la secrétaire s'étira puis se leva.

« Il va vous recevoir, dit-elle à Ilse en recouvrant la machine à écrire d'un couvercle noir avant d'enfiler une sublime veste bordée de fourrure. Frappez puis entrez. »

S'observant dans le miroir de son poudrier, elle lui lança :

« Quel âge avez-vous déjà ? »

Ilse ne lui avait pas donné cette information.

« Dix-sept ans. »

La secrétaire la jaugea de la tête aux pieds. Elle referma ensuite son poudrier avec un claquement et hocha la tête.

« Tout ira bien », conclut-elle d'un ton qui se voulait rassurant.

Après coup, Ilse repenserait à ce commentaire et se demanderait si elle aurait dû l'interpréter différemment. S'agissait-il simplement de tranquilliser une jeune fille visiblement nerveuse, qui avait attendu ce rendez-vous plus d'une heure ? Ou de se donner bonne conscience, de se conforter dans l'idée qu'il n'y avait aucun risque à laisser cette jeune fille seule, dans ce bureau ?

Quoi qu'il en fût, la secrétaire tourna les talons. Ayant rassemblé sa sacoche et son courage, Ilse se dirigea vers la lourde porte en bois, à laquelle – après une profonde inspiration – elle frappa.

« *Herein* », s'entendit-elle répondre d'une voix aussi rocailleuse qu'autoritaire.

Elle se faufila dans le bureau.

À l'intérieur, le Hauptsturmführer était assis derrière un énorme bureau, sous un portrait du Führer qui ne ressemblait à aucun de ceux qu'Ilse avait pu voir. Il le montrait dans son attirail du parti, ce qui en soi n'avait rien d'inhabituel. Le plus surprenant, c'était que sur son uniforme impeccable se trouvait un imperméable beige froissé. Et la toile de fond était encore plus inattendue, le genre de paysage lumineux que l'on trouvait parfois dans les tableaux de la Renaissance italienne, collines verdoyantes et rivières scintillantes. Un ciel bleu à couper le souffle avec de jolis nuages floconneux. Le Führer se tenait là, une main sur la hanche, sous un arbre couvert de fleurs roses qui semblait en décalage complet avec son expression stricte et solennelle.

« Je vois que vous aimez mon tableau. »

Ilse baissa aussitôt les yeux et constata que, pendant qu'elle détaillait cet étrange portrait, le Hauptsturmführer Wainer avait pris, lui, le temps de la détailler, elle. Ravalant une bouffée de timidité, elle l'observa à son tour. Un grand homme, la quarantaine, possédant ce genre de visage qu'elle associait aux affiches du parti et aux stars hollywoodiennes : des yeux d'un bleu éclatant, une mâchoire carrée et une discrète fossette au menton. Une sorte de Rudi plus âgé. *Reni se pâmerait*, se surprit-elle à penser par réflexe.

« Oui, répondit-elle. Je n'avais… je n'avais jamais vu notre Führer représenté ainsi avant. »

Le Hauptsturmführer hocha la tête ; elle semblait lui avoir donné la réponse qu'il espérait.

« Vous n'êtes pas la première. J'ai un autre regard. Trop de gens se contentent de placarder son portrait officiel pour ensuite l'oublier. J'aime donner aux choses… une touche plus personnelle. »

D'une immense main, il invita Ilse à approcher. Elle obtempéra malgré une légère hésitation, remarquant qu'il portait au majeur une bague qui n'était peut-être pas une alliance. Avec la proximité, elle eut l'impression que ses traits se ramollissaient, comme du pain qui aurait gonflé à cause de l'humidité, et elle revint sur son impression initiale : il n'était pas si beau que ça. Elle nota également qu'il avait, sur l'une de ses joues, des marques argentées de *Schmisse*, ces cicatrices résultant de duels à l'université, et dans lesquelles la génération de ses parents voyait, pour une raison mystérieuse, un signe de gloire. Il flottait dans la pièce une puissante odeur de tabac, ainsi qu'une autre, caractéristique, de schnapps.

« J'ai cru comprendre que vous étiez ici pour déposer une plainte.

— *Ja,* Hauptsturmführer. »

Ilse s'éclaircit la voix avant de poursuivre :

« Je ne sais pas si vous êtes au courant, mais deux de mes camarades du RAD ont récemment été attaquées. En plein jour, au village. »

Elle se racla la gorge.

« Par… par des Polonais.

— Ah, dit-il en secouant la tête d'un air navré. Je n'ai pas été informé de cet incident. Je dois néanmoins dire que je ne suis guère surpris. Les Polonais vivent presque à l'état animal… à peine un cran au-dessus des Juifs en matière d'évolution. »

Se calant contre le dossier de son fauteuil, il croisa les mains sur son ventre.

« Et d'ailleurs, plus on s'éloigne de la frontière, et plus ces deux races sont mêlées, au point où elles deviennent difficilement dissociables l'une de l'autre. Le saviez-vous, Fräulein von Fischer ? »

Ilse n'en savait rien. Mais elle n'avait aucune envie de recevoir une leçon d'eugénisme improvisée… Elle était déjà bien assez en retard pour le dîner. Elle décida d'en venir au fait de sa visite.

« On m'a rapporté, commença-t-elle prudemment, que le maire avait parlé aux parents de ces jeunes hommes. Toutefois plusieurs d'entre nous craignent que sans répercussions plus sérieuses ces… ces incidents se répètent. »

Le Hauptsturmführer releva le menton d'un air songeur.

« Vous avez le nom des coupables ?

— Oui », dit-elle en hochant la tête.

Si elle put l'affirmer avec autant de conviction, c'était parce qu'elle avait bien réfléchi à cet entretien. Il était vrai qu'elle n'avait aucune preuve que les garçons qui l'avaient suivie jusque chez le boucher étaient les mêmes que ceux qui avaient fait tomber Marita et Lies. Pas plus qu'elle n'avait la certitude que les noms écrits par le boucher étaient bien ceux des garçons qui l'avaient embêtée. Selon toute logique néanmoins, il semblait plus que vraisemblable qu'il y ait des recoupements entre ces trois catégories. Et même s'il ne s'agissait pas précisément des Polonais qui avaient bousculé ses deux camarades, eh bien ça restait malgré tout des Polonais, et quelqu'un devait payer pour cette infraction. D'une façon ou d'une autre, se convainquait-elle, il fallait faire passer le message – même si cela impliquait de punir un ou deux innocents au passage.

Elle avait tenu exactement le même discours à Renate le jour où elle était allée la chercher pour la ramener dans la classe de Herr Hartmann. *Des sacrifices s'imposent. Tout ce qui se dresse en travers de notre chemin doit disparaître.*

« Oui, répéta Ilse. J'ai leurs noms. »

Plongeant la main dans sa poche, elle en sortit la page pliée sur laquelle le boucher avait soigneusement noté sa liste. Elle la déplia et la posa sur le bureau du commandant. Les lèvres pincées, il la souleva et la parcourut. Puis il la reposa et se carra à nouveau dans son fauteuil

« Je suis impressionné par votre détermination, Fräulein. Mais sauriez-vous me dire si l'une de vos charmantes camarades a été victime d'une agression qui… comment exprimer cela ?… qui aurait compromis sa pureté ? »

C'était une question plutôt directe. Et pourtant, quelque chose dans l'attitude du commandant la mit mal à l'aise et lui noua le ventre. Peut-être son sourire, qui semblait manifester moins d'intérêt pour les victimes qu'une curiosité émoustillée pour les détails de leur agression.

« Non, dit-elle, se sentant à nouveau rougir. Non, pas du tout. Cependant, étant donné le contexte actuel, et vos propres observations sur la nature des Polonais, on ne peut sans doute pas exclure ce risque à l'avenir. À moins que de véritables mesures soient envisagées. Ainsi que je le suggère.

— Non, en effet. »

Il eut un petit ricanement.

« Je suis curieux, Fräulein… À quel genre de mesures pensez-vous ? »

Prise de court une fois de plus, Ilse cligna des yeux : n'était-ce pas son rôle à lui de connaître ces choses ?

« Je ne sais pas très bien… Je pense en revanche qu'il faudrait en faire la publicité. En parler dans le journal, le mentionner sur le panneau d'affichage de la mairie, par exemple.

— Que penseriez-vous d'une flagellation ? dit-il d'un ton presque doux, en joignant les deux mains sous son menton. Aimeriez-vous que je les fasse fouetter ? »

Elle rougit encore plus.

« Pourquoi pas, bafouilla-t-elle. À… à moins que vous ne les placiez en détention un jour ou deux. Ou qu'ils soient contraints de travailler dans une ferme allemande sans paie.

— Je vois que vous y avez beaucoup réfléchi.

— C'est vrai, reconnut-elle. Par sollicitude pour mes deux camarades et pour l'avenir du RAD dans son ensemble. Je suis convaincue, voyez-vous, que certains de ces… de ces voyous cherchent délibérément à nous détourner de notre mission. J'irais jusqu'à dire que certains aimeraient nous voir partir. Et s'ils réussissent, qui sait ce qui arrivera aux pauvres Volksdeutsche de ce village ? Ils sont déjà en infériorité ! »

Cette tirade lui avait échappé, son ton enflammé devenait presque accusatoire. L'espace d'un instant, elle eut peur d'être allée trop loin. Mais le Hauptsturmführer hocha à nouveau la tête. Il continuait à fumer, sans jamais détacher ses yeux perçants du visage d'Ilse. Il étudia ses traits si longuement qu'elle se sentit mal à l'aise.

Enfin, il éteignit sa cigarette et se leva.

« Voici ce que je vous propose. Je chargerai mes hommes de les réunir demain. Vous pourrez revenir et décider de leur sort à ce moment-là.

— *Ich ?* »

La proposition la prenait tellement de court qu'elle recula d'un petit pas.

« Je… je crois qu'il vaudrait mieux que vous preniez vous-même cette décision, Hauptsturmführer, bredouilla-t-elle.

— Et qu'est-ce qui vous fait penser cela ?

— Eh bien vous… vous avez plus d'expérience que moi dans ce domaine. »

Il secoua la tête d'un air presque triste.

« Ah, Fräulein von Fischer… L'ennui, avec l'expérience, c'est qu'il est très difficile de l'acquérir sans passer à l'action. Mais je serai plus qu'heureux de vous y aider. »

Elle remarqua alors que, tout en parlant, il ouvrait un tiroir de son bureau, dont il tira une bouteille et deux petits verres. Il en remplit un, le vida cul sec, puis remplit les deux et se leva. Alors qu'il contournait son bureau pour la rejoindre, elle eut l'impression subite d'être désorientée, comme si la terre ferme sur laquelle elle avait cru se trouver était en réalité le plancher d'un train en marche. Lorsqu'il approcha, elle ressentit le besoin ridicule, et néanmoins impérieux, de tourner les talons pour se précipiter dans le couloir.

« Vous m'impressionnez, Fräulein, je suis convaincu que vous pourriez faire une grande carrière. Et je crois être en mesure de vous aider à accélérer votre ascension et à la rendre… plus confortable pour vous. Qu'en dites-vous ? »

Il mangeait légèrement ses mots, et elle se rendit compte qu'il avait l'air éméché – ce qui provoqua d'abord en elle moins de peur que de rage. Il avait été envoyé dans ce village pour représenter le Reich ! Il recevait des gens pour discuter de la sécurité de son peuple, des besoins et des inquiétudes des colons allemands si vulnérables, et lui… il buvait ! Ilse songea soudain qu'il ne se souviendrait peut-être même pas de leur conversation le lendemain. Auquel cas, tous ses efforts – la liste de noms arrachée de haute lutte au boucher, l'heure perdue avec cette idiote de secrétaire, sans oublier qu'elle devrait encore trouver une excuse pour expliquer son retard au dîner (qu'elle avait sans le moindre doute raté à cette heure) – auraient été vains.

« *Bitte*, lui dit-il. Portons un toast.

— Non merci. »

Il feignit d'être choqué par son refus.

« Pourquoi ça ?

— Je suis ici pour travailler, lui répondit-elle d'un air tendu. Pas pour boire.

— Oh, allons, insista-t-il en gloussant. Vous êtes une citadine, non ? Je suis sûr que si. Toutes les

Arbeitsmaiden le sont. Je suis certain que vous avez toutes sortes d'habitudes décadentes. »

Il était très proche d'elle maintenant et le verre se trouvait presque sous son nez. Se sentant acculée, Ilse finit par l'accepter.

« Bonne petite… *Prost !* »

Ils trinquèrent. Il vida encore son verre d'une traite. Ilse finit par l'imiter en retenant son souffle.

« Voilà. Ce n'était pas si terrible, si ? »

L'alcool, qui avait un goût d'essence, lui brûla la gorge ; elle fut aussitôt prise d'une quinte de toux. Gloussant à nouveau, il lui prit le verre des mains pour le poser sur une table basse près du canapé. Un instant, son regard s'attarda sur ce meuble, et Ilse sentit son pouls lui envoyer un avertissement qu'elle n'eut pas le temps de déchiffrer. Il se tourna vers elle et se dirigea vers la porte.

C'est fini, songea-t-elle avec un soupir silencieux de soulagement. *Il voulait seulement partager un verre. Maintenant, il va me donner congé.*

Pourtant, arrivé à la porte, il ne l'ouvrit pas et n'invita pas Ilse à sortir. Au contraire, il poussa le verrou. Alors qu'il fondait sur elle à grandes enjambées, Ilse se retrouva incapable de bouger ou de respirer.

« Hauptsturmführer », souffla-t-elle en cherchant désespérément quelque chose à dire pour le distraire, pour rendre à la situation un semblant de normalité.

Mais il se précipitait déjà sur elle, la soulevant dans ses bras sans un mot.

De ce qui suivit, elle retiendrait moins la sensation de ses doigts épais sur son cou ou l'odeur de son haleine – où se mêlaient tabac et schnapps –, que le choc émotionnel qui l'avait pétrifiée : la prise de conscience abrupte du gouffre étrange et abyssal entre le motif de sa visite et la façon dont il avait lui, sans doute dès le début, interprété cette entrevue. Le constat brûlant que de telles choses peuvent arriver vite et avec une violence irrévocable.

Qu'au bout du compte, il ne faut pas plus de quelques instants.

Dans la cuisine de la Lagerhaus, le coucou au-dessus du frigo gazouille une fois ; il est quatre heures et demie. Clignant des yeux, Ilse se rend compte qu'elle fixe sa lettre sans la voir depuis une trentaine de minutes et qu'elle doit remonter avant que le reste de la maisonnée ne se réveille. Après avoir raté le dîner de la veille, elle a évité de peu la corvée des toilettes en prétextant qu'elle avait dû pousser sa bicyclette depuis le village. Ce n'était qu'un demi-mensonge. Si Ilse avait dû marcher, ce n'était pas à cause d'un pneu à plat, ainsi qu'elle l'avait prétendu, mais parce que, même si les saignements n'avaient pas duré longtemps, elle avait eu trop mal pour se percher sur la dure selle en cuir. Dans son état d'hébétement, elle se demande si ce sera toujours le cas aujourd'hui – et comment elle fera pour aller chez les Michalski alors.

L'espace d'un instant, cette étrange sensation de bouger sans bouger ressentie dans le bureau du Hauptsturmführer revient. Fermant les yeux, Ilse attend que celle-ci passe avant de reprendre sa plume.

Tu te souviens, quand tu fréquentais Rudi, nous nous étions promis de partager les détails « croustillants » de nos futures histoires d'amour ? J'en ai enfin une à raconter, même si je dois bien reconnaître que ce n'était pas du tout le genre d'aventure que je m'attendais à vivre. Pour tout te dire, c'est avec un homme beaucoup plus âgé que moi, à l'ascendance aryenne irréprochable, qui occupe une place importante au sein du parti. C'est arrivé ce soir, de façon assez inattendue. Si inattendue, en réalité, que je t'avoue avoir été un peu secouée. Mais lorsque je me suis couchée dans mon lit ce soir, sans réussir à trouver le sommeil et me surprenant à t'écrire cette lettre impossible dans ma tête, j'ai pensé que ce qui s'était passé avec le Hauptsturmführer Wainer était peut-être comparable à cet instant dans le champ de Herr Michalski, quand j'ai franchi cette passerelle invisible entre l'ennui et la douleur d'un côté, l'amour débordant pour mon pays et son peuple de l'autre. Après tout, il a accepté de m'aider à garantir ma sécurité et celle de mes camarades du RAD au village. Et il m'a dit que j'avais du potentiel, qu'il m'aiderait à l'exploiter. Je suis sûre que ces éléments à eux seuls justifient la surprise initiale que j'ai éprouvée en découvrant l'intérêt sentimental du Hauptsturmführer pour moi.

Des sacrifices s'imposent pour garantir l'avenir de notre nation.

Et au bout du compte, n'est-ce pas ce qui importe... l'avenir de l'Allemagne ? Œuvrer de concert pour lui rendre sa grandeur ? N'est-ce pas de loin plus important que mes conceptions puériles et naïves de l'amour ?

En écrivant ces mots, je prends conscience, une fois de plus, que c'est pour la même raison – les besoins de notre pays et mon engagement à y répondre – que j'ai dû mettre un terme à notre amitié comme je l'ai fait.

Car quel que soit notre passé commun, les projets que nous avions ensemble et les serments que nous avons échangés, les faits demeurent irrévocables. Primo, tu es juive. Secundo, ta famille entretient des liens éhontés avec le socialisme : non seulement le père de ta mère était un ancien dirigeant du parti socialiste, mais ton frère a lui aussi assisté à des réunions politiques de ce parti, qui pour certaines ont eu lieu sous ton propre toit. D'ailleurs, à ce que j'en sais, il pourrait très bien continuer à y participer et à les héberger.

Si bien que, si je fais le compte, tu es une ennemie de la nation à double titre. Et c'est précisément pourquoi je ne peux pas t'envoyer cette lettre.

De toute façon, en parcourant les pages que je viens d'écrire, je vois bien que ce n'était pas vraiment à toi que j'écrivais. En réalité, je m'adressais à une sorte de fantôme, celui d'une amitié morte depuis longtemps, celui de celle pour qui je te prenais. Je sais à présent qui je suis.

Et la vérité, c'est que je t'ai rayée de ma vie il y a longtemps.

Ilse

Posant son stylo, elle prend le temps de relire plusieurs fois sa dernière ligne.

Puis, avec beaucoup de précaution, elle soulève les pages dans une main et la bougie dans l'autre. Elle s'approche de l'évier en métal dans lequel elle a fait la vaisselle hier soir (sa punition pour son retard), avant d'approcher la flamme du coin des pages de sa lettre, jusqu'à ce qu'elles s'embrasent. Elle lâche alors le papier et le regarde, froidement, se transformer en cendres sous ses yeux.

11

Ava

1949

— Elle est femme au foyer, répondit le garçon assis deux rangées devant Ava, qui se trouvait au fond de la classe. Et mon père est comptable.

— *Gut*, le félicita Frau Klepf. Et saurais-tu nous expliquer ce que fait un comptable, Klaus ?

— Il fait des calculs avec l'argent des autres.

L'institutrice sourit, dévoilant des dents jaunes.

— Quelque chose dans cet esprit, en effet. Tu peux te rasseoir. À qui le tour ?

Une fille de cours élémentaire se leva d'un bond, tandis qu'Ava se ratatinait encore davantage sur sa chaise. Elle avait redouté son premier jour de *Grundschule* bien avant de découvrir qu'elle devrait « présenter brièvement sa famille ». Elle en était réduite à prier pour que la terre s'ouvre sous ses pieds afin que la maîtresse l'oublie au moment où son tour viendrait.

— Abbi Schummer, s'écria la jeune écolière, avec un enthousiasme qui agita légèrement ses deux tresses formant des boucles sous ses oreilles. J'ai une petite sœur qui s'appelle Marte. Elle pleure sans arrêt. Mon père possède un magasin de bonbons sur Hochofenstraße. Ma mère est aussi une Hausfrau, mais elle préférerait travailler.

— Vraiment ?

— *Ja.* Elle dit que la seule raison pour laquelle elle ne peut pas, c'est que Vati est un homme des cavernes.

Des rires étouffés résonnèrent dans toute la classe, et quelqu'un imita un cri de sauvage. Ava gardait les yeux rivés sur son bureau. Sa surface en bois était usée et conservait, malgré les traces de nombreux ponçages, des vestiges de symboles, de mots et d'initiales : messages mystérieux laissés par les élèves du passé à l'attention de ceux du futur. Suivant plusieurs lettres du bout du doigt (*L. G. N. + G. F. R* = W. L. f. I.), elle se demanda si réussir à les décoder lui permettrait de savoir comment répondre le moment venu. Elle s'y essaya dans sa tête. *Ma mère est rédactrice en chef d'un magazine. Mon père...*

Rien ne lui vint, aucune pensée spontanée ne compléta cette phrase laissée en suspens. Aucune révélation miraculeuse ne se transmit du vieux bois aux volutes de ses empreintes digitales.

Devant elle, sur la gauche, une fille avec une robe en seersucker très raide venait de se lever.

— Lotte Reinhardt. Ma mère est couturière.

Quelle surprise ! songea Ava en jetant un regard morose à sa propre robe, élimée et rapiécée.

— J'ai un frère. Il est pénible. Il s'appelle Frederick, comme mon père.

Frau Klepf sourit.

— Tu le trouveras peut-être moins pénible cette année, puisque tu ne passeras plus autant de temps avec lui. Et que fait ton père ?

— Il était *Generalleutnant*.

Lotte s'interrompit avant de reprendre, plus bas :

— Il est tombé à Stalingrad.

La maîtresse hocha la tête mais ne lui demanda pas davantage de détails. Elle ne lui présenta pas non plus ses condoléances, alors qu'elle l'avait fait lorsque Jeni Gruenbaum, assise au premier rang, avait expliqué, en larmes, que sa mère venait de décéder d'un cancer de l'estomac. En réalité, elle n'avait pas cherché à obtenir de précisions sur les pères morts durant la guerre. *Tombés au combat*… Ils employaient tous la même expression, avait noté Ava. Comme s'ils étaient des petits soldats en bois qu'on avait simplement renversés.

La maîtresse était arrivée à la rangée juste devant celle d'Ava maintenant ; ses paumes moites la picotaient. *Ein, zwei, drei* : plus que six pupitres avant le sien.

Mein Vater... Mein Vater... Mein Vater... Toujours rien. Elle s'avachit un peu plus sur sa chaise. Elle avait la ferme intention de garder les yeux et la tête baissés jusqu'à la toute dernière seconde. À peine un instant plus tard, cependant, une petite note stridente dans le ton de sa maîtresse lui fit redresser la tête.

— Un camp ? répétait Frau Klepf. Tu dis qu'elle est morte dans un camp ?

La posture du garçon dégingandé à qui elle s'adressait – Ava n'avait pas entendu son prénom – laissait penser qu'il aurait préféré être ailleurs et faire tout autre chose : ses épaules pointues étaient enroulées vers l'avant, son menton rentré dans son torse. Au bout de ses bras osseux, ses poings étaient serrés.

— Oui, confirma-t-il. À Auschwitz.

Il passa d'un pied sur l'autre.

— C'était un *Konzentrationslager*, précisa-t-il, s'adressant toujours au sol.

— Je suis au courant, dit Frau Klepf d'une voix qui semblait légèrement émue. Alors ta mère était… employée là-bas ?

— Employée ? lança le garçon en clignant des yeux. Vous voulez savoir si elle travaillait pour de l'argent ?

Piquant un léger fard, la maîtresse hocha la tête. Le garçon posa un index sur le pont rafistolé de ses lunettes et les remonta sur son nez.

— Non, répondit-il.

Frau Klepf attendit un instant. Voyant qu'il n'ajoutait rien, elle se racla la gorge.

— Eh bien, Ulrich, je te présente toutes mes condoléances. Tu peux te rasseoir.

Il s'affala sur sa chaise, et Ava observa l'arrière de son crâne, ses cheveux soigneusement coupés ras. Ils avaient l'air à la fois doux et piquants, comme le ventre d'un porc-épic ; si elle avait dû les dessiner, elle aurait utilisé un mélange de petites lignes droites et de points. Elle ne savait pas ce qu'était un *Konzentrationslager*, mais elle savait que ce terme entrait dans la catégorie de ceux – *guerre, défaite, Russes* – qui n'apparaissaient que dans les conversations sérieuses d'adultes.

— À qui le tour ? demanda Frau Klepf de son ton enjoué, ce qui était absurde étant donné que les élèves se présentaient les uns après les autres, dans l'ordre.

Pendant que deux de ses camarades prenaient la parole (Lena, Max, enfants uniques, Hausfrau, juge, boulangère, banquier), Ava s'essuya les paumes sur la jupe de sa robe que sa mère avait élargie et ordonna à son cœur d'arrêter de jouer les marteaux-piqueurs. *Mon père est…* Qu'allait-elle bien pouvoir dire ? Impossible de leur avouer la vérité, à savoir qu'elle ne le connaissait pas, qu'elle ne disposait que de deux informations : il s'agissait d'un soldat et il était mort. Et si elle se contentait de dire qu'il était tombé au combat, comme une dizaine d'autres élèves ? Mais dans ce cas, elle devrait préciser où il était tombé, or elle l'ignorait, et elle ne se faisait pas confiance pour répéter correctement l'un des noms aux sonorités étranges (*Stalingrad ? Koursk ? Voronej ?*). Quant à être convaincante, vu son niveau de nervosité… Lorsqu'elle était fébrile, elle disait des choses malgré elle, par exemple « Oui, merci » quand quelqu'un lui demandait son prénom, ou « Vous aussi » quand quelqu'un lui demandait comment elle allait. On aurait pu croire qu'il lui manquait le pouvoir magique de rendre la conversation naturelle et facile – alors que la plupart des autres en semblaient pourvus. Elle avait essayé de s'en ouvrir à sa mère, qui avait balayé sa remarque d'un « *Ach,* encore un mauvais tour de ton imagination débordante ». Comme si l'imagination d'Ava était un convive encombrant dont il fallait se débarrasser.

Tandis que sa voisine débitait son pedigree – père dentiste et mère assistante dentaire –, une autre pensée traversa l'esprit d'Ava : peut-être que si elle réussissait à se convaincre qu'elle était invisible, elle aurait disparu au moment où son tour viendrait. *Je suis de l'air*, se dit-elle en pressant ses paupières de toutes ses forces. *Je ne suis qu'un courant d'air sur une chaise. On peut voir la fenêtre à travers moi.*

Mais alors que la fille des deux spécialistes dentaires se rasseyait, Frau Klepf reprenait déjà la main.

— *Und am Ende*, nous avons… ?

De l'air, songea Ava.

Et pourtant, elle sentait déjà sur elle la trentaine de paires d'yeux curieux, pareils à des abeilles effleurant sa peau encore bien trop visible.

Elle ouvrit les yeux.

— Ava, murmura-t-elle.

La maîtresse se renfrogna.

— Ava comment ? Lève-toi s'il te plaît.

À contrecœur, elle se mit debout.

— Von Fischer.

— Je suis enchantée de faire ta connaissance, Ava, lui dit Frau Klepf de ce ton faussement enjoué qu'utilisent les grands quand ils tentent de faire passer le message suivant : « Je suis adulte et toi, visiblement, pas encore. » Peux-tu nous parler un peu de ta famille ?

Famille, songea Ava. Une fois de plus, elle eut du mal à établir une relation entre ce terme et elle-même. Sa mère et elle avaient un lien de sang, bien sûr, pourtant elles formaient une unité qui semblait moins « familiale » que purement pragmatique : comme si elles s'étaient vu attribuer des places dans un même espace vital.

— Ma mère… euh… écrit, elle est aussi rédactrice en chef, dit-elle en se grattant le mollet avec la pointe râpée de sa chaussure gauche. Pour un magazine féminin, *Burda*.

La maîtresse s'illumina aussitôt.

— Ah ! Je lis *Burda* ! Sais-tu quel genre d'articles elle écrit ?

— Des articles sur les sujets qui parlent aux femmes.

Sa réponse ressemblait davantage à une question.

— Et pourrais-tu nous expliquer en quoi consistent exactement ces sujets ?

Bien sûr, Ava aurait pu le faire. Elle aurait pu donner des exemples de sujets traités par sa mère : l'entretien d'une maison par une honnête femme au foyer allemande ou la préparation de repas roboratifs avec un budget limité. Elle aurait aussi pu parler de cet article sur l'art de transformer une ancienne veste militaire de la Wehrmacht en manteau d'hiver pour enfant, ou de vieux drapeaux avec la Kakenkreuz en ravissants dessous-de-verre pour les fêtes. Ou bien sur cette technique qui consistait à élargir la robe de sa fille, en longueur et en largeur, pour qu'elle puisse la porter un an de plus. Elle aurait aussi pu mentionner la rubrique du courrier, intitulée *Liebe Tante*, dont Ilse avait aussi la charge, même si, à ce qu'en savait Ava, Ilse n'avait aucune tante et ne l'était pas elle-même.

Au lieu de quoi elle répliqua :

— Si vous lisiez vraiment *Burda* vous le sauriez.

Le silence qui s'abattit brutalement sur la salle de classe était si épais qu'Ava le sentit quasiment peser sur sa tête.

— Voilà un excellent exemple, reprit Frau Klepf lentement, de la façon dont les élèves ne doivent pas s'adresser à leurs enseignants. En temps normal, je devrais envisager une sanction.

Elle posa son regard sur le coin au fond de la pièce, et pour la première fois Ava remarqua la baguette qui était appuyée, l'air de rien, contre la crevice, à l'endroit où les deux murs gris se rencontraient. Une baguette bien lisse, aussi souple et fine qu'un fouet. Ava avait entendu parler d'enfants qui recevaient des coups de badine – sa propre mère avait une préférence pour le dos de sa large brosse à cheveux, qu'elle maniait avec beaucoup de précision et d'efficacité.

— Cependant, poursuivit la maîtresse, puisqu'il s'agit de notre tout premier jour ensemble, je suis prête à faire une exception. Ava, voudrais-tu essayer de répondre à nouveau à ma question ? Poliment et avec le respect dû à un adulte ?

Une goutte de sueur chatouilleuse entama son interminable voyage le long de la colonne vertébrale d'Ava.

— Elle écrit sur l'entretien de la maison. Et… et sur d'autres choses.

— Merci. Et le reste de ta famille ? Tu as des frères ? Des sœurs ?

Ava secoua lentement la tête, en pensant *bitte-nein-bitte-nein-bitte-nein.* Et pourtant, Frau Klepf enchaîna avec l'inévitable question.

— Et ton père ?

— Il…

Ava déglutit.

— Il…

— Je suis désolée, Ava, je n'ai pas entendu.

— Il est tombé, marmonna Ava à peine plus fort.

— Au combat ?

— Il est tombé… il est tombé dans un *Konzentrationslager*.

— Un *Konzentrationslager* ?

La maîtresse parut déconcertée par cette information.

— Sais-tu où ?

Ava secoua la tête d'un air hébété.

— Je ne sais pas. Je ne sais rien du tout à son sujet. Sauf qu'il est tombé.

Elle fixa le parquet sable alors qu'un brouhaha de rires nerveux et de bruissements montait peu à peu autour d'elle. Elle se rendit soudain compte qu'elle haïssait sa mère – qu'elle la haïssait du fond du cœur – de lui avoir ainsi caché la vérité. Loin de protéger Ava en se taisant, elle avait fait exactement l'inverse.

Quand elle redressa la tête, Frau Klepf la considérait avec une expression qui lui rappela celle qui s'était peinte sur les traits d'Ilse le jour où Ava lui avait montré un pigeon mort dans la rue.

— Très bien, soupira-t-elle. Tu peux te rasseoir.

Ava se laissa choir sur sa chaise, le soulagement lui faisait des jambes en caoutchouc. Cependant, alors que la maîtresse retournait au tableau, elle avait la sensation au creux de son ventre d'une très légère déception. Elle éprouvait la même chose lorsque sa mère lui prêtait une oreille sans vraiment l'écouter, ou lorsqu'elle la regardait sans vraiment la voir. Dans ces moments-là, Ava se faisait l'impression d'être aussi invisible que le prince avec sa cape dans le conte du *Bal des douze princesses*. Dans ces moments-là, elle se faisait l'impression d'être un fantôme dans sa propre existence.

*

Dans l'après-midi, ils eurent droit à une demi-heure dans le jardin, qui était moins un jardin qu'un grand rectangle de terre avec des mégots de cigarette et des gravats. Pendant que les autres enfants ramassaient des pierres pour délimiter des buts, puis formaient des équipes, Ava se tenait en retrait, espérant à moitié qu'on viendrait la chercher, mais trop intimidée pour s'avancer. Elle n'avait aucun talent sportif – à part pour sauter à la corde –, et n'avait pas vraiment eu l'occasion d'en acquérir après l'échec patent de sa tentative pour participer à une bataille de boules de neige dans le quartier, car depuis, elle n'avait jamais joué avec les autres enfants de son pâté de maisons. Ainsi, la possibilité de prendre part à une activité collective était suffisamment séduisante pour qu'elle ne s'isole pas entièrement. Du moins, jusqu'à ce que l'un des garçons lui crie :

— Hé, toi, la bâtarde à la langue bien pendue ! Ton père, c'était un champion du ballon ou pas ?

— Tu l'as pas entendue ? répondit quelqu'un d'autre. Elle ne sait « rien sur lui » !

Les joues brûlantes, Ava s'éloigna en leur tournant le dos. Elle n'avait aucune idée de l'endroit où elle se rendait avant de buter quasiment dessus : une grande pierre plate sous un chêne qui semblait mort.

Elle s'assit et sortit de sa poche un bout de crayon ainsi que son petit carnet de croquis, puis elle feuilleta les pages pour retrouver le dessin qu'elle avait commencé la veille. Il représentait une fille vaguement de son âge, qui lui ressemblait vaguement – des jambes allongées, un menton pointu, des cheveux raides et bruns tressés. Mais, alors qu'Ava était assise en tailleur sur une grosse pierre, la fille du carnet sautait dans un puits. Enfin, elle était plus exactement juchée sur la margelle en pierre et observait l'eau trouble et boueuse tout au fond. Il lui avait fallu des heures pour réussir à reproduire la position du corps, surtout qu'elle n'avait pu s'aider que de sa seule poupée (avec une tête en biscuit pleine d'éclats, et qui portait le nom du pays qu'elle était censée incarner tamponné dans son dos : Japon). Le puits était inspiré d'un bol de soupe sur le rebord duquel Ava avait eu bien du mal à positionner « Japon » après l'avoir déshabillée pour la mettre en culotte.

Maintenant, il fallait s'attaquer au visage.

Ava mâchonna l'extrémité de son crayon, qui avait un goût de bois salé étonnamment réconfortant, comme toujours. Quelle expression aurait une fille si sa mère lui ordonnait de sauter dans un puits sombre et profond, au risque de se noyer ?

Fermant les yeux, elle tenta de se projeter dans la scène, de ressentir l'émotion de l'instant qu'elle voulait représenter. La peur. Une saveur minérale, d'argile et de ciment, avec une pointe d'algue verte. Pendant la plus brève des secondes, les cris des footballeurs disparurent et avec eux l'angoisse moite de la matinée, la honte cuisante d'être prise pour une fille à « la langue bien pendue » et une « bâtarde » moins de trois heures après la première sonnerie de l'année. Elle réussit presque à se réfugier dans un monde intermédiaire entre la morosité de Brême et l'éclat des contes de Grimm. L'air autour d'elle ondulait comme l'eau qui frissonne avant de s'ouvrir en deux…

— Tu dors ?

Surprise, Ava ouvrit les yeux et découvrit Ulrich Quelque-Chose, le garçon dont la mère était réellement décédée en *Konzentrationslager*. Il se tenait pile devant elle, un livre de poche abîmé sous un bras, et une expression de curiosité maussade sur les traits.

— Bien sûr que non, répondit-elle en refermant rapidement son carnet.

Va-t'en. Loin d'obtempérer, il se rapprocha, remontant ses lunettes de ce geste nerveux et saccadé qu'Ava jugea immédiatement très agaçant.

— Qu'est-ce que tu fais ?

— À ton avis ?

— Tu dessines, dit-il sur le même ton que s'il lui apprenait quelque chose. La question, c'est plutôt : qu'est-ce que tu dessines ?

Elle lança un regard noir à ses pieds : il portait des chaussures si éculées qu'elle put apercevoir une chaussette rayée à travers le cuir. Après un examen plus attentif, elle constata que la chaussette était également trouée, dévoilant un ongle sous lequel se trouvait un croissant de crasse.

— Une fille, lâcha-t-elle de mauvaise grâce.

— Quel genre de fille ?

— Une fille qui saute dans un puits.

Et tu devrais faire pareil.

— Pourquoi aurait-elle envie de sauter dans un puits ?

Elle redressa la tête, se préparant à se ridiculiser une fois de plus. Et pourtant, derrière l'adhésif qui se décollait et les verres rayés, ses yeux n'avaient rien de moqueur. Ils étaient couleur acajou, avec des mouchetures d'un vert doré. Des yeux étranges.

— Elle a laissé tomber son fuseau, expliqua-t-elle prudemment. Sa mère lui ordonne d'aller le chercher. Et en descendant, elle découvrira un monde meilleur que celui d'en haut.

Il bascula d'avant en arrière sur ses pieds.

— J'adore cette histoire, dit-il. Ce qui est sûr, c'est que j'aimerais bien trouver un monde meilleur sous nos pieds.

Ava scruta à nouveau son visage et n'y découvrit toujours aucune trace de malice. Il hochait même lentement la tête d'un air pensif, comme si l'idée d'une terre merveilleuse cachée dans un puits était si implacablement logique qu'il se demandait pourquoi il n'y avait pas pensé tout seul.

— Alors ça ressemble à quoi, en bas ? lança-t-il en s'asseyant à côté d'elle.

— Il y a une belle prairie avec des papillons. Du pain qui parle et des pommiers. Une dame qui couvre la fille d'or.

— Le tout sous l'eau ?

Ava n'avait pas réfléchi à ce détail.

— Non… Je pense que ce monde est séparé du nôtre par l'eau… mais qu'il se situe en dessous.

— C'est bien. Comme ça, elle n'est pas trempée. Ce ne serait pas très pratique.

Il inclina la tête pour ajouter :

— Tu me montres ?

— Non !

— Pourquoi pas ?

Pourquoi pas ? Parce que si Ulrich Quelque-Chose lui avait paru plutôt gentil jusqu'à présent, il pouvait encore très bien trouver une raison pour se moquer d'Ava. Et il n'y avait pas grand-chose qui lui déplaisait plus que les moqueries.

L'observant à la dérobée, elle fut toutefois bien obligée d'admettre qu'il n'avait pas l'air d'être tenté de rire. À dire vrai, avec ses yeux tristes et son visage tout en longueur, il ne semblait pas rire souvent.

Elle changea le croisement de ses jambes puis plaça le carnet ouvert entre eux deux. Ulrich l'observa quelques instants, sans un mot. Il posa ensuite un regard grave sur Ava.

— Tu es douée.

À l'entendre, on aurait dit qu'il venait de lui annoncer que son pronostic vital était engagé. Ava jeta un coup d'œil à son propre dessin. Depuis la mort de ses grands-parents, elle n'avait pas reçu un seul compliment – un compliment sincère, du fond du cœur – sur ses dessins. Les bonnes sœurs de l'orphelinat Sainte-Marie étaient trop occupées pour faire davantage que lâcher, de temps en temps, un « c'est bien ». Ava était si peu habituée à ce genre d'éloge que, l'espace d'un moment, elle ne sut comment répondre, même si elle avait conscience qu'il aurait été juste de lui exprimer de la gratitude. Toutefois, lorsqu'elle ouvrit la bouche, c'est une question qui lui échappa :

— C'est quoi, exactement, un *Konzentrationslager* ?

— Je croyais que ton père y était mort ?

— Oui, mais ma mère ne veut rien me dire.

Il hocha la tête d'un air de suggérer qu'il connaissait bien ce genre de cachotteries.

— C'est comme une prison, en pire.

Il ramassa un bout de bois sur le rocher et s'absorba dans son observation.

— Est-ce que les gens avaient fait du mal pour y être envoyés ?

— Non. C'est d'ailleurs une des raisons qui les rend si horribles.

— Quelles sont les autres raisons ?

— Mon père ne veut pas me le dire.

Il commença à dépiauter la brindille, retirant son écorce argentée.

— Il dit qu'il m'expliquera tout quand je serai plus grand.

— C'est exactement ce que me répète ma mère ! s'exclama Ava, prise d'un vertige soudain en constatant qu'ils partageaient cette injustice. « Nous en parlerons quand tu seras plus grande. Tu es trop jeune pour comprendre. » Elle pense que je suis encore un bébé.

Elle prit un caillou qu'elle lança en direction de la brindille d'Ulrich.

— Ils s'imaginent que le fait d'être adultes leur donne le droit de nous parler comme ça, poursuivit-il d'un ton sombre. Je l'ai déjà entendu pleurer. C'est lui, le bébé.

— Vraiment ?

Ava n'avait jamais vu Ilse pleurer. Pas une seule fois.

Ulrich hocha la tête.

— Il croit que je ne l'entends pas. Il se trompe.

Il lança un caillou qui atterrit pile entre sa brindille et celui d'Ava.

— Alors tu ne sais vraiment pas qui est ton père ?

— Non.

Pour une raison mystérieuse, elle n'avait aucun mal à en parler avec lui.

— Mais tu sais qu'il est mort ?

— Pas vraiment.

Il soutint longuement son regard ; ses yeux mouchetés d'or étaient songeurs. Un instant, Ava eut l'étrange impression qu'il ne regardait pas ses pupilles, qu'il voyait à travers, qu'il plongeait dans la confusion, la souffrance et la mortification qui l'avaient poussée à bredouiller le mot Konzentrationslager. *Il sait*, songea-t-elle avec une certitude glaciale qui creusa un vide dans son ventre. *Il sait que j'ai menti.* Si c'était le cas, son nouvel ami choisit de ne rien en dire, pourtant.

— C'est mieux, lâcha-t-il enfin.

— Qu'est-ce qui est mieux ?

— De ne pas savoir s'il est mort.

— Mieux que quoi ?

— Que savoir qu'il est mort.

Ce n'était pas la première fois qu'elle entendait cet argument.

— Et s'il est vivant mais que c'est quelqu'un de vraiment horrible ?

Ulrich s'illumina aussitôt.

— Un voleur de banque ?

— Ou un assassin.

— Peut-être que c'est un génie maléfique, enchaîna Ulrich, qui y prenait goût. Du genre de Lex Luthor.

Ava se renfrogna.

— Qui ça ?

— L'ennemi juré de Superman, voyons.

— Superman ? De quoi tu parles ?

Il la dévisagea avec incrédulité.

— Tu ne connais pas Superman ? Le super-héros américain ?

— Je ne suis pas américaine, enfin…

Vexée, elle lança un caillou vers les autres.

— Comment tu le connais ?

Il haussa les épaules.

— Un soldat américain que mon père a soigné m'a donné une pile de bandes dessinées avant de repartir chez lui. Elles sont en anglais, mais je comprends l'essentiel.

De la petite école leur parvint le tintement cristallin du triangle de Frau Klepf. À sa grande surprise, Ava se rendit compte qu'elle était déçue. Elle avait envie de continuer à parler avec ce garçon étrange et avec lequel, pourtant, elle se sentait étonnamment bien.

— C'est l'homme le plus fort du monde, poursuivit Ulrich en se levant tandis qu'Ava empochait son carnet. Enfin, ce n'est pas vraiment un homme, parce qu'il vient de la planète Krypton. Il est capable de soulever des trains. Et de voler.

— Impressionnant.

Ava se leva à son tour, épousseta l'arrière de ses jambes nues.

— Il a des ailes d'oiseau ou de papillon ?

— Il n'a pas besoin d'ailes, enfin, ce n'est pas une fée !

Ulrich Quelque-Chose était outré.

— Mais comment fait-il pour voler alors ?

— Comme ça, tout simplement.

Ils avaient calé leur pas l'un sur l'autre, aussi naturellement qu'ils avaient trouvé leur cadence en discutant.

À croire qu'ils avaient déjà parcouru ce même chemin ensemble des centaines de fois.

— C'est expliqué dans la bande dessinée, ajouta-t-il. Je t'apporterai quelques épisodes demain si tu me promets de ne pas les toucher. Les albums sont très vieux. Ce qui ne les empêche pas d'être épatants.

Demain. Ce mot et la promesse tacite qu'il contenait étaient réjouissants. Ce qu'Ulrich lui disait, comprit-elle, c'est qu'ils parleraient encore. C'était acté. Ce qu'Ulrich lui disait, c'est qu'il aimait passer du temps avec elle.

— Je te le promets, répondit-elle, aux anges.

De retour dans la classe, Frau Klepf se posta devant son bureau avec un sac en papier paraffiné. Une pile de minces brochures était posée devant elle.

— Je vais vous distribuer les manuels d'histoire qui ont été approuvés par les autorités compétentes. Mais avant, j'ai une surprise pour vous tous. Le père d'Abbi a préparé une friandise de rentrée pour chacun d'entre vous : un Mozartkugel !

Abbi se délecta ostensiblement de la rumeur d'éblouissement qui emplit la salle, et Ava se demanda ce qu'elle ressentirait si elle était à sa place. Si elle avait un père, et un père qui avait le meilleur métier du monde en plus, prêt à contribuer au succès de sa fille en sa société.

— Veuillez bien noter, ajouta Frau Klepf en haussant la voix pour se faire entendre malgré les murmures d'excitation, qu'en temps normal je ne vous autoriserais pas à manger en classe. Face à la générosité exceptionnelle de Herr Schumer, je suis néanmoins prête à faire une exception, juste pour cette fois. Oui, Ernest ?

Le garçon rondouillard au premier rang avait levé un doigt boudiné.

— Pourquoi est-ce qu'on n'a pas des vrais livres d'histoire ? Ils sont tout minces, ceux-là.

— *Ja*… C'est temporaire. Nous allons les utiliser en attendant que l'occu…

Elle se reprit aussitôt :

— Que le *gouvernement* ait fini de préparer de nouveaux manuels pour tout le monde. Entre-temps, nous devrons nous en contenter.

— Mais pourquoi est-ce qu'on a besoin de nouveaux manuels ? Qu'est-ce qui n'allait pas avec les anciens ?

— N'appartenant pas moi-même au gouvernement, je n'ai malheureusement pas la réponse à cette question, dit-elle en pinçant les lèvres. Bon, qui veut une friandise ?

Une forêt de bras se dressa dans la salle ; la maîtresse entreprit de s'y frayer un chemin. Elle n'avait pas encore terminé de distribuer les bonbons au premier rang qu'Ava avait déjà l'eau à la bouche. Il faut dire qu'Ilse mettait les sucreries dans le même sac que les nouveaux jouets, les nouvelles chaussures et les jolies boîtes de peinture sur lesquelles Ava lorgnait en permanence : des choses dont elles n'avaient pas besoin ct qui coûtaient de l'argent qu'elles n'avaient pas. Si bien qu'en dehors de l'occasionnelle pomme d'amour à la fête foraine et des gâteaux d'anniversaire deux fois par an (tradition à laquelle Ilse tenait de façon invraisemblable), Ava ne pouvait compter que sur une seule gourmandise régulière : la confiture sur son toast du matin. En conséquence, elle rêvait presque aussi souvent de sucre qu'à l'époque de l'orphelinat : une envie obsessionnelle et viscérale qui n'était surpassée que par celle de connaître la vérité sur son père. Elle pouvait presque sentir, par anticipation, la richesse onctueuse de la pâte d'amande associée à la crème de noisettes, unies par leur coque brillante de chocolat noir.

Lorsque la douceur enveloppée dans un papier d'aluminium atterrit enfin dans sa paume, elle fit de son mieux pour la savourer. Elle la libéra lentement de son emballage scintillant, qu'elle replia très soigneusement afin de pouvoir le humer plus tard avec nostalgie. Elle grignota d'abord un côté de la friandise, puis l'autre, fermant les yeux après chaque bouchée pour mieux apprécier ses notes riches et merveilleuses. Autour d'elle, la classe connaissait une accalmie, que ne venaient troubler que le froissement joyeux des papiers et, de temps en temps, un soupir de satisfaction.

Soudain, une voix qui lui était devenue familière depuis peu rompit le silence.

— Je croyais qu'on avait droit chacun à un bonbon.

Ava rouvrit les yeux et vit Ulrich qui considérait sourcils froncés son pupitre, sur lequel se trouvaient deux Mozartkugeln emballés. Frau Klepf se tenait à côté de lui.

— En effet, lui répondit-elle avec un sourire gêné.

Pour une raison assez inexplicable – du moins du point de vue d'Ava –, on aurait dit une petite fille prise la main dans un bocal à bonbons.

— Il se trouve simplement que nous en avons un en trop. J'ai pensé que ça pourrait te faire plaisir de l'avoir.

Ulrich leva vers elle un regard plein de suspicion.

— Pourquoi ?

— Pourquoi ?

Le sourire de Frau Klepf s'élargit encore.

— Tu n'aimes pas les confiseries ? lui demanda-t-elle.

— *Klar.* Comme tout le monde, fit-il remarquer. Or je suis le seul à en avoir reçu deux. Les autres n'en ont qu'un.

— Eh bien, Ulrich, tu…

Frau Klepf se racla la gorge. Son sourire commençait à ressembler à une grimace.

— Tu vois, reprit-elle, quand il y a des restes, parfois, plutôt que de les gâcher, il vaut mieux les… les donner à quelqu'un qui le mérite.

— Mais comment savez-vous que je le mérite ?

Remontant ses lunettes sur son nez, le garçon dégingandé se cala contre le dossier en bois de sa chaise.

— C'est le premier jour de l'année. Vous ne me connaissez pas encore.

Les papilles encore en émoi, transcendées par la pâte d'amande, Ava se surprit à dévisager son nouvel ami. Ce n'était pas seulement qu'il avait bénéficié de cette aubaine incroyable, dont il ne semblait (étonnamment !) pas vouloir. Non, Ava n'avait jamais vu un enfant de son âge s'adresser sur ce ton à un adulte : comme s'il se plaçait exactement sur le même plan. Elle n'avait, sans le moindre doute, jamais été témoin d'une attitude aussi rebelle – alors qu'à l'époque de l'orphelinat elle avait vu quelqu'un accrocher, dans le dos d'une des sœurs les plus rondelettes, un mot disant : *Premier prix de la truie la plus grasse.*

— Eh bien, répéta la maîtresse en toussant. Tu nous as dit que tu avais perdu un de tes parents.

— C'est le cas de beaucoup d'autres. Lotte, par exemple. Ou Ava.

— Je comprends.

Était-ce l'imagination d'Ava ou la voix de l'institutrice se faisait-elle soudain légèrement implorante ?

— La guerre a été très dure pour toutes les familles, mais dans certains cas…

— Je n'en veux pas, l'interrompit-il d'un ton sans appel.

Plusieurs élèves eurent du mal à étouffer un cri de surprise. À voir la tête de Frau Klepf, on aurait pu croire qu'elle avait été giflée.

— Tu… tu n'en veux pas ?

— Non. Donnez-le à quelqu'un d'autre s'il vous plaît.

Ulrich ramassa le bonbon supplémentaire et le lui tendit d'un geste raide. Frau Klepf baissa les yeux vers lui et son visage blême se mit à rosir un peu – il n'allait pas sans rappeler le portrait du mini-Mozart sur la friandise. Ulrich, lui, soutenait sans mal son regard. Ava se mordilla la lèvre. Elle pouvait presque sentir la tension monter et chasser la tranquillité de la pièce. Enfin la maîtresse poussa un soupir.

— Emporte-le chez toi, pour plus tard, lui dit-elle d'un ton acerbe avant de se détourner. Pour tous les autres : merci de préparer vos emballages, je vais passer avec une corbeille.

— Je n'en voudrai pas plus tard, lâcha Ulrich, fixant d'un regard noir le dos de l'institutrice.

Si elle l'entendit, elle n'en laissa rien transparaître. Ava attendit que celle-ci soit retournée à l'avant de la classe pour se pencher et tirer sur la chemise d'Ulrich.

— Puisque tu n'en veux pas, tu peux me le donner ?

Il haussa les sourcils et, l'espace d'un instant, Ava s'inquiéta de passer pour une goinfre, d'avoir détruit le faible lien qu'ils avaient commencé à tisser. Ulrich se contenta de hausser les épaules.

— Bien sûr.

Il ne déposa pas seulement un bonbon mais les deux sur son pupitre.

— Tu es sûr ?

— Je n'aime pas trop la pâte d'amande.

Il lui jeta un regard grave derrière ses verres rayés, puis ajouta :

— Ni Mozart.

Elle n'était pas certaine qu'il s'agissait d'une blague, cependant elle se surprit à rire. C'était presque top beau : elle s'était trouvé un ami qui aimait ses dessins et envisageait de lui adresser à nouveau la parole, et en prime elle avait gagné deux friandises…

— Fräulein von Fischer !

Ava sursauta et redressa aussitôt la tête : au tableau, la maîtresse la regardait avec sévérité.

— Tu as pris ces bonbons sur le pupitre d'Ulrich, Ava ?

Elle s'humecta les lèvres.

— Il… Ulrich a bien voulu me les donner.

Reposant la corbeille qu'elle venait de soulever, Frau Klepf remonta l'allée.

— Je pensais pourtant avoir été très claire. Ces bonbons étaient pour Ulrich et pour personne d'autre.

— Oui, mais…

— Mais quoi ?

L'institutrice se dressait au-dessus d'elle maintenant, les poings sur ses hanches étroites. Elle sentait la sueur rance, le parfum éventé et une note plus profonde qui rappelait vaguement le poisson.

— Il n'en veut pas, dit Ava. Vous l'avez entendu.

— Es-tu en train de suggérer que j'aurais un problème d'audition, jeune fille ?

— C'est vrai, intervint Ulrich. Je ne tiens vraiment…

— Plus un mot !

De rage, le visage de la maîtresse avait viré du rose au blanc des bouts de craie qu'elle venait d'aligner soigneusement devant son tableau noir.

— Rends ces bonbons à Ulrich. Et présente-lui tes excuses.

Ava baissa les yeux vers les deux petites boules argentées. Elle avait l'impression qu'on venait de lui ordonner de se séparer des deux morceaux les plus précieux de son âme.

Fais-le, s'ordonna-t-elle. *Présente tes excuses.*

Mais son corps entier, de ses doigts à ses lèvres, était aussi pétrifié et gelé que celui de la Vierge des glaces d'Andersen.

— Puisque c'est comme ça, je m'en chargerai moi-même ! s'exclama Frau Klepf.

Elle déposa les Mozartkugeln sur le pupitre d'Ulrich avec une telle fureur que l'un d'eux rebondit sur la table et roula jusqu'au mur. Ava suivit sa trajectoire sur le parquet. Puis elle regarda Ulrich, que la violence du geste avait rendu muet. Il lui rendit son regard, impassible. Avant, très lentement, de loucher derrière les verres de ses lunettes.

Comme sur un signal, ils éclatèrent de rire ensemble : Ulrich était secoué de spasmes et émettait des sifflements, Ava gloussait et hoquetait, sous les regards ébahis de la maîtresse et de toute la classe.

*

À dix-sept heures, Ava était assise à la table de la cuisine, devant son nouveau manuel d'histoire, aussi fin qu'un magazine, et ses livres de mathématiques et d'anglais, d'aspect beaucoup plus sérieux. Elle s'intéressait surtout à son dessin de la fille du puits, auquel elle était en train d'apporter les touches finales. Dès qu'elle entendit le bruit de la clé dans la serrure, elle referma son carnet de croquis pour ouvrir son ouvrage de mathématiques, fixant sans les voir des rangées de tables de multiplication qui ressemblaient à des fourmis. Le trousseau de sa mère atterrit avec un fracas métallique sur la commode de l'entrée. Suivit un silence chargé. Ava comprit que sa mère lisait le message que Frau Klepf avait rédigé en hâte *für deine Mutter*, qu'Ava avait envisagé de déchirer, de lire puis de réécrire, avant finalement de le laisser sur la commode, en désespoir de cause.

Après ce qui lui parut une petite éternité, sa mère finit par lancer :

— Ava ?

— Je suis là, répondit-elle en résistant à l'envie de se réfugier sous la table.

Les richelieus à semelle épaisse de sa mère résonnèrent dans le couloir. Celle-ci s'encadra ensuite sur le seuil de la cuisine, le message à la main.

— C'est vrai ?

— Je ne sais pas ce qu'elle a écrit, rétorqua Ava, en toute sincérité.

— Ne fais pas la maligne. Ta maîtresse dit que tu as volé des bonbons à… un autre élève. Puis que tu as refusé de lui présenter tes excuses. Elle dit aussi que tu as été malpolie avec elle devant toute la classe.

— Il m'avait donné les bonbons.

Ava se rendit compte que sa voix tremblait.

— Alors pourquoi ta maîtresse écrit-elle que tu les as volés ?

— Je ne sais pas, dit Ava en regardant ses chaussures. C'est ce qu'elle a dit devant toute la classe. Mais je peux te prouver que c'est faux.

Plongeant la main dans la poche de sa robe, elle en sortit le dernier Mozartkugel.

— Tu vois ? Il m'a donné les deux à la sortie de l'école. Et je t'en ai gardé un.

Faisant la moue, Ilse prit le bonbon entre le pouce et l'index. Elle l'étudia d'un air de penser qu'il risquait de lui exploser dans la main.

— Tu me jures que tu ne l'as pas volé ?

— Oui, dit Ava en relevant légèrement le menton. C'est mon ami.

Ce mot était presque aussi savoureux que la friandise au chocolat sur sa langue.

— Ton ami ? Depuis combien de temps le connais-tu ? lui demanda Ilse, déconcertée.

Ava sentit ses oreilles chauffer.

— Je l'ai rencontré aujourd'hui. On a discuté pendant toute la récréation. Il m'a parlé de Superman.

Ilse conserva le silence un long moment. Son expression sembla légèrement se figer, comme de l'argile en durcissant. Elle finit par pousser un soupir.

— J'ai bien peur que ta maîtresse ait raison, Ava. Tu devras présenter tes excuses à ton nouvel ami demain.

— Mais c'est injuste !

Ava se sentit à nouveau rougir.

— Et Ulrich s'en fiche en plus ! Il a dit…

Sa mère la coupa.

— Il est évident que ta maîtresse ne s'en moque pas. Et tu as tout intérêt à partir d'un bon pied avec elle, Ava.

— En mentant ? Tu répètes sans arrêt que c'est mal de mentir !

Ilse secoua la tête.

— Nous trouverons un moyen de formuler les choses. Et je m'assurerai auprès de Frau Klepf que tu as obtempéré. Je ne veux plus recevoir de message m'expliquant que tu as répondu à ton institutrice. Tu m'entends ?

— Tu ne me crois pas, s'échauffa Ava. Ma propre mère ne me croit pas.

— Ça n'a rien à voir avec moi. Pour être parfaitement honnête, ça n'a rien à voir avec toi non plus.

— Comment peux-tu dire ça ? s'écria Ava. Elle m'a traitée de voleuse, et tu me forces à mentir !

Ilse pinça les lèvres.

— Tu es trop jeune pour comprendre. Je t'expliquerai quand tu seras plus grande.

— Tu dis toujours ça ! Dès que je te demande pourquoi tu travailles sans arrêt ! Pourquoi je n'ai pas le droit d'avoir de nouveaux vêtements ! Pourquoi tu ne peux pas me parler de mon père ! Je serai toujours « trop jeune ». Quel que soit le sujet !

Je te déteste, faillit-elle ajouter, réussissant à se retenir de justesse. Ce qui n'empêcha pas Ilse de plisser les yeux. Comme si elle l'avait entendue malgré tout.

— Tu n'es pas trop jeune pour apprendre une leçon, lui dit-elle froidement. La vie est souvent injuste, et tu ne pourras rien y faire. La meilleure option, c'est de se tenir à carreau et de se taire.

— Parce que toi tu te tiens à carreau ? marmonna Ava.

Si Ilse entendit la provocation, elle choisit de ne pas y répondre.

— À propos de se taire, Frau Klepf mentionne autre chose dans son message. Elle écrit que tu as dit à la classe que…

Elle hésita.

— Que ton père est mort dans un camp.

— Un camp ?

La mâchoire de sa mère se crispa.

— Un *Konzentrationslager*.

Ava baissa les yeux.

— Je ne savais pas quoi dire d'autre. Tous les autres ont précisé le métier de leur père, ou l'endroit où il avait trouvé la mort. Et moi… moi, je ne sais même pas comment il s'appelait. Je sais juste ce que m'ont dit Oma et Opa, qu'il était soldat quelque part. Et qu'il est mort avant ma naissance.

Pendant un instant, la seule réponse fut le mugissement distant mais croissant d'une sirène stridente. Alors que celle-ci prenait de l'ampleur – hurlement plaintif et rauque qui annonçait une catastrophe imminente –, la panique s'empara à nouveau d'Ava : la certitude subite que les murs et le plafond, le plâtre et le bois qui les constituaient n'étaient pas assez solides et allaient s'effondrer sur elles comme des petits bouts de craie. Tandis qu'une sensation familière d'étouffement la saisissait, Ava agrippa son crayon à deux mains, si fort que ses articulations firent blanchir sa peau. L'espace d'un instant, elle eut l'impression qu'elle n'arrivait plus à gonfler ses poumons et qu'elle risquait de s'effondrer sur place. Puis la sirène s'évanouit au loin et la terreur s'éloigna telle l'ombre glaçante d'un nuage dispersé par le vent.

Lorsque Ava redressa la tête, elle s'attendait à retrouver l'expression si familière de désapprobation maternelle. Or Ilse avait enfoui sa tête blonde dans ses deux mains, et ses épaules tremblaient. Ava comprit avec effroi qu'elle pleurait.

— Mutti ?

Elle se leva pour aller effleurer délicatement le coude de sa mère. Ilse ne réagit pas immédiatement. Repoussant enfin sa fille, elle se redressa et essuya ses yeux avec les poignets de sa chemise.

— Range tes affaires, s'il te plaît. Je dois m'occuper du dîner.

— Mais…

— Ava. Tu veux que j'aille chercher la brosse à cheveux ?

Ava sentit son menton trembler. Elle était moins bouleversée par la menace familière que par l'impression que sa mère lui avait, fait rarissime, entrouvert une fenêtre sur ses secrets, son être intime, avant de la refermer aussitôt. Ava savait qu'il ne servait à rien de tenter de la rouvrir de force.

Ravalant ses larmes, elle commença à rassembler ses livres et papiers puis se dirigea en tremblant vers le couloir. Juste avant de quitter la cuisine, elle se retourna.

— Mutti.

Sa mère posait des ingrédients sur le plan de travail : un oignon, un bocal de tomates, un sachet de viande.

— Juste une question.

— *Nein*, répondit Ilse en plaçant l'oignon sur la planche à découper. Nous en discuterons quand tu seras plus grande.

— *Bitte.* Peux-tu juste me dire… comment il est tombé exactement ?

Sa mère se retourna lentement.

— Tu veux savoir s'il a vraiment été tué au combat ?

Ses yeux argentés étaient bordés de rouge, et le contraste était quelque peu déconcertant. Ava hocha la tête. Ilse hésita. Très lentement, elle secoua la tête, et le cœur de sa fille fit un bond.

— Alors il est en vie ? demanda-t-elle, hors d'haleine.

Ilse ferma les yeux.

— Je refuse d'avoir cette discussion maintenant, dit-elle en serrant les dents. Monte. Immédiatement.

— Mais…

Un bruit terrible résonna dans la pièce ; Ava sursauta. Dans la confusion, elle crut un instant que quelqu'un avait tiré sur sa mère, avant de se rendre compte que celle-ci avait simplement refermé violemment le tiroir des couverts.

— *Immédiatement !*

C'était presque un hurlement.

Ava tourna les talons et courut jusqu'à l'escalier. Des larmes chaudes et salées lui brouillaient la vue, si bien qu'elle évalua mal la distance de la première marche et faillit trébucher. Cherchant à retrouver l'équilibre, elle tendit la main vers la rampe et manqua de peu la photo encadrée posée juste à côté : un portrait d'Ilse et elle, peu après que sa mère eut fait une apparition magique à l'orphelinat Sainte-Marie. Les bras puissants d'Ilse enlaçaient la minuscule taille d'Ava sans la serrer ; ses tresses blondes s'emmêlaient avec celles, brunes, d'Ava. Son sourire était raide, l'expression d'Ava solennelle, légèrement désorientée. Ava laissa courir un doigt sur les ornements du cadre en argent massif.

Puis, d'un revers de main parfaitement délibéré, elle balaya la photo sur la commode, l'envoyant valser sur le plateau de chêne ciré et tomber par terre, où la vitre se brisa en une douzaine d'éclats brillants et tranchants.

12

Renate

1938

Renate descend Kronberger Straße en courant, maudissant Daphne du Maurier tout en boutonnant son manteau trop petit pour se protéger du froid.

C'est la seconde fois en quatre jours qu'elle rate son arrêt. Vendredi, elle s'en est rendu compte presque aussitôt et a réussi à faire arrêter le chauffeur : elle n'a pas eu beaucoup à courir pour arriver au lycée. Aujourd'hui, cependant, le tram 8 était à mi-chemin de Nikolassee lorsque le chauffeur lui a lancé d'un ton jovial, par-dessus son épaule : « On sèche les cours, aujourd'hui, Fräulein ? » Et Renate était si absorbée par le plan machiavélique de Jack Favell pour faire chanter Maxim de Winter qu'il a dû répéter sa question pour qu'elle l'entende.

Se maudissant tout bas, elle jette un coup d'œil à son poignet puis se souvient qu'elle a mis son bracelet-montre en gage la semaine dernière pour pouvoir acheter des cadeaux de Noël. Étant donné le silence inquiétant de l'église Saint-John, qui sonne tous les quarts d'heure, elle en déduit qu'il est au plus tôt huit heures passées de trois minutes, et au plus tard huit heures dix-huit. Ce qui n'aurait aucune importance si son premier cours de la journée n'était pas un cours d'anglais avec Herr Lawerenz.

Ce vétéran de la Grande Guerre, avec une vilaine boiterie, a un tempérament si féroce qu'il aurait pu réduire au silence n'importe quel enseignant nazi de l'ancien *Gymnasium* de Renate. Herr Lawerenz fait régner la terreur dans les classes surchargées rien qu'avec un simple coup de canne. Personne ne l'a jamais vu sourire, même si l'opinion est divisée quant à l'origine de cette gravité : serait-elle due au traumatisme de la guerre ou plutôt au fait qu'il est un Arschloch né ? Il semble avoir pris Renate tout particulièrement en grippe, même si elle ne s'en explique pas la raison. Elle est une élève très appliquée dans ses cours, elle participe de façon constructive aux discussions en cours et lève toujours la main avant de parler. Elle essaie même de le faire sourire, en partie parce qu'après sa dernière expérience scolaire elle est prête à tout pour être appréciée par ses enseignants, mais aussi par goût du défi. Lundi dernier, par exemple, quand il l'a informée qu'en raison de son retard elle avait raté son introduction sur le plus-que-parfait anglais, elle lui a fait remarquer qu'elle avait lu *Autant en emporte le vent* dans sa version originale et que le roman était justement écrit au passé.

« Vous voyez, lui a-t-elle dit (en anglais) avec un sourire qu'elle voulait charmeur, je n'ai rien raté en réalité. »

La classe a ri. Pas Herr Lawerenz. Il a, pour sa part, donné un coup de canne si brutal sur le parquet que Renate a presque été surprise que la lame de bois ne cède pas.

« Encore un retard, lui a-t-il répliqué d'un air menaçant (en allemand), et vous serez renvoyée de mon cours. Nous verrons alors si vous pouvez vous en dispenser. »

Il l'a ensuite envoyée dans le bureau de la directrice pour qu'elle puisse méditer sur son « arrogance ». Par chance, le Doktor Goldschmidt, qui est aussi la fondatrice de l'établissement, possède à la fois un grand sens de l'humour et un amour de Margaret Mitchell. Elle a d'ailleurs avoué à Ava qu'elle venait elle aussi de terminer *Autant en emporte le vent*. Elles ont donc eu une conversation plaisante sur la guerre de Sécession et la sombre histoire de l'esclavage avant que le Doktor Goldschmidt ne raccompagne Renate jusqu'à la classe de Herr Lawerenz, où la directrice a prié l'enseignant d'accepter les plus plates excuses de Renate.

À présent qu'elle franchit en courant les pelouses givrées qui la séparent de la façade arrière de l'établissement (l'entrée qui s'y trouve est plus discrète et souvent laissée sans surveillance), Renatc a conscience que les conséquences pourraient être bien pires cette fois. Si Herr Lawerenz demande son renvoi, le Doktor Goldschmidt sera peut-être incapable de le faire changer d'avis. Et si Renate est renvoyée, ne risque-t-elle pas de manquer de temps pour préparer son Abitur, sans lequel elle ne pourra pas entrer à l'université ? Or c'était justement la raison de son inscription ici après son départ du *Gymnasium* Bismarck au printemps dernier.

Non seulement cet établissement – la Jüdische Schule Doktor Leonore Goldschmidt – est la seule école juive de Berlin autorisée à faire passer l'examen, mais de plus il le délivre en anglais et en allemand. À trente-sept marks par mois, il est aussi très cher – Renate ne peut y suivre des cours que parce qu'elle a reçu une bourse. Si elle gâche cette chance, ses parents seront furieux.

Elle franchit en trombe la double porte vitrée de l'ancienne villa qui aurait un jour, d'après la rumeur, hébergé des membres de la famille impériale et qui accueille désormais environ sept cents élèves juifs chassés des établissements allemands. Renate a la bouche sèche et un goût aigre sur la langue ; son cœur bat si vite qu'elle a l'impression d'avoir un hoquet incontrôlable. Peinant à reprendre son souffle, elle dépasse en courant les portes closes des salles de classe dans l'aile est. Tout en retirant son manteau, elle écarte différents alibis : *Ma mère avait besoin d'aide à l'hôpital juif hier soir et nous sommes rentrées tard.* (Mauvaise idée : il lui aurait fallu un mot d'excuse.) *Le tram est tombé en panne.* (Trop facile à vérifier.) *J'ai oublié ma Kennkarte à la maison et j'ai dû retourner la chercher.* Le Troisième Reich impose à tous ses citoyens d'avoir en permanence leur carte d'identité sur eux, et la pénalité en cas de non-présentation de ce papier officiel est d'autant plus sévère quand la couverture de celui-ci est ornée d'un *J* rouge éclatant.

Atteignant enfin sa classe, Renate cherche sa carte dans sa sacoche, à l'affût de la voix grave de Herr Lawerenz. À sa grande surprise, elle n'entend rien d'autre que le brouhaha intense d'une cinquantaine d'élèves laissés sans surveillance.

Ce qui, découvre-t-elle en ouvrant la porte, est le cas.

Comme toujours, la salle vétuste est si bondée qu'elle semble prête à exploser – pas seulement à cause des dizaines de jeunes Juifs qui y ont trouvé refuge, mais aussi à cause de leur fébrilité électrique à l'idée de ce que l'avenir proche pourrait leur réserver. Presque toutes les familles des élèves inscrits dans cet établissement cherchent à émigrer ou à faire bénéficier leurs enfants de l'opération de sauvetage britannique, le *Kindertransport,* même si entre la montagne de paperasse, les frais de départ exorbitants et les interminables listes d'attente pour l'obtention d'un visa et d'une autorisation de traversée maritime, les chances de fuir l'Allemagne s'amenuisent de jour en jour. Quand la situation se débloque, néanmoins, c'est très rapide : les élèves disparaissent tout simplement, rapidement remplacés par d'autres jeunes gens qui se retrouvent confrontés aux mêmes épreuves.

Aujourd'hui, toutefois, Renate perçoit une note plus sombre dans l'humeur ambiante, ce qui vient aussitôt doucher son enthousiasme initial à la perspective de ne pas avoir à affronter Herr Lawerenz. L'atmosphère ne va pas sans rappeler celle qui a suivi l'Anschluss au printemps dernier, lorsqu'elle s'est brusquement retrouvée au cœur d'un ouragan de murmures houleux mentionnant des Juifs viennois obligés de frotter les trottoirs avec leurs propres brosses à dents. Ou après la conférence d'Évian de juillet, lorsque les nations ont, les unes après les autres, exprimé leur sympathie pour les Juifs allemands sans pour autant ouvrir leurs frontières. (*Juifs à vendre !* a exulté *Der Stürmer* le lendemain. *Qui les veut ? Personne !*)

— Que se passe-t-il ? demande-t-elle à Bernhard Bhär, un garçon rougeaud avec des cicatrices d'acné irritées sur les joues et que les autres ont surnommé Porcinet. Où est Herr Lawerenz ?

— À une réunion. Ils sont tous en réunion.

— À quel sujet ?

Il la regarde d'un air aussi ébahi que si elle venait de lui demander si le ciel est bleu.

— Tu n'es pas au courant ?

Voyant qu'elle secoue la tête, il lève les yeux au ciel avec une expression désormais familière à Renate et qui exprime plus ou moins l'idée suivante : *Tu ne prêtes donc vraiment attention à rien ?*

— Les pogroms, lui dit-il.

— Quels pogroms ? Où ça ?

— Partout. Même ici. Bon sang, Bauer. Tu es venue au lycée les yeux bandés ou quoi ? Tu n'as pas vu les Hitlerjugend postés devant la porte ?

— Je suis passée par-derrière, bafouille-t-elle, se demandant par réflexe si elle a pu rater Rudi.

— Ils ont incendié des synagogues.

— Quoi ?

— J'ai entendu dire qu'ils détruisaient des magasins juifs et frappaient leurs propriétaires, ajoute Kinge Lehmann, en levant le nez de l'un des cinq journaux sur son pupitre.

Aussi maigre qu'un fil de fer et souffrant d'asthme, il lit la presse nazie compulsivement.

— On m'a raconté qu'ils avaient jeté des gens par les fenêtres, ajoute le meilleur ami de Porcinet, surnommé Winnie et qui s'appelle en réalité Rolf Sumner.

— Qui ça, « ils » ? Les SS ?

— Avec la Gestapo et les Hitlerjugend. Mais à peu près tous ceux qui ne sont pas juifs leur emboîtent le pas.

Kinge secoue la tête d'incrédulité.

— Tu n'es vraiment pas au courant ? Tu n'as rien vu en venant ce matin ? La fumée ? Les attroupements ?

— Je…

Renate se sent rougir. La seule chose qu'elle a remarquée, c'est que le tram semblait plus calme et moins bondé que d'habitude. Et qu'elle a raté son arrêt, bien sûr.

— Mais pourquoi ?

— Le Nain a fait dire aux journaux qu'il s'agissait d'un « soulèvement spontané » de la population en réaction à l'assassinat de vom Rath, enfin personne n'est dupe. Ils disent que ceux qui ont pris la tête des opérations sont des Sturmtruppen en tenue civile.

— Les loups et les agneaux, on connaît la chanson, ajoute Winnie d'un ton grave.

— Et puis « spontané » mes fesses ! ajoute Kinge. Ils ont des listes officielles des adresses, professionnelles ou personnelles, des Juifs. Et la même chose se produit dans l'ensemble de Berlin. Apparemment, à Munich, ils ont demandé à tous les Juifs de partir d'ici le coucher du soleil.

— Quoi, comme le shérif dans un roman de Karl May ? lance Renate, ce qui ne fait rire personne.

Elle se laisse tomber sur une chaise, se débattant avec cette nouvelle. Le Nain c'est le surnom du ministre de la propagande, Goebbels (l'un des nombreux avantages de ce nouveau lycée, c'est que l'on peut y dire du mal du parti sans avoir à s'inquiéter des conséquences).

Ernst vom Rath est le diplomate allemand qui s'est fait tirer dessus à Paris, l'autre matin, par un Juif polonais à peine plus vieux que Renate. Elle ne savait pas que vom Rath n'avait pas survécu. Mâchonnant la pointe d'une de ses tresses, elle essaie de se remémorer l'émission de la BBC qu'ils ont écoutée en famille, secrètement. Elle regrette d'avoir lu *Rebecca* sous la table en même temps…

Kinge, lui, cite un article du *Völkischer Beobachter* :

— « Nous ne devons plus tolérer plus longtemps cette situation sur notre territoire, où des centaines de milliers de Juifs contrôlent des rues entières de boutiques, affluent dans des lieux de divertissement publics et empochent la richesse de locataires allemands en tant que propriétaires "étrangers" tandis que leurs frères raciaux cherchent à provoquer une guerre contre l'Allemagne et abattent des représentants officiels de notre pays… »

En général, il lit les nouvelles d'un ton geignard et flagorneur. Aujourd'hui, il utilise sa voix naturelle. Et son inquiétude transparaît.

— Ça date d'hier soir, dit-il en redressant la tête. Ils avaient tout planifié. La boutique de mon oncle, qui vend du vin à Munich, a été réduite en miettes. Jusqu'à la dernière bouteille.

— Pareil pour un ami de mon père à Leipzig, ajoute Porcinet. Il a un magasin de chaussures.

Jetant un regard contrit à Renate, il précise :

— Ils ont chié dans toutes les paires.

Scandalisée, elle se bouche les oreilles et se détourne, cherche autour d'elle un signe que les garçons mentent ou, au moins, qu'ils exagèrent, un signe que son existence ne s'apprête pas à connaître à nouveau un de ces soubresauts écœurants qui ont ponctué ces trois dernières années. *Pitié*, implore-t-elle en silence un dieu anonyme, *pitié, faites que ça ne recommence pas.*

Comme en réponse, la porte s'ouvre en grand, et Herr Lawerenz entre en boitant, frappant le sol de sa canne avec plus de véhémence que d'habitude, ses cheveux gris formant deux épis sur sa tête, telles les cornes d'un petit cerf.

— *Achtung !* rugit-il.

Il a beau être craint, il lui faut généralement s'y reprendre à deux fois, au moins, pour obtenir le calme quand la classe est aussi survoltée. Aujourd'hui, pourtant, le silence survient si soudainement, si parfaitement, que Renate entend un oiseau gazouiller avec réprobation sur un arbre au loin. Même le professeur paraît un instant décontenancé : il écarquille ses yeux laiteux derrière ses lunettes. Il se ressaisit rapidement néanmoins.

— Très bien, dit-il d'un ton cinglant. Rangez vos affaires.

Les élèves échangent des regards ébahis.

— Pour la journée ? finit par demander Porcinet.

— Non, pour les vacances, grogne leur enseignant. Oui, pour la journée. Vous êtes tous renvoyés chez vous. Le Doktor Goldschmidt estime que vous n'êtes pas en sécurité.

Il interrompt de plusieurs coups de canne le brouhaha qui connaît un regain.

— Je n'ai pas terminé.

Il attend que le silence revienne.

— Vous devez emprunter la sortie de derrière. Et ne sortez pas tous ensemble. Évitez de former des groupes trop importants. Trouvez un camarade et allez-y deux par deux. Deux par deux. Par la porte de derrière. Vous avez bien compris ?

— Pourquoi est-ce qu'on ne peut pas partir en groupe ? lui demande Kinge.

— Vous risqueriez de représenter une cible.

— Une cible ? répète Renate, incrédule.

Sa question se perd dans le déferlement sonore de feuilles rangées à la hâte, de chaises raclant le parquet. Du fond de la salle, quelqu'un crie.

— Quelle est la date de remise du devoir sur Mann alors ?

— Vous le rendrez quand les cours reprendront.

— C'est-à-dire ? insiste Renate, qui pense toujours à son Abitur.

Il hausse les épaules.

— Vous serez informés.

— Et les plus jeunes ? Comment vont-ils rentrer ? s'inquiète un autre élève.

— Certains parents sont déjà venus les chercher. Si besoin, le Doktor les emmènera chez elle, elle a son chauffeur. Occupez-vous de vous, ne vous souciez pas des autres.

Il pose son regard sévère sur chacun d'entre eux. Timidement, Renate lève la main.

— Oui, Fräulein Bauer, dit-il, l'air peiné.

Elle s'humecte les lèvres, ose à peine répéter sa question.

— Pour qui représenterions-nous une cible ?

Une légère modification s'opère sur ses traits. Et, soudain, il a moins l'air furieux et vengeur que las et à fleur de peau, voire fragile, étrangement.

— Rentrez chez vous. Sans tarder. Ne traînez pas, ne vous arrêtez pas, n'adressez pas la parole aux inconnus. Sous aucun prétexte. Me suis-je bien fait comprendre ?

Renate hoche la tête, mais son cœur tambourine à nouveau. Pas parce qu'elle a peur de son professeur, non, parce qu'elle vient de comprendre qu'il est, lui, le vétéran de la Grande Guerre, l'ancien prisonnier des Russes décoré deux fois pour sa bravoure, terrifié. Il est sans le moindre doute terrifié pour eux tous.

Dans le tramway, ils sont aussi immobiles que s'ils jouaient aux statues : deux debout à l'avant, deux au fond. Quatre assis, deux par deux, de part et d'autre de l'allée. Ils ont eu beau quitter l'établissement par paires, ils se sont tous retrouvés au même arrêt quelques minutes plus tard. Lorsque le premier 8 est arrivé, ils ont hésité à peine une seconde avant d'y monter tous ensemble en silence. À présent, ils ne s'adressent ni la parole ni même un regard, évitent tout contact avec la dizaine d'autres passagers. Renate ne peut s'empêcher de penser que n'importe qui pourrait les démasquer au premier coup d'œil, remarquer que ce sont des élèves et qu'ils ne sont pas en cours en pleine semaine. En d'autres termes, qu'ils sont, selon toute vraisemblance, des Juifs. Renate est presque tentée de le signaler : ils doivent avoir l'air tellement idiots, aussi raides et aussi pâles, plongés dans un silence terrifié. Et pourtant, alors que le tramway trace sa route vers Charlottenburg en crissant et ronronnant, personne n'accepte ne serait-ce que de croiser son regard.

Ils attendent donc, huit jeunes corps, assis ou debout, droits comme des I. Seize yeux rivés sur le paysage citadin qui défile lentement et qu'ils semblent prendre pour un décor de cinéma, s'attendant à ce qu'un monstre – un golem en argile aux mouvements empêtrés, un King Kong serrant une jeune fille dans son poing – surgisse brusquement des ombres.

Pendant plusieurs arrêts, ils ne voient rien. À l'approche de Friedrichstraße, l'odeur de la fumée envahit l'atmosphère, et Renate perçoit un vacarme assourdi, ponctué de chants d'ivrognes et de bris de verre. Le 8 s'engage sur l'avenue principale, et Renate découvre ce qu'elle prend d'abord pour des ordures éparpillées sur les trottoirs et la chaussée. Lorsqu'ils se rapprochent, elle constate que ce ne sont pas des détritus mais des marchandises flambant neuves : des vêtements qui ont toujours leur étiquette, certains à moitié arrachés de mannequins décapités. Des conserves de nourriture, bosselées bien que toujours fermées. Et le pire de tout, à ses yeux : des livres, aux pages et aux couvertures déchirées.

Et le verre. Partout il y a du verre. Des éclats de porcelaine, de vitraux, de pendeloques en cristal provenant d'un lustre – tous lancent des éclats éblouissants dans la faible lueur du matin.

Soudain, la vue est partiellement bouchée par un bus à impériale arrêté devant l'une de ces scènes de rue : sa quarantaine de passagers suit les événements avec l'expression de spectateurs d'opéra déroutés. Au moment de doubler le véhicule immobilisé, Renate prend, pour la première fois, la pleine mesure du chaos. Ses poils se dressent sur sa nuque.

Les boutiques sont assiégées par des bandes d'hommes, excités par une foule de piétons hilares, qui les applaudissent. La majorité des pilleurs semblent saouls, ils chancellent sur leurs jambes tout en hurlant, chantant et cassant. Aucun d'eux ne porte ni les fameuses chemises brunes ni les brassards rouges, mais la plupart ont la stature robuste et les traits épais des SA. Et les chants qu'ils beuglent, évoquant poignards et sang juif, sont caractéristiques de l'hymne des SA, composé par Horst Wessel.

Le souffle court, Renate observe les maraudeurs déchaînés, un mélange d'hommes, jeunes et moins jeunes, d'adolescents. Ces derniers portent, pour certains, leur uniforme des Hitlerjugend ; d'autres sont en civil. Ils unissent leurs efforts. Au moment où le tramway stoppe – l'arrêt a été demandé –, elle voit un jeune s'attaquer à une table en bois qui a été sortie d'un magasin d'ameublement : il frappe et martèle un de ses pieds pour le désolidariser du reste. Il le tend à un autre garçon, qui pousse un rugissement d'approbation, avant de se jucher, en vacillant, sur l'une des chaises complétant l'ensemble. Il entreprend alors de détruire l'enseigne au néon au-dessus de la porte, brisant méthodiquement chacune des lettres en verre des deux mots prometteurs qui la composent : *Feine Möbel*.

Lorsqu'il fait voler en éclats le *l*, ses compagnons l'acclament, bientôt imités par les badauds. Le garçon saute sur le trottoir, trébuche et s'étale de tout son long sans jamais se départir de son sourire aviné. Un *Polizist* lui tend une main pour l'aider à se relever, puis lui administre des tapes joviales dans le dos.

Renate finit par sortir de son silence.

— Je n'arrive pas à croire que tout ça arrive parce qu'un Polonais a tiré sur un Allemand, murmure-t-elle à Stella Goldschlag.

Stella, dont les tresses blondes forment des rails dorés parfaitement parallèles dans son dos, secoue la tête.

— Ce n'est qu'un prétexte.

Un homme en imperméable beige qui lit *Die Börsen-Zeitung* en fumant, adossé à la paroi, redresse la tête.

— Un prétexte pour quoi ?

— Pour nous détruire, dit Stella, d'une voix étranglée.

— Arrêtez ça, leur souffle Gartner Rabin, assis de l'autre côté de l'allée, à côté de Rita Oelburg, une fille mince et studieuse avec des cernes si prononcés qu'on dirait des contusions. Je vous rappelle qu'on n'est pas censés attirer l'attention.

Stella pince les lèvres et baisse les yeux vers ses bottines noires bien propres.

— Je déteste être juive, murmure-t-elle.

Renate l'observe à la dérobée. Stella est sans conteste la plus jolie élève de la Jüdische Privatschule – du moins selon les critères allemands. Avec sa peau pâle et veloutée, ses yeux aussi bleus que les fleurs qui ornent les tasses à thé chinoises, elle a tout de la fille pour qui rien ne va jamais mal. En temps normal, les garçons rivalisent pour attirer son attention. Ainsi en septembre, Gartner, qui s'est remis à observer avec tension l'avenue dévastée, a fait un équilibre sur la balustrade de la galerie de l'établissement, au premier, uniquement pour impressionner Stella. Il n'a pas réussi à rester stable et est tombé tout droit dans le massif de jacinthes en bas, ce qui lui a valu d'avoir un bras plâtré jusqu'à la semaine précédente. Étonnamment, tout ça semble déjà remonter à un passé lointain. Un rebondissement dans un roman que Renate aurait quasiment oublié…

Le tramway, qui s'est enfin remis en route, s'arrête à nouveau en frémissant, dans un crissement métallique. Un instant, personne ne bouge. Le fracas cristallin d'une vitrine brisée leur parvient de l'extérieur.

— Oh, merveilleux, marmonne un type assis dans un coin, tout au fond. En plein milieu du spectacle…

Comme pour enfoncer le clou, une bande d'émeutiers qui passent par là secouent le tramway, suffisamment fort pour le faire légèrement basculer sur ses rails. Les perturbateurs éclatent de rire, et les élèves de l'établissement Goldschmidt évitent de les regarder. Renate comprend soudain avec effroi qu'ils sont pris au piège, à quelques mètres de la scène de violence. Il suffirait de quelques secondes pour que la foule décide de s'attaquer à eux.

— Qu'est-ce qu'on fait ? murmure Stella, alors qu'une autre vitrine vole en éclats. On descend ?

— Et s'ils nous voient ? demande Rita, d'une voix que la peur rend stridente.

— Taisez-vous, souffle Gartner, dents serrées. Taisez-vous, toutes, enfin !

Les filles obtempèrent. Dehors, l'air résonne de sifflements et de huées. Par réflexe, Renate se tourne pour découvrir la source de nouveaux éclats de rire. Ils proviennent du groupe en train de piller la vitrine d'une boutique de lingerie que sa mère a fréquentée à une époque. L'un des garçons plonge la main dans un présentoir et commence à jeter des poignées de sous-vêtements soyeux et délicats, que les autres posent sur leurs vestes et pulls d'un air faussement pudique avant de les réduire en charpie. Un instant plus tard, le propriétaire – un petit homme barbu, qui ressemble à un oiseau et qui a appartenu, autrefois, au ballet de l'Opéra de Paris – se précipite vers eux en agitant ses bras minces. Il crie quelque chose, mais les pilleurs ne veulent rien entendre. Ils commencent à le bousculer en riant, le transforment en balle de flipper prise au piège d'une machine infernale.

À une autre intersection de l'avenue, un essaim d'émeutiers lance des gâteaux, des pâtisseries et des miches de pain noir ; Renate reconnaît dans un sursaut de surprise la boutique : c'est la Schloss-Konditorei qu'elle a tant aimée, où Ilse et elle s'arrêtaient au retour du collège. C'est là qu'Ilse s'est opposée au premier boycott des SS, à une époque qui aujourd'hui ne semble pas seulement appartenir à une autre vie, mais aussi avoir été vécue sur une autre planète.

Herr Schloss est un bon boulanger. Et ça m'est égal qu'il soit juif.

Renate se rappelle le *Mohnkuchen* qu'Ilse et elle partageaient chaque jour, en communion ; la vitrine d'une propreté toujours irréprochable, pleine de merveilles esthétiques et odorantes. Le petit train qui traversait joyeusement un village enneigé en hiver, les agneaux pastel et les œufs peints au printemps. Aujourd'hui, la boutique n'est plus qu'un tas de décombres : un fouillis de pâte détrempée et de bris de verre. Les ravages ne sont pas pires qu'ailleurs, et pourtant, ce spectacle lui fait l'effet d'un coup de poing en plein ventre.

La gorge nouée, elle se dévisse le cou, essayant d'apercevoir Herr Schloss ou son épouse derrière la vitrine détruite. Elle ne parvient à voir que la foule hilare, qui jette de la nourriture et des plats, des plateaux et des pinces, des luminaires et des photos encadrées… Sous les yeux ébahis de Renate, l'un des maraudeurs asperge d'essence le tas de décombres grandissant dans la rue, puis il craque une allumette. Un instant plus tard, tous entourent cette petite montagne de feu de leur création.

— Ils se rapprochent, murmure Rita.

Renate frissonne, se rappelant sa question à Herr Lawerenz : *Pour qui représenterions-nous une cible ?* Elle revoit le visage sévère qui s'empourpre : *Deux par deux.* Pourquoi ne l'ont-ils pas écouté ?

Au moment où elle envisage d'agripper Stella par le bras et de l'entraîner dans la rue, le tramway redémarre en vacillant. Pendant quelques minutes, un silence soulagé se diffuse dans le véhicule. Jusqu'à ce qu'ils atteignent le Tiergarten et la synagogue de Fasanenstraße avec ses arches d'influence mauresque. Tous les passagers retiennent un cri.

Un déferlement de barbarie s'est abattu sur l'entrée de la synagogue. Les immenses portes en chêne sont ouvertes ; des objets en argent et des rouleaux anciens volent dans les airs, les parchemins en peau d'agneau battent telles des ailes asymétriques. Des chaises et des fragments de bancs pleuvent de l'un des balcons, où un homme rouge s'est enturbanné la tête avec un châle de prière et se livre à une gigue enivrée. Comme dans le cas des magasins détruits, des policiers se tiennent à la périphérie du carnage sans esquisser le moindre geste pour intervenir.

Une gigantesque colonne de fumée domine cette scène cauchemardesque, elle semble monter tout droit vers les nuages, si noire et si épaisse qu'elle paraît irréelle.

— Elle brûle, lâche Gartner, oubliant sa propre directive.

Sa voix est feutrée, aussi révérencieuse que s'il se trouvait face au buisson ardent.

La vieille femme assise à côté de lui secoue la tête. Son fragile chignon blanc oscille sous l'effet du mouvement.

— Quelle honte, dit-elle avec un claquement de langue. Un si beau bâtiment historique.

— *Was ?*

L'interjection est si inattendue, si retentissante, que Renate et Stella en sursautent sur leurs sièges. Tournant la tête, Renate découvre que l'homme qui lisait son journal dans un coin fond d'un pas furieux sur elles. Renate empoigne le bras de Stella, paniquée. Cependant, il les dépasse toutes deux pour rejoindre la vieille femme. Il enserre son bras frêle.

— Qu'avez-vous dit ? hurle-t-il en la relevant.

Sa bouche se retrouve à quelques centimètres de son visage affolé.

— *Mein Gott !* lâche-t-elle en chevrotant. Qu'est-ce… qu'est-ce que vous faites ?

Il la secoue si fort que Renate entend ses dents s'entrechoquer.

— QU'AVEZ-VOUS DIT ?

— Je… j'ai simplement…

La femme jette un regard pétrifié autour d'elle. *Il faut l'aider*, pense Renate, s'adressant à elle-même, à personne, à n'importe qui.

Mais pas un passager ne bouge.

— Vous voulez sauver la maison des Juifs ? poursuit l'homme en secouant la femme à chaque mot. Vous avez un faible pour les youpins ? C'est ça ?

Elle fait non de la tête. Deux larmes coulent dans les sillons de ses joues ridées. S'il les remarque, il ne s'en émeut pas. La tenant toujours par le bras, il tire d'un geste sec sur le cordon d'arrêt d'urgence, au-dessus des vitres.

— Ce bâtiment abrite des Juifs, répète-t-il en pointant un doigt sur la synagogue et en postillonnant. C'est là qu'ils se réunissent pour organiser la chute de notre pays. C'est là qu'ils pratiquent leurs rituels secrets, là qu'ils commettent leurs crimes et leurs sacrifices.

Alors que le tramway ralentit, il entraîne la femme vers la sortie.

— Mais si vous les aimez à ce point, Oma, allez les rejoindre. Allez trouver le rabbin. Ils adorent les Allemandes. Je suis certain qu'il appréciera même une vieille carne aussi fripée que vous.

Ouvrant la porte d'un coup d'épaule, il pousse la femme qui s'étale sur le trottoir et perd une chaussure dans sa chute. Sidérée, Renate regarde, bouche ouverte, l'homme s'essuyer les mains sur son pantalon puis remonter l'allée du tramway en posant ses yeux sur chacun des usagers.

— Quelqu'un d'autre a quelque chose à dire ? hurle-t-il. D'autres amateurs de youpins à bord aujourd'hui ?

À côté d'elle, Stella laisse échapper un petit sanglot terrifié. À l'autre bout, Gartner fixe ses pieds, blême. Pendant un instant, Renate n'a qu'une obsession : ne pas vomir avant qu'ils n'arrivent à leur arrêt – le suivant.

Mais alors elle aperçoit le sac à main de la femme, en cuir noir brillant, qui gît sur le sol du tramway, évoquant un reptile blessé. Elle revoit l'expression médusée de la femme, presque enfantine dans son incompréhension.

Et sans réfléchir à ce qu'elle fait, elle bondit, récupère le sac et se jette de tout son poids contre la porte. Elle se débat quelques secondes avec celle-ci avant qu'elle ne se rouvre dans un soupir, la recrachant sur la chaussée jonchée de verre.

La chute lui coupe le souffle. Elle reste d'abord étendue, le sac serré contre sa poitrine, les yeux rivés sur le ciel jaune envahi de fumée. Elle entend le bruit des émeutes et les râles étranglés de la femme qui sanglote. Puis le vacarme diminue légèrement, comme si quelqu'un avait baissé le volume. Une constellation de points lumineux blanc laiteux danse devant ses yeux. Ils se dissipent lorsque Renate s'assied lentement, et le tumulte revient.

Se hissant sur ses pieds, elle chasse la poussière et les éclats de verre de son manteau. À côté d'elle, la femme a cessé de pleurer, elle rajuste son manteau et son chignon avec des mains tremblantes.

— Tenez, lui dit Renate, qui lui tend son sac à main et se rend compte, à cet instant précis, qu'elle a oublié son cartable sur le sol du tramway.

La femme accepte son sac en fixant toujours la rue d'un regard vitreux. Renate lui offre sa main.

— Je vais vous aider.

La femme accepte. Agrippant toujours le bras de Renate, elle cherche sa chaussure manquante ; elle se fige soudain lorsqu'un bruit surnaturel – on dirait qu'un millier d'oies caquettent, poussant leur dernier souffle – emplit l'atmosphère. Renate se retourne et découvre l'épave de l'immense orgue qui accompagnait les fidèles chaque semaine lors des chants et des prières funèbres. Ses tuyaux argentés sont tordus et écrasés, ses touches en ivoire brisées. Des partitions flottent dans l'air brûlant, banc de poissons dispersés brusquement.

— Pure folie, marmonne la femme en glissant son bas, les orteils puis le talon, dans sa chaussure.

Deux camions de pompiers apparaissent soudain en grondant, tels des scarabées noirs avec une échelle sur le dos. Au moment où ils se garent devant la synagogue, la femme relève la tête pour observer le panache de fumée qui s'épaissit. Elle reporte ensuite son attention sur Renate.

— Je n'apprécie pas beaucoup les Juifs, lui dit-elle d'un ton las. Et honnêtement, leur sort m'importe peu. Mais ça…

Elle a un geste de la main désespéré, secoue la tête. Elle est incapable d'aller au bout de sa phrase. Renate s'humecte les lèvres. Elle s'apprête à dire : *Ne vous inquiétez pas. Les pompiers sont là maintenant.*

Et pourtant, ce sont les mots suivants qui franchissent ses lèvres :

— Je suis juive.

Elle n'a aucune idée de l'endroit d'où ils viennent, n'a pas l'impression de les avoir pensés avant, et encore moins d'avoir décidé de les prononcer à voix haute. Pour tout dire, elle n'a même jamais pensé à elle-même en ces termes. Alors qu'elle a été déclarée une Juive « complète » par l'officier Schultz, alors que depuis trois ans elle essuie des insultes et se retrouve souvent isolée. Alors qu'elle a rejoint les rangs d'un établissement juif et qu'il lui arrive, de temps à autre, de se rendre en douce à la prière du soir dans cette synagogue – « par curiosité », s'est-elle toujours convaincue.

Et néanmoins elles lui ont échappé : quatre syllabes indélébiles, incantation laconique dans l'air âcre. *Ich bin Jude.* C'est comme si, étrangement, une nouvelle certitude accompagnait cette affirmation, née de la vision de ces boutiques dévalisées, de ces vitrines brisées, du toit de la synagogue qui brûle sous ses yeux. Tandis que les pompiers se lèvent à la hâte de leurs sièges, qu'ils déroulent leurs lances, lesquelles se raidissent, serpents soudain réveillés, Renate se surprend à répéter ces mots, soutenant avec défi le regard de la femme.

— *Ich bin Jude.*

La femme cligne des yeux. Elle écarte d'un geste très prudent sa main du bras de Renate.

— Laissez-moi tranquille.

Puis elle tourne les talons et s'éloigne en boitant dans la rue dévastée, berçant son sac devant elle, comme un enfant.

Renate la regarde, gorge nouée, yeux embués de larmes à cause de la fumée. Une ritournelle cruelle, qu'elle a entendue il y a peu dans la bouche d'enfants se met bêtement à tourner dans sa tête : *Juif, juif, on crache sur ton sort. Juif, juif, tu serais mieux mort.*

L'espace d'une seconde, elle est presque du même avis. L'espace d'une seconde, elle a presque envie de mourir. Pourtant, très lentement, même si elle a l'impression de devoir puiser dans ses toutes dernières forces, elle se retourne vers la synagogue en flammes.

Les pompiers se sont déployés autour et s'accrochent à leurs lances comme des équipes adverses participant à une partie de tir à la corde. Lorsque l'eau finit par jaillir, Renate comprend soudain que celles-ci ne sont pas dirigées sur la bâtisse qui brûle, mais sur les bâtiments qui l'entourent.

Elle s'approche d'un *Polizist*, qui suit la scène avec une jubilation non dissimulée. Elle tire sur sa manche d'un geste hésitant.

— Ils n'éteignent pas le feu, dit-elle. Pourquoi ?

Il baisse vers elle un regard presque indulgent.

— Parce que ce n'est pas leur travail, ma belle. Ils sont payés pour protéger les bâtiments allemands.

— Mais… Et s'il y a des gens pris au piège à l'intérieur ?

Il hausse les épaules.

— Laisse-les se débrouiller. Après tout, les youdes l'ont bien cherché, non ? Ils n'obtiennent que ce qu'ils méritent. Dans tous les coins de la ville, à ce que j'ai cru comprendre.

Soudain, son expression change et ses traits s'endurcissent.

— Hé ! hurle-t-il. Arrêtez !

Il court en direction de la fournaise et d'un homme qui arrache puis disperse les pages d'un livre de prière ainsi qu'il pourrait le faire avec les pétales d'une pâquerette. Ce n'est pas lui qui intéresse le policier, néanmoins, c'est un homme qui prend des photos du saccage.

Renate l'observe. Ses idées s'embrouillent, sa respiration se précipite. *Il parle de nous*, songe-t-elle, hébétée. *Il pense que nous n'avons que ce que nous méritons…*

Tout à coup, elle comprend : *Dans tous les coins de la ville.*

Une pensée terrible la frappe. *Non*, se dit-elle, *ce n'est pas possible...*

Tournant le dos à la synagogue, elle se met à courir le plus vite possible.

Elle atteint Bismarckstraße après avoir parcouru plus de deux kilomètres. Elle halète tant qu'elle tousse. Se prenant la gorge à deux mains, elle joue des coudes à travers un petit attroupement de voisins, sur le trottoir en face de chez elle. Des gens qui lui souriaient et la saluaient autrefois, qui prenaient des nouvelles de ses parents et qui, aujourd'hui, détournent le regard dès qu'ils l'aperçoivent. Lorsqu'elle pose le pied sur la chaussée, elle finit par voir ce qui a retenu leur attention : une bande encercle un homme en caleçon et tricot de corps tachés de sang. Une voix de femme s'élève soudain, limpide et scandalisée :

— Laissez-le ! Ne le touchez pas !

Oh, non, pense Renate en traversant la rue. *Non, non, non...*

Pourtant, plus elle s'approche, moins le doute est permis. La femme qui crie est sa mère, et elle cherche à séparer l'homme à moitié nu de la foule de jeunes cruels et ricanant.

L'homme à moitié nu est son père.

Et entre les agresseurs et ses parents se trouve Ilse von Fischer.

13

Ilse

1938

Le motocycliste porte des vêtements de tous les jours : pantalon en toile, chemise blanche, imperméable en cuir. Mais ses cheveux sont coupés court sur les côtés, à la mode SS. Et sa moto, une BMW si neuve qu'elle étincelle, est la même que celles utilisées par l'organisation.

— *Heil Hitler*, dit Kai, le rédacteur en chef de *Das Deutsche Mädel*, et donc le supérieur d'Ilse.

— *Heil Hitler*, réplique le motard en le saluant à son tour. Vous en avez mis du temps.

— Désolé. J'ai dû chercher confirmation de certains éléments de notre liste. Vous êtes prêt ?

— Plus que jamais. C'est qui, cette fille ?

Il remonte son masque sur son front, et Ilse constate avec surprise qu'il est jeune, sans doute à peine plus âgé qu'elle.

— Une collègue, répond Kai. Une version berlinoise de Torchy Blane[1]. Elle est ici pour témoigner de la page d'histoire que nous nous apprêtons à écrire.

Avec un sourire, il passe un bras mince autour des épaules d'Ilse. Elle se force à sourire elle aussi, même si elle s'écarte subtilement.

Aussi mince qu'un lévrier, le teint cireux, Kai Hellewege passe ses journées à tourner autour de ses employées féminines comme un requin sous-alimenté ; de l'avis général, il n'a accepté ce poste que pour être sûr que des filles lui adressent la parole. Et ça fonctionne, au moins dans le cas d'Ilse : elle est ici parce qu'il lui a proposé d'écrire son premier reportage politique. Il a refusé de lui donner des détails. Mais après deux années consacrées à tenir la rubrique de conseils en hygiène raciale et à imaginer des thèmes de travaux manuels saisonniers, Ilse a sauté sur l'occasion. Ça ne gâche rien que Kai soit, à ce que l'on en dit, très proche de l'extraordinaire ministre de la propagande du Führer – certains vont jusqu'à affirmer que Goebbels est pour ainsi dire son parrain.

— Bonne idée, approuve le SS.

Plongeant la main à l'intérieur de son imperméable, il en sort une flasque. Il dévisse son bouchon d'un geste adroit, avale une lampée puis la propose à Kai, qui à son tour la tend à Ilse. Après avoir hésité un instant, elle approche le goulot de ses lèvres et découvre, avec soulagement, qu'il s'agit de rhum et non de schnapps. Depuis ses entrevues avec le Hauptsturmführer Wainer,

1. Cette journaliste a été l'héroïne d'une série de films américains très populaires dans les années 1930. (*N.d.T.*)

la seule odeur de cet alcool suffit parfois à lui donner un haut-le-cœur.

Elle rend la flasque au jeune motard, qui la range avant de la reluquer ouvertement.

— Je te dépose ?

— On va loin ?

Kai sort la carte qu'elle l'a vu étudier plus tôt, lorsqu'ils se sont arrêtés pour boire quelques verres dans une *Bierhaus* du quartier.

— Le premier arrêt, c'est au 14-15 Pestalozzistraße.

— Et les autres ?

Les autres ? s'interroge Ilse.

— Ils nous rejoindront sur place, répond Kai.

— Parfait.

Le motard tapote sa selle, derrière lui.

— En route, Torchy, lance-t-il à Ilse. Tu vas devoir t'asseoir derrière moi. Le sidecar est déjà pris.

Suivant son regard, elle découvre que celui-ci est recouvert d'une bâche.

— Je pense qu'elle veut marcher, dit Kai, possessif comme toujours.

Ilse s'empresse de le détromper.

— C'est vrai que je suis un peu fatiguée. On se retrouve là-bas ?

Sans lui laisser le temps de protester, elle monte derrière le SS et lui adresse un sourire contrit. Kai hausse les épaules et s'éloigne d'un pas vif dans la rue noire.

Le chauffeur d'Ilse fait démarrer son engin. En remettant son masque, il crie par-dessus son épaule :

— Je n'ai pas entendu ton nom.

— Ida, lui crie Ilse, se surprenant elle-même. Ida Fuchs.

Elle n'a pas repensé à son ancien double maléfique depuis des mois, pour ne pas dire des années, et un instant elle envisage de rétablir la vérité, cependant le rhum lui réchauffe le ventre, et elle est à la fois excitée, et bizarrement rassurée, par l'idée d'endosser une autre identité. Elle a l'impression d'enfiler un costume.

— Moi, c'est Max, dit-il en faisant rugir son moteur.

Le siège en cuir vibre contre l'intérieur des cuisses d'Ilse, on dirait un animal vivant, une sensation d'interdit.

Prudemment, elle noue ses bras autour de la taille de Max. Se laissant aller contre elle, il ricane.

— Il faut que tu te tiennes mieux que ça, Ida. Tu ne vas jamais rester en selle sinon.

Dix minutes plus tard, ils se trouvent avec Kai et une douzaine d'autres en vêtements civils devant une vieille bâtisse qu'Ilse identifie rapidement comme étant l'une des plus petites mais des plus belles synagogues de Charlottenburg.

— Dix reichsmarks à celui qui la touchera du premier coup, dit Kai en plissant les yeux. Vingt à celui qui atteindra le centre de l'étoile des youpins.

— C'est parti, répond Max.

Il retire la bâche sur son sidecar et Ilse découvre qu'elle cachait une énorme pile de pierres et de briques. Dessus sont posées plusieurs paires de gants en cuir, des lunettes de soudure et quelques pieds-de-biche. Max s'empare d'une pierre, arme son bras d'un geste théâtral façon joueur de baseball américain. Tous retiennent leur souffle lorsqu'il lobe son projectile, qui monte, monte,

monte, tout droit vers le vitrail. La pierre l'atteint juste à gauche de l'étoile et le détruit à moitié.

En poussant un petit cri guerrier, deux des gars que Kai a fait venir tentent ensuite leur chance. Une fois que le grand vitrail n'est plus qu'un cadre en bois sur lequel sont plantés des éclats de verre coloré, ils s'attaquent à ceux, plus petits et transparents, qui flanquent l'entrée. Leurs hurlements deviennent plus euphoriques et plus confiants à chaque lancer. Ils visent aussi la porte. Voyant que ça ne sert qu'à écailler la peinture, Max gravit la volée de marches du perron et lui donne un coup d'épaule.

— Venez, dit-il à Kai et à l'autre motard. Donnez-moi un coup de main.

Ils vont se placer à côté de lui.

— *Eins, zwei, drei*…

Ils se jettent sur le battant de tout leur poids en produisant un bruit sourd. Ils recommencent. Et encore. Cette fois, un discret craquement les informe que le bois commence à céder.

— On y est presque, s'égosille Kai.

Le ventre d'Ilse s'est rétracté pour former une petite boule d'angoisse, contredite par des picotements d'excitation. Elle claque des dents alors qu'il ne fait pas particulièrement froid. Pendant que les trois gars continuent leur assaut, elle se surprend à regretter de ne pas voir avalé quelques gorgées supplémentaires du rhum de Max.

Enfin, la porte de la synagogue cède en poussant une plainte ancestrale. Haletant, Kai et les deux motards jettent un coup d'œil à l'intérieur, comme surpris par leur propre exploit. De nouveaux arrivants les applaudissent, et Max exécute une révérence sophistiquée. Puis il invite les autres à pénétrer dans la synagogue obscure.

— Rappelez-vous des instructions, vagit-il pour couvrir le tumulte d'exaltation. Pas de vol. Nous sommes ici pour détruire !

Un concert de sifflets et de rires moqueurs accueille sa déclaration.

— Oui, monsieur le directeur ! crie l'un d'eux.

En voyant disparaître le dernier d'entre eux à l'intérieur, Ilse hésite un instant, convaincue que la *Polizei* doit être en route à cette heure. La rue est calme pourtant, à l'exception d'une camionnette noire qui s'est garée à faible distance des BMW. Son conducteur coupe le moteur et sort une cigarette. Il semble se préparer à une longue attente.

Elle se retourne vers la synagogue assaillie. De l'intérieur lui parviennent des éclats de rire et des bruits de casse. Les lumières s'allument. Max passe la tête par la porte.

— Viens, Ida !

Il lui fait signe de se dépêcher. Elle n'a en réalité qu'une envie : prendre ses jambes à son cou. Et elle l'envisage d'ailleurs un instant. Mais elle se rappelle que Kai lui a promis de lui confier un article, et à la perspective de voir ses mots imprimés dans une des principales publications du parti, sa motivation revient.

Une version berlinoise de Torchy Blane.

Carrant les épaules, elle commence à gravir le perron.

À l'intérieur de la synagogue, une douzaine d'hommes et de garçons détruisent tout ce qui leur tombe sous la main. Plusieurs sont montés sur le balcon ; ils sortent les livres des bibliothèques et arrachent les pages, qu'ils dispersent ensuite telles des feuilles plates et blanches emportées par une brise automnale. Deux gars ont renversé le pupitre et l'attaquent à coups de hache. Max et trois autres ont arraché le rideau qui protégeait une grande vitrine et ils sortent d'énormes rouleaux qui semblent très anciens.

— Qu'est-ce que c'est ? demande-t-elle.

— La Torah. La bible des youpins, lui répond-il, hors d'haleine.

Partagée entre la fascination et l'effroi, Ilse le regarde arracher les pièces en argent qui protègent le parchemin jaunissant avant de le dérouler le long des marches, jusqu'à la travée. Lorsque l'un des compagnons de Max déboutonne sa braguette pour uriner sur les textes manuscrits, Ilse sent la bile monter – autant à cause du membre flasque et rose qu'à cause des lettres enluminées qui se diluent sous le jet jaunâtre. Et pourtant, c'est comme si elle était devant un film d'horreur : elle n'arrive pas à se détourner. Pendant que le garçon termine sa besogne, Max, qui avait disparu un instant, réapparaît avec plusieurs kippas empilées sur ses cheveux ternes, entortillé telle une momie dans des châles de prière.

— Qu'en dis-tu ? demande-t-il à Ilse. C'est une couleur qui me va bien ?

Elle secoue la tête, à l'écœurement se mêle, étrangement, une forme de jubilation d'être là, d'assister à une transgression aussi stupéfiante. Partout, des lambeaux de rouleaux tombent du plafond, pareils à des flocons de neige. Le garçon à côté d'elle plonge son couteau des Jeunesses hitlériennes dans l'assise en velours bordeaux des bancs, pendant que Kai piétine une sorte de coupe en argent jusqu'à ce qu'elle cède sous sa semelle, insecte précieux écrabouillé. Ilse n'arrive toujours pas à croire que la police n'interviendra pas – c'est ce que Kai lui a assuré.

— Tu notes bien tout, Ida ?

Près du pupitre, Max, qui n'a plus rien sur la tête, s'apprête à donner des coups de pied dans un paravent en bois ouvragé. Au début, elle ne comprend pas ce qu'il lui dit. Soudain, elle se rappelle la raison de sa présence dans ce lieu et sort un carnet de sa besace. Le geste la gêne presque, tant il paraît déplacé dans ce contexte ; un peu comme si elle se mettait à lire du Shakespeare au milieu d'une tempête. Et pourtant, se répète-t-elle, elle est venue pour ça : faire un article.

Contente-toi d'écrire, se dit-elle.

Elle débouche son stylo puis hésite, c'est le vide dans son esprit. Quelque part, quelqu'un s'est mis à chanter, baragouinant des syllabes sensées rappeler l'hébreu : *Dai-dai-dai, Dai-dai-dai, Dai*... Il ne faut pas longtemps pour que les autres lui emboîtent le pas, braillant au rythme de leurs destructions et ravages : *Dai-dai-dai, Dai-dai-dai.* On dirait l'apothéose de l'opéra le plus terrifiant jamais composé, dans lequel Nosferatu apparaîtrait, ayant quitté son écran pour surgir dans un présent tonitruant et assourdissant. Ilse doit se remémorer que dans cette histoire, les attaquants sont les héros venus se venger des véritables méchants : *ces sangsues de Juifs.*

Tout en écrivant ces mots, elle se rend soudain compte que le silence vient brusquement de s'abattre sur la synagogue. Les émeutiers perchés sur le balcon regardent tous dans la même direction. Elle lève les yeux à son tour.

Un homme se tient devant une porte dont elle n'avait pas remarqué l'existence jusqu'à présent. Petit et brun, il porte un long manteau et un chapeau noirs, dont s'échappent des mèches en tire-bouchon, qui tremblent de part et d'autre de ses joues pâles. Il ne ressemble pas à un vampire. Il ressemble à un petit homme à l'accoutrement bizarre, terrorisé.

Elle est tirée de cette pensée par un glapissement sur le balcon :

— YOUPIN !

Suivi de près par un second cri :

— Assassin !

Une pierre jaillit – lancée par quelqu'un qui se trouve près du pupitre – et atteint l'homme au front. Alors qu'il recule en vacillant, Kai et deux autres se précipitent dans les travées jonchées de débris, poings et armes brandies.

— Allez-y ! leur hurlent les autres. C'est un assassin ! Attrapez-le ! Ne laissez pas cette racaille s'en tirer !

Cours, songe Ilse, par réflexe. Et comme s'il l'avait entendue, l'homme se retourne. Une main pressée sur son front, il disparaît dans l'obscurité, pris en chasse par trois poursuivants. Un instant plus tard, Ilse entend des martèlements, des hurlements. Un appel indistinct à la clémence.

Puis, plus rien, à part les hurlements des hommes : « *YOUPIN ! YOUPIN !* »

Ils rient.

Quelques minutes plus tard, ils réapparaissent, en se tenant par les épaules – on pourrait croire qu'ils rentrent d'une longue nuit de beuverie. Le pantalon en toile de Max est éclaboussé de sang.

— Un de moins, lance-t-il à l'intention de personne en particulier.

— Plus que deux cent mille ! lui répond quelqu'un du balcon.

Toute l'assemblée exprime son approbation d'un rugissement.

Baissant les yeux vers son carnet, Ilse prend une profonde inspiration. *Rabbin*, écrit-elle avec application. *Sang.*

Au bout d'une heure et demie, il ne reste littéralement plus rien d'intact, tout a été souillé ou détruit. S'échappant un instant dehors, Kai et Max reviennent avec quatre jerricans d'essence. Avec l'aide des autres, ils en aspergent généreusement les décombres avant de sortir dans la rue. En se tenant sur le seuil de la porte détruite, ils craquent des allumettes et les lancent dans le noir, les regardent tomber, minuscules comètes tragiques. En quelques secondes, la bâtisse entière est en feu. La petite bande se réunit autour comme s'il s'agissait d'un feu de camp, chante en se balançant, pour célébrer son triomphe :

Allemagne, réveille-toi de ton cauchemar !
Ne laisse aucune place aux Juifs, ces étrangers, dans ton Reich !
Nous nous battrons pour ta renaissance !
Le sang aryen ne périra jamais !

Pour conclure, ils se soulagent de conserve dans les flammes, l'urine sifflant en un millier de serpents agressifs. Puis Max leur annonce le prochain arrêt sur sa liste – une adresse sur Unter den Linden – et la troupe part au petit trot en braillant. Après avoir grimpé derrière Max, sur sa BMW, Ilse lui demande :

— Qu'est-ce qui est arrivé au rabbin ?

Il se retourne et hausse un sourcil interrogateur derrière son masque. Il a une trace de sang sur la joue gauche.

— Pourquoi ?

— Je voudrais le mentionner dans mon article, s'empresse-t-elle de se justifier.

Max hausse les épaules.

— Tu n'as qu'à écrire qu'il a été placé en détention préventive. Avec des milliers d'autres.

— Des milliers ?

Il confirme d'un bref hochement de tête.

— Ce sont les ordres. Nous avons pour instruction d'arrêter autant d'hommes juifs que possible, et de remplir les fourgons.

Il lui indique la camionnette noire qu'elle a repérée plus tôt, son conducteur est justement en train de redémarrer.

— Et où les conduisent-ils ?

— Dans différents lieux de détention. Puis dans les camps. Dachau, Sachsenhausen. Oh, il y a aussi un nouveau KZ à Ettersberg, Buchenwald, je crois.

Il fait vrombir son moteur.

— Ils y resteront combien de temps ?

Elle doit hurler pour couvrir le vacarme.

— Quelle importance ?

Durant le lever du jour, ils enchaînent rapidement les deux arrêts suivants, dans une papeterie qui s'embrase à la première allumette, et chez un traiteur qui, après leur passage, semble avoir été retapissé, du sol au plafond, de viande gâtée. Les propriétaires des deux boutiques sont passés à tabac avant d'être emmenés, comme le rabbin, sous le regard indifférent de policiers. Les pompiers, quant à eux, se déploient dans la faible lumière de l'aube pour asperger les bâtiments voisins. Ils mettent en garde les émeutiers contre les risques de brûlure. Ils ne font rien pour éteindre les incendies. Certains les alimentent même en y jetant des morceaux de meubles et d'autres débris.

Alors que le soleil marbre le ciel gris d'argent et de rose, la bande se rue vers sa prochaine cible, une petite enfilade de boutiques sur Unter den Linden. Seules la boutique de thé et la quincaillerie, qui affichent les panneaux rouge et noir « Entreprises chrétiennes et aryennes », ont été épargnées. La chapellerie de Gerstel, elle, est envahie d'émeutiers ivres qui ont détruit sa vitrine et peint, sur la porte, une étoile de David accompagnée du mot *Jude*. Des chapeaux aplatis et des gants gisent dans la rue parmi les éclats de verre et de miroirs, et des flaques de ce qui ressemble à du vomi d'ivrogne. Au milieu des décombres se trouvent de petites boules jaunes éparpillées qu'Ilse reconnaît : le marchand jovial avait un grand bocal en cristal rempli de pastilles au citron sur son comptoir. Elle aperçoit aussi ce qu'elle prend d'abord pour un tas de chiffons sales et mouillés, puis elle se rend compte, avec un frisson, que la crasse humide est en réalité du sang, et que les « chiffons » sont un homme étendu à plat ventre sur le trottoir. Lorsque l'un des assaillants le retourne avec sa chaussure, Ilse ne saurait dire ce qui la choque le plus : la découverte des traits sans vie de Herr Gerstel, dont les yeux ouverts ne voient plus, ou le coup de pied désinvolte que l'homme lui administre avant de passer à autre chose.

Elle réussit à arracher ses yeux au cadavre tandis que Max se gare près de trois hommes qui ont apparemment sorti un coffre-fort et l'attaquent rageusement à coups de massue et de pied-de-biche.

— Pas de pillage, hein ? leur lance-t-il. Nous sommes des patriotes, pas des voleurs.

— *Klar*, répond l'un des hommes, qui s'interrompt le temps de s'essuyer le front. Nous ne cherchons pas d'argent mais des archives.

— Quelles archives ?

L'homme frappe le plat de sa main gauche avec son poing droit.

— Les archives des clients. Pour savoir qui trahit son pays en faisant affaire avec cette pourriture.

Ilse scrute à nouveau la boutique dévastée, la gorge nouée. Alors que, à une époque, Renate et elle ont sans doute essayé tous les chapeaux qu'elle contenait, elle n'a jamais rien acheté au marchand juif. Elle se demande, non sans embarras, quelle sera la punition pour ses clients aryens. Dans l'épicerie, sur Friedrichstraße, elle a vu la foule se retourner contre l'un des siens à une vitesse étourdissante : une douzaine d'émeutiers rouant de coups un homme plus âgé jusqu'à ce qu'il s'écroule et se recroqueville en position fœtale. Lorsque Max a interrogé un témoin pour comprendre ce qui s'était passé, celui-ci a d'abord craché de dégoût.

« Il a dit qu'ils avaient peut-être fait assez de dégâts comme ça. »

Max coupe le moteur et descend, suivi d'Ilse. Il pousse sa lourde moto vers le trottoir d'en face.

— Un dernier arrêt, lui dit-il. Une mission spéciale.

— Spéciale ?

Elle suit son regard et sa bouche se dessèche.

— Des Aryens lui ont fait des propositions de rachat, mais il a toujours refusé dans l'espoir d'obtenir un meilleur prix. On est là pour le motiver un peu. Même si, après notre passage, je pense que sa boutique ne vaudra pas plus d'une poignée de pfennige.

Il baisse les yeux vers le moteur et s'accroupit pour l'examiner. Relevant la tête, visiblement contrarié, il lui dit :

— Je te rejoins.

— Je peux attendre.

— Non, vas-y, je n'en ai pas pour longtemps.

Ilse se dirige vers l'attroupement, le cœur battant de plus en plus fort. La cible, ainsi qu'elle le craint depuis que Max a tendu le menton dans cette direction, est la Schloss-Konditorei, bien que celle-ci n'ait plus aucun point commun avec le paradis odorant de sa prime jeunesse. L'immense vitrine a été détruite si méthodiquement que de minuscules éclats s'empilent, sur les présentoirs et sur le trottoir, tels des monticules de neige scintillante. Des viennoiseries gonflées et détrempées jonchent le sol, des miches brunes ont été écrasées sur le bitume gris et gardent l'empreinte de lourds godillots, des gâteaux répandent leur glaçage et leur crème comme s'il s'agissait d'entrailles sucrées.

Le plus choquant est, de loin, le spectacle qu'offre Herr Schloss en personne.

Il y a plus de trois ans qu'Ilse n'a pas vu le boulanger, et il ne serait sans doute plus capable de remplir le costume rouge ou la mitre qu'il revêtait pour *Weihnachten* les années précédentes. Pour tout dire, elle a bien du mal à l'imaginer en train de rire. Son visage autrefois si rond et jovial est désormais hâve, et il a une vilaine marque rouge sur la joue gauche. Son tablier a été orné d'une étoile de David bancale, apparemment avec la même peinture jaune que celle qui a servi à gribouiller le mot *Jude* sur la porte de la boutique.

Lorsque ses yeux d'un bleu vif croisent les siens et s'écarquillent – il la reconnaît ! –, elle sent aussitôt monter la panique. *Non*, pense-t-elle. *Non, non, non !*

Mais il l'appelle déjà :

— Ilse !

Sa voix a changé, elle aussi. Elle a perdu sa gravité cordiale, c'est la voix d'un homme amaigri et affaibli.

Faisant mine de ne pas l'avoir entendu, elle cherche désespérément Kai et le repère à quelques mètres de là, occupé à asperger d'essence une pile de serviettes et de maniques. Il a le regard fixe de celui qui a trop bu. Le boulanger l'appelle à nouveau.

— Ilse ! Ilse von Fischer !

Elle se ratatine au milieu de la foule, continuant à prétendre qu'elle ne l'a pas entendu. Kai, en revanche, n'en a pas perdu une miette : faisant volte-face, il considère Herr Schloss puis Ilse. Posant son jerrican avec une application exagérée, il s'approche d'un pas chancelant.

— À qui tu parles, le Juif ?

Alors qu'elle n'est pas particulièrement puissante, sa voix tranche sur les cris et les rires. Un silence gêné s'installe, au moment où, comme un fait exprès, deux molosses se détachent de la masse. Ils prennent le boulanger chacun par un de ses bras tremblants.

Herr Schloss fixe Kai d'un regard vide.

— Je t'ai posé une question, reprend ce dernier, d'une voix plus forte. Tu connais cette fille ?

Il montre Ilse du doigt. Le boulanger ne répond pas et l'un des molosses le secoue si fort qu'il manque momentanément de perdre l'équilibre. Il se redresse et cligne des yeux.

— Oui, s'empresse-t-il de répondre. Je la connais.

Se tournant vers Ilse, il ajoute :

— Dis-leur, Ilse. Dis-leur qu'on se connaît. Dis-leur que je suis quelqu'un de bien.

Les regards troubles de la foule se rivent alors sur elle, la clouent sur place.

— Tu connais ce youpin ? lui demande Kai, d'une voix encore plus basse.

Elle secoue la tête.

— Non.

— Bien sûr que si, proteste Herr Schloss, montant dans les aigus par désespoir. Elle était l'une de mes meilleures clientes à une époque. Allez, Ilse ! l'implore-t-il. Tu peux leur dire.

L'espace d'un instant, tout le monde semble retenir son souffle. Ilse garde les yeux baissés, fixés sur un chausson aux framboises dont l'intérieur luisant a giclé sur le bitume, laissant une traînée poisseuse et obscène. Elle sent plus qu'elle ne voit Kai approcher. Il marche lentement, comme s'il se promenait. Mais lorsqu'il l'enlace par les épaules, son geste n'a, cette fois, rien d'affectueux ni de taquin. Et lorsqu'il presse ses lèvres contre son oreille, son ton ne se veut pas séducteur.

— Est-ce que le Juif dit la vérité ?

Le pouls d'Ilse s'emballe, elle secoue à nouveau la tête.

— Non, répète-t-elle. Je… je ne le connais pas.

— Mais enfin ! proteste le boulanger avant d'éclater de rire. Elle est même venue pendant le boycott ! ajoute-t-il tandis qu'un sourire obséquieux apparaît sur son visage contusionné. Tu as oublié ?

Les doigts de Kai se crispent sur l'épaule d'Ilse.

— Regarde-moi, lui murmure-t-il tout bas.

Frémissant légèrement, Ilse soutient son regard. Il l'observe avec une intensité malveillante. L'attirant vers lui, il lui chuchote à l'oreille :

— Tu as enfreint le boycott pour un Juif ?

Son haleine empeste la bière, la bile et le fromage à pâte persillée. Ravalant la nausée qui monte, elle s'écarte.

— Bien sûr que non.

— Prouve-le.

Il lève la main, et il faut quelques instants à Ilse pour comprendre qu'il appelle Max, toujours près de sa moto. Celui-ci hoche la tête et pousse le véhicule vers eux. La foule s'écarte en silence pour lui permettre de passer. Lorsque Max a rejoint Kai, celui-ci choisit une grosse brique rouge dans le sidecar et la tend à Ilse.

— Prouve-le, répète-t-il.

Derrière eux, la foule commence à s'agiter et à bruisser. *Boycott*, entend-elle. *Pro-Juifs*. *Salope*. La brique rugueuse pèse beaucoup plus lourd que ce qu'elle soupçonnait : elle a mal au bras et à l'épaule.

— Alors ?

Kai s'impatiente.

— Il y a un endroit idéal, juste là.

Il lui indique la seule vitre de la boutique qui n'a pas encore été détruite, celle sur la porte.

— Ilse, *bitte*, bredouille le boulanger.

Ilse le dévisage. Il a les yeux arrondis par la stupéfaction. Sa petite bouche rose tremble.

— S'il te plaît, répète-t-il. Tu as toujours été une chic fille.

Chic fille, songe-t-elle dans un état second.

Brusquement, une rage dévorante se diffuse en elle. À cause de Kai, qui l'a placée dans cette situation avec autant de désinvolture qu'il pose les mains sur son corps. À cause de Max, qui l'a conduite ici et qui la fixe de ses yeux noirs avec une expression qui suggère que son destin va se jouer maintenant.

Mais surtout à cause de Herr Schloss. Car au bout du compte, il est responsable de cette situation. C'est lui qui a été assez bête pour s'accrocher à son affaire au lieu de la vendre pour garantir sa sécurité. C'est lui qui a mentionné cette histoire de boycott, la plaçant en porte-à-faux vis-à-vis de ses supérieurs, alors qu'elle avait toujours tout fait pour être gentille avec lui, pour l'aider.

Traître, pense-t-elle. *Lâche. Menteur.*

Sale Juif cupide.

Et la brique jaillit, avec toute la vélocité et la précision d'une flèche décochée à l'arc. Ilse la regarde avec émerveillement filer dans l'air, non pas en direction de la porte vitrée, mais en direction de l'homme, Herr Schloss en personne. Le boulanger tente de se baisser, toutefois ses deux gardiens l'empêchent de bouger. Bouche ouverte, Ilse voit le projectile atteindre sa cible, frappant le Juif terrifié en pleine poitrine, juste au-dessus de l'étoile à six branches. Et alors que c'est, de loin, le geste le plus violent qu'elle ait jamais fait, alors qu'elle n'avait pas conscience de nourrir une telle pulsion, en voyant le visage surpris du boulanger et en entendant son cri de douleur, elle ressent une petite bouffée d'exaltation cristalline qui lui donne aussitôt envie de recommencer.

La foule éprouve la même sensation. Elle se jette en avant, fond sur le commerçant pour le rouer de coups, jusqu'à ce qu'il s'effondre, inerte, sur le trottoir, comme le chapelier. En poussant des hourrahs et des cris, la meute s'engouffre dans la boutique, renverse la caisse, arrache les présentoirs et les grilles du four, lance tout ce qu'elle trouve dans la rue. Des sacs de farine éclatent et libèrent des nuages de poussière blanche. Des œufs crus explosent, répandant leur jaune tels des soleils liquides dans la rue. Deux plaques de cuisson franchissent la vitrine en volant et manquent d'atteindre Ilse à la tête. Mais à ce stade, elle s'en fiche : c'est comme si, en lançant cette brique, un sort lui avait été jeté : elle est devenue invincible. Toute-puissante. Elle pourrait se jeter dans les flammes de l'un des incendies voisins et en ressortir non pas indemne, mais ressuscitée.

Électrisée, elle prend une autre brique dans le sidecar de Max, s'émerveillant de la trouver nettement moins lourde que la première.

— Je croyais que tu t'appelais Ida, crie-t-il, en s'armant d'un projectile lui aussi.

— C'est le cas, ce sale Juif mentait.

*

Une heure plus tard, Max maudit la circulation, qui le force à rouler au pas – les conducteurs et les passagers sont hypnotisés par le spectacle qu'ils découvrent. En dépit de la poussière et des gravats qui tapissent le siège, le sidecar est considérablement plus confortable que la selle, et Ilse est presque tentée de fermer les yeux. Ce serait si facile de se laisser glisser dans le sommeil… Pourtant, au moment où elle trouve enfin une position confortable, détendue, Max s'arrête à nouveau.

— *Hallo*, lui crie-t-il. Apparemment, il y en a qui s'amusent encore par ici.

Redressant la tête, Ilse constate avec surprise que Max s'est garé dans la rue de Renate. Repérant rapidement – c'est désormais une vision familière –, la meute d'hommes et de garçons ivres qui mugissent « *Jude* » et « youpin » et « youtre », Max coupe le moteur. Et c'est à ce moment-là qu'Ilse entend une voix de femme, stridente :

— Lâchez-le ! Vous êtes des bêtes ! Des porcs !

Sonnée, elle regarde Max se lever de sa selle, puis s'extirpe du sidecar et le suit pour s'approcher de l'action.

Au début, elle n'arrive pas à comprendre ce qui se passe. Lorsque la foule s'écarte, elle découvre l'objet de leurs railleries : un grand homme grisonnant et barbu en sous-vêtements. L'un des hommes a dégainé son poignard, il s'amuse apparemment à faire des feintes d'escrime, effleurant sa victime à chaque fois et la forçant à se recroqueviller. Deux de ses compagnons immobilisent une femme qui se débat et hurle devant ce spectacle cruel.

— Espèce de lâches ! Porcs !

Les poils d'Ilse se dressent sur sa nuque. Un quart de seconde après son ancienne amie, elle identifie les protagonistes de cette tragédie.

L'homme en tricot de peau ensanglanté et en caleçon est le père de Renate.

La femme est sa mère.

Cette fois, Ilse ne se laisse pas le temps de réfléchir à ce qu'elle fait. Elle se met à courir.

14

Renate et Ilse

1938

— Arrêtez ! Arrêtez ça !

Ilse se jette sur le tortionnaire du père de Renate, bousculant un Max ébahi ainsi que le demi-cercle de railleurs qui s'est formé. Pour la seconde fois en deux heures elle se surprend elle-même : de même que son bras et son poing ont pris la décision de lancer la brique sur Herr Schloss, ses jambes la portent vers la porte d'entrée si familière des Bauer. Son cerveau, lui, a du mal à suivre son corps.

— Lâchez-le ! hurle-t-elle en fonçant tête la première vers l'un des assaillants.

Il perd l'équilibre et bouscule le garçon beaucoup plus jeune à côté de lui.

— Qu'est-ce qui se passe ?

Le garçon manque de tomber. Il se redresse en jurant et pointe un doigt tremblant en direction d'Ilse.

— C'est quiii ? demande-t-il d'une voix traînante.

Ilse l'ignore et continue à avancer, ne s'arrêtant, hors d'haleine, que lorsqu'elle a atteint le centre du cercle. Elle n'est pas seulement surprise par le sang – bien que ce soit une vision choquante en soi : le maillot et le caleçon de coton blanc en sont imbibés. Une épaisse trace, qui ressemble à un coup de pinceau, goutte le long du bras d'Otto Bauer. Et il y a même du sang dans ses cheveux emmêlés.

Non, ce qui étonne le plus Ilse, c'est que le père de Renate est devenu pour ainsi dire méconnaissable depuis la dernière fois. Ses cheveux jadis noirs et épais se sont clairsemés et ont presque entièrement blanchi. Sa silhouette pleine de prestance semble s'être réduite de plusieurs tailles, en hauteur et en largeur. Son visage qui a toujours respiré l'intelligence et la curiosité s'est abondamment ridé, et Ilse y lit du trouble, ainsi qu'une vulnérabilité bouleversante sans ses habituelles lunettes en écaille. En entendant la voix d'Ilse, il a, comme tout le monde, tourné ses yeux bleus dans sa direction. Mais elle n'y trouve aucun signe de reconnaissance, à peine une vague perplexité. Sa femme se tient à quelques mètres de là, elle se débat toujours pour échapper à la poigne de deux gaillards lubriques. Malgré le froid, elle ne porte qu'un fin corsage, sans manteau, et l'une des manches est déchirée à l'épaule. Elle aussi, elle a changé : de frêle elle est devenue quasi squelettique, sa peau pâle est si tirée sur son épaule dénudée qu'on a l'impression que l'os risque de la transpercer à tout instant. Légèrement derrière elle, Ilse aperçoit Franz, ébouriffé et livide, tenu par une autre brute, beaucoup plus jeune, dans son attirail des Hitlerjugend. Au-delà, la porte d'entrée des Bauer est restée ouverte sur un hall transformé en champ de bataille : tapis en tas et taché de boue, rampe d'escalier brisée. L'horloge de parquet qu'Ilse a toujours adorée gît renversée sur le flanc, cassée. Elle se demande confusément où est Sigi.

Elle arrache son regard à ce saccage et croise celui de Franz. Son expression est indéchiffrable. Et pourtant Ilse a l'impression de recevoir un coup en plein ventre.

Prenant une profonde inspiration, elle se prépare à affronter l'assaillant d'Otto Bauer. Il pèse facilement le double de son poids, il est charpenté comme un travailleur manuel et elle ne pourrait pas faire le tour de son biceps même à deux mains. De son côté, il semble avoir du mal à ne pas voir double, ou triple, tant ses yeux écartés sont embrumés par la bière. Elle se demande depuis combien d'heures il boit.

— Tu n'as pas intérêt à faire ça, lui dit-elle.

— T'es qui, toi, d'abord ?

Il tient son poignard levé, légèrement derrière lui, paraît se préparer à l'attaquer. La pointe de la lame est rougie par le sang du professeur. Ilse se force à en détacher le regard ; elle a du mal à reprendre son souffle.

— Je t'ai posé une question, sale garce, bafouille-t-il en postillonnant. Comment tu t'appelles ?

— Ida, répond-elle en s'efforçant de chasser les trémolos de sa voix. Ida Fuchs. Tu dois laisser cette famille tranquille.

Il rejette la tête en arrière pour rire avec dédain. On dirait un mugissement de taureau. Ses complices l'imitent aussitôt.

— Ouuuh, se moque l'un d'eux. C'est elle que tu affrontes après, Jock ?

— J'ai bien l'impression qu'elle aimerait ça, ajoute un autre d'un ton chargé de sous-entendus. Je m'en chargerai si tu ne veux pas.

— Je dirige la section régionale de la Bund Deutscher Mädel.

Ilse énonce ses fonctions du ton le plus autoritaire possible, même si son sang bourdonne si bruyamment dans ses oreilles qu'elle a du mal à s'entendre parler. Elle se force à soutenir le regard du colosse au poignard tout en sortant de sa sacoche son insigne d'*Untergau Führerin*. Elle lui tend l'insigne jaune en priant pour que les tremblements de sa main ne soient pas trop perceptibles, et pour que, dans son état d'ébriété, il ne retienne que les lettres capitales U et F.

Il hausse les épaules.

— *Na und ?*

— Cet homme n'est pas juif. Ni personne dans cette famille. Vous vous apprêtez à commettre une grave erreur.

Ilse range son insigne et croise le regard d'Elisabeth Bauer : elle lit de la colère dans ses yeux bruns sévères, mais aussi une lueur de compréhension.

— C'est vrai, lance-t-elle de cette voix qui impose le respect et dont Ilse se souvient si bien. Elle dit la vérité. Mon mari n'est pas juif. Et moi non plus.

— On sait bien que tu ne l'es pas, éructe celui qu'ils ont appelé Jock. Toi, t'aimes juste les baiser.

Les hommes qui l'immobilisent la secouent si violemment que sa tête semble prête à se casser sur la fine tige blanche de son cou.

Ilse résiste à la tentation de battre en retraite.

— Vous ne réussirez qu'à vous attirer de très graves ennuis. Cet homme a des liens puissants avec le parti.

— Ah ouais ? Alors pourquoi est-ce que c'est le siège du parti qui nous a donné son nom ? demande Jock.

Il sort de sa poche une feuille roulée en boule, la lisse maladroitement sur sa cuisse et plisse les yeux pour la lire.

— « Otto Bauer, dit-il en détachant bien chaque syllabe. Numéro 265. Sa femme est une Gentille. »

Il crache dans la direction de la mère de Renate, avec mépris.

— Certaines listes comportent des erreurs, dans les noms et les adresses. C'est arrivé plusieurs fois cette nuit.

Le mensonge reste suspendu dans l'atmosphère telle une flèche désespérée lancée dans l'air glacial de l'automne ; Ilse retient son souffle, espère qu'elle atteindra sa cible.

— Le parti ne commet pas d'erreur, proteste Jock, loyal.

— Je suis sûre que ce n'est pas le fait d'un des dirigeants. Ils emploient des secrétaires, faut-il vous le rappeler, riposte-t-elle d'un ton qu'elle espère à la fois assuré et méprisant.

— Ida ? Mais qu'est-ce que tu racontes enfin ?

Elle se retourne et découvre Max, qui la fixe de ses yeux noirs écarquillés.

— Ces gens ne sont pas juifs.

— Je ne parle pas de ça. Cette histoire, au sujet des listes.

Sa gorge se noue, elle essaie pourtant de conserver une expression neutre.

— Tu n'es pas au courant ? Kai m'en a parlé au Windhund hier soir. Il a dû appeler pour vérifier sa liste avant la virée. Il avait appris que certaines adresses étaient erronées.

Elle s'interrompt puis ajoute :

— C'est pour ça qu'on était en retard.

Max observe tour à tour Ilse, Jock et sa victime ensanglantée.

— Ce n'est pas ce qu'il m'a dit.

— Ça ne change rien au fait que c'est la vérité. Ces rustauds vont finir dans une cellule s'ils ne m'écoutent pas.

Reportant son attention sur Jock, elle se redresse de toute sa hauteur.

— Quel est votre nom complet et votre rang, d'ailleurs ?

Toujours poser les questions avec autorité. C'est l'une des techniques d'interrogatoire qu'elle a apprises le mois dernier, lors d'une formation à la Napola – une école politique – de Potsdam, où elle a été envoyée avec d'autres éléments prometteurs de la BDM pour parfaire sa formation. Bien sûr, elles se sont préparées à interroger des adolescentes dans le cadre des futurs recrutements de la BDM. Néanmoins, sa stratégie semble avoir autant d'effet sur les Sturmtruppen… en tout cas ivres.

— Schumacher, répond Jock, gagné par la perplexité. Mann Jock Schumacher, membre des SS.

Un léger soulagement : il possède le grade le plus bas.

— Range ton poignard, Jock, lui dit-elle. Cet homme a servi le Kaiser. Il a deux croix de fer.

— Un youpin reste un youpin, même décoré, proteste-t-il bien qu'il soit à présent plus acerbe que réellement menaçant.

— Il n'est pas plus youpin que toi ou moi.

Il hésite à la contredire, Ilse comprend qu'il pèse le pour et le contre.

— C'est vrai ! Je vous en prie, écoutez-la, c'est vrai.

La voix, terrifiée, qui s'est élevée dans leur dos, est si familière que le cœur d'Ilse bondit dès qu'elle l'entend. Elle se retourne et voit Renate qui se fraie un chemin dans la foule. Elle est livide, sa respiration est saccadée. Elle porte le même manteau en laine verte que l'année de ses quatorze ans, les manches, devenues trop courtes, ne couvrent pas ses poignets pâles.

Comme les autres membres de la famille Bauer, elle s'est beaucoup amaigrie. Pourtant, ce qui frappe Ilse à cet instant précis, c'est sa beauté presque surnaturelle : ses joues rosies, ses yeux noirs agrandis par la peur. La vague de joie qui la balaie en la voyant est si puissante qu'Ilse en est presque déboussolée et qu'elle doit fermer les yeux un instant pour se ressaisir.

— C'est vrai.

Renate entend combien sa voix est tendue et puérile. Elle doit faire un effort pour l'empêcher de vibrer, de trahir ce qu'elle a ressenti quand elle a vu sa famille et sa maison ainsi assiégées. Ce qu'elle a ressenti quand elle a cru, un instant, qu'Ilse était à l'origine de l'attaque. Et son émotion, presque aussi forte, quand elle a compris qu'au contraire Ilse s'était exposée pour tenter de les protéger.

Elle se retrouve soudain aux côtés de son ancienne amie et du jeune homme qui l'accompagne comme si rien n'avait changé.

— Nous sommes allemands, répète-t-elle. Aucun de nous n'est juif.

Ce qui est vrai, se rappelle-t-elle. Elle n'a jamais été une menteuse aussi talentueuse qu'Ilse. Mais elle sait d'instinct, à cet instant, que la vie de son père dépend probablement de ce qu'elle va dire et du ton qu'elle emploiera. Elle toise le SS ivre, priant de toutes ses forces pour dégager une autorité semblable à celle d'Ilse.

— Mon père a été baptisé dans la première église luthérienne, sur Friedrichstraße.

Elle jette un bref regard à sa mère, qui a profité de la diversion pour se libérer de ses deux molosses. Les lèvres pincées, Lisbet Bauer fond sur son mari et l'arrache aux mains de son tortionnaire. Le visage d'Otto Bauer est d'une pâleur cadavérique. Ils ont dû le sortir de son lit et l'emmener ici, dans la rue, puisqu'il ne porte que le caleçon et le maillot de corps en coton blanc avec lesquels il dort. La gorge de Renate se serre en voyant le sang qui macule les vêtements. Toutefois, si les taches sont nombreuses, elles ne semblent pas s'étendre au moins. Elle espère de tout son cœur que les blessures sont superficielles, contrairement à celles de certains hommes qu'elle a croisés en chemin.

— Vous êtes sa fille ?

Le garçon qui lui adresse la parole semble accompagner Ilse, tant il se tient près d'elle. Renate est frappée par sa jeunesse, par les rondeurs qui enrobent encore son visage et son torse, par la longueur des cils qui bordent ses yeux sombres, comme ceux de Franz.

— Oui, confirme-t-elle.

Il se tourne vers Ilse.

— Tu la connais aussi, Ida ?

Ida ? Renate jette un coup d'œil à son frère, qui hoche la tête presque imperceptiblement.

— Absolument, répond Ilse. Je te le dis, je les connais tous depuis des années.

— À mon avis, elle n'est pas capable de faire la différence entre sa cheville et son *Arschloch*, ironise le garçon qui tient toujours les bras de Franz.

Une nouvelle salve de rires, moins francs à présent. Et le garçon en imperméable de cuir ne sourit pas, lui.

— C'est facile à vérifier, dit-il en se tournant vers Renate. Va nous chercher sa Kennkarte.

Son cœur cesse aussitôt de battre. Mais avant qu'elle ait le temps de réfléchir à une réponse, sa mère intervient :

— Il a dû en demander une nouvelle. L'autre est tombée dans la Wannsee quand on est allés faire de la barque, le mois dernier.

Elle assène ce mensonge avec ce calme autoritaire qu'elle emploie lorsqu'elle s'adresse aux aides-soignants de l'hôpital juif. Renate retient son souffle en voyant le garçon se tourner vers son père.

— C'est vrai ?

Le regard incertain d'Otto Bauer passe de son interrogateur à son épouse.

— C'est vrai ? répète-t-il lentement.

Oh non, pense Renate. *Pas maintenant, pitié.* Ces derniers mois, à mesure que sa charge de travail s'amenuisait – il est toujours privé de son poste et de sa pension, sa si précieuse machine à écrire et sa bicyclette lui ont été confisquées (les Juifs n'ont plus droit ni à l'un ni à l'autre) –, Otto Bauer a été de plus en plus sujet à des périodes d'absence. Pour Lisbet, il s'agit d'une manifestation de sa mélancolie et cela s'arrangera lorsque la vie retournera à la normale. Renate n'a pas eu la bêtise de demander quand cela arriverait.

Aux yeux d'Ilse, il semble aussi troublé qu'un jeune enfant et lui rappelle son grand-père, l'an dernier, à l'époque où il a commencé à oublier le visage et le nom de sa propre épouse.

— C'est vrai que votre Kennkarte est tombée dans le lac ? répète-t-elle plus fort, d'un ton encourageant.

Il la dévisage et plisse les yeux, semblant la reconnaître. *Ne dites pas mon nom, je vous en supplie…*

Il s'humecte les lèvres, se racle la gorge.

— Oui, répond-il d'une voix faible et chevrotante. Dans le lac.

Ilse pousse un discret soupir de soulagement. Max ne paraît toujours pas convaincu. Il s'approche d'elle pour lui glisser à l'oreille :

— Tu es sûre de toi ? Parce que tu pourrais te retrouver dans un camp si tu te trompes.

Le sang d'Ilse se fige aussitôt. Elle n'a pas réfléchi aux conséquences, pas plus qu'elle n'a réfléchi à ce qu'elle faisait quand elle s'est élancée vers l'attroupement. Elle se force à hocher la tête.

— Sûre et certaine.

Le cœur battant la chamade, elle se tourne vers Jock.

— Pourquoi est-ce que tu n'irais pas plutôt arrêter de vrais Juifs ? J'ai entendu dire qu'ils grouillaient dans ce quartier.

Le SS se renfrogne, ses doigts épais sont agités d'un tic nerveux sur le manche du poignard. Un instant, Ilse craint qu'il ne la défie à nouveau. Au lieu de quoi, il range son arme dans son fourreau, qu'il attache à sa ceinture.

— Très bien, dit-il à ses compagnons, en route.

— *Scheisse.*

Le garçon qui tenait Franz le libère mais ne peut s'empêcher de le bousculer. Sans sa canne, le frère de Renate perd l'équilibre et tombe. Il se relève lentement. Voyant les brutes s'éloigner, Lisbet laisse échapper un petit sanglot. Elle enlace son mari.

— Tu vas bien ? Mon Dieu… Montre-moi.

— Ce n'est rien, marmonne-t-il.

— Ce n'est pas rien. Rentrons. Si tu as besoin de points, il faudra que nous appelions le Doktor Strauss.

Elle passe le bras d'Otto sur ses épaules et, ce faisant, tache son corsage. Elle conduit son mari dans la maison, mais pas avant d'avoir adressé à Ilse un ultime regard, si assassin qu'elle aurait aussi bien pu lui tirer dessus.

Quelques instants plus tard, les deux époux Bauer gravissent lentement les marches de leur perron. Ilse, elle, contemple ses pieds.

— Eh bien, lâche Max, c'était instructif.

Elle redresse aussitôt la tête, surprise : elle avait presque oublié sa présence.

— Je ne vois pas l'intérêt de gaspiller nos forces en attaquant les mauvaises personnes, rétorque-t-elle, alors qu'elle sent sa témérité refluer. Ça nous détourne de notre véritable mission.

Il hausse les épaules.

— Tu veux toujours que je te ramène ?

Sa proposition est terriblement tentante : elle a les jambes qui flagellent d'épuisement et de soulagement, si bien qu'elle se sent incapable de marcher jusqu'à la station du U-Bahn. Et pourtant, elle décline d'un mouvement de tête.

— Je vais rester pour m'assurer qu'ils ne porteront pas plainte. Ça ferait de la paperasse en plus pour tout le monde.

En réalité, voici ce qu'elle pense : s'il la raccompagne il connaîtra son adresse et, à partir de là, il n'aura aucun mal à découvrir son véritable nom. Bien sûr, il suffirait qu'il interroge Kai pour qu'elle soit aussitôt démasquée. Mais dans l'immédiat, Ilse se sent trop vidée pour envisager tous les risques qu'elle pourrait courir.

— Très bien.

Il s'attarde un instant pourtant.

— Est-ce que tu m'autorises à t'appeler demain ?

— À m'appeler ?

Il se racle la gorge, rougit légèrement.

— Tu pourrais avoir des questions. Pour ton article.

— Ah… Oui, bien sûr.

Une étrange envie de rire la balaie soudain ; elle doit se contenir pour que son visage ne la trahisse pas.

— C'est moi qui t'appellerai, réussit-elle à lui dire. Notre téléphone est en dérangement pour le moment.

— Alors je vais te donner mon numéro.

Elle hoche la tête et sort, sans un mot, son carnet et son stylo, qu'elle lui tend. Il les lui rend après avoir griffonné les chiffres, puis se raidit pour lui adresser le salut officiel.

— *Heil Hitler.*

— *Heil Hitler*, lui répond-elle.

Elle le regarde regagner sa moto d'un pas vif, mal à l'aise de sentir que Franz et Renate l'observent. *Il n'y a rien entre nous*, voudrait-elle leur dire. Sauf que ce n'est pas vrai. Pas vrai du tout. Les destructions et les incendies, le sang et les briques : l'expérience de cette nuit surpasse en tout ce qu'elle a connu dans sa vie, y compris les heures déplaisantes dans les bras flasques du Hauptsturmführer Wainer à Dam-Großer. Et ces événements créeront toujours un lien entre Max et elle, réalise-t-elle, un peu sonnée. Peu importe ce qui adviendra par la suite. Ou s'il ne connaît pas son vrai nom.

Un instant, elle regrette d'avoir décliné sa proposition ; ce serait tellement plus simple de disparaître dans un nuage de fumée. Elle se force pourtant à pivoter vers ses anciens amis.

— C'était extraordinaire.

À côté de Renate, Franz est appuyé sur sa canne. Il dévisage Ilse. Son expression est étrange, on dirait qu'il essaie de déchiffrer ses traits au loin, ou sous la pluie. Ilse se détourne.

— Ce n'était rien, répond-elle, se raidissant.

— Ne sois pas ridicule. Tu viens de sauver la vie de mon père. Et sans doute de te mettre en danger.

Elle hausse les épaules, même si son cœur palpite contre ses côtes à l'idée de s'être mise en difficulté. Elle baisse les yeux vers son carnet.

— Ils vont revenir, tu sais.

— Je sais.

Il soutient son regard un long moment, alors que le moteur de la BMW mugit au coin de la rue, recrachant des gaz d'échappement.

— Merci, ajoute-t-il tout simplement.

Puis il tourne les talons et rejoint la porte en boitant. Renate ne bouge pas. Elles se dévisagent sans un mot.

— Ida Fuchs, finit-elle par lâcher. Je n'imaginais pas avoir un jour de ses nouvelles.

— Moi non plus.

Malgré elle, Ilse sourit.

— Au fond, elle n'est pas si mauvaise.

Renate lui rend son sourire – une faible incurvation de ses lèvres pleines qui lui serre à nouveau la gorge.

— J'ai l'impression que je devrais te remercier, dit-elle. Mais je ne… je n'arrive pas à trouver les bons mots.

— Ne me remercie pas. Partez, lui lance Ilse d'une voix tendue. Tous les quatre. Il n'y a pas de place pour vous ici en ce moment.

— On essaie…

Renate s'étrangle légèrement.

— On est sur liste d'attente pour l'obtention de visas américains depuis plus de deux ans. On en a aussi demandé pour cinq autres pays. Personne ne veut de nous.

Le désespoir douloureux qui se peint sur ses traits atteint Ilse en pleine poitrine, comme la brique qu'elle a lancée sur le boulanger avec lequel elles avaient des relations amicales autrefois. Elle joue avec la boucle de sa besace, tente de garder une contenance.

— C'était juste pour cette fois, dit-elle tout bas. Je ne pourrai pas recommencer.

Elle hésite, au supplice, avant d'ajouter :

— Je dois y aller.

Renate déglutit bruyamment.

— Moi aussi.

Mais elle reste clouée sur place, et Ilse sent ses yeux chocolat se vriller dans son dos tandis qu'elle prend la direction du U-Bahn.

Ne t'arrête pas, s'exhorte-t-elle. Cependant, au bout de quelques pas, elle stoppe et jette un coup d'œil pardessus son épaule.

— Je t'ai écrit une lettre.

Renate cligne des yeux.

— Quand ?

— Quand j'étais à l'Est.

— Je ne l'ai pas reçue, répond lentement Renate.

— Je ne te l'ai pas envoyée.

— Pourquoi ?

L'expression sur les traits de Renate – un mélange de confusion et d'espoir – lui cause une douleur presque insupportable. *Parce qu'on ne peut pas être amies*, pense Ilse. *Parce que tu me manques trop. Parce que tu représentes tout ce qui ne va pas dans ce pays.*

— Partez, répète-t-elle.

Et elle s'éloigne pour de bon.

15

Ava

1946

— Tu sais qu'elle est morte, lui asséna Maja.

Ses yeux noirs dansaient. Elle se tenait sur la pointe des pieds, maintenant le morceau de papier froissé hors d'atteinte d'Ava.

— Elle a sans doute été violée et tuée par les Russkofs. Tu le sais, non ?

— Rends-moi ça, protesta Ava en sautant, vainement, une nouvelle fois.

Elle ignorait le sens précis du mot « violer », elle savait seulement que c'était une chose terrible et très douloureuse, qui était arrivée à d'autres filles de l'orphelinat. L'une d'elles, Katje, avait seulement cinq ans. À son arrivée à l'orphelinat Sainte-Marie, Katje n'avait pas émis le moindre son pendant une semaine entière. Et la première fois qu'elle avait vu les surveillants de l'établissement – le Kapitän Ron et le Leutnant Tommy –, elle avait hurlé jusqu'à l'évanouissement.

— Alors ? insista Maja. Réponds-moi.

— Non, dit Ava en pensant : *Je ne pleurerai pas.*

— Si, s'entêta Maja en lui donnant un coup dans l'épaule.

Derrière elle, Hanne Rossing et Anja Blum suivaient la scène, les yeux brillants.

— Si, répéta-t-elle. Sans doute par une centaine en même temps. De gros Russes sales et puants. Ils l'ont sans doute ouverte en deux, transformée en morceau de viande. Puis ils l'ont abandonnée dans la neige où elle se sera vidée de son sang.

Elle bouscula à nouveau Ava, suffisamment fort cette fois pour la faire vaciller. Se concentrant afin de retrouver l'équilibre, elle se mordit la langue. Le goût sucré du sang lui donna la nausée et fit monter des sanglots brûlants. Elle pressa les paupières de toutes ses forces, mais des larmes s'échappèrent, formant des traces salées et irritantes sur ses joues.

— Ohhh, roucoula Maja, satisfaite d'être parvenue à ses fins. Bébépipi braille ?

Bébépipi était le surnom dont elle avait affublé Ava le jour de son arrivée à l'orphelinat, lorsqu'elle avait découvert qu'il lui arrivait encore de mouiller son lit.

Derrière elle, Hanne et Anja poussaient des hurlements de rire.

— Regardez-moi ça, poursuivit Maja.

Ava ouvrit les yeux : celle-ci agitait d'un geste moqueur son dessin. Il était censé représenter une *banane* – Ava n'en avait jamais vu dans la vraie vie, mais elle s'était inspirée de photographies dans des livres et des magazines.

— On dirait une queue, déclara Maja. Une grosse queue jaune de Russkof. *Auf Wiedersehen*, Russkof.

Et d'un grand geste théâtral, elle déchira le dessin en deux.

*

— Elle est juste jalouse, décréta Greta, l'amie d'Ava, pendant qu'elle lui brossait les cheveux et lui traçait une raie en vue de la « présentation ».

— Mais jalouse de quoi ? renifla-t-elle avant de s'essuyer le nez sur sa manche.

— Arrête de gesticuler, protesta Greta en lui donnant un grand coup de brosse pour enfoncer le clou. Elle est jalouse parce que tu as une mère contrairement à elle.

Divisant la moitié gauche de sa chevelure en trois parties égales, Greta commença à lui faire une tresse, s'interrompant pour vérifier son travail dans le miroir. Elles se trouvaient dans les toilettes, où son aînée – l'unique alliée autoproclamée d'Ava à l'orphelinat – venait de l'aider à s'asperger le visage d'eau froide.

— Personne ne sait où est ma mère…

Un morceau de viande. Neige... sang... Elle essaya d'effacer les mots de son esprit, de la même façon qu'elle gommait ce qu'elle avait raté sur ses dessins.

— C'est toujours mieux de ne pas savoir que d'avoir la certitude qu'elle est morte.

Alors qu'elle nouait la première tresse pour s'attaquer à la seconde, un bref nuage obscurcit les traits de Greta, aussi délicats que ceux d'une bergère de Delft. Ava comprit qu'elle pensait à ses propres parents. Lorsque son père avait été envoyé au front, sa mère les avait emmenés à l'Est, son jeune frère et elle, pour fuir les bombardements de Berlin. Puis la guerre s'était achevée, les Russes étaient arrivés et tous les Allemands avaient dû se sauver. La mère de Greta avait entrepris, avec ses deux enfants, un long et difficile voyage pour regagner Düsseldorf, ils avaient parfois dû s'entasser dans des trains bondés et malodorants, qui marquaient des arrêts pendant des heures et ne possédaient ni toilettes ni sièges. Ils avaient aussi dû marcher parfois. C'était lors de l'une de ces marches, lui avait confié Greta, que les Russes avaient violé sa mère et l'avaient rendue si malade qu'elle avait fini par mourir. Entretemps, son père avait été tué sur le front russe.

— Tu peux toujours espérer, toi, lui dit-elle en tirant légèrement sur la seconde tresse qu'elle venait de terminer. Pas elle.

— Quelqu'un pourrait quand même l'adopter.

— Non.

— Tu n'en sais rien.

— Si. Comme je sais que ta mère est vivante. Je le sais, c'est tout.

Faisant pivoter Ava pour qu'elles se retrouvent face à face, elle l'observa un instant. Elle sortit un mouchoir en loques de la poche de sa jupe, en lécha un coin et essuya une tache au-dessus de la bouche d'Ava, aussi immobile qu'une statue. Elle savait qu'elle aurait plutôt dû chercher à être le plus débraillée possible pour la « présentation » – puisqu'elle n'avait aucune envie d'être adoptée. Mais le fait que Greta s'occupe d'elle, le fait qu'on s'occupe d'elle tout court, l'éclairait de l'intérieur, sensation presque aussi agréable qu'un ventre plein.

— Et voilà, lui dit son amie en rangeant son mouchoir. Tu es très belle.

— Non, pas du tout.

Ava étudia rapidement son reflet dans le miroir, notant ses traits pâles et tirés, ses yeux creusés, ses bras et jambes qui ressemblaient à des cure-dents blancs.

— Mais toi si, ajouta-t-elle. Tu es toujours belle.

Greta éclata de rire.

— Oh, le mensonge ! Allons-y.

Ce n'était pas un mensonge. Néanmoins Ava suivit son aînée dans leur dortoir en regrettant de tout son cœur que ce n'en soit pas un. À ses yeux, Greta n'avait pas encore quitté l'orphelinat pour une seule raison : elle refusait d'être séparée de son petit frère, qui vivait dans les quartiers des garçons, de l'autre côté de la chapelle. Et jusqu'à présent, personne n'avait voulu adopter deux orphelins.

Pourtant, pour une fille aussi ravissante que Greta, ce n'était qu'une question de temps.

De retour dans la chambrée, sœur Agnes appliqua sa règle en bois contre le sternum d'Ava.

— Tiens-toi droite, mon enfant, la morigéna-t-elle. Ne t'avachis pas !

Ava redressa les épaules en tentant d'ignorer Hanne, qui lui jetait un regard noir à l'autre bout de la pièce, ainsi que Maja, qui lui tirait la langue. Toutes deux furent rapidement masquées par la femme qui venait de s'arrêter devant le lit d'Ava. Elle la détailla de la tête aux pieds en se tenant le menton d'un air songeur.

— Humbert, lança-t-elle.

— *Ja, Bärchen.*

L'homme voûté qui discutait sur le seuil du dortoir avec le Kapitän Ron et le Leutnant Tommy releva la tête.

— Elle ne te rappelle pas Ina ?

S'éloignant des deux Américains qui ne cachaient pas leur ennui, l'homme approcha. Sa démarche était mal assurée, il s'aidait d'une canne pour contrecarrer les effets de sa boiterie qui, à chaque pas, projetait son corps en arrière puis en avant, comme s'il dansait une drôle de gigue. Ava baissa les yeux, examinant d'abord les chaussures de travail marron fatiguées de la femme, celles à lacets et petits talons de la bonne sœur et enfin les souliers bicolores – marron et blanc – à bout golf, largement éraflés, de l'homme qui approchait.

— En quel sens ? demanda-t-il.

— Quelque chose dans le nez, lui répondit la femme. Et les yeux.

— Difficile à dire quand ils sont rivés au sol, observa l'homme avec un petit rire discret.

Partez, pensa Ava.

— Comment t'appelles-tu, *Süsse Maus* ? lui demanda l'homme.

Elle sentit à nouveau la règle de sœur Agnes, sous son menton cette fois.

— Lève les yeux, mon enfant. Et dis-leur ton nom.

Ava redressa la tête. Le couple qui se tenait devant elle était plus jeune que ses grands-parents mais sans doute plus âgé que sa mère, même s'il était difficile de l'affirmer. La femme avait des yeux noisette très doux et des cheveux bruns parsemés de blanc. Elle considérait Ava avec une mélancolie rêveuse. L'homme, presque chauve, avait une énorme cicatrice d'un rose luisant de l'oreille gauche au coin de la bouche. Elle lui retroussait légèrement la lèvre supérieure, ce qui donnait l'impression qu'il avait en permanence un léger sourire.

— Alors ? s'impatienta sœur Agnes. Quel est ton nom ?

Ava déglutit.

— Ava.

Elle parla le plus bas possible sans qu'on puisse l'accuser de murmurer.

— Et quel âge as-tu, Ava ? lui demanda la femme.

— Six ans, maugréa-t-elle.

— Six ans ! C'est que tu es une grande fille, s'exclama l'homme, alors qu'Ava savait pertinemment qu'elle était petite pour son âge. Et qu'est-ce que tu aimes faire ?

— Faire ?

— Pendant ton temps libre. À quels jeux joues-tu ?

Ava posa un regard incertain sur lui puis sur sœur Agnes. Elle ne connaissait aucun jeu. Son Opa avait commencé à lui apprendre les échecs, mais le bombardement était survenu avant qu'il ait pu lui enseigner les différents déplacements de toutes les pièces.

— Ava, intervint la religieuse, est la petite artiste de l'orphelinat.

— Oh, c'est merveilleux ! s'enthousiasma la femme. Notre Ina adorait dessiner, elle aussi. Tout particulièrement les fleurs et les chatons. Nous avons encore certaines de ses œuvres au mur, chez nous.

S'agenouillant devant Ava, elle plongea ses yeux dans les siens.

— Et qu'aimes-tu dessiner ?

Ava se mordit la lèvre.

— Réponds, l'encouragea sœur Agnes avec un petit rire qui voulait exprimer de l'amusement mais qui, Ava le savait, trahissait en réalité de l'agacement. Ne sois pas aussi timide, voyons ! Parle à Frau Dunkel de tes dessins.

Ava passa sa langue encore endolorie sur ses lèvres.

— Je dessine de la nourriture, dit-elle d'une voix toujours aussi minuscule. Des gâteaux, des poulets et des banana splits, surtout.

— Ça a l'air délicieux, observa la femme avec chaleur. Je ne connais pas les banana splits. Humbert et moi, nous vivons dans une immense ferme près de Norf, nous avons des poules, des poussins et une vache.

— Une vache ?

Malgré elle, Ava releva la tête. Greta avait vécu dans une ferme quand elle se trouvait dans l'Est et elle partait toujours dans des envolées lyriques dès qu'elle évoquait la nourriture : le vrai lait et les œufs, le pain frais, les fruits et le miel. Elle avait même eu de la viande, parfois. Le soir, lorsqu'elle lui décrivait ses repas, Ava avait l'impression de retrouver les histoires que lui racontait sa grand-mère autrefois – à une époque qui, dorénavant, lui semblait aussi irréelle qu'un conte de fées.

Frau Dunkel lui fit un clin d'œil.

— Notre vache est encore très maigre. Mais elle nous donne déjà un peu de lait. Et dans pas trop longtemps nous devrions pouvoir nous en servir pour préparer un gâteau ou deux, si nous avons quelque chose à célébrer.

Sa voix était douce et mélodieuse ; indépendamment de son intérêt évident pour le gâteau, Ava se surprit à se demander si Frau Dunkel chantait parfois des berceuses.

Son Oma le faisait de temps en temps. « Guten Abend, Gute Nacht », « Guter Mond, du gehst so stille »…

Un souvenir lui vint à l'esprit, une image de la tête chenue de sa grand-mère et de ses petits pendants d'oreilles en diamants. Sa voix chevrotante, une chambre tapissée des dessins d'Ava, avec des princesses et des châteaux. Une vague de nostalgie et de tristesse la balaya, si puissante qu'elle fut incapable de parler un instant.

— Notre Ina, poursuivit Frau Dunkel, était un peu plus grande que toi quand on nous l'a prise, en décembre dernier.

Du coin de l'œil, Ava vit que l'homme posait une main sur l'épaule de son épouse.

— Pendant longtemps, nous avons été très tristes, poursuivit-elle. Puis nous avons réalisé qu'il y avait tant d'enfants merveilleux qui n'avaient plus de parents, et…

— Je fais aussi des dessins de ma maman, bafouilla Ava.

La surprise se peignit sur les traits de Frau Dunkel.

— Ta maman ?

— Oui, dit Ava. Je ne suis pas vraiment orpheline, parce qu'elle n'est pas morte. Elle va bientôt revenir me chercher.

Frau Dunkel regarda sœur Agnes en haussant les sourcils, et Ava remarqua que la religieuse rentrait le menton en signe d'irritation.

— La mère d'Ava se trouvait dans le Reichsgau Wartheland à la fin de la guerre, expliqua-t-elle comme pour s'excuser.

Frau Dunkel hocha la tête.

— Oh, je vois…

— Mais elle va revenir, insista Ava.

— Allons, allons, nous en avons déjà discuté, lui dit sœur Agnes d'un ton à la légèreté forcée. Étant donné le temps qui s'est écoulé maintenant, nous pouvons sans trop nous avancer partir du principe…

— Elle n'est pas morte !

Le cri qui avait échappé à Ava était si strident, si brutal que la chambrée tout entière fut réduite au silence.

— Elle n'est pas morte, répéta-t-elle d'une voix à peine moins forte. Et elle n'a pas été violée puis abandonnée dans la neige comme un morceau de viande.

Derrière elle, sœur Agnes retint son souffle, pendant que Frau Dunkel, qui était toujours agenouillée devant elle, tressaillait. La religieuse posa une main sur l'épaule d'Ava, qui sentit alors son cœur tambouriner dans ses oreilles, si fort que ce vacarme couvrit presque le *clac clac clac* des gros godillots noirs du Kapitän Ron qui s'approchait d'eux.

— Que se passe-t-il ? demanda-t-il de son air de cow-boy. Pourquoi as-tu crié, *squirt* ?

C'était comme ça qu'il appelait Ava et les autres orphelins les plus jeunes. Un terme anglais pour « petit ».

— C'est ma faute, s'excusa Frau Dunkel en se relevant maladroitement avant de lisser à deux mains sa jupe fleurie. Je l'ai contrariée, je crois.

— Oh, non !

À son habitude, sœur Agnes gardait son calme, son ton restait enjoué, pourtant ses doigts qui agrippaient l'épaule d'Ava avec une poigne de fer véhiculaient un tout autre message.

— Pas du tout, poursuivit-elle. Ava sait qu'elle ne doit pas hausser le ton. Je crois d'ailleurs que Frau et Herr Dunkel méritent des excuses. N'est-ce pas, Ava ? dit-elle en la secouant légèrement.

La fillette fixait le parquet, muette. Elle détestait présenter ses excuses, surtout quand elle n'avait rien fait de mal. Son ventre était aussi contracté qu'un poing serré.

— Alors ? l'encouragea le Kapitän Ron.

Il s'impatientait. Ava osa croiser son regard : ses yeux noisette étaient plissés.

— Demande pardon, petite. Ces braves gens essaient juste de t'aider.

— *Entschuldigung*, grommela Ava.

Sœur Agnes la secoua légèrement.

— Plus fort s'il te plaît. Et relève la tête.

La gorge nouée, Ava se redressa et observa le visage étroit de Frau Dunkel. L'expression qui s'y trouvait oscillait entre l'horreur et la pitié, comme si elle venait de découvrir qu'Ava avait des cornes, ou une troisième jambe dissimulée. Maja ricana derrière elle.

— Je suis désolée, murmura-t-elle.

Une demi-heure plus tard, elle était assise sagement, mains croisées sur les genoux, yeux rivés sur la statue de la Vierge, perchée juste au-dessus des ailes blanches qui encadraient le visage de la mère supérieure. Exception faite de la prière du soir, obligatoire, Ava ne priait pas en dehors des offices. À ce stade de sa vie, elle avait acquis la certitude que si Dieu existait, il était sourd ou se désintéressait d'elle : elle lui avait demandé, en vain, la résurrection miraculeuse de ses grands-parents et de leur maison ; le retour de sa mère, partie dans un endroit mystérieux sans donner de nouvelles ; la punition de Maja qui, comme les demi-sœurs cruelles d'*Aschensputtel*, aurait ses deux yeux noirs crevés par des pigeons vengeurs.

Ce jour-là, toutefois, dans le regard tendrement vide de la mère du Christ, Ava lut une chose qui fit naître une dernière requête aussi sincère que désespérée : *Pitié*, l'implora-t-elle en silence. *Pitié, faites qu'elle soit en vie et qu'elle revienne bientôt me chercher.*

— Alors, Ava.

La voix de Mutter Oberin était tendue.

— J'ai appris que tu avais été très impolie avec nos visiteurs.

Ava serra si fort ses mains croisées que ses articulations devinrent presque aussi blanches que les joues lisses de la statue.

— Je n'ai fait que dire la vérité.

— C'est-à-dire ?

Ava redressa la tête, toujours aussi indocile.

— Ma maman n'est pas morte.

— Ce n'est pas ce que tu t'es contentée de dire, n'est-ce pas ?

La mère supérieure se cala contre le dossier de son fauteuil, observa Ava par-dessus la monture de ses lunettes. Son visage était aussi plissé qu'une coquille de noix : la rumeur prétendait qu'elle avait au moins cent ans. On racontait aussi qu'elle battait les enfants avec un épais volume – le recueil de prières rassemblées par Johann August von Starck –, qu'elle conservait exclusivement dans ce but.

Ava se mordit l'intérieur de la joue et ne répondit rien.

— J'ai cru comprendre, poursuivit Mutter Oberin, d'une voix plus basse, ce qui la rendait encore plus inquiétante que si elle avait hurlé, que tu avais déclaré que ta mère n'avait pas… n'avait pas été violentée.

— Violentée ?

La mère supérieure se racla la gorge.

— C'est… un synonyme du terme que tu as employé devant les Dunkel. La chose qui ne lui serait pas arrivée selon toi.

— Violée ?

La religieuse se renfrogna légèrement mais hocha la tête.

— C'est parce que c'est faux.

— Peu importe ce qui s'est passé. Nous n'utilisons pas ce genre de mot ici. Sous aucun prétexte.

Ava racla la pointe d'une de ses chaussures sur le parquet et sentit la semelle se replier légèrement, à l'endroit où la couture était usée. Les jours de pluie, elle avait le pied mouillé. Jusqu'à l'arrivée de la prochaine cargaison de la Croix-Rouge, il n'y avait rien à espérer cependant.

— Qu'est-ce qui a pu te conduire à penser que tu pouvais dire ce genre de choses ? insista la mère supérieure. Et où as-tu d'ailleurs été pêcher ces horribles idées ?

Ava secoua la tête en silence. Elle n'aurait pas la bêtise de dénoncer Maja ; celle-ci avait apparemment mis à profit les six derniers mois, passés à écumer les rues en ruines de Berlin, pour perfectionner toutes les techniques de torture les plus furtives. La dernière pensionnaire à avoir mouchardé avait été pincée si férocement en représailles que ses bras ressemblaient aux pattes d'un léopard noir et bleu.

— Ava, soupira la religieuse. Regarde-moi. Il faut que je sois très claire avec toi.

Ava ne détacha pas les yeux de ses genoux sales ; elle savait parfaitement ce qui allait suivre. Et elle savait aussi que c'était faux. *Faux faux faux...*

— Ta mère n'a pas donné de nouvelles depuis la fin de la guerre. Elle n'était d'ailleurs pas présente à l'enterrement de tes grands-parents. Nous avons attendu plus d'une année qu'elle, ou un autre membre de ta famille, nous contacte. Ta photographie est affichée dans tous les bureaux de la Croix-Rouge du secteur. Je comprends que ce soit difficile, mais tu dois accepter qu'elle ne reviendra pas.

— Si.

Elle donna un coup de talon dans le pied en bois de sa chaise.

— Même Greta l'a dit.

— Greta n'est qu'une enfant, riposta sèchement Mutter Oberin. Il y a certaines choses dans la vie que seuls les adultes comprennent. Mais il y a d'autres implications dans ce cas précis, ajouta-t-elle.

Elle se pencha en avant pour plonger ses yeux dans ceux d'Ava.

— Tu sais qu'il y a beaucoup, beaucoup de filles et de garçons en Allemagne qui n'ont ni famille ni toit au-dessus de leur tête. Dieu nous a confié la mission suivante : les accueillir et leur trouver un nouveau foyer. Seulement, pour nous acquitter de cette mission, nous avons besoin de place. Et encore, il nous est parfois difficile de nous occuper correctement d'eux, surtout parce que les Alliés refusent de donner de la nourriture et des vêtements aux Allemands. Même aux enfants.

Après un silence, elle ajouta :

— Comprends-tu ce que je t'explique ?

Ava secoua la tête. Le geste lui parut étonnamment passif, autant que si elle était une marionnette et que quelqu'un d'autre tirait les ficelles qui la faisaient réagir.

— Tous les enfants qui se présentent chez nous ont droit à nos soins et à notre protection. Mais nous ne pouvons les leur offrir qu'un temps… jusqu'à ce que nous leur trouvions un foyer confortable.

Elle soupira à nouveau.

— À deux occasions maintenant, nous avons eu une opportunité de ce genre pour toi. Et ces chances, tu les as refusées par deux fois, d'office.

Prenant appui des deux mains sur son bureau, la mère supérieure se hissa péniblement sur ses pieds. Ava se ratatina sur sa chaise au dossier en chêne très raide, même si le livre de prières si redouté n'était toujours pas sorti. Mutter Oberin se contenta de venir s'asseoir sur la chaise à côté de celle d'Ava et de poser ses mains sur les cuisses nues de la fillette.

— Si tu ne pars pas, nous ne pourrons pas aider un autre enfant. Est-ce vraiment ce que tu veux ? Priver une petite fille de nourriture, de vêtements, d'une maison ?

Elle se pencha, si près qu'Ava put sentir le mélange de poudre à dents à la menthe et d'huile de morue qu'elle avalait quotidiennement pour combattre l'arthrose : un mélange écœurant de fraîcheur et de décomposition.

— Veux-tu vraiment faire à un autre enfant ce que les Américains, les Russes et les Anglais t'ont fait ?

Ava ne parvint pas à détourner le regard. *Oui*, voilà ce qu'elle voulait répondre. *Oui, jusqu'au retour de ma mère.* Mais elle ne réussit qu'à secouer la tête.

La mère supérieure approuva son geste. Elle retira ses mains des jambes d'Ava et se carra contre le dossier de la chaise.

— C'est bien ce que je pensais… Alors tu vas aller présenter tes excuses à sœur Agnes et au Kapitän Ron pour ta conduite. Et ce soir tu prieras pour être pardonnée et pour avoir la chance qu'un couple aussi gentil que les Dunkel veuille de toi comme fille.

Fille. La moindre cellule du corps d'Ava voulait hurler : *Non ! non, je ne veux pas !* Néanmoins, la religieuse continuait à soutenir son regard et elle se sentit une fois de plus incapable de faire autre chose qu'acquiescer.

— *Gut.*

Mutter Oberin se leva et invita Ava à l'imiter.

— Maintenant, retourne dans ton dortoir, s'il te plaît, et consacre les deux prochaines heures, jusqu'au dîner, à réfléchir à notre discussion.

Ava se leva et lissa sa robe élimée sur ses cuisses avant de suivre la mère supérieure jusqu'à la porte. Alors qu'elle s'apprêtait à l'ouvrir, elles entendirent un coup discret, puis sœur Agnes passa la tête dans le bureau.

— Vous auriez un moment pour signer un dossier de sortie ? lui demanda-t-elle.

— Bien sûr ! s'exclama la religieuse, visiblement enchantée. Et qui est l'heureuse élue ?

Un sourire jusqu'aux oreilles, la jeune femme ouvrit complètement la porte puis fit signe à la pensionnaire d'approcher.

— *Danke*, dit une voix familière.

Ava découvrit Frau et Herr Dunkel dans le couloir. Entre eux deux, les tenant chacun par une main, se trouvait Maja.

Tandis que les deux filles se dévisageaient, Ava ne trouva pas, pour une fois, les habituels dégoût et mépris dans le regard de Maja. La joie et l'émerveillement avaient adouci ses traits endurcis ; Ava ne l'avait jamais vue ainsi.

— Oh, toutes mes félicitations !

La mère supérieure alla serrer Maja dans ses bras, un large sourire étirant ses joues ridées. Ava leva les yeux vers les Dunkel et aperçut sœur Agnes, qui la considérait avec une expression étrange débordant de pitié et de suffisance. *Tu vois*, semblait-elle dire. *Je t'avais prévenue.*

*

— C'est un château ?

— Non.

La pointe de la langue d'Ava dépassait entre ses lèvres. Elle gratta délicatement le sommet de sa construction. Theresia resserra, avec une moue, les pans de son fin cardigan pour se protéger de la fraîcheur d'avril. Arrivée depuis peu à l'orphelinat, elle avait cinq ans mais en paraissait deux de moins – ou davantage encore lorsqu'elle souriait, puisqu'elle avait perdu la moitié de ses dents. Comme les pensionnaires les plus récents, elle avait perdu ses parents à cause de la *Schwarzer Hunger* qui avait accompagné un hiver si froid et si long que même Mutter Oberin prétendait n'en avoir jamais connu de pareil.

— Il nous punit pour nos péchés, avait-elle expliqué pendant son sermon, un dimanche soir.

Lorsqu'on l'avait interrogée sur la teneur de ces péchés, elle s'était contentée de secouer la tête.

Pour une raison qui lui appartenait, Theresia avait décidé qu'Ava serait sa nouvelle meilleure amie, ce qui irritait celle-ci bien plus que cela ne la flattait. Elle ne cherchait pas à se faire des amis, surtout pas d'une toute petite fille édentée qui n'arrêtait pas de lui poser des questions et qui avait mauvaise haleine par-dessus le marché. Ce qui n'empêchait pas Theresia de la suivre à la trace dans l'orphelinat, se collant contre elle pendant les repas ou venant se percher sur son lit sans y avoir été invitée. Le matin même, la petite avait offert la moitié de son petit déjeuner – du pain sec et de la margarine – quand Ava s'était plainte d'avoir encore faim. Elle avait dû convoquer toute sa volonté pour décliner cette offre, ce qui n'avait servi qu'à lui rendre Theresia encore plus antipathique.

— Pourquoi c'est pas un château ? insista la petite. Ça ressemble à un château.

— Parce que c'est une maison.

— Quel genre de maison ?

— Une maison toute bête.

— Je peux t'aider à la construire ?

— Non. Et arrête de m'embêter.

Exaspérée, Ava changea de position pour tourner le dos à son inquisitrice et protéger sa bâtisse des regards indiscrets de Theresia. Laquelle poussa un bref soupir blessé avant de se consacrer à nouveau à sa propre construction, un trou qu'elle avait eu beaucoup de mal à creuser dans le sable à demi givré. Ava se concentra sur la porte voûtée de sa maison, non de son château. Elle voulait que celle-ci soit aussi ressemblante que possible à celle de son Oma et son Opa. Le temps s'étant enfin suffisamment radouci pour qu'elles puissent jouer dehors sans manteau – même si beaucoup d'orphelins n'en avaient pas de toute façon –, c'était devenu la nouvelle obsession d'Ava : modeler dans le sable des aliments qu'elle rêvait de manger et des bâtiments dans lesquels elle aurait aimé vive. Elle avait fabriqué des gâteaux de sable et des maisons de sable, des bretzels de sable et des palais de sable. Elle se concentrait tellement qu'elle en avait parfois le tournis et qu'elle n'entendait souvent pas la cloche signalant la fin de la récréation. Quand elle l'entendait enfin, elle se levait et réduisait ses œuvres à un tas informe, geste qui lui semblait aussi transgressif que profondément satisfaisant.

Elle s'attaqua au toit, se servant de la tranche de la pelle pour y dessiner des tuiles. Elle réfléchissait à l'emplacement de la cheminée lorsqu'elle entendit quelqu'un l'appeler dans son dos :

— Ava ! Ava !

Jetant un coup d'œil par-dessus son épaule, elle aperçut Greta, qui venait de la chapelle et courait dans sa direction, les joues roses, le visage tout entier éclairé par la joie. Ava se retourna en fronçant les sourcils vers sa construction. Depuis l'adoption de Maja, six mois auparavant, leur relation avait évolué. Ava n'avait pas cessé d'adresser la parole à Greta mais elle n'avait plus recherché sa compagnie aussi systématiquement, elle n'était plus allée la voir dans son lit, le soir, pour discuter tout bas de repas pantagruéliques et de tableaux célèbres. Il faut dire, bien sûr, que, depuis le départ de Maja, Ava n'avait plus besoin d'être protégée par Greta. Et Ava avait changé elle aussi. Elle avait compris que ça ne servait à rien de rêver de choses qui ne se réaliseraient jamais – et que ça ne servait à rien non plus de croire les gens comme Greta, qui l'encourageaient à rêver.

— Ava ! répéta Greta.

Theresia l'imita et toucha l'épaule d'Ava avec un doigt plein de sable.

— Ava ?

— Laisse-moi tranquille.

Elle se focalisa sur la cheminée, ne relevant les yeux que lorsque Greta sauta dans le bac à sable entre Ava et Theresia, heurtant avec son genou gauche un mur soigneusement érigé.

— Regarde ce que tu as fait ! s'emporta Ava en repoussant la fine jambe de Greta.

— Elle veut qu'on la laisse tranquille, expliqua Theresia d'un air sombre.

— Ah oui ? Arrête de faire la dinde, Ava !

Greta lui donna un petit coup dans les côtes.

— Et ne t'inquiète pas pour ta maison, j'ai quelque chose de beaucoup plus important à t'annoncer.

Ses yeux brillaient comme deux gouttes de pluie sphériques sur une feuille.

— Quoi ? demanda Ava, méfiante.

— *Deine Mutter*, répondit Greta le souffle court.

Ava eut un geste d'agacement.

— *Sie ist tot.*

— Elle n'est pas morte, non.

Son rire restait léger et patient, quelle que soit la sécheresse ou la grossièreté qu'Ava manifestait.

— Elle est là.

Ava eut soudain l'impression d'avoir avalé une pleine bouchée de sa maison.

— Quoi ?

— Elle est ici. Dans le bureau avec Mutter Oberin.

Il n'y avait tout à coup plus d'oxygène dans les poumons d'Ava, dans le bac à sable, dans cette belle journée glaciale.

— Ma mère ? répéta-t-elle.

Les syllabes du mot, si peu familières, collaient sur sa langue.

— Oui !

Greta se releva et aida Ava à l'imiter, sans s'embêter à chasser le sable de ses jambes nues.

— Viens ! Tu ne veux pas la voir ?

Bondissant avec la grâce d'un lapin frêle et blond, Greta se mit à courir vers la chapelle. Ava se contenta d'abord de la suivre du regard. Sa langue était pétrifiée dans sa bouche desséchée, ses pieds englués dans le sol instable du bac à sable.

Theresia se releva en frottant ses mains l'une contre l'autre.

— Tu ne vas pas avec elle ? zézaya-t-elle à cause de ses dents manquantes. Tu ne veux pas voir ta maman ?

Maman, pensa Ava.

Puis soudain, elle aussi elle courait – elle sautait, elle trébuchait, elle volait – comme si sa vie en dépendait.

Dix minutes plus tard, elle était assise dans le bureau sombre de Mutter Oberin sur la même chaise en bois que le jour où celle-ci lui avait asséné, six mois plus tôt, que sa mère était morte. Et, miracle ! à côté d'elle sur la seconde chaise en chêne, se trouvait sa mère, qui semblait on ne peut plus vivante.

Ilse avait le teint pâle et se tenait parfaitement droite. Ses yeux étaient de la couleur des nuages d'orage, et ses tresses, de celle de la barbe de maïs, s'enroulaient autour de son crâne à l'image de celles de Greta – sauf qu'elles étaient plus épaisses et plus propres. Elle portait des vêtements qui n'avaient ni trous ni empiècements et, à leur façon de tomber sur son corps, on devinait qu'il y avait de la chair et de la graisse dessous. Ava la reconnaissait comme elle aurait reconnu Ingrid Bergman : elle n'arrivait pas toujours à la situer même si son visage lui était familier. Et même si la première réaction d'Ilse, en voyant Ava, n'avait pas été de la soulever dans ses bras et de la faire tourbillonner ainsi que sa fille en avait rêvé – elle avait presque paru contenir un tressaillement –, ni de lui dire *ich liebe dich* – elle avait conservé le silence –, elle restait aux yeux d'Ava la plus belle femme du monde.

Elle l'observait à présent avec une intensité inquiète qui perturbait Ava : elle ne savait pas où poser ses propres yeux.

— Elle a tellement grandi, dit-elle d'une voix qui semblait, étrangement, presque effrayée. Elle me fait…

— Oui ?

L'étudiant par-dessus la monture de ses lunettes, la mère supérieure guettait la fin de sa phrase. Ilse secoua la tête, comme incapable de poursuivre. Passant une main sur l'une de ses tresses, elle demanda plutôt :

— Sont-ils tous aussi maigres ?

— L'hiver a été particulièrement rigoureux pour nous, répondit la religieuse, un peu raide. Nous avons réussi à nous en sortir je ne sais comment, et avec le temps plus clément, nous allons pouvoir récolter nos propres légumes, ajouter des orties et des pissenlits à nos repas.

Elle jaugea la jeune femme en hochant la tête.

— Les Américains semblent vous avoir correctement traitée.

Ilse rougit, ce qui la rendit encore plus belle.

— J'imagine.

Un silence gêné suivit. Puis Mutter Oberin se racla la gorge.

— Ava, je sais que c'est sans doute un très grand choc pour toi, mais n'est-ce pas merveilleux ? N'as-tu rien à dire à ta mère ?

Ava cligna des yeux, fixa la femme assise à côté d'elle, craignant à demi que le mirage s'évanouisse si elle ouvrait la bouche.

— *Hallo*, finit-elle par murmurer tout bas.

— *Ja*, bonjour, lui répondit sa mère.

Sa mâchoire, carrée et puissante, presque masculine, se crispa légèrement.

— C'est tout ? s'étonna la religieuse avec son petit rire sec qui ressemblait à une toux. Ava, montre-lui donc ton dessin.

Puis à l'intention d'Ilse, elle ajouta :

— Elle y a consacré des semaines.

Ava examina l'image sur laquelle elle avait en effet travaillé pendant des semaines, à l'époque où elle n'avait pas encore décidé que sa mère était morte. Intitulé *Meine Familie*, le dessin la représentait avec Ilse et le chien qu'elle espérait avoir un jour. Il avait les poils aussi sombres que les cheveux d'Ava ; Ilse avait une chevelure d'or. Tous trois souriaient et au-dessus d'eux se trouvait un soleil doré et souriant. C'était Greta qui s'était souvenue du dessin et qui était allée le chercher sous le lit d'Ava.

Pleine d'espoir et de timidité, Ava le tendit à Ilse, qui le prit entre ses doigts puissants et épais. Elle étudia longuement la feuille légèrement froissée, son visage entièrement dépourvu d'émotion. Puis elle hocha la tête et rendit le dessin à sa fille.

— Il est très réussi. J'aime beaucoup le chat.

— C'est un chien, rectifia Ava.

Ilse s'adressait déjà à Mutter Oberin.

— Je suppose qu'il faut que je signe des papiers.

— Bien sûr, lui répondit-elle en hochant la tête. J'aurai également besoin que vous me fournissiez quelques pièces. Votre certificat de disculpation, pour commencer. Et un permis de travail, si vous en avez un.

— Là, avec les cheveux jaunes, c'est toi, dit Ava en tendant à nouveau le dessin à sa mère.

Ilse était occupée à fouiller dans un sac à main défraîchi et ne l'entendit apparemment pas.

— Je suis désolée… Vous avez un stylo ? S'il y a bien un jour où j'aurais dû en avoir un sur moi…

Les voix des deux adultes se confondirent, ne formant plus qu'un bruit de fond. Ava observa son dessin, les larges sourires en forme de faucille, les yeux ronds, et les doigts bâtons. Elle se rendit compte qu'il était horrible, que Theresia aurait pu faire le même. Theresia ou un bébé.

Elle n'aurait jamais dû le montrer à qui que ce soit.

Sans un bruit, elle le déchira en deux.

16

Renate

1939

Numéro : 16
Quantité : 2
Description de l'article : essuie-mains
Année d'achat : 1933

Renate s'interrompt, presse le crayon contre ses lèvres. Est-ce que deux suffiront pour le voyage de cinq jours jusqu'à New York ? Devrait-elle prendre le risque d'en emporter davantage et de rayer un autre objet de sa liste ? Ou y aura-t-il assez de place à bord du bateau pour étendre le linge si elle veut faire une petite lessive d'urgence à la main ? (*Numéro : 9. Quantité : 1. Description de l'article : une boîte de lessive Persil. Année d'achat : 1939.)*

Poussant un soupir, elle s'en tient à deux essuie-mains et passe à la ligne suivante. *17*, écrit-elle. Le prochain article sur sa liste est une protection périodique. Ses yeux dérivent soudain vers la date du jour – *vendredi 10 novembre 1939* –, et elle se surprend à hésiter, la mine de son crayon à quelques centimètres de son carnet.

— Je pourrais peut-être dire qu'ils sont en étain et pas en argent ?

— Je te demande pardon ? lui répond sa mère en quittant des yeux le bilan de santé qu'elle recopie pour en conserver une trace.

— Les chandeliers. Et si je disais qu'ils sont en étain ? Comment pourraient-ils vérifier ?

— Tu ne parles pas sérieusement, Renate, si ?

À l'autre bout de la table, Lisbet Bauer dévisage sa fille avec incrédulité. Renate soutient son regard, même si elle sent le rouge lui monter peu à peu aux joues.

— Ce n'est pas comme si vous alliez vous en servir, Vati et toi.

Le « en » désigne une paire de chandeliers de shabbat que Renate a achetés en février, au retour de son cours bi-hebdomadaire de coiffure, qu'elle suit avec Karolin Beidryzcki à la Jüdisches Gemeindehaus. Aucune des deux filles n'est particulièrement tentée par le métier de coiffeuse, mais on encourage les futurs émigrants à apprendre un métier, et c'est la coiffure qui leur a paru l'option la plus attrayante – au début du moins. Descendant d'un pas vif Oranienburgerstraße à la nuit tombante, elle avait croisé une vieille femme à la mine sévère assise à côté d'une poignée d'objets qu'elle cherchait apparemment à vendre. C'est un spectacle de plus en plus courant ces derniers temps : des Juifs qui, ayant décroché un visa et un moyen de transport pour quitter l'Allemagne, se retrouvent à devoir se séparer de biens qu'ils ne peuvent pas emporter – ce qu'ils découvrent souvent à la toute dernière minute.

Renate a pour habitude de dépasser ces stands de rue improvisés sans ralentir. Pas seulement parce qu'elle n'a pas les moyens d'acquérir quoi que ce soit, mais aussi parce qu'il s'en dégage un discret parfum de désespoir qui ne sert qu'à alimenter son propre sentiment croissant d'abattement. Ce jour-là, cependant, elle s'était arrêtée, fascinée, contre toute attente, par l'un des articles de la femme.

Grâce à plusieurs séances avec le groupe de travail de Franz sur la Judée et quelques visites furtives à la synagogue en solitaire, elle avait une vague notion de l'usage des bougies de shabbat, même si elle n'avait encore jamais envisagé d'exécuter ce rite ancestral. Et pourtant, ce jour-là, malgré le froid, malgré les traces rouges de henné au bout de ses doigts et malgré son mal de dos – elle avait passé une heure penchée au-dessus d'un lavabo rouillé –, ces chandeliers lui avaient semblé, pour une raison mystérieuse, parés d'un pouvoir consolatoire. Ternis par les traces de cire fondue accumulées au cours de décennies de shabbats, Renate y avait néanmoins vu le symbole d'un espoir vacillant dans l'obscurité grandissante de son existence. Elle en avait pris un et l'avait caressé – se prenait-elle pour Aladdin et croyait-elle pouvoir faire apparaître un génie ?

« *Jakubowski und Jarra*, lui dit la vendeuse.

— Pardon ? »

De plus près, l'âge de la femme était beaucoup moins évident que Renate ne l'avait d'abord supposé : son visage à l'ossature délicate était sillonné d'un si grand nombre de rides de fatigue et d'inquiétude qu'elle aurait très bien pu avoir entre quarante et soixante-dix ans.

« C'est le nom des fabricants. *Jakubowski und Jarra*, à Varsovie. Ils sont très connus. »

Renate devina à sa prononciation – les *j* qui ressemblaient à des *y* et les *b* à des *v* –, semblable à celle de la mère de Karolin, que sa langue natale était le polonais.

« Ils appartenaient à ma mère, ajouta brutalement la femme. Cadeau de mariage.

— Ils sont très jolis », observa Renate.

On aurait presque dit qu'elle s'excusait et, pourtant, en retournant les objets en argent, elle mesura à quel point son compliment était sincère. La base et les branches étaient décorées de feuilles et de fioritures baroques ; ces chandeliers n'avaient rien à voir avec ceux, beaucoup plus sobres, de style art déco, que sa mère avait dû vendre récemment, à contrecœur. Ils ne s'excusaient pas d'être aussi tarabiscotés – ils auraient été parfaitement à leur place sur la table rococo d'un Louis XV juif. Même les bobèches ressemblaient à des fleurs majestueuses parfaitement ouvertes, attendant d'accueillir leur étamine en cire sacrée.

« Je pensais qu'on nous permettrait de les emporter, poursuivit la femme. Ce n'est même pas de l'argent massif, juste de l'argent plaqué. Au début, l'agent des services d'émigration a dit oui. Et puis hier, il a changé d'avis. Je crois qu'ils inventent une nouvelle règle à chaque heure qui passe. »

Elle poussa un lourd soupir avant de poursuivre :

« Je ne supportais pas l'idée qu'ils pourraient atterrir entre les mains d'un fonctionnaire véreux ou d'un prêteur sur gages. Je voulais… »

Elle hésita, dévisagea Renate.

« Je veux qu'ils restent chez des Juifs. »

Un instant, Renate se contenta de scruter les traits de cette femme assise dans l'ombre roussie de la Neue Synagogue, fermée depuis ce que les journaux appelaient désormais *Kristallnacht* – Renate continuait à trouver ce terme particulièrement mal adapté, comme si cet événement effroyable n'avait été rien d'autre qu'un festival dédié à célébrer des boules en verre délicates. *Comment sait-elle ?* La question prit forme dans son esprit, elle n'était empreinte ni de méfiance ni de ressentiment, mais s'accompagnait d'une vague sensation de soulagement, voire d'émerveillement. Renate repensa à une autre vieille femme, celle qui avait été jetée d'un tram et qu'elle avait aidée. À laquelle elle avait dit : *Ich bin Jude.*

« Combien ? demanda-t-elle, ajoutant presque aussitôt sans attendre de réponse : Je peux vous en donner dix reichsmarks. »

Théoriquement, cet argent aurait dû lui servir à acheter du matériel pour son cours de coiffure, elle était d'ailleurs censée le remettre à sa formatrice la semaine précédente. Et pourtant, elle eut beau se le rappeler, elle sentit ses doigts se crisper sur les chandeliers en argent, les rouages de son esprit tournant à toute allure pour trouver une solution – emprunter les affaires de Karolin, ou même voler à la formatrice sa paire de ciseaux supplémentaire rouillée.

« Dix ? répéta la femme avec un petit rire cinglant. À ce prix-là, autant les jeter dans le caniveau. »

Elle tendit la main vers ses chandeliers en secouant la tête, et la gorge de Renate se serra sous l'effet de ce qui ressemblait à de la panique.

« Attendez. »

Plongeant la main droite dans la poche de son manteau vert de plus en plus élimé, elle en sortit le billet tout neuf. Puis elle remit la main dans sa poche et ses doigts triturèrent la laine élimée jusqu'à ce qu'ils rencontrent l'anneau fin qu'elle cherchait.

Depuis quatre ans, elle portait sur elle la bague d'amitié d'Ilse – ce qu'elle justifiait à ses propres yeux par toutes sortes de faux prétextes : quand elle aurait le temps, elle irait la glisser dans la boîte à lettres d'Ilse, ou elle irait la vendre chez un bijoutier, ou elle la donnerait à une œuvre de charité juive. Depuis quatre ans, toutefois, elle n'avait fait ni l'un ni l'autre. La bague était restée confortablement au chaud dans la poche droite de son unique manteau, dont elle ne la sortait parfois que quelques instants avant de la replacer dans son petit nid rêche.

« Tenez. »

La femme prit la bague entre le pouce et l'index ; après l'avoir observée en plissant les yeux, elle regarda Renate.

« Argent ? »

La jeune fille confirma d'un signe de tête alors qu'elle n'en avait en réalité aucune idée. Elle aurait été prête à dire qu'il s'agissait de platine pour obtenir les chandeliers. La femme hésitait toujours, dévisageant à nouveau Renate.

« *Ach*, tant pis, finit-elle par lâcher en haussant les épaules. La journée est presque terminée. »

Enveloppant la bague dans le billet, elle fourra les deux dans sa poche et rendit les chandeliers à Renate.

« Je préfère qu'ils aillent chez quelqu'un qui les utilisera pour l'usage auxquels ils sont destinés. Ça, ça n'a pas de prix. »

Et depuis, Renate se plie au rituel. Bien qu'elle ne comprenne pas les prières en hébreu que Karolin lui a rapidement apprises – pas plus qu'elle ne comprend pourquoi celle-ci se cache les yeux après avoir allumé la mèche des bougies ou pourquoi il faut les laisser se consumer entièrement sans les souffler –, bien que Franz qualifie cette pratique de « vaudou judaïque » et que sa mère secoue la tête pour marquer sa désapprobation nébuleuse, Renate allume les deux chandeliers tous les vendredis dans sa chambre. Elle murmure une prière avant de chantonner *Amein.* Après elle laisse les bougies brûler sur le rebord de sa fenêtre, phares hebdomadaires la guidant vers une transformation qu'elle perçoit dans ses os mais ne saisit toujours pas parfaitement.

— Renate, insiste sa mère, es-tu vraiment en train de suggérer d'introduire clandestinement un métal précieux dans un pays étranger ? Métal précieux que, entre parenthèses, tu étais censée remettre au ministère des Finances du Reich en mars… Et de suggérer, par la même occasion, de mentir par écrit à ce sujet ?

— Bien sûr quc non, se défend Renate, alors que c'était précisément le sens de sa proposition. Simplement… je ne veux pas qu'ils finissent à la poubelle.

— C'est ton émigration qui pourrait finir à la poubelle si tu essaies de les emporter, riposte durement sa mère. Tu courrais le risque d'être arrêtée.

— Ça ne me dérangerait pas.

Renate termine la ligne suivante (*17, serviettes hygiéniques, 12*) par un petit gribouillis d'agacement.

— Je n'ai aucune envie de partir de toute façon.

— Ça suffit !

Lisbet passe une main pâle dans ses cheveux presque entièrement gris. Son ton cinglant trahit sa lassitude.

— Je ne veux plus t'entendre dire ça. Pas après tout ce que j'ai fait pour que tu partes.

Renate ouvre la bouche, puis la referme : elle ne peut pas vraiment débattre sur ce point non plus.

Au cours de l'année écoulée, Elisabeth Bauer a contacté toutes les agences d'aide à l'émigration des Juifs en Allemagne, ainsi que son antenne à New York. Elle a rempli d'innombrables questionnaires destinés aux gouvernements des deux pays. Elle a fait le siège de cinq administrations pour obtenir les nouveaux passeports, avec le tampon *J* désormais obligatoire pour les Juifs, ballottée d'un fonctionnaire insensible et grossier à un autre, victime éternelle de ce qui ressemblait, de la part des employés du Reich, à des blagues de potache. Elle a réglé des frais de départ exorbitants, acheté des billets de paquebot hors de prix, obtenu des attestations de parrainage d'un ancien collègue à Chicago et de son beau-frère à New York, trouvé un moyen de contourner l'interdiction nazie de virer des fonds à l'étranger afin de déposer la somme que le gouvernement américain exige des futurs immigrants, dans deux comptes distincts d'une banque new-yorkaise. Elle a fait la queue, harcelé et amadoué des employés du consulat général des États-Unis jusqu'à ce que les numéros des Bauer fassent leur apparition sur la liste d'attente des visas, trois ans après leur demande initiale – mais ils auraient encore pu attendre deux ans supplémentaires sinon. Après avoir appris que les candidats à l'immigration qui souffraient de légers « handicaps » pouvaient se voir refuser leur visa, elle a chargé le médecin de famille de rédiger un certificat établissant que Franz s'était simplement foulé la cheville, avant de verser un « dessous-de-table » discret au médecin du consulat pour s'assurer que son fils ne rencontrerait aucun problème lors de l'examen médical.

Elle s'est procuré des attestations de bonne conduite auprès du commissariat de Charlottenburg et auprès de quatre autres « parties désintéressées et responsables » aux États-Unis et en Allemagne. Elle a obtenu des certificats scolaires prouvant que Renate a réussi son Abitur l'année dernière et que Franz a terminé ses trois premières années d'université. Elle a réussi à présenter des preuves de leur implantation dans l'hémisphère occidental, grâce à des copies certifiées conformes des impôts de la famille Bauer, sans oublier deux copies des deux certificats de naissance de ses enfants. Récemment, elle a rapporté le formulaire que Renate s'emploie à présent à remplir ; destiné à la direction des finances de Berlin, il liste chacun des objets que la jeune fille compte emporter à bord du *SS Columbus* dans deux semaines. Cette liste doit être soumise, vérifiée et validée par un fonctionnaire du Reich – qui la comparera au contenu de sa malle et de sa valise le jour du départ –, après quoi elle devra s'acquitter d'une nouvelle taxe, calculée à partir de la valeur estimée de ces objets et de la somme ridicule que les Juifs sont autorisés à emporter, en liquide.

L'un dans l'autre, Lisbet a livré une bataille héroïque sur deux fronts bureaucratiques – dont presque tout le monde ressort vaincu. La famille de Rita Oelburg, par exemple, a eu son visa pour les États-Unis et des places à bord d'un paquebot, mais il ne lui restait plus rien pour régler l'« impôt sur la fuite du Reich », prohibitif. Le père de Kinge Lehmann, un ancien banquier, a pu s'acquitter de cet impôt et arracher des visas, en revanche, il n'a pas trouvé de billets avant l'expiration de ses visas. Bernhard Bähr n'a pas été autorisé à partir parce qu'il avait suivi une radiothérapie pour son acné et que le médecin du consulat américain a considéré qu'il présentait un risque accru de contracter un cancer. Quant à Karolin Beidryzcki, l'attestation fournie par ses parrains new-yorkais – qui avaient versé la caution, liquidant la totalité de leur capital, parant ainsi à l'éventualité où Karolin serait incapable de subvenir à ses propres besoins – a été jugée irrecevable par les autorités américaines, si bien qu'elle a dû reprendre le processus du début.

« On dirait qu'ils cherchent toutes les raisons possibles pour nous empêcher de venir… »

Elle s'était plainte en ces termes un jour où elles mélangeaient, Renate et elle, de l'eau oxygénée, du miel et du bicarbonate de soude pour fabriquer une pâte qui, à en croire la formatrice, éclaircirait les chevelures les plus foncées, les plus « juives ». Renate n'avait pas eu le cœur de répondre à Karolin que, selon Franz du moins, c'était très précisément ce qu'« ils » cherchaient à faire. Et, quand Franz et elle avaient enfin eu leurs visas, leurs billets et leurs papiers de sortie du territoire, elle avait d'ailleurs été tentée de le cacher. Car malgré les félicitations envieuses de tout le monde, malgré la liste accablante de restrictions qui ne cessait de s'allonger régulièrement, dès que Renate pensait à leur départ – le 25 novembre 1939 – elle n'éprouvait qu'un vide glacial.

— Je n'ai pas envie de partir, répète-t-elle (*18*, écrit-elle d'un geste rageur ; *ceinture pour protection menstruelle*, *1)*.

Elle se mord la lèvre pour l'empêcher de trembler avant d'ajouter :

— Je n'ai pas envie de vous quitter.

— Tu seras avec Franz. Et avec ta *Tante*[1] et ton Onkel.

— Ce n'est pas ça, le problème. Ce qui me dérange, c'est que je ne sais pas ce qui vous arrivera, à Vati et à toi. Tu as toujours dit qu'on resterait ensemble.

— J'ignorais que ce serait impossible. Et il ne va rien nous arriver. Qu'est-ce qui pourrait encore se passer ?

Le discours de sa mère est si éloigné de ses habituelles mises en garde alarmistes que Renate redresse aussitôt la tête.

— Tu veux vraiment que je réponde ? lui lance-t-elle, incrédule.

— C'était une question rhétorique, rétorque sa mère, d'un ton cassant.

Elle sort son paquet de cigarettes de sa poche et le secoue pour en faire tomber une avant de la ranger en fronçant les sourcils. Depuis que le tabac est rationné, elle se limite à deux cigarettes par jour, sacrifice qui lui met tellement les nerfs à vif que Franz a pris l'habitude

1. En français dans le texte. (*N.d.T.*)

de la surnommer Frau Havisham, en référence au personnage acariâtre du roman de Dickens. Il va sans dire qu'il y a bien longtemps que Renate ne se sert plus dans le sac à main de sa mère.

— Tu sais qu'ils vont bientôt interdire aux Juifs d'entrer dans les bâtiments aryens ? reprend Renate. Ils vont nous regrouper, enfin vous, dans des maisons spéciales. Des *Judenhäuser*. Les épouses aryennes seront obligées d'y aller aussi. J'ai entendu dire que c'était déjà arrivé dans d'autres villes. Et en Pologne, ils forcent les Juifs à porter une étoile jaune.

— Ils ne pourront pas le faire ici, riposte Lisbet en agitant la main. Ce serait un vrai cauchemar logistique. Pour tout le monde.

— Au cas où tu ne l'aurais pas encore remarqué, ils sont plutôt doués en logistique. Contrairement à vous deux.

Sa mère se renfrogne.

— Qu'est-ce que tu sous-entends ?

— Que malgré tous vos diplômes, tous vos livres, toute votre « connaissance » de l'histoire et de la psychologie humaine, vous n'étiez pas préparés à ce qui s'est passé.

Lisbet pince les lèvres.

— Comme personne, Renate.

— Mais si vous l'aviez été, même un tout petit peu, nous aurions pu rester ensemble.

Renate ravale ses larmes puis ajoute :

— Et peut-être que Sigi serait toujours parmi nous.

Sa mère tressaille. Le mois précédent, elle a brusquement annoncé qu'elle allait faire piquer le chien de la famille. Ses raisons étaient multiples : les soins vétérinaires pour le schnauzer vieillissant étaient chers et de plus en plus difficiles à trouver et, d'autre part, ils avaient déjà du mal à se nourrir tous les quatre avec le rationnement.

« Et mieux vaut le faire dans de bonnes conditions, avait-elle ajouté, plutôt que de prendre le risque que quelqu'un d'autre s'en charge sans égards. »

Il s'agissait d'une allusion indirecte à leurs voisins qui avaient retrouvé, l'été précédent, leur chat raide mort sur leur paillasson, un *J* sanguinolent entaillé dans ses poils emmêlés.

Renate et Franz avaient protesté avec véhémence, elle recourant aux larmes, lui à la fureur débridée. Chacun de leurs arguments avait été paré avec douceur mais fermeté : oui, Sigi n'avait que neuf ans, toutefois son arthrose le faisait déjà boiter, et il avait bien du mal à mastiquer et digérer la nourriture de moindre qualité qu'ils étaient contraints de lui servir. Oui, elle avait songé à le donner… à qui ? Tous les Juifs de leur connaissance se préparaient à quitter le pays, et ceux qui comptaient rester étaient confrontés aux mêmes décisions déchirantes qu'eux. Par ailleurs, dans leur cercle, de plus en plus restreint, d'amis aryens, personne ne s'était proposé pour adopter un vieux chien souffrant, provenant d'un foyer juif. Et lorsque Renate, au désespoir, avait proposé de réduire sa propre alimentation, sa mère s'en était prise à elle avec son autoritarisme d'autrefois.

« Tu souffres déjà bien assez à cause des animaux qui nous gouvernent, je ne te laisserai pas t'affamer pour un autre. »

Lisbet Bauer était, presque comme toujours, parvenue à ses fins : Sigi avait eu droit à un dernier festin, du fromage et du boudin noir arrosés de poison, puis le médecin de la famille lui avait injecté un somnifère pour qu'il dorme pendant son agonie. Ils l'avaient enterré dehors, dans la roseraie aujourd'hui transformée en potager, où Franz et Renate avaient célébré une brève cérémonie (luthérienne).

Depuis, Renate reste très affectée par la disparition de son chien. Elle y pense chaque fois qu'une sonnerie de téléphone ou qu'un coup à une porte n'est suivi d'aucun aboiement. Chaque fois qu'elle trouve l'entrée déserte à son retour de sa formation, du *Jüdischer Kulturbund* où elle donne des cours d'anglais ou de son ancien établissement, avant sa fermeture officielle en septembre dernier. Elle continue à remuer les pieds sous ses couvertures à la recherche de la masse chaude et poilue qui occupait le pied de son lit depuis ses dix ans, à tendre la main dès qu'elle se réveille, en pleine nuit ou le matin, pour une caresse et un coup de langue râpeuse. Et elle se surprend encore à se débattre avec de gros sanglots saccadés quand ses orteils et ses doigts ne rencontrent que le vide silencieux.

Elle a conscience d'être injuste avec sa mère. Mais leurs disputes semblent être l'un des rares moyens à sa disposition désormais pour alléger la douleur accablante de la perte et de l'inquiétude.

— Tu sais bien que c'est faux, proteste Lisbet.

Elle ressort son paquet de Lords d'une main légèrement tremblante.

— Tu sais que rien n'était gagné pour New York. Nous n'aurions pas eu les moyens de vous payer le voyage si Oma n'était pas morte et si nous… si je n'avais pas pu vendre son appartement. Et encore, ça a à peine suffi.

— Je ne comprends toujours pas pourquoi on ne peut pas trouver un autre endroit, moins cher, où on pourrait aller tous les quatre.

— Tu veux dire que tu préférerais Alep ?

Elle allume sa cigarette, aspire profondément et lentement la bouffée de tabac avant de recracher la précieuse fumée.

— Ou Cochabamba ? Parce que voilà les endroits qui pourraient nous accepter à ce stade… Et encore, il faudrait que nous puissions obtenir des visas et des billets pour quatre. Ce qui semble de moins en moins réaliste.

— Shanghai n'exige pas de visa, souligne Renate. Et c'est censé être une ville magnifique.

— Pas les quartiers où nous aurions les moyens de vivre, réplique Lisbet. Et pour nous y rendre à quatre, ça nous reviendrait presque trois fois plus cher que le prix de vos deux billets pour New York.

Elle écrase sa cigarette d'un geste rageur dans le cendrier. Renate remarque que sa main tremble.

— Et puis, ajoute-t-elle, en toute sincérité, je ne pense pas que ton père survivrait à un voyage pareil. Pas dans son état actuel.

— Tu n'en sais rien, s'indigne Renate, même si c'est à son tour de détourner le regard.

Au cours de l'année écoulée, l'état d'Otto Bauer, déjà inquiétant, s'est dégradé. Il a quasiment cessé de s'alimenter, il n'accepte de se laver et de se raser que si l'on use de cajoleries et refuse de mettre le pied dans la pièce qui lui servait de bureau à domicile, passant des heures au lit ou dans le fauteuil de sa chambre. Lisbet continue à parler de son « état » comme s'il s'agissait d'un problème temporaire et remédiable. Mais Renate a bien remarqué qu'elle garde toujours un œil vigilant sur lui dès qu'il quitte son lit – et elle a fait disparaître, discrètement, toutes les cravates, écharpes et ceintures de ses tiroirs.

Lisbet se laisse aller contre le dossier de sa chaise, paraissant soudain minuscule, vaincue.

— Qu'est-ce que tu voudrais que je fasse, Reni ? lui demande-t-elle avec lassitude. Si tu es vraiment en train de me dire que tu veux rester ici, dans ce cauchemar suffoquant, alors je…

Elle secoue la tête et, quand elle prend une profonde inspiration, ses joues déjà concaves se creusent un peu plus et font presque apparaître les contours de son crâne sous sa peau.

— Ça me fend le cœur aussi, Reni, finit-elle par lâcher en libérant son souffle. Je peux t'assurer que je n'ai aucune envie d'envoyer mes enfants à l'autre bout du monde. Mon Dieu ! Mais je sais que si je ne le fais pas, si nous laissons cette occasion nous filer entre les doigts…

Elle s'interrompt en entendant plusieurs coups secs à la porte d'entrée.

La mère et la fille se dévisagent aussitôt, yeux écarquillés. Les visites amicales sont rares ces temps-ci, surtout depuis que les Aryens ne sont plus autorisés à pénétrer dans les foyers juifs. Et lorsque les visiteurs s'annoncent par des coups aussi impérieux que ceux qui viennent de résonner, ils sont presque invariablement dangereux : les Bauer ont déjà eu droit à deux fouilles surprises de la Gestapo. Lors de la dernière inspection, les agents ont pris l'épée qu'Otto Bauer a portée au sein de l'armée prussienne, ils l'ont décrochée du mur où elle trônait, au-dessus du buffet de la salle à manger, puis ils lui ont fait payer une amende de quarante reichsmarks pour possession illégale d'arme.

« Vous avez de la chance, leur a dit l'agent qui rédigeait la contravention. Des Juifs ont été expédiés pour moins que ça. »

Il n'a pas eu besoin de préciser *où*.

Renate se lève.

— J'y vais, déclare-t-elle nerveusement.

Elle gagne d'un pas rapide la porte, se préparant par réflexe aux bonds et aboiements de Sigi qui cherche toujours à marquer son territoire, avant de se rappeler qu'il n'est plus là. La main sur la poignée, elle ferme les yeux et se force à respirer profondément. Puis elle ouvre les yeux, et la porte, en récitant une prière silencieuse.

Là, devant elle, se trouve Ilse.

Elle n'a pas changé depuis leur dernière rencontre, même si elle semble peut-être un peu amincie, un peu fatiguée. Son sourire est inquiet. Dans ses mains, un bouquet de delphiniums bleus et violets.

— *Hallo*, dit ellc.

Renate la fixe, bouche entrouverte. Ilse émet un petit rire gêné.

— Tu as l'air surprise.

Renate s'humecte les lèvres. Son visage est parcouru de sensations étranges – comme si ses traits étaient raidis, tendus, et qu'ils peinaient à se remettre du choc.

— En effet, réussit-elle à répondre.

— Je suppose que ça se comprend, dit Ilse en haussant les épaules. Je peux… Est-ce que tu veux bien que j'entre ?

Renate hésite. Il y a cinq ans, elle aurait hurlé de rire en entendant cette question. Elle aurait agrippé Ilse par le poignet – *Qu'est-ce que tu attends, idiote !* – et l'aurait attirée à l'intérieur. Il y a quatre ans, elle aurait été balayée par une merveilleuse vague de soulagement en constatant que sa prière la plus précieuse était enfin exaucée. Aujourd'hui, cependant, elle n'arrive pas à s'expliquer comment Ilse peut se trouver là, à moins d'un mètre d'elle.

Depuis ce tragique matin de novembre, l'an dernier, Renate n'a eu aucune nouvelle d'elle. Elle a envisagé, brièvement, de passer chez Ilse ou de lui envoyer un message au moins, pour la remercier de son inexplicable acte de bonté, qui les a tous sauvés. C'est Franz qui l'a convaincue d'y renoncer.

« Elle s'est suffisamment mise en danger, Reni, en mentant devant des gens qui pourraient facilement découvrir la vérité s'ils s'en donnaient la peine. Ne lui fais pas prendre de risque supplémentaire. Et surtout ne laisse aucune trace écrite ! Si elle souhaite nous revoir, elle trouvera un moyen, dans les conditions qui l'arrangent. »

Après quoi il avait eu ce sourire mi-admiratif mi-perplexe qui apparaissait sur ses lèvres chaque fois que l'intervention miraculeuse d'Ilse surgissait dans la conversation.

« Quelle fille, disait-il en secouant la tête. Qui aurait pu penser… »

Renate recule lentement et s'efface devant son ancienne amie.

— Reni ? l'appelle sa mère. Qui est-ce ?

— Ilse ! crie-t-elle, avant d'ajouter bêtement : Ilse von Fischer.

Le silence qui accueille sa réponse est plus éloquent que tout ce qu'Elisabeth Bauer aurait pu dire. Puis les pieds d'une chaise raclent le parquet de la salle à manger et l'on entend quelques bruits de pas rapides. Lorsqu'elle atteint le seuil de la pièce, son expression est un reflet parfait de celle de Renate : sa fille l'a rarement vue à court de mots.

— Bonjour Doktor Bauer, dit Ilse pour briser le silence. Je vous ai apporté ces fleurs, ajoute-t-elle en tendant le bouquet. Je me suis souvenue que vous les aimiez, à cause du poème.

— Le poème ? demande Lisbet, acceptant le présent avec autant de méfiance que s'il s'agissait d'une bombe à retardement.

— De l'auteur de *Winnie*.

— Alan Alexander Milne, ajoute Renate, par réflexe. « Le Loir et le Médecin ».

L'Onkel chez lequel ils vont s'installer, Franz et elle, leur a envoyé ce recueil de poésies, qui n'a pas quitté sa bibliothèque pendant des années – il n'intéressait personne parce qu'il était en anglais et, supposément, réservé aux enfants. Un jour, cependant, Ilse l'avait sorti et les filles avaient découvert ensemble, avec délice, les petits poèmes absurdes qu'il contenait. Elles avaient particulièrement apprécié « Le Loir », puisque l'une d'elles pouvait réciter la partie narrative et l'autre hurler les couleurs.

Il était une fois un Loir qui vivait dans un parterre
De delphiniums (« BLEUS ! ») et de géraniums (« ROUGES ! »)
Et il avait, à longueur de journée, une vue imprenable
Sur les géraniums (« ROUGES ! ») et les delphiniums (« BLEUUUUUUUUS ! »)

Elles avaient découvert la passion de Lisbet pour ces fleurs bleutées en lui demandant leur nom allemand – le même qu'en anglais.

— Où as-tu bien pu les trouver ? s'étonne-t-elle.

— Ma mère est devenue amie avec un fleuriste de Kurfürstendamm.

Pendant qu'Ilse se débarrasse de sa sacoche, qu'elle laisse glisser le long de son bras, Renate regarde sa mère hésiter entre joie et méfiance. Malgré sa gratitude – Ilse a sauvé son mari un an plus tôt –, elle a toujours conseillé la prudence vis-à-vis de la jeune fille.

« L'une des rares constantes en psychologie humaine, a-t-elle dit à Renate, c'est que si les gens déjouent parfois les attentes, ils changent rarement. »

Le nez dans le bouquet, Elisabeth Bauer ferme les yeux et respire. Elle semble soudain au bord des larmes, et alors que le doux parfum des fleurs se diffuse dans l'atmosphère, Renate a presque envie de pleurer elle aussi. Il n'y a pas eu de vraies fleurs dans cette maison depuis des mois. Elle ne peut s'empêcher de s'interroger sur leur prix.

— Je ne sais pas quoi dire, finit par murmurer Lisbet, en redressant la tête avec un sourire dépité.

— Vous n'avez rien à dire, lui répond Ilse. C'est à moi de le faire. C'est à moi…

Un instant elle paraît perdre contenance.

— C'est à moi de vous présenter mes excuses. Je suis désolée d'avoir disparu.

— Et pourquoi réapparais-tu aujourd'hui ? lui demande Lisbet.

Ilse rougit, visiblement déconcertée par le franc-parler du Doktor.

— J'ai beaucoup réfléchi depuis… depuis les événements de l'an dernier, finit-elle par répondre au bout d'un moment. J'ai mesuré combien je me trompais.

— À quel sujet ?

Ilse baisse les yeux, touche avec la pointe de sa chaussure un nœud dans le bois du parquet. Renate se demande si elle remarque l'absence du tapis d'Orient, qui a été vendu le mois dernier avec tous les objets de la maison jugés superflus.

— Sur tout en fait, dit Ilse. Le parti. Le Führer. Les…

Elle jette un coup d'œil à Renate.

— Les Juifs. Ce qui leur arrive me fait horreur, je ne le supporte plus.

Son regard circule de la mère à la fille. Elle a les joues roses et ouvre grand ses yeux gris-bleu. Elisabeth Bauer soutient son regard avec lassitude. Renate peut presque la voir poser l'équation suivante dans son esprit : *a abandonné Reni mais a sauvé Otto ; ancienne amie mais jeune nazie.*

— Je vais aller les mettre dans l'eau, finit-elle par dire, conservant une expression impénétrable.

Elle disparaît dans la cuisine. Les deux filles restent plantées là, mal à l'aise : Renate se tord les mains nerveusement et Ilse passe d'un pied sur l'autre. Elle finit par se racler la gorge.

— Je suis désolée, répète-t-elle, un trémolo dans la voix. Du fond du cœur. J'ai eu si souvent envie de venir avant aujourd'hui. Surtout après… ce qui s'est passé.

— Alors pourquoi ne l'as-tu pas fait ?

Renate avait l'intention d'employer un ton détaché, pourtant sa peine est bien audible.

— Ça ne me paraissait jamais le bon moment. Non, ce n'est pas vrai…

Ilse se racle à nouveau la gorge.

— Pour être honnête, j'avais peur.

Renate a presque envie de rire.

— Tu avais peur de nous rendre visite mais pas de mentir pour nous protéger.

Ilse lui adresse un sourire triste.

— Je sais. C'est absurde.

— Enfin, tu as fini par venir…

Ilse hoche la tête.

— J'ai appris que tu allais partir. Et je me suis dit que je n'aurais peut-être plus d'occasion de te revoir.

Renate se rappelle l'injonction d'Ilse lors de la Nuit de cristal : *Partez.* Elle se renfrogne.

— Qui te l'a dit ?

Elle ne pensait pas que leurs cercles d'amis se recoupaient encore.

— Je suis tombée sur Maria au Concordia.

Les noms lui font l'effet d'une double détonation : celui de la gouvernante adorée de la famille, obligée de démissionner à cause des lois de Nuremberg ; et celui du cinéma préféré de Renate, avec son stand de crèmes glacées, avant que les Juifs ne se voient interdire l'accès de ces lieux publics.

— Et je t'ai apporté ça, poursuit Ilse. J'ai pensé à toi en le lisant.

Elle sort de son sac un livre mince, sombre et le lui tend. Renate l'accepte et suit du bout de l'index les lettres du titre en relief : *Meine Wunder.*

— Elle n'est pas sur la liste des auteurs interdits maintenant ? demande-t-elle en indiquant le nom : Else Lasker-Schüler.

Ilse hausse un sourcil.

— Et alors ?

Et alors, tu essaies de nous faire arrêter ? C'est la première réponse qui vient à l'esprit de Renate. Elle l'écarte aussitôt. Parce que, malgré elle, malgré tout, un petit brin d'espoir fragile est en train de germer au milieu de la colère et de la stupéfaction.

— Et alors ta mère est amie avec un trafiquant de livres aussi ?

Ilse incline la tête en arrière et éclate de rire. C'est le premier son spontané qui sort de sa bouche depuis que Renate lui a ouvert : un son clair et retentissant, presque déconcertant dans sa vigueur. Un son familier qui parle directement à l'instinct de Renate – de même que le ferait l'aboiement rauque de Sigi, s'il résonnait à nouveau, contre toute probabilité. Et pour un temps au moins, Renate sent qu'il la fait sortir de sa réserve glaciale : elle rit elle aussi. Pendant cet instant de béatitude, elles remontent le temps ensemble.

— Je l'ai trouvé à Zürich, finit par lui expliquer Ilse, après que leur hilarité commune a été remplacée par un embarras légèrement moins palpable qu'au début. Je suis partie skier là-bas avec la Mädelschaft. Ce n'est pas très compliqué de faire passer des trucs en douce quand on a le bon uniforme et les bons tampons sur son passeport.

— Alors tu es toujours à la BDM ?

— Pour le moment, dit-elle en tirant sur une de ses tresses. C'est plus facile de savoir ce qu'on doit combattre de l'intérieur.

— Combattre ?

Ilse entrouvre les lèvres puis les presse à nouveau, jette un bref coup d'œil en direction de la cuisine. Des bruits de vaisselle leur parviennent, ponctués par un son inhabituel : Elisabet Bauer fredonne la mélodie de « Stardust ».

— On peut monter dans ta chambre ? lui demande Ilse tout bas. Je ne me méfie pas de ta mère, c'est juste…

Elle baisse les yeux.

— Je ne sais pas encore très bien comment me sortir de tout ça. J'ai besoin de ton aide.

— Ma chambre est en désordre, dit Renate, haussant les épaules pour cacher que son cœur s'est emballé aux mots « J'ai besoin de ton aide ».

— Très bien, dit Ilse avant de retirer son manteau et ses chaussures avec autant de naturel qu'à l'époque où elles étaient encore deux Allemandes sans histoire.

Ilse suspend son manteau près de la porte et range ses chaussures à côté de celles, bicolores et usées, de Renate.

Les gens ne changent pas. Renate se remémore la mise en garde de sa mère en montant l'escalier. Elle a toutefois du mal à ignorer l'accès de joie qu'elle ressent quand, en jetant un coup d'œil dans le hall d'entrée, elle aperçoit la redingote en laine toute neuve d'Ilse recouvrant son imperméable râpé.

À l'étage, son père s'est assoupi dans le fauteuil de sa chambre, un exemplaire corné, et fermé, des *Derniers jours de Pompéi* sur les genoux. Renate entre sur la pointe des pieds pour le couvrir avec le plaid du lit. Elle pose un doigt sur les lèvres en ressortant. Ilse la suit en silence dans le couloir désormais privé de tapis.

— Comment va-t-il ? s'enquiert Ilse, une fois qu'elles sont dans la chambre de Renate, porte close.

— Pas bien.

Renate place son oreiller contre le mur et s'y adosse, tandis qu'Ilse s'installe à l'autre extrémité du lit – juste au-dessus, ne peut-elle s'empêcher de penser, de la boîte à chaussures contenant les bougies du shabbat. C'est assez irréel de la voir ici, Renate a l'impression de recevoir la visite d'un fantôme. Elle résiste à l'envie de tendre la main pour vérifier que sa main ne traversera pas Ilse.

— Il a très mal vécu tout ce qui s'est passé. Surtout depuis que le bureau des Affaires juives a refusé de lui verser à nouveau sa pension. D'après maman, c'est une « dépression aiguë ». Elle dit qu'il ira mieux une fois que tout ça sera terminé.

— Je suis sûre qu'elle a raison.

Après s'être appuyée contre le mur elle aussi, Ilse attire la poupée de chiffon Alice sur ses genoux, d'un geste si naturel, si instinctif que c'est comme si ces quatre années sans elle n'avaient été qu'un rêve.

— Il pourra enseigner à New York ?

— Il ne part pas à New York. Elle non plus. Maria t'a dit le contraire ?

— On n'a pas beaucoup parlé, s'empresse de répondre Ilse. Le film allait commencer.

Renate ne peut résister à l'envie de demander, un peu envieuse :

— C'était quel film ?

— *Le Magicien d'Oz.* Tu l'as vu ?

— Je n'ai pas le droit.

— Ah…

Ilse rougit légèrement.

— Les règles sont aussi strictes que ça ? Je veux dire, ils vérifient vraiment ta Kennkarte et tout ?

— Je ne crois pas que ça vaille le coup de prendre un tel risque pour le découvrir, lui rétorque Renate d'un ton plus sec qu'elle ne le voudrait. Surtout qu'ils pourraient m'arrêter si je ne m'asseyais pas au bon endroit.

— En effet… Tu as raison.

Ilse rosit un peu plus et joue avec les pieds rembourrés de la poupée.

— Enfin bref. C'est un film en technicolor, c'est très impressionnant. Le film en lui-même m'a paru un peu surestimé. Mais tu me connais. Je préfère toujours les livres qui les ont inspirés.

Caressant la chevelure de laine d'Alice, elle ajoute d'un ton consolateur :

— J'ai entendu dire qu'*Autant en emporte le vent* allait sortir en couleur. Tu vas pouvoir le voir avant nous, là-bas.

— C'est vrai, répond Renate sans conviction.

Elle n'y avait pas pensé. Et ça lui semble une compensation bien maigre au regard de tout ce à quoi elle va devoir renoncer.

— Je suis sûre qu'il y a plein d'avantages à s'installer en Amérique. J'aimerais pouvoir faire pareil, dit Ilse avec un sourire teinté de mélancolie. Peut-être que je te rejoindrai à New York… Tu te souviens des voyages qu'on prévoyait ensemble ?

Renate hoche la tête, même si ses souvenirs lui paraissent, bizarrement, aussi factices que s'ils étaient imprimés sur pellicule et qu'on leur avait, au montage, superposé de fausses bulles de champagne.

— Pourquoi est-ce que tes parents ne vous accompagnent pas ?

Accompagner. Cette expression est si désinvolte au regard de la réalité tortueuse du processus d'émigration que Renate se retient de ricaner. Ça la stupéfie de constater combien les non-Juifs ne parviennent pas à prendre la mesure de ce que son existence est devenue. Lorsqu'un ancien camarade de classe, croisé récemment dans la rue, lui a demandé si le couvre-feu de vingt heures « restreignait » réellement sa vie sociale, Renate a été tentée de lui rire au nez. En vérité, les Juifs ont si peu de droits désormais que l'heure à laquelle ils les exercent ne fait presque aucune différence.

— Pour commencer, c'est trop cher, répond-elle. Et Vati ne réussira jamais les tests.

— Physiques ?

— Il y a aussi une épreuve écrite. Ils cherchent apparemment des prétextes pour retoquer des candidats.

Ce nouvel examen a été ajouté pile au moment où Renate et Franz ont déposé leurs dossiers – aussi épais que de petits romans –, composés de formulaires et de documents officiels, au consulat américain, sur Pariser Platz.

— C'est ridicule ! C'était dur ?

— Horriblement. Tu sais, toi, quelle taille fait le monument de Bunker Hill, en pieds ?

— Je croyais que la statue de la Liberté se vantait justement d'être accueillante, dit Ilse en secouant la tête. Et vous avez réussi ?

— Tous les deux, oui.

Renate ne précise pas qu'Elisabeth Bauer a, cette fois encore, fait le nécessaire, se débrouillant pour obtenir à l'avance une liste des questions ésotériques qui auraient pu torpiller les chances de réussite de ses enfants. Ni que, alors qu'elle attendait en sous-vêtements le médecin du consulat, Renate a soudain eu du mal à respirer, redoutant de voir surgir une Führerin aux lèvres écarlates qui lui interdirait d'émigrer.

— Ouf, soupire Ilse. Et comment va Franz, d'ailleurs ? Il est là ?

Renate secoue la tête.

— Son groupe de discussion « Schiller » ? demande-t-elle en mimant les guillemets. Il continue ?

Renate choisit d'esquiver.

— Il est chez Alberti avec des amis. Ils sont censés avoir reçu de nouveaux disques en provenance de New York.

— Du jazz ?

— À ton avis ?

Renate lève les yeux au ciel. Officiellement, cette musique *fremdländische* – « étrangère » – est interdite par le ministère de la Propagande. Pour ceux qui sont tuyautés, néanmoins, il est tout à fait possible d'apprécier clandestinement les derniers tubes de Glenn Miller et Louis Armstrong dans les caves, fermées à clé, de petits disquaires sur Rankestraße. Et son frère y est fourré plus souvent qu'à son tour.

Le visage d'Ilse se ferme et, l'espace d'un instant, Renate craint d'avoir partagé une information pourtant peu compromettante. Puis elle se rappelle qu'Ilse a toujours eu un comportement un peu bizarre dès que Franz était concerné.

— Alors je veux savoir, lance Renate pour parler d'autre chose. Qu'est-ce qui t'a poussée à changer d'avis ? Et qu'est-ce que tu comptes faire exactement ?

— Je crois que ça monte depuis un moment.

Ilse lisse la robe bleue d'Alice.

— Mais c'est vraiment l'an dernier que j'ai pris un tournant. J'étais censée écrire un reportage sur *Kristallnacht*. J'ai vu des choses si révoltantes. C'était... c'était mal. Peu importe ce qu'on pense de l'influence des Juifs en Allemagne, rien ne justifiait... ne justifie ça.

Elle se renfrogne, gratte une petite tache imaginaire sur l'épaule de la poupée.

— Je ne pouvais pas me sortir de la tête cette image de ton père. Ce que ces... *bouffons* lui ont fait subir. Et le lendemain je devais écrire pour *Der Angriff*, présenter les événements comme s'ils étaient la manifestation d'une révolution spontanée et héroïque. La prise de la Bastille allemande !

Elle s'interrompt, cligne des yeux.

— J'ai toujours rêvé d'être journaliste, mais ce n'est pas du journalisme. Ce sont des mensonges.

— Et est-ce que tu as eu des ennuis à cause des autres mensonges ? demande Renate en remontant ses genoux contre sa poitrine. Ceux que tu as dit pour nous protéger ?

— Non.

Ilse enroule une mèche de cheveux de la poupée autour de son index.

— Crois-le ou non, ces brutes étaient encore plus stupides qu'elles n'en donnaient l'impression. Et plus saoules.

Elle s'interrompt, scrute le motif cachemire du couvre-lit défraîchi en se mordillant la lèvre inférieure. Elle n'a vraiment pas l'air en forme : ses traits sont pâles et tirés, ses cernes violets accentuent l'insondable profondeur de ses yeux gris océan.

— Alors tu comptes quitter le parti ?

— J'y pense.

Ilse s'adosse à nouveau au mur.

— J'ai postulé pour partir dans le Wartheland, pour apporter mon aide dans la relocalisation du *Volk*, plus précisément au service de presse et de communication à Lodz. Mais j'envisage d'envoyer aussi des dossiers à des universités.

Renate hoche la tête, baisse les yeux. Le sujet des études supérieures a toujours été problématique entre elles. Jusqu'à ce que les Juifs soient chassés des lycées, il était entendu, de façon presque tacite, que Renate en ferait. La mère d'Ilse, elle, s'y opposait, n'en voyant pas l'intérêt : dans son esprit, c'était une perte de temps pour les filles, dont le seul but dans la vie devait être le mariage.

— Tes parents sont d'accord maintenant ?

Ilse confirme d'un petit signe de tête, mâchoire serrée.
— Et après ?
— J'espère que toute cette folie sera terminée.
Elle se lève et s'étire, avant de se tourner vers Renate et de la gratifier de l'un de ses vieux, et désormais rares, sourires, qui creusent des fossettes dans ses joues.
— Je suis tellement heureuse d'être revenue.
Ces mots semblent s'accompagner d'un puissant sentiment de soulagement.
— Moi aussi, répond Renate, prudente.
— Je peux utiliser les toilettes ?
— Bien sûr.

En l'absence d'Ilse, Renate soulève sa poupée Alice, couchée à plat ventre sur le lit.
Qu'en penses-tu ? lui demande-t-elle en silence.
Ses yeux-boutons lui renvoient un regard indéchiffrable.
C'est peut-être bien réel, lui dit Renate. *Écoute, ce serait possible.*
Et pour la première fois depuis qu'Ilse a frappé avec autorité à leur porte, Renate arrive presque à s'en persuader : le revirement qu'elle a si désespérément appelé de ses vœux est peut-être bien envisageable, pour ne pas dire imminent. Et pour une raison mystérieuse, néanmoins, cette perspective lui inspire des émotions contenues. Elle n'éprouve pas de soulagement infini. Pas d'élan de joie débordant. Rien qu'une curiosité distante, presque clinique. Comme si son amie, à l'image de Lawrence Selden, un des protagonistes de *Chez les heureux du monde*, était arrivée trop tard avec son bouquet de fleurs.

Et puis quel sens cela aurait-il maintenant ? songe-t-elle, en se laissant à nouveau aller contre l'oreiller. Comment pourraient-elles renouer leur amitié, alors que tout ce qu'elles avaient l'habitude de faire ensemble est désormais, explicitement ou implicitement, interdit ? Leurs virées au Concordia : *kaputt*. Renate n'est plus la bienvenue au *Deutsche Oper Berlin*, ni au théâtre Odeon, si bien que l'opéra et les pièces sont exclues. Tout comme les musées, restaurants et cafés où elles avaient l'habitude de se rendre. Ou le Tiergarten – l'an dernier elles auraient encore pu s'y promener ensemble si Renate avait bien pris soin de s'asseoir sur les bancs réservés aux Juifs. Elles ne peuvent ni écouter de la musique ensemble, ni faire du vélo, puisque les Juifs ne sont plus autorisés à posséder des phonographes, des radios ou des bicyclettes. Et avec les nouvelles restrictions en matière de rationnement, Renate n'est même pas autorisée à consommer les friandises qu'elles adoraient partager, Ilse et elle.

En résumé, leur amitié ressuscitée devrait se contenter de brèves promenades prudentes en plein jour, ou alors de discussions ici, chez elle. Et elles s'exposeraient malgré tout à de possibles réprimandes – il suffirait que quelqu'un dénonce Ilse, rapporte à la Gestapo qu'elle a été vue en compagnie de Renate.

Celle-ci entend justement le gargouillis de la chasse d'eau au rez-de-chaussée, puis le robinet rouillé du lavabo qui proteste quand on l'ouvre. « Je suis tellement heureuse d'être revenue », a-t-elle dit.

Pour apaiser sa nervosité, Renate prend le petit recueil de poèmes, feuillette les premières pages, en lit quelques passages à voix haute. Elle se sent pourtant trop perdue, trop tendue pour être capable de se concentrer. Au bout de quelques minutes, elle abandonne le livre sur le lit et se lève. Jetant un coup d'œil au réveil sur sa table de chevet, elle se rend compte qu'Ilse est descendue aux toilettes depuis un bon moment maintenant. Qu'est-ce qui la retient en bas ?

Se disant qu'Ilse est peut-être à court de papier journal – la famille Bauer est en effet revenue au vieux système des carrés découpés à la main, qui rappellent à Renate sa prime enfance, le *Toilettenpapier* étant devenu une dépense inutile –, elle descend à son tour. À sa grande surprise, la salle de bains est vide. Un bruit lui parvient alors de la chambre de Franz. Elle remonte et s'en approche en silence, découvre Ilse penchée sur son bureau, l'air très concentrée.

— Qu'est-ce que tu fais ? lui demande Renate.

— Oh !

Prise au dépourvu, Ilse sursaute.

— Je suis désolée, j'aurais dû demander avant… Je me suis juste rappelée que Franz avait beaucoup d'ouvrages dc Kafka. Et j'essaie de retrouver une citation depuis plusieurs jours.

— Tirée de quel livre ?

— Je ne sais plus. Une histoire de…

Elle incline la tête pour réfléchir – Renate se souvient si parfaitement de ce geste.

— Une histoire de main servant à chasser les souffrances de la vie alors que l'autre permet d'écrire à leur sujet. Enfin bien sûr, la formule de Kafka est beaucoup plus éloquente. Ça te parle ?

Renate fait non de la tête.

— Je crois qu'il s'est débarrassé de tous ses Kafka. Et des autres livres sur la liste.

Elle sait bien que ce n'est pas vraiment ce que Franz a fait. Il a mis au point un système pour entreposer les ouvrages interdits à l'intérieur d'autres autorisés, et plus grands, dont il a creusé les pages avec son canif (interdit lui aussi).

— C'est vrai, j'avais oublié, soupire Ilse avant de sortir. C'est une autre des choses que je déteste dans ce parti. De quel droit peuvent-ils nous dire ce qu'on peut et ce qu'on ne peut pas lire ?

Renate est frappée par son ton un peu trop joyeux, un peu trop enthousiaste… Elle n'a pas le temps de s'attarder, déjà sa mère l'appelle de la salle à manger.

— Reni ? Nous dînons dans une demi-heure. Peux-tu réveiller ton père ?

— *Klar*, répond-elle, légèrement soulagée d'avoir une excuse pour mettre un terme à sa conversation avec Ilse. Je t'inviterais bien à rester, mais c'est ma mère qui cuisine maintenant, tu sais.

Ilse éclate de rire.

— Je sais. Je suis toujours traumatisée par l'épisode du *Leberkäse* bouilli.

La mère de Renate avait en effet eu l'idée de réchauffer un pain de viande – car il avait passé une nuit dehors – dans une casserole d'eau bouillante, pour « le ramollir ». L'ayant oublié sur la cuisinière, puisqu'elle ne pense jamais à mettre son minuteur, elle s'était retrouvée avec une bouillie rose sans goût qu'elle avait servie comme « ragoût ».

— Il m'était sorti de la mémoire, celui-là, dit Renate avec une moue de dégoût.

Elles descendent ensemble.

— C'est encore pire avec le rationnement, ajoute-t-elle en grimaçant. Enfin, par chance, elle travaille beaucoup à l'hôpital juif et finit souvent tard. Ce qui me donne une excuse pour prendre le relais.

Ilse enfile son manteau, ses chaussures et noue son écharpe, puis elle se tourne vers Renate avec un sourire.

— Je peux revenir ?

— Bien sûr, répond-elle en s'efforçant d'adopter un ton aussi naturel qu'Ilse. Je suis un cours le mardi et le jeudi après-midi, mais sinon… En général, je suis à la maison.

— Un cours de quoi ?

— De coiffure. À la maison des Juifs. On doit tous apprendre un métier « à valeur internationale ».

— Alors je peux venir te voir la prochaine fois que j'aurai besoin d'une permanente ?

— Je n'ai pas dit que j'étais douée.

Elles rient à nouveau ensemble et, une fois de plus, c'est presque comme si, l'espace d'un instant, elles avaient retrouvé le bon vieux temps. Puis Ilse fronce les sourcils.

— Je sais ce qui me gênait ! Où est Sigi ?

Renate a du mal à ravaler la boule dans sa gorge.

— Il… il est mort.

La blessure est encore trop à vif pour qu'elle entre dans les détails. Ilse pince les lèvres et secoue la tête.

— Oh, Reni… Je suis vraiment désolée.

Elle hésite un instant, ses traits accusent le coup de cette nouvelle. Puis, sans un mot, elle serre Renate dans ses bras. Déconcertée, celle-ci referme ses bras dans le dos de son amie, jusqu'à ce que son odeur familière menace de lui faire perdre entièrement contenance. Avec un petit rire gêné, elle s'écarte. Ilse rit à son tour, même si ses yeux sont à nouveau brillants.

— Et je suis aussi désolée d'avoir débarqué comme ça, dit-elle en les tamponnant avec le dos de ses mains.

— Ne t'excuse pas, lui répond Renate. Ça me change un peu de la routine.

— Je reviens bientôt, alors. Avant ton départ ?

Renate acquiesce.

— Avec plaisir.

C'est une réponse automatique, plus une marque de politesse qu'une réelle affirmation. Et pourtant, alors qu'elle s'adosse au cadre de la porte, elle se rend compte qu'elle a été sincère. En dépit de la douleur de la trahison, en dépit des mois de solitude, une part d'elle éprouve une exaltation prudente et quelque peu honteuse en regardant Ilse descendre d'un pas vif Bismarckstraße, ses cheveux dorés prenant une lueur argentée dans le jour déclinant. Quelques-uns des vers qu'elle a lus plus tôt dans sa chambre lui reviennent soudain en mémoire :

Nous sommes encadrés par les étoiles
Et nous prenons notre envol pour quitter le monde
Je crois que nous sommes des anges.

17

Ilse

1939

Assise près de la vitrine de Die Arabische Tasse, Ilse a ouvert son carnet devant elle. En réalité, elle est en pleine mission de surveillance. Le café – qui était l'un de leurs préférés avec Renate – se trouve à l'angle de Bismarckstraße et de Leibnizstraße, à une distance parfaite pour surveiller l'entrée de la maison des Bauer. Serrant son *Milchkaffee* entre ses deux mains, Ilse partage son attention entre la porte noire si familière et son dernier article : « Les Juifs et le sacrifice rituel : retour sur une tradition ».

Grâce à Kai, qui l'a présentée à qui de droit avant son départ pour l'Est, elle écrit de plus en plus pour le ministère de la Propagande, rédige des brochures et des bulletins d'information. Elle a aussi publié deux articles supplémentaires dans *Der Stürmer* sous son pseudonyme masculin, Isador Frank : « Attention aux Juifs ! Dix techniques pour repérer un prédateur sexuel » et

« La vérité secrète, et sanglante, sur Pessah ! ». Kai les qualifie de « travaux d'investigation » alors qu'en fait Ilse se contente d'interroger les sources qu'il lui assigne, en leur posant les questions qu'il lui prépare, puis de retranscrire leurs réponses.

« Ce n'est pas du mauvais journalisme, lui a-t-il expliqué la semaine précédente, lorsqu'elle s'est étonnée de cette manière de procéder. Disons que c'est juste une autre façon de présenter les faits.

— Mais certains de ces "faits" sont risibles ! »

Ilse avait recopié des citations d'un « expert » talmudique, un homme au teint jaunâtre qui ne cessait de laisser tomber son monocle sur ses genoux et qui avait ponctué ses déclarations de mouvements de la main si étranges qu'Ilse avait soupçonné, dans un premier temps, une forme d'infirmité motrice, avant de comprendre, bien après coup, qu'il cherchait à imiter les gestes caractéristiques de certains *Ostjuden*, les Juifs d'Europe de l'Est.

« Est-ce qu'il y a vraiment des gens qui croient que le pain azyme est fabriqué avec du sang d'enfants des Gentils ? a-t-elle demandé à son rédacteur en chef. Si c'était vrai, il devrait être rouge, non ? Ou rose ? »

Il a balayé sa remarque.

« À force de l'écrire, ça finira par devenir une vérité.

— Mais enfin, il doit bien y avoir suffisamment de preuves tangibles du problème juif pour ne pas avoir besoin de recourir à des absurdités pareilles ?

— Bien sûr, lui a-t-il répliqué. Sauf que, Ilse, quel article frappera le plus les esprits ? Un papier sur les Juifs qui assassinent des bébés ou sur les Juifs qui fraudent le système bancaire ? Et puis au bout du compte, ça revient au même, non ? »

Elle avait pris le temps d'y réfléchir. Et elle était parvenue à la conclusion que, dans certaines circonstances, c'était en effet à peu près la même chose.

Mâchonnant l'extrémité de son stylo, elle retravaille son deuxième paragraphe, sans oublier de jeter des coups d'œil réguliers à l'entrée des Bauer. *Dans un livret d'accompagnement, confidentiel, du Talmud, on trouve l'ordre d'« assassiner les étrangers...* (Toujours aucun signe de Renate, pourtant elle devrait partir si elle ne veut pas rater le début de son cours, à quinze heures.) *qui sont pareils à des bêtes ». Les Juifs ont pour instruction d'employer un « moyen légal » pour ce faire. Selon les experts talmudiques, ce « moyen »* (Elle a bien dit le jeudi, n'est-ce pas ? À moins qu'Ilse ait mal retenu ?) *est tout à fait comparable à la technique si cruelle des bouchers juifs pour égorger et saigner les bêtes, ce qui explique pourquoi, au cours des siècles, les corps exsangues de chrétiens, et tout particulièrement d'enfants* (Ilse consulte à nouveau sa montre : il est maintenant quatorze heures vingt, et le trajet prend bien plus de quarante minutes en U-Bahn.), *ont été découverts dans des quartiers où vivaient des Juifs, souvent pendant, ou à l'approche, des fêtes juives de Pessah et de Pourim...*

À quatorze heures quarante précises, alors qu'Ilse s'attaque à sa conclusion (*Bien que cela n'ait été rapporté par aucun des titres de la presse contrôlée par les Juifs, des cas de meurtres rituels judaïques ont été établis dès 1932...*), sa vigilance paie enfin. Renate apparaît dans son habituel manteau vert, agitée, et en retard comme toujours. Elle se hâte de rejoindre la station de Charlottenburg, et Ilse l'imagine arrivant en cours, essoufflée, les joues roses, débitant les mêmes excuses qu'Ilse avait déjà bien du mal à tolérer à l'époque : *Le métro a été ralenti. Franz m'avait caché mes chaussures. J'ai eu du mal à trouver ma brosse/mon porte-monnaie/ma veste/ma Kennkarte.*

Un instant, Ilse sourit presque. Puis elle se rappelle la raison de sa présence dans ce café, et son sourire s'évanouit aussitôt.

*

Si elle est de retour dans le quartier des Bauer, c'est parce que sa dernière mission avec cette famille a été qualifiée d'échec par la seule personne apte à en juger : le SS Obergruppenführer von Helldorff, le préfet de Berlin, au sadisme notoire.

— Nous avons été très généreux en vous laissant cette chance, lui avait-il rappelé, la dernière fois qu'il l'avait convoquée dans son bureau. En vous offrant une occasion de vous racheter après ce que, moi du moins, je considère comme une grave ingérence dans la justice du peuple.

Ilse avait aussitôt eu les mains moites.

Huit mois après la publication de « Berlin et la nuit des justes représailles », par I. M. Fischer, deux agents de la Gestapo avaient fait irruption dans la rédaction de la BDM puis traîné Ilse jusqu'à une berline noire. Ils l'avaient emmenée au siège de la Gestapo, un bâtiment gothique inquiétant dont la pelouse parfaitement entretenue était aussi surprenante qu'un diadème sur la tête d'un dragon. Elle n'était pas parvenue à savoir, pendant le trajet, ce qu'ils attendaient d'elle – après tout, plus de six mois s'étaient écoulés depuis sa rencontre avec les Bauer, lors de *Kristallnacht*. Toutefois elle comprit rapidement où ils voulaient en venir lorsqu'ils la questionnèrent : pourquoi n'avait-elle pas donné son vrai nom aux agents en novembre ? Quel lien entretenait-elle avec la famille Bauer, et avec Otto Bauer en particulier ? Quelle était sa position sur la question juive ? Et où en était sa loyauté envers le parti ? Envers le « mouvement bolchevique clandestin » ?

Elle nia tout en bloc, bien sûr. Puisant dans les excuses qu'elle avait préparées des mois plus tôt en prévision d'un tel interrogatoire (même si elle avait osé espérer qu'elle n'aurait pas à s'en servir), elle répondit que ces brutes de SS avaient dû mal entendre son nom, ce qui n'était guère surprenant étant donné leur état d'ivresse. Elle expliqua que, si elle avait entretenu des relations amicales avec les Bauer à une époque, elle ignorait parfaitement qu'ils fussent Juifs. Elle avait ainsi sincèrement cru que les SS commettaient une erreur et son seul but avait été de les protéger, eux, de possibles répercussions.

Et malgré tout, durant plus de quatre heures, les agents cherchèrent à la faire parler, alternant cajoleries et hurlements. À certains moments, ils se placèrent même à quelques centimètres de son visage pour crier, technique qui terrifia tant Ilse qu'elle faillit uriner – elle eut d'autant plus de mal à se retenir qu'ils lui avaient interdit de se rendre aux toilettes. Elle était toutefois encore plus terrifiée par la perspective qu'ils puissent s'en prendre à elle physiquement. Elle n'était pas née de la dernière pluie. Elle savait que les suspects conduits dans ce sous-sol ne le quittaient souvent que sur un brancard… ou dans un cercueil.

Au lieu de la frapper, pourtant, les agents l'accompagnèrent dans le bureau de von Helldorff, à la préfecture de police, où on lui refusa à nouveau l'usage des toilettes. Croisant et serrant ses cuisses nues, une boule de terreur au ventre, elle écouta en tremblant l'Obergruppenführer – qui, avec ses billes bleues et ses oreilles pointues, aurait pu lui rappeler le Simplet de *Blanche-Neige* s'il n'avait pas porté le couvre-chef de la Gestapo orné d'une tête de mort – lui exposer ses options.

Première option : récolter des preuves incriminant Franz Bauer, suspecté de prendre part à des activités illégales, auquel cas cette « erreur » disparaîtrait du dossier personnel d'Ilse, et von Helldorff appuierait personnellement sa candidature pour l'un des postes prestigieux dans le service de propagande qui venait d'ouvrir ses portes à Lodz –, et pourquoi pas une bourse pour une université après la guerre.

Seconde option : un aller simple au sous-sol du 8 de la Prinz-Albrecht-Straße. Et cette fois, lui laissa-t-il entendre, il n'y aurait pas de trajet retour.

En d'autres termes, elle n'avait pas le choix.

— Je vais y réfléchir, lui répondit-elle pourtant, d'une voix haletante, espérant gagner un peu de temps.

— Ne réfléchissez pas trop longtemps, rétorqua-t-il froidement. Je vais m'absenter pour le reste de l'été. J'espère bien avoir des informations à mon retour.

Il avait tenu parole et l'avait convoquée à nouveau en octobre. Son regard s'était mis à luire lorsque Ilse avait confessé qu'elle ne s'était pas encore acquittée de sa mission.

— J'ai été débordée depuis l'invasion, avait-elle tenté de se justifier. Il y a tellement d'articles à écrire, et on manque de personnel à la rédaction.

— Je vous laisse un mois de plus, lui avait-il dit d'un ton chargé de menace. Si vous revenez les mains vides, je vous garantis que vous aurez des sujets d'inquiétude bien plus graves que votre petit bulletin d'information d'écolière.

À présent, tandis qu'elle remonte lentement les quelques pâtés de maisons qui la séparent de la porte des Bauer, elle déroule son plan dans son esprit. Elle n'est pas certaine de l'heure à laquelle le cours de Renate se termine, mais celle-ci ne devrait rentrer qu'après dix-huit heures. Sa mère arrivera sans doute dans les mêmes eaux, voire plus tard (« elle travaille beaucoup à l'hôpital juif et finit souvent tard », lui a dit Renate). Quant au professeur Bauer, avec un peu de chance, il restera dans sa chambre, puisque, à en croire Renate, il y passe ses journées.

Ce qui ne laisse qu'une inconnue : Franz en personne. Renate ne lui a fourni aucun indice sur son emploi du temps. Et comme Ilse n'a pas songé à l'interroger, elle ignore s'il est présent. Elle espérait qu'au cours de ses trois heures de surveillance elle le verrait entrer ou sortir, ouvrir à un livreur ou un facteur – ce qui lui aurait permis de l'apercevoir. Elle a même caressé l'idée de lui faire porter quelque chose, puisque c'est bien le genre de stratagème que Madeleine Carroll aurait pu mettre en œuvre dans *J'étais une espionne.* Au bout du compte, toutefois, elle a dû se rendre à l'évidence : elle cherchait à retarder l'inévitable. Et lorsqu'elle atteint le perron des Bauer, elle se surprend encore à hésiter avant, enfin, de soulever le heurtoir en laiton oxydé. Après avoir frappé trois grands coups, *toc-toc-toc*, elle colle son oreille au battant.

Au début, il n'y a aucune réaction. Mais, alors qu'elle pousse un soupir de soulagement honteux, elle entend une porte claquer à l'étage. Ce bruit est suivi par la cadence autrefois si familière de la démarche irrégulière de Franz, syncopée à cause de sa jambe invalide, et ponctuée par les coups de canne.

Prenant une profonde inspiration, elle se force à rester en place, se remémorant chacune des raisons qu'elle a trouvées pour venir ici : le sous-sol humide du siège de la Sicherheitsdienst ; les terres odorantes de la Nouvelle Allemagne ; les couloirs sacrés et autrefois interdits de l'enseignement supérieur…

Franz a atteint le hall d'entrée. Il y a un bref silence avant qu'il ne tire le verrou.

Et soudain : il est là. Plus grand que dans les souvenirs d'Ilse, ou qu'il ne lui a paru en novembre dernier – aurait-il pris plusieurs centimètres ? Elle reconnaît néanmoins la masse de boucles brunes, plus longues et hirsutes. Les mêmes yeux marrons, deux flaques chaleureuses, qui paraissent encore plus grands parce que son visage s'est émacié. Et qui sont toujours soulignés par ces cils ridiculement longs. *Je n'ai jamais vu une femme avec d'aussi beaux yeux.*

— *Ja ?* dit-il.

— *Hallo.*

Son « bonjour » se situe quelque part entre le gloussement nerveux et le croassement. Se sentant rougir, elle feint une toux, puis se force à rire.

— Pardon, s'excuse-t-elle. Je me bats contre un rhume.

— Je suis désolé.

Il semble méfiant mais pas surpris.

— Reni n'est pas là. Elle est en train de perfectionner sa technique de boucles crantées et d'anglaises.

Cette fois, le rire d'Ilse est sincère.

— Ça a l'air drôlement pointu, la coiffure.

Elle a brusquement conscience que son ton pourrait passer pour du flirt et s'inquiète d'avoir tout gâché : il risque de comprendre qu'elle est venue pour lui.

Pourtant Franz lui sourit de ce sourire qu'elle aimait tant et qu'elle avait oublié. Un sourire nonchalant. Tendre. Avec un soupçon d'espièglerie.

— Oui, je ne suis pas sûr que Renate ait l'adresse nécessaire.

— Ni la patience, ajoute-t-elle en riant à nouveau. À quelle heure rentre-t-elle ?

— Vers dix-huit heures, je crois. À moins qu'elle ne provoque un incendie avant, avec son fer à friser.

Il hausse les épaules, puis ajoute :

— Je lui dirai que tu es passée.

— En un sens, ça m'arrange d'être tombée sur toi, s'empresse-t-elle d'enchaîner. J'avais une question.

Il la dévisage avec étonnement, une main toujours sur la poignée.

— Avec Renate, on discutait d'une citation de Kafka l'autre jour.

Elle prie de toutes ses forces pour avoir un ton aussi naturel et détaché que lorsqu'elle a répété cette scène dans sa tête. Pour qu'un mensonge soit crédible, elle l'a appris, il faut rester au plus près de la vérité, joncher sa fable de suffisamment de fragments d'honnêteté pour pouvoir, en sautant de l'un à l'autre, naviguer de façon crédible dans sa tromperie.

— Je cherchais à me souvenir de quel livre elle était tirée, poursuit-elle. Je suis même entrée dans ta chambre parce qu'il me semblait me souvenir que tu l'avais. Mais elle m'a dit que tu t'étais débarrassé de tous tes Kafka.

— Elle t'a dit que je les avais jetés ?

— Parce qu'ils sont interdits, oui.

— Et tu ne la crois pas ?

Elle hausse les épaules, toutefois la réaction de Franz a déclenché une alarme. Quelle réponse attend-il ? *Bien sûr que si ? Je sais que tu es un bon patriote ?* Sauf que ce serait un mensonge : ils savent pertinemment tous deux qu'il n'est plus, aux yeux de la loi, un citoyen allemand, encore moins un patriote. Il n'est plus qu'un « sujet de l'État ».

Franz attend la réponse d'Ilse, son expression est indéchiffrable. Elle hésite, puis décide de se lancer.

— Bien sûr que non je ne la crois pas, lance-t-elle avec un sourire candide.

Il plisse ses yeux sombres et elle sent son ventre se serrer. *J'ai tout gâché*, songe-t-elle à nouveau. Mais alors son masque impassible se fissure et il part d'un immense éclat de rire rauque, qui est comme une récompense en soi. Elle éprouve un soulagement si intense que ses jambes se mettent à flageoler.

Il recule d'un pas et ouvre la porte en grand.
— Je l'avoue, tu m'avais manqué, von Fischer.
— Moi aussi, dit-elle en entrant.

Sa chambre n'a pas beaucoup changé depuis l'époque où Ilse passait une bonne partie de son temps chez les Bauer. Le tapis a disparu, comme la plupart de ceux de la maison (sans doute vendus). Ainsi que le poster de Karl Marx qui se trouvait au-dessus de son bureau. À la place – et Ilse ne peut retenir un sourire en la découvrant –, il a accroché une affiche française du film *Une nuit à l'Opéra*, avec un dessin des têtes de Groucho, Harpo et Chico.

— Tu as changé de bord politique ? lui demande-t-elle en tendant le menton vers les Marx Brothers.

Il lui sourit.

— Disons que j'ai revu mes critères à la hausse.

Elle s'assied sur sa chaise de bureau grinçante. Pendant qu'il se plonge dans sa bibliothèque encombrée de livres, elle en profite pour étudier le reste de la pièce : le fauteuil en cuir fatigué, le lit froissé avec le couvre-lit à motif cachemire. Le cendrier posé en équilibre précaire sur une pile de livres instable qui semble constituer un prolongement permanent de sa table de chevet. Elle n'aperçoit aucun signe de quoi que ce soit de ne serait-ce que vaguement interdit.

— Vous partez quand alors ?

— Dans deux jours et dix heures. Enfin…

Il jette un bref coup d'œil à son réveil.

— Neuf heures et demie maintenant.

L'imminence de leur départ lui noue le ventre. Renate lui avait-elle dit que ça arriverait aussi vite ?

— Je suppose que vous êtes impatients, réussit-elle à poursuivre.

— Soulagés, surtout. Tu n'imagines pas le nombre de contorsions qu'ils nous ont forcés à faire, des deux côtés.

Il laisse ses doigts courir sur l'encyclopédie en dix-huit volumes – la *Brockhaus Konversations-Lexikon* – qui a toujours, ou du moins aussi loin que remontent les souvenirs d'Ilse, occupé l'étagère du haut.

— C'était quoi, ta citation ?

— Une histoire de repousser les malheurs de la vie avec une main mais d'écrire à leur sujet de l'autre.

— Ça ne doit pas être dans un de ses romans, ça.

Sortant plusieurs volumes de l'encyclopédie, il s'approche d'elle en boitant et les laisse tomber sur son bureau.

— Tu penses vraiment trouver la réponse là-dedans ?

Quand Franz apprécie un auteur, il collectionne toute son œuvre de façon obsessionnelle, Ilse le sait bien. Et étant donné sa passion pour Kafka, elle a du mal à croire qu'il irait chercher la citation dans une source secondaire.

— On ne sait jamais les trésors qu'on peut trouver dans un bon vieux volume de la *Brockhaus*.

Le regard pétillant, il en pousse un vers elle.

— Regarde.

Elle hésite. Elle se souvient de ce regard. C'est celui qui accompagne toujours un bon tour : faire un lit en portefeuille à Renate ; mettre du sel dans le sucrier pour le goûter. Quand Renate a eu ses deux premiers soutien-gorge, Franz en a suspendu un au mât, sur la façade de la maison, au-dessus de la porte d'entrée. Ilse se souvient comme si c'était hier de la tête de Renate lorsqu'elle l'a découvert : elle est devenue presque aussi blanche que le sous-vêtement en coton bordé de dentelle visible de tous.

— Vas-y, l'encourage-t-il, ça ne va pas te mordre.

Retenant son souffle, elle soulève la couverture usée du volume le plus proche… et retient un cri. Les pages ont été presque entièrement évidées pour créer une grande cache à l'intérieur de l'ouvrage. Et nichés à l'intérieur, comme des poupées russes, se trouvent trois minces romans : *La Métamorphose, Le Procès* et *L'Amérique.* Elle les sort avec exaltation.

— Tous les volumes de l'encyclopédie contiennent des ouvrages interdits ? demande-t-elle en levant la tête vers la bibliothèque.

— Pas tous non, mais quelques-uns. Si un crétin de la Gestapo a l'intelligence d'en ouvrir un, il y a de grandes chances pour qu'il tombe sur un vrai volume de l'encyclopédie. Par ailleurs, j'ai enrôlé quelques autres auteurs dans la résistance.

Se retournant vers son étagère, il lui indique un Atlas mondial de 1927, une édition complète de *L'Iliade* et *L'Odyssée*, ainsi que les deux premiers volumes de l'énorme roman de Musil, *L'Homme sans qualités.*

— Tu as attaqué Homère au couteau ? lui lance Ilse avant de se couvrir la bouche en feignant d'être scandalisée.

— On en possède quatre éditions sous ce toit. Otto ne risque pas de remarquer la disparition de celle-ci, rétorque-t-il d'un ton pince-sans-rire.

Attrapant le volume de l'encyclopédie qui va de *Glied* à *Heuwiese*, il se laisse tomber sur son lit avec.

— Surtout pas ces derniers temps.

— Il est là ?

— En un sens. Enfermé dans sa chambre… et dans sa tête.

Son expression demeure impassible, pourtant l'abattement est perceptible dans sa voix et Ilse est tentée de lui serrer la main.

— Renate m'a un peu parlé de son état. Je suis vraiment désolée.

— Ne t'excuse pas. Tu es la première à avoir essayé de nous aider.

Ilse n'arrive pas à le regarder dans les yeux.

— Il y a bien dû y en avoir d'autres.

— Au début.

Il sort un autre ouvrage de l'encyclopédie évidée. Après l'avoir mise de côté, pareille à une coquille vide, il feuillette les pages du livre.

— Au début, tout le monde était *horrifié*. Personne ne voulait croire que ça *arrivait*. Personne ne voulait croire que ça *durerait*.

Il débite ces phrases d'un ton moqueur, tout en faisant glisser le bout dc son index dans la marge d'une page.

— Mais c'est bien ça le plus étrange avec l'enfer… Plus on y passe de temps, moins ceux qui ont été épargnés semblent le remarquer.

Il tourne la page.

— Tu te souviens de mon ami à l'université, Diederich Schuchard ? Un grand blond ? Avec un long nez maigre ? Il passait ici toutes les semaines, pour recopier mes notes sur la constitution de Weimar.

— Celui qui avait un accent viennois horriblement prétentieux ?

— Exactement, dit-il en lui décochant un bref regard approbateur. Tu as vraiment une mémoire époustouflante.

Elle rougit, bêtement flattée par le compliment. Il continue, un doigt toujours planté sur la page.

— Il y a environ deux ans, il a cessé, comme à peu près tout le monde, de passer nous voir. Ce qui se comprend. Non, je t'assure. C'est dangereux d'être vu en compagnie de Juifs, je le sais. Il se trouve que tu es plus courageuse que la plupart des gens.

Elle tire sur une de ses cuticules, se sentant répugnante.

— Bref, reprend-il, je suis tombé sur lui devant un disquaire. J'étais distrait, parce que je suis toujours en train de penser à autre chose ces temps-ci. Mais je me suis arrêté, par réflexe. Pour avoir un bref échange sur l'air de « oh tiens, toi ici ! ». Je lui ai dit : « Bien le bonjour, Schuchard. Ça fait une paie. »

Il relève les yeux vers elle.

— Tu sais ce qu'il a fait ?

Elle attend la suite en retenant son souffle.

— Il m'a craché dessus. Juste là, sur l'épaule.

Il indique l'endroit exact sur son pullover bleu marine élimé.

— Et ce n'était pas un crachat très délicat, si tu vois ce que je veux dire. Il avait dû attraper un rhume de cerveau.

Sa façon de relater l'anecdote – avec ce mélange doux-amer d'humour et de résignation comme s'il cherchait moins à dire « pauvre de moi ! », mais « tu as vu un peu dans quel monde merveilleux et insensé on vit désormais ? » – serre la gorge d'Ilse.

— Bizarre, dit-elle d'une voix qu'elle s'efforce de contrôler. Je ne pensais pas que c'était un soutien du régime. Je le croyais plus tenté par le marxisme. Comme toi.

— C'était le cas. Au début. Quand Hitler est devenu chancelier, il était aussi révolté que nous tous.

Il reporte son attention sur le livre et tourne la page.

— Maintenant que le vent a tourné, il préfère suivre le sens du courant. Qui se soucie que les gens dans notre genre se noient ?

— Moi, dit-elle avec une indignation qui la surprend elle-même.

— Je sais.

Il n'y a pas la moindre trace de moquerie dans sa voix à présent. Un instant, ils conservent le silence. Le regard de Franz est comme un rayon de soleil de fin d'après-midi, sa belle chaleur dorée à peine atténuée par la promesse mélancolique d'un coucher de soleil.

Il ne mérite pas ce qui lui arrive, songe Ilse, étreinte par une culpabilité si puissante qu'elle agrippe la chaise sur laquelle elle est assise. *Il faut que je trouve un prétexte pour partir, immédiatement.*

Et c'est ce qu'elle se voit faire dans sa tête. Elle se lève en faisant couiner la chaise de bureau. Se précipite dans la rue puis rejoint sa propre chambre. Dans sa tête, elle tape un rapport expliquant qu'elle n'a trouvé aucune preuve que Franz Bauer ou un autre membre de sa famille soit impliqué dans des activités hostiles au Reich. Et quand l'Obergruppenführer Helldorff l'interroge, elle le regarde droit dans ses yeux de poisson crevé et elle confirme toutes ses déclarations.

Parce que, après tout, c'est la vérité.

Mais alors son esprit l'entraîne vers le sous-sol du 8 Prinz-Albrecht-Straße, où les deux agents tournent autour d'elle, panthères féroces.

Plus tard, Ilse cherchera à identifier le moment précis où elle a pris la décision de rester sur le fauteuil de Franz dans sa chambre, et elle n'y parviendra pas. Et c'est pourtant très précisément ce qu'elle a fait : elle est restée à l'endroit où elle se trouve. Elle a gardé le cap.

Des sacrifices s'imposent.

— Voilà ! dit Franz en relevant la tête avec un petit sourire. J'ai trouvé je crois.

Après s'être raclé la gorge avec théâtralité, il lit :

— « Celui qui, vivant, ne vient pas à bout de la vie, a besoin d'une main pour écarter un peu le désespoir que lui cause son destin – il n'y arrive que très imparfaitement –, mais de l'autre main, il peut écrire ce qu'il voit sous les décombres, car il voit autrement et plus de choses que les autres, n'est-il pas mort de son vivant, n'est-il pas l'authentique survivant[1] ? »

Il la regarde à nouveau, les sourcils arqués par la consternation.

— Bonté divine, von Fischer !

Elle rit, un peu gênée.

— Je ne me souvenais pas que la citation était aussi sinistre.

— Ah ça, pour l'être ! Même pour ce sinistre vieux Franz.

1. Traduction de Marthe Robert, *Journal*, Franz Kafka, Grasset, 1954.

— En effet. J'avais oublié le passage sur les décombres. Elle se trouve dans quel livre alors, finalement ?

Il sort un mince ouvrage bleu.

— Dans l'un de ses journaux. C'est une édition rare et confidentielle sur laquelle j'ai eu la chance de tomber, dans une vieille libraire.

Il repose le livre peu épais avec méfiance, comme s'il contenait un composé chimique potentiellement instable.

— Je peux voir ?

— Bien sûr.

D'un geste du menton, il l'invite à venir s'asseoir au pied du lit, puis lui tend le journal. Il semble toujours avoir du mal à en revenir.

— Je suis fasciné que tu aies retenu cette phrase. Je suis capable de citer des tas de passages de Kafka, mais aucun d'aussi sombre.

— Je sais, dit-elle en riant. Tu nous as un jour récité les deux dernières pages de *La Métamorphose*, de mémoire. Tu t'en souviens ? On jouait à action ou vérité.

— *Ja*.

C'est à son tour d'avoir un sourire un peu intimidé.

— J'avais oublié, ajoute-t-il.

— J'adorais jouer à ce jeu avec vous deux.

Ilse s'adosse au mur et entortille une mèche de cheveux autour de son index tout en se remémorant cette époque.

— Tu te rappelles la fois où on a convaincu vos parents de participer ?

Il fait une grimace.

— J'avais essayé de l'effacer de ma mémoire.

— Je te signale que c'est toi qui leur as posé cette affreuse question. C'était quoi déjà…

— J'ai demandé à ma mère de partager son rêve le plus freudien. Je n'aurais jamais cru qu'elle répondrait.

— Nous non plus !

La scène lui revient aussitôt en mémoire, aussi grisante et réjouissante qu'une gorgée de liqueur de whisky. Eux cinq dans le salon. Franz et ses parents qui buvaient du vin, Cole Porter sur le phonographe, un feu dans la cheminée. Était-ce ce soir-là aussi que le Doktor Bauer avait tenté de leur enseigner les pas syncopés du « black bottom » – et que Renate s'était étalée de tout son long après avoir trébuché ? Ilse n'arrive pas à s'en souvenir. Elle revoit simplement les éclats de rire, les flammes vacillantes et crépitantes. Et les yeux noirs de Franz qui dansaient comme ils le font maintenant.

— Et qu'a-t-elle répondu déjà ? Une histoire de trains et de tunnels, non ?

— Bien pire, rétorque-t-il en se frictionnant les tempes. Un « très gros » train qui se retrouvait bloqué dans un tunnel « très étroit et très humide ». Et elle se trouvait à bord, elle avait peur qu'il explose.

Il secoue à nouveau la tête et se cache les yeux d'une main fine, jouant la mortification.

— Je crois qu'elle était ronde comme une queue de pelle.

— Elle était intarissable, poursuit Ilse. Et ton père n'arrêtait pas de répéter : « Lisbet, ça suffit. Lisbet ! »

— Et quand elle a eu enfin terminé, il y a eu un silence gêné, puis Renate a demandé…

Ilse prononce les mots en chœur avec lui :

— « Mais, Mutti, qu'est-ce que ça veut dire ? »

Elle glousse avant de reprendre :

— On l'a embêtée avec ça pendant des mois, tu te rappelles ? Chaque fois qu'elle ne comprenait pas quelque chose. « Mais, Mutti… »

Ils sont tous deux emportés par une vague de rire irrépressible. Ilse se plie en deux, alors que la scène tourne en boucle dans sa tête. La joie qu'elle ressent l'enveloppe à la façon d'un édredon ; léger, aérien et réchauffant. Pour la première fois depuis des mois, elle se sent presque en sécurité, presque heureuse. En s'essuyant les yeux avec sa manche, elle doit se rappeler qu'il s'agit d'une illusion, que c'est précisément parce qu'elle n'est ni heureuse ni en sécurité qu'elle se retrouve ici, dans cette pièce, sur ce lit. Et qu'à moins de s'acquitter de sa mission, elle n'y changera rien.

— Elle aurait aussi bien pu nous raconter ma conception, dit Franz en se frottant le visage avec une main, comme si cet accès d'hilarité avait fatigué ses traits. C'était effroyable. Je m'en souviens, j'ai eu peur que tu ne reviennes plus jamais.

— Vraiment ?

Elle relève la tête, touchée, et flattée, de découvrir que Franz accordait de l'importance à sa présence.

— Mais pourquoi ? lui demande-t-elle.

— Tu m'as toujours semblé plus… mieux élevée que nous. J'avais l'impression qu'on te choquait.

— Au contraire, ça me plaisait, dit-elle avec sincérité. J'adorais être choquée. Ça mettait du piment dans ma vie.

Elle hésite avant d'ajouter, prudemment :

— J'adorais aussi ton courage. Je t'admirais de continuer à assister à tes réunions socialistes en secret alors qu'elles étaient devenues illégales.

— Courage ou bêtise, riposte-t-il d'un ton sec, je m'interroge encore.

— Tu continues à y aller ?

Elle fait mine d'étudier un cheveu fourchu. Comme il ne répond pas immédiatement, elle le regarde et constate qu'il la dévisage d'un air impénétrable.

— Pardon, s'empresse-t-elle de dire. Tu n'as pas à me répondre.

Il se passe une main dans les cheveux.

— Reni m'a raconté que tu allais quitter la BDM.

Elle feint de bâiller.

— Ça me prend trop de temps. Et puis il y a de plus en plus d'aspects auxquels j'ai du mal à adhérer. Je préférerais investir mon énergie dans d'autres choses.

(*Vrai* et *vrai. Hop, hop !*)

— Ça n'a sans doute pas d'importance alors, lâche-t-il en haussant les épaules. Oui, je continue. Même si ça ne sert pas à grand-chose. Il a toujours été surtout question de discuter.

— Tu as pu nouer une idylle révolutionnaire au moins ?

— Dans ces réunions ? ricane-t-il. Il n'y a que des intellos. Des harpies qui n'aiment que les livres.

— Quel est le problème avec les intellos ? Ta sœur en est une. Moi aussi.

— Non.

La rapidité avec laquelle il a contesté cette idée la prend au dépourvu une seconde fois.

— Qu'en sais-tu ?

— Eh bien… j'ai eu le temps de t'observer au fil des ans, de récolter des indices.

— Comme ?

— Pour commencer, les intellos n'aiment pas le swing.

— Je suis sûre que certaines si.

— Non, insiste-t-il en secouant la tête avec gravité. Elles n'écoutent que de la musique classique. Bach. Schubert.

— Mozart ?

— Seulement ses œuvres les moins dangereuses. Et jamais ses friandises, bien sûr.

Elle se surprend à glousser une fois encore. Croisant les jambes, elle mesure soudain combien sa vie est dépourvue de badinage et de gaieté. Avec Kai – elle a fini par céder, de guerre lasse, à ses assiduités, quand il lui a fait sentir que c'était nécessaire si elle voulait garder son travail –, il lui arrive rarement de sourire. Et lorsqu'elle le fait, ce n'est jamais à cause d'un trait d'esprit. C'est même généralement l'inverse : il se conduit avec une suffisance si insupportable qu'Ilse doit souvent réprimer une envie de se moquer.

— Et puis, poursuit-il, les intellos ne dévorent pas les romans à l'eau de rose comme Reni et toi. Elles préfèrent les classiques sérieux dont elles peuvent se servir ensuite pour malmener les pauvres garçons qui ont eu le malheur d'engager la conversation avec elles.

— Tu as l'air de parler d'expérience.

— En effet.

Il lève les yeux au ciel.

— Lors de la dernière réunion, j'ai été acculé par l'adorable Karina Hafner qui m'a asséné un monologue de trente minutes sur les théories de Gramsci en matière de déterminisme économique.

Karina Hafner… Ilse enregistre le nom.

— Elle est jolie au moins ?

— Karina ? Imagine une tête grosse comme une patate sur un cou fin comme un crayon, dit-il en grimaçant. Et ajoute une voix de crécelle.

Elle rit malgré elle.

— Tu es si cruel !

— J'ai surtout bon goût, oui.

Il lève les yeux au ciel, croise les mains dans sa nuque. Il a vraiment changé physiquement. Il est plus grand et ses épaules sont plus larges, ses bras paraissent plus fermes, malgré les inévitables conséquences du rationnement imposé aux Juifs.

— Bon alors pas de Duke Ellington et pas de Vicki Baum. Quoi d'autre ?

— Eh bien…

Glissant une main derrière sa pile de livres, il sort un paquet de Monas.

— Ni cigarettes ni alcool bien sûr.

Il secoue le paquet pour en faire tomber une avant de le lui tendre. Après une brève hésitation, elle accepte, sentant qu'il l'observe.

— Ni cartes postales, ajoute-t-il.

— Cartes postales ?

Ilse fronce les sourcils. Elle fait rouler le fin tube blanc entre son pouce et son index.

— Oui. Une intello ne chargerait jamais son amie de voler une carte postale coquine, et elle n'aurait jamais le culot de l'apporter en cours.

Il repose le paquet sur sa table de chevet sans la quitter des yeux.

— Même si, dans le cas où elle le ferait, elle choisirait sans doute la même que vous deux.

La Lectrice. L'espace d'un instant, Ilse se contente de le fixer, cigarette à la main. Il joue avec son briquet, un petit sourire amusé aux lèvres.

Ilse se force à rire.

— Comment l'as-tu su ?

— Que quelqu'un avait pris ma carte postale ? Ou qu'elle s'était retrouvée dans votre lycée ?

— Les deux je suppose.

Il allume sa cigarette, aspire une bouffée de tabac puis recrache un panache de fumée.

— Tu ne crois quand même pas que j'aurais laissé ma petite sœur entrer au lycée sans m'assurer qu'une ou deux personnes de confiance veilleraient sur elle, si ?

— Mais pourquoi tu n'as jamais rien dit ?

Il hausse les épaules.

— Vous l'avez remise à sa place, non ? Enfin, plus exactement cet horrible petit SA que ma sœur fréquentait a fini par la lui rendre.

Ilse ne cache pas sa surprise : il savait donc pour Rudi, aussi.

— Enfin tu as bien dû…

— J'ai bien dû quoi ?

— Tu as bien dû penser que c'était… mal de notre part. De les avoir regardées.

Il sourit toujours, mais d'un sourire un peu plus mystérieux, qui fait ressortir l'ombre de moustache au-dessus de sa lèvre. Ilse ne peut s'empêcher de se demander ce qu'elle ressentirait en l'embrassant :

ses lèvres pleines, sa peau mal rasée. Les lèvres du Hauptsturmführer Wainer étaient mouillées, flasques et légèrement râpeuses. Celles de Kai sont fines, gercées mais douces – il n'a presque pas besoin de se raser. Dieu merci, elle ne les a plus senties sur elle depuis qu'il est parti en mission dans les territoires soviétiques pour un certain général Goebbels. Il lui a écrit quelques lettres, auxquelles elle n'a pas encore répondu. Il reviendra pour sa permission bien assez tôt.

— Pas plus mal que de ma part, lui dit Franz. Je crois même que j'étais en partie séduit par cette idée.

Il a légèrement baissé la voix au moment de la seconde phrase, lui donnant des accents de confession intime. Il lui tend le briquet et elle lit sur ses traits un mélange de décontraction et d'interrogation ; il vient de lancer une miette de pain dans une mare paisible pour voir si un poisson remontera à la surface. Elle a l'impression que l'oxygène se raréfie soudain, que, dans sa gorge, son pouls volète comme les ailes d'un papillon.

Elle se penche lentement vers lui, jusqu'à ce qu'ils ne soient plus séparés que par un soupir, sa cigarette à quelques millimètres de la flamme vacillante.

— Quelle idée ? lui demandc-t-elle.

Il ne cille pas.

— De toi. De toi regardant cette image.

C'est à peine un murmure, et pourtant Ilse sent vibrer ces mots sur la moindre parcelle de sa peau. Elle les ressent comme elle ressent le regard de Franz qui réussit à pénétrer en elle, brûlant et puissant, défiant et interrogateur. Avec les autres hommes, dans ces moments-là, elle a toujours voulu fuir, mentalement et physiquement ; se couper de ses sens et enfermer son essence au plus profond de son être, telle une anémone de mer rétractant ses tentacules vulnérables.

À son grand étonnement, toutefois, à cet instant elle aspire précisément à l'inverse. Elle n'a aucune envie de reculer. Elle a envie qu'ils abandonnent, l'un et l'autre, leur enveloppe charnelle ; elle a envie de se déverser en lui pour qu'il ne demeure plus aucune distance à couvrir entre eux. C'est ce qu'elle a toujours voulu ; un désir si fort qui n'a fait que croître, elle le comprend maintenant, depuis qu'elle a fui cette maison. Un désir libéré par leur badinage, par les souvenirs effervescents et par les rires enivrants, par la proximité des lèvres pleines et entrouvertes de Franz. Un désir qui fait taire toute la prudence, tous les mécanismes de défense infaillibles qu'elle s'est fabriqués, qui les envoie valser au loin tandis qu'il pousse Ilse à monter sur les genoux de Franz.

Elle presse sa bouche contre la sienne, glisse ses mains dans ses cheveux, et la cigarette encore éteinte tombe par terre, dans l'oubli.

*

Deux heures plus tard, elle marche vers la station du U-Bahn, après avoir en hâte épinglé ses tresses sur son crâne, la peau parcourue de picotements, les pensées en ébullition. Le journal interdit de Kafka, aussi mince soit-il, semble peser dix kilos dans sa sacoche. Mais c'est la feuille de papier glissée entre ses pages et arrachée précipitamment au carnet Moleskine de Franz qui pèse le plus lourd.

Allongée à côté de lui, tandis qu'ils ponctuaient leur conversation de baisers, elle s'était surprise à sautiller, mentalement, d'une vérité à une autre dans le flot de ses mensonges : « Tes réunions m'intriguent. » (*Vrai.*) « Je crois que j'aimerais bien assister à l'une d'elles. Histoire de voir si je pourrais avoir envie de vous rejoindre. » (*Vrai* et *faux* à la fois.)

Il avait fixé le plafond en fumant la cigarette qu'elle avait laissée tomber et il lui avait fallu moins d'une minute pour hocher la tête. « Entendu. Je te donnerai les détails quand tu partiras. »

Ilse avait eu du mal à croire que c'était aussi simple. Et pourtant, pendant qu'elle reboutonnait ses vêtements et les ajustait, il avait griffonné l'adresse et l'heure du rendez-vous avant de glisser le tout dans le livre de Kafka, qu'il lui avait remis en l'accompagnant d'un dernier long baiser.

« Tout espoir n'est peut-être pas perdu pour toi, von Fischer », lui avait-il dit en la raccompagnant dans l'entrée.

C'était si simple qu'elle en avait presque eu le cœur brisé.

À présent, marchant d'un pas rapide, elle a bien du mal à tout concilier dans son esprit : la jubilation grisante d'entendre Franz lui faire des aveux tout bas (« tu es si belle, je t'ai toujours désirée ») ; la puissance potentiellement dévastatrice de ses autres confessions (« oui, je continue à y assister », « je te donnerai les détails quand tu partiras ») ; la joie salée et comblée d'être allongée là, avec lui, alors qu'il avait une main posée sur son nombril et que ses magnifiques cheveux tombaient sur le visage et le cou d'Ilse ; la terreur saisissante qui avait accompagné la prise de conscience, en le serrant contre elle, qu'elle tenait son existence – leurs deux existences – entre ses mains.

Que dirait Kai s'il apprenait qu'elle a couché avec Franz Bauer ? Si elle téléphonait là, maintenant, à son unité, à cette minute précise, et qu'elle lui disait : *Je viens de faire l'amour à un Juif !* Serait-il plus contrarié par son infidélité ou par la *Rassenschande* ? Hurlerait-il aussi fort que la nuit où il a brûlé, avec d'autres, la synagogue ? Lui dirait-il à quel point elle est devenue souillée et impure ? Cette pensée lui procure une satisfaction étrange, comparable à celle qu'elle pourrait ressentir si elle le giflait après avoir entendu une de ces inepties dont il a le secret : « Mais pourquoi veux-tu aller à l'université, enfin ? Les hommes n'aiment pas les femmes qui réfléchissent trop. » Ou encore : « Je suis prêt à parier que tu seras décorée de la croix d'or après notre mariage. Tu as une constitution parfaite pour enfanter. » Comme si elle était une vache de concours.

Peut-être que j'irai à New York, songe-t-elle. Peut-être qu'elle dira tout simplement à Kai, lors de sa prochaine permission, que c'est terminé. Qu'elle part. Cette idée, aussi choquante qu'enivrante, lui fait l'effet d'une gorgée de vodka glacée.

Tout en descendant l'escalier sombre de la station sur Friedrichstraße, elle a l'impression que son être entier se divise en deux camps adverses aux rangs bien serrés : d'un côté ce qu'elle ressent, de l'autre ce qu'elle sait. D'un côté ce qu'elle désire, de l'autre ce qu'elle est. Ce qu'elle a dit et ce qu'elle pensait réellement. Les dissensions entre les deux factions finissent par la submerger, au point qu'elle tourne presque les talons pour remonter les marches, redescendre la rue et retrouver Franz dans sa chambre, retourner s'enfouir dans le cocon de son adoration, sentir sa peau chaude et ferme contre la sienne. Ce n'est que parce que Renate et sa mère ne vont pas tarder à rentrer qu'elle trouve la force de franchir le portillon et de monter dans la rame.

Je vais trouver une solution, se dit-elle en se frayant un chemin à travers la foule dense de l'heure de pointe et en s'accrochant à une poignée près de la porte du fond. Après tout, von Helldorff ne lui a pas donné de date précise pour son rapport. Il ne sait peut-être même pas que Franz s'apprête à quitter le pays, et encore moins que son départ aura lieu dans deux jours. Il suffit qu'Ilse calcule bien son coup : elle pourra donner au chef de la police ce qu'il veut tout en permettant à Franz de partir. Elle pourrait même attendre la réunion de la semaine prochaine. Elle prétendra qu'elle voulait vérifier ses informations. Si elle laisse passer quarante-huit heures entre la réunion et la remise de son rapport, la Gestapo n'aura aucun moyen d'agir. Et puis, ainsi, elle pourra leur fournir d'autres noms, pas seulement celui de Karina Hafner avec sa tête de patate, mais ceux de tous les autres participants à la réunion de mercredi.

Tous sauf Franz, puisqu'il sera déjà parti.

Oui, c'est faisable, se convainc-elle. Pourtant son pouls bat de plus en plus fort, et elle doit se concentrer sur sa respiration pour le contraindre à ralentir, tout en fixant une affiche publicitaire aux couleurs vives.

Elle représente un jeune couple dans une KdF-Wagen flambant neuve – la voiture bon marché produite par le mouvement nazi de « La force par la joie ». Blond, les traits ciselés, l'homme est au volant. Son sourire dévoile des dents blanches. La femme, qui sourit aussi, sort son buste svelte par le toit ouvrant. Elle lève son bras bronzé d'un geste triomphal, sur un ciel d'un bleu factice. Dans leur dos, des montagnes enneigées scintillent derrière des champs verts, comme si ce paysage pouvait contenir à lui seul le meilleur de toutes les saisons.

« Je n'arrive pas à croire que tu pars dans si peu de temps, lui a-t-elle dit.

— Tu viendras me voir ? lui a-t-il murmuré. Je te ferai visiter New York.

— Méfie-toi, si je viens, je risque de rester.

— Ça ne me dérangerait pas. Au contraire. »

Il sentait le tabac, le café et autre chose de légèrement musqué – elle imaginait que ses yeux auraient ce goût si elle pouvait les lécher. Sa peau avait une tout autre saveur : salée et vaguement acide, avec une pointe de miel ambré.

Alors qu'elle continue à examiner l'affiche devant elle, elle se sent transportée par une nouvelle vague d'euphorie brûlante, rapidement douchée par l'angoisse qui lui donne des aigreurs d'estomac. *C'est faisable*, se répète-t-elle alors que le métro s'arrête à l'arrêt Berlin-Mahlsdorf et qu'elle joue des coudes pour sortir. *C'est faisable, c'est tout à fait faisable.* En dévalant Frankfurter Allee, ces mots se transforment en incantation : un mantra silencieux pour prolonger son optimisme désespéré. C'est comme les « nouvelles » qu'elle publie : à force de les marteler, elles finiront par devenir vraies. Et donc elle se répète ces mots en boucle. *C'est faisable.*

Le temps d'atteindre son immeuble, elle se met à les réciter à voix basse – « *Ich schaffe das... Ich schaffe das...* » –, et elle est si absorbée qu'elle ne remarque pas la berline noire garée en face de l'entrée, de l'autre côté de la rue. Pas plus qu'elle ne remarque l'étrange silence qui l'accueille au moment d'ouvrir la porte de l'appartement, ni même la pâleur et la terreur qui se peignent sur les traits de sa mère lorsqu'elle vient à sa rencontre.

— Il y a deux hommes qui t'attendent.

18

Ava

1989

Le cœur tambourinant à ses oreilles, Ava tourne la poignée de la porte. Elle compte seulement l'entrouvrir de quelques centimètres, mais elle a à peine tourné la serrure que le battant s'ouvre à la volée et elle doit faire un bond en arrière pour ne pas être percutée.

Sa fille se tient sur le seuil de la chambre, bras croisés, son visage parfaitement lisse rosi par la contrariété.

— Ah, enfin ! souffle-t-elle en poussant sa mère pour entrer. Qu'est-ce qui t'a pris autant de temps ?

Ava s'humecte les lèvres.

— Je suis désolée, j'étais un peu ailleurs.

— Ailleurs ? Tu n'es pas plutôt sourde, oui ? Il faut que je sois au parc dans cinq minutes !

— Quel parc ? demande Ava par réflexe. Pas Tompkins, j'espère.

Malgré les nombreuses protestations d'Ava, Sophie et ses amis ont pris l'habitude de se retrouver à Tompkins

Square Park, qui héberge la moitié des SDF de New York.

— On reste à l'extérieur, répond Sophie en pénétrant dans la salle de bains.

Elle observe un long moment le panier de linge sale qui déborde puis soupire.

— Je croyais que tu devais faire une lessive aujourd'hui…

— En fin de journée, répond Ava d'un ton distrait, plus occupée à se demander si elle réussira à débarrasser le carton et les lettres de son lit avant que sa fille ne se retourne.

Pourtant, elle ne peut aller au bout de cette pensée car, déjà, Sophie soulève le panier pour l'emporter dans la chambre.

— Alors le sweat-shirt d'Erica est encore sale.

— Ce n'est qu'un sweat-shirt, lui rappelle Ava.

— Oui, mais il n'est pas à moi, et je lui avais promis d'en prendre soin.

Sophie pose le panier au pied du lit et commence à fouiller dans les vêtements froissés. Ava surveille le moindre de ses gestes, jusqu'à ce qu'elle se fasse la réflexion suivante : Sophie risque moins de repérer les lettres si elle cesse, elle, de les fixer obsessionnellement. Reportant son attention sur sa table à dessin, elle avale une gorgée de café froid, tout en feignant de s'intéresser à son illustration pour *Mutter Trudi*, laissée en jachère. Ce n'est pourtant pas la vieille sorcière aux cheveux raides qu'elle voit, mais les yeux bleus d'Ilse, plissés à cause du soleil. *Dummes Mädchen... Qu'est-ce qui t'a encore pris enfin ?*

Tout, songe Ava avec lassitude. Elle se sent encore complètement déboussolée – comme si les révélations de cette dernière heure avaient sectionné ce qui la relie à son existence, de même qu'une hache pourrait séparer un navire de son ancre, le condamnant à dériver.

Ce n'est pas seulement l'égoïsme infini des décisions d'Ilse qui la laisse aussi sonnée : les justifications creuses, l'aveuglement volontaire, la primauté continuelle et cynique donnée à l'intérêt personnel sur les principes. Pas plus que le fait qu'Ilse ait adressé ces confidences non pas à Ava, sa propre fille, mais à une femme qu'elle n'avait pas vue depuis quatre décennies, une femme qu'elle a trahie avec la pire des cruautés. C'est aussi la *voix* qui se dégage de ces pages : la personne qu'elles dévoilent est une parfaite inconnue aux yeux de sa propre fille. Confidente affectueuse, nostalgique et réfléchie, anxieuse et, étonnamment, dotée d'un sens de l'humour cinglant. Cette femme-là a été presque entièrement absente de l'existence d'Ava.

— Qu'est-ce qu'il y avait dans le colis au fait ? C'est quoi, tout ça ?

Redressant la tête, Ava constate avec désarroi que l'attention de Sophie s'est déplacée du linge sale aux lettres éparpillées autour du carton ouvert.

— Rien.

Merde !

— Enfin non, pas rien. Mais rien qui te concerne.

Elle se rapproche du lit, cependant il est déjà trop tard : Sophie a ramassé une poignée d'enveloppes.

— *Renate Bauer*, lit-elle. C'est qui ?

— Je n'en sais rien.

Ava s'efforce de conserver une voix égale. Parce que ce qu'elle a envie de faire, en réalité, c'est de bondir sur sa fille pour lui arracher les enveloppes des mains, comme elle lui arrachait des objets dangereux lorsqu'elle était encore un bébé potelé (flacon d'aspirine ouvert, pièges à fourmis poussiéreux et, le pire, un cutter de précision, qui avait son capuchon mais avec lequel Sophie aurait néanmoins pu s'infliger une blessure mortelle). Elle a l'impression que la gravité exerce une pression trois fois plus forte sur son corps.

— *163 Elridge*, poursuit Sophie. C'est à peu près à deux blocs d'ici, non ?

Elle retourne l'enveloppe. En découvrant l'adresse d'expédition, elle plisse les paupières.

— Ces lettres viennent d'Oma, dit-elle d'une voix où transparaît une certaine tension.

Au mot *Oma*, Ava semble sortir de sa paralysie : elle traverse la chambre.

— Oui.

— Si ces lettres sont pour Renate Bauer, qu'est-ce qu'elles font ici ?

— Je n'en sais rien.

Ava tend la main vers Sophie.

— Je peux les avoir, s'il te plaît ?

L'ignorant superbement, sa fille continue à parcourir la liasse de documents. Elle s'arrête à nouveau et Ava constate avec horreur qu'elle est tombée sur le message de Bernard Frankel.

— Qui…

— Je t'ai demandé de me les rendre.

Se penchant par-dessus le lit, Ava arrache les documents des mains de sa fille. Sophie a le même mouvement de recul que si sa mère venait de la gifler.

— Ça va pas, non ?

Elle la dévisage avec les yeux qu'elle a hérités de sa grand-mère, de ce bleu glacial.

— Qu'est-ce qui ne tourne pas rond chez toi aujourd'hui ?

— Je suis désolée, lâche Ava.

Le souffle court, elle commence à rassembler les différentes enveloppes. Elle a l'impression qu'un océan se déchaîne dans son crâne.

— Je venais de te... tu ne m'écoutais pas. Mais je suis désolée.

Sophie continue à la dévisager, les lèvres étirées en une fine ligne pâle, les yeux plissés comme lorsqu'elle cherche à résoudre un problème de maths.

— Et ce Bernard Frankel, c'est qui ?

Ava prend son élan.

— L'avocat de ta grand-mère.

— Pourquoi est-ce qu'il t'écrit ? lui demande lentement Sophie.

Se redressant de toute sa hauteur, Ava fait face à sa fille, les lettres pressées contre sa poitrine. Elle n'a pas le moindre début de réponse à lui fournir. Le regard bleu de Sophie s'endurcit.

— Lis-moi la lettre.

— Pardon ?

— Lis-moi la lettre de l'avocat.

— Elle est en allemand, répond Ava, cherchant à gagner du temps.

— Traduis-la.

— Je ne vois vraiment pas la nécessité de…

— Lis-la-moi, répète Sophie d'un ton bas et égal qui, comme celui de sa défunte Oma, est dix fois plus puissant qu'un cri.

Ava hésite. Puis, prise au piège, elle se laisse tomber sur le lit. Se racle la gorge et commence à lire, consciente des trémolos dans sa voix.

— « Chère Mme von Fischer, En qualité d'avocat, et d'exécuteur testamentaire, de votre mère – Ilse Maria von Fischer –, j'ai le regret de vous informer qu'elle nous a quittés le douze avril dernier, après une longue bataille contre un cancer de l'utérus… »

— En avril ? l'interrompt Sophie, incrédule. Oma est morte le mois dernier ?

— Oui.

— Mais…

Sophie presse ses deux mains sur son front.

— Mais tu m'avais dit qu'elle était morte dans un accident de voiture. Quand j'étais bébé.

— Je sais.

Dehors, une tourterelle pleureuse posée sur le rebord de la fenêtre choisit ce moment pour pousser un roucoulement guttural. Ava aimerait tant pouvoir échanger de place avec l'oiseau… Elle pourrait chanter sa douleur puis s'envoler.

— Alors… j'avais une grand-mère ? finit par lancer Sophie. Toute ma vie, jusqu'à récemment ?

Le tremblement dans sa jeune voix est si bouleversant qu'un instant Ava n'a plus envie que d'une chose : attirer sa fille sur ses genoux, ainsi qu'elle l'a fait si souvent autrefois, si naturellement (à quand remonte la dernière fois ? quand Sophie a-t-elle commencé à s'y refuser ?).

— J'avais mes raisons, dit-elle au désespoir. Je peux t'expliquer. J'ai juste…

Sa fille l'interrompt.

— Je n'ai pas le temps là.

Son ton est glacial, son visage s'est refermé.

— Je dois y aller. Erica m'attend.

— C'est plus important qu'un rendez-vous avec ton amie, lui répond Ava.

— Ah oui ?

Le petit éclat de rire de Sophie ressemble davantage à un sanglot.

— Elle, elle ne me ment pas, au moins.

— Sophie ! s'écrie Ava en se levant pour la retenir. Je ne t'ai pas menti… pas vraiment. Je voulais juste te protéger.

— En me mentant ?

Sophie a déjà la main sur la poignée de la porte.

— Tu as une étrange conception de la protection. D'un autre côté, je ne vois pas pourquoi je suis aussi surprise.

Ava se fige, blessée.

— Qu'est-ce que c'est censé signifier ?

— Rien. Je n'ai pas envie d'en parler.

Elle claque la porte derrière elle, laissant sa mère pétrifiée sur place.

Tandis qu'elle entend sa fille ouvrir les verrous de la porte d'entrée les uns après les autres, très vite (*clac clac clac*), Ava reste où elle se trouve, statue égarée. *Elle a raison*, songe-t-elle au moment où la porte claque. *Oh, mon Dieu ! Elle a raison*…

Sonnée, Ava retourne en vacillant à son lit en désordre. Elle a l'impression que la culpabilité palpite dans ses veines. *Elle a raison. Elle a complètement raison.* Ava a beau avoir condamné Ilse pour ses mensonges répétés, elle a eu beau se promettre d'être une mère radicalement différente, au bout du compte, elle a commis les mêmes péchés que la sienne. Elle a menti. Elle a privé Sophie de sa propre histoire.

Elle replie ses genoux sous elle, observe la rue assoupie du samedi après-midi par-dessus le climatiseur tapissé de poussière. Elle remarque la silhouette svelte de Sophie qui s'engage sur Second Avenue – elle ne flâne plus, cette fois, elle court presque, les pans de son gilet claquent à chacun de ses pas enragés –, contemple brièvement l'idée de se jeter sur la fenêtre pour l'appeler, même si elle enverrait sans doute valser le climatiseur dans la rue. Elle ne se retient que parce qu'elle sait qu'elle ne réussirait qu'à précipiter – et peut-être prolonger – la fuite de Sophie.

De toute façon, que pourrait-elle dire ?

Se mordillant la lèvre, elle examine les lettres. Puis elle les rassemble et les fourre dans son sac en toile du *New Yorker*, avant d'y glisser son portefeuille. Après avoir enfilé une jupe en jean, elle passe l'anse du sac sur son épaule, s'approche du miroir au-dessus de la commode. La femme qui lui retourne son regard est une étrangère : une antiquité épuisée. Les cernes sous ses yeux sont deux dépressions sombres, les taches de soleil, de plus en plus nombreuses, qui suivent le contour de ses cheveux grisonnants, sont rougis. *Mon Dieu. Quand suis-je devenue aussi vieille ? Comment ai-je pu laisser tout ça arriver ?*

Son reflet lui retourne son regard froidement sans prononcer un seul mot. Ava se sent soudain si exténuée qu'elle doit résister à la tentation d'aller se rouler en boule sous sa couette. Elle se force à soutenir son propre regard dans le miroir, sans broncher. *C'est de ta faute*, se dit-elle. *À toi d'arranger les choses.*

Dehors, elle est éblouie par la luminosité de la fin d'après-midi et se retrouve un instant douze ans plus tôt, lors de cette nuit terrifiante : la ville emmitouflée dans une obscurité inquiétante et une chaleur étouffante, le front livide et brûlant de Sophie sous les lèvres d'Ava. Aujourd'hui, Ava ressent la même peur viscérale, provoquée en partie par ce que ces lettres lui ont appris ; cette révélation dévastatrice de la précarité des choses. Tout ce qui la raccroche à la vie peut disparaître en un battement de cils enfiévrés.

« Et si je la perdais ? » se souvient-elle avoir gémi au téléphone, avec Livi.

Jetant un regard à gauche et à droite, elle prend une profonde inspiration pour éclaircir ses pensées. Où Sophie a-t-elle dit qu'elle retrouvait Erica ?

Mais oui. Tompkins Square Park. « On reste à l'extérieur. »

Ava s'élance, presque ventre à terre. Elle prend Allen jusqu'à East Houston, puis tourne à droite, et à gauche dans Avenue B. Elle scrute la foule de promeneurs du week-end – skinheads et punks, étudiants et travestis, un jeune homme en short moulant rose – à la recherche des cheveux blond platine de sa fille, raides comme des baguettes de tambour. Elle continue au moment d'atteindre le parc, respirant par la bouche à cause de la puanteur (urine, transpiration, herbe, bière, lait tourné, et une centaine d'autres odeurs nauséabondes trop mêlées pour qu'on puisse les distinguer).

Dans un coin, un homme boit une canette de Miller tout en faisant griller des hot-dogs. Grand et bronzé, on pourrait le prendre pour un mari de banlieue présidant un barbecue du dimanche sans les traces de piqûre sur ses bras et jambes maigres. À côté, une femme vêtue d'un soutien-gorge et d'un short en jean est allongée sur un canapé défoncé, un vieil exemplaire de *Village Voice* sur le visage. Ses pieds nus et squelettiques sont couverts de bleus, elle porte un vernis orange fluo détonant.

Derrière eux, les tentes qui sont le sujet de tant de critiques et de débats paraissent étrangement inoffensives au soleil. Leurs « murs » claquent sous la brise presque estivale, évoquant les voiles difformes et surréalistes d'un navire de damnés. Ils lui rappellent les forts qu'elles construisaient, Sophie et elle, dans le salon, avec des draps. En jetant un coup d'œil à l'intérieur de celles qui sont ouvertes, elle aperçoit sa fille à trois ans : le regard pétillant, souriante, avec son parfum de shampooing pour bébé et de transpiration enfantine, levant ses bras potelés vers Ava : « Câlin ! Câlin ! Veux les bras ! Plus haut ! » Était-il arrivé à Ava de refuser ? De répondre : « Non, maman est trop fatiguée là » ? Cette possibilité lui coupe le souffle. *Idiote*, se dit-elle. À l'idée qu'elle ait pu considérer l'opportunité de tenir sa fille dans ses bras comme étant autre chose qu'une occasion rare et précieuse. À l'idée qu'elle ait pu considérer que l'amour de Sophie lui serait toujours acquis. Immédiat. Instinctif. Impératif. *Idiote idiote idiote.*

Après un second tour de la place, elle n'a toujours pas repéré Sophie. Elle traverse Ninth Street et passe une tête à l'intérieur de Kim's Video, sur Avenue A, avant de rebrousser chemin et de descendre Second Avenue. Elle s'arrête dans un restaurant ukrainien où Sophie retrouve parfois des amis pour faire ses devoirs, puis à la friperie, véritable caverne d'Ali Baba où Sophie dépense l'argent qu'elle gagne grâce à ses baby-sittings. Sans surprise en ce samedi estival, l'endroit est bondé d'adolescents qui hésitent sur leurs déguisements : strip-teaseuses de Times Square ou banquiers de Wall Street ? Les filles portent des bustiers en dentelle avec des pantalons baggy. On voit des bretelles d'homme sur des torses imberbes encore enfantins. Des collants résille qui dépassent de blazers à rayures beaucoup trop grand, avec des épaulettes dignes d'un costume militaire. Sophie ne se cache pas dans cette foule hétéroclite, et le travesti rondouillard qui tient la caisse ne l'a pas vue.

— Je le saurais, dit-il d'un ton las en soufflant un panache de fumée vers une petite forêt de distributeurs Pez colorés. Je suis obligé de garder ces mômes à l'œil.

Il agite les doigts poilus de ses deux mains, chargées de bagues.

— Ça chaparde pas mal, ajoute-t-il avec un sourire qui dévoile ses deux dents de devant, en or.

Ava est au bord des larmes.

— Je repasserai plus tard, réussit-elle à articuler. Merci.

— Quand vous voulez, lui répond le caissier. J'ouvre l'œil.

Au moment où Ava tourne les talons, il l'appelle :

— Hé, ma belle ! Il est d'où ton accent ?

— Danemark, répond-elle en se retournant à peine.

Dehors, elle s'adosse au mur couvert de graffitis. *Ça ne sert à rien.* Autant chercher à retrouver une boucle d'oreille égarée sur une plage de Coney Island, jonchée de canettes. Elle voudrait se laisser glisser sur le trottoir, à côté de la jeune fille SDF qui s'est installée là avec son sac à dos et son pit-bull – il a l'air aussi drogué que sa maîtresse. Au lieu de quoi Ava sort de son sac la barre de céréales dont elle vient de se souvenir et qu'elle n'a aucune envie de manger.

— Tenez. Je suis désolée, je n'ai rien d'autre.

La fille accepte le rectangle de plastique vert d'une main sale. Elle semble perplexe.

— Merci, *maman*, lui dit-elle d'un ton qui suggère que c'est la pire insulte qu'elle ait pu trouver dans l'immédiat.

Ava toise cette sale gosse, partagée entre l'envie de la gifler et celle de la serrer dans ses bras, puis elle se force à reprendre ses recherches.

Poursuivant sur Second Avenue, elle longe un magasin de pianos, un salon de manucure, une autre friperie avec des mannequins sans visage vêtus de manteaux à col en fourrure, inconscients de la chaleur estivale. À l'angle de Third Street, un homme urine contre un mur tagué, pendant que son berger allemand l'attend, assis sur le trottoir. Une jeune femme en foulard les dépasse à toute allure avec sa poussette, ses yeux verts résolument rivés droit devant elle.

Alors que le jour décline, les rues ressemblent de moins en moins à celles de la ville qu'Ava adore pour se métamorphoser en défilés d'édifices menaçants aux angles acérés, de structures dont le seul objectif est de lui procurer un sentiment de petitesse et d'inutilité – elle sait bien qu'elle l'est. Elle retourne vers Second Avenue, si fatiguée qu'elle se rend à peine compte de ce qu'elle fait. *Idiote*, pense-t-elle à nouveau. Elle a été idiote de partir à la recherche de Sophie. Mais que pouvait-elle faire d'autre ? Elle doit la retrouver. Elle doit arranger les choses. *Je suis désolée, mon bébé, tellement désolée.* À cette pensée surgit le souvenir de l'une des nombreuses suppliques désespérées d'Ilse dans ses lettres. *Peut-être qu'un jour,* avait-elle écrit à son ancienne amie, *peut-être seulement, je trouverai le courage de venir vous voir, Franz et toi, à New York. J'ai tellement de choses à te dire. Mais en vérité, au bout du compte, il n'y en a qu'une seule qui compte :*

Je suis désolée.

Je suis désolée.

Je suis désolée.

Tandis que les mots de sa mère tournent en boucle dans sa tête, Ava est saisie du besoin impérieux de sortir à nouveau l'enveloppe de 1956, pour se prouver qu'elle a bien lu les mots bouleversants qu'elle contient. Furetant dans son sac, elle ralentit puis s'arrête, fronce les sourcils en sortant les missives jaunissantes. *1946. 1948. 1976. 1962...* Elle sort la totalité de la liasse, et la parcourt comme s'il s'agissait d'un paquet de cartes. Elle finit par retrouver celle qui l'intéresse. Elle s'apprête à l'ouvrir lorsque quelque chose la pousse à regarder la bâtisse devant laquelle elle s'est arrêtée. Elle lit les mots joyeux tracés à la main sur le panneau devant son entrée : *Église baptiste d'Elridge Street.*

Elle balaie du regard le bloc d'immeubles qui l'entourent, de part et d'autre. Elle pense : *Comment diable ai-je atterri ici ?* Son inconscient aurait-il pris les commandes de son esprit alors qu'elle avançait à tâtons dans les brumes de sa panique ? Parce qu'elle est bel et bien arrivée là, dans la rue où Renate Bauer était censée habiter, si elle en croit Ilse. Et à ce qu'en sait Ava, elle n'a peut-être pas changé d'adresse.

Ayant l'impression d'évoluer dans un rêve étrange, Ava vérifie le numéro sur la première enveloppe avant de regarder la plaque en cuivre sur l'immeuble du trottoir d'en face. *163 Eldridge.*

Elle est au bon endroit.

Elle traverse la rue sans prendre vraiment le temps de le décider, attirée par le bâtiment comme une mouche par un piège. Une idée jaillit soudain dans son esprit : et si Sophie était venue ici ? Après tout, elle a vu l'adresse, elle aussi. Serait-il possible que sa fille, dans sa colère, ait abandonné Erica et le parc pour venir découvrir par elle-même la vérité qu'Ava s'est entêtée à lui cacher ?

Le 163 Eldridge est un immeuble en blocs de béton de quatre étages contenant quinze appartements. Il est propre et bien entretenu ; à travers la porte vitrée, le hall carrelé étincelle, et les incrustations en laiton sur la rampe ont dû être astiquées récemment. Il n'y a rien d'inhabituel dans cet immeuble, rien qui retienne le regard. Ava a d'ailleurs dû passer devant des centaines de fois, sans jamais suspecter que l'une de ses habitantes détenait peut-être les réponses à toutes les questions qu'elle a pu se poser.

Elle pousse la porte ouverte et pénètre dans le hall, qui sent la cire et la Javel. Apercevant la liste des occupants, Ava la parcourt en suivant les noms du doigt, le cœur battant si fort que sa vue vibre. Il n'y a aucune *R. Bauer*, et aucun des noms n'a de consonance germanique, même vaguement. À vrai dire, exception faite d'un *C. Benedict*, aucun des noms ne semble être originaire d'Europe centrale. *L. Garcia* habite au 1C, *J. Muhammed* au 3B. Il y a deux *Chan*, un K. et un S., dans les appartements 2B et 5A. L'occupant du 5B – *I. Gruchowski* – a été rayé au feutre noir. On peut lire le nom *W. Park* en petites lettres juste en dessous.

Dans un état second, Ava sonne au 5B. Une voix de femme lui répond.

— Oui ?

Les grésillements donnent l'impression qu'un océan les sépare, et Ava a l'impression, un instant, de ne plus savoir parler anglais. Aucun mot ne lui vient.

— Allô ? répète la femme. Qui est-ce ?

Ava s'humecte les lèvres.

— Bonjour. Je… je cherche Renate Bauer.

— Qui ?

Derrière la femme, un enfant pleure. Celle-ci le fait taire d'une remarque cinglante aux consonances asiatiques.

— Bauer, répète Ava, en articulant plus distinctement. Une Allemande. Je crois… je crois qu'elle a vécu ici.

— Je ne sais pas, répond la femme. Non, non. Pas ici.

Ava se mordille la lèvre.

— Vous n'avez jamais entendu parler d'elle ? Vous ne savez pas où elle aurait pu déménager ?

— Non, non, répète-t-elle. Je ne sais pas. Pas ici.

Ava se débat avec son esprit embrouillé, cherchant un moyen de retenir la femme en ligne.

— Attendez… Est-ce que vous auriez entendu parler d'une fille qui s'appelle Sophie par hasard ? Aujourd'hui ?

Quelque chose lui écorche la paume de la main droite. Baissant les yeux, elle constate qu'elle serre toujours la lettre de 1956 comme un ticket d'entrée.

— Non, non, répète la femme. Zupah. Essayez Zupah. Bon, au revoir.

— Zou… quoi ? Attendez… s'il vous plaît ! Quel nom avez-vous dit ?

L'interphone reste silencieux. Même quand elle sonne une seconde, puis une troisième fois. Alors elle reste plantée, là, elle attend. Comme si W. Park pouvait reprendre la communication d'elle-même ou (mieux !) se rappeler qu'elle n'est pas W. Park mais R. Bauer en réalité.

Ce qui n'arrive évidemment pas.

Ava range soigneusement la lettre dans son sac à main et parcourt pour la seconde fois la liste des occupants d'un doigt tremblant. Le nom le plus proche de *Bauer* est *G. Babayev.* Lorsqu'elle atteint le bas de la liste, cette fois, elle remarque une entrée, écrit en tout petit, qu'elle n'avait pas vue auparavant.

Gardien : appartement 1A. Zupah.

Elle a envie de se frapper. Elle sonne un peu plus longtemps que précédemment. Quelques secondes après, une voix d'homme lui répond.

— Oui ?

— Bonjour, dit Ava. Vous pouvez peut-être m'aider. Je suis… euh… je cherche quelqu'un. Enfin deux personnes plus exactement. Mais seule une a vécu dans cet immeuble je crois.

— Tous les habitants figurent sur la liste, mademoiselle.

La voix est grave, ponctuée d'accents mélodiques qui évoquent les Caraïbes.

— Je pense qu'elle ne vit plus ici, justement. Elle s'appelle Renate Bauer.

— Bowerrr, répète l'homme.

On dirait presque qu'il grogne. Dans le silence qui suit, Ava se surprend à retenir son souffle.

— Ça ne me dit rien, désolé, finit-il par lâcher.

— Est-ce que vous sauriez si une adolescente du nom de Sophie a cherché à la trouver aujourd'hui ?

— Aucune idée.

Son ton se fait plus dur, plus impatient.

— Vous pensez… vous pensez que quelqu'un dans l'immeuble pourrait savoir ? Quelqu'un qui vivrait ici depuis longtemps ?

Un rire incrédule.

— Vous me prenez pour qui enfin ? Un foutu détective ?

Il raccroche.

Ava retourne dans la rue, et reprend mentalement son mantra auto-dépréciateur. *Idiote. Idiote.* Que s'imaginait-elle, enfin ? Qu'il lui suffisait d'entrer comme ça dans un immeuble pour renouer contact avec l'ancienne meilleure amie de sa mère ? Selon toute vraisemblance, Renate Bauer ne porte plus le même nom. Il est fort probable qu'elle se soit mariée et ait pris le nom de son époux. À moins qu'elle ne soit morte.

Vaincue, Ava dirige lentement ses pas vers son appartement. Elle y attendra Sophie. Pourtant, au moment d'atteindre un bloc de cabines téléphoniques à l'angle de Delancey et Essex, elle stoppe net une fois de plus. Sa première idée est d'appeler son répondeur, même si elle n'est qu'à quelques minutes de chez elle. Après avoir délaissé les deux premiers téléphones (l'un parce qu'il ne fonctionnait plus, l'autre parce que le combiné était enduit d'une substance grasse et malodorante), elle ne trouve aucun message. Elle décide de changer le message d'accueil, au cas où Sophie chercherait à la contacter. (« Sophie, c'est maman. Je suis vraiment désolée, ma chérie. Je te raconterai tout ce que tu veux savoir. Appelle-moi, s'il te plaît. ») Puis une idée lui traverse l'esprit. Une idée si folle qu'elle lui paraît presque délirante. Ava décide de tenter sa chance malgré tout. Après avoir obtenu à nouveau la tonalité, elle compose un numéro à trois chiffres : 4-1-1.

— Ville et État, s'il vous plaît, lui répond l'opératrice.

— New York, New York, répond Ava. Je cherche une Renate Bauer.

— Vous pouvez épeler le nom de famille ?

— B-A-U-E-R. Et il y a un « e » à la fin de « Renate ».

— Un instant.

Pendant qu'elle attend le résultat, un calme inattendu se diffuse en elle. Comme si son destin reposait entre les mains de cette inconnue si polie. *Si elle ne trouve rien, alors je jetterai l'éponge. J'arrêterai là les frais. Je présenterai mes excuses à Sophie et je répondrai à toutes ses questions. On tirera enfin un trait sur toutes ces histoires.*

— J'ai deux Renate Bauer, lui annonce l'opératrice.

Ava n'est pas certaine d'avoir bien entendu.

— Deux ?

— Oui. Une à Yonkers, l'autre à New York, dans l'Upper East Side. Vous voulez les deux ?

— Euh… oui. S'il vous plaît.

Les mains d'Ava tremblent tellement qu'elle manque de lâcher le combiné en fouillant dans son sac pour y trouver un stylo. Elle écarte ses lunettes de soleil, un stick à lèvres sans capuchon, deux lingettes dans des emballages sales. Son cœur s'arrête de battre, elle est persuadée qu'elle va devoir retenir les numéros, avant de mettre la main sur un bâtonnet en graphite cassé. Elle n'a pas d'autre papier que les enveloppes. Après une légère hésitation, elle sort la première qui lui tombe sous la main et la retourne.

— Je vous écoute.

Dix minutes plus tard, elle est dans un métro tapissé de graffitis, étonnamment bondé pour un samedi à cette heure (concert ? match ?). La foule ondule et tressaute comme s'il s'agissait d'un unique organisme vivant : des usagers dans un dégradé de tons de peau, pressés les uns contre les autres, tels des amants. L'aération semble cassée et la chaleur stagnante rappelle la moiteur abrutissante d'un terrarium.

Lorsque la rame quitte la station dans une secousse, Ava regrette que celle-ci ne puisse pas voler, aller aussi vite que son propre sang dans ses veines. *Renate Bauer.* La femme qui connaît la vérité sur l'enfance d'Ilse, qui pourra répondre aux questions qui déferlent dans l'esprit bouleversé d'Ava. *Renate Bauer !* Ici, à New York ! Ça lui semble impossible, incroyable. Autant que de découvrir que la Fée Bleue existe et qu'elle habite à l'angle de 64th East et de Lexington.

Alors que le métro étouffant file à travers les tunnels faiblement éclairés, Ava réfléchit à ce qu'elle va dire, à une façon d'entamer la discussion. « Commencez par le commencement », voilà ce que dit le Roi Blanc. Ce qui, dans son cas, reviendrait à… quoi ? *Ma mère et vous, vous avez été comme des sœurs pendant des années, avant que vous ne soyez considérée juive et qu'elle ne devienne nazie.* Pourquoi Renate Bauer voudrait-elle entendre une histoire qu'elle connaît déjà ?

Ava essaie une autre approche. *Bonjour, je sais que ma mère a trahi votre famille, mais elle est morte maintenant. Et elle s'en voulait beaucoup.* Encore une fois, qu'est-ce que Renate Bauer pourrait bien en avoir à faire ? Qu'est-ce qui pourrait la retenir de claquer la porte au nez d'Ava, ainsi que Sophie l'a fait, quelques heures plus tôt ? Étant donné tout ce qu'Ava sait désormais, cette femme aurait toutes les raisons de le faire. Car Ilse n'a pas seulement rejoint les rangs de la BDM et du parti nazi. Elle n'a pas seulement terrorisé d'innocents garçons polonais, détruit des biens juifs et agressé physiquement un homme qu'elle avait, à une époque, considéré comme un ami. Elle n'a pas seulement trahi Renate et Franz. Ce qui est incroyable – du moins Ava en a eu le sentiment en lisant les lettres de sa mère, c'est que le processus se répétait continuellement. Encore et encore.

Après le départ de Renate et de Franz, Ilse avait été postée à Lodz, où elle avait non seulement continué à produire sa propagande néfaste, mais aussi contribué physiquement à l'appropriation des terres et fermes polonaises, chassant les Polonais et les forçant à mettre le doigt dans l'engrenage infernal de la ghettoïsation, de l'exécution de masse et de la déportation. Dans ses lettres, elle prétendait avoir eu des doutes à l'époque, avoir ressenti de la pitié pour ceux qu'elle avait expulsés avec tant d'application, avoir été écœurée par ses collègues, qui abusaient de certains d'eux. Pour autant, elle n'avait pas démissionné, elle n'était pas partie, elle n'avait pas cherché à aider en secret ceux qui en auraient eu besoin et elle le savait. Elle s'était convaincue – elle l'écrivait dans ses lettres – qu'elle était avant tout loyale envers le parti, car c'était ce qui sauverait le pays. « Des sacrifices s'imposent. » Elle n'avait cessé de le répéter jusqu'à son arrestation par les Alliés, qui l'avaient jugée coupable de crimes contre des populations civiles et d'endoctrinement de la jeunesse allemande, et condamnée à dix-huit mois de « rééducation » stricte. Ce n'était qu'en apportant la preuve de l'existence de sa fille orpheline de père qu'Ilse avait pu obtenir une réduction de peine, pour motifs « humains ».

En d'autres termes, Ava avait été son visa pour la liberté.

À hauteur de 34th Street, le train s'arrête brusquement. Le conducteur crache une explication, virtuellement incompréhensible entre son accent espagnol et le grésillement omniprésent. Ava se surprend à grogner tandis que la nounou caribéenne sur sa gauche fait taire un bébé vagissant et que l'homme en rayures tennis replie bruyamment son *Wall Street Journal*, d'agacement. Quant à l'usager sur la droite d'Ava, il peste mollement en russe.

Elle a l'impression de passer des heures bloquée là, à sentir monter l'agitation en elle, comme si un ballon brûlant se gonflait dans son ventre et venait comprimer ses poumons : *Allez, bon sang !* Puis les lumières s'éteignent et la panique s'abat sur tout le monde, l'empoigne et la suffoque. *On va mourir.* Ava ferme les yeux, mais pour une raison inexplicable, les images apaisantes qu'elle convoque habituellement afin de neutraliser ce genre de situation (une plage ensoleillée, un champ à perte de vue) refusent de surgir. Au lieu de s'éloigner, la terreur croît ; au lieu de respirer, Ava halète, sentant déjà la poussière de plâtre lui tapisser les poumons.

— Madame ? Tout va bien ?

Les lumières se rallument d'un coup. Ouvrant les yeux, Ava découvre une femme d'une beauté presque renversante en blouse d'hôpital bleu vif. Sa peau couleur d'onyx brille. Elle est assise juste derrière Ava, debout, même si cette dernière n'a aucun souvenir d'avoir remarqué sa présence auparavant. Quoi qu'il en soit, elle est bien là maintenant, levant vers elle ses yeux d'un brun velouté, écarquillés par l'inquiétude.

— Vous voulez vous asseoir ? lui propose-t-elle.

Sa voix est mélodieuse, on dirait un air de flûte. Ava secoue la tête, gênée.

— Ça va, réussit-elle à répondre. C'est juste la chaleur.

— Tenez. Asseyez-vous.

La femme se lève et désigne d'un mouvement ferme du menton la place qu'elle vient de libérer.

— Ça vous fera du bien. Vous n'avez pas l'air dans votre assiette.

Peinant toujours à retrouver une respiration normale, Ava hésite. Puis elle hoche la tête, se laisse tomber sur le siège au moment où la rame se remet en branle. Lorsqu'elle a un peu repris ses esprits, elle relève les yeux pour remercier sa bienfaitrice en bonne et due forme. Mais celle-ci s'est évanouie dans la masse compacte des voyageurs.

Quand elle sort du métro sur Lexington Avenue, Ava a l'impression d'émerger sur une autre planète. Elle a toujours considéré l'Upper East Side comme le revers du Lower East Side – maisons de ville pimpantes contre immeubles crasseux, portiers révérencieux contre vagabonds alcoolisés, caniches assez petits pour tenir dans un sac à main contre pit-bulls SDF. Tandis qu'elle se met en route vers sa destination (l'angle entre la 66th Street et la 65th Street), elle s'interroge pour la première fois sur l'étrange interdépendance de ces deux univers. Car New York a toujours fonctionné ainsi : immigrants dc Delancey Street montant travailler sur Park Avenue – d'abord allemands, puis irlandais ou italiens, juifs et désormais indiens, chinois, latinos. Une ruée suivant l'autre. Des cycles continus de chaos migratoires déferlant sur le rivage d'asphalte de New York, chaque vague rendant celui-ci un peu plus accueillant pour les suivantes… Ava sort l'enveloppe sur laquelle elle a griffonné l'adresse de Renate et se demande si les chemins de Franz et Renate Bauer ont été semés d'embûches lorsqu'ils se sont échoués ici. Ont-ils été facilement acceptés ? Ont-ils trouvé la sécurité ? De nouveaux amants ? De nouveaux animaux de compagnie ? Ont-ils jamais revu leurs parents ?

L'adresse que lui a fournie l'opératrice se trouve dans un coin tranquille de la rue : un grand ensemble moderne et racé, avec portier en gants blancs posté derrière une réception. En pénétrant dans l'immeuble, Ava a soudain une conscience accrue de son apparence débraillée.

— Je peux vous aider ? lui demande-t-il d'un air impénétrable.

Elle s'éclaircit la voix.

— Je cherche Renate Bauer.

— Le docteur Bauer vous attend, mademoiselle… ?

Docteur ? Le cœur d'Ava s'arrête de battre. Renate aurait-elle suivi les traces de sa mère ?

— Ava, dit-elle en omettant volontairement son nom de famille, au cas où. Et non. Enfin pas exactement. Mais je pense qu'elle acceptera de me recevoir. J'ai quelque chose à lui remettre.

— Vous pouvez me le confier, dit-il en lui indiquant une pile de courrier et de paquets.

— Je préférerais le lui remettre en main propre, s'empresse d'insister Ava. C'est personnel.

Il la toise de la tête aux pieds en pinçant légèrement les lèvres. Puis il hoche la tête.

— Un instant, dans ce cas.

Il décroche son téléphone et compose un court numéro. Après avoir patienté quelques secondes, il raccroche en secouant la tête.

— Le docteur s'est apparemment absentée.

La déception coupe les jambes d'Ava et elle peine à se ressaisir.

— Sauriez-vous me dire si une adolescente du nom de Sophie est passée au cours de la dernière heure ?

— Non. Et je tiens l'accueil depuis neuf heures.

— D'accord. Je vais attendre alors.

Et sans lui laisser le temps de protester, elle va s'asseoir dans un somptueux fauteuil en cuir, sous un lustre composé d'un millier de cristaux en forme de goutte qui projettent autant d'arcs-en-ciel.

Elle ignore combien de temps elle reste là, son sac serré contre sa poitrine, ses jambes croisées pour se protéger du souffle glacial de l'air conditionné. À un moment donné, rattrapée par la fatigue, elle s'assoupit. Soudain elle est dans un train avec Sophie. Elles sont installées au wagon-restaurant, et Ava essaie de leur servir du café. Mais elle n'arrête pas de le verser à côté de leurs tasses.

« Je suis désolée, répète-t-elle constamment. Je suis vraiment désolée. Je ne sais pas ce qui ne tourne pas rond chez moi.

— Je ne comprends pas pourquoi tu t'entêtes, lui dit sa fille avec dédain. Je n'en veux pas de toute façon. C'est dégoûtant. »

Ava baisse les yeux vers la table et constate que ce n'est pas du café qu'elle a essayé de verser, c'est du sang. Il coule du bec argenté sur la nappe blanche, épaisses rayures écarlates qui imbibent le tissu puis gouttent sur le sol.

« Oh, mon Dieu, dit-elle, écœurée. D'où est-ce que ça vient ?

— De lui. »

Sophie lui indique une autre table, et Ava découvre Ulrich Bergen, avachi dessus. Du sang s'écoule de sa plaie à la tête, causée par une balle.

« Tu ne comprends pas ! crie Sophie en bondissant. Tu l'as tué. Comme tu as tué Oma. Et tu as menti. Tu mens sur tout. Tout ! »

Puis elle disparaît en courant dans l'allée du train. Ava tente de la retenir.

« Attends. Attends, ma chérie, Attends…

— C'est trop tard. »

La voix est d'une froideur familière. Se retournant, elle aperçoit Ilse, assise à la place laissée vacante par Sophie, une lueur de satisfaction dans ses yeux argentés.

« C'est trop tard, répète-t-elle d'un ton triomphal. Tu as laissé passer ta chance, comme toujours. Tu as laissé s'envoler la demoiselle, la demoiselle… »

— Mademoiselle !

Ava se réveille en sursaut. Le portier se tient devant elle, l'air gêné. Derrière lui se trouve une dame aux cheveux gris. Elle porte un rouge à lèvres rose vif, un manteau léger vert et un béret noir. Elle a un sac de la librairie Shakespeare and Co.

— Oh, dit Ava en se secouant pour sortir de sa torpeur. Je suis navrée.

— Vous avez un paquet à remettre au docteur Bauer ? dit-il en inclinant la tête vers la femme.

— Oui. Oui, oui.

Se relevant difficilement, Ava se racle la gorge.

— Docteur Bauer ?

— Oui, lui répond la femme avec un sourire qui trahit une perplexité polie.

Les rides sur son visage, profondes, forment un réseau complexe de lignes entrecroisées qui évoquent les plis d'une ancienne carte souvent dépliée puis repliée.

Ava éclate de rire malgré elle : de soulagement, d'étonnement. De joie pure. La femme paraît inquiète.

— Je suis désolée, lui dit-elle, nous nous connaissons ?

— Non.

Ava prend une profonde inspiration.

— Mais je suis votre nièce.

19

Ava

1989

À l'étage, elle s'assied sur un minuscule canapé dont le rembourrage déborde presque, à l'image des bibliothèques surchargées de la pièce. Avec sa collection de livres qui occupe trois murs, le salon de Renate Bauer pourrait servir de décor à une pièce policière se déroulant chez un antiquaire : dos patinés de teintes, tailles et degrés d'usure variés, si entassés et empilés sur les étagères qu'on a l'impression qu'il s'agit d'un papier peint trompe-l'œil. Ça sent même le livre : un mélange de vieux papier et de lavande, avec un soupçon de café noir.

— Vous voulez de la glace dans votre eau ? lui crie Renate Bauer de la cuisine.

— Seulement si ça ne vous cause aucun dérangement.

Ava ajoute aussitôt :

— Je suis vraiment navrée, sincèrement. Je n'ai pas beaucoup mangé, ni bu aujourd'hui, je dois être déshydratée. Et j'ai couru dans tous les sens pour essayer de retrouver ma fille, on s'est séparées fâchées tout à l'heure…

Elle s'interrompt, consciente qu'elle est en train de passer pour une cinglée, encore plus que dans le hall, avant de (quasiment) s'évanouir.

— Alors, glaçons ou pas ? insiste Renate.

— *Ja*, oui, dit Ava, peinée. Merci.

Sa chute de tension s'est produite à une rapidité époustouflante : la seconde après avoir fait la déclaration la plus stupéfiante de son existence, à une femme qu'elle venait à peine de rencontrer, elle a eu brusquement l'impression que quelqu'un avait baissé le volume du son tandis que des étincelles apparaissaient et disparaissaient devant ses yeux. Par chance, elle est retombée sur le fauteuil et a abandonné sa tête entre ses genoux. Le contenu de son sac en toile s'est à moitié renversé sur la moquette épaisse. Le portier a rassemblé ses affaires – clés, stick à lèvres, quelques lettres (*mon Dieu, les lettres !*) –, et Renate Bauer s'est penchée vers elle en murmurant :

« Oh, là là… Ça va ? »

Avant d'ajouter à l'intention du portier :

« Je vais l'emmener là-haut le temps qu'elle reprenne ses esprits. »

Ava n'avait pas pu entendre la réponse de l'homme dans le silence subit qui rugissait à ses oreilles. Mais elle avait entendu les paroles suivantes de Renate Bauer :

« On ne peut tout de même pas la mettre dehors dans cet état. »

Puis, d'un ton plus sec :

« Ne vous en faites pas, Eugene. Je vous appellerai si la situation devient trop critique. »

Et voilà comment Ava avait été guidée vers un ascenseur lambrissé qui sentait la cire au citron et le nettoyant pour vitres, ainsi que le parfum pour vieille dame (poudré et sucré) que portait Renate Bauer. Elle avait fait asseoir Ava sur la petite banquette rembourrée, de bon goût, l'avait tapotée sur l'épaule, avant de regarder d'un air songeur le voyant à l'ancienne gravir tous les étages jusqu'au sixième. Elle semblait bien moins déstabilisée par la révélation qu'Ava venait de lui faire qu'Ava elle-même.

Se pourrait-il vraiment que ce soit aussi facile ? avait songé cette dernière, alors que la cabine lustrée de l'ascenseur montait en grinçant. *Va-t-elle me laisser entrer chez elle comme ça ?*

Elle n'avait pas seulement été surprise par l'accueil que lui réservait Renate. Étudiant à la dérobée l'amie d'enfance, et confidente, de sa mère dans le miroir, elle peinait à la faire coïncider avec l'image qu'elle s'en était faite, celle d'une jeune fille douce et studieuse, si gentille qu'Ilse écrivait à son propos, dans l'une de scs lettres : *Je n'ai jamais rencontré personne d'autre qui t'égalait dans ce domaine.*

À la veille de ses soixante-dix ans, le docteur Renate Bauer restait une femme d'une beauté renversante, avec ses hautes pommettes, son menton pointu et son petit nez joliment dessiné qui trônait de façon parfaitement symétrique au-dessus de ses lèvres. Mais ce sont ses yeux qui ont le plus frappé Ava. Grands et sombres derrière l'immense monture en plastique de ses lunettes, ils exprimaient à la fois sollicitude et détermination. Un regard pensif et profond, teinté de lassitude – la lassitude de celle qui a survécu à de nombreux traumatismes et reste, en conséquence, toujours un peu extérieure au monde.

C'était aussi le regard d'une femme habituée à parvenir à ses fins. Pas parce qu'elle avait été choyée, mais parce qu'elle avait, au contraire, appris à se battre.

— Je ne veux surtout pas vous déranger, lui crie Ava.

— En famille, il n'y a pas de dérangement qui tienne ! lui répond Renate.

Un bruit de ferraille lui parvient de la cuisine, suivi d'un cliquetis.

En famille, pense Ava. Elle a l'impression d'être en plein rêve. Essayant de se ressaisir, elle observe le petit salon. À l'image de Renate, il respire une élégance lettrée et légèrement désordonnée, qui ne semble pas avoir été touchée par le passage des décennies. Sur le mur d'en face se trouve un document en hébreu encadré – un contrat de mariage juif, sans doute, déduit-elle en se rappelant la petite mezouzah qu'elle a aperçue sur le chambranle de la porte. Sur la table basse en noyer devant elle, un exemplaire amplement annoté de *Pivoine*, de Pearl Buck, est ouvert sur un numéro décoloré de la revue littéraire *The New York Review of Books*. Un bloc-notes jaune est posé à côté, couvert de notes en anglais (*compenser la perte par la littérature*, lit Ava, puis dessous : *toutes les formes d'extrémisme se rejoignent au bout du compte*). Sous le bloc se cache un livre vert, dont la couverture est presque entièrement dissimulée, à l'exception d'une partie de l'illustration

– un petit pied en noir et blanc – qui évoque vaguement quelque chose à Ava. En tirant doucement sur l'ouvrage, Ava comprend pourquoi : ce pied appartient au célébrissime dessin d'Alice par John Tenniel, une clé à la main, écartant le rideau qui masque la porte du pays des Merveilles. Au-dessus on peut lire le titre du livre : *Les Preuves d'Alice, l'absurde dans le langage et la culture.*

Et son auteur est *Renate Sophia Bauer, docteur en littérature.*

Ah, songe Ava. *Ce genre de docteur-là !*

De la cuisine lui parvient alors le son d'un bris de verre.

— Oh, bon sang, gémit Renate. Je suis désolée ! Encore une petite minute…

Malgré elle, Ava sourit. Sa mère a souvent évoqué, avec tendresse, la maladresse de Renate. Ça ne s'est visiblement pas arrangé avec l'âge.

— Vraiment, je ne suis pas pressée, lui crie-t-elle.

Elle soulève la couverture pour lire la dédicace et son cœur fait un bond dans sa poitrine :

Pour Franz

Après avoir jeté un bref coup d'œil en direction de la cuisine, Ava tourne quelques pages pour atteindre l'introduction.

Ma première rencontre avec Alice, lit-elle, *a eu lieu à l'époque où j'étais moi-même petite fille, dans le Berlin d'avant-guerre. Mon frère, Franz, possédait un vieil exemplaire de la première traduction d'Antonie Zimmermann, datant de 1869, et quand je le lui demandais très gentiment, il acceptait parfois de m'en lire des passages. Comme tant d'enfants du monde entier, nous étions tous deux envoûtés par le conte fantastique de Lewis Carroll : l'insolent chat du Cheshire – que j'ai d'abord connu sous le nom de « Grinse-Katze » ; la chenille fumant une pipe turque ; la façon dont la silhouette d'Alice pouvait grandir ou rapetisser avec une bouchée de champignon ou de gâteau. J'ai rapidement pris l'habitude de leur rendre une visite quasi hebdomadaire, rituelle ; d'abord avec mon frère, puis, quand j'ai appris à lire, seule. Au fil des ans, j'ai presque acquis l'impression qu'Alice n'était pas seulement un personnage de fiction mais une amie. Je pouvais lui parler, à l'époque où j'étais une enfant débordant d'imagination, puis à celle où j'étais une jeune femme juive dont l'existence avait soudain été bouleversée dans le Berlin nazi. Les non-sens du roman me faisaient rire, la résistance d'Alice me réconfortait ; j'ai également puisé du courage dans la détermination qu'elle met à atteindre ses objectifs, même face aux changements les plus inattendus, au sein du paysage, parmi ses compagnons et même dans son propre corps. Pendant toute cette période, je n'ai pas été traversée une seule fois par l'idée que les pages que j'avais fini par connaître par cœur étaient autre chose que le fruit de l'imagination de Lewis Carroll.*

Et pourtant la première fois que j'ai lu Alice *en anglais – quelques mois seulement après mon arrivée dans ce merveilleux pays, l'Amérique –, j'ai eu l'impression de découvrir une tout autre œuvre. Pour la première fois, j'ai compris combien ces images anglaises délicieusement absurdes avaient été maladroitement rendues, à l'emporte-pièce, par des expressions allemandes toutes faites. La petite chauve-souris de Lewis Carroll, comparée à un plateau à thé dans le ciel, devient un petit perroquet dont les plumes sont trop vertes. Le quadrille de homards, si hilarant, a été cruellement transformé en danse de créatures aquatiques bien moins drôle. Quant à cette histoire de cirage et de « merlans », elle a tout bonnement disparu.*

Mais ce qui m'a le plus surprise, ce fut ma propre réaction aux mots de Lewis Carroll, une stupéfaction qui dépassait ce que j'avais pu ressentir enfant. Cela tenait en partie au fait que son héroïne m'a paru bien plus émerveillée et ensorcelée par ce monde étrange que la version qu'Antonie Zimmermann en donnait, en un sens. J'en ai compris la raison : Antonie Zimmermann avait modifié ou retiré la plupart des commentaires exprimant l'étonnement constant de la fillette : « comme c'est étrange » devient un timide et admiratif « quelle merveille ». Le fameux « de plus très curieux en plus très curieux », si savoureux, a entièrement disparu.

Et l'effet produit est le suivant : Alice, tel un Petit Chaperon rouge pourchassé par un loup doté de parole ou telle une princesse qui danse en secret toutes les nuits en passant à travers le parquet de sa chambre, accepte tout simplement l'inattendu sans le noter ou le commenter...

— Et voilà.

La maîtresse de maison refait brusquement apparition dans le salon et Ava s'empresse de cacher le mince ouvrage sous la revue, juste à temps. Renate dépose devant elle un verre d'eau glacée et une assiette de biscuits fourrés à la pâte de figue.

— Mangez-en au moins un, s'il vous plaît, lui dit-elle avec autant d'autorité qu'un médecin diplômé. Ça va faire remonter votre glycémie.

— Merci, dit Ava en obtempérant.

— Vous êtes toujours bien pâlotte, vous savez ? Ça vous arrive souvent ? De vous évanouir ?

Ava secoue la tête, gênée.

— Ça ne m'était pas arrivé depuis des années.

Son dernier souvenir d'évanouissement remonte à l'orphelinat, et à l'époque, c'était sans doute une conséquence de la faim. Là-bas, les enfants perdaient souvent connaissance pour cette raison. C'était comme ça.

— C'est juste… j'ai eu une journée difficile. À bien des égards.

Elle essaie de rire mais ça ressemble davantage à un hoquet.

— Pour commencer, j'ai reçu les cendres de ma mère par la poste.

— Vous voulez parler de Resl ?

Les sourcils blancs de Renate semblent monter jusqu'à ses cheveux.

— Enfin non, rectifie-t-elle d'elle-même. Je l'ai vue récemment durant la shiva de Freda Goldblum. Elle avait l'air en pleine forme.

Ava hésite, le biscuit à mi-chemin de sa bouche. *Resl ? Freda ? Shiva ? Comme le dieu hindou ?*

— Bon, poursuit Renate Bauer, je suis navrée d'avoir à vous poser cette question, mais de qui êtes-vous la fille ? Je croyais connaître toute la famille d'Adam. Même si vous êtes plutôt nombreux, dit-elle avec un petit sourire penaud exprimant autant de tristesse que de joie. Et, bien sûr, ma mémoire n'est plus ce qu'elle était.

— Adam ? répète Ava, déconcertée.

— Mon mari, très chère.

Son ton reste patient. Comme si elle pensait qu'Ava avait pris un coup sur la tête, ou qu'elle était un peu lente d'esprit.

— Adam Cooperman. Enfin, il est vrai que je devrais sans doute m'habituer à dire « mon défunt mari » maintenant.

Elle s'interrompt, semble s'absorber brièvement dans ses pensées avant de revenir, brusquement, à l'instant présent.

— Mais la question n'est pas là, bien sûr. Quel est votre lien de parenté à Adam ?

Renate Bauer place ses mains mouchetées de taches de vieillesse sur ses genoux, l'une par-dessus l'autre. *Elle n'a pas compris*, réalise Ava, sonnée. *Elle n'a pas compris qui je suis.* L'air lui paraît soudain épais et oppressant, comme si elle se retrouvait prisonnière d'un cube de verre. Elle repose délicatement le biscuit sur l'assiette.

— Je ne suis pas la nièce d'Adam, dit-elle prudemment.

— Mais vous avez dit…

Renate plisse le front, une légère perplexité se peint sur ses traits. Puis elle secoue la tête.

— Je suis désolée, je ne comprends pas très bien.

Ava prend son élan.

— Mon nom, dit-elle en allemand, mon nom complet est Ava Fischer. Von Fischer, à l'origine. Ma mère était Ilse von Fischer.

Aux mots « von Fischer », la vieille dame se transforme. Elle ne fait pas le moindre geste, mais elle semble soudain être aspirée de l'intérieur, son corps entier se crispe subtilement.

— Je suis désolée si c'est un choc, poursuit Ava en agrippant son sac de toutes ses forces. Elle est décédée il y a quelques semaines et j'ai reçu ses cendres aujourd'hui. Accompagnées de…

Ava ne peut aller au bout de sa phrase : Renate Bauer s'est relevée avec une agilité désarmante.

— Vous devez partir, lui dit-elle en anglais, d'une voix soudain stridente et étranglée. Je suis désolée que vous ne vous sentiez pas dans votre assiette, mais vous devez partir.

Ava proteste, la gorge nouée :

— Je vous en supplie, je sais… Je sais que ma mère vous a fait du mal. Elle m'en a fait à moi aussi.

— Je suis désolée, répète Renate d'un ton cassant, ce n'est pas mon problème.

— Elle vous a écrit, regardez. Elle vous a écrit pendant des années. Je vous les ai toutes apportées. Ses lettres…

Elle commence à fureter dans son sac.

— Je me fiche de ces satanées lettres, l'interrompt Renate Bauer. Je n'en ai pas voulu quand elle me les a apportées ici, à l'époque, et je ne compte pas changer d'avis aujourd'hui.

— Elle… elle est venue ici ?

Un instant, Ava a l'impression que la pièce bouge, de façon presque imperceptible, comme pour ajuster sa position.

— *Ja !*

La voix de la femme tremble d'indignation à présent.

— Et nous lui avons fait clairement comprendre qu'elle n'était pas la bienvenue.

— Quand ? réussit à articuler Ava.

Pourtant, avant que la question ait franchi ses lèvres, elle se rend compte qu'elle connaît déjà la réponse. Évidemment. Cette fameuse nuit si horrible. Tout lui revient brusquement en mémoire ; les traits tirés d'Ilse lorsque Ava est allée la chercher au commissariat, cette obsession incompréhensible pour son sac à main. « Ce n'est pas toi qui vas me dire ce que contient mon sac. » Ava baisse brièvement les yeux sur son propre sac en piteux état, dont dépasse la liasse d'enveloppes en désordre.

— Peu importe quand, rétorque Renate Bauer. Cette conversation est terminée.

En trois pas raides, elle rejoint la porte de l'appartement. Ava remarque que ses jambes sont striées de veines à travers ses bas. Renate ouvre la porte en grand et s'efface.

— Je vous demande de partir. Je n'ai aucune envie d'appeler le portier, ne m'y contraignez pas.

— Mais vous ne comprenez pas…

Renate l'interrompt à nouveau d'un ton cinglant :

— Rien ne m'oblige à comprendre quoi que ce soit vous concernant. Même si vous êtes sa fille. Surtout si vous êtes sa fille.

Elle tend le menton en direction du palier.

— *Du musst gehen.*

— Frau Bauer, l'implore Ava.

— *Docteur* Bauer, rectifie Renate.

— Docteur Bauer, répète-t-elle scrupuleusement, désespérément. Je vous en prie, écoutez-moi. Rien qu'une minute.

Elle inspire.

— Je ne suis pas vraiment ici pour parler de ma mère. Je suis ici au sujet de ce qu'elle vous a écrit, dans cette lettre.

D'une main tremblante, elle sort la feuille de son enveloppe.

— Est-ce que je peux…

— Combien de fois vais-je devoir vous le répéter ? Je me fous de ces maudites lettres !

La voix de Renate s'est teintée d'une sauvagerie, d'une instabilité qui promet de se transformer en rugissement.

— J'aimerais autant lire *Mein Kampf.* Ça reviendrait au même !

— Mais si vous ne les avez pas lues, vous n'êtes pas au courant pour Franz et ma mère…

— Elle l'a tué !

Cette fois, Renate a presque crié. Et, un instant, elle semble aussi surprise qu'Ava par sa férocité.

— Pour l'amour de Dieu, se ressaisit-elle en tremblant. Qu'y a-t-il d'autre à savoir ?

Sous son cardigan, son étroite poitrine se soulève. Ava cligne des yeux, réduite au silence.

— Co… comment ? réussit-elle enfin à dire.

— Elle l'a tué, répète Renate avant de prendre une respiration frémissante. Ilse von Fischer a assassiné mon frère.

— Non, murmure lentement Ava en secouant la tête. Mais non, ce n'est pas possible. Vous êtes partis ensemble. Vous êtes partis tous les deux en Amérique.

— *Nein.*

La réfutation gutturale ne laisse aucune place au doute.

— Franz a été emmené par la Gestapo en 1939. La veille de son départ d'Allemagne.

— Emmené ?

— Arrêté.

Renate ferme les yeux un instant, les lèvres pressées l'une contre l'autre, comme pour retenir les mots qui veulent sortir.

— Il n'est jamais revenu.

Cette révélation dévaste Ava avec une soudaineté si violente qu'elle a l'impression de basculer en arrière sur son fauteuil. *Il n'est jamais revenu.* Elle pose une main sur son front, dans l'espoir peut-être d'imposer le calme aux pensées qui se déchaînent sous son crâne.

— Elle l'ignorait, souffle-t-elle enfin. Ma mère l'ignorait.

— Au début, oui.

La voix de Renate est plus posée à présent, toutefois elle reste corrosive.

— Elle s'est en effet présentée ici, souriante et larmoyante. Avec ses fameuses lettres. Et ses besoins. Son besoin de me parler. Son besoin de m'expliquer. Son besoin de nous présenter des excuses, à mon frère et à moi. Elle avait obtenu notre adresse en interrogeant Barnard.

Elle secoue la tête avec mépris.

— Elle a toujours eu un don pour ça, pour réunir des informations.

— Rien ne lui échappait…

Ava parle si bas qu'elle est à peine audible.

— Adam n'a pas voulu la laisser entrer, poursuit Renate. Moi, je me suis dit : « Pourquoi pas après tout ce temps ? Quel mal cela pourrait-il faire ? »

Un rire triste lui échappe.

— Elle se moquait de moi quand on était jeunes. Elle se moquait de ma naïveté. On ne change jamais vraiment en un sens, si ? Ma mère, qui était psychanalyste, me le répétait sans arrêt. Les gens peuvent surprendre mais au fond, ils ne changent pas.

Elle s'est adossée au chambranle de la porte à présent, son regard se perd au loin derrière ses lunettes.

— Évidemment, moi, j'ai pensé que tout n'était pas encore perdu. Je l'ai fait monter à l'appartement, je l'ai accueillie à bras grands ouverts. « Dans mes bras, mon fils rayonnois ! »

Ava ne comprend pas la référence[1].

— Mon fils ?

— Aucune importance, dit-elle alors qu'une grimace d'amertume déforme ses lèvres. J'ai fait preuve de ma naïveté habituelle. Je lui ai servi du thé glacé et un sablé au citron.

Elle ne regarde pas Ava mais la table basse entre elles.

— Quand elle a commencé à s'excuser, j'ai pensé qu'elle s'en voulait simplement de ne pas nous avoir dit au revoir. Elle était passée me voir peu de temps avant mon départ, voyez-vous. Pour m'apporter un livre. Et elle m'avait promis de revenir. Ce qu'elle n'a jamais fait, ajoute-t-elle en secouant la tête. Lorsqu'elle

1. Il s'agit d'un vers du Jabberwocky dans *De l'autre côté du miroir*.

m'a avoué qu'elle nous espionnait en réalité, je n'ai pas compris immédiatement. J'ai cru qu'elle me jouait un tour cruel. Puis elle a fondu en larmes, gémissant qu'elle avait honte de son attitude de l'époque et qu'elle voulait aussi présenter ses excuses à Franz, en personne. J'ai fini par réunir les pièces du puzzle : la Gestapo avait emmené mon frère parce qu'elle l'avait trahi. Elle était responsable.

Elle prend une inspiration frémissante.

— Je lui ai annoncé que Franz était mort. Qu'ils étaient venus le chercher à cause d'elle.

Elle soutient le regard d'Ava sans ciller et ajoute :

— Je lui ai dit qu'elle était une meurtrière.

Tremblante, Ava baisse les yeux vers ses mains. Elle imagine si bien la scène : sa mère assise à l'endroit précis où elle se trouve, après des années à tenter de se convaincre qu'elle n'avait pas causé tant de mal. Qu'elle avait une chance de racheter ses fautes. Elle se représente l'expression de Renate Bauer, passant de la réserve au choc, et enfin à l'effroi. Elle sent le cœur de sa mère se serrer, puis dégringoler dans le puits noir qu'est sa poitrine. Comme le sien le fait à cet instant précis.

— Et ensuite ? murmure-t-elle.

Renate secoue la tête, une fois de plus.

— Je ne me rappelle plus très bien. J'étais tellement bouleversée. Je sais que j'ai crié. Je me suis même peut-être évanouie. Alors Adam lui a demandé de partir.

Ava ferme les yeux et elle revoit le visage de sa mère, le lendemain de cette fameuse soirée : le désespoir infini sur ses traits, la lassitude. « Je crois que je n'aurais pas dû venir. » Une vague de nausée la balaie, accompagnée d'une profonde tristesse. En l'espace de deux jours, Ilse a été coupée de l'existence des trois seules personnes auxquelles elle tenait sincèrement, après avoir appris qu'elle avait tué le seul amour de sa vie.

Il lui faut un effort surhumain pour ouvrir les yeux, et encore plus pour croiser ceux de Renate.

— Elle ne voulait pas vous espionner. La Gestapo ne lui a pas laissé le choix. C'était sa punition pour avoir aidé votre père pendant *Kristallnacht*.

Renate n'a pas l'air de comprendre.

— C'est dans les lettres, poursuit Ava malgré son cœur qui tambourine. La Gestapo l'a forcée à vous trahir. Elle pensait avoir réussi à les berner, en leur donnant des informations parcellaires. Elle pensait vous avoir laissé assez de temps pour quitter le pays.

Renate continue à la dévisager sans accuser de réaction, au point qu'Ava se demande si elle l'a entendue. Jusqu'à ce qu'elle ferme les yeux. Soudain, Renate n'est plus le personnage déterminé qu'elle a observé dans l'ascenseur, mais une vieille dame fragile. Quand elle rouvre les yeux, Ava constate qu'ils sont embués. Pourtant, Renate Bauer ne dit toujours rien. Sans un mot, elle referme la porte et s'y appuie, pâle comme un linge.

Puis, lentement, elle revient dans le salon et s'assied dans le fauteuil face au canapé qu'occupe Ava. Ses gestes sont si précautionneux qu'on dirait qu'elle doute de sa solidité.

— Je sais que ça ne change sans doute rien, reprend Ava d'une toute petite voix.

Renate ne répond qu'après un silence interminable, d'une voix sourde et grave. En allemand.

— Nous avions préparé nos valises. Nous avions veillé jusqu'à près de minuit ensemble, pour vérifier toute la paperasse. Les formulaires. Les autorisations. Les listes. Il y avait tellement de listes… Nous nous étions disputés. Pour une raison stupide. Je crois qu'il n'avait pas la place d'emporter un livre auquel il tenait et qu'il voulait que je le mette dans mon bagage à main. À cette époque, les livres étaient mes seuls amis, et j'avais déjà dû me résoudre à abandonner un si grand nombre de mes romans préférés… J'ai refusé. Je lui ai reproché de considérer que ses livres étaient plus importants que les miens parce qu'il était un garçon et moi une fille.

Plongeant une main dans la poche de sa jupe, elle en sort un mouchoir. Sa main fine, aux ongles manucurés et vernis en rose vif tremblent. Les taches sur le dos de celle-ci sont de la couleur d'un café au lait très léger. Pourtant, en examinant les traits de son visage, Ava a l'impression, pour la première fois, d'entrevoir la jeune fille évoquée par sa mère dans ses lettres. Optimiste et réfléchie. D'une vulnérabilité presque intolérable.

— C'était absurde, bien sûr, poursuit Renate. Franz était remarquablement progressiste pour l'époque. Il pouvait se montrer condescendant, néanmoins, c'était toujours dû, je le savais, à notre différence d'âge, non à mon sexe.

Ses yeux s'assombrissent et se perdent dans le vague, fixant un point au-dessus de l'épaule gauche d'Ava, en direction du mur de livres.

— Mais, voyez-vous, j'étais épuisée. Nous l'étions tous les deux. Vous ne pouvez pas imaginer ce que nous traversions à cette époque. Nous avions une mauvaise alimentation, un sommeil fragile. Je m'inquiétais tant pour mes parents. Je ne voulais pas les quitter, ma mère insistait, elle m'avait promis qu'ils nous rejoindraient.

Elle s'interrompt pour soulever ses lunettes et presser son mouchoir blanc contre chacun de ses yeux.

— J'ai toujours été la plus impulsive des deux. Franz était si calme en général. Quand je cherchais la bagarre, il trouvait un moyen de me faire rire, et c'était terminé… Ce soir-là, il a crié. Pour la première fois depuis que nous étions tout petits, il m'a tenu tête et il a hurlé. Il m'a traitée de gamine gâtée et puérile. Qui croyait que le monde tournait autour d'elle. Il m'a mise en garde, le réveil serait dur en Amérique. Je lui ai répondu…

Elle s'interrompt, déglutit.

— Je lui ai répondu que ce serait moins dur si je n'étais pas obligée de partir avec lui. Je lui ai répondu que j'aurais préféré qu'il reste en Allemagne.

Elle ferme les yeux.

— Ce sont les derniers mots que je lui ai adressés.

Ses yeux s'embuent à nouveau.

— Je suis désolée, dit Ava, consternée par l'impuissance de ces paroles, par leur bêtise infinie.

— Ils sont venus le chercher le lendemain matin, reprend Renate, faisant une fois de plus comme si Ava n'avait pas parlé. Juste avant le lever du soleil. Ils choisissaient souvent cette heure-là.

Des larmes coulent sur ses joues ridées maintenant, et elle ne fait aucun geste pour les essuyer.

— Ils ont tambouriné à la porte de la maison. Ma mère est allée ouvrir, et ils l'ont bousculée pour monter droit dans la chambre de Franz. Ils semblaient savoir exactement ce qu'ils cherchaient.

Elle tord son mouchoir entre ses doigts fins et pâles, puis le lisse sur sa cuisse. Les larmes coulent sur son menton et dans son cou, tombent sur sa jupe grise, où elles font des mouchetures un peu plus sombres.

— Ils l'ont emmené sans lui laisser le temps de s'habiller. Ou de prendre la canne dont il avait besoin pour marcher. Il avait eu la polio, voyez-vous…

Elle s'étrangle légèrement, se ressaisit avant de poursuivre :

— Ils l'ont traîné sur le dos dans l'escalier. Mon père a tenté de les arrêter, et l'un des agents l'a frappé avec son pistolet, si violemment qu'il lui a cassé le nez. Ma mère a voulu bloquer la sortie, et ils l'ont jetée à terre. Une fois dehors, je ne sais pas pourquoi, Franz avait dû dire quelque chose, ils ont commencé à le frapper…

Elle s'interrompt, ferme les yeux pour chasser le souvenir.

— Ils l'ont battu comme plâtre sur notre perron. Devant mes parents. Devant les voisins qui s'étaient mis à la fenêtre ou qui avaient ouvert leur porte. Ils l'ont roué de coups de pied dans le ventre, avec leurs gros godillots en cuir, jusqu'à ce que du sang jaillisse de sa bouche et de son nez. Ils l'ont frappé dans les dents…

Elle suffoque un peu.

— Ils ont frappé si fort qu'il est resté des éclats sur le trottoir après le départ. Ma mère… ma mère les a ramassés.

— Mais non, dit Ava en portant, par réflexe, une main à sa bouche. Non, ma mère écrit qu'elle leur a menti. Sur la date de votre départ. Sur les réunions.

Elle ne leur a jamais livré aucune information incriminante. Elle en était sûre.

— Peu importe !

La voix de Renate monte encore dans les aigus.

— Vous pensez que ça change quoi que ce soit pour mon frère ? Pour mes parents qui l'ont vu quasi mort, avant qu'il ne soit traîné dans une de ces voitures ?

Agrippant les accoudoirs de son fauteuil, elle se force à respirer.

— Vous savez comment nous les appelions ? Ces Mercedes noires que conduisaient les agents de la Gestapo ? Des *Leichenwagen.* Des corbillards. Parce qu'une fois monté à bord, on était pour ainsi dire mort.

Tot. Ce mot flotte un instant dans le silence au parfum de vieux livres. Réprimant un frisson, Ava se frictionne les bras.

— Ma mère leur a couru après, reprend Renate. Pieds nus, en chemise de nuit. Elle a descendu la moitié de la rue. En hurlant : « Où l'emmenez-vous ? Quand reviendra-t-il ? » Sur quelques pâtés de maisons, ils ont roulé suffisamment lentement, vitres baissées, pour pouvoir se moquer d'elle. « Il reviendra quand il reviendra ! » lui a crié l'un d'eux. Et puis plus rien.

Ava observe son verre d'eau. Les glaçons ont fondu, ne sont plus que de simples éclats. La condensation forme des gouttelettes sur les parois en cristal. Elle voudrait boire, mais elle semble incapable de bouger.

— Un jour et demi plus tard, poursuit Renate, tout bas, je suis partie pour l'Amérique. Seule. Avec mes bagages, et mon sac rempli de mes livres.

Elle se passe une main sur le front.

— J'ai tout essayé pour annuler mon départ. J'ai argumenté, je me suis battue. J'ai menacé de fuguer. Bien sûr, en fin de compte, je n'ai pas eu le choix… Je me revois sur le pont du bateau, alors qu'il quittait le port de Hambourg. Mes parents étaient dévastés par l'inquiétude et le chagrin. Et pourtant ils souriaient et agitaient la main, on aurait dit que je partais en croisière. Ils ont joué la comédie aussi longtemps qu'ils sont restés dans mon champ de vision. Quand je n'ai plus pu les voir, j'ai emprunté les jumelles d'un autre passager. La dernière image que je garde de mes parents est celle de ma mère s'effondrant dans les bras de mon père.

Les larmes ont cessé pour le moment. Derrière ses lunettes, ses yeux rougis ont du mal à faire le point, comme si elle regardait un rivage qui s'éloigne à toute allure, sur lequel se tiennent les deux seules personnes qui lui restent au monde.

— J'ai failli sauter par-dessus bord. Même si je ne savais pas encore nager. Je me serais noyée… J'ai dû me répéter, en boucle : « Ils vont bientôt me rejoindre. Ils vont bientôt me rejoindre. »

— Et ils l'ont fait ? chuchote Ava.

Renate secoue la tête.

— Ma mère m'a écrit qu'elle avait reçu la nouvelle de la mort de mon frère. La Gestapo l'a mise sur le compte d'une crise cardiaque, survenue lors de sa détention. Ils l'avaient incinéré « pour raisons d'hygiène ». Elle devait payer trente reichsmarks si elle souhaitait qu'on lui adresse, par voie postale, les cendres de Franz.

Ava pense à l'urne en plastique contenant celles d'Ilse. Elle ravale une nouvelle vague de nausée.

— Un an environ après mon départ, dit Renate, ils ont été contraints de s'installer dans une *Judenhaus* sur Kurfürstendamm. Vati a réussi à éviter la déportation pendant un temps, parce qu'il était marié à une non-Juive. Mais en 1942, il a été envoyé à Auschwitz. Il y est mort moins d'un an plus tard.

— Et votre mère ?

— Tuée par les Russes à la fin de la guerre.

Violée et abandonnée dans la neige, pense Ava par réflexe. L'espace d'un instant, elle a peur de vomir. Renate joue avec un fil invisible à la bordure de son mouchoir. Ava continue à scruter ses propres mains, sales et poisseuses à cause du biscuit à la figue. Elle a une trace d'encre sur la droite, laissée par une lettre d'Ilse. La moindre fibre de son être semble palpiter de douleur. Quand elle ouvre la bouche, même sa langue lui obéit mal.

— Je suis sincèrement navrée, murmure-t-elle, saisie une fois de plus par la vacuité de cette expression consacrée.

Renate continue à jouer avec son mouchoir.

— Elle l'ignorait. Ma mère. Le jour où elle est venue. Elle ignorait qu'il n'avait pas quitté l'Allemagne.

— Elle a paru très secouée lorsque je lui ai annoncé sa mort, en effet. Elle a voulu demander des précisions, mais Adam a refusé de la laisser rester. Il l'a prise par le bras et il l'a reconduite au pied de l'immeuble.

Ava hoche lentement la tête. Ainsi Ilse, le jour de la panne d'électricité, ayant trouvé cette adresse, s'est présentée ici avec ses lettres qui couraient sur des décennies et ses rêves d'amitié ressuscitée, de crimes pardonnés. Peut-être même d'amour ravivé. Au lieu de quoi, elle a été écrasée, d'un coup, par le poids dévastateur de son crime, et elle a dû vivre avec jusqu'à la fin de ses jours.

Ava imagine Ilse après sa visite à Renate, exilée dans la ville étouffante. Elle l'imagine errant dans les rues noires, aveuglée, son sac à main contenant les lettres qu'elle n'a pas pu remettre, tel Œdipe après sa chute.

— Ça l'a détruite, elle aussi, dit-elle lentement. De découvrir qu'elle ne vous avait pas seulement trahie, mais qu'elle était responsable de la mort de mon père.

Renate redresse brusquement la tête.

— Votre père ?

— Franz. Votre frère.

La femme fronce les sourcils.

— Franz n'était pas votre père.

— Si. Si, il l'était.

Elle secoue la tête.

— C'est impossible. Il n'aurait jamais… ça n'aurait pas pu…

Ava s'apprête à insister puis se ravise et plonge la main dans son sac.

— Ma mère a écrit cette lettre en juin 1956. Je peux ?

N'obtenant aucune réponse, elle sort la feuille de l'enveloppe et la déplie. Elle se racle la gorge et commence à lire à voix haute.

Chère Reni,

C'est un dimanche soir paisible ici, à Brême, et je suis assise à la table de ma cuisine avec un verre de xérès et mon stylo. Ava est dans sa chambre, elle écoute à plein volume un disque de cet Américain qui tortille les hanches comme une danseuse du ventre – je ne m'explique pas sa popularité. Elle noie aussi ses sanglots dans son oreiller. La musique et l'oreiller, c'est pour moi : elle ne veut pas que je sois au courant. Mais j'ai ma petite idée. Et si je suis certaine qu'une bonne mère se précipiterait au premier pour lui proposer son soutien et des conseils, il y a plusieurs choses qui me retiennent de le faire.

Vois-tu, je la soupçonne d'avoir le cœur brisé à cause d'un garçon juif qu'elle connaît depuis des années maintenant. J'ai tout fait pour les empêcher de s'attacher, tant une éventuelle histoire me semblait condamnée d'avance. Pas à cause de ses origines – tu es bien placée pour savoir que je ne suis pas antisémite. Mais parce que, comme toi, contrairement à elle, j'ai appris que les obstacles qui se dressent sur le chemin du bonheur sont toujours plus hauts lorsque l'on vient de mondes très différents. Pour être honnête, je préfère que ça arrive le plus tôt possible.

J'aimerais beaucoup être capable d'expliquer tout ceci à Ava, surtout après avoir bu un peu de xérès (!). Ne m'en sentant pas la force, c'est à toi que j'écris, ainsi que j'en ai pris l'habitude régulière ces dix dernières années – reprenant notre relation épistolaire d'autrefois, à l'adolescence.

C'est étrange combien certaines habitudes ont la vie dure.

*Nous avons toutes deux passé beaucoup de temps à réfléchir à l'amour, je m'en souviens. Toutes ces heures à éplucher des passages possiblement obscènes d'*À l'ouest rien de nouveau *et d'*Anna Karénine*. Tous les détails croustillants de tes rendez-vous avec Rudi Gerhardt, au cinéma, que tu partageais après coup* *avec moi. Nos promenades interminables, pendant lesquelles nous parlions parlions parlions ; nos arrêts à la Schloss-Konditorei pour notre Mohnkuchen quotidien. Pour être honnête, depuis, et de nombreuses années se sont pourtant écoulées, je n'ai jamais noué d'amitié aussi intime, aussi naturelle.*

Ça me fait de la peine, parfois, de penser à notre naïveté à toutes les deux. Nous étions incapables de prévoir les événements qui allaient nous laminer et bouleverser nos existences. Même si c'est sans doute une preuve supplémentaire de ma théorie : tu as eu beau aimer désespérément Rudi pendant tous ces mois, cette histoire n'aurait pu que se finir mal. C'est une évidence.

J'ai eu de ses nouvelles, d'ailleurs : il est toujours en prison, il attend son procès lié à sa participation au programme Aktion T4 en Russie ou en Hongrie. Je ne connais pas la date exacte, mais il va sans doute falloir attendre encore un peu. Le retard pris sur ces affaires est considérable.

Ava s'interrompt pour jeter un coup d'œil à Renate. Elle continue à fixer sa bibliothèque, le visage de marbre.

J'aimerais pouvoir t'envoyer une photo d'Ava. Si l'on excepte sa malencontreuse coupe du moment – je ne réussis vraiment pas à comprendre la mode actuelle ! –, elle est devenue une jeune femme charmante, même si elle ne semble guère avoir conscience de sa propre beauté. Elle n'est pas sans point commun avec toi dans ce domaine. J'ai toujours eu l'impression que ton physique était, à tes yeux, une sorte de gadget qu'on t'avait offert et dont tu n'avais jamais très bien su te servir. Et d'ailleurs, elle te ressemble un peu : cheveux bruns, grands yeux sombres, beau teint éclatant. Elle nourrit une passion pour l'art qui me rappelle celle que tu avais pour les livres ; quand elle dessine ou peint, le temps paraît se suspendre pour elle. Il lui arrive de s'endormir la joue posée sur son carnet de croquis. N'ayant pas non plus un bon sommeil ces derniers temps, je vais la voir vers trois ou quatre heures du matin, sur la pointe des pieds, pour la couvrir et éteindre la lumière.

À ce point de ma lettre, je me dois d'ajouter – je viens de me resservir un peu de xérès pour me donner du courage ! – que votre ressemblance n'est très certainement pas une coïncidence. Car à la vérité vous êtes parentes.

À la vérité, Franz est son père.

(Voilà, je l'ai enfin écrit.)

Ava marque une nouvelle pause, fixe la phrase – « *Franz ist ihr Vater* » – qui lui a causé tant de choc et de joie plus tôt dans la journée.

Après avoir dégluti, elle reprend.

Je me doute que tu trouveras cette nouvelle aussi troublante que moi, lorsque j'ai fini par accepter la vérité. Des mois durant – non, des années même –, je me suis convaincue que le père d'Ava était le rédacteur en chef que je fréquentais à l'époque où je travaillais au service des publications de la BDM, même si je savais, au fond de moi, que ce n'était même pas vaguement possible. Nous étions toujours ensemble à cette époque, Kai et moi, oui. Mais il était parti dans l'Est depuis des semaines lorsque Ava a été conçue. C'est pourtant à lui que j'ai annoncé que j'étais enceinte, et c'est son nom que j'ai inscrit sur le certificat de naissance d'Ava, puis sur les formulaires de rationnement. S'il avait survécu à la guerre, j'imagine que j'aurais fini par l'épouser, ajoutant un mensonge supplémentaire à la pile déjà conséquente sur laquelle j'ai construit mon existence.

Kai est mort sur le front de l'Est bien avant la fin de la guerre. Et le jour où je suis allée chercher Ava à l'orphelinat, l'évidence s'est imposée à moi : la ressemblance sur laquelle j'avais réussi à fermer les yeux lorsqu'elle était bébé était devenue incontestable. J'en suis d'ailleurs restée sans voix au début.

Je ne doute pas que ce serait ton cas, à toi aussi, si tu lisais un jour ces mots. Et pourtant je crois que, quelque part, tu as toujours soupçonné mes sentiments pour ton frère, quand bien même je me suis efforcée de te les cacher. J'étais persuadée qu'ils ne seraient jamais rien d'autre que cela, des sentiments. Surtout après que les lois raciales m'ont éloignée de ta famille. Mais le destin aime parfois nous jouer des tours, et celui-ci était particulièrement cruel.

Franz t'a-t-il raconté que je lui avais rendu visite un jour ou deux avant votre départ ? J'ai prétendu que je venais te voir, alors qu'en réalité je savais que tu serais absente. Il m'a ouvert la porte et je me suis débrouillée pour qu'il m'invite à entrer – j'ai oublié sous quel prétexte, je sais seulement que ma curiosité était sincère.

Même si, en réalité, j'avais été envoyée chez vous par la Gestapo.

Je tiens à insister sur ce point : je ne l'ai pas fait de mon plein gré. Je sais pertinemment que c'était monstrueux et je me suis détestée de l'avoir fait. La Gestapo exerçait une telle pression sur moi, je n'ai pas pu refuser – ou plutôt, c'est ce qu'il me semblait à l'époque. J'avais été chargée de découvrir si Franz fréquentait toujours son groupe socialiste et de réunir des informations sur le lieu et l'heure de ces réunions, ainsi que le nom des autres participants. J'ai réussi à collecter quelques éléments et mon intention initiale était d'attendre quelques jours avant de les apporter à la Gestapo, pour vous laisser le temps de quitter le pays. Sauf que deux agents m'attendaient chez moi, le soir du jour où j'ai vu Franz. Je n'avais pas été prévenue de cette visite, et ils n'ont pas jugé nécessaire de justifier leur présence. Enfin, je dois être restée aussi douée pour le mensonge qu'autrefois – tu m'as toujours dit que je l'étais –, parce qu'ils ont eu beau m'interroger pendant des heures et chercher à me prendre au piège, à me surprendre en criant ou en tapant du pied par terre, je n'ai pas dévié de ma version : la prochaine réunion aurait lieu la semaine suivante, Franz y participerait et avait promis de m'y emmener. Je leur ai donné le lieu et l'heure. Le jour venu, pensais-je, je dirais que je n'étais pas au courant de son départ pour l'Amérique. Il m'avait menti.

Par chance, ils ont décidé de laisser tomber cette piste – peut-être parce que mon affectation à Lodz est arrivée le lendemain et que moins d'une semaine plus tard, j'avais quitté le pays moi aussi. Ou peut-être qu'ils avaient eu trop de socialistes à interroger après leur rafle. Ou peut-être (et c'est ce que j'aime me raconter) que toute cette histoire n'était qu'un test, conçu pour établir, ou discréditer, ma loyauté. L'un dans l'autre, avec le recul, cette journée reste, par bien des aspects, la meilleure et la pire de ma vie. La meilleure parce qu'elle m'a permis de passer un dernier moment avec Franz mais aussi de me remémorer tous les moments heureux vécus sous ce toit avec votre famille. Et la pire, parce que j'ai bien failli mourir dans une salle d'interrogatoire de la Gestapo à peine quelques heures plus tard.

Franz t'a-t-il raconté ce qui s'était passé entre nous cet après-midi-là ? Je ne sais pas pourquoi, je pense que non. Je pense que, comme moi, il a enfermé ce souvenir impossiblement parfait et parfaitement impossible. De mon côté, je n'en ai jamais parlé à personne. Pas même à Ava... ou plutôt devrais-je dire, surtout pas à Ava. Pas parce que j'aurais honte d'elle ou de son ascendance, mais parce que l'histoire qu'elle cache est à la fois trop personnelle et trop douloureuse. Tu vois, tu as eu beau répéter que j'étais la plus courageuse des deux, je suis, au fond, une vraie lâche.

Je continue à espérer qu'un jour je trouverai l'audace de tout lui raconter, de lui parler de Franz et de toi, de nos merveilleux souvenirs d'enfance et de la période difficile que nous avons traversée à l'adolescence. Peut-être que j'irai même jusqu'à vous retrouver tous les deux. Et alors, qui sait ce qui pourrait advenir ?

Ah ! L'Américain qui se déhanche ne chante plus. Je viens de voir l'heure. Comme toujours, je me suis répandue dans une lettre qui ne sera sans doute jamais lue par personne. Mais comme toujours aussi, ça me permet de me décharger, même de façon infime, de ce sentiment écrasant de solitude. Écrire et savoir que, même si Franz et toi l'ignorez encore, nous avons toujours, Ava et moi, une famille.

À toi, si humblement,
Ilsi

Reposant la lettre sur ses genoux, Ava ferme les yeux un instant. *À la vérité,* répète-t-elle en silence ainsi qu'elle l'a fait dans sa chambre plus tôt, *Franz est mon père.*

Puis : *À la vérité, ma mère l'a tué.*

L'espace d'un instant, elle éprouve cette sensation si déconcertante de chuter sur place, le genre de dégringolade immobile que l'on vit parfois en rêve et qui se conclut par un réveil soudain et paniqué dans un lit. Ava se couvre le visage des deux mains. Quand elle les écarte, elle découvre que Renate Bauer la dévisage. Son regard est différent de celui qu'elle avait pendant qu'Ava partageait son histoire dévastatrice : ses yeux semblaient en effet non pas fixés sur Ava mais sur un écran invisible entre elles deux, sur lequel défilaient les images du cataclysme qu'elle décrivait.

Non, à présent, elle regarde réellement Ava ; elle l'étudie franchement à travers ses lunettes. Elle jauge chacun de ses traits, chacun de ses longs cils noirs tout en se triturant les méninges pour confirmer ou rejeter cette hypothèse. Ava se surprend à retenir son souffle, comme si elle se tenait face à un minuscule juge dont le verdict déterminera son avenir.

Après avoir terminé son examen, Renate ne prend pas immédiatement la parole. Elle se lève. Sous les yeux d'Ava, qui se tord les mains, la femme va et vient de la bibliothèque à la fenêtre, ses cheveux blancs éclairés par la lumière rosée de la fin d'après-midi. Elle semble agitée, presque en colère. Elle effectue plusieurs allers et retours d'un pas vif sans regarder celle dont elle vient d'apprendre qu'elle est sa nièce ni sans dire un mot.

— Qu'y a-t-il ? finit par lui demander Ava, consciente de la fébrilité et de l'indécision dans sa voix.

S'arrêtant à mi-chemin entre la porte et la bibliothèque, Renate Bauer la considère avec intensité.

— Ta mère ! finit-elle par lâcher d'un ton caustique. Même morte, elle réussit à semer le chaos.

Ava cligne des yeux.

— Toutes ces années, poursuit Renate, tout ce temps, je n'ai eu qu'une chose à faire, la haïr. Et c'était assez simple, au fond. Après tout ce qu'elle m'avait fait. Tout ce qu'elle nous avait fait.

Elle tend le bras en direction d'Ava.

— Mais aujourd'hui te voilà, avec ces lettres, ces histoires et tes… tes fichus yeux. Tu as exactement les mêmes yeux que Franz.

— Vraiment ? demande Ava en sentant qu'ils s'arrondissent.

— Oui, rétorque Renate. Oui.

Puis se radoucissant :

— Et son nez aussi. Elle devait le voir chaque fois qu'elle posait les yeux sur toi.

Chaque fois qu'elle posait les yeux sur moi. Dans une sorte d'état second, Ava effleure les coins extérieurs de ses yeux, la pointe de son nez, comme si elle pouvait, par le toucher, confirmer la ressemblance. Elle revoit Ilse assise dans sa cuisine, le matin suivant cette nuit épique. Fixant Ava avec une telle morosité, un tel désespoir qu'Ava n'avait pas réussi à soutenir son regard.

— Et puis te voilà, poursuit Renate. Et je n'ai aucune idée de ce que je vais faire de toi. Aucune.

Elle s'interrompt, foudroie Ava du regard avant de se détourner.

— Je suis désolée, murmure celle-ci sans savoir très bien pourquoi elle s'excuse.

Dehors une sirène mugit, son hurlement monte et descend tandis que le véhicule auquel elle appartient file vers une destination inconnue, au nord. Dans l'un des appartements voisins, un chien aboie pour l'accompagner puis redevient brusquement silencieux. Renate demeure immobile, les yeux sur une de ses bibliothèques surchargées ; ses doigts fins jouent distraitement avec une mèche de cheveux poivre et sel. Ava s'imagine la dessiner dans cette position : non pas parce qu'elle éprouve le besoin de traduire cette scène artistiquement mais parce que cela lui permet d'observer réellement ses traits : les fins sourcils foncés et les rides creuses de son front. Le petit nez. L'expression lointaine de ses yeux noirs. Combien de ces traits Franz partageait-il avec elle ? Peut-elle retrouver une partie du visage de son père dans celui de sa tante ? Renate possède-t-elle des photos ? Voilà toutes les questions qu'elle aimerait lui poser. Et mille autres à présent qu'elle commence à prendre la mesure de tout ce qu'elle ignore. Y a-t-il eu d'autres artistes dans la famille ? Des maladies ? Renate est-elle restée en contact avec des membres de la famille Bauer ? Y a-t-il eu d'autres survivants à part elle ?

— *So*...

Tirée de ses pensées, Ava constate que Renate s'est rassise, les mains posées de façon un peu raide sur ses genoux.

— Et maintenant ? demande-t-elle.

Elle incline la tête d'une façon qui lui donne un air de petit oiseau au regard brillant.

— Je ne sais pas.

Ava hésite avant d'ajouter :

— J'aimerais revenir.

Renate se mordille la lèvre.

— Il faut que j'y réfléchisse.

— Et j'aimerais vous présenter Sophie, dit Ava sans oser passer au tutoiement, elle. Elle n'a pas vraiment connu sa grand-mère.

Le visage de sa fille surgit alors devant ses yeux, la rage inhabituelle déformant ses traits. *Sophie*, songe-t-elle en se levant.

— Est-ce que je pourrais utiliser votre téléphone d'ailleurs ?

Renate cligne des yeux, surprise, puis acquiesce.

— Juste à l'entrée de la cuisine, à côté du réfrigérateur.

Dans la pièce douillette, le temps semble s'être figé comme dans le reste du petit appartement. Les portes en bois des placards assombrissent encore un peu plus l'espace privé de fenêtre. Les seules touches de couleur étant apportées par la porte du four, au reflet vert menthe, et par la hotte assortie, au-dessus de la cuisinière. Heureusement, le téléphone fixé au mur – du même rose que le flacon du pansement gastrique qu'utilise Ava – possède des boutons et non un cadran.

Ava compose le numéro de chez elle et grimace en entendant le message qu'elle a laissé de sa voix un brin paniquée avant d'entrer le code du répondeur.

Au début, elle n'entend qu'un grésillement entrecoupé d'un bruit de mouvements feutrés. Puis la voix cristalline de Sophie retentit : « Salut, maman. » Son ton est quelque peu crispé mais la rage de tout à l'heure paraît envolée. « Je vais bien, poursuit-elle. Je suis chez Erica, on regarde des clips. » Après un silence, elle ajoute : « Alors ne t'inquiète pas. On n'est pas allées dans le parc. » Dans le bref silence qui suit, le pouls d'Ava se met à battre en rythme sur les accords au synthé en fond, ceux d'un refrain qu'elle reconnaît vaguement et qui parle de « rejeter la faute sur la pluie ». « Je comptais te demander l'autorisation de dormir chez elle, reprend Sophie, enfin si tu y tiens vraiment, je peux… je peux rentrer plutôt. Laisse-moi un message pour me dire ce que tu préfères. »

Elle entend un gloussement adolescent derrière Sophie. Ava imagine aussitôt les deux amies levant les yeux au ciel, pour exprimer l'exaspération éternelle de la jeunesse. Elle s'apprête à raccrocher lorsqu'elle entend sa fille ajouter, presque sèchement : « Et je t'aime aussi. »

Ava sent ses genoux se dérober. Elle prend appui sur le plan de travail en formica. Son soulagement est tel qu'elle a l'impression de s'y enfoncer. Elle est tentée de rappeler le répondeur pour le seul plaisir d'entendre à nouveau ces trois derniers mots. *Je t'aime... Elle a dit « je t'aime » !* Au lieu de quoi, elle raccroche le combiné, recompose le numéro et laisse un message après le bip :

— Merci, ma chérie. Oui, s'il te plaît, rentre à la maison. J'ai tellement de choses à te raconter. J'ai passé une journée vraiment incroyable…

Elle s'interrompt, se demande comment résumer les trois dernières heures en trente secondes, et finit par décider d'aller à l'essentiel :

— On va parler. On va se commander à manger. Je t'aime tellement, Liebchen.

Après avoir raccroché, elle agrippe le plan de travail, le temps que ses jambes cessent de flageoler, puis elle regagne le salon.

— Tout va bien ? lui demande Renate quand Ava prend à nouveau place sur le canapé.

— Oui. Je me faisais du souci, mais elle va bien.

Renate hoche la tête d'un air de suggérer qu'elle sait qu'Ava ne lui dit pas tout.

— Elle avait raison de se mettre en colère contre moi, avoue celle-ci en baissant les yeux vers ses mains. J'ai… je l'ai privée d'Ilse. Pendant treize ans, je lui ai laissé croire que ma mère était morte. Elle a découvert ce matin que je lui avais menti.

— Après avoir reçu les cendres… comprend Renate. Ilse a toujours eu un talent pour débarquer au moment opportun.

— En effet, dit Ava en riant malgré elle. Je suis une très mauvaise mère, ajoute-t-elle en fermant les yeux.

Au bout de quelques secondes, elle sent un bref contact sur son genou. Rouvrant les yeux, elle aperçoit la main ridée de Renate à quelques centimètres de sa peau.

— Je suis sûre que tu es une merveilleuse mère, lui dit-elle tout bas. Les adolescentes peuvent être terribles. Je m'en souviens. J'ai souvent disparu à son âge.

— Mais pas à New York.

— Non. Enfin Berlin n'était pas non plus une ville très sûre à cette époque. Surtout pour les gens de mon espèce.

Elle retire sa main avec un petit sourire triste.

— Nous n'avons pas eu d'enfants, Adam et moi. Entre ses études de médecine et ma thèse, puis entre ses gardes à l'hôpital et mes heures d'enseignement, nous n'avons jamais réussi à trouver le bon moment.

Elle hausse les épaules.

— Nous avons trop traîné, je crois. Même si, parfois, je me demande si je n'avais pas peur en réalité.

— Peur ?

— De les aimer trop.

Son regard semble se perdre dans le vague un instant.

— Je ne l'aurais pas supporté, tu sais. Qu'il leur arrive quelque chose. Pas après ce que j'avais traversé. Pour tout dire, je ne supportais même pas l'idée d'avoir un animal de compagnie. Dieu sait si Adam aurait adoré prendre un chien.

Elle fixe le vieux tapis d'un air songeur, vaguement mélancolique. Puis elle redresse brusquement la tête.

— Comment est-elle, ta fille ?

— Sincèrement ? répond Ava dans un nouvel éclat de rire. On dirait un clone de ma mère. Ce qui est étrange parce que j'ai essayé de lui donner l'éducation opposée de celle que j'ai reçue. Et pourtant, au bout du compte, Sophie est quasiment le double d'Ilse. Pas seulement physiquement, mais dans son attitude, et sa façon de penser.

— Comment ça ?

Ava réfléchit avant de répondre :

— Elle est très déterminée. Intrépide. Concentrée. Elle a une mémoire infaillible.

— Ça ressemble à Ilse, en effet.

— Mais elle est aussi d'une honnêteté incroyable, s'empresse d'ajouter Ava. Je ne crois pas qu'elle ait dit un seul mensonge délibéré de toute sa vie.

Renate hoche la tête.

— Elle écrit ?

— C'est-à-dire ?

— Est-ce qu'elle aime ça ? Écrire des histoires, un journal, ce genre de chose.

— Ah… Oui. Elle écrit sans arrêt. Des pièces. Des poèmes… Elle m'autorise rarement à les lire.

Elle se rappelle soudain les lettres et plonge la main dans son sac.

— À propos d'écrire… Elles sont à vous.

Cependant Renate secoue la tête en la voyant sortir la liasse d'enveloppes abîmées.

— *Nein.*

— Non ? s'étonne Ava.

— Je n'en veux pas.

— Mais… mais qu'est-ce que je dois en faire alors ?

Renate Bauer hausse les épaules.

— Les donner à ta fille peut-être. Après tout, elles racontent autant son histoire que la mienne.

Ava range les lettres. Un nouveau silence s'installe et elle se surprend à penser à ce que Renate lui a dit plus tôt, la dernière image qu'elle a gardée de ses parents. Elle les imagine à son tour : silhouettes fragiles sur le quai, rapetissant peu à peu. Qu'est-ce qui a été le pire, s'interroge-t-elle : les avoir connus et perdus ? ou ne les avoir jamais rencontrés ?

De cette question semble découler un flot infini d'autres interrogations. Pourquoi la Gestapo s'est-elle présentée chez Ilse ce soir-là ? Celle-ci a-t-elle réellement mis les agents sur une fausse piste, ainsi qu'elle l'a affirmé ? Ou s'agissait-il d'un de ses nombreux petits arrangements avec la réalité, qu'elle se racontait pour se déculpabiliser – de même qu'elle se mentait à elle-même en imaginant que, malgré la quantité de paperasse remplie par les Bauer pour organiser ce départ, la Gestapo n'était pas au courant du projet de Franz et Renate ? Ou en imaginant qu'en livrant des informations aux agents de la police secrète elle avait à cœur de sauver quelqu'un d'autre qu'elle-même ? Car en fin de compte, comprend soudain Ava, ce sont ces mensonges-là, ceux qu'elle s'est racontés à elle-même, qui l'ont perdue.

Les choses dont on se convainc, pense-t-elle. *Les fables que l'on s'invente pour supporter ses crimes.*

Dans une autre pièce, une horloge se met à sonner discrètement. Ava compte par réflexe les coups : *un, deux, trois*... À la sixième sonnerie, elle entend Renate étouffer un cri de surprise.

— Oh là là ! Déjà six heures ? Je ne dois pas trop tarder, je vais à l'opéra ce soir. *La Flûte enchantée.* J'avais presque oublié.

Elle se lève et lisse sa jupe. Réalisant soudain qu'elle vient d'être congédiée, Ava sent monter un sentiment qui confine à la panique. Et si c'était tout ? Et si Renate Bauer en avait assez et ne voulait plus jamais la revoir ?

— Je suis désolée, je me suis imposée, dit-elle en s'efforçant de garder une voix calme. Je ne m'étais pas rendu compte que l'heure avait autant tourné.

— Ce n'est pas grave. Il faut simplement que je me change.

Avec un petit sourire taquin, elle ajoute :

— À mon âge, on s'habille encore pour ce genre d'occasion.

Ava lisse les anses en toile de son sac, les glisse sur son épaule.

— Est-ce que vous m'autorisez à vous appeler au moins ? D'ici quelques jours ? Après que vous aurez pris le temps de laisser tout ça… décanter. Il y a tellement de questions que j'aimerais vous poser sur…

Elle esquisse un geste de la main entre elles deux. Renate s'absorbe un instant dans ses pensées.

— Oui, finit-elle par dire. Oui, tu peux appeler. Et nous pourrons prévoir quelque chose. Un dîner quelque part. Toutes les trois, avec ta fille.

— Ce serait merveilleux. Merveilleux.

Elle a suivi Renate jusqu'à la porte de l'appartement. Une fois que celle-ci l'a ouverte, Ava se place face à elle, à court de mots. Comment se sépare-t-on de son seul parent survivant dont on ignorait encore l'existence le matin même en se levant ? De la seule personne qui peut vous raconter ce qu'elle sait d'un père et de grands-parents que vous n'avez jamais connus ?

Maladroitement, elle tend la main. Renate l'observe un instant. Elle ne semble pas vouloir la saisir et Ava se mordille la lèvre, mal à l'aise. Puis, à son grand étonnement, Renate s'approche d'Ava pour la serrer dans ses bras, brièvement mais avec force. Ava est si surprise qu'elle a tout juste le temps de nouer ses mains dans le dos de Renate, le cœur battant la chamade, avant que celle-ci ne s'éloigne.

Pendant qu'Ava cherche à retrouver une contenance, Renate l'observe à nouveau, un doigt pressé sur sa joue d'un air songeur.

— C'est si étrange…

— Quoi ?

— Toi.

La femme lui effleure le visage, de l'œil au menton.

— Tu es un mélange de tout ce que j'ai aimé dans ma vie et de tout ce que j'ai détesté, dit-elle lentement.

Alors qu'Ava soutient son regard, elle sent un nœud inexplicable se défaire dans sa poitrine, comme une crampe qui disparaît enfin d'un muscle. Et cette sensation est suivie, pour la première fois depuis qu'elle a appris la mort de sa mère – non, pour la première fois depuis ce qui lui semble des années –, d'une impression de légèreté. Presque étourdissante.

— J'imagine que c'est ça, la famille, dit-elle.

Remerciements

De nombreuses personnes m'ont aidée à développer, façonner et parfaire ce roman pour lui donner son aspect actuel. Merci à Michael Epstein d'avoir trouvé – dans un article du *New Yorker* sur un témoignage allemand un peu obscur – la graine d'une histoire passionnante, puis de m'avoir aidée (en se triturant l'esprit lui aussi, en m'accompagnant aux ateliers) et encouragée, pendant que je faisais pousser cette graine pour la transformer en roman. Amelia Atlas chez ICM m'a empêchée de me perdre dans la jungle des agents, avant de m'apporter son secours pour aiguiser et resserrer le manuscrit des *Lueurs du lendemain.* Quant à Hilary Rubin Teeman, elle lui a offert un toit extraordinairement accueillant chez Crown, sans oublier des conseils narratifs et stylistiques qui l'ont considérablement amélioré. Je remercie aussi Jillian Buckley de m'avoir guidée à travers les différentes étapes de l'édition du texte, et Amy Schneider pour son travail de correction si précieux. J'exprime aussi ma gratitude au Dr Catherine Epstein du Amherst College pour sa relecture d'un de mes premiers jets et pour l'attention qu'elle a portée au contexte historique et culturel, ainsi que le docteur Aine Zimmerman du Hunter College pour ses remarques précieuses sur la culture et la langue allemandes, sans oublier David Kay, qui a corrigé mon allemand (toutes les erreurs qui demeureraient en dépit de leurs efforts héroïques ne pourraient que m'être imputées). Je remercie Renate Olsen d'avoir partagé des souvenirs de son enfance en Allemagne, pendant puis après la guerre, et Johannes Beilharz de m'avoir autorisée à utiliser sa magnifique traduction du poème d'Else Lasker-Schüler. Je remercie aussi du fond du cœur Jennifer Egan pour ses conseils professionnels avisés à une époque où j'en avais cruellement besoin.

J'ai consulté de nombreuses sources historiques pour ce projet, mais je voudrais citer celles qui se sont révélées indispensables pour ce roman et pourraient intéresser mes lecteurs. Principalement, la biographie de Melita Maschmann, *Ma jeunesse au service du nazisme*, qui apporte un éclairage historique et intime sur le parcours, étape par étape, d'une femme, de l'idéalisme de sa jeunesse à son fanatisme débridé au service du nazisme, d'une amitié forte à une trahison brutale. Le journal de Victor Klemperer, *Mes soldats de papier, 1933-1941,* décrit la terrible détérioration du quotidien des Juifs sous le gouvernement nazi. Quant aux mémoires de Joachim Fest *Pas moi ! Souvenirs d'une jeunesse allemande antinazie*, ils explorent la même période du point de vue d'un non-Juif catholique. Le témoignage d'Erica Fischer, *Aimée et Jaguar*, a été à la fois une lecture palpitante et une mine d'informations sur cette période, en particulier en ce qui concerne le calvaire bureaucratique auquel ont été confrontés les Juifs pour fuir ce pays. L'ouvrage d'Elizabeth Harvey, *Women and the Nazi East*, apporte un éclairage passionnant sur la vie quotidienne des programmes du service du travail allemand à l'étranger. Celui de Jonathan Malher, *Ladies and Gentlemen, the Bronx Is Burning : 1977, Baseball, Politics, and the Battle for the Soul of a City* offre un portrait haut en couleur de la panne d'électricité qui a touché New York en 1977. Enfin celui de Jillian Becker, *La Bande à Baader*, m'a aidée à contextualiser et à comprendre la montée du mouvement contestataire allemand en 1968.

Les romans dignes de ce nom ont besoin de lecteurs affûtés tout au long de leur voyage, et *Les Lueurs du lendemain* n'échappe pas à la règle : Hillary Jordan et Joanna Hershon m'ont fourni, comme toujours, inspiration, encouragements et retours pertinents, à l'instar de mon sabbat d'autrices de Brooklyn – Alison Lowenstein, Julia Lichtblau, Courtney Zoffness, Maura Sheehy, Michelle Brandt et la défunte Sarah Coleman, qui nous manque tant. Joan Cody, Tom Cody, Dina McGuinn, Rozanne et Steve Epstein, Andrea Lafleur et Amy Simon Hopwood m'ont tous apporté leur regard et leur soutien au gré des différentes versions de ce roman. Ma fidèle bande de mamans du quartier de BoCoCa (et tout particulièrement Amy Sirot, Julie Beglin, Virginia Terry et Laura Sweet) ont toujours donné leur point de vue le moment venu. Je tiens à remercier également Pam Loring pour la tranquillité paisible et frugale de la Salty Quill Women's Writing Retreat, ainsi que Scott Adkins et Erin Courtney du Brooklyn Writers Space de m'avoir offert une oasis de calme et de camaraderie littéraire.

Le meilleur pour la fin, oui le meilleur : merci à mes formidables filles, Katie et Hannah, qui sont une source d'inspiration quotidienne, et qui croient en moi et en mon travail (même quand je doute) ; et merci encore à Michael – comme toujours ma muse, mon *Hausfrau* et mon partenaire de frasques littéraires.

Composition et mise en pages
Nord Compo à Villeneuve-d'Ascq

Imprimé en Espagne par:
CPI Black Print
en janvier 2022

Pocket - 92 avenue de France, 75013 Paris

S32063/01